U1003268

中国美术馆
NATIONAL ART MUSEUM OF CHINA

新时代之声

全国美术理论研讨会论文集

主编
吴为山

文化艺术出版社
Culture and Art Publishing House

论研讨会与会专家合影
2019.12.23

中国美
新时代之声——全国美术理

编委会

主　任

吴为山

副主任

燕东升　安远远　张　晴　潘义奎　张百成

委　员

（以姓氏笔画为序）

于　歌　王月文　王　倩　王雪峰　韦　枫

孙　亮　朱　剑　李美娜　李建华　张国安

邵晓峰　周　佳　周　葵　庞桂馨　赵　辉

徐沛君　曹乃岐　程阳阳　裔　萼

主　编

吴为山

副主编

张　晴　张百成

执行副主编

邵晓峰

编　辑

安　雪　柳淳风　魏思明　李暨涵　吴彧弓

前　言

吴为山

新时代呼唤大作品，期待文艺工作者的新作为、新担当。习近平总书记在看望参加全国政协十三届二次会议的文化艺术界、社会科学界委员时发表的重要讲话指出：“一个国家、一个民族不能没有灵魂。文化文艺工作、哲学社会科学工作就属于培根铸魂的工作，在党和国家全局工作中居于十分重要的地位，在新时代坚持和发展中国特色社会主义中具有十分重要的作用。”

为了加强美术理论研究的“培根铸魂”，在习近平新时代中国特色社会主义思想指引下，不断以人民为中心，推进全国美术理论的学术发展，根据文化和旅游部办公厅〔2019〕第48号《通知单》的批复，2019年12月23日，由中国美术馆主办的“新时代之声——全国美术理论研讨会”在中国美术馆举办。

中国美术馆是中国唯一的国家造型艺术博物馆，现收藏各类美术作品11万余件，从古代到当代，各时期的中国艺术名家代表作品构成了中国美术发展序列，兼有外国艺术作品，同时还包括丰富的民间美术作品。自1963年开馆以来，中国美术馆已举办数千场具有广泛影响的各类美术展览，立体地反映了中国美术繁荣发展的态势，同时也成为中国与国际进行艺术交流的重要平台。近年来，中国美术馆陆续策划了“弘扬中国精神”系列展、“典藏活化”系列展、学术邀请系列展、捐赠与收藏系列展、国际交流展系列、国际交流“一带一路”特展系列等新型展览模式，产生了广泛而持久的社会影响。中国美术馆肩负着“弘扬优秀传统文化、典藏大家艺术精品、加强国际国内交流、促进当代艺术创作、打造美术高原高峰、惠及公共文化服务”的文化职责，正不忘初心，牢记使命，在习近平新时代中国特色社会主义道路上，向着中华民族伟大复兴的中国梦理想进发。

此次研讨会分为两个分会场，分别研讨以下两个主题。

一、向作品致敬——新中国的美术视野

学术视点主要基于中国美术馆馆藏作品，因为就一定意义而言，这些作品代表了新中国成立以来中国美术家的最高美术成就，也展示了新中国美术探索与发展的方向，是美术理论家研究的重要内容。今天，新时代的美术理论家们以新方法、新理论、新形式、新材料展开对它们的进一步研究，向它们致敬，在一定程度上呈现了新中国的美术视野，彰显了新时代的文化自信。

二、借鉴与开拓——新中国的美术馆学构建

近 20 年来，中国迎来了美术馆学建设的高峰期。今天看来，美术馆不但具有收藏、展示的功能，而且兼具研究、传播、教育、交流、文创等功能，这些方面均具有实践发展与学术探讨的巨大空间。学术定位与规划是美术馆的立馆之本：美术馆须在收藏、展示、研究等方面具有明确的学术定位，这是其存在的文化前提；美术馆的学术规划则要在藏品内容、展览水准、研究方向以及展陈方式、教育观念等方面具有自身特色。

“新时代之声——全国美术理论研讨会”得到了全国美术理论界的积极响应与大力支持，近 70 位专家提交了论文。这一盛会通过专家们最新研究成果的交流与互动，将进一步拓展新时代的美术研究视野，促进新时代的美术馆学构建。

2019 年 12 月 18 日

目录

开幕致辞

向作品致敬——新中国的美术视野

一、文化精神

二、现代美术史

三、美术作品

四、美术家

五、地域美术

六、美术类型

七、美术批评、概念、现象、观念

借鉴与开拓——新中国的美术馆学构建

一、展览

二、典藏、收藏

三、美术馆历史、美术馆学理论

四、美术馆未来发展

五、公共教育

六、从生活、学习、文创角度研讨美术馆发展

七、地方美术馆建设

开幕致辞

在“新时代之声——全国美术理论研讨会”上的致辞

李　群
（文化和旅游部党组成员、副部长）

今天，美术理论界的同人们聚集一堂，召开全国美术理论研讨会具有很重要的学术意义。我谨代表文化和旅游部向研讨会召开表示祝贺，向与会的美术理论工作者，并通过你们向全国的广大美术理论工作者表示诚挚的问候！

我国美术理论传统源远流长，历史悠久的中国古代文明既孕育了意境悠远、精彩绝伦的传统绘画，也留下了博大精深、流传有序的画史、画论。这些经典著述闪耀着古代文人墨客认识、品评、鉴赏书画的智慧，构筑了我国美术理论的传统和根基。自中华人民共和国成立以来，在“双百”方针、“二为”方向的指引下，美术理论坚持马克思主义文艺理论与新中国美术实践相结合的道路，积极回应中与西、古与今、传统与现代等时代课题，探索并形成了新中国美术理论的范式和体系。近年来，美术理论进一步挖掘和阐发传统理论内涵，在跨文化、跨学科、跨地域的视野中创新发展，取得了丰硕成果。在中华人民共和国成立 70 周年之际，回顾 70 年来美术发展的历程，充分认识新中国美术独有的现代特征和文化身份，有助于深入谱写美术理论的新时代篇章。

习近平总书记在哲学社会科学工作座谈会上指出：“当代中国正经历着我国历史上最为广泛而深刻的社会变革，也正在进行着人类历史上最为宏大而独特的实践创新。这种前无古人的伟大实践，必将给理论创造、学术繁荣提供强大动力和广阔空间。这是一个需要理论而且一定能够产生理论的时代。”新时代需要新的美术理论，新时代产生新的美术理论。下面我就进一步做好美术理论研究工作谈几点看法。

一、坚持以马克思主义为指导。马克思主义进入中国，引发了中华文明的深刻变革，也走过了逐步中国化的过程。我们国家创造性地把马克思主义基本原理同中国具体实际相结合，运用马克思主义立场、观点、方法研究解决中国的重大理论和实践问题，产生了许多重要的理论成果。美术理论研究工作也要旗帜鲜明地坚持以马克思主义为指导，要学懂弄通马克思主义基本的世界观和方法论，要搞清楚为什么人的问题，要自觉地把马克思主义理论体系贯穿到研究和教学全过程，转化为清醒的理论自觉、坚定的政治信念、科学的思维方法。

二、坚持与时代同步伐。我国美术创作蓬勃发展的生动局面为理论研究提供了丰富的素材，只有聆听时代美术发展声音，回应时代呼唤，才能生发时代需要的美术理论。今年国庆期间，由文化和旅游部主办、中国美术馆承办的“伟大历程　壮丽画卷——庆祝中华人民共和国成立70周年美术作品展”在这里举办，展览以400余件美术作品展现了新中国历经革命、建设、改革走向复兴的伟大历程和70年来新中国美术历史的壮丽画卷。伟大历程和壮丽画卷需要新时代美术理论记载与抒写。做好当前的美术理论研究工作要聚焦美术的新时代发展，从生动的当代美术实践中挖掘新材料，提出新观点，提高理论的精神高度、文化内涵、艺术价值，把目光再扩大一些，再深远一些，向美术创作深处探寻，展现当代美术的中国精神，讲述当代中国故事。

三、坚持中华文化立场。立场问题是理论研究工作的首要问题。坚持中华文化立场，说到底要坚定文化自信。文化自信是最基本、最深沉、更持久的力量，放弃本民族文化立场的理论是站不住脚的，也是不能流传下去的。在美术理论研究工作中，坚持中华文化立场要继承中国传统美术理论的优秀遗产，推动传统美术理论的创造性转化、创新性发展，使传统美术理论与当代发展相适应，要研究梳理、弘扬创新中华美学精神，展现当代中国审美风范，为美术理论的世界发展提供中国立场、中国智慧和中国方式。

四、坚持创新。理论的生命力在于创新，创新是做好美术理论研究工作永恒的课题。坚持创新要从问题开始，做好当代美术理论研究，首先要深入当代美术发展的问题。坚持创新，还要坚持“古为今用、洋为中用”，融通各种资源，特别要充分运用好当前文化研究、新媒体、互联网等前沿理论成果，推进知识创新、方法创新。

党的十八大以来，习近平总书记高度重视文艺事业，多次发表关于文艺工作的重要论述，为美术理论发展指明了方向，提供了根本遵循。文化和旅游部按照习近平总书记的要求，以美术馆、画院、中国艺术研究院等工作为主要抓手，通过组织开展国家主题性美术创作、全国美术馆扶持计划、编辑出版《全国美术馆馆藏精品集》等工作，加强指导，明晰导向，推动现实题材美术研究、美术馆学研究等工作。作为近现代中国美术研究、展示、收藏、教育、交流的国家级美术机构，中国美术馆近年来积极推动当代美术的研究与展示，特别是通过学术研究系列、典藏活化系列、国际交流等多个系列展览以及丰富多彩的学术活动，加强理论与实践的结合，取得了良好成效。在中华人民共和国七十华诞的重要时间节点上，中国美术馆组织这次研讨会，聚焦新中国的美术视野和新中国的美术馆学建构，积极推动当代美术理论研究，激发美术理论创新活力，很有启发性，希望各位与会专家加强对话，相互切磋，积极为新时代美术发展建言献策。

新的 2020 年，我们将迎来决胜全面建成小康社会和“十三五”规划的收官之年，很多美术创作和理论研究任务摆在面前。我们要以习近平新时代中国特色社会主义思想为指导，发挥理论工作在举旗帜、聚民心、育新人、展形象、兴文化等方面的积极作用，守正创新，培根铸魂，努力筑就中华民族伟大复兴的新时代的文艺高峰!

在“新时代之声——全国美术理论研讨会”上的致辞

吴为山
（全国政协常委、中国美术馆馆长）

新时代期待文艺工作者有新作为、新担当，为中华民族的伟大复兴之路构建起更多的文化高峰。

今年3月，习近平总书记在看望参加全国政协十三届二次会议的文艺界、社会科学界委员时指出：“一个国家、一个民族不能没有灵魂。文化文艺工作、哲学社会科学工作就属于培根铸魂的工作，在党和国家全局工作中居于十分重要的地位，在新时代坚持和发展中国特色社会主义中具有十分重要的作用。”

在习近平新时代中国特色社会主义思想的指引下，为了加强美术理论研究的“培根铸魂”，推进全国美术理论的学术发展，中国美术馆主办了“新时代之声——全国美术理论研讨会”，分别研讨“向作品致敬——新中国的美术视野”和“借鉴与开拓——新中国的美术馆学构建”两个主题。

大家知道推动人类社会发展进步的三个重要力量：一是研究自然发展规律的自然科学，二是研究社会发展规律的社会科学，三是研究人类心灵、精神、情感的艺术学科。

艺术的发展需要理论与实际的结合，指导创新的实践，启迪理论的创新，以创新的理论来指导新的实践，这是一个艺术发展的规律。所以我们今天召开这样一个研讨会，特别是在习近平新时代中国特色社会主义思想的引领之下，我们国家走到了世界中心，在这样一个大背景之下，这个研讨会显得非常重要。

中国美术馆是薪火相传的，我们馆从1958年开始建馆，到1963年建成，中国无数美术家、理论家以及社会各界对这个馆做出了巨大贡献。“中国美术馆”这个殿堂是无数艺术家、理论家以及广大观众乃至外国的有识之士用一砖一瓦，用心血、用情感建起来的。我们的历任馆长在党的领导下，带领全馆员工把美术馆作为终身事业。范迪安主席、范迪安院长，也是范迪安馆长，和刘开渠先生、杨力舟先生、冯远先生一样，都是为中国美术馆做出很大贡献的好领导、好专家。今天在座的所有到场的各省、各自治区、各市的美术馆馆长，特别是国家重点美术馆的馆长，也都为美术馆的事业，为中国美术馆的发展做出了很大贡献。

大家所在的中国美术馆七楼向来就是中国美术理论发声的地方，也是中国美术理论的高地。在这个地方，在座的理论家们都会感到非常亲切，因为他们非常关心这里。随着每次对展览的研讨，对新创作品的评价，生发出许许多多新的观点、新的理论，在美术界起到了很大的指导与启迪作用。所以中国美术馆七楼实际上是一个符号，尽管不办展览，但却是底下所有楼层展览作品的理论汇聚。今天我们把“新时代之声——全国美术理论研讨会”开幕式放在七楼，也是希望居高声远，通过这次研讨产生出对当代美术具有积极影响的新理论、新观点。

特别感谢李群副部长在百忙之中专门抽时间到会，他多次到中国美术馆来参观展览，而且常常是悄悄地一个人来观看展览，领导对美术事业的重视也是鼓舞我们工作的动力。感谢所有的专家！特别是马上要到元旦了，在这样一个时间节点上，大家都很忙，外面也很冷，但希望我们对美术理论的热度永远不减！

在“新时代之声——全国美术理论研讨会”上的致辞

仲呈祥
（中国文艺评论家协会主席）

我代表中国文艺评论家协会向“新时代之声——全国美术理论研讨会”的召开表示热烈祝贺！同时就我们对中国美术馆近几年来呈现的生机勃勃的面貌发表感言。

第一，中国美术馆是展现中国美术创作最高的思想艺术殿堂，从载入史册的高度，忠实记录中国美术发展的历史，是国家民族文明发展和审美水平的重要标志。

第二，我们深深感受到中国美术馆既是美术作品展现的最高、最集中的殿堂，也是创作实践、抽象理论、科学总结的一个重要平台。因此由美术馆到美术馆史馆，再到美术馆学馆，层层递进成为国家民族艺术学学科建设当中美术学一级学科建设的重要阵地，对于中华人民共和国国务院学科建设当中的艺术学的一级学科——美术学的建设功不可没。

第三，中国美术馆的宗旨是“培根铸魂”，道路是守正创新，因此美术馆坚守了化人养心，培中华民族精神和审美精神之根；铸中华民族伟大复兴的中国梦之魂；守中华民族优秀传统文化和美学精神之正，守中国共产党领导人民美术创造的革命文化和人民美术之正，守改革开放以来创造出的社会主义先进文化和新时代的人民美术之正。以世界的视野各美其美，又美人之美，批判继承、吸取西方文化中适合中国国情的理论，同时着力于美美与共，走出了一条既有民族精神，又有时代精神的中国特色社会主义的美学和美术学发展之路。

第四，由美学到美育，彰显了中华美学精神的重要性。我到这个地方来看过很多展览，参加过很多活动，从几年前的“大师讲大美”，一直到最近的熊秉明先生提出的“自知者明”，实际上是“自强之盛”，看到了美术与文学、与艺术、与哲学的深刻联系，而且这些重要的展览充分地显现了中国美术馆的办馆水平、选择眼光和他们着力于培根铸魂、守正创新的文化自觉和文化自信，是很令人敬佩的。因此我们在美美与共上下功夫，走出了一条有中国特色、中国精神、中国风格的中国美术发展之路。

由美学到美育，彰显了中华传统美学的精神。我感受很深，特别是看到熊秉明先生的展览，很明确地践行了习近平总书记所深刻概括的中华审美创造从运作思想上的八个字——托物言志，寓理于情。从他的作品看出其言简意赅、凝练节制的审美结构。从他创作的作品所达到的意境来讲，也是习近平总书记所说的“形神兼备、意境深远”，真正实现了“知、情、意、形”的统一。我想这个展览的意义远远超过了一般美术家的作品展览，它揭示了中国特色社会主义文化怎样培根铸魂，怎样守正创新。因此，我对中国美术馆是怀着一种朝圣的心情、朝美术之圣的心情进入这个馆里，参加这些活动的。我深信中国美术馆既会把这里当作彰显中华美学精神的一个殿堂，又会将其打造为实践国民美育的重要阵地。

习近平总书记一年多以前给中央美院的八位老教授回了信，指出搞好美育很有必要。如果一个民族的美学精神是这个民族对于民族美的创造抽象概括的理论总结，那么美育就是运用这种理论成果付诸提高国民素质实践的伟大行动。我认为中国美术馆担负着美育的重要责任，因此我衷心地祝愿中国美术馆越办越好！在文化和旅游部党组的领导下，做出新成就，不负新时代！

在“新时代之声——全国美术理论研讨会”上的致辞

范迪安
（中国美术家协会主席、中央美术学院院长）

在文化和旅游部的高度重视下，中国美术馆主办“新时代之声——全国美术理论研讨会”，我谨代表中国美术家协会、中央美术学院表示热烈祝贺！作为推动新时代中国美术发展的重要举措，众多专家学者与会交流，这次研讨会具有重要的理论建设意义和创作指导意义。

这次研讨会体现了中国美术馆贯彻落实习近平总书记关于文艺工作重要讲话精神，着眼中国美术发展大局的政治站位和文化定位。习总书记指出：“一切有价值、有意义的文艺创作和学术研究都应该反映现实、观照现实，都应该有利于解决现实问题，回答现实问题。”要求我们“用中国理论解读中国实践”，这就提示我们要用中国美术理论解读中国的美术实践。他还指出“文艺批评是文艺创作的一面镜子，一剂良药，是引导创作，多出精品，提高审美，引领风向的重要力量”，要“运用历史的、人民的、艺术的、美学的观点评判和鉴赏作品”。习总书记在有关文艺繁荣发展的论述中高度重视文艺理论的建设，这对我们来说是提出了新的使命要求。美术创作实践和美术理论是美术发展的双翼，加强美术理论研究，为新时代的中国美术立言、发声是当前中国美术的重要工作。

这次研讨会体现了对中国美术理论优秀传统的继承与弘扬。中国美术博大精深，自成体系，独树一帜，一个重要的原因就在于美术理论的早熟和自成体系，对世界美术理论、文艺理论具有独特的价值贡献。比如说在中国的美术理论中，历史研究与理论阐述有机统一的思维特征，艺术社会功能分析和艺术本体价值品评融会贯通的话语方式，都是中国美术理论的重要特色，也是民族文化托命唯新的体现。在中华人民共和国七十华诞之际，美术界都在回顾新中国美术发展之路，看到70年来，特别是改革开放以来，中国美术坚持文化主体意识、积极借鉴吸收外来文化的长足发展，也看到西方艺术，特别是西方美术理论对我们构成的影响与冲击，在美术评论和价值判断上存在着或者追随，或者失语的严重状况，因此进一步加强美术理论研究，关键是以坚定的文化自信和弘扬优秀传统文化的立场来开展美术理论的当代建构。

这次研讨会体现了对新时代中国美术创作的理论观照与学术引领。中国美术的当代发展具有蓬勃的生机，广大美术家坚持与时代同步，以人民为中心，在主题性美术创作和现实题材美术创作上迈开了新的步伐，涌现出一大批新的力作。通过深入生活、贴近人民，在艺术表现的视角和作品立意上呈现出宽阔的视野。从第十三届全国美展中可以清晰地看到中国美术全方位反映新时代社会变迁，反映人民生活和精神风貌新的创作态势，也看到形式探索、语言创新的艺术新追求。在“第十三届全国美展进京作品展”的现场，中国美术馆召开了全国美术理论研讨会，使理论分析的眼光更加紧密联系创作实际，有助于比较准确地针对实践中的优秀经验和存在的不足展开思考，促进中国美术理论建设中的话语建构，促进中国美术以大美之艺绘传世之作。

李群副部长在致辞中提出了四点要求，对我们与会专家深入思考具有很重要的启发意义。看到来自全国各地的专家学者和美术馆界同人济济一堂，我更是十分高兴。我们在岁末年初之际的探讨交流让人们期待中国美术理论将对中国美术事业的发展做出新贡献。

向作品致敬

新中国的美术视野

阐释与传播优秀美术作品的文化责任

范迪安

摘　要： 阐释与传播优秀美术作品的文化责任，需主要从两方面入手，即从美术创作的文化语境入手谈论美术创作的史诗意识，从中外文化的关系入手阐释中国美术图像创作方式的综合与跨越。

关键词： 阐释；传播；优秀美术作品；文化责任

阐释与传播优秀美术作品的文化责任需主要从两方面入手。

第一，从美术创作的文化语境入手谈论美术创作的史诗意识。

美术创作上的史诗，对中国美术来说是现代的产物，虽然我们有着非常悠久的美术传统和发展历史，但是具备一种非常宏阔的历史观，特别把历史意识通过丹青图画表现出来，应该说是现代的产物，这跟西方的情况有所不同。我个人觉得尽管在我们古代文人画系统里面也有非常强烈的爱国的意识，历史的感怀，但作为表现一个民族，整个社会主要群体的一种理想追求、信念意志，这是现代以来的产物。

20世纪中国美术家研究西方美术的时候，注意到西方建筑、油画、雕塑、版画、壁画这些作品中的史诗性。所以当我们的前辈在介绍西方艺术的时候，一方面是从实践上，从技巧上研究，另一方面非常看重西方艺术后面的史诗特征。百年来对西方艺术的介绍，特别多地体现在对古希腊美术与《荷马史诗》的关联上，把古希腊美术视为《荷马史诗》的形象再现，在基督教神学统领下的宗教艺术也特别注重它的超越性、精神性。从文艺复兴开始，西方艺术有了宏大叙事，到近现代国家概念形成之后有了重大提升。

美术史诗巨制，在20世纪的中国学界，从画家到理论家均特别注重。在实践上有徐悲鸿，从《愚公移山》开始应该说有了鲜明的史诗意识的萌发。中华人民共和国成立之后向苏联学习，又增加了反映民生的现实主义史诗历史。对革命历史的追溯，对近代以来中华民族奋起抗争、争取民族解放独立的反映，更是在《开国大典》《人民英雄纪念碑浮雕》等作品中体现出来。这个传统在改革开放提倡艺术个性的环境中有点消解、消退，但是进入21世纪，特别在新时代，中国美术的史诗意识又得到了回归和增强，一大批主题美术创作反映了对历史的关照和人文情怀。在我看来，历史的真实与人文的关怀是史诗意识的两个支柱，从人文关怀回到历史现场，从历史真实中生发人文情怀，是史诗性作品的重要特征。对许多具体的主题性、情节性作品，这里不展开论述，我要讲的是另一方面。

主题性艺术不等于情节性艺术，举两个例子：一是吴为山先生的《侵华日军南京大屠杀遇难同胞纪念馆主题雕塑》和他近些年来创作的关于文人学者的大量雕像，我觉得就体现了史诗性创作最重要的文化属性，也就是精神图谱的塑造，而不是历史真实的描绘，至少也是在塑造精神图谱的追求中去寻求历史的真实；二是许江先生《葵》的系列作品。前两天在山东美术馆举办了他的“葵颂”大型展览，可以看到他十几年来以“葵”作为自己人生的化身，更以“葵”作为时代的化身、象征。通过刻画“葵”的仪态来展现生命与世界，命运与时代的关联，也展现出崇高的美学。

对吴为山先生、许江先生这一类艺术家作品的阐释，我觉得有助于我们更多地回到中国语境中来阐述中国精神的表达方式，特别是从一种精神史诗的角度来观察和分析。

第二，从中外文化的关系入手阐释中国美术图像创作方式的综合与跨越。

现代以来的中国美术是在中西文化碰撞与交流中探索前进的，无论是文化激进主义还是文化守成主义都离不开这个背景，所以钱锺书先生说：“东海西海，心理攸同；南学北学，道术未裂。”从创作上看，20世纪以来的中国美术都在这样一个“攸同”与“未裂”的框架中展开。不同时期中国艺术家研究的焦点、课题又是不同的，所以这种现象就很有特色。我认为，在中西文化关系上，西方研究中国正在整体化，中国研究西方正在具体化，这说明中国美术的本土文化基因有很强的定力、活力，抗干扰能力，中国美术有自己的道法追求，敢于进行各种争论，以很强的吸收消化能力融合外来艺术，从百年前的油画、雕塑，到今天新媒体艺术的发展，均是如此。所以在阐述作品的文化属性和时代特征的时候，我觉得要从中外文化关系的角度进行更多的聚焦，就能使得中国美术自身的创造，特别是优秀作品能够成为今天中国学术的一个重要标杆，并丰富我们的理论思考。

范迪安，1955 年生于福建。现任中央美术学院院长、教授、博士生导师，中国美术家协会主席，中国文艺评论家协会副主席，教育部艺术教育委员会副主任，中央文史研究馆馆员，北京美术家协会主席，政协全国委员会委员。

形塑民族崛起的中国现代艺术精神

尚 辉

摘 要： 中国美术的现代性是中国进入现代社会所呈现的艺术命题，它不止于中国从农耕文明转向工业文明、信息文明所发生的传统与现代的冲突和转换，而且中国的思想文化启蒙本身就是五四运动以来西学东渐、引西入中的结晶，这便决定了中国美术的现代性必然存在东西美术的冲突与融合这个中国独特的现代性命题。而贯穿传统与现代、东方与西方、全球与在地这些矛盾运动的，则是如何表现这个现代社会的主体——人民的精神变迁问题。笔者认为，新中国美术的现代性特征主要体现在大众化美术转向、现实主义的人文关怀、外来美术的本土化以及在与世界美术发展态势并行互动中凸显中国经验这四个方面。

关键词： 新中国美术；现代性特征；基本内涵

现代性美术是启蒙主义运动开始的赋予现代社会的人享有社会平等审美权益并体现艺术个性化自觉的一种艺术阶段，但不仅每个国家进入现代社会的时序不同，而且每个国家解决的现代性问题各有差异，因而对于现代性美术的解答便各具内涵，各有特征。中国美术的现代性是中国进入现代社会所呈现的艺术命题，它不止于中国从农耕文明转向工业文明、信息文明所发生的传统与现代的冲突和转换，而且中国的思想文化启蒙本身就是五四运动以来西学东渐、引西入中的结晶，这便决定了中国美术的现代性必然存在东西美术的冲突与融合这个中国独特的现代性命题。而贯穿传统与现代、东方与西方、全球与在地这些矛盾运动的，则是如何表现这个现代社会的主体——人民的精神变迁问题。实际上，直面现实、表现人性、赞颂光明、揭露丑恶、塑造人民已成为中国美术现代性转型最富标志的思想意涵。中华人民共和国的成立，更广泛地推动了大众美术运动，更深刻地实现了现实主义的人文关怀，更积极地促进了外来美术的本土化，更鲜明地在全球艺术发展格局中凸显了中国现代艺术经验，这正是新中国美术 70 年书写的中国现代艺术史篇章。

一、大众化美术转向，社会主义社会的人性审美解放

中华人民共和国成立后，百废待兴，这里既有对高等美术学府的接管、对旧的教学体制的革新，也有对美术创作意识形态问题的疏导和改造。但对于新政权建立的现代社会而言，人性审美解放最重要的表现莫过于让这个新国家的主人——劳动人民获得平等而普遍的审美权益。中华人民共和国成立的翌月，即 11 月 26 日，中央文化部就颁发了《关于开展新年画工作的指示》，这是中央人民政府对于美术工作下达的第一道政令，强调年画是中国民间艺术中最流行的形式之一，改造旧年画是毛泽东《在延安文艺座谈会上的讲话》发表之后开展文艺普及运动的重要成果，以传播人民民主主义思想为内容的新年画，已被证明是人民所喜爱的富于教育意义的一种形式。这一指示颁布后，全国各地文教机关、美术团体和专业美术家积极响应。新中国迎来的第一个春节，就举办了规模空前的全国年画展览。

之所以在"新年画"前冠以"新"字，就在于这种大众美术必须革除封建迷信、才子佳人等旧年画内容而更新为新社会倡扬的思想文化。1951 年 5 月 6 日，《人民日报》发表了《严正处理旧连环图画问题》，对各地小人书摊上出现的封建、色情、迷信的旧连环画提出严厉批评，要求改善并加强连环画的绘编、出版工作，由此在北京成立的人民美术出版社和在上海成立的华东人民美术出版社都把设立连环画编辑室、组建连环画创作队伍、创办《连环画报》等报刊作为美术出版工作的重中之重。据 1954 年统计，年画、连环画和宣传画 4 年的总销量达到 1.8 亿份以上，仅在报刊上发表和出版的年画、漫画、宣传画就有 6800 余件；而连环画从 1949 年至 1962 年的出版就多达 12700 余种，发行量达 5.6 亿多册，这对于当时 6 亿人口的中国来说，几乎达到人手一册。

20 世纪 50 年代到 80 年代是中国大众化美术的黄金时代，一方面，当时社会普遍教育程度不高、娱乐活动相对贫乏，年、连、宣、漫等画种在丰富人民群众的业余生活、传播社会主义意识形态上发挥了不可替代的作用；另一方面，对月份牌、小人书的改造也促生了新的年画、连环画、宣传画和漫画进行现代性的转型。月份牌画家金梅生、李慕白等在新中国成立后绘制出了的《菜绿瓜肥产量多》和《女排夺魁》等名作，虽仍采用擦笔水彩这个月份牌绘画的经典形态，但人物形象、题材内容都富有鲜明的时代特征。连环画创作既有像徐燕孙、刘继卣、任率英、王叔晖、刘旦宅、程十发等运用传统白描绘制的样式，也有像华三川、贺友直、顾炳鑫、丁斌曾和许勇等将传统线描与写实造型相结合的方法，更有沈尧伊、陈衍宁、汤小铭等完全以素描、版画、水粉等西画语言创绘的新形制。大众化美术并不仅仅指年、连、宣、漫具有大众传播的普及性以及画面内容的通俗易懂，而且指创作从业者的低门槛和广泛的参与性。富有意味的是，这个黄金时代既造就了中国最有影响力的一代连环画大家，也从连环画家群体里走出了出色的中国画家和油画家。连环画《枫》《人到中年》等在新时期开启了"伤痕美术"画风，宣传画《知识就是力量》《科学是生产力》等激发了一代人的高考梦想，年、连、宣、漫等大众化美术在 20 世纪 80 年代再度热潮迭起，在很大程度上以其美术的大众化起到了思想启蒙、人性解放的作用。

二、现实主义人文关怀，中国画的现代性变革

赋予人民大众以平等的审美权益，这个中国美术现代性的基本意涵，也必然表现在以人民大众为艺术审美对象这个美术创作的根本问题上。中国绘画，不论是石窟墓葬壁画，还是院体画、文人画，在表现内容上都不出于宗教信仰、宫仪皇权、贵族享乐等苑囿，因而中国画的现代性意涵首先表现为对现代社会的主体——劳动人民的审美观照上。中国画的现代性变革，就是倡导现实主义的创作方法、引进再现写实的造型语言、借鉴现代主义某些观念来表达现实人文关怀。在新中国70年的中国画变革历程中，人物、山水、花鸟等画科都获得了创新性转换，其“创新性”既在生活风貌、人物形象、气象意境上展现出对现实社会鲜活生动的表现，也在笔墨语言、形式图像、媒材技艺上表现出对传统笔墨程式的突破与新创。

徐悲鸿、蒋兆和从20世纪40年代开启的笔墨加素描的水墨写实人物画，在新中国70年获得了贯穿全过程的发展，这一方面体现在高等美术学府人物画教学以这种徐蒋体系为主要教学模块，另一方面这70年中国人物画涌现的经典名作、造就的大家名师，基本上是以这个体系为基础而进行的各种个性化探索。李斛、李琦、杨之光、姚有多、王盛烈、卢沉、周思聪、杨力舟、赵奇等均为这一体系的代表。新浙派人物画虽与其不同，但不是削弱素描，而是较多接受速写式的素描，其笔墨语言借鉴也不完全像徐蒋体系那样以传统山水画语言为资源，而是以花鸟画“勾花点叶”为其笔墨借用的着力点，代表画家有李震坚、周昌谷、方增先、顾生岳、刘文西、吴山明、刘国辉、冯远等。而从速写进入人物画的则有叶浅予、黄胄等，他们一方面以表现新疆少数民族歌舞为创作主题，另一方面则探索了西画速写线条转化为笔墨人物的融合度。从《一辈子第一回》《八女投江》到《祖孙四代》《粒粒皆辛苦》《洪荒风雪》，从《人民与总理》《太行铁壁》到《一片土地》和《苍生》，这些作品所塑造的人民与领袖形象也深刻地揭示了民族崛起的现代中国人物风貌的巨大精神变迁。

现实主义的人文关怀也深刻地影响了这70年山水画从孤高冷逸的文人画境向歌颂祖国日新月异的大好河山的转变。1954年，李可染、张仃等开启的写生山水，促成了20世纪60年代初新金陵画派、长安画派的崛起及岭南画派的振兴。傅抱石的《待细把江山图画》、石鲁的《转战陕北》、李可染的《漓江山水天下无》、钱松喦的《常熟田》和关山月的《煤都》等解决的不仅是传统笔墨在写生过程中获得的新创造，而且是他们笔下的山水在审美意境上呈现的激越、壮阔与崇高这些在传统文人画里不曾展现过的精神品格。傅抱石提出的“思想变了，笔墨就不得不变”和石鲁践行的“一手伸向传统，一手伸向生活”，成为山水画在这70年间进行现代性变革的基本思想方法。在“85美术新潮”中掀起的中国画命运大讨论，使中国画的发展打开了与西方现代主义艺术进行横向比较的视野，中国画变革在表现现实人文关怀的基础上进行了实验水墨与形式纯化的探索，都市山水、抽象水墨成为中国山水画再度呈现现代性的另一种变革路向，它体现了中国城市化进程中水墨媒介如何应对信息社会的图像审美经验而生发的一次边界突破。

潘天寿、李苦禅、郭味蕖等从写生变出花鸟画，既表现了一种清新的生活诗意，也体现了他们富有个性的笔墨探索。20世纪八九十年代，随着对南国热带雨林花鸟的表现，花鸟画的文化审美内涵也从人格象征开始向自然与生命寓意表达的转变。由此而引发的工笔画复兴，不仅使花鸟画拓展到材质混搭与

形式纯化的路向，而且工笔写实人物画的异军突起，也在20世纪90年代末和21世纪迎来了工笔画的黄金时代。从潘絜兹、徐启雄、陈白一、蒋采苹、朱理存开启的民俗加装饰的画风，至此已深入到描绘现实中的民众生活以及表现消费时代的都市精神生存。从何家英《秋冥》兴起的都市女性表现，到李传真《工棚》传写的城市打工者生存状态；从徐累《昼夜平分》呈现的超现实主义的物象隐喻，到张见以《桃色系列》深寓的女性主义艺术，工笔画成为中国画走向当代最具有前沿探索意识的语种。显然，工笔画的繁盛不仅仅是勾勒与渲染的绘画语言在写实造型与图像借用上形成的宽广开放性，更为重要的是它回应了消费时代潜藏于人们内心的某种精神需求，这些作品在状写人们当代精致生活的同时都切入了对人性心理的刻画，这才是中国画更深刻的一种现代精神呈现。

三、融合与再造，外来美术的本土化

中国美术的现代性从更深层面上看是“引西入中”而形成的文化跨越现象。其中，从欧洲文艺复兴开始的科学求真的再现性艺术，成为20世纪以来中国美术反映现实人生的现代性思想基础。“科学精神”这个西方现代美术的灵魂，也同样成为中国美术现代性的核心命题。因此，中国美术对于欧美艺术的引进，不是局部的、短暂的，而是整体的、长久的，甚至是深入骨髓的。几乎所有的欧洲美术类型与传统都被中国视作学习与移植的对象，从油画、水彩到版画、雕塑，从文艺复兴到现代主义和后现代主义，中国美术的现代性在很大程度上体现的是这些外来美术在中国的存活以及重新结出的果实。从1949年到1977年主要以引进苏俄美术为唯一借鉴对象，其中社会主义现实主义的创作方法也真正开启了中国历史与现实题材的美术创作；1978年以来则是全方位对欧美艺术予以整体性的观照，从早期文艺复兴到现当代主义艺术，从而形成了中国当代多元化的艺术格局。这种多元化格局的艺术景观也明显区别于欧美以当代艺术为中心的局面，这从另一角度揭示了外来美术被本土化而不受“他者”艺术演变时序限制，为“我”所择、为“我”所用的中国美术现代性特征。

在20世纪五六十年代高扬的社会主义现实主义创作思想激励下，油画产生了罗工柳的《地道战》、侯一民的《刘少奇同志和安源矿工》、柳青的《三千里江山》、冯法祀的《刘胡兰》、董希文的《开国大典》、詹建俊的《起家》、孙滋溪的《天安门前》、王文彬的《夯歌》和温葆的《四个姑娘》等表现革命斗争历史与社会主义建设的经典油画，这些作品从英雄主义和理想主义的角度来再现历史、描绘现实、塑造英模，其真实并非现场或原型的照搬，而是画家真实地表达了那个时代人们对英雄和领袖的敬仰、对劳动人民的赞美，是艺术家以对新中国的时代激情而诗化了的历史与现实。这种时代的真诚与淳朴，无疑地成为社会主义现实主义油画中国化最深厚的底色。真实的艺术是思想真实的反射，揭开新时期美术思想解放序幕的也缘于对真实的重新定位。当程丛林的《1968年×月×日雪》、罗中立的《父亲》和陈丹青的《西藏组画》轰动画坛、传遍神州时，人们感悟到油画艺术的真实魅力早已不限于再现性的表现方法，而在于唤起整个社会潜隐的一种思想情绪。像地下涌动的火热岩浆，从社会主义现实主义到批判现实主义，油画已承载了这个民族从一个时代走向另一个时代的精神重力。

新中国的版画既有延安窑洞传统，也有上海亭子间的做派，由此与生产建设、地域文化相结合而发酵的北大荒油套、江苏水印和四川版画三大流派，才使新中国版画的面貌更加鲜明和饱满。晁楣的《北方九月》、黄丕谟的《黄海渔归》、鄄中铁的《大江东去》和李焕民的《初踏黄金路》等作品，以深寓开荒生产的素朴抒写了那个激情燃烧的时代诗篇，而其艺术语言的纯熟也因借鉴厚重的油画、淡雅的国画或汲取中国传统版画养分而形成独特的中国风貌。20世纪八九十年代，中国版画的现代意识更多地表现为对少数民族原生样态及都市精神的发掘，王华祥的《贵州人》、张敏杰的《城墙上下的舞蹈》和陈琦的《荷之连作》等都试图创造一种陌生化的视觉图像来呈现某种深刻的文化寓意，现代性呈现在此已从劳动诗情蜕变为逐步现代化了的中国社会的精神心理表征。

由刘开渠、滑田友、王临乙和曾竹韶等留法雕塑家引进的写实雕塑，在新中国率先垂范创作了人民英雄纪念碑腰座四周的浮雕，其写实而又典雅的汉白玉造像因浓缩了中国革命的艰辛历程而成为新中国雕塑最经典的国家形象。在苏联社会主义现实主义美学思想影响下，潘鹤的《艰苦岁月》、钱绍武的《大路歌》、叶毓山的《毛泽东立像》以及鲁美雕塑系师生创作的《农业展览馆组雕》等一批洋溢着革命浪漫主义激情的人物形象，成为那个时代可以触摸的精神图谱。不论是引进法式写实还是苏式塑造，这些雕塑都因凝固了一个时代民族崛起的精神风貌而具有一种宏大体量。尽管20世纪八九十年代开始广泛接受欧美现当代艺术影响，雕塑的个性化、观念性及多媒材得到越来越多的自觉与拓展，但其现代精神并不止于对抽象性形态的探索上，曾成钢的《鉴湖三杰》、黎明的《崛起》、文楼的《竹》、田金铎的《走向世界》和吴为山的《侵华日军南京大屠杀遇难同胞纪念馆主题雕塑》等让人们看到了他们对中国传统艺术语素的发掘以及对中华民族复兴精神的形塑。正像洛阳龙门石窟卢舍那大佛折射的盛唐气象一样，雕塑、油画、版画和水彩等外来美术门类早已在中国现代社会的建构中化为中华文化自己的血肉，而“本土化”的引擎则始终来自中国现代精神的内驱张力。

四、全球与在地，与世界美术发展态势并行互动中凸显中国经验

当1989年中国现代艺术大展黄永砯展出他的《中国绘画史和西方现代艺术简史在洗衣机洗两分钟》的装置作品时，不仅是他运用了其时全球悄然兴起的当代艺术类型，而且他通过《中国绘画史》和《西方现代艺术简史》的“混洗”所表达的中国美术与全球化艺术相搅拌的观念，也预言了此后中国美术与全球艺术混融而互动发展的时代到来。的确，“85美术新潮”急切地与世界艺术并轨的愿景，终于在21世纪中国经济腾飞、综合国力强盛之后获得了新的转机。21世纪以来，不仅威尼斯双年展、卡塞尔文献展、巴塞尔艺博会等这些国际艺术大展与艺博会已少不了中国艺术家的份额，就是中国境内创建的上海双年展、广州三年展、北京双年展和台北双年展等，也让中国艺术家与国际当代一线艺术家共同演绎了艺术全球化景观。徐冰、蔡国强、陈箴、黄永砯、谷文达、严培明和邱志杰等已成为具有国际影响的中国当代艺术家，他们以装置、影像、观念等新媒体艺术——这个艺术全球化标志的艺术类型，创造了各具他们观念创意与媒介标识的作品。但富有意味的是，他们这些被称作全球化艺术类型的作品，却无不充

满了中国传统哲思的智慧与文化的符码，他们的当代艺术在个性创造的同时更彰显出他们背后隐藏的一个强大的民族文化精神。

实际上，21世纪中国综合国力的强盛才在真正意义上将中国文化艺术与世界浇铸在一起。这既体现在中国美术发展态势与世界艺术的相向并流，其时间差文化差在不断缩小或归零，也表现在中国美术并非完全被动地追随那些既有的全球化样式或标准，中国文化的“和合”观、继承创新的艺术发展观，正越来越鲜明地显现出全球与在地构成的中国经验。就中国美术的现代性而言，这个民族十分善于兼顾内修与外拓的文化策略。“内修”是指对中外美术优秀传统不遗余力地研习并进行创造性的转化，而不是抛弃、颠覆或另谋出路。以靳尚谊为代表的新古典主义油画在20世纪八九十年代中国的兴起，几乎与“85美术新潮”相并行，它体现了中国油画在本土化过程中再度回到欧洲油画传统寻源而生成的一种美学理想；21世纪，全球化视野让中国许多艺术家关注外部世界的新艺术发展，但恰恰是此际，以杨飞云、王沂东、陈逸飞和冷军等为代表的中国写实油画派勃然而起，方兴未艾。他们对再现性写实油画的探索，固然是对新兴都市文化那种精致、高贵、富丽的审美趣味的回应，但更是对图像时代写实油画独特造型特征审美意蕴的探寻。而“国家重大历史题材美术创作工程”和“中华文明历史题材美术创作工程”等的实施，正是在中国写实美术的广泛基础上建立起来的，抑或说这种写实主义的美学正是这个民族崛起所需求的一种史诗艺术情怀。

而“外拓”则是指对传统美术媒介进行当代视觉文化的创新性发展，这不仅体现在油画、水彩、版画、雕塑等从承传基础上进行的创造，而且体现在中国艺术家擅长把观念、图像以及复合媒介这些当代艺术要素转用于传统美术门类。水墨画和水墨艺术就是从中国画范畴进行当代艺术转型的案例。水墨画消解了中国画笔墨规约，而扩大到一个泛书法写意水墨的领地，吴冠中提出的“笔墨等于零”不仅成就了自己，也让水墨画成为这个时代最有中国精神的现代绘画。水墨艺术是水墨的当代艺术，徐冰、谷文达以及诸多外籍艺术家对水墨观念的创意，让水墨艺术俨然成为一种流行的国际艺术。对于中外架上艺术的继承创新以弥补欧美当代艺术的唯一性，无疑是中国现代美术给予世界艺术发展提供的最有价值的中国经验。

回望新中国美术70年，中国美术的现代性演进虽曾全面引进西方再现性写实艺术，有益借鉴欧美现代主义、后现代主义艺术，但中国美术的现代性价值更多的是和中华民族崛起的精神铆焊一起，是在现实性的审美关怀中通过呈现为中华民族崛起而拼搏奋进的人民的形象来展现中国社会这种现代人文精神的变迁。新中国美术70年的巨大成就，也在于塑造人民形象的过程中形塑了中国美术现代性这个“剧作者”的自身形象。

尚辉，文学博士。曾任江苏省美术馆学术部主任助理、上海美术馆典藏部主任、北京画院美术馆馆长、研究馆员。现任中国美术家协会理事、美术理论委员会主任，《美术》杂志社社长兼主编，中国城市雕塑家协会副主席，中国文艺评论家协会理事。上海美术学院、首都师范大学美术学院、西安美术学院特聘教授、博士生导师等。

从文化自信中激励创新、走向世界

余 辉

摘 要： 中国美术“国际化背景”的形成有着复杂曲折的过程，它最终是伴随着改革开放形成的。传统背景下的中国美术面临着思想活跃、主题深刻、技艺出新之难。艺术创新的第一要素是文化自信，要充分发挥全国美展的引领作用，由于艺术家的特性之不同，既要鼓励创新，也要认同恪守，一大批艺术家恪守传统的精神和功力是少数创新成功者的分母和基础。

关键词： 国际村；传统文化；文化自信；艺术创新

自1949年7月起[①]，以相隔五年左右的历届全国美术作品展览成为中国美术发展的一个个里程碑，在这个发展过程中，多数时间是伴随着国际化的大背景，大到如何立于世界民族艺术之林，小到追逐内容的新颖和形式的创新，这是历史的必然，是时代的驱使。每一届全国美术展览的结束，都是一次自省和自觉的过程。

一、中国美术“国际化背景”的形成

中华人民共和国成立70周年以来，中国美术界曾几次“更换”了国际化背景，早在20世纪50年代，经历了“一边倒”的“国际化”阶段，新中国的艺术初次进入了一个社会主义的“国际村”，这个“国际村”的范围基本限于苏联和东欧及越南等国，处处学习甚至照搬苏联的艺术模式，从蒙古国到东欧各国的本民族文化都在退化，朝着苏联的审美意识靠拢，对新中国来说，必然限制了一些传统绘画的发展。如将国画改为彩墨画，有些美术学院甚至取消了国画系。在这个背景下举办的全国美术作品展览，留下了不同程度的烙印。

20世纪60年代初，“中苏公开论战”的结果，使中国艺术搬出了这个十分局限的“国际村”，走向了

① 1949年7月2日在北平艺专举办的“美术作品展览会”，展出木刻、漫画、年画、连环画、油画、国画、雕塑、洋片、剪纸、窗花、画报、美术资料等604件，后界定为“第一届全国美术作品展览”。

相对独立但封闭发展的道路，这个期间的美术界暗暗欣赏苏联、俄罗斯的写实主义绘画，在北京，由官方半公开地举办了来自苏俄的油画展。尽管后来经历了“文革”十年，出现了一些极端化的东西，但强调艺术民族化的审美意识逐步成为艺术理论的核心议题，在“文革”之前和之后均取得了许多新的成果。

“文革”结束后，在改革开放的前夕，中国美术悄悄移到了“国际村”的边缘，但没有顺着原路回到原点，在那个不长的两三年里，引进了东欧南斯拉夫、罗马尼亚和西亚伊朗等和少量的“第二世界”澳大利亚、加拿大等国家的美术出版物和展览，并没有引起美术界太大的涟漪，甚至社会主义国家罗马尼亚的当代艺术其中包括抽象艺术也没有引起中国美术界的兴趣，鉴于当时国内正在继续批判苏联的当代艺术，中国美术界最关注的是这个“国际村”西方世界写实主义艺术的大本营，随后是写实主义、印象主义、后期印象主义和表现主义绘画的展览首次进入中国。早在1977年年底，美术界最先以户县农民画展引进了“法国19世纪农村风景画展览”，先后在京沪展出，引起了极大的反响。随着1978年年底吹响改革开放的号角，在20世纪80年代，有关部门有计划地逐步引进西方的传统艺术，如“韩默藏画展”“美国波士顿藏画展”“法国250年油画展览”“日本创价协会藏画展”等数十个藏画展以及麦绥莱勒、柯勒惠支、蒙克等近百位19—20世纪上半叶的画家的展览纷至沓来，这个以写实和表现的手法反映现实生活的西方绘画不停地出现在北京、上海等地的美术馆、博物馆的展线上，同时大量的艺术家出国留学、访问、观展、参会、办展，极大地弥补了在国内认识西方美术之不足，形成了改革开放后新的“国际化背景”。在这期间举办的全国美术作品展览，其思想活跃、主题深刻和技艺出新是空前的。

二、传统背景下的中国美术

现代科学技术的高速发展使世界各国之间的距离越来越近了，无论是政治、经济，还是文化的交流越来越密切，整个世界被比喻为一个地球村。对于从事艺术创作的人们而言，从某种意义上说，这个世界又像是一个各持不同意识形态和艺术观念的画家村，中国的画家们住在这个村的东头。每一个国家、每一个民族就像村里的一户人家，怎么样才能在“村里”建立一个国家、一个民族艺术的立足之地？这不仅要看各家的招数，更要看各家本民族文化的底蕴和生命力，尤其是对本民族文化的自信和尊重程度。

中华民族这个大家庭，其得天独厚的条件是人们反复颂扬的五千年的文明历史，其他国家也有起始点更早的文明史，但许多文明史中间都出现了断层，如古埃及、古巴比伦、古罗马、古希腊、古印度等。我们国家的五千年文明的历史是延绵不断的，就绘画而言，两千年前，我们的祖先所从事绘画活动的工具和技艺基本上是原生态地保留了下来，如国画工具的笔墨纸砚没有本质性的变化，我们今天完全可以用类似西汉的绘画材料和技法复制当时的绘画，如已故的刘炳森先生在20个世纪70年代末复制了西汉长沙马王堆出土的T形帛画，如今已作为文物收藏在故宫博物院，至于后世历代的书画精品如北宋张择端的《清明上河图》等均以原生态的方式复制下来，达到下真迹一等的艺术水平。至今我们还遵循并发展着魏晋南北朝时期形成的人物画和山水画理论及批评原则，中国古代两千多年的绘画艺术活动和成就，可以写出编年史，这在其他国家是难以实现的，而且我们的书画艺术传统，在各个时期、各个时代，直到今天，都有新的延续，对历朝历代的艺术手法，可以说拈手就来，这在西方国家已经很难找到了。

过去一提“传统”就是古人之作。其实不然，传统也是有生命的，它也在流动和不断地发展，不是一成不变的。昨天成功的艺术创新，就是今天的传统；今天的艺术创新，经过时间的考验，就会是明天的传统。由于中国艺术强大的包容力和消化力，中国历史上先后有数次大规模地舶来外来艺术，最后都成为中国艺术新的养分，而没有被吞没。

不同的是，西方的一些艺术创新有如狗熊掰棒子，掰一个，掉一个。比如科学的写实手法出现在西方，并且一直发展到照相写实主义，但如今在欧美的美术教学课堂里，时常有中国教师在教他们怎么写实，教他们写实的欧美导师已经很少了。再看看西方街头画家的写实功底，实在是难以恭维。又如笔者到法国巴黎近郊的画家村和他们在市内的美术活动中心区蒙玛特高地，再到枫丹白露画家村，想找一找有没有继承19世纪印象派绘画艺术的佳作，比如说印象派大师马奈、莫奈光影技艺的传承者、修拉点彩技艺的传承人，结果是无处可觅，有的是极其粗略的仿制品，这才过去了100多年，印象派独特的艺术手段几乎没有传承人了。问及欧洲的艺术家，他们回答：“这早就过时了。”中国美术则不同，几乎可以说自魏晋时期绘画成为独立的艺术欣赏品以来，每一个历史时期形成的绘画艺术依旧像活化石那样传承了下来，如东晋顾恺之开创的“高古游丝描”，直到今天仍是美术学院国画课人物画基本功教学的起始点，不会有人认为这是一种“过时的画法”。我的一个大学同学为了学习王羲之的书法，40岁起闭门研读20多年，而且带了很多的学生，专门研究、临写王羲之的书法，包括探讨古代传统的书法理论。作为“国际画家村”里的中华民族大家庭，我们有绵延不断的营养来源，在面向未来的发展过程中，我们还是要立足于本民族的文化传统。

三、文化自信是艺术发展的动力源之一

从理论上讲，每一个从事艺术创作的人都要有创新的目标，但客观地说，真正做到创新的艺术家毕竟是少数，事实上每一个艺术家不可能都成为创新型的大师，因而美术展览的作品不可能也不会是件件创新。绘画风格创新是一个复杂的积累过程，要具备许多要素，如画家的传统功底、所吸收的外来因素及融合能力、所处的时代及其时代风格、画家的个性和天赋、经历的生活和感悟，等等，这多方面的因素糅合在一起，哪方面多一些，哪方面少一些，就会有千差万别的个人艺术风格。

由于某些主客观条件达不到，不少艺术家的才能在于不断地研究、继承和传授传统，包括对古今中外的绘画理论和技法进行研究和总结，并使之教科书化，甚至延续古代艺术的临摹、复制技术。这些艺术家也许在美术展览中得到大奖的概率不高，甚至难以有参展的机会，他们的成就主要体现在继承前人的艺术传统，但他们是很好的“教练”，把所继承的传统再原生态地传给下一代人，在下一代人中出现了艺术创新的人。他们虽不是“世界纪录的创造者”，但他们是“世界纪录的保持者”，至少是火炬或接力棒的传递者，这样的艺术家对于未来艺术的发展同样是关键。在每一个成功的大师后面不可能都有一个名师，但一定会有一批默默无闻的传统文化的启蒙者和典守者。没有这些分母，就不可能有分子，这个

基数越大，艺术发展的前景就越开阔。他们的艺术功绩和艺术生涯应该得到肯定，遗憾的是，过去很少宣传。由此，未来的美术大展是否能将一些机会给予典守传统艺术中的优秀者，他们要比那些靠从域外模仿为生的大小抄袭者不知要高出多少倍。

前些年，我们的传统艺术在某种程度上被淡化了，淡化的原因是受西方文化价值观的影响。外国某某人的一件什么东西卖出一个天价，中国某个人学了之后，也卖出了个什么价钱，过多地渲染这些就会产生误导作用。反过来讲，西方绘画大师也看我们的传统艺术，对我们也提出过批评。前几年，我作为中方策展人，与比利时一个叫吕克·图门斯（Luc Tuymans）的策展人合作，在北京和布鲁塞尔先后举办“中国·比利时绘画500年”的展览，这是一个比较中西绘画的展览。吕克是欧洲相当有名望的油画家，也是搞现代艺术的。他过去对中国艺术不是太了解，这是第一次到中国、第一次接触中国古代绘画。当他看了清初石涛、八大的绘画印刷品时，就已经很激动了，他说：“现代艺术在哪里？就在你们中国，你们300多年前就有现在欧洲人认识绘画本质的水平了，而你们还要模仿我们的现代绘画。”有他这种观念的西方艺术家十分普遍。

面对这样大的国际艺术格局，全国美术作品展览是弘扬中华传统艺术的集中展示，是践行传统审美观念、探求艺术创新的重要平台。一个时代要有这个时代艺术的立言机制，要有我们所推崇的艺术家，不断地推出一批又一批的新人、成功的艺术家，这些艺术家是代表中国、面向世界的，是被学术界、社会公众所认可的，是由时代的审美意识所决定的，而不是由市场价格所操纵的。

美国文化有两百多年的历史，有雄厚的资金做支撑。我们所拥有的条件是他们所没有的，五千年的文明是绵延不断的，这也是其他国家所不具备的，是用钱买不到的。面对未来，如果我们离开了五千年的传统去谈发展，就很容易被别人同化、淹没掉。现在年青一代中，有的人价值观还很薄弱，不少人的价值判断基本上是建立在市场基础上，不是建立在我们的时代审美意识和大众需求的基础上，因而是很脆弱的，很容易被不良意识所利用。

艺术创新的第一要素是习总书记倡导的文化自信，在文化自信思想指导下形成的艺术观念必定是民族的、大众的，缺乏文化自信的艺术创新则是脆弱的，也是没有生命力的。中国美术馆首任馆长刘开渠先生生前曾语及笔者：民族传统里有许多宝贵的财富，有的看上去好像发展到结束了，有的还有活力，还充满发展的机能，特别是要找到那些有发展机能的传统艺术，好好发展起来。要充分发挥全国美展这方面的引导作用，以定海神针的力度成为一种健康的发展方向，在中国美术五年一迈步的时刻，不断会有新的大师和作品出现。

余辉，1959年生于北京，祖籍杭州淳安。1983年在南京师范大学美术系获学士学位，1990年在中央美术学院美术史系获硕士学位。同年工作于故宫博物院至今，历任故宫博物院书画部主任、研究室主任。现为故宫博物院研究馆员，中外文化交流研究所所长，国家文物鉴定委员。

新时代中国美术的诗性表达

李 舫

摘　要： 新时代中国美术的诗性表达，构筑了时代精神的壮丽长卷。文艺是时代前进的号角，艺术家是人类灵魂的工程师。纵观这些作品，我们不难发现三个重要的特点：第一，礼赞时代风貌，坚持兼容并蓄。第二，秉持开放精神，关注人类命运。第三，关注人文精神，坚持与时俱进。新时代的中国美术家们，越来越勇于记录新时代、抒写新时代、讴歌新时代，勇于为时代画像、为时代立传、为时代明德；新时代的中国美术创作，越来越以坚定的中国气派来彰显时代精神。文化自信和文化自觉，正在成为中国美术的最佳表情。

关键词： 新时代；中国美术；诗性表达；文化自信；文化自觉

“元气淋漓障犹湿，真宰上诉天应泣。”这是1300多年前杜甫的诗句。

在中华民族的伟大历史征程中，美术作为一项重要的学科分类，从未缺席过。美术作品是一个时代的独特记录，既承载着独特的历史进程，又与美术家的气质、风格、禀赋、情怀、趣味等息息相关。

今天，中国的美术创作正面临着新时代的考验。中国特色社会主义进入了新时代，广大美术工作者更是满怀激情、呕心沥血，自觉地承担起反映时代风貌的神圣责任，担负起引领社会风气的时代使命。在火热的生活中寻找灵感，他们坚持与时代同步伐，以人民为中心，以精品奉献人民，以明德引领风尚。他们以独特的视野、精湛的技艺、勤奋的画笔讴歌中国共产党，讴歌中华人民共和国，展现人民蓬勃向上的精神风貌，礼赞中华民族的伟大精神，赞美伟大的时代，创作了大量可圈可点的优秀作品。新时代中国美术的诗性表达，构筑了时代精神的壮丽长卷。

文化艺术是时代前进的号角，艺术家是人类灵魂的工程师。纵观这些作品，我们不难发现几个重要的特点。

第一，礼赞时代风貌，坚持兼容并蓄。

“中国不乏史诗般的实践，关键要有创作史诗的雄心。”这是习近平总书记对新时代文艺工作者的嘱托。党的十八大以来，重大现实题材创作力度不断加强，广大美术家积极投身“深入生活、扎根人民”的火热实践，创作热情高涨，涌现出大量优秀的作品。千年雄安、精准扶贫、科技创新、国之重器……这是一批体量大、题材大、分量大的“大画”，成为创作的主旋律。正如范春晓创作的中国画《中国制造走向世界—— C919 大飞机》(206cm×503cm)，张振江创作的油画《重器——海洋石油 981》(200cm×353cm)，陈树中创作的油画《俱欢颜·安居》(240cm×500cm)，许杨、廉南宁创作的油画《辽宁号航母》(216cm×490cm)，王睿创作的油画《南海明珠》(185cm×380cm)，周吉荣创作的版画《中国“天眼”》(236cm×294cm)，军旅画家周补田创作的油画《护航亚丁湾》(150cm×340cm)。好的艺术作品有三个维度的标准——精神高度、文化内涵、艺术价值。这些作品在打造精神和文化高地的同时，更注重审美的表现力，它们的语言丰富，气象万千，具有史诗般的恢宏气质。周补田坚持海军题材创作，他的作品《太平洋上》《新航母》……不仅艺术地再现了中国人民海军的光荣历史，同时也生动地描绘了当今中国军人多姿多彩的军旅生活，充分展现了中国人民解放军这支文明之师、威武之师的光辉形象。

第二，秉持开放精神，关注人类命运。

冯远在 2018 年创作的中国画《在国际工人协会（第一国际）成立大会上》(200cm×450cm)，以马克思为主人公，选取了马克思于 1864 年 9 月在国际工人协会成立期间，受委托起草《成立宣言》和《临时章程》等重要文件，并向领导机构和来自法国、德国、意大利、波兰、爱尔兰的工人代表介绍文件内容的历史情节。这幅作品是为纪念马克思诞辰 200 周年而创作的，200 年来，以马克思为题材的美术作品可谓汗牛充栋，但难得的是，冯远的这幅画作不是急就章，而是画家深思熟虑、反复打磨的结果。画作中，马克思顶天立地站立于画面的中央，观者只能看见他后侧面的身影，但从他高举的双手、四周听众激情澎湃的状态，反映出当时激动人心的场景，以情景再现的方式表现了该史实的瞬间。

19 世纪 50 年代末至 60 年代初，欧洲工人运动再次高涨，各国工人阶级在斗争中迫切需要相互支持与团结合作。1864 年 9 月 28 日，在伦敦圣马丁堂举行法、德、意、波和瑞士等国工人代表参加的国际工人会议上，后来改名为“第一国际”的“国际工人协会”宣告成立。马克思出席了会议并被选入领导机构“临时委员会”，起草了国际工人协会的《成立宣言》《临时章程》和其他重要文件，为协会制定了斗争策略和组织原则。画家选取马克思宣布协会成立这个激动人心的瞬间，画面人物布局、色调的庄重处理，无言地道出了马克思在“国际工人协会”成立时的历史地位和文化灵魂作用，从而说明了一个世纪以来马克思和他的共产主义学说何以风靡整个世界，影响人类的命运和进程。

我们还有一大批这样优秀的作品，比如雕塑家吴为山创作的青铜像《马克思》已经成为中外文化交流的典范。

第三，关注人文精神，坚持与时俱进。

今天，随着美术事业的发展，我们不难看到，美术家、美术作品、美术馆不仅仅代表个人审美情趣，他（它）们已成为全社会的公共资源，美术家、评论家作为知识分子，他们的个人性在退后，公共性在增强。美术作为社会价值的平台，已不仅仅是一个表现、表演、表情的场所，还兼顾其他一些社会需求。这就对美术创作提出了新的要求，如何在一部作品中既体现经营性，又体现大众性；既坚持阳春白雪，又兼顾下里巴人。如何画出既能深入浅出，又能雅俗共赏的艺术作品？美术家一直没有停下他们探索的脚步，画家于振平以宪法宣誓仪式为表现对象，运用大透视及不完整感的处理，画出了严肃而不失张力的依法治国画作。何家英、王振、祝建华、霍炬、季颁、周涛共同创作的《双喜临门》，描绘了塔吉克族群众在国庆节办婚礼的场景。

与此同时，美术家在历史题材创作的表达语言和艺术手段上不断推陈出新。孙向阳、陈树东、孔平创作的《大会师》，弱化了情节的叙事因素，增加了绘画语言的表现力，结构的强化、色彩的夸张，以及象征性语言的表达，通过这些手法营造一种特殊的、象征性的长征胜利大会师的氛围，从而让画面具有一种斑驳、遥远、强烈的沧桑感和历史感。罗奇、孙佳兴、黄福昌、翁润鹏、林海东创作的《草地铁流》一反以往的明快热烈，而是选用暗淡、哀伤作为整个画面的情感背景。步履维艰的红军战士一个接着一个，艰难地走过茫茫的沼泽地。画面上，累、瘦、衣服破烂、皮肤黑、伤、凝重、苦涩、迷茫、隐约的希望、相对散乱的队形……成为叙事的主基调，这些都是历史留给我们的背影。2019 年 5 月，习近平总书记在江西于都中央红军长征出发地一连问了三个问题：“长征中能活下来的有多少人？红军战士靠的是什么？图的是什么呢？”这幅画不断让我们想到这掷地有声的“长征三问”，这三问是信念之问、初心之问、奋斗之问，每一问都直逼人心，发人深省。今天，面对世界百年未有的大变局，面对中华民族伟大复兴的战略全局，我们有必要重温这三问。

距离山巅越近，空气越稀薄，难度越大。毫不夸张地说，我们现在所处的是一个船到中流浪更急、人到半山路更陡的时候，是一个越进越难、越进越险而又不进则退、非进不可的时候。在这个过程中，艺术振臂一呼的功能尤其重要。美术作为最具有先锋立场、最具有文化理想的艺术门类，最能代表一个时代的风貌，最能引领一个时代的风气。新时代的中国美术家们越来越勇于记录新时代、抒写新时代、讴歌新时代，勇于为时代画像、为时代立传、为时代明德。新时代的中国美术创作以越来越坚定的中国气派来彰显时代精神、文化自信和文化自觉，成为中国美术的最佳表情。

李舫，生于吉林省长春市。中国人民大学文艺理论博士研究生。现任《人民日报》(海外版)副总编辑，中国作家协会全国委员会委员，中国文艺评论家协会理事，中国散文学会副会长。担任“五个一工程”奖、中国电影华表奖、中国电视金鹰奖、鲁迅文学奖、中国儿童文学奖、徐迟文学奖、丰子恺华语散文奖等评委。作品及评论发表于《人民日报》《光明日报》《人民文学》等报刊。代表作有《春秋时代的春与秋》《在火中生莲》《沉沦的圣殿》等。编、译、著作近 40 部，出版有《不安的缪斯》《在响雷中炸响》《魔鬼的契约》《纸上乾坤》《自在心灵》等。数次获中国新闻奖、冰心散文奖等奖项。担任中国文学“丝绸之路”大型名家精品文库、纪念改革开放四十年特辑《见证》、新世纪散文精品文库“观天下”等主编。

团结中华民族的精神力量

——中华人民共和国成立70年中国美术创作中的爱国主义精神表达

张　敢

摘　要： 70年来，广大美术工作者深入生活，扎根人民，创作出大量有筋骨、有道德、有温度的优秀作品，为筑牢中华民族精神大厦的根基、增强国人的骨气和底气做出了重要贡献。本文以爱国主义精神表达为线索，对中华人民共和国成立70年的中国美术创作进行分析、总结。

关键词： 爱国主义精神；祖国统一；民族统一；革命历史题材

回望70年的中国美术历程我们可以发现爱国主义精神一直是美术创作的主旋律。什么是爱国主义精神？ 2015年12月30日，中共中央政治局就中华民族爱国主义精神的历史形成和发展进行第二十九次集体学习，习近平总书记在主持会议时发表讲话，指出爱国主义是中华民族精神的核心。正是深深植根于中华民族心中的爱国主义精神，让中华民族五千年来经受住无数难以想象的风险和考验，始终保持旺盛的生命力，生生不息，薪火相传。70年来，广大美术工作者深入生活，扎根人民，创作出大量有筋骨、有道德、有温度的优秀作品，为筑牢中华民族精神大厦的根基、增强国人的骨气和底气做出了重要贡献。

一、爱国与爱党、爱社会主义的统一

爱国主义精神不是一个抽象的概念，因此高扬爱国主义精神的美术作品并不局限于某个特定题材，在表现革命斗争的先驱和先烈、领导中国革命的领袖、表现社会发展进步、描绘祖国大好河山、歌颂爱岗敬业的各行各业的代表作品中，无不蕴含着深刻而朴素的爱国主义精神。习近平总书记在纪念五四运动100周年时强调“当代中国，爱国主义的本质就是坚持爱国和爱党、爱社会主义高度统一”[①]。

1949年，中华人民共和国成立，中国社会发生了翻天覆地的变化，中国共产党带领中国人民经过艰

---

① 习近平：《在纪念五四运动100周年大会上的讲话》（2019年4月30日），《人民日报》2019年5月1日。

苦卓绝的斗争取得光辉成就，艺术家们也满怀激情地用自己的画笔来表达对革命先烈的缅怀、对新社会的讴歌。中华人民共和国成立后，国家有计划地组织艺术家创作革命题材的美术作品，对广大群众进行革命历史和爱国主义教育。1950年1月17日，南京率先成立了“革命历史画创作委员会”，同年5月，中央美术学院完成了文化部下达的绘制革命历史画的任务。20世纪五六十年代，文化部、中国革命博物馆先后组织艺术家进行了两次革命历史画创作，并在国内掀起了创作革命历史题材绘画的高潮，涌现出王盛烈的《八女投江》、冯法祀的《刘胡兰就义》、詹建俊的《狼牙山五壮士》、董希文的《开国大典》、石鲁的《转战陕北》等一批脍炙人口的优秀作品，这些作品在中国的历史和爱国主义教育中发挥了无可替代的重要作用。粉碎“四人帮”以后，陈逸飞、魏景山的《攻占总统府》和张京生、王元珍的《没有共产党就没有新中国》是同类题材中极具代表性的作品。2009—2015年，国家进一步加大了对重大历史题材美术创作的支持力度，如“国家重大历史题材美术创作工程”，来自全国各地的美术家们创作了一批恢宏的革命历史题材的作品，让人民重温往昔的峥嵘岁月。

其中有很多表现领袖人物的作品，表达了艺术家爱国爱党的深厚情感。如李琦的《主席走遍全国》、周思聪的《人民和总理》、梁长林表现彭德怀的《故乡行》，以及李象群的雕塑《我们走在大路上》等，无论是思想性，还是艺术性，都堪称中国美术史上的精品。

中华人民共和国走过了70年的历史，特别是改革开放40年以来的飞速发展，是中国人民在中国共产党领导下创造的人间奇迹。艺术家们创作的大量表现新中国建设成就和劳动者奋战在各行各业的作品，同样凝聚着爱国主义精神。魏紫熙的《天堑通途》、古一舟等人的《十三陵水库落成典礼》、王文彬的《夯歌》、广廷渤的《钢水·汗水》以及表现大国工匠的系列作品，都表现了社会主义建设者的风姿。

二、爱国与维护祖国统一和民族团结高度统一

习近平总书记强调，弘扬爱国主义精神，必须维护祖国统一和民族团结。中华人民共和国成立伊始，美术工作者就热情讴歌全国各民族大团结所取得的成就，很多艺术家深入边疆和少数民族地区，创作了一大批表现少数民族生活的作品，如周昌谷的《两个羊羔》，赵望云的《雪山驮运图》，黄胄的《洪荒风雪》，徐匡、阿鸽的《主人》，吴长江的《青海大草原》等。事实上，直到今天，少数民族的生活方式、风俗习惯、服装服饰等依然是艺术家们热衷表现的重要题材。更令人耳目一新的是，艺术家们开始表现各民族在国家的变革和发展中的积极贡献和作用，而不是简单地表现其外在的独特性。美术作品跨越了语言的障碍，更好地传达出各族人民共同建设中华家园的美好愿望。

人民军队是维护国家统一的中坚力量。国家未雨绸缪，大力加强国防建设，军队素质空前提高，这是对一些妄图以武力遏制中国的好战国家的最严厉的警告。军旅题材的美术作品塑造了保家卫国的中国军人形象以及我军现代化建设所取得的成就，增强了全国人民的信心。早在1957年，为了庆祝中国人民解放军建军30周年，有组织的军事美术创作活动成为中国美术发展史中的重要组成部分。其中罗工柳的《地道战》、董希文的《红军不怕远征难》、潘鹤的《艰苦岁月》《人民英雄纪念碑浮雕》都是这个时期的佳

作。此后，中国人民解放军的群众性美术创作活动获得了长足发展，无论是现实题材，还是军事历史画，都佳作频出，如陈逸飞的《黄河颂》、邵亚川的《巡堤》、张道兴的《脚踏着祖国大地》等。

进入21世纪，军事题材的美术创作在“熔铸中国气派，塑造国家形象”的中国美术实践中扮演了重要角色。党的十八大以来，涌现出一批表现我军履行新任务、新使命的作品，如李翔的《南海·南海》、苗再新的《雪狼突击队》等。这些极具时代特色、凸显中国军人保家卫国坚定信念的作品，让中国人民看到了维护国家统一的坚强后盾。

三、爱国与尊重和传承中华民族的历史及文化的统一

习近平总书记强调，弘扬爱国主义精神，必须尊重和传承中华民族的历史和文化。随着中国经济的发展，国力的强大，一些西方国家妄图以武力威慑和经济封锁来围剿中国的计划宣告破产，但是它们对中国进行意识形态渗透的企图并未停止，其特点就是通过各种宣传手段，让中国全盘接受西方的价值观和评价体系。改革开放以后，西方现代和后现代主义美术蜂拥而至，很多艺术家深受影响。由于国内艺术史和艺术理论研究的相对滞后，导致西方艺术理论逐渐掌握了话语权，而中国自身的审美评价体系却遭到猛烈冲击或摒弃，以至于中国的高等美术教育、美术理论、美术批评等领域的核心理论大都来自西方，中国美术界对当代艺术理解和阐释的混乱与此有直接关系。

令人欣慰的是，中国共产党高瞻远瞩，恰逢其时地提出了实现中华民族伟大复兴的中国梦，要树立文化自信，而这“是当代中国爱国主义的鲜明主题”①。中国美术界在很多有远见的理论家和艺术家的带领下，坚持中国的美术评价标准，不以西方的标准为标准，继续支持架上绘画的发展，继续支持艺术家创作优秀的现实主义风格的作品。最具代表性的就是相继实施的“国家重大历史题材美术创作工程”和“中华文明历史题材美术创作工程”。前者历时5年，2009年9月22日在中国美术馆举办结项展览，共展出油画、中国画和雕塑等104件作品，被学术界称为“以图像视觉谱写了中国近现代史的嬗变”；后者同样历时5年，共有146件各类作品通过验收。这些作品“在史实凝缩表现、历史情景再现、艺术风格语言铸造和精神境界开拓上，达到了历史以来的最好水平，它标志着中国美术在历史画艺术创作领域取得的重大成果和所达到的高度，也填补了中国历史主题性创作的空白与缺憾”，还应该补充的一点就是，这些作品为向广大群众进行爱国主义教育提供了优秀的视觉图像。

四、爱国是民族情怀与国际视野的统一

习近平总书记在讲话中强调，弘扬爱国主义精神，必须坚持立足民族又面向世界。他指出：“中国人是讲爱国主义的，同时我们也是具有国际视野和国际胸怀的。随着国力不断增强，中国将在力所能及范

① 《习近平在中共中央政治局第二十九次集体学习时强调：大力弘扬伟大爱国主义精神　为实现中国梦提供精神支柱》，《人民日报》2015年12月31日。

围内承担更多国际责任和义务，为人类和平与发展作出更大贡献。”① 早在20世纪50年代，中国和亚非拉的很多国家建立了友好的外交往来。伍必端、靳尚谊的《毛主席和亚非拉人民在一起》就是这类题材的优秀作品。进入21世纪，随着中国的日益强盛，开始积极参与国际事务，表现维和部队、中国援助第三世界国家的作品也进入了艺术家创作的视野。习近平总书记提出“一带一路”的伟大倡议之后，中国国家画院在文化和旅游部的指导下，实施了“一带一路”国际美术工程，这是继20世纪五六十年代丝路写生活动后的又一次创作高潮，于小冬的《茶马古道》就是其中的代表性作品。该工程充分体现了中国艺术家走出国门，放眼世界的开放视野。

中国美术工作者们顺应时代的发展，不断丰富着爱国主义精神的内涵，通过他们的作品来“引导人民树立和坚持正确的历史观、民族观、国家观、文化观，增强做中国人的骨气和底气”。美术作品以美的形式和语言，让爱国主义精神深入每一位中国人的血脉和心灵。

张敢，1969年生于北京。1987年考入中央美术学院美术史系，先后获得本科、硕士和博士学位。现为清华大学美术学院艺术史论系教授、博士生导师，清华大学美术学院当代艺术研究所所长，清华大学学位委员会艺术分委员会主席，中国美术家协会美术理论委员会秘书长。

①《习近平在接受金砖国家媒体联合采访时强调：坚定不移走和平发展道路　坚定不移促进世界和平与发展》，《人民日报》2013年3月20日。

走自己的路

——扫描新中国美术70年光辉成就

邵大箴

摘　要： 新中国美术之所以能在世界艺坛独树一帜，正是由于艺术家们有对艺术发展历史的深刻认识，有以雄厚中国传统文化为傍依的民族文化自信心。我国几千年的优秀美术传统是培育中华民族和时代特色美术的沃土，只要我们扎根于民族传统，面向澎湃的现实生活，坚持“二为”方向和“双百”方针，我国新时代的美术理论研究和创作实践将会取得更大的成就。

关键词： 走自己的路；新中国美术；70 年光辉成就

我们举国欢庆中华人民共和国成立 70 周年，70 年来，新中国走在大路上。新中国美术也因为选择了“走自己的路”的正确方向，取得了值得骄傲和自豪的成就。

比起 1949 年之前，这 70 年，特别是改革开放新时期以来的 40 年，我国的美术教育、美术研究和创作机构的数量和人员规模增长速度惊人，有目共睹。但是衡量艺术成就不能单靠数字说话，要看质量和水平。

20 世纪以降，中国社会发生巨大社会变革，美术如何适应社会进步，满足广大人民的审美需求，传统如何走向现代，外国的成果如何为我所用，是中国艺术家们面临的迫切课题，引起许多仁人志士广泛而热烈的讨论。毛泽东同志在 1942 年发表《在延安文艺座谈会上的讲话》，关于艺术来源于生活、高于生活，艺术服务于人民大众，在普及基础上提高、在提高指导下普及，古为今用、洋为中用等论述，为中国现代美术的发展指明了方向。中华人民共和国成立之后，党中央制定的艺术“二为”方向和“双百”方针，是推动艺术发展的基本原则。

中华人民共和国成立后的 20 世纪 50 年代，为了使包括亿万文盲和半文盲的人民大众享用美术，遵照党中央的指示精神，美术界和出版部门经过调查研究，决定大力发展在群众中易于传播的连环画、年画和宣传画艺术。其中以图为主、以文字为辅，既能传播文化知识，又能普及美育的连环画，尤其受到广大群众的欢迎。连环画的脚本包括现当代优秀文学作品和中外古典文学名著，参与连环画创作的有知名艺术家，也有青年后起之秀。一部优秀连环画创作发行数百万套成为常事，由上海人民美术出版社组织丁斌曾与韩和平创作的《铁道游击队》(1955年初版)，多次再版，竟创下发行3600万套的奇迹。

20世纪50年代，困扰美术家的一个重要问题是如何对待中国画的现代发展。中国画包括匠师画、院体画和宋元兴起并占主流地位的文人画。文人画强调笔墨语言的独立价值，忽视形似而重神韵和写意，进入了艺术语言的自觉阶段。但文人画家避世隐逸的态度，使人物画尤其是反映现实生活的人物画日趋衰落。加上清代中期之后，经济衰退、政治腐败，绘画创作多陈陈相因，复古风盛行，文人画一落千丈。而新中国期待中国画描写现代人物，反映现代社会生活，以推动社会进步。这种矛盾引起人们对中国画前途发生质疑，产生了虚无主义情绪，从而引起50年代有关中国画现状和前途的讨论。党中央审时度势，为澄清和统一人们的认识，及时决定建立北京画院、江苏画院及上海画院，对扶植和推动中国画的健康发展起到了重要作用。

中国画写意笔墨传统的传承与发扬必须以面向现实和反映生活为前提。在“二为”方向指导下，艺术家们纷纷走出画室到生活中搜集素材，吸收营养。50年代中期，李可染、傅抱石、石鲁、赵望云、关山月等著名画家外出写生，在全国美术界掀起写生热潮，创造了许多反映祖国山河面貌的新作品，促进了中国画的前进步伐。

也是在20世纪50年代，潘天寿主持的浙江美术学院（今中国美术学院）兴起的“新浙派”国画和北京中央美术学院徐悲鸿、蒋兆和、叶浅予坚持的融合中西的学术主张与教学实践，从不同侧面推动了中国画人物画的发展。美术界总结20世纪前50年中国画走过的道路，更加清晰地认识到，包括文人画在内的传统中国画，只要遵循面向现实的方向，走以古开今的道路，仍然有强劲的生命力；与此同时，在传统笔墨基础上适当采用西画某些造型观念和技巧，以西补中，也是一条行之有效的革新途径。近几十年来，多元的中国画理论和创作方法互相促进，展现出百花齐放、绚丽多姿的大好局面。

从西方引进的油画在我国得到了很好发展，在美术院校逐渐建立和完善了油画教学体系，培养了大批油画人才。20世纪50年代中期，杰出油画家、《开国大典》和《春到西藏》的作者董希文提出“油画民族化”的主张，建议艺术家们探索中国油画的民族特色。这一主张不仅引起中国油画家们的思考，而且向人们提出一个颇有意义的话题，那就是我们如何使外国引进的艺术品种适应中国土壤，在这里生长、开花、结果。中国当代油画在坚持油画艺术、注重造型结构和色彩的基础上，探索融入中国传统绘画的写意性，具象写实、表现、抽象、意象、寓意象征等多种风格各显风采，新人新作不断涌现。近几年来，中国当代油画展先后在俄罗斯、法国和意大利展出，使西方画界刮目相看，倍加赞赏。

在这一时期，版画和雕塑也取得了丰硕成果。20世纪50—80年代，四川黑白版画、黑龙江北大荒油印套色版画和江苏水印木刻大放光芒；浙江、陕西、山东、广东、安徽、上海、北京等地版画艺术也十分活跃，各具特色。进入改革开放新时期之后，石版、铜版、丝网版、石膏版及其他综合版得到很大发展，广泛的对外交流特别是版画国际双年展的举办，也活跃了我国版画界的创作与学术气氛。

20世纪50—60年代，充分反映新中国雕塑艺术成就的是由刘开渠等数十位艺术家协力创作的矗立在天安门广场人民英雄纪念碑上的系列浮雕，这件反映中国革命历史的巨作寓纪念性与装饰性于一体，具有史诗的特征。一些杰出艺术家创造的反映革命历史和现实生活的架上雕塑也有出色的表现。随着我国经济的迅猛发展，近40年来，城市雕塑和雕塑公园在我国兴起，老中青雕塑家们充分发挥才智，创造了题材内容和形式风格丰富多样的作品，形成全国城市一道道亮丽的风景线。

美术史和美术理论研究成果斐然，以王朝闻先生为主编、由数十名专家参与撰写的12卷本《中国美术史》在21世纪初问世，这是中国古代美术史研究新成果的重要标志。同时，外国美术史和理论著作的介绍和研究也取得了可喜成绩。

改革开放初期，中国美术受到了西方现代主义美术的冲击，美术界开展的关于中国艺术如何走向现代的学术讨论，使大家认识到西方艺术的现代创新之路值得我们研究，其中某些观念和技巧可以适当借鉴，但它反传统的激进思想和一些违背艺术规律的实践，不应该成为我们学习的范本，中国现代艺术应该以传统文化为基础，从现实社会人们的审美需求出发，参照国际视野，探求自己的前行之路。

“走自己的路”是经历西方现代主义艺术挑战后，中国艺术家们发出的最响亮口号，意味着创造具有中国社会主义特色和民族气派美术是他们的理想。近30年来，继现代主义之后，西方的“后现代主义”“后现代主义之后”等当代艺术思潮纷至沓来，反对传统美术表现形式的观念艺术对中国艺术又形成一次新的冲击波。中国艺术家以平和、镇定的心态对待，关注和吸收其利用新信息媒介丰富艺术创造手段的一些新成果，为我所用，他们认为美术作品中观念固然重要，但观念不宜直接地表达，需要通过反映艺术家心灵的“手艺”加以表现，因此坚信兼重理性和感情的传统艺术表现形式具有永恒价值。属于视觉艺术的美术创造，依靠形式传载思想感情，刺激人们的视觉、感动人们的心灵，只有创作者运用心、眼、手合作的创造，作品才能有动人肺腑的艺术感染力。新中国美术之所以能在世界艺坛独树一帜，正是由于艺术家们有对艺术发展历史的深刻认识，有以雄厚中国传统文化为傍依的民族文化自信心。党的十八大以来，习近平总书记多次提出关于坚定文化自信，传承创新优秀传统文化的论述，在美术界引起强烈反响，感到十分亲切。我国几千年的优秀美术传统是培育有中华民族和时代特色美术的沃土，只要我们扎根于民族传统，面向澎湃的现实生活，坚持“二为”方向和“双百”方针，我国新时代的美术理论研究和创作实践将会取得更大的成就。

邵大箴，1934年生于江苏镇江。1960年毕业于苏联列宾美术学院美术史论系。长期在中央美术学院任教，从事西方美术史和中国现代美术的研究。在研究中大力培植中国现代美术，力促中国美术在尊崇传统的基础上走向现代。曾任《世界美术》《美术研究》主编，中国美术家协会理论委员会主任、中国美术家协会书记处书记，《美术》杂志主编。现为中央美术学院教授、博士生导师。出版有《现代派美术浅议》、《传统与现代派》、《西方现代美术思潮》、《雾里看花——当代中国美术问题》、《现代雕塑十讲》、《古代希腊罗马艺术》、《艺术格调——邵大箴论艺术》、《欧洲绘画史》(合著)。译著有《论古代美术》(德国温克尔曼著)。

文心铸史，雕塑时代

——我看中国百年雕塑

吴为山

摘　要： 中国百年雕塑是在民族文化、外来文化及社会更替的多重变奏、相互交织的融汇中发展的。本文以砥砺铭史、塑魂立人、时代丰碑、匠心着意、多元交响、文心写意、溯源追梦为题，分别对百年以来中国的主题性雕塑、人物雕塑、城市雕塑、民间雕塑、多元化雕塑、写意雕塑及雕塑文献进行阐释，在实践与理论层面对于中国雕塑的发展进行梳理和归纳。

关键词： 中国；百年；雕塑；文心

中国雕塑艺术的厚重与悠久折射着民族历史发展与民族审美创造，历史上的雕塑主要是为帝王将相、宗教传播而创作。20 世纪以来，随着西方雕塑的引入，中国雕塑走向了对民族、历史及现实题材的刻画，不但展现了独立的审美价值与个人的艺术理念，而且在承载历史、记录事件中发挥了重要作用。一代代雕塑家以丰富的创造体现了对于雕塑艺术独特价值的深刻认识。改革开放以来，在多元化的进程中，雕塑艺术的功用性、审美性、跨界性、探索性在不断延展。进入 21 世纪，中国迎来经济腾飞的重要时期，也迎来中华民族伟大复兴的历史机遇。雕塑家们身处伟大时代，通过一系列优秀作品在中国与国际的舞台上讲好中国故事，彰显文化自信。百年中国雕塑在中西文化融渗的语境中深刻反映了时代的发展，由此逐渐唤起人们对于民族文化的反思，在反思中进一步提高了文化自信，在自信中构建中国精神与雕塑形式的共同体。

接下来，笔者以砥砺铭史、塑魂立人、时代丰碑、匠心着意、多元交响、文心写意、溯源追梦为题，分别对百年以来中国的主题性雕塑、人物雕塑、城市雕塑、民间雕塑、多元化雕塑、写意雕塑及雕塑文献进行阐释，在实践与理论层面对中国雕塑的发展进行梳理和归纳。

一、砥砺铭史

雕塑艺术的主题创作是围绕特定内容而展开的，力求思想性与艺术性的高度统一，历史性与现实性的有机结合，内容与形式的水乳交融。

20世纪初，中国雕塑家从西方引来肖像塑造法和纪念碑建造法，不断尝试将西方古典写实手法与中国优秀传统艺术相结合，探索出具有民族特色的雕塑语言。中华人民共和国成立后，中国雕塑家学习苏联雕塑艺术，为中国社会主义现实主义的文艺找到了创作方向。

在我国波澜壮阔的反帝反封建的新民主主义革命时期和社会主义革命、建设时期产生的可歌可泣的人和事成为雕塑艺术家们表现的主要内容，他们用雕塑艺术铭刻了时代的印记。长期以来，中国几代雕塑人在主题雕塑的创作中凸显出他们真挚的爱国情怀和高度的艺术水平。通过对深厚博大的历史文化、丰富多彩的民族文化、独具特色的红色文化、生机勃勃的创新文化和饱含理想的追梦文化的表现，将雕塑与文化、历史与艺术、空间与时间有机融汇，使得中国百年雕塑闪耀着民族文化与时代精神的光芒。在中国百年雕塑史上，主题创作是从反帝反封建的民族解放运动开始的，江小鹣的《孙中山总理铜像》、刘开渠的《淞沪战役阵亡将士纪念碑》拉开了中国现代雕塑主题创作的序幕。

中华人民共和国成立后，《人民英雄纪念碑浮雕》（1958年落成）、《四平解放纪念碑》（1954年落成）成为新中国雕塑主题创作的里程碑，也是“中国人民站起来了”的象征。围绕新中国成立后的十大建筑，诞生了一系列以庆丰收、民族团结、全民皆兵、海陆空军等为主题的大型组雕，影响广泛。《农奴愤》《收租院》等也为配合阶级教育起到了重要的宣传作用。

对于重大题材的主题雕塑，20世纪50年代至80年代初的创作手法多为“叙事”与“亮相”。80年代中期之后，在历史题材的雕塑中有了新的探索，在历史反思、价值判断、审美观念、形式构成、体量对比、内容提炼、表现手法、空间营建、材料运用诸方面都有了超越。通过对民族苦难历程的表现，通过对中国共产党领导全体中华儿女进行艰苦卓绝的斗争的表现，唤醒民众，勿忘国耻，缅怀先辈，为伟大民族的复兴而振奋力量。尤其是对历史上重大事件的表现，站在人类的立场，并以发展的眼光进行回顾、前瞻，创造了耸立于世界的精神纪念碑。

习近平总书记在南京大屠杀死难者国家公祭仪式上说：“我们为南京大屠杀死难者举行公祭仪式，是要唤起每一个善良的人们对和平的向往和坚守，而不是要延续仇恨。中日两国人民应该世代友好下去，以史为鉴、面向未来，共同为人类和平作出贡献。”这是中华民族维护世界和平的价值观。从表现中国人民站起来的《人民英雄纪念碑浮雕》，到近年来的国家公祭，南京大屠杀大型组雕创作等一系列全国不同风格雕塑家的精品力作和新中国成立以来所有的优秀主题创作，不仅以艺术雕刻了历史，也展现了中国雕塑家爱党、爱国、爱人民的拳拳之心。

“国家重大历史题材美术创作工程”和“中华文明历史题材美术创作工程”的创作以及正在进行的现实题材创作，共同为先贤塑像，为文化立碑，为未来树典范。

二、塑魂立人

龙山、良渚、三星堆等遗址出土了精美的人像雕塑，主要用于祭祀、巫术与器物装饰，这种雕塑传统在我国历史文明发展进程中从未间断。大量的佛道造像、陵墓雕刻中出现的人物题材雕塑，虽是服务于宗教与皇权，但很多都是现实生活中的写照，其中西汉的李冰（约公元前302—前235）像、晚唐的洪䛒（？—862）像、五代的王建（847—918）像等古代人物雕像堪称典范。

鸦片战争之后，殖民者曾在租界区内建立过一些殖民者人物雕塑，但数量、范围和影响力均有限，不能代表中国。人物雕塑的大量出现是由“五四运动”之后从西方留学归国的雕塑家们的创作，他们大多接受了以法国为中心的欧洲学院教育传统，带回了写实人物雕塑创作的技法与理念。从表现手法来看，他们基本延续了欧洲学院雕塑的传统，将人物雕塑作为一种精神品格的承载来表现。这段时期的肖像雕塑有三个特点：第一，虽然源自学院传统，但是民国时期的肖像雕塑呈现出多元的艺术面貌，他们的创作有各自的艺术特征。第二，由于救亡图存的时代主题，中国对西方雕塑的学习从一开始就带有现实诉求，作品题材多为民主革命家和社会名流，表现时代人物。第三，民国雕塑家们在上海、杭州、北京和广州等重要城市开展的教学活动建立了中国最初的雕塑教学体系，使人物雕塑在中国真正落地生根，对于后来的发展影响深远。

中华人民共和国成立后，50年代开启了学习西方雕塑的第二次高潮，这次主要通过派遣学生留苏和聘请苏联专家来华举办研习班、讲座等形式推广苏联教学模式。苏联雕塑在形体、结构、动态等方面严谨的特征，通过系统化的教学培训体系灌输到当时的创作中。同时在取材上强调深入新中国社会改造的“生活”中去，通过人物雕塑表现这种改造和建设的精神。这个时期一大批雕塑艺术家开始涌现，一批重要的作品得以问世。

20世纪六七十年代的人物雕塑有主题化和类型化两大特征：着重表现领袖、工农兵等革命者和社会主义建设者形象，突出“高大全”与“红光亮”的特征。这一时期的创作可视为50年代开始的学习苏联潮流的延续，作品手法利落、特征鲜明，同时也存在风格相对单一的时代局限。

改革开放以后，人物雕塑创作从题材到艺术面貌均呈现出多元化势态，逐步涌现出勇于创新和探索的作品。从艺术本体的角度可以将这段时期的肖像雕塑分为三个方向：以欧洲学院雕塑为基础进行的探索，借鉴欧洲现代雕塑进行的探索，重新面向中国传统进行的探索。需要提示的是，这些探索方向只是就其最具代表性的特征而言，它们之间并非相互排斥，而是彼此融合，同一个艺术家作品中会呈现几种可能性。

艺术家对中国艺术传统和文化传统的重新诠释，使之实现现代化转换，是近代以来的时代课题之一。当下的人物雕塑创作的主要方向是深度回顾中国文化传统，探索雕塑艺术本体层面的现代转型。留苏的老一辈雕塑艺术家主动寻求变化，吸收现代雕塑的表现手法，并探索表现中国传统审美意境。当代雕塑中的一个令人瞩目的现象是，在题材上有意识地选择了影响中国文化进程的重要人物，通过肖像雕塑的方式系统地塑造了传统文化的脉络。在艺术本体方面重新梳理和解读传统雕塑资源，尝试构建一个包括哲学层面的文化观念、艺术的审美意趣、表现手法在内的创作思路。将书画中的写意性引进人物雕塑创作，以达到人物个性、文化属性、造型形式与表现方式的同构，为人物雕塑开拓新境。

人物雕塑在中国的发展处于不断创新和变革之中，艺术语言、创作理念、雕塑材质、展陈方式等方面的探索也在全面展开。以何种面貌代表变革中的当代中国，将在艺术家不断地创作中通过作品逐渐呈现。

三、时代丰碑

中国现代城市雕塑发端于20世纪初，一开始便交织着殖民压迫的屈辱与民族自强的激愤。近百年来，中国几代优秀雕塑家把自己的成长之路与反帝反封建的革命事业交会在一起，把自己的人生理想同整个民族的命运紧紧维系在一起，为民族的解放、国家的富强创作出感人至深的艺术作品。他们以炽热的民族情感和艺术家的良知，塑就了一座座时代丰碑。

“五四运动”以后，大批学子赴海外求学，中国现代雕塑希望的种子开始萌芽。他们把西方古典主义、现实主义艺术中的写实手法与中国传统雕塑艺术中的创作方式糅合在一起，形成了朴素、庄重、写实，并富有装饰意味的雕塑风格，为中国雕塑教育的兴起和西洋雕塑的传播做出了巨大贡献。在那个战火纷飞的动荡年代，他们自觉地将自己的艺术融入革命文艺。

毛泽东《在延安文艺座谈会上的讲话》精神深深地融入新中国雕塑家的血液中，他们以极大的政治热情投入到新中国国家形象的塑造中，涌现出大批朴素地表现社会现实的作品，反映了中国革命历史和新中国社会主义建设时期的伟大成就。这些作品以其特有的视角、感人的魅力，成为国家文化发展战略的重要表征，在新中国雕塑的创作中占有重要地位。并以工农兵、领袖、英雄、劳模以及重要历史事件作为主要创作题材，具有鲜明的时代面貌和精神特征，凸显出无以替代的价值。从这些作品中，我们可以感受到城市雕塑艺术与新时代相关联，巍然崛起的艺术形式与“中国人民从此站立起来了”的精神相呼应。它们不仅成为城市文化地标，更成为公众心中的精神地标。值得一提的是，这一时期的作品在创作风格上呈现出民族化、大众化的趋势。

随着改革开放成为时代的命题，城市雕塑创作的核心任务就是推陈出新，创造出反映时代的艺术作品。这一时期的雕塑创作在材质、风格、美学、文化等方面呈现出多元繁荣的局面。新时期以来，以经济建设为中心逐渐成为改革创新文化表现的主题。1982年，全国城市雕塑规划小组的成立，更是在组织建构上对城市雕塑的科学发展起到了极其重要的推动作用。

2008年，在首届全国城市雕塑高层论坛上，新一届全国城市雕塑建设指导委员会艺委会首倡“中国精神、中国气派、时代风格”。2010年，由住房和城乡建设部、文化部委托，全国城市雕塑建设指导委员会、中国雕塑院组织开展的“新中国城市雕塑建设成就奖”揭晓，《人民英雄纪念碑浮雕》《侵华日军南京大屠杀遇难同胞纪念馆主题雕塑》等60个城市雕塑项目获“新中国城市雕塑建设成就奖”；《丰收门》等40个雕塑项目获“新中国城市雕塑建设成就提名奖”。这一重大评选在文化上引领了中国城市雕塑发展的新方向。

回望历史，老中青三代雕塑家将自己的艺术生命、艺术理想自觉地与时代紧密联系在一起，以极大的热情从不同维度投入到城市雕塑艺术创作中。他们的作品反映社会现实，讴歌伟大的党、伟大的人民和伟大的时代，是党领导文艺所结出的丰硕成果，显示了高度的思想性和艺术性。

2017年，中共中央办公厅、国务院办公厅联合发文，要求实施“中华优秀传统文化传承发展工程”，深入挖掘城市历史文化价值，提炼精选一批凸显文化特色的经典性元素和标志性符号，合理应用于城市雕塑中，这标志着文化自信已成为时代主脉。在现代城市雕塑中体现优秀传统精神，在古代人物塑造中生发现代的艺术形式，使之与现实空间和谐，与当代审美融合，这是时代的命题。

今天，在习近平总书记文艺工作座谈会讲话精神的引领下，中国雕塑家们深知文运同国运相牵，文脉同国脉相连。当代中国城市雕塑正以前所未有的气度，向国际社会讲述中国故事，展现中华民族的文化价值观，彰显中国的文化自信。展望未来，一个以弘扬中国精神，凝聚中国力量，承载中国气派，实现中华民族伟大复兴中国梦的雕塑时代正向我们走来！

四、匠心着意

中国传统雕塑的发展植根于中华民族深厚的文化土壤之中，伴随数千年来民族艺术的发展而不断演进。经历了南北朝的兴盛，隋唐的繁荣，宋元的多民族文化融合，明清的发展，中国传统雕塑不仅产生了令人称叹的陵墓石雕和佛教造像，还产生了不胜枚举的民间雕塑杰作。它们如同民间的歌谣一样，散落在广袤的乡野，印在广大民众的心灵深处，成为中华民族的集体记忆。

江苏无锡的惠山泥塑于明清之际声名鹊起，曾得到乾隆皇帝的赞誉。其中以“手捏戏文”一类作品最为精妙，多取材于京、昆戏曲中的故事情节，人物刻画生动细腻、色彩华美。“泥人张”彩塑是我国著名的家族雕塑流派，得名于清代道光年间雕塑奇才张明山。“泥人张”彩塑以高度的写实技巧见长，开拓了清末民初时期市民艺术的新风。广东潮州大吴泥塑相传于南宋末年从中原迁徙而来，至今已有近800年的历史。大吴泥塑保留了早期民间泥塑的工艺技法，尤以“压泥成片，褶片成衣”的手法独树一格……民间雕塑题材广泛，凡世俗生活、神话传说、戏曲故事，以及具有吉祥喜庆寓意的飞禽走兽均有表现。艺人们往往通过对现实生活的体察和对生命情感的感知，捕捉其中最典型、最生动的瞬间进行提炼和升华，使人物神情直接对应真实心灵。民间雕塑有着自己独特的制作工艺，艺人们经过长期的艺术实践，逐步总结出一套成熟的泥塑创作经验。对于彩塑，民间有诀：“三分塑，七分绘。”人物的性格神态、吉庆的民俗内涵等都依靠彩绘来体现，因此更为强调彩绘的作用。惠山泥塑色彩丰富而和谐，饱满而甜润，“泥人张”彩塑清雅精致，大吴泥塑常常点缀金色，凤翔泥塑用黑色勾勒边线，装饰意味浓厚。而皇城根下的北京泥彩塑着色富丽，用笔洗练，颇显灵动。

民间雕塑源于生活而又超越生活，以夸张的形与色塑造了喜闻乐见的形象，充分展现了民间智慧的创造力。朴素的、直抒胸臆的、无拘无束的表现手法，使个体的、集体的、民族的无意识得以通过形式而外化。一代一代的艺人、匠师便是在这手艺的传承中延展着民族的审美和智慧。而今中国雕塑艺术家沿袭传统而不囿于陈法，重传统而求索创新，融诸家而别开生面，开创了民族雕塑艺术的新气象。

与民间雕塑相同，艺术家在生存环境中从内容到材料获得灵感，寻找艺术语言。他们充分运用随手可得的材质以及随之而产生的制作方式，使内容与形式、造型与材料融为一体。一团团陶土、一方方石料、一块块木材、一根根竹节、一片片金属，都糅合了作者对自然的认识，对生活的情感，对传统雕塑的思考，对民族精神的感悟。譬如，德化白瓷中的佛像丰颐秀目、宁静安详，观音像质感温润凝洁、动静相宜；檀香木雕气势恢宏、构思独特、工艺精湛，尤其强调线与面的结合与变化，洋溢着浪漫的欢愉。这些闪现于指尖上的灵动，是最有温度的、最感人的作品。这些生发于本土的、内心的艺术，也为学院教学、当代创作提供了丰富的养分。

透过每件光彩夺目的民间雕塑艺术佳作，观众可以领略到呼之欲出的生命跃动，感受其承载的民族记忆与文化内涵。

五、多元交响

改革开放以来的中国当代雕塑发展历程与中国社会具有一种相互印证的关系。当我们将中国当代雕塑置于改革开放的社会背景中考察时，可以从雕塑的发展变化中解读出社会变革的轨迹，发现社会发展变化的表征。改革开放也是中国当代雕塑发展、变化的内在原因，为当代雕塑的发展提供了丰富的资源与思想能量。

20 世纪 80 年代以来，艺术家们逐渐走出单一的写实主义观念与手法，推动了雕塑艺术观念的多元化与材料运用的多样化，特别注重开展对雕塑艺术本体的研究与思考。他们从雕塑家的角度积极地参与到和当代语境的对话之中，并做出有特点、有价值的回应，因此雕塑创作呈现出活跃、生动的状态。从作品的整体面貌来看，主要分为以下基本类型：一是以学习西方古典雕塑技巧、语言和表现方式，倾向于视觉审美研究为特征的作品。二是形式探索类的作品。其中包括较为丰富的内容，比如以青铜器为创作资源，以西方现代主义各阶段的艺术特征为创作资源，以西方当代艺术创造为创作资源，以西方新原始主义为创作资源的作品，等等。在这些作品中，作者强调雕塑自身造型的规律和语言，进行着抽象、意象的实验，尝试使用新的材料，并挖掘材料自身特性，展示新的价值。三是观念型作品。艺术家于各种材料和造型手段的运用中，寄予了文化观、世界观及价值观。他们从个人的感受和体验出发，站在“人”的角度，而非想象中的“时代角度”来表述社会责任感和作为知识分子的认知。

从新时期的很多雕塑作品中，我们可以看到艺术家对自身文化身份的追问，我们可以窥探到艺术家试图对以往社会经验的解构。尤其是 20 世纪 90 年代之后，随着中国社会的转型，雕塑界发生了艺术观念与文化意识的转向，雕塑艺术的总体面貌产生了巨大的变化，呈现出与过去不尽相同的特征：逐渐由审美追求走向文化追索，从纯语言形式的探索转变为对观念的探讨。值得一提的是，20 世纪以来的西方造型体系、现实主义的语言表征方式成为构建中国百年雕塑的基础元素。就这个意义而言，它的存在和主导价值也促使中国文化崛起以及中国艺术家对本土文化做出价值判断，并从传统中吸取养分，寻求精神，在本土化的语序中建立自身的文化逻辑。比如，艺术家对宇宙观的表达就彰显了都市化进程中生态面貌的转型与现代人生活场域、生存现状的描述。此外，我们还从新时代的雕塑艺术中找到了一种非常有意思的、新型的、可以使当代人在技术层面上共享的表述方式，艺术家们正是通过多元化的创作手段构筑了与公众的交流链接。

新时期的中国雕塑强调日常生活经验与大众媒介的介入，多元的形式语言与观念创新在变换的展示空间中为雕塑本身建构了多重阐释维度，拓展了雕塑艺术本体的内涵。新时代的雕塑家多从微观的视角对各种材料进行混编、重组、延拓，在“物”的视野中重新定位“人”在无穷大和无穷小的时间与空间概念中的位置。

国际化的语言与方法论削弱了对现实具体问题的关注和批判，艺术家们越来越强调本土化的社会经验和对传统文脉的追溯，并试图将当代雕塑嵌入多元的当代文化逻辑之中。也就是说，雕塑家们不再强调整体与宏观的叙述，而是以一种多元化的方式吸纳传统，体现出一种清醒、冷静的独立意识。他们对社会问题的关注也不再是大而空，而是善于从日常生活中发掘问题。雕塑也更多地与建筑、绘画、表演等艺术相互融合，强调与大众交流的更多可能性，借助大众文化的资源展现更具当代文化特征的生活样貌。他们对于过去的具象、抽象争论不再纠结，而是更加重视如何有效地运用多元的手段来传达思想与观念。

六、文心写意

“写意”这个从原始先民混沌思维、万物有灵及空间恐惧心理中蜕变而出的美妙精灵，当它与绵延千载的中国文化相遇，其翩跹身影便深深地烙进华夏民族的灵魂深处，酝酿出举世无双的中国写意艺术。“写意”是中国艺术自由的追求、自主的选择、自觉的需要、自然的流露、自洽的表征和自信的基础。

写意雕塑，正是这样一种体现了自由、自主、自觉、自然、自洽、自信且谱写了历史辉煌，闪耀着时代光芒的民族艺术。诚如熊秉明先生所说：“为山先生在最近给我的信中说他造了一个新词‘写意雕塑’。我说造得好。写意雕塑既是中国传统的，也是现代的。这是中国艺术的真精神。”“写意雕塑”概念的提出以及实践的探索，标志着写意与雕塑的结合进入了审美自觉、文化自信的境界。

写意雕塑以海纳百川的开放性和包容性为中外结合提供可能，将古今融汇化为现实。一方面，它将原始意象风、商代诡魅抽象风、秦俑装饰写实风、汉代雄浑写意风、佛教理想造型风、宋代俗情写真风、帝陵程式夸张风和民间朴素写意风的中国传统雕塑文脉接续起来；另一方面，它又将此传统文脉逻辑与西方写实主义中出神入化的形神表现，以及现代视觉艺术革命中的抽象主义、表现主义等诸多流派的形式创造置于同一文化空间，在现代话语中寻找“异口同声”的心灵表达，打造出一种神似与形似之间的精妙平衡，成为既具备民族艺术精神又不失人类情怀的中国现代雕塑。故而写意雕塑是对传统雕塑进行整理、吸纳、重构，并与西方雕塑进行有效融合之后结出的文化果实。在这里，阴阳之道、天人之气、自然之态、乐舞之魂、书法之魄、丹青之韵、诗骚之情，凝合联结；在这里，本心之灵动、文化之丰厚、科学之理性、技艺之精纯、人性之圆融，辉映互渗。写意雕塑以昂扬的精神意志和高华的风度气派，向世人叙述和弘扬着一个古老而弥新民族的诗性追求。

写意雕塑洋溢着对孕育自身文化的礼敬，闪耀着中国传统美学精神之光。具体表现为“儒道互补”的文化结构、“气韵生动”的内在生命、“游观洞察”的观照方式、“虚实相生”的创作法则、“境生象外”的审美生成、“澄怀味象”的生命体验、“妙悟自然”的欣赏特征和“高明中和”的最高理想。

写意雕塑还一直关注时代、关注社会、关注人民，焕发出习近平总书记在文艺工作座谈会上提出的“有筋骨、有道德、有温度”的生命气象！所谓“筋骨”，是指爱国主义的担当，体现中华民族自强不息的力量，这种力量注入艺术家的生命和情感之中，也充盈于艺术家的精神世界。所谓“道德”，是指中华传统美德，它贯穿于人民生活之中，外化于品行，体现于价值追求，表现于作品格调。所谓“温度”，则来自艺术家对于人民与生活的真情，来自对民族文化的深情，来自对艺术创作的激情。正是基于此，写意雕塑充满底气、骨气、正气，彰显了自主自强的独立精神、兼容并包的博大精神、崇德尚礼的人文精神以及以改革开放为代表的创新精神和中国人在追梦过程中表现出来的矢志不渝精神。

“写意雕塑”正在以强大的文化自信，激发出艺术家的弘道理想，集聚起面对现实、反映现实、回应现实的精神力量，又以真诚的创作理念，提炼成全人类的情感符号，成为走向世界、通行世界、浸润世界的艺术语言。

七、溯源追梦

在中国雕塑发展的历程中，20 世纪初期的中国雕塑为后来雕塑事业的发展奠立了具有启蒙意义的基础。最为感人之处是中国的雕塑家从一开始就把雕塑与反帝反封建的民族解放运动紧密结合在一起，他们所塑造的人是中华民族的英雄、哲人、伟人，他们所塑造的老百姓是具有温厚的人文情怀的、饱含着勤劳朴素精神的平凡的中国人。从江小鹣的《孙中山总理铜像》到刘开渠的《淞沪阵亡将士纪念碑》，从李金发的《蔡元培像》到滑田友的《轰炸》，从王静远的人体雕塑到王临乙的《大禹治水》，均体现了这种精神。这一时期的雕塑创作为中华民族的救亡图强而奋力斧凿，为东方古国的独立和解放而铿锵呐喊。一系列重要雕塑矗立在中国大地上，反映了雕塑家们的爱国情怀与艺术高度，体现了他们在 20 世纪的文化历史风云之中的积极探索精神。中华人民共和国成立后，在党的文艺政策指导下，中国雕塑得到进一步发展，并与社会主义建设紧密相连，诞生了一大批影响深远的雕塑作品。

近百年来，中国的雕塑家与理论家在实践探索、理论研究中，不断深化对中国传统艺术与西方艺术的研究。他们的理论思考与研究促进了新的创作，新的创作也激发了新型理论的发展。如此循环往复，使得雕塑的实践与理论成果丰硕而弥新。早在 1929 年，梁思成就展开了对于中国雕塑史的研究与讲学，开启了中国雕塑理论研究的先河。这一时期，《良友》《北洋画报》《上海画报》等刊物对中外雕塑家及其作品的宣传与传播也是较为丰厚的，商务印书馆、中华书局还出版了王济远、张澄江选辑的《蓬蓬雕刻集》（商务印书馆 1933 年版），熊松泉编辑的《雕塑浅说》（商务印书馆 1934 年版），叶绍钧等编辑的《剪贴和雕塑》（小学第一集）（中华书局 1948 年版）等一系列雕塑著作。新中国成立以来，雕塑理论研究、雕塑史研究、雕塑技法研究等著作以及雕塑家作品集的出版犹如雨后春笋，共同见证了中国雕塑实践与理论的发展。中国雕塑艺术在良好的文化生态中不断前行。

就中国百年雕塑的视觉呈现而言，雕塑实物是最好的造型载体。然而由于许多雕塑的原作没能得到有效的保存，遗失、损坏现象严重，因此若以文献与图像的形式来呈现20世纪初期以来的雕塑脉络与艺术实例也显得极有必要。从20世纪初至今，中国出版了大量与雕塑相关的杂志、书籍、画册，从这些形象的雕塑资料中，读者们也可以走进那逝去的文化时空感知中国百年雕塑的发展历程，感悟中国百年雕塑的心路轨迹。

百年沧桑，百年雕塑。百年来，中华民族遭受的苦难、经历的阵痛、发生的翻天覆地的变化是史无前例的。经过百年的历练，中国雕塑正以前所未有的气度，向国际社会昭示着中华民族的文化价值观。

在习近平新时代中国特色社会主义思想的指引下，新一代的中国雕塑家们不忘初心，培根铸魂，以人民为中心，以强大的文化自信为历史立碑，为伟大时代造像！

吴为山，全国政协常委，中国美术馆馆长，中国美术家协会副主席，中国城市雕塑家协会主席。国际著名雕塑家。2018年当选为法兰西艺术院通讯院士，成为继著名画家吴冠中之后当选该院通讯院士的第二位中国艺术家。2016年当选为俄罗斯国家艺术科学院荣誉院士。2019年当选为意大利艺术研究院荣誉院士并获颁米开朗基罗勋章。首创中国现代写意雕塑理论，丹心铸魂，三十载如一日，致力于中国文化精神在雕塑创作中的融渗和表现，创作了《马克思》《百年丰碑》《侵华日军南京大屠杀遇难同胞纪念馆主题雕塑》《老子》《孔子》《问道》《达·芬奇与齐白石》等数百件具有国际影响力的雕塑，在世界多国举办展览并被重要博物馆收藏，作品立于重要机构及公共空间。

自铸雄奇瑰丽词

——新中国70年中国画变革与复兴

王　镛

摘　要： 通过回顾新中国70年中国画变革与复兴的历程，探讨新时代中国画传统的现代转化问题。个性化的笔墨语言是中国画现代性的重要标志。中国画的现代性，一方面可以借鉴西方现代艺术元素，另一方面也可以从中国传统笔墨中发掘现代的形式因素，把传统笔墨转变为现代笔墨。以个性化笔墨语言铸造当代中国人的灵魂，表现中华民族伟大复兴的时代精神，是当代中国画家义不容辞的天职。

关键词： 中国画；变革；复兴；现代性；个性化笔墨语言

自1949年中华人民共和国成立以来，中国社会的政治、经济和文化都发生了天翻地覆的变化，传统中国画也经历了革故鼎新的变革，逐步走向现代复兴。1949年新中国诞生前夕，诗人柳亚子在给毛泽东主席的诗中写道："推翻历史三千载，自铸雄奇瑰丽词。"称赞毛泽东诗词前无古人，"自铸伟辞"（刘勰《文心雕龙·辨骚》）。今天，我们回顾新中国70年中国画变革与复兴的历程，也可以说是"自铸雄奇瑰丽词"。

新中国成立初期（1949—1966），中国共产党的文艺政策确立了"为人民服务，为社会主义服务"的方向和"百花齐放，百家争鸣"的方针，也决定着中国画变革的命运。当时中国画的变革延续了五四新文化运动时期"美术革命"的思路，体现了毛泽东《在延安文艺座谈会上的讲话》的精神，接受了从苏联引进的"社会主义现实主义"，后改为中国化的"革命现实主义与革命浪漫主义相结合"的创作方法。从旧社会进入新中国的画家们经过思想改造，逐渐改变了传统中国画的题材内容与笔墨程式，中国画开始呈现复兴的气象，产生了"新中国画"，包括新人物画、新山水画和新花鸟画。由于人物画最适合对大众进行普及性宣传教育，中国画的变革首先发生在人物画领域。

新中国初期的人物画在内容上以反映现实生活，歌颂工农兵群众、革命历史和社会主义建设的主题性创作为主，即使表现古代题材，也着眼于其人民性的精华；在形式上主要采用中西融合的写实手法，突破了传统中国画的程式化笔墨和概念化造型，力图把西画的素描造型与中国画的笔墨技法糅合起来，有时也采用年画单线平涂的装饰风格。徐悲鸿倡导的以写实主义改良中国画、以素描为造型基础的教学体系，对人物画的影响最为深刻。

1949年，徐悲鸿创作了巨幅彩墨人物画《在世界和平大会上听到南京解放的消息》，中西融合的画法带有现场写生的印记。徐氏传人蒋兆和、李斛等画家的写实水墨人物画（如蒋兆和的《给爷爷读报》、李斛的《印度妇女》等），在素描造型与笔墨技法的融合上有所拓展。叶浅予的舞蹈人物（如《印度婆罗多舞》）和黄胄的新疆人物（如《载歌行》）致力于速写笔法与彩墨的融合。赵望云、石鲁、方济众等"长安画派"画家提倡"一手伸向传统，一手伸向生活"，李震坚、周昌谷、方增先、顾生岳等"新浙派"画家在写实造型中更讲究笔墨韵味。在革命历史题材的人物画中，石鲁的《转战陕北》和王盛烈的《八女投江》在人物与景物的结合、笔墨与意境的渲染上都有所创新，成为新中国历史画创作的经典。在塑造工农兵群众形象的写实水墨人物画中，黄胄的《洪荒风雪》、周昌谷的《两个羊羔》、方增先的《粒粒皆辛苦》、杨之光的《雪夜送饭》、刘文西的《祖孙四代》、卢沉的《机车大夫》、王玉珏的《山村医生》等作品，现实生活气息浓郁，在素描造型与笔墨技法的结合上各有特色。现代题材的工笔重彩人物画，例如林岗的《群英会上的赵桂兰》和中央美术学院附中集体创作的《当代英雄》等作品，吸收了民间年画富丽堂皇的装饰色彩。古代题材的工笔重彩人物画，例如刘凌沧的《赤眉军无盐大捷》、任率英的《嫦娥奔月》、王叔晖的《西厢记》、潘絜兹的《石窟艺术的创造者》、刘继卣的《孙悟空大闹天宫》等作品，人物造型和笔墨色彩都非常精致，风格新颖。林风眠的彩墨仕女和关良的简笔戏曲人物在艺术形式的探索上富有现代感。王叔晖、刘继卣、程十发、贺友直、顾炳鑫、华三川、刘旦宅、戴敦邦等人绘制的连环画和插图，当时对广大青少年美术爱好者的审美启蒙和艺术熏陶影响很大，后来许多知名的中国人物画家都是从连环画创作起步的。

新中国初期的山水画在内容上脱离了传统文人山水画不食人间烟火的萧索荒寒的境界，主要描绘祖国的壮丽山河、革命圣地和建设新貌，或者表现毛泽东诗词意境，富于生活实感和时代气息，点景人物也以现代的人民群众代替了古代的高人隐士；在形式上主要继承了中国传统山水画的笔墨技法，又试图摆脱僵化的笔墨程式，强调"笔墨当随时代"，注重"行万里路"、对景写生。李可染、张仃、罗铭和傅抱石、钱松喦、亚明等画家都曾经万里旅行写生，力求通过写生探索中国山水画变革的途径，并把西画式的写生与中国画的造境结合起来，以新的笔墨创造新的意境。

李可染于1950年2月在《人民美术》(今《美术》杂志）创刊号上发表的《谈中国画的改造》，主张"我们要从深入生活来汲取为人民服务的新内容，再从这新的内容产生新的表现形式"。李可染晚年总结他毕生的山水画创作宗旨是"为祖国河山立传"，集中代表了他的山水画变革思想。1954年春，李可染与张仃、罗铭一起到江南写生，同年9月在北京北海公园悦心殿举办"李可染、张仃、罗铭水墨写生画展览会"，画展《前言》说明画家尝试"用传统的水墨画表现方法去做真实景物的描写""企图把传统中优良部分加以发扬，使外来的技法融合在传统的风格中，使表现力更为丰富"。尽管当时三位画家的水墨写生作品还不够成熟，但毕竟开一代山水画写生新风。此后李可染多次奔赴祖国各地的名山大川进行写生，创作了《黄山烟霞》《漓江》《万山红遍》等经典作品。李可染的山水画把中国画的传统笔墨与西画的明暗光影结合起来，尤其善于运用积墨之黑与逆光之白的强烈反差，营造浑厚华滋、静穆深邃、崇高壮美的意境，开创了个性鲜明的“李家山水”，实现了“为祖国河山立传”的夙愿。

傅抱石于1959年为贺天健画展所写的评论最早引用了石涛的名言“笔墨当随时代”。1961年2月26日，傅抱石在《人民日报》发表的文章《思想变了，笔墨就不能不变》，阐述了他的中国画变革思想。从1950年到1965年，傅抱石创作了一系列以毛泽东诗词为题材的诗意画。1959年，傅抱石、关山月合作的巨幅彩墨山水画《江山如此多娇》，表现了毛泽东诗词雄奇瑰丽的意境，展示了祖国蒸蒸日上、“红装素裹，分外妖娆”的壮丽景象。1960年秋冬，傅抱石率领江苏国画工作团进行二万三千里旅行写生，1961年5月在中国美术馆举办“山河新貌——江苏国画家写生作品展览”。傅抱石创作的《黄河清》《待细把江山图画》《西陵峡》等作品，特别是他援引辛弃疾词意的《待细把江山图画》，将其独创的豪放潇洒的散锋笔法“抱石皴”发挥到出神入化的境界。傅抱石杰出的艺术成就正在于他创造了顺应时代审美需求的个性化笔墨语言。

20世纪60年代，以傅抱石、钱松喦、亚明、宋文治、魏紫熙等画家为代表的“新金陵画派”，撑起了新中国山水画的半壁江山。“思想求新，笔墨求变”的变革思想奠定了新金陵画派的精神基石，“雄浑朴茂，典丽清新”的审美特征体现了新金陵画派的整体风格，代表作有钱松喦的《红岩》、亚明的《川江夜色》、宋文治的《山川巨变》等。此外，陆俨少的《峡江险水图》、黎雄才的《武汉防汛图卷》、贺天健的《九月桐江柏子红》、吴湖帆的《庐山东南五老峰》、胡佩衡的《阳朔奇峰》、秦仲文的《峨眉山色》、吴镜汀的《秦岭工地》、李硕卿的《移山填谷》、赵望云的《秋林归牧》、石鲁的《南泥湾途中》、何海霞的《宝成铁路图卷》等作品，或描绘山河新貌，或表现建设场景，笔墨求变，意境求新，都属于新中国初期山水画的范例。1959年，古一舟、惠孝同、周元亮、陶一清、何镜涵、松全森合作的巨幅彩墨画长卷《首都之春》，展现了新北京建设的全景。

新中国初期的花鸟画在内容上摒弃了传统文人花鸟画标榜文人清高孤傲的冷逸情调，代之以象征祖国欣欣向荣的热烈寓意，雅俗共赏的审美趣味代替了孤芳自赏的文人趣味，开拓了新的题材和意境；在形式上主要继承并革新了中国传统花鸟画特别是文人画的笔墨技法，倾向于中国画传统笔墨自身的变革，有时也吸收了民间绘画的明艳色彩。齐白石被誉为“人民艺术家”，他“衰年变法”自创的“红花墨叶”大写意花卉，把清雅冷逸的文人情调转变为鲜活明丽的民间野趣，对新中国初期的花鸟画创作启示良多。1955年，齐白石的《祖国万岁》，齐白石、陈半丁、于非闇等14位画家集体创作的《和平颂》，都堪称歌颂祖国与世界和平的花鸟画典范。陈半丁的《欣祝国庆》、李苦禅的《山岳钟英》、王雪涛的《牡丹》等写意花鸟，于非闇的《玉兰黄鹂》、陈之佛的《樱花小鸟》等工笔花鸟，都极具笔墨功力和时代新意。

个性化的笔墨语言是中国画现代性的重要标志。齐白石的个性化笔墨语言特色是质朴淳厚，潘天寿的个性化笔墨语言特色是雄强奇崛。潘天寿的花鸟画参照了弘仁、八大山人、石涛、吴昌硕等画家的个性笔墨与简约结构，与西方现代艺术的简化形式异曲同工。潘天寿的印语“强其骨”“一味霸悍”也表明他力图把自己雄强奇崛的个性化笔墨语言发挥到极致。他的《松鹰图》《灵岩涧一角》《记写雁荡山花》等花鸟画作品，以方折笔线化圆为觚，圭角外露，空勾无皴的简洁轮廓凸显岩石抽象化的内在结构，淡赭石着色与醒目的苔点又使岩石内部的空间充实而自然，避免了纯几何抽象构成的机械单调，并富有中国画独特的笔墨韵味。郭味蕖倡导花鸟画革新理论，他认为“要创作出在内容和形式上都有所突破的新花鸟画，重复古人的内容、意境乃至笔墨都是不行的”，他期待花鸟画出现“既富艳工丽，又活泼奔放、笔墨酣畅的新风格”，主张“两个深入”即“深入人的生活，深入大自然”，“三个结合”即“在取材构图上，花鸟与山水相结合；在表现技法上，工笔与写意相结合、泼墨和重彩相结合”（《写意花鸟画创作技法十六讲》）。郭味蕖的《大好春光》《惊雷》《归兴》等作品就是这种花鸟画革新理论的创作实践。

新中国成立初期的中国画是画家们遵循党的文艺方针深入生活、推陈出新的成果，从内容到形式都对传统中国画进行了巨大的变革，在中国现代美术史上具有划时代的意义。今天我们重读这些经典作品，仍然可以感受到中华人民共和国的早晨那种清新的时代气息。且不说当时的画家们那种真诚热爱生活与艺术的创作激情，仅就传统文化素养和笔墨功力来说，我们现在的绝大多数画家恐怕也自愧弗如。当时的画家们尤其是那些个性鲜明的画家，已经在创作实践中开始着手解决中国画传统的现代转化问题，为我们今天和未来的中国画复兴提供了多种变革的可能。

毋庸讳言，当时的不少中国画作品也存在图解政治的公式化、概念化倾向。“文革”时期，“四人帮”推行的极左政治路线，把图解政治的公式化、概念化倾向推向极端，形成了“三突出”“红光亮”的单一创作模式。1971 年年底，周恩来总理组织一些老画家绘制涉外宾馆画，李苦禅、李可染、吴作人、黄胄、黄永玉、陈大羽等画家创作了一批花鸟、山水画，结果被居心叵测的“四人帮”作为“黑画”批判。“文革”时期，有些中国画作品仍具有生活气息，在写实造型与笔墨技法的融合上也有新的探索，例如杨之光的《矿山新兵》、王迎春与杨力舟的《挖山不止》等。在“文革”逆境中成长的青年一代特别是一些知青画家，后来成为改革开放新时期中国画创作的中坚。

1978 年，党的十一届三中全会召开以后，中国进入了改革开放的新时期。党的文艺政策得以全面贯彻执行，中国画也突破了“文革”时期的单一模式，开始走向百花齐放、多元发展的变革时代，继新中国成立初期之后再度呈现复兴的气象。中国改革开放初期（1978—1989），走向现代成为时代潮流。当时中国文化界大量引进西方现代哲学、美学和现代艺术观念，激发了中国艺术家的现代意识。《中国美术报》《江苏画刊》《美术思潮》等前卫报刊为 1985 年前后兴起的中国现代艺术运动“85 美术新潮”推波助澜。李小山的文章《当代中国画之我见》引发了关于中国画前途问题的激烈争论。“文革”劫后余生的老画家林风眠、石鲁、吴冠中等人的现代绘画形式探索备受推崇。“反传统”“张扬个性”“表现自我”“绘画的形式美”“抽象美”等议论成为中国美术界思想解放、观念更新的热门话题。大批青年画家的现代水墨实验令人耳目一新，中国台湾画家刘国松的水墨肌理制作方法对大陆青年画家也有一定影响。

改革开放初期的人物画通过对“文革”时期的单一模式的反思，力求恢复现实主义的本义，直面人生的苦难，表现人性的真实，代表作有周思聪的《人民和总理》、郭全忠的《万语千言》、王有政的《悄悄话》、刘振夏的《渔婆》等写实水墨人物画。周思聪与卢沉的《矿工图》、王迎春与杨力舟的《太行铁壁》、冯远的《保卫黄河三部曲》、李世南的《开采光明的人》、施大畏的《归途——西路军妇女团纪实》、胡伟的《李大钊、瞿秋白、萧红》、赵奇的《九一八》、孔维克的《公车上书》、邢庆仁的《玫瑰色的回忆》等主题性创作，在内容与形式上都突破了“文革”时期的模式，有些作品大胆借鉴了西方现代表现主义或构成主义手法，人物夸张变形，时空重叠交错，成为当时流行的风格。王子武的《曹雪芹》、马振声的《陆游》、王明明的《杜甫》等水墨写意人物画笔墨简洁，仍富有现实主义精神。李少文的《九歌》、谢振瓯的《大唐伎乐图》、杨晓阳的《丝绸之路》等工笔重彩人物画造型奇丽，富有浪漫主义情调。林风眠晚年的彩墨戏曲人物歌哭人生，更富有表现主义色彩。

从新中国初期到改革开放初期，中国人物画采用的基本上还是以素描写实造型为主的学院笔墨。改革开放初期中国人物画笔墨的变革，正是从改变学院笔墨的写实造型开始突破的。例如，周思聪的水墨人物画《人民和总理》已经把学院笔墨发挥到极致，以逼真的写实造型和朴素的悲情笔墨，把与人民同呼吸、共患难的周恩来总理置于遭受自然灾害的父老乡亲当中，这种深刻的人性关怀与悲悯情绪至今令人感动。而周思聪并不满足于学院写实造型和笔墨技法的纯熟，她认为：“绘画的功能，不仅仅使人赏心悦目。人生充满了苦难，往往它最震撼我的心灵，产生强烈的表现欲望。”（裔萼《二十世纪中国人物画史》）周思聪与卢沉合作的水墨人物画《矿工图》组画就是在表现人生苦难的强烈欲望驱使下创作的。周思聪在东北辽源煤矿参观时目睹了日伪统治时期死难矿工的白骨，她发现这种人生的苦难“用那种流畅的笔、轻松的笔是无法表现的。这感觉要求我改变表现手法：变形”（裔萼《二十世纪中国人物画史》）。变形，即非写实形象，往往比写实形象更能够揭示对象的本质——真实，更能够表现艺术的本质——情感。这种非写实形象往往需要表现性笔墨来塑造。《矿工图》借鉴了类似毕加索《格尔尼卡》的变形手法，突破了学院笔墨的写实造型，采用沉郁苦涩的表现性笔墨，表现了地狱般惨痛的人生苦难和历史悲剧。情感的强烈程度决定笔墨的表现力度。如果不采用这种表现性笔墨、非写实造型和超时空构图，作品就不会如此震撼人心。再如，王迎春、杨力舟合作的水墨人物画《太行铁壁》，也在一定程度上突破了学院笔墨的写实造型，采用传统中国画的写意笔墨、山石皴法和象征寓意，塑造了太行山区抗日军民纪念碑式的英雄群像。叶浅予称赞道：“此画用笔苍劲有力，运用宋人山水的大斧劈，把人和石融为一体，这是中国画讲究笔墨的特殊效果。”（《民族绘画放光彩》）又如李少文的工笔重彩画《九歌》，充分发挥了屈原《楚辞》的浪漫诗情和幻想，融合了中国传统壁画与西方现代艺术的超时空构图，把中国工笔画线条、色彩的装饰韵味与夸张变形的神话人物结合得相当完美，成为中国现代工笔画的范例。

改革开放初期的山水画比人物画更为繁荣。朱屺瞻、刘海粟、李可染、陆俨少、何海霞、黎雄才、关山月、赖少其、张仃、白雪石等老画家焕发了艺术青春，达到了各自的山水画创作巅峰。李可染的“李家山水”由写实趋向写意，渐臻化境。陆俨少的行云流水的峡江山水、刘海粟的泼墨泼彩黄山、张仃的焦墨山水、吴冠中的半抽象山水，都创造了新的山水画样式。追随现代思潮的周韶华的“大河寻源”以气势取胜，贾又福的“太行系列”以崇高见长。

改革开放初期的花鸟画也特别繁荣。朱屺瞻、李苦禅、于希宁、孙其峰、崔子范等老画家不断推出新作，饶有新意。王晋元、郭怡孮等中青年画家遵循郭味蕖的花鸟画革新理论继续探索。王晋元的花鸟画创作，践行了郭味蕖主张的“两个深入”和“三个结合”，特别是山水与花鸟的结合，开拓了花鸟画的“云南画派”。启功称赞郭怡孮的花鸟画“黼扆宏开大麓风”。“黼扆”是指庙堂宫廷的富丽气派，“大麓”

是指山野民间的质朴情怀。郭怡孮的花鸟画兼有庙堂气派与山野情怀，并赋予其新时代的文化内涵。他的庙堂气派已不是宫廷的富贵，而是人民大会堂的壮丽；他的山野情怀已不是文人的野逸，而是民间大众化的情趣。在畜兽画中，刘勃舒的奔马传承了徐悲鸿画风，贾浩义的黑马趋向强化个性、简化形式的现代艺术特征。

20世纪90年代，回归传统成为时代潮流。1989年以后，中国文化激进主义的反传统思潮退落，文化保守主义（无贬义）的传统思潮抬头。西方强势文化的挑战，也迫使中国采取文化保守主义的立场，以确认自己独立于西方的本土文化身份。在这种文化背景下，中国美术界出现了回归传统的强劲势头。90年代，中国美术界把吴昌硕、齐白石、黄宾虹、潘天寿推崇为“20世纪传统四大家”。中国画坛持续升温的“黄宾虹热”，对董其昌、“清初四王”的再认识，对文人画的价值与笔墨的质量的高度重视，“新文人画”的兴起，仿古山水、古装人物、仕女画的流行，都是中国画回归传统的现象。同时，经过工笔画家们持续的努力，90年代也出现了中国工笔画复兴的局面，潘絜兹欣慰地感叹：“中国工笔画终于走出了低谷，看到了无比开阔的前景。”林凡提倡“工笔意写”，崇尚简约，摒弃烦琐。

20世纪90年代的山水画回归文人画笔墨传统的趋势比人物画更为明显。李可染的弟子李宝林、姜宝林、李小可、龙瑞、王镛（与笔者同名）等画家，在传承“李家山水”的基础上又向黄宾虹的笔墨传统靠近。黄宾虹的“五笔七墨”和“内美”精神对山水画创作回归文人画笔墨传统产生了积极影响，但简单模仿黄宾虹的笔墨技法又导致山水画千篇一律的程式化倾向。郭公达、刘宝纯、安正中、崔振宽、于志学、宋雨桂、刘懋善、杜大凯、施江城、宋玉麟、钟章法、黄格胜、常进、崔晓东、张志民、赵卫、丁杰、邱汉桥、李劲堃、陈辉、陈平、刘建、许俊、何家林、卢禹舜、陈危冰等人既传承了中国画传统的写意精神和笔墨规范，又拓宽了中国山水画的题材、观念和技法。董小明的现代都市山水进行山水画的现代水墨实验。吴冠中提出“笔墨等于零”，而他的学生杨延文的彩墨画仍然有笔有墨，现代感也较强。

20世纪末，吴冠中与张仃的“笔墨之争”引发了美术界对中国画笔墨与创新的双重思考。20世纪60年代初，张仃借鉴毕加索、马蒂斯、鲁奥等人的西方现代艺术手法，与中国民间艺术的织锦、剪纸、年画、木版画、建筑彩绘等元素结合，创作了几百幅彩墨装饰画，被华君武戏称为“毕加索+城隍庙”。张仃晚年回忆说：“过去，有人戏称我的装饰绘画是‘毕加索+城隍庙’，这个调侃性的说法，无意中触及了一个重要的艺术现象：西方现代绘画与中国民间艺术有相通的精神渊源。”(《它山画语》）张仃一直致力于中国画的创新。早在1954年，他就与李可染罗铭到江南写生；从1974年起，他又开始焦墨写生。他认为“写生是救治中国画尤其是山水画的一条途径”，“但中国山水画的写生在某种意义上说又是相当主观的，取舍、搬移，视点游动，房屋树木可简可繁，似与不似可由心造”，“我的写生山水画相当多的部分是写境与造境相结合的”。(《阐旧邦而辅新命》）值得注意的是，自中国改革开放以来，借鉴西方现代艺术已非禁区，甚至已成潮流，但为什么张仃似乎不再追随毕加索，而是更加深入“城隍庙”(例如他的工笔重彩壁画《哪吒闹海》)，更加接近文人画家龚贤、黄宾虹（例如他的焦墨山水《孟母林》《丘壑独存》)？笔者推测，张仃晚年更加自觉地回归中国民间艺术和中国传统绘画，可能是为了寻找“中西融合”

之外的、更基于本土传统的中国现代艺术创造之路。正如他所说："我当然主张山水画要有时代性，这是第一义；但是我同时主张这种时代性又是中国气派和民族风格的，这是第二义。""我晚年重回山水画，潜入传统，是要继续解答我在50年代提出过的第二义。我去年发表的《守住中国画的底线》一文，可以看作我对这个问题的思考。"(《阐旧邦而辅新命》)

李可染的弟子姜宝林主张中国画"既要笔墨，又要现代"，他宣称："守护笔墨是我的宗旨，走向现代是我的终极目标。"他既赞成张仃"守住中国画的底线"的观点，又同意吴冠中"中国画现代化"的探索。实际上，张仃的"毕加索+城隍庙"也是中国本土现代艺术的公式，吴冠中的"笔墨等于零"并非彻底抛弃中国画笔墨传统。20世纪80年代，姜宝林在贺兰山写生时受到西北山脉岩石肌理的启发，开始创造"现代白描山水"。从90年代起，他更加系统地研究中国传统文人画笔墨技法和写意精神，包括"清初四僧"和近现代任伯年、吴昌硕、齐白石、黄宾虹、潘天寿诸家，逐渐完善他的"现代白描山水""现代设色山水"和"现代水墨山水"。中国画的现代性，一方面可以借鉴西方现代艺术元素，另一方面也可以从中国传统笔墨中发掘现代的形式因素，或者说把传统笔墨转变为现代笔墨。在传统笔墨中，文人画的个性化笔墨、写意性笔墨或表现性笔墨，无疑蕴含着现代笔墨的基因。而实现传统笔墨向现代笔墨的转化，就应该扬弃文人画末流的程式化笔墨，强化文人画精英的个性化笔墨。姜宝林独创的"现代白描山水""现代设色山水"和"现代水墨山水"，不仅从文人画笔墨中提取现代形式因素，而且从敦煌壁画、山东潍坊木版年画、民间剪纸等传统绘画中提炼简化的线条、色彩，并以文人画个性化的笔墨浸润、调和、改造民间绘画程式化的线条、色彩，创造自己独特的个性化笔墨语言。从20世纪90年代后期到21世纪初期，姜宝林进一步把传统笔墨与现代形式结合起来，对传统笔墨进行现代形式的转换，创造"新抽象水墨"，已进入当代水墨的范畴。

20世纪90年代的花鸟画也力求回归文人画笔墨传统和写意精神。花鸟画题材丰富，风格多样，即使表现同类题材，也呈现不同的风格与意境。譬如同样是画荷花，张立辰的《雨歇雷声远》、姜宝林的《残荷》、周思聪的《荷》、蒋采苹的《筛月》、袁运甫的《朱荷》、庞媛的《红荷艳染》、陈家泠的《芙蓉新》、高卉民的《暮雨》、贾广健的《藕花秋雨》等作品，便各逞风姿，独具一格。喻继高、江宏伟、江文湛、霍春阳、喻慧、刘万鸣的花鸟画富于文人雅趣。马峰辉、姚舜熙、林若熹、贾平西、姚思敏的花鸟画凸显个性特征。李魁正的新没骨花卉、张桂铭的半抽象花鸟、尚涛与刘巨德的简约花鸟颇具现代意识。在畜兽画中，冯大中以画虎著称。

20世纪90年代的人物画在市场经济大潮中主题性创作一度低迷，而不少负有社会责任感的画家仍然坚守主题性创作阵地，最感人的范例是李伯安的水墨人物画长卷《走出巴颜喀拉》。此时无论水墨写意人物还是工笔重彩人物，素描造型与笔墨技法融合的写实人物画仍占主流，同时画家更加重视笔墨韵味和写意精神，代表作有冯远的水墨写意人物《都市人系列》和《逐日图》、何家英的工笔重彩人物《秋冥》和《桑露》等。蒋采苹、叶毓中、胡勃、谢振瓯、尼玛泽仁、萧玉田、王天胜、韩书力、唐勇力、孙志钧、吴团良、陈孟昕、李爱国、韩学中、王颖生、于文江、李青稞、王冠军等人的工笔人物，王明明、张道兴、姚有多、刘国辉、朱理存、杜滋龄、谢志高、李延声、梁岩、王涛、韩国臻、蔡超、韩硕、王西京、赵建成、孔紫、苗再新、赵奇、范扬、孔维克、刘选让、陈钰铭、刘进安、周京新、袁武、王珂、张江舟、李翔、毕建勋、王巍等人的水墨人物，均有佳作问世。杨之光、彭先诚、田黎明的没骨人物，吴山明的宿墨人物，石齐、林墉、史国良、梁占岩、纪连彬的彩墨人物，陈政明的光影人物，马书林的戏剧人物，个性风格都十分突出。

21世纪初叶，在国家的大力资助下，中国美术界相继实施了“国家重大历史题材美术创作工程”（2005—2009）和“中华文明历史题材美术创作工程”（2011—2016），不仅使当代中国历史画创作走出了低迷的困境，而且促进了中国历史画传统的复兴。“国家重大历史题材美术创作工程”的中国画作品大多融合了西画的写实造型与中国画的笔墨技法，有时采纳了中国古代壁画、现代构成等艺术元素。例如，唐勇力的《新中国诞生》，人物形象融合了西画的素描写实造型，建筑色彩吸收了敦煌壁画的装饰元素。王迎春、杨力舟的《太行烽火》以超时空的构成手法组织多层次的历史画面。袁武的《东北抗联》在写实人物造型与写意水墨晕染的融合上个性风格非常显著。韩书力的《高原祥云——和平解放西藏》糅合了工笔重彩的写实人物与西藏唐卡的云纹、建筑。张国琳、王仁华、桑建国等人合作的《生死印——1978·安徽凤阳》以真挚的情感、质朴的造型和平实的笔墨，记录了中国改革开放关键时刻的一幕。“中华文明历史题材美术创作工程”的中国画作品虽然仍以写实风格为主，但更多传承了中国古代历史画传统，更强调中国画的笔墨技法，更广泛采纳了中国古代壁画、卷轴画、版画、画像石、唐卡等艺术元素。例如，冯远的《屈原与楚辞》，在诗人屈原的造型上借鉴了陈洪绶的木版画《屈子行吟图》，画面上众多人物和景物参用了中国古代壁画和卷轴画的多种画法，大胆驰骋超时空的幻想，充分表现了屈原的《楚辞》名篇《离骚》上下求索的浪漫精神。杨晓阳的《唐太宗纳谏》，画中的唐代阙楼建筑、皇家卤簿仪仗、人物衣冠服饰等细节，参考了唐乾陵墓室壁画的图像元素，唐太宗的形象借鉴了阎立本《步辇图》的造型。唐勇力的《盛唐书画艺术》直接化用了张萱和周昉的唐代仕女。马鑫等人的《汴梁繁盛图》借鉴了张择端的《清明上河图》而又有所变化。胡永凯的《中华武术》综合了民间版画或年画的诙谐夸张的造型。刘健等人的《黄巾起义》从东汉的画像石汲取了造型灵感。袁武的《大风歌》笔墨传神，崔晓柏的《胡服骑射·武灵阅兵》人马生动，王珂、王巍的《秦始皇统一中国》气势宏大，张耀来的《宋代画院及书画大家》设色典丽，高云等人的《永乐修典》虚实相生，焦洋的《指南针与航海》装饰精巧。拉巴次仁等人创作的《三大英雄史诗》三联画翻新了西藏、内蒙古、新疆的传统唐卡、壁画等绘画形式，异彩纷呈，极其壮丽。

冯远曾经倡议促成了“国家重大历史题材美术创作工程”和“中华文明历史题材美术创作工程”的立项，并负责参与组织实施。从20世纪80年代初至今，冯远的历史人物画创作始终没有中断。他宣称：“我画历史，意在为民族立碑。”（《东窗笔录》）1999年和2015年，冯远先后两次创作的巨幅水墨人物画《世纪智者》，不仅要为中华民族树立精神的丰碑，而且要为世界人类树立精神的丰碑。《世纪智者》把20世纪前后世界人类文明智慧的精英100多位智者的肖像密集地组合成一座纪念碑式的群像。世界各国杰出的思想家、教育家、科学家、文学家、艺术家济济一堂，层叠交错，比肩而立。这种跨文化的浪漫想象和超时空的构成手法，深化了中外智者群星灿烂、光照寰宇的精神内涵，也拓展了中国历史画或主题性创作的艺术风格。冯远的《世纪智者》把现代人类文化精英的哲学沉思带到了新的世纪，在中外智者的强大阵容组成的环球文明天际线上，显露出未来世界黎明的曙光。

新中国成立70年来中国画变革与复兴的历程是否定之否定的辩证发展过程。今天，我们要实现中国画传统的现代复兴，就必须认真总结70年来中国画的历史经验，坚持改革开放和自主创新的文化立场。习近平总书记在文艺工作座谈会上的讲话中说："文艺是铸造灵魂的工程，文艺工作者是灵魂的工程师。"作为灵魂的工程师，"自铸雄奇瑰丽词"，以个性化笔墨语言铸造当代中国人的灵魂，表现中华民族伟大复兴的时代精神，是我们当代中国画家义不容辞的责任。

参考文献

1. 刘曦林：《二十世纪中国画史》，上海人民美术出版社2012年版。

2. 裔萼：《二十世纪中国人物画史》，河北教育出版社2008年版。

王镛，1945年生，北京人。北京大学东语系本科、南亚所硕士研究生毕业。现为中国艺术研究院研究员、《中华书画家》杂志主编。主要从事印度美术史和中外美术交流史研究，并参与当代美术评论与展览策划。出版有《印度美术》、《印度细密画》、《印度美术史话》、《20世纪印度美术》、《印度揽胜》、《中外美术交流史》(主编)、《罗丹》、《凡·高》、《移植与变异——东西方艺术交流》、《变革与复兴——王镛艺术评论》等10余部。

新中国美术创作中的社会主义新农村

——以拖拉机与机械化为例

陈履生

摘　要： 从延安开始的共产党的革命文艺由改造旧艺术入手，以表现党和政权所依靠的劳动人民为主体，开创了一个时代的新艺术，并形成了传统。当延安传统连接到新中国，与新中国相应的表现农业和农民的美术创作，则成为新中国美术创作的一个重要组成部分，其中的拖拉机与机械化是重要的表现内容。

关键词： 新中国美术创作；社会主义新农村；拖拉机与机械化

人类的文明起于火的发现和农耕，农耕是促进和维系人类文明的基础。

据考古资料显示，在黄河流域，河北磁山遗址（距今 8000 年）、河南新郑裴李岗遗址（距今 7500 年）、甘肃秦安大地湾遗址（距今 7800—7350 年）都发现了旱地粮食作物——黍、粟，以及与粮食作物生产、加工相关的石磨盘、石磨棒、石斧、石铲、石刀、石镰等生产工具，这表明在距今 7000—8000 年以前，黄河流域的原始农业已发展到相当的水平。而长江流域和华南地区的农业起源并不比黄河流域晚，江西万年仙人洞遗址（距今 8575 ± 235 年）、浙江余姚河姆渡遗址（距今 10000 年左右），也都出土有稻谷及陶器、石器、骨耜等，说明长江流域在这个时期已经进入较为发达的农业社会。在河姆渡遗址的两次考古发掘中，在第四文化层上部发现了大面积的稻谷、稻秆、稻叶和木屑、苇编构成的稻谷堆积层。这些稻谷在刚出土时外形完好，色泽金黄，少数稻谷连外壳的隆脉、稃毛及芸尖仍清晰可辨，经专家鉴定认为是人工栽培的水稻。河姆渡遗址出土的稻谷数量之多、保存之完好，在世界考古史上是绝无仅有的。

农业是人类繁衍和发展的保证，而有了农业就有了农耕文明，所以中国的远古历史即是从此为发端。与农耕同时并存或稍早的渔猎时期，教人们“作网”的是三皇之首的伏羲，而教人们播种收获的是“神农氏”炎帝，不管是传说，还是史载，农业的起源与发达，农业技术的发明与创造，农业的制度与理念，都带来了中国社会的不断进步与发展。这之中有远古时期的大禹治水，有战国时期的“郑国渠”，等等，都是后人难以忘怀的对农耕文明做出重要贡献的先贤与水利工程，汉代画像中的渔猎和农耕图像都是当时农耕文明的写照。至于汉代墓葬中大量出现的谷仓、灶台等，也都是关联的重要文物。

在存世的历代美术作品中有许多表现农业生产的内容，尤其是在“耕读传家”的思想影响下，耕种一直都存在于画面之中，成为中国传统价值观的形象参照。但是受到文人画的影响，农民一直都难以登上大雅之堂。在以帝王将相、才子佳人一统的美术创作中，劳动人民形象的存在，很大程度上并不是依附于劳动，而文人画家关注的内容也不在农民身上，这是文人画在千年发展中的缺失和不足。因此，从延安开始的共产党的革命文艺由改造旧艺术入手，以表现党和政权所依靠的劳动人民为主体，开创了一个时代中的新的艺术，并形成了传统。当延安传统连接到新中国，与新中国相应的表现农业和农民的美术创作，则成为新中国美术创作的一个重要组成部分。下面具体以拖拉机与机械化创作素材为例进行探讨。

文化部部长沈雁冰于1949年11月26日发布文化部《关于开展新年画工作的指示》之后，全国美术界开展了声势浩大的新年画创作运动。为了鼓励新年画的创作，文化部于1950年征集新年画作品，邀请专家及根据群众的意见，开先河地举行新年画评奖。5月，经文教委员会主任郭沫若、文化部部长沈雁冰等官员的最后审定，颁发了1950年新年画创作奖金，共有25人获奖，李琦的《农民参观拖拉机》、古一舟的《劳动换来光荣》、安林的《毛主席大阅兵》获甲等奖。其中作于1949年的《农民参观拖拉机》(又名《农民和拖拉机》，69cm×91cm，中国美术馆藏）无论是题材，还是画法和表现，都让人们耳目一新，看到了新中国的新气象，而这时对于新中国和新年画来说，新的题材内容至关重要。在一个有着深厚农耕文明传统的中国，新的生产机器和生产方式的出现具有重要的意义，而农业机械化的中国梦主题，正表现出新中国的集体意识和奋斗目标。

李琦在解放区所作的木版彩印年画的基础上，进一步深化创作为新时代的单线平涂方式的新年画，成为开创新中国新年画基本范式的先行者之一。在1949年和此后的几年中，拖拉机的符号意义所标明的新中国在农业生产方面的努力方向，是国家转型所带来的人民幸福的一项重要的指标。因此，当1962年发行第三套人民币，一元的纸币上面就出现了女拖拉机手，这一个时代中人民的愿景，也是大众审美的时尚。李琦把握了这一时代的发展方向，更重要的是为人民表达了心声。而在当时，中国人对于拖拉机知之甚少，见过拖拉机的人也是微乎其微。可以说，从题材上来看，《农民参观拖拉机》这幅作品是超前的。

在1856年和1873年，法国的阿拉巴尔特和美国的R.C.帕尔文分别发明了最早的蒸汽动力拖拉机，而英国的法拉斯和史密斯于1851年首次用蒸汽机实现了农田机械耕作，成为农业机械化的开端。50多年后的1908年（清光绪三十四年），黑龙江巡抚程德全奏请清政府批准，花费22250两白银购进了2台拖拉机，由瑞丰公司经营，在讷河县的讷漠尔河南段自行代垦，这是中国最早输入的农用拖拉机。此后的1912年，浙江省政府由美国购回2台铁轮水田用拖拉机，并交给浙江大学农学院实习农场用于耕种。1914年，黑龙江省呼玛县县长孙绳武决定创办用拖拉机耕作的大型农场，以解决该县大量未耕地的荒废。呼玛的三大公司于1915年从美国万国公司海参崴分公司购置了5台万国公司的麦考密克大型拖拉机（当时称为“火犁”）、2台18.4kW（25hp）拖拉机，以及打谷机、割禾机、播种机、大型犁等。而同期黑龙江绥滨某农业公司也购入2台拖拉机。1915年9月《上海时报》的“东三省荒务概况”记载：“(东三省荒地)以机械力垦辟者，须先备汽犁一具，见功颇速。惟汽犁非大资本不办。(一汽机可拖犁七、八架至十余架，每犁每日可垦地一晌余，价值约一万余元)亦有汽犁公司代人垦辟者，每方给以若干代价。”“二战”结束后，苏联和东欧社会主义阵营国家赠送给东北解放区约200台拖拉机，主要留在东北的国营农场。

1947年，美国友人韩丁(William.Hinton)在联合国救济与重建总署捐助一批拖拉机给中国时，作为一名技术人员再次来到中国。在他的倡导下，美国在中国推广了2台福特拖拉机，1台在黑龙江，1台在山西。此外，他来到解放区河北冀县，和中国同事一起，培养出中国第一代农机操作人员。这些在史料中出现的拖拉机虽然屈指可数，但在中国20世纪初的出现，对于中国走向现代化的道路却是重要的一步。原籍山西平遥的李琦，1937年9岁时就到延安加入了剧团，1947年入晋察冀边区华北联合大学文艺学院美术系学习。虽然现在无法确认李琦见到拖拉机的具体时间，但一般判断应该是在解放区所见，而且和韩丁在解放区传授的农机操作有关联。在《农民参观拖拉机》最初版本的木版年画上，还有这样一首民歌：

嘟嘟嘟，嘀嘀嘀，庄稼机器大演习；看了一样又一样，耕耩收割样样齐。

城里工人正努力，为咱农民造机器；只要咱们用上它，丰衣足食万年喜。

毛主席，毛主席，你为咱们出主意；咱们永远拥护你，咱们永远拥护你！

这是来自共产党所领导的解放区的心声，也是解放区出现的新生事物，由此可以想到美国人韩丁当年在解放区的付出和心血以及产生的影响。李琦是延安培养出来的具有革命血统的画家，当年在延安桥儿沟时，与“鲁艺”毗邻而受到了熏陶，学到了很多新年画的创作方法。虽然李琦的木版年画版本的《农民参观拖拉机》在当时的创作中并不突出，表现出了木版年画的简朴和简陋以及它的局限性，可是当在语言上转换为直接的画之后，《农民和拖拉机》的新版本就出现了新的气象，有了大为改观的新面貌。这是李琦运用传统的工笔重彩的线条和色彩，深化了原来的构图。首先是去掉了初版中诸如爬在树上的小孩等无关的细节，也去掉了远处的拖拉机，突出了拖拉机出现在村头被农民围观的场景，构图上更为精简和紧凑，却更为丰富和饱满。在增加的内容中，拖拉机前的小孩正在看机头前散热栏栅里的究竟，所显现的童心与好奇心，惟妙惟肖；而左前面的那位戴着红领巾、抱着绣有和平鸽书包的学生，则取代了原来画面中的那位身份不明的少年，表现出了这一两年间的社会变化——在新中国，孩子可以上学了，而这正是与拖拉机相应的新中国的新景象。在拖拉机后面的人群组合中，强化了疏密关系，男女老少的不同情态以及他们之间的相互关系，构成了见到拖拉机这一新事物所表现出来的那种欣喜，而这正符合新年画的审美要求。

《农民参观拖拉机》一共有男女老少24位人物。画面中拖拉机前穿工人服的拖拉机手与坐在拖拉机上手握方向盘的农民之间形成的呼应关系是这幅画的中心点，其串联的不仅是新时代中的工农关系，还有在新农村中的新旧两代人的不同，这就是新中国的新变化，也是新农村的新气象。李琦所着力表现的是农民第一次看到拖拉机时的好奇，这个在当时被称为“铁牛”的新机器所带来的是人们看得到的新的变化，这就是一车可拖犁七八架至十余架，而每犁每日可垦地 15 亩（约 1 公顷）。因此，与拖拉机关联的好奇是人力难以比拟的巨大的劳动力，而这正是提高农民劳动生产力的希望。

如果说拖拉机是时代的新宠，那么丁鱼在 1950 年创作的年画《女拖拉机手》中的主角更是新中国的一道亮丽的风景。而女性在新中国的地位，正是通过她们来操作这些与传统农业生产不同的新的设备、新机器，来表明“男女都一样”和“妇女能顶半边天”这一新的内容。1950 年第 4 期《美术》就刊载了艾中信的油画《新中国的女司机》，表现的是开火车的女司机，而背景则是中苏友好。因为当时中国工业的建设和经济的发展有苏联的影响与援助，而集体农庄、拖拉机等新事物则成为当时中国人的中国梦，这是一种与现代工业相关联的新的物质生活。第 5 期又刊载了丁正献的油画《农民代表参观拖拉机》。

《女拖拉机手》画面中的 3 辆拖拉机上都是女拖拉机手，包括拖拉机后面的犁上也是女性工人。早在 1948 年，为了使北大荒尽快恢复受战争破坏严重的耕种，当年从苏联进口了拖拉机，但当时没有几个人会开拖拉机，于是举办了一个拖拉机手培训班。大概在这个时间之后，出现了女拖拉机手。1959 年，国产的第一批拖拉机运到了黑龙江，而女拖拉机手梁军已经开了近两年的苏式拖拉机。因此，她率先开了一台拖拉机，风光无限，吸引了大家的注意，一名记者抓拍了梁军开拖拉机的瞬间，而这张照片后来被选为第三套人民币的设计图。女拖拉机手在新中国有着不同凡响的地位，而关于女拖拉机手的美术创作也成为时尚，俞微波的年画《女拖拉机手》、李慕白的年画《新来的拖拉机手》、徐甫堡的套色版画《女拖拉机手》，以及应真华的雕塑《女拖拉机手》，都出现在这个时段。

显然，这是在挖掘拖拉机这一新题材更广泛的社会意义，并通过这一题材的不同方面来反映新中国的新气象。在这一时期的美术创作中，蒋兆和于 1952 年创作的《我一定要学做一个拖拉机手》，从另一方面入手，表现了上学路上的姐弟两人的未来心愿。他们戴着红领巾，背着书包，拿着书本，所畅想的正是远处田间正在耕种的拖拉机和自己的未来。无疑，拖拉机对于 20 世纪 50 年代的青少年来说是情感和希望的憧憬。拖拉机在这一代人身上是一个时代的影响力，从这些孩子身上看到了他们的中国梦以及他们未来的作为，这正是后来拖拉机图像广泛出现于美术创作之中的一个重要原因。这是一个时代的潮流，也是一个时代的时尚。雷荣厚于 1956 年创作的《草地来了拖拉机》，表现了藏族母女和其他藏民奔向远处而来的拖拉机，把拖拉机进入到少数民族地区所带来的新气象做了一个新的延伸。

为了表现新中国新农村机械化、现代化的理想，关山月在 1958 年创作了表现鄂北山村的《山村跃进图》，不惜从 1956 年第 9 期的《人民画报》上移植了一台大型收割机到自己的画面上，表现出了画家在创作中对于时尚中的农业机械化的理想，虽然当时的鄂北山村还没有这种大型联合收割机和拖拉机，画面中起首部分的开山辟地和开山造路还都是传统的肩挑、人拉，但像关山月这样在美术创作中的理想化的表现，可能在当时也不是个案。

事实上，20 世纪 50 年代初的中国现实，拖拉机还是极其罕见的。董希文创作于 1950 年的油画《翻身自救》，表现的是军民共同拉犁耕地的情景。李桦于 1952 年创作的木刻《爸爸买了新农具回来》，表现了农村中的一位年轻的父亲从集市上买来了犁田的犁，这代表了这个时代中耕地的基本方法。而在新中国的新农村中能够用牛去拉犁已经是很大的进步，这是翻身后的农民在耕种上的生产力的提高与发展。在这样一个有着明显的解放区风格的木刻中，李桦用年画的方式表现了一个家庭置办农业机械的喜悦心情。那位背着书包的孩子的书包上还有“文化”二字，他的妈妈和奶奶在门口迎接，尤其是这位孩子的妈妈手拉着牛所表现出的一种期望，正如同陆俨少创作的《代耕小组》一样。牛与农民扛的锄头之间的一种对比关系，表现出新中国用牛耕地这样一种方式的普及。农民获得了以牛耕来代替人力的生产力的解放，显现了新中国的新气象。还有石鲁在1953年创作的《幸福婚姻》中，其表现的是主体人物是拉着牛、扛着犁的一对夫妻走向田间的场景，他们身边簇拥着的孩子们对这对新人的新奇，是一种乡间特有的氛围，这是新农村中新的婚姻关系，以及新婚姻法实施之后人们在婚姻、家庭与生产之间的一种美好的景象。牛和犁成为当时美术创作中经常出现的生产工具，表现了新中国农民所获得的一些基本的劳作方式。异曲同工的是关山月在1954年创作的《农村的早晨》，在一户人家的大门一侧，也是有牵着牛的农民正在走向田间，而远处牛耕的景象，以及牵着牛在田中劳作的农民，正构成了农村的早晨这样一种劳动的场景。如此的图景又可以一直连接到刘旦宅于1961年创作的《披着露珠迎朝阳》。该画的主体是一位男青年牵着两头牛走向太阳升起的地方，他的前方是扛着锄头一起下田的农民，这是从50年代至60年代与拖拉机所形成的最直接的对应，这是转型期的中国农村在50年代以两种方式的并存，既表现了时代的进步，又表现了未来的希望。而拖拉机成为人民憧憬改变以牛来耕作的方式，则像实现共产主义一样成为全体中国人努力的方向。

传统的农业工具作为几千年来农业文明发展过程中的杰出创造，它们所反映的以实用为基础制造，在农业生产中发挥了重要的作用，不管是锄头，还是犁耙，抑或其他。一直到了1963年，郭味蕖所创作的《银锄》，以及1964年的《秋熟》，都依然把它作为劳动的象征而加以特别的表现，并由此摆脱了花鸟画不能表现社会现实的窘境。因此，在以劳动为光荣的价值观中，农业生产中的各种工具作为与农民息息相关的伙伴，它们与农民的关系是难以分离的。而在历史的发展过程中，工具的改革或者改良所带来的生产力的提高，在现代化的发展过程中，拖拉机的出现就具有重要的意义。这种历史的颠覆对于中国农业社会的发展，以及作为一个农业大国走向现代化的根本改观具有重要的意义。当然，以拖拉机为代表的农业机械化的努力方向，在1953年武德祖创作的油画《我们安装了机械水车》中，表现的则是农业走向机械化耕种、灌溉、收获以及其他方面的新景象。50年代初，作为中国农业从几千年来以人力耕种的方式走向机械化的开端，虽然只是一些普通的农业机械，一般都比较简单，但是在当时的进步意义正说明了走向机械化是走向现代化中国发展的一条必由之路，也表现了乡村中几千年来面朝黄土背朝天的这样一种耕种方式正在开始转变，这正是新中国走向现代化发展过程中的一个历史阶段。

毋庸讳言，从李琦开始的50年代初期以来的一系列表现拖拉机的创作，画面中的拖拉机并非国产。在以“自力更生”为国家发展战略的新中国，国产拖拉机成了新中国的国家大计。1954年，毛泽东主席将新中国的第一家拖拉机厂——中国第一拖拉机制造厂，定在了河南洛阳；1955年10月1日，第一拖拉机制造厂主厂房正式动工。1958年7月20日，在苏联提供的图纸和配件的基础上，由工人肩扛手抬、敲敲打打组装了第一台玫红色的东方红 54 型履带式拖拉机，从此开始了中国拖拉机制造的历史。1959 年 11 月 1 日，中国第一拖拉机制造厂正式建成投产。随着中国第一拖拉机制造厂的建立与国产拖拉机的生产，拖拉机在社会中得到了进一步的普及，而在美术创作中就更多地出现了拖拉机这一带有符号性的作品。在 1957 年的全国青年美展上，至少有 7 件作品是以拖拉机为表现对象，即吴凡的《布谷鸟叫了》，杨先让的《家乡的春天》，李鸿祥的《亲人》，雷荣厚的《草地来了拖拉机》，吕竞时的《北大荒的黎明》，张平良、杨先让的《为了农业合作化》(宣传画)，以及应真华的《女拖拉机手》(雕塑)，都反映了这一时期的社会时尚。

1958 年 5 月 1 日，在"五一"国际劳动节的游行队伍中出现了 4 台国产拖拉机，它们非常神气地驶过了天安门，接受了党和国家领导人的检阅。1958 年 5 月 3 日，有关领导联名向国家计委党组写报告，叙述了工人自力更生、克服重重困难试制拖拉机的经过。在中国共产党第八次全国代表大会第二次会议期间，中央政治局委员李富春将这一报告转呈毛泽东主席。毛主席看后于 5 月 18 日在报告上作批语："卑贱者最聪明，高贵者最愚蠢。此件印发大会各同志阅读。"如此的社会氛围，为这个时代中的拖拉机成为美术创作中的重要内容而奠立了基础，而在今天的研究中，它们也成为拖拉机这一题材的美术创作的时代背景。

拖拉机在新中国美术创作中经过了 50 年代表现好奇的阶段之后，逐渐平静了心情。李桦于 1960 年创作的木刻《备耕》，表现的则是拖拉机站中的拖拉机手在维护拖拉机备耕的场景。这里显现的是忙碌，而没有了 50 年代初期美术创作中对拖拉机的好奇，反映了发展中的变化。

陈履生，1956 年生于江苏扬中市。1985 年毕业于南京艺术学院美术系获硕士学位。先后任人民美术出版社古典美术编辑室主任，中国画研究院研究部主任，中国美术学术一部主任，中国国家博物馆副馆长。兼任中国美术家协会理论委员会副主任，中国汉画学会会长。南京艺术学院、上海美术学院、广州美术学院、湖北大学、吉林艺术学院、台湾师范大学、澳门城市大学特聘教授。

中国雕塑的新传统及其两个转化

孙振华

摘　要： 中国雕塑有两个传统，一个是五千年以来的老传统，即中国古代雕塑传统；另一个是辛亥革命之后，随着中国社会的现代转型，引入西方雕塑，经数代雕塑家努力所建立起来的新传统，即中国现代雕塑传统。1979 年开始的中国当代雕塑便是在两个传统的基础上发展起来的。中国雕塑新传统的生成源于两个转化：一是外来雕塑的本土转化，二是传统雕塑的现代转化。这两个转化之间既有区别，也有交叉和重合，它们在不同历史时期的实践影响着中国现代雕塑的基本面貌。1979 年以来，传统雕塑的当代转化成为中国雕塑所面临的核心问题之一，“写意雕塑”和“器物雕塑”便是这一阶段所取得的重要成果。可以预料这两个转化的深入展开，将深刻地影响中国雕塑的未来。

关键词： 中国雕塑；本土转化；现代转化；新传统；写意雕塑；器物雕塑

一、引言：从一个问题开始

今天的中国雕塑是“西方式”的吗?

在很多人眼里，这似乎已经成为定论。在他们看来，近百年来中国社会的主流雕塑样式一直是“西方的”，高等院校的雕塑教育当然也是西方式的，因此只有“重建中国雕塑教育体系”[①]，才能用真正的中国的雕塑体系取代现有的西方雕塑体系。

这种说法有它自身的逻辑，中国的雕塑和油画、芭蕾舞、交响乐、歌剧一样，都是从国外引进的，引进之后，就被镶嵌在中西文化相对立的思想“装置”中，无论它们怎么变，都是外来的，除非它们能够在中国传统文化系统中找到一个可以对应或者替代的东西，否则这种外来的身份就没法改变。

① 袁运生、柯萍:《“中国传统雕塑的复制与当代中国高等美术教育体系的建立”课题答问》,《美术研究》2012年第1期。

仅就雕塑而言，这种流行已久的看法能够成立吗？

二、中国雕塑的两个传统

关于中国雕塑的传统，过去一般认为只有古代的雕塑传统，即五千年以来的传统；而对中国当代雕塑而言，它还有一个需要正视的新传统，即辛亥革命以来，中国现代雕塑的新传统，这个新传统在中国雕塑理论和批评的话语中长期被忽略了。

承认中国现代雕塑的新传统非常重要，它是建构中国本土雕塑体系的重要一环。

然而近百年来，在一些人那里，中国现代雕塑的文化身份没有得到承认，中国现代雕塑的合法性也没有被认可。中国现代雕塑仍然被看作是一种外来的艺术，中国现代雕塑经过几十年的努力，几代人的奋斗，仍然没有摘掉“异邦”的帽子，没有被纳入中国本土文化的序列中。

这种看法最大的问题就是以一种中西二元对立的观点看文化间的交流和引进，忽略了近百年来中国现代雕塑在被引入之后，不断本土化所取得的成果。在一些人看来，只有古代的才是中国的；任何外来引进的东西，只有改变、恢复成为过去的样式，才能得到承认。这种“二元对立”的思维方式不仅割裂了中国雕塑从古代到当代的发展链条，也不符合文化史上不同民族的文化之间可以相互交流、学习、融合的事实。

辛亥革命之后，中国从西方引入的雕塑样式经过了几代中国雕塑家的努力，已经不再是“非我族类”的外来雕塑，经过多年的学习、融合，客观上已经成为中国文化的一部分，成为中国雕塑的新传统。如同东汉初年佛教雕塑传入中国后，立即开始了一个中国化的过程，我们现在看到最多的魏晋南北朝佛教雕塑都是中国的佛教雕塑，几乎没有人因为它们的来历，把它们看作是印度雕塑或西域雕塑。

辛亥革命以来，中国人的思想、语言、行为、日常生活与辛亥革命之前几乎已经不可同日而语，其变化之大，在100多年前是完全不可想象的。今天，如果要让普通的老百姓指认雕塑，恐怕绝大多数老百姓会认为所谓雕塑就是我们日常见到的这些雕塑，这足可以证明包括雕塑在内的中国现代文化已经改变了中国人的看法，而真正的古代雕塑除了在博物馆和历史文化遗址中被保存之外，已经基本离开了中国老百姓的日常生活。

中国自从引进西方雕塑之后，中国的雕塑家一天都没有停止过自觉或不自觉地用中国人的思想、观念和审美习惯去改变它。所以，今天的中国雕塑已经你中有我，我中有你，很难简单地区别中西。今天再用中西对立的眼光去寻找所谓“纯西方雕塑”或“纯中国雕塑”已经成为一个假问题和没有意义的问题。

世界上只有变是永远不变的。文化在不停地发展中，在不断地生成中，在永无休止地融合中。近百年来中西文化的融合加上中国艺术家的新的创造，使中国雕塑和建筑、油画、歌曲、交响乐等一样，事实上已经成为现代的，或是当代的中国文化。设想，如果把它们拿到西方去，说它们是西方艺术，恐怕是没有西方人会承认的；如果让他们指认，也一定会认为是中国艺术。

在全球化、信息化的今天，所谓中国的“西方雕塑”，已经成为一种想象性的存在。我们在变，西方也在变，当我们说“西方雕塑”的时候，是指什么时段的西方雕塑？是什么空间区域中的西方雕塑？事实上，并不存在一个在文化上统一的“西方”，西方文化本身也随着不同的时空而产生变化，呈现出各自的差异。事实上，笼统地说“西方雕塑”只是中国人的一种西方想象，并不存在一个统一的，与中国雕塑相对峙的所谓“西方雕塑”。

过去我们曾经认为最典型的西方雕塑就是写实主义的雕塑，今天它在西方日渐式微，反倒是在中国，写实雕塑仍然还是一种主流样式，仍然还具有生命力，仍然还在生成新的可能性，这是客观的事实。就一般情况而言，目前中国学生整体的写实雕塑的训练和所具备的能力已经超过了西方的学生，这一点应该没有太多争议。面对这种有趣的“换位”，再笼统地用二元对立的思维模式强调“西方雕塑”与“中国雕塑”的对立和差别，还有什么意义呢？

如果仅仅从语言、工具的角度看西方古典雕塑和现、当代雕塑，它们都曾经作为某种样本为中国雕塑家所借鉴和采用，但中国雕塑家从来就没有，也不可能简单地照搬这些样式，而是进行了创造性转化，这就好比中国人可以利用钢琴、小提琴这些西洋乐器来演奏中国的音乐作品，但我们绝不能说只有用古代的笙箫、丝弦演奏出来的音乐，才是中国自己的音乐。

因此，所谓“西式雕塑在中国水土不服”“西式雕塑与中国的传统和现实一直存在很深的隔膜”，诸如此类的说法只是想象中的问题，西式雕塑与中国雕塑的对立性关系不能成立。如果西式雕塑与中国雕塑是对立的，那么今天中国雕塑家所创造的雕塑由于学习、借鉴过西方，就被视作西式雕塑，那么何处去寻找中国雕塑呢？难道中国只有辛亥革命之前才有雕塑吗？显然，中国古代的传统雕塑大多数已经离开了今天的生活；辛亥革命之后的中国现代雕塑又是西方的，那岂不是说在20世纪社会发生转型后，中国雕塑的历史是空白的吗？

比较妥当的看法就是把雕塑的发展看作是一个生生不息的过程，看作是一个不断学习、借鉴，不断创新、发展的过程，这才是一种更加积极的态度。

三、新传统的生成：两个转化

辛亥革命以后，中国雕塑新传统的生成过程实际就是两个转化的过程：

第一，外来雕塑的本土转化，这个转化解决的是洋为中用的问题。它针对的是外来雕塑，它是指中国雕塑家学习了西方的塑造方式和语言之后，用它来表现中国社会生活内容，简单地说，就是采用西方的形式，表现中国的内容。

第二，中国传统雕塑的现代转化（1979年之后可称为“当代转化”），解决的是古为今用的问题。它针对的是中国几千年的传统雕塑，即如何将西方的雕塑形式和中国传统雕塑的形式融合起来，进行新的创造，创造出现代的，符合当下中国现实需要的时代雕塑。

这两个转化并行不悖，可以同时进行，它们相互之间有交叉重合。它们的区别在于，二者具体针对的对象不同，但在很多时候，雕塑家在对外来雕塑进行本土转化的时候，就已经在自觉或不自觉地运用中国传统雕塑的元素了，这就是“两个转化”重合的地方。

毋庸讳言，民国时期是中国雕塑受西方影响最强的时期，在民国早期的雕塑教学中，甚至出现过全面照搬国外教学大纲的现象[①]，这种外来痕迹在当时师生的课堂习作和基础训练中表现得十分明显。

从现有的资料看，即使在民国时期，第一代中国现代雕塑家在进行创作的时候就已经开始了两个转化的过程。

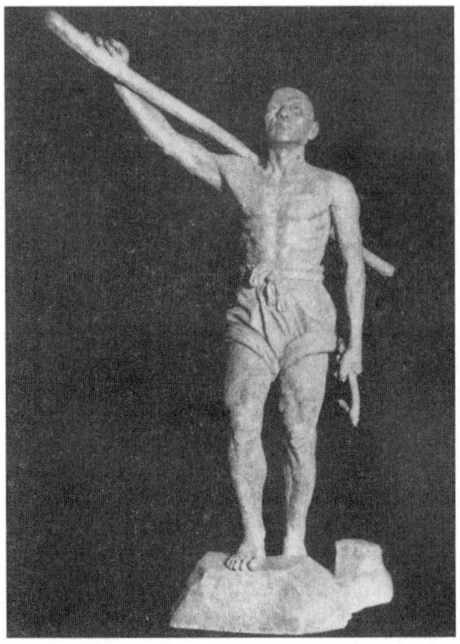
图1　滕白也　农人　石膏　1937年

民国时期的雕塑家大多有国外留学的经历，按说他们的作品应该“更西方”，为什么他们也在努力进行两个转化呢？

首先从外来雕塑的本土转化来看，这一时期许多雕塑家表现的对象本身就是鲜活的中国现实，所以在优秀雕塑家的手下，这些作品自然会带有了浓郁的中国气息和中国味道。他们只要将形式与内容完美结合，就能整体上产生艺术的感染力。这个时候，雕塑作品并不会因为它在形式上遵循了比例准确，解剖和透视合乎真实感受，体量感充分而不被人认为是中国雕塑。

滕白也先生早年留学法国，专攻雕塑，后赴美国，任华盛顿大学教授，他于1937年创作的《农人》(图1）就是用西方的造型手法表现的中国农民形象。这个农民上身赤裸，仅穿短裤，腿、脚赤裸，肩上扛着扁担，左手拿着钩子。虽然这是一个最普通的中国农民劳作时的

图2　刘开渠　农工之家　1942年

① 郑朝编撰:《雕塑春秋——中国美术学院雕塑系七十年》，中国美术学院出版社1998年版，第4—5页。

形象，然而雕塑家通过结实的肌肉、高昂的头颅、远眺的目光，赋予了农人一种凛然的气概。在民族解放斗争风起云涌的1937年，这件作品无疑是一曲中国人的颂歌，它传达出的是一种不屈的精神和顽强的斗志。面对这样的作品，恐怕没有人会认为这是“西方雕塑”，而只会认为是中国的创造。

刘开渠先生于1942年塑造的《农工之家》(图2）表现的是普通中国人的家庭生活，人物的表现、服饰、道具无不具有浓郁的中国风。

刘开渠先生塑造的《无名英雄纪念像》(又名《川军出征》)(图3）精心刻画了一个持枪行进，呈战斗姿态的川军战士形象，从战士的表情、身姿以及身背大刀、斗笠，身着短裤这种特定的装束，展现给人们的是一个具有地方特点的抗日战士的特写。

如果说外来雕塑的本土转化更侧重于用外来的形式讲中国故事，那么传统雕塑的现代转化则更进了一步，在形式上，也开始吸收中国古代传统雕塑以及其他艺术形式的因素，使作品具有了更浓郁的中国

图3　刘开渠　无名英雄纪念像　铸铜
1943年　中国人民革命军事博物馆藏

图4　蒋兆和　黄震之像　高55cm
铸铜　1933年　中国美术馆藏

图5　滑田友　下山遇故夫　高51cm
石膏　1934年

图6　滑田友　轰炸　140cm×100cm
石膏　1946年　巴黎近代艺术博物馆藏

风情和中国趣味。

中国美术馆收藏的蒋兆和先生于1933年创作的《黄震之像》(图4)就明显吸收了中国传统绘画的某些因素，他并没有恪守西方写实雕塑规范，而是更偏重与中国艺术中写神和写意的表现。

更典型的是滑田友先生，他在留法期间，潜心研究中国画论中的“六法”，并尝试在雕塑中进行自觉的民族化的尝试。他的《下山遇故夫》(图5)深得中国传统雕塑的精髓，尤其是线的运用。滑田友先生在创作《轰炸》(图6)时，尽管身处异国他乡，但作品却更接近中国风格，略带装饰性的并富于古拙意味的构图，对中国古代雕塑衣纹处理方式的借用，就是放在今天也是难得的。

民国时期，致力于“两个转化”，比较突出的雕塑家还有江小鹣、傅天仇、袁晓岑等人。

特别要提到的是，这一代人进行两个转化有着天然的优势，这批雕塑家本身具有深厚、全面的中国传统文化的修养，所以他们即使在学习、运用外来的雕塑样式的时候，也可以自如地站在中国文化的立场，运用中国的思维和情感方式来观照对象，进行表达。

例如民国早期雕塑家江小鹣曾留学法国，但是他出生在一个进士家庭，家中收藏丰富，自幼受到熏陶，喜好诗书、绘画和青铜器纹饰。此外他还酷爱登台唱京剧，热衷青铜铸造和刻印。他的雕塑确实是西方教育出来的，但在文化根性上，他更是一个中国文人。

再如滕白也，在旅美期间，多次受邀在美国的学校、博物馆、艺术社团进行中国历史、文化、艺术方面的英文演讲，弘扬中国传统文化。司徒雷登曾经称赞他：“中文与英文都运用自如，而且深谙中国文学，可称一时无俩。”①

新中国成立之后，“两个转化”更是成为一代雕塑家的文化自觉。

新中国的第一件雕塑——人民英雄纪念碑的创作，就首开新中国“两个转化”的先河。

图7 鲁迅美术学院雕塑系 庆丰收之二
高800cm 花岗石 1959年
全国农业展览馆广场

如果说在20世纪五六十年代，中国各美术院校的雕塑教学明显地受到了苏联的影响，但与此同时还有一条线索同样不可忽视，即从50年代开始，中国各美术高校的雕塑专业陆续开设传统雕塑的临摹课程，并组织师生到中国传统雕塑的遗址进行考察。

不仅临摹、学习，在户外大型雕塑的创作中，自觉运用中国传统雕塑的元素作品也出现了，例如20世纪50年代北京十大建筑中农展馆的《庆丰收》(图7)和60年代的大型雕塑《收租院》等就是具体的案例。

至于在个人创作中做出较大成绩的还有钱绍武、叶毓山、田金铎、刘焕章、孙纪元、胡博、田世信等人，限于篇幅，他们的作品和成就这里就不一一列举、分析了。

① 韩迪厚:《司徒雷登传》，原载于香港《南北极》月刊1976年6、7月号。

1979 年，中国进入改革开放的新时期以后，中国雕塑进入了所谓当代雕塑的时期。现代雕塑的两个转化到了当代仍在继续，而且有了新的内容。

总体而言，如果说在现代雕塑时期的两代人，他们面临的工作更集中在外来雕塑的本土转化上，即如何将法式雕塑、苏式雕塑转化为中国现代雕塑的话，这个时候对于传统雕塑、民族、民间、地方性雕塑的吸收、改造、转化已经成为改革开放后新一代雕塑家更迫切的文化使命。

他们不仅要面对中国古代雕塑传统，还要面对中国现代雕塑传统（包括法式、苏式影响在内），同时随着国门的打开，他们还要面对西方的“新传统”，即现代主义和后现代主义的传统。

在这个意义上，从中国的第三代雕塑家开始，他们的工作更是两个转化同时进行，在这个时候，他们要解决的不再是东方、西方的问题，形式和语言的问题，古代、现代的问题，而是海纳百川，通过雕塑切入中国文化的深处，创造性地、全方位地发出中国的声音，复兴中国文化，建构中国自己的雕塑文化体系。

在新时期，中国第三代雕塑家在传统雕塑的当代转化方面做出突出成绩的也有不少，比较突出的代表有曾成钢、陈云岗、吴为山、殷小峰、王少军、张伟、蔡志松、林岗、朱晨、刘永刚等。

限于篇幅，对新时期中国雕塑家在两个转化方面的工作不具体展开分析，下面将集中分析有代表性的两个成果。

四、两个转化的成果：写意雕塑和器物雕塑

两个转化最终的目标是什么？

就是在吸收人类一切雕塑文化成果的基础上，建立中国本土的雕塑文化体系，以富于中国雕塑特色的学术成果，参与国际对话，在国际雕塑界更多地发出来自中国的声音，为人类的雕塑文化提供中国的智慧和经验并将其转化为国际话语，为丰富人类的雕塑文化做出贡献。

曾有国外学者认为，古代中国在世界雕塑上的贡献最突出的是青铜器和佛像。

也有学者认为，20 世纪真正产生了世界影响的中国雕塑是《收租院》。

尽管中国的现代雕塑只有百年历史，它的文化成果的形成需要较长时间的积累和孕育，但是时代对中国雕塑家提出了更高、更快的要求。

令人可喜的是，自 2000 年以后，中国当代雕塑的两个转化终于取得了重要的成果，这就是“写意雕塑”和“器物雕塑”理论的提出。

2002 年 8 月，著名雕塑家吴为山在福建惠安“第八届中国雕塑论坛”上提出了“写意雕塑”的概念。此后，这个概念在雕塑界引起了广泛的讨论和争议，现在已经得到了学术界的普遍认可和接受。如今，“写意雕塑”已经和“写实雕塑”“抽象雕塑”并列在一起，成为雕塑艺术的三大形态之一。写意雕塑不仅成为理论研究和教学的课题，也成为艺术创作的主张和实践。目前写意雕塑的展览和学术活动越来越多。显然，这个来自中国古代美学中的“写意”具有浓厚的东方美学色彩理论，目前在中国已经得到了广泛

图 8　蔡志松　云舟　高 147.5cm　2014 年

图 9　林岗　居庸关　高 274cm　2016 年

的响应。

2015 年，中央美术学院雕塑系张伟在博士论文《“型”与“器”——中国传统雕塑语言体系的重构》中提出了“器物雕塑”的概念。这个概念在中央美院雕塑系第六工作室（中国传统雕塑工作室）经历了大约 10 年的酝酿。

器物雕塑的核心是转化看雕塑角度和眼光，在中国古代雕塑中，许多作为器物出现的东西，例如青铜器、建筑构件、陶瓷器甚至家具，它们并不是以雕塑的身份出现的，但是在今天，它们却具备了“雕塑”的意义，具备了雕塑的物质、空间、形体的属性。在现、当代雕塑实践中，也有一部分器物形式的雕塑，它们不是现成品，不是实用物品，而是对器物的再造或者模拟，这些作品在今天有着明确的雕塑身份。“器物雕塑”的概念就是整合古今，站在东方观器的立场，对雕塑进行重新定义，扩充原有雕塑的内涵。（图 8、图 9）

“器物雕塑”的概念虽然推出只有短短几年，但迅速被国内雕塑界广泛认可，目前在中国高校有了器物雕塑课程或器物雕塑专业，设立了器物雕塑教学工作室，器物雕塑成为雕塑学术研究的对象以及创作的方向，关于器物雕塑的展览也越来越多。

如何认识中国雕塑在两个转化过程中所出现的这两个成果呢？

第一，写意雕塑和器物雕塑理论是几代中国雕塑家持续努力的结果，这两个概念有一个不断完善、不断积累的过程。

1982 年，中央美术学院雕塑系 1954 年毕业的研究生陈天先生撰文《以意为象，以神为形》指出：“我们民族绘画和雕塑是以表现意和神为首要目的，是一件作品的前提和主导。”[①] 对于“意”，他认为

① 陈天著，陈云岗编：《陈天 · 一个雕塑家的行旅》，北京工艺美术出版社 2017 年版，第 196 页。

"'意'不能理解为造型手法，而是属于作品思想和审美范畴"[①]。

1995年，钱绍武先生在1995年第2期《雕塑》杂志上发表文章《漫谈写意传统——学习民族艺术形式的教学笔记之一》，指出了中国古代一直有写意的传统。

这说明许多理论家、雕塑家过去从不同角度意识到了雕塑与写意的关系，以及雕塑的写意性。然而吴为山系统、完整地提出"写意雕塑"的主张，则是一种理论自觉，它不仅面向传统和过去，同时还面向当代和未来，因此它是一种当代转化。

器物雕塑也是如此，民国早期的雕塑家江小鹣酷爱中国的青铜器，他曾对朋友说："此乃中国之抽象雕塑，早于西方的多，又高明得多。"[②]

图10　吴为山　齐白石　铜
高48cm　1998年

当代著名雕塑家曾成钢早期作品的造型语言就来自青铜器。1989年，他的硕士毕业论文题目就是《我与青铜器》，他说："不可否认，在雕塑创作时，我的艺术思维方式和艺术表现形式是从青铜器这里建构起来的，青铜器与我的雕塑解下了不解之缘。"[③]

可见重视器物，把雕塑当雕塑看，也有一个较长的概念形成史。张伟则是一个集大成者，将过去人们对于器物的看法和实践进行理论化，系统化地进行梳理，通过博士学位论文，作为一个核心观点正式提出来。

第二，"写意雕塑"和"器物雕塑"这两个理论主张并不简单只是两个说法或口号。这两个成果有理论、有实践、有历史、有传承，更重要的是两个成果具有面向未来的生成性和延展性。

改革开放以来，中国美术界几乎每年都会出现一些口号、主张、主义，但许多只是流于构想，或者只是一种愿望或可能。"写意雕塑"和"器物雕塑"不仅仅只是口号，它们是在理论与实际相结合的基础上形成的。提出这两个理论主张的都是雕塑家，他们不仅进行理论研究，也从事艺术实践，二者相互佐证，相得益彰，所以它们目前在中国雕塑界已经转换成为理论和创作的现实，列入了学科序列。

第三，这两个概念不是封闭的，而是具有普适性的意义；它们来自中国传统文化，又具有能够和其他文化共享的特质；它们不是为了标榜"中国性"，只能解释中国雕塑现象的理论，它们也可以解释世界雕塑的现象。只有这样，这两个概念才是真正有当代意义的，才可能在国际对话中产生世界影响。（图10）

这两个成果的当代性在于，过去一些学者、艺术家更多的是从总结传统的角度，立足于中国的历史而提出一些理论观点，它们的基本姿态是回望式的；而这两个理论是面向未来的，它们不仅面向中国的问题，同时也面向世界的问题，这才是它们真正的价值和意义所在。

这就像文艺理论中"现实主义"的概念一样。现实主义的理论资源，国外有，中国也有。例如孔子谈诗的"兴、观、群、怨"就包含有现实主义的成分，杜甫说"文章合为时而著，歌诗合为事而作"也

① 陈天著，陈云岗编：《陈天·一个雕塑家的行旅》，北京工艺美术出版社2017年版，第203页。

② 刘礼宾：《现代雕塑的起源：民国时期现代雕塑研究》，河北美术出版社2010年版，第150页。

③ 曾成钢：《中国当代雕塑家曾成钢》，人民教育出版社2014年版，第64页。

图 11　罗丹　巴尔扎克纪念像
青铜　1897 年

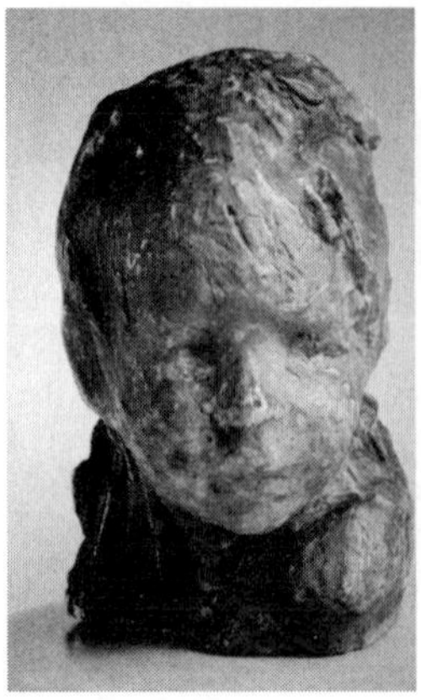

图 12　罗索　犹太少年

图 13　罗索　看看这个孩子
青铜　1906 年

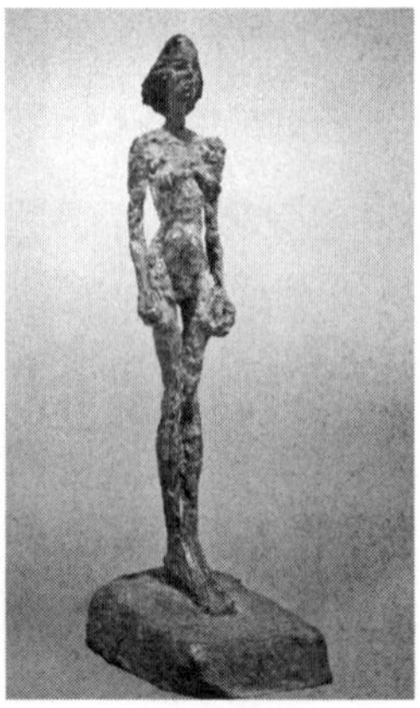

图 14　贾科梅蒂
安尼特　1954 年

同样有现实主义的成分。但就系统、明确的理论主张而言，它是西方人提出来的，以至于后来长久不衰，演变成为思潮、流派和创作方法，但这些并不妨碍中国人也可以用现实主义理论来解释中国的文艺现象。

事实上，从形态学的角度看，写意雕塑不仅中国有，国外也有大量近似写意雕塑的作品，例如罗丹的《巴尔扎克纪念像》(图 11)、贾科梅蒂的《行走的人》、《彩虹女神》就有写意的成分；再如罗索（图 12、图 13)、马里尼、贾科梅蒂（图 14）的作品，还有法籍华人雕塑家熊秉明先生的作品，它们既非典型的具象作品，也非抽象表达，而是可以用写意的理论来进行描述的。

第四，“写意雕塑”和“器物雕塑”的理论自提出后，在相当程度上改变了中国雕塑理论“失语”的状态，中国雕塑也开始有了具有原创性的理论，也开始具备了自己对于雕塑的命名和定义的能力。

当然，这两个理论还在发展、完善中，它们还需要实践的检验，还需要更多的国内外雕塑家的共同参与和共同实践，一起使它们丰富和完善。

什么是传统？传统就是那些从过去走来，在今天仍然有价值和生命力，还可以继续和我们一起走向未来的那些东西。

外来雕塑的本土转化，传统雕塑的现代传化生成了中国雕塑的现代雕塑，在这个基础上，中国雕塑又继续进行了当代转化，产生了“写意雕塑”和“器物雕塑”的理论，这两个理论已经在改变中国雕塑的现实。可以预料，它们不仅是现在的，而且是将来的；不仅是中国的，而且是世界的。正是在它们身上，我们看到了未来中国雕塑人的希望。

孙振华，先后在文学、美学、美术史专业学习，1989 年获中国美术学院博士学位。现为四川美术学院特聘教授，中国美术学院博士生导师。研究方向为雕塑理论及历史研究、公共艺术的理论和实践、当代艺术评论。出版有《生命·神祇·时空——雕塑文化论》《中国古代雕塑史》《中国当代雕塑史》《公共艺术时代》等著作 10 余部。

中国“写意”油画历程

徐　虹

摘　要：“写意”是中国人在审视和表现自己文化艺术时特有的一种方式，由审美凝思和人格境界：直指胸臆和天真洒脱共同组成。从先秦思想和学说中可以窥知它的源头。油画是外来艺术，它的表现方式以及材料的特点有自己的传统和发展脉络，与中国的“水墨写意”传统有别。“‘写意油画’是一种创造……中国绘画传统和西方近现代绘画传统是相通的。”（罗工柳语）100 多年后，中国画家善于“写意”（或表现意象）超过写实，而这一结果成为现代中国油画构成中的亮色。

关键词：写意；意象；中国“写意油画”

一、中国油画写意的源头

“写意”是中国人在审视和表现自己文化艺术时特有的一种方式，由审美凝思和人格境界：直指胸臆和天真洒脱共同组成。从先秦思想和学说中可以窥知它的源头。写意包含开阔自由的主体精神和诗意洒脱的审美情趣，作为表现手段可以表达不同气质、不同境界的“意”，有悠远闲淡之“意”，有激昂悲慨之“意”；在表现形式上，珠圆玉润之外，往往有一些圭角和锋芒……所以“写意”文化的内涵随着时代的文化需求和社会主流文化的需要而变化。比如儒家的人格理想和等级理念，道家和禅宗的行为方式与人生境界等。

“写意水墨”追求以少胜多的简洁和想象，注重笔和墨的节奏韵味与人感情的相互呼应，把握画面的雅致和悠远的意味以提升画的品格与人的境界等。从美术史看，晚唐画家有水墨写意的尝试，但直到宋代中期，出现了几位个性突出的画家，他们的作品成为水墨写意与中国传统美学观念的结合范例。元人汤垕说王洽“泼墨成山水，烟云惨淡，脱去笔墨畦町……甚有意度”；苏轼墨竹“大抵写意，不求形似，正所谓写意者也”。写意画观念的首倡者（如苏轼）以非画人身份，在非绘画场合，表现个人为世俗礼法所不容的情绪，即所谓“不合时宜”的情绪，具有批判和反抗意味。[①] 此后极具个性特征的画家倪云林、八大等人在艺术上都多少继承了宋代文人画家的创作精神。

油画是外来艺术，它的表现方式以及材料的特点有自己的传统和发展脉络，与中国的“水墨写意”传统有别。而最早向西方学习油画的人是为了补充中国传统艺术的写实“空缺”。他们大都画得比较拘谨，较少油画笔触肌理的“绘画性”或表现性，对写实的理解也大都停留在画得“像”。但100多年后发现中国画家善于“写意”（或表现意象）超过写实，而这一结果成为现代中国油画整体构成中的亮色。

二、早期画家的写意性实验

从早期中国油画看，赴洋留学打开了学习西方现代艺术的通道，强调个性和创造性，使中国艺术家萌发了本土意识，建立了创造个性色彩艺术的条件。

王悦之（1894—1937）的油画《摇椅裸女》（1921—1923）能看到他在日本接受西方现代主义艺术的影响，尤其是对笔触和节奏的关注超过对具体人物的细节描绘，有后印象主义和野兽主义的痕迹。在王悦之回国后的20世纪30年代初，作品《台湾移民图》（1930—1934）、《弃民图》（1930—1934）、《香山》（1930—1934）等，说明他追求中国现代艺术风格的努力，他将油画画在绢上，用线描画人物轮廓，不强调人物在空间中的远近关系，传统的立轴代替了油画矩形画框。

林风眠（1900—1991）、吴大羽（1903—1988）是法国留学时受到现代主义影响的画家，他们的表现性绘画实践，连接了中国的写意风格，开创了中国艺术现代性的新空间。他们俩对中国艺术的贡献，不仅看作品，还需看他们在艰难困苦的情况下的坚持和不愿低头屈就的意志。林风眠任教和执长的国立西湖美术学院虽岁月流逝，但是一种开放和创新的传统一直保留至今，其中的赵无极、朱德群、吴冠中以及他们的学生辈坚持师辈的艺术道路，并结出可观的果实。虽然他们不曾谈论过写意油画，但不可否认他们对写意油画的探索和他们对一代代画家潜移默化的影响。

1920年，刚到法国的林风眠像所有中国留学生一样，完全被欧洲画家精细写实的绘画所吸引，而学院院长扬西斯则劝诫他不要学成陈腐的学院派，希望他到东方博物馆、陶瓷博物馆去研究中国艺术的优秀传统。扬西斯的建议对林风眠艺术道路的去向产生了重要作用。据文字材料记述，林风眠1923年的主要作品中的《秋》《摸索》《生之欲》曾入选巴黎秋季沙龙展，这些作品的共同特点是对特定场合的气氛和内心感情的探究。他早期作品“不作细描细绘，而求整体效果，讲究画面单纯、简约，脸面上只是鼻、眼、嘴几个色块”，林文铮回忆，“林风眠早期油画色彩灰暗，风格粗犷、沉郁，笔调阔大，有明显的象征主义倾向”。[②]

林风眠回国到北京后的作品《素》《金色之颤动》《林中之颤声》等，其共同特点是对人的命运和心灵境界的思索，邓以蛰认为《人类的历史》《金色之颤动》是林风眠这一时期最重要的作品，因为它不是自

① 水天中:《振奋“写意精神”》，载水天中《美术历史与现状思考》，北京时代华文书局2016年版，第134页。

② 水天中:《玉泉话旧》，载水天中《穿越四季》，新华出版社1998年版。

然的抄写，而是理想的实现……另外，如《人道》《痛苦》《悲哀》是表现人民苦难、揭露社会黑暗的一组油画。他的作品“大辄数丈”，在横长的画面上，用沉重明暗的色调，衬托出被杀戮、被迫害者的身形。在此之前，中国画家从来没有以如此惊心动魄的形式对人世间的黑暗做悲愤的控诉。

吴大羽向我们展示了“写意”油画具有的丰富性和模糊性。他早期作品富于表现性，大笔挥写，色彩对比强烈，林文铮认为他是“中国色彩派之代表者”。他归国初期画了许多西湖景色，充分表现出他对色彩的敏感，如《渔船》、《窗前裸妇》、《汲水》(又名《井》) 等，作品2米至3米高。《倒鼎》则是具有装饰意味的象征性作品。后期作品受环境限制，都是小幅油画，多是色彩绚丽的花草和人物，以抽象性笔法描述他对自然的感受，以及幻想和记忆中的片段。他多以“韵”命名这批作品，如“谱韵”、“彩韵”(花卉)、“京韵”(戏曲人物）等。画面色彩缤纷，笔法恣肆，可以说“写意”超过了表现。

三、在海外活动的中国油画家

在20世纪40—50年代，个人艺术风格鲜明的艺术家作品进入了人们的眼帘，特别是在海外发展的艺术家，如常玉、潘玉良、朱德群、赵无极等，他们在这个领域的贡献不仅让具有浓厚表现性的中国油画在异域生根，也让海外的人们看到不同文化背景的现代主义可能性。

常玉（1900—1966）的绘画融合了中国传统文人写意与野兽派艺术的表现性。中国文化对他的影响深刻而久远，他的绘画布局和绘画趣味，有明显的中国民间手工艺的痕迹。他的艺术趣味与一般中国留学生相比具有早熟的特征，显示与法国20世纪前期艺术家的同步发展，比如，他与马蒂斯、毕加索等人在这一时期追求的相同方向。从20年代开始，常玉着力探求绘画形式的单纯化。他的油画色彩含蓄、柔和又十分单纯，他不但用毛笔在纸上画速写，也经常在厚涂的油画颜料表层刻画简练细挺的线条。他的线条圆润和内涵与画面整体的色彩和形体塑造有充分的协调感，这使他的画具有一种古典的完整性。在他的作品中，最常出现的是丰满健壮的性感裸女，粉色的躯体，丰硕的双腿，小小的头颅和小小的脚。象征中国文化中对闲情和世俗美丽的渴望，与马蒂斯代表西方文化的闲适和视觉美学的倾向有差异。

朱德群（1920—2014）在杭州艺专吴大羽、方干民、蔡威廉、潘天寿等老师指导下学习绘画。方干民给他“结实的基础”，吴大羽“把我们从印象派引到后期印象派至野兽派”。他于1955年到达巴黎。此时，长期受到写实绘画训练的朱德群开始受到抽象绘画的影响，俄裔画家斯塔尔的大型回顾展，使他认识到自由宣泄的抽象绘画“远在其他派别之上”，从此，激励他摆脱现实的形象，探寻具有抽象意味的绘画。

1969年，荷兰阿姆斯特丹美术馆举办了纪念伦布朗诞辰300周年的大型展览。欧洲绘画传统中的人文情怀和思想给了他滋养，在他学习和探索的抽象形式之中，赋予更多有关人与宇宙和自然关系的感悟。这也表现在他20世纪70年代作品上，画面处理成好像有一道神秘之光从内里投射到外层，显示了不可预测的前景和更为宽广深厚的空间幻觉。不止一位评论家将他的画称为“风景画”或“抽象风景”。朱德群对抽象表现主义的贡献在于加入了一种看似漫不经心，实际上是经过反复磨炼获取的自由，这是中国水墨画由于毛笔蘸水和墨在纸上自由行走恰到好处的控制以及将叙事和造型同时解决而造成的效果。

赵无极（1921—2013）出生于一个具有浓厚文艺气息的家庭，热爱文学和历史，他16岁时进入当时的杭州艺术专科学校，之后前往巴黎，去实现自己的艺术梦想。20世纪50年代初，他从一个展览上发现了保罗·克利的画，他的画开始变化，形象变得含混难辨，静物和花卉不再以现实所看到的表象存在，而是让观众通过自己的想象去联系和发展出丰富多彩姿态。欧洲评论家说他的画是使直线在若即若离中显露、折断和颤动，画出悠闲漫步曲曲折折和缥缈梦幻的蛛丝马迹……而突然之间，画面欢愉地闪动着，带着那种中国农村的节日气氛，陶醉在符号王国之中。70年代以后，他的作品更为自由和洒脱，也因为有了中国山水和书法的因素而显示了一种富有个人风格的形式形成。为此，西方人认为赵无极的作品明确地反映了中国人的宇宙观是虚无玄远，而非冥想的产物。

潘玉良（1895—1977），1921年赴法国留学，1925年以优异成绩获得罗马皇家美术学院奖学金，并学习绘画和雕塑。绘画对于她，就像经常在她的作品中出现的鲜艳花朵、绮丽衣饰一样，那是愉悦和欣赏的对象。她以油画、粉画、素描及水墨描绘着衣服和裸体的妇女，面对平静而充满生气的自然形象时，并不以学院经典规范限制自己的想象，而是信手拈来，总是怀有一种对绘画的喜悦和惊奇的天真心境。20世纪50年代，日常生活的平凡和诗意存在于她用淡雅的色彩和流畅线条画出的女人和静物里，表现了一种清新而率真的情感。

四、油画“写意性”的理论阐发和创作发展

虽然之前有不少艺术家已在实践“油画写意”，但明确提出这一概念的是罗工柳（1916—2004）。20世纪50年代到60年代，由于中国油画学习苏联，强调写实和叙事，注重情节和细节。罗工柳从苏联回来后意识到绘画“不是描，不是画，是放笔直写，让胸中波澜通过笔的运动直接倾泻出来。要情景交融，把画家的感情带入画中”①。他的艺术成就主要体现于油画创作上，《地道战》作于50年代初，被认为是中国“土油画”的代表作。对于油画写意，他认为“写意油画应该比古典写实油画更充分地发挥笔触和油彩的表现力而不是削弱它的表现力……写意油画是一种创造……中国绘画传统和西方近现代绘画传统是相通的”。罗工柳常常以水墨式的深黑笔触统一画面，同时结合传统水墨元素的运用，强调笔触组成的空间虚实关系。他为此将油画颜料用纸吸掉油分，用白蜡和挥发油重新调制，以便形成一种朦胧与厚重的表面结构。油画《毛泽东同志在井冈山上》《井冈山》《上井冈山》以及一些油画风景写生，表现了这一富有成效的探索。

从艺术风格上真正使油画写意实现的是吴冠中（1919—2010），他的作品里浸透了写意精神，这不仅与他个人的文化背景和气质关联，也和他所追求的“风筝不断线”目的相连。吴冠中早期作品即以色调和形式韵律的经营引人注目，对色彩和点、线节奏保持敏感。题材对于他的最大价值在于可供发掘的形

① 刘骁纯整理：《罗工柳艺术对话录》，山西教育出版社1999年版，第157页。以下引语可看对话录中有关写意的章节。

式，他为探求绘画的形式、营造情调和意境的心态的方式作画，这在同时期画家中非常少见。从20世纪70年代中期开始，吴冠中以旅行写生的方式完成大量风景画，如《太湖鹅群》(1974）和描绘《鲁迅故里》及《青岛红楼》诸作，80年代的《高原人家》《中流》《家》《鱼乐》等。从这些作品里体会到一种音乐性，那是由点、线、面和色彩构成的节奏和韵律，形式构成了意境。

吴冠中油画风格的变化是与他在水墨画创作的创新同步出现的，在他的作品中可以看到一些同一题材、构图而以水墨和油彩两种形式画成的多幅作品。他以这种对比、移植的方法，不断丰富在两种工具材料，两种绘画形式的不同表现力。吴冠中是在两种不同文化基础上的两种绘画媒体间，寻求绘画语言的沟通和移植。

20世纪30—40年代，由于社会环境的剧变，中国艺术家整体西行。远离城市的画家面对那陌生地理和人文环境，一种前所未有的体验触发了他们的艺术激情，许多画家由此改变了他们原先的艺术观念和艺术风格。董希文（1914—1973）的艺术追求具有代表性。他曾经在杭州国立艺专接受林风眠艺术体系的熏陶，1939年在越南河内一所法国人开办的美术学校学习半年。1942年，他到西南描绘了当地妇女日常劳动景象的油画《苗女赶场》。1943年，他去敦煌，在那里临摹壁画。1948年，他完成了最重要的代表作品之一《哈萨克牧羊女》，这件作品融合了敦煌壁画的线条和野兽派画家马蒂斯的平面结构，显示优雅和成熟的现代风格。它给人留下深刻影响的是艺术家能将不同时代和地域的艺术元素融汇一体而不落生硬痕迹，这不仅在当时的油画作品中绝无仅有，而且在以后相当长的时期中也很少出现。

另一位出自杭州国立艺专的画家苏天赐（1922—2006）在20世纪40年代后期担任林风眠的助教，在林风眠指导下探究中西绘画融合的可能性。1949年创作的《黑衣女像》以其潇洒自由的笔调获得杭州艺专师生高度赞誉。与董希文后期的改弦易辙所不同的是，在新的社会环境里，苏天赐一直坚持以具有写意性的笔调，创造静谧简远的诗意境界。与百年前传统画家相似的是，他对自由挥洒笔法的研究和对江南山水的沉酣，使他成为20世纪后期独具个性风采的代表性画家。

五、当代油画家的“写意性”创作

在20世纪90年代的全球化语境中，国内的文化民族主义情绪日益高涨，艺术家往往更侧重文化身份符号和概念表达，具有象征主义特性的表现手法作品大量出现。首先是将想象的过往世界如对土地家园的诗意化与当下体验的纷乱对比，表露今不如昔的忧郁。其次是踏上寻梦家园的探求，以排解此起彼伏的矛盾情怀，借助象征符号，追溯自己的文化归属。

丁方在“85新潮”中就以中国油画较少有的宗教神秘感的作品引人注目。他的作品类似风景画，将西方人文主义理想与中国民族的传说和历史想象叙事相糅合。画中大块贫瘠的高原地貌和类似扭曲人体互为隐喻。肌理与笔触的凝重粗犷，抽象结构与可辨认的形状结合，都有明显的表现主义特征。夏小万的作品有些夏加尔的意味，画面飘荡的形体具有不安定感。艺术家希望作品自由而不受束缚地反映对时代和人性的敏锐感受。

段正渠对黄土高原上的乡野小民怀有难舍的热情。虽然用写实的手法画那里的农民很多，但他还是选择粗犷直率的语言，他是从陕北高原的民歌里获取形式上的灵感。段建伟的作品和段正渠形成对比，从他的画里可以了解中国的表现性绘画有着多样的可能性，甚至可以在写实和变形的过渡中来界定“表现性”。

许江在艺术创作上有意识地加入更多文化概念因素。一种“生活在他方”的感慨，正是表现主义创作者的一种心理特征。但德国浪漫主义的“他方”与中国艺术家的“他方”不是同一个方向，中国人对世情温暖的肯定与德国表现主义否定现实而追怀历史的幻觉具有根本的差异。贾涤非用卷曲的线条描绘人体和草木，它们有机地自然生长，看上去不用推敲构图。他强调瞬间感，追求感官刺激和新鲜活泼的平凡生活气氛。这类“无聊感”在20世纪90年代以后的中国成为一种文化和思想风气，但表面看似荒诞中却准确地表现了当下社会的精神状态。这一类带着个体惊异表情的作品，与表现主义精神有内在的联系，可以看作表现主义艺术在中国语境的异样形态。周春芽、井士剑、邓箭今等在这“表现性”领域里表达了一种对别人来讲无关轻重但对自己却深刻铭记的内心感情。为表明这种感情与其他人的区别，画家选择的形象符号极其个人化，如周春芽画的绿色疯狂的狗；井士剑作品的含义暧昧的宝塔和来历不明的荒原中的人；邓箭今以自己的脸为夸张和变形的材料……作品表面看起来的离奇和怪异，使这种形式尖锐而且具有力度，这也符合表现主义追求表面之下真实的理念。戴士和的作品说明学院的写生传统作为基础可以继续发挥作用，它指引艺术家在不失去对外部世界关注的同时，以个人内心的直觉敏感以及对真实的渴念，找到与世界相遇的途径。

另外，20世纪90年代文化上的身份限定，也使得来自美国的抽象表现主义与中国水墨的中国属性，特征是那些在用笔和情感近似传统文人水的“写意性”相遇，并突出“写意性”挥洒墨的书写性作品，它们具有闲适、恬淡在有意无意间的“恰到好处”和“似与不似”的意趣，并追求有共同记忆的“文化意味”。尚扬的作品是将传统山水符号转变为和现代形式的结构，他曾试用多种非传统绘画的媒材，将象征现代科技文明的图形符号与象形文字、中国书法、传统山水画等象征古代农耕文明的文化断片融合一起，混合成模糊和优雅的现代审美意境的抽象绘画。周长江的作品以强调文化存留的痕迹，强调古往今来的心理感情的联系。他将古代文化器皿纹样、神话图形，以及中国古代的哲学观念如太极、阴阳等符号植入作品之中，再用抽象表现的手法融为一体。于振立在堆砌的颜料肌理中隐含文字和符号，比如汉字“人”的笔画，但这些“文字符号”非常“隐蔽”，从画面看到的是抽象节奏，肌理纹路，笔的方向性和速度感，画面的整体也具有一种地质考古类的碎片沉积层效果，展现废墟般的梦幻。张国龙的作品隐含一些模糊的几何体，圆形、三角形、方形等组成平稳甚至对称的结构。但他用土黄色的色系做成混沌的肌理，隐约看到挂靠在几何结构上的文化碎片形状。李向明的作品通过一些象征社会事件的现成物来指涉现实内容，如装过粮食的麻袋以及类似在现实农村的生活元素，将它们叠置或者拼贴在画布上，再用书写性挥洒和抽象表现性的笔触结合在一起。王怀庆的创作变化说明艺术家在尝试抽象后又回到叙事状态的过程，也是中国艺术家的富有特色的抽象实践。80年代，他先从人物变形开始探索抽象绘画。他的简洁而又有张力的结构和造型显示了少有的对现代艺术精髓的理解。之后，他又回到叙事性，带有中国文化象征符号的“家具”出现在作品中，表现出对传统的关注。顾黎明将民间木版年画作为自己的创作资源，在体会毛笔线条的自由流畅的同时，将民间造型与抽象主义结构的观念结合一起，形成形象斑驳、空间流动的现代主义风格。闫萍以表现性色彩和纵横挥洒的笔触描写女性日常生活，她的作品虽然都有特定的时空和特指的人物身份，但是一种似乎将冲决画布边缘的自由笔法营造了表现性结构。

洪凌称自己的风景画是“意象山水”。他将画室建在黄山脚下，学习古人卜居终南太华山林，但他画中的风景意识和传统文人山水的人格象征有不小的距离，而自由的作画方式与现代主义艺术重视觉效果有重叠。他用颜料形成斑斓色点，在强调笔触质感的抽象意味同时，领略中国传统绘画和诗歌具有的所谓空灵淡薄和虚静意味。曹吉冈以“用笔”为创作的根本，将中国画对笔意的讲究贯彻到他的风景创作的不同阶段，同时“以西画的材质与技法体现中国画的意趣精神”。画面整体有风景意味，但空间因线条和笔触，以及肌理的穿插而有一种超现实的表现意味。王玉平画的鱼很难让现代年轻人想起“八大山人”，但他确实是在异国他乡想起了“八大之鱼”。他的鱼儿是标本，被紧紧贴在一个透明的空间里，四周是静止、沉默的凝固，没有流动的空气和水。他的画“意象”模糊，骨子里更接近“表现主义”和“超现实主义”。

祁海平以书法线条和节奏切入抽象主义的作品，将书法蕴含的韵律与“书写”的过程体验与西方抽象主义结合一起。借助庄禅学说的“空淡虚灵”和诗意想象，来为抽象主义加注中国文化的表达途径。丁乙看似完全抽象的作品实际上也微妙地与书写相连接，尤其是他20世纪90年代后期的作品，在描画那些十字的重复结构时，注意体验用笔的感觉，为抽象主义观念与书写体验之间架起了桥梁。而明镜和李磊的作品在意境和表现手法上为东方禅意加西方抽象抒情，明镜白色和浅灰色系列，很容易与他江南浓郁的文人画环境相联系。但在油画的肌理层面，发挥了笔墨韵味的细腻和抽象绘画的多重性表现手法。李磊的“禅花”系列试图将都市的人生经验与超越现世的精神追求结合起来，未经过调和的色彩透露出欲望的活力和平静稳定的运笔结构，形成了一种内在的紧张不安情绪。

中国“写意油画”一方面受到西方表现主义艺术的启示，强调无拘束的情感流露，不追求外表所见；另一方面又与中国的水墨写意传统相连，在情感表现时委婉含蓄，重意趣和诗意。有批评家将中国的表现性绘画概括为“放逸笔墨”和“歌哭人生”两种流向，前者重在创造自由和个性化的艺术形式，后者的艺术目标是对现实的矛盾和黑暗的批判性宣泄。总体上看，“歌哭人生”是艺术家面对现实时的思想反映，而“放逸笔墨”者，凝练的形式语言也跳脱不了“人生百态”。而中国传统和当代文化的深广影响，使更多画家选择了“放逸笔墨”一途。

徐虹，中国美术馆研究馆员，文化部优秀专家。现为中国美术家协会理论委员会委员，中国国家画院理论研究员，上海美术学院特聘教授，清华大学吴冠中研究中心研究员，中国女画家协会副主席，清华大学艺术博物馆专家顾问。曾为台湾台南艺术大学客座教授，教授博士生课程。主要研究方向为20世纪中国美术、美术批评、女性美术、展览策划、美术馆研究。

从心理转向到视觉转向

——“85新潮”前后的中国画创作思维之变

王 平

摘 要：“85新潮”前后，中国画在改革开放的时代潮流推动下，其创作在短暂的心理转向之后，快速地向水墨形式的视觉转向，衍生出现代水墨画等诸多新概念。本文分三部分对“85新潮”前后的中国画创作思维之变进行分析。一、伤痕与觉醒：新中国画创作群体的心理转向（1978—1984）；二、水墨视觉转向：“85新潮”推动中国画进一步走向形式化；三、关于“85新潮”前后中国画坛类“三国”格局的思考。当前，时代向我们提出了美术如何从高原到高峰的学术课题，回望“85新潮”前后的中国画发展，对今天中国画的健康发展来说是必要的。

关键词：“85新潮”；中国画；创作思维；心理转向；视觉转向

引 言

“85新潮”前后，中国画在改革开放的时代潮流推动下，其创作在短暂的心理转向之后，快速地向水墨形式的视觉转向，衍生出现代水墨画等诸多新概念。一方面艺术家们围绕着水墨，更加广泛地拓展水墨多种表现的可能性，呈现出多元并存、探索深入、互动并进的局面；另一方面“85新潮”后，中国画创作以西方艺术为参照系，存在着在不同的层面消解本题、转换意义，从而导致其背离民族根基。这股新潮好似麻醉汤，往往使艺术家迷恋于形式上的探索，而忽视了艺术精神的追求。

当前，时代向我们提出了美术如何从高原到高峰的学术课题，如何才能使自己的作品真正做到既有民族性又具国际性？中国画和它所衍生的艺术形式是否将重新回到以传统中国艺术为参照系的发展轨道中来？正是从这个层面上来说，我们回望“85新潮”前后的中国画发展，对今天中国画的健康发展来说是必要的。

一、伤痕与觉醒：新中国画创作群体的心理转向（1978—1984）

十一届三中全会以来，中国社会发生了巨大的变化，改革开放成为基本国策，邓小平提出的“解放思想，实事求是”的思想对中国社会及对中国画的发展都产生了非常深刻的影响。正是因为有了“解放思想，实事求是”，才使得中国画能够纠正“文革”时期的极左文艺路线，盛极一时的“红、光、亮”创作方式也得到改变。

20世纪50年代，“中国画的现代化”成为中国画的时代课题，如何让中国画能够表现时代生活成为中国画家能够捧中国画这个饭碗的大问题。传统中国画在现实主义思想影响下所产生的新中国画，从“徐蒋体系”的开创到“新浙派”人物画的丰富，素描加笔墨的写实手法与现实主义创作思想结合，让中国画找到突破自身局限的一个出口。写实的造型手段，表现革命题材、社会主义新中国建设题材，创造了一批现实主义经典，这种中国画的新样式也成为中国画的新传统。

新中国画的新样式在“文革”极左文艺思想的影响，形成了“红、光、亮”的单一创作模式。十一届三中全会后，画家们将“解放思想，实事求是”贯彻到自己的创作中，对历史进行反思，对现实进行批判，对“文革”所造成的苦难进行反省，以现实主义为内核的新中国画呈现出前所未有的新的生命力。思想的解放，观念的进步，引导中国画冲破束缚，释放出新的创造力。艺术家在继续探讨现实主义表现的多样性及其鲜活的生命力，并对“写实”“写实主义”“现实主义”及“现实主义精神”等概念有了更为深入的理解和辨析。在1979年10月开始在各省市自治区举办的“庆祝中华人民共和国成立30周年美展”，也就是第五届全国美展开始，这一时期涌现出了不少优秀作品。其中怀念与讴歌逝世的革命家的作品突破“文革”模式，产生了不少优秀作品，除了周思聪的《人民与总理》、郭全忠的《万语千言》等以怀念周总理为题材的“新中国画”经典，还有以为民请命、负屈而死的彭德怀元帅为题材的作品，如梁长林的《故乡行》，施大畏、韩硕的《我要向毛主席报告》，王西京、李亚婷的《知音》等。反思“文革”所造成的苦难乃至推及我们在革命历史上犯过的错误，都成为这个时期中国画家思考的重要内容，这种带有鲜明时代特征的“伤痕”文艺思想更是成为社会启蒙运动的一个重要入口。70年代后期为毛主席纪念堂创作，诞生了一批以表现革命圣地的山水画作品，其中有李可染的《革命摇篮井冈山》，关山月的《井冈山》，黎雄才的《韶山朝晖》，魏紫熙的《黄洋界》，钱松嵒的《枣园曙光》，亚明、秦剑铭的《北戴河》等山水画力作。

另外，在社会生活这些题材方面产生了一批小题材中见大精神的作品，比如杨刚的《迎亲图》，王有政的《悄悄话》，石齐的《人人都在幸福中》，赵益超、张明的《考试》等；还有思考民族命运和反映革命历程及建设成就的历史画创作，如冯远的《长城》，杨力舟、王迎春的组画《黄河》，贺成的《民间疮痍，笔底波澜》，赵奇的《九一八》，周韶华的《大河寻源》，李少文的《九歌图》等；此外，王子武的《曹雪芹》、韩国榛的《画家蒋兆和》等人物肖像画创作也以存形达意的精神厚度为人们所关注。这一时期的工笔画有谢振瓯的《丝绸之路》、陈白一的《三月三》等优秀作品。

除了对国家、民族、社会这样的主题的思考之外，中国画家在艺术语言本体上的探索也呈现出巨大的热情和新的倾向，在艺术形式美这个话题的探讨上，可以说《美术》杂志起到舆论引导与传播平台的作用，而吴冠中则是当之无愧的时代发言人。1980年第10期的《美术》杂志刊登了吴冠中的文章《关于抽象美》，引发了美术界对于艺术形式美的不同见解的思考。一年以后，1981年第10期的《美术》杂志又刊登了吴冠中的另一篇文章《内容决定形式？》，从艺术语言本体的角度，肯定了艺术形式美的创造对于美术的重要意义。1979年3月，中国美协在北京召开第23次常务理事扩大会议，明确提出要加强与台湾省美术家联系。这原本是基于配合国家统战工作的政治议题，却对中国画的艺术语言本体层面上产生了很大的影响，1983年2月，"刘国松画展"在中国美术馆举办，来自宝岛台湾的刘国松的水墨肌理画法带给中国画家极大的视觉震撼，同时也带来了深深的困惑。中国画还可以这样画，这还是中国画吗？中国画应该怎样往前走下去？成为中国画家面临的一个新的时代课题。对于形式语言的探索，在20世纪80年代初期的美术创作中表现得非常活跃，在1984年的第六届全国美展上，像杨力舟、王迎春的《太行铁壁》，吴冠中的《春雪》，常进的《秋水无声》，宋雨桂、冯大中的《苏醒》，周京新的《水浒组画》，陈向迅的《牧歌三月》，贾又福的《太行丰碑》，周韶华的《黄河行》，范扬的《支前》等获奖作品及李世南的《开采光明的人》、郭全忠的《自乐班》、石虎的《旧世碑铭》等作品具有强烈的形式探索意义，让大家耳目一新。

二、水墨视觉转向："85新潮"推动中国画进一步走向形式化

改革开放的20世纪80年代，在"实践是检验真理的唯一标准"大讨论之后，整个社会都处于亢奋状态，一方面是对知识的渴望、对社会的责任等这样的正能量塑造了这个时代的基本精神面貌；另一方面是对国家、民族近现代，尤其是"文革"以来的政治、经济、文化的深深怀疑。在这样的矛盾纠结中，原本为了对冲保守力量质疑"改革开放"国策的"黑猫白猫论"，却演化成只要能促进发展不惜"全盘西化"的时代声音。终于在1987年，中央有感于中国社会倾向于向西方学习的意愿越来越偏激，开展了"反对资产阶级自由化"运动。虽然只是个"点刹"，但对高速"西化"进程中的中国社会而言，就像在高速行进于不平坦的道路上的车辆来了一个急刹车一样，很容易车翻人亡。一个"点刹"不足以消解时代巨大的惯性，中国社会不得不经历了一个动荡的时期，直至爆发1989年春夏之交的政治风波。

时代生活是艺术创作的摇篮，"全盘西化"的社会思潮必然投射到处于社会最活跃层级的艺术，整个20世纪80年代的中国画坛就是西方现代艺术的演练场，你方唱罢我登场，热闹而喧嚣。1985年第1期《美术思潮》刊登的《中央美院师生关于全国美展座谈会纪要》，不仅尖锐地批评了第六届全国美展重题材、轻艺术，而且从反思第六届美展的"题材决定论"变为提倡艺术民主的呼吁，自由创造、求新求变渐成风尚。1985年4月，在北京举办的"国际和平青年美展"上，"一批不迎合政治口号、摆脱文学描述、打破自然时空和手法多样化的作品"令人们耳目一新，批评家张蔷撰写的《绘画新潮》给予高度评价，他写道："它对中国青年的美术创作的深远影响为举办者始料所不及，它像一个标杆，竖立于中国向现代化进军的美术起点；它像一篇宣言，预示了现代艺术的流向；它又像一面旗帜，启迪着青年艺术

家们施展才华。”而在 4 月下旬举行的“黄山会议”上，与会者对由题材决定论所导致的“公式化、概念化、单一化现象”提出批评，并提出观念更新的问题。一时间，全国各地形成了波澜壮阔的“85 青年美术新潮”。

在“85 新潮”美术的狂飙下，中国画再次面临了一种尴尬的境地，刚刚走出“文革”阴霾，拿起毛笔没舒坦画几天画的传统派中国画家，如今在前卫艺术家的眼里又成为落后腐朽的代名词，被视为中国美术发展的绊脚石；同在中国画阵营里，但以现实主义为内核的新中国画，骨子里也是视传统中国画毫无学术可言，但另一方面新中国画在前卫艺术家眼里更无艺术价值可言，它们往往被贴上“重题材，轻艺术”的标签，甚至被讥讽为政治宣传画。

1985 年，《江苏画刊》刊发了南京艺术学院学生李小山的来稿，该文抛出了一个耸人听闻的观点“中国画穷途末路”了，认为“中国画的历史，实际上是一部在技术处理上（追求“意境”所采用的形式化的艺术手段）不断完善，在绘画观念（审美经验）上不断缩小的历史”，强调“当代中国画处在一个危机与新生、破坏与创造的转折点”，“必须舍弃旧的理论体系和对艺术的僵化的认识，重点强调现代绘画观念问题”。这篇文章的观点悲观而直接，远比文章的学理论述更为吸人眼球，一般这样的文章很可能会被编辑扔进废纸篓，但这次《江苏画刊》却抓住这位学生显得偏激的观点，在杂志上发起讨论，并在全国组织召开多次座谈会，掀起了一场关于中国画前途命运的广泛讨论，在美术媒体尚不发达的 20 世纪 80 年代，《江苏画刊》这样一次集中火力地轰炸中国画，从舆论引导上让正在狂飙突进学习西方现代艺术的中国美术界几乎确认中国画真的是走到穷途末路了。

中国画家走上了“二次革命”之路，再次寻找中国画现代化的方向。从“新文化运动”开始的中国画第一次革命，是以倡导吸收科学主义与写实手法，并进而发展为与现实主义相结合，以“科学的、大众的”为基本特征诞生了“新中国画”这个概念。从周韶华的“全方位观照”新观念，到潘公凯的“绿色绘画”、卢辅圣的“球体说”等众多理论相继被抛出，但从基本理论认识与实践层面来说，此次革命是与人本主义思想及西方现代艺术语言相结合，并衍生出“现代水墨画”这个新概念。在西方现代艺术启示下生成的“现代水墨画”作为一种新的水墨样式登上现代艺坛，是借鉴了西方“风格审美范畴”，同时“现代水墨”又演绎出“抽象水墨”“表现水墨”等诸多细分的概念。创作者认为“作为从事创作研究的专业作者不能把水墨画只放在赏心悦目、装点生活的一般层面上，艺术家的作品应该反映现代社会所引起的思想观念的变化，反映对艺术某些问题的思考”（刘一原）。从形态上来看，以精神探索为中心的表现型水墨画和以语言试验为目标的抽象型水墨是最为主要的形态。表现型水墨的代表画家如李孝萱、海日汗、晁海、刘庆和等人的作品在技法上不拘门户，喷、擦、拓、染，什么都来，造型也显得夸张、怪异，富有视觉张力，但都呈现出关注当下众生生存现状的精神取向；以语言实验为目标的抽象型水墨画画家如刘国松、刘子建、石果、王天德、阎秉会、张羽、王川、张浩等，更多的是强调水墨本身现代表现性的多种可能性，他们从水墨的各个单元出发，以前卫的姿态探索并实验水墨新的语言表达形式，但其目的不是追求语言的纯粹，实际上，表现型水墨画与抽象型水墨画二者之间“又同时各以对方的指向作为自己的基点与目标，即抽象型水墨的语言推进同样是以精神的探索为目标，而表现型水墨的精神探索又是以语言的推进为前提”（贾方舟）。因为“精神张力与水墨形式在现代水墨实验中是内在和外在的两个因素，内因决定外因，而外因可以起到转化内因的作用。精神如果不在其水墨形式中起到骨的作用，水墨即是烂肉”（张进）。

三、关于“85 新潮”前后中国画坛类“三国”格局的思考

在改革开放的时代潮流及“85 新潮”的推动下，20 世纪 80 年代的中国画坛逐步清晰地形成新中国画、水墨画、传统中国画、新文人画等多样互动的类“三国”格局。

（一）新中国画。中华人民共和国成立后，在“国画现代化”的时代召唤下，出现了既强调中国画传统中以笔墨为核心的艺术精神，同时又将西方写实绘画与革命现实主义相结合来改造传统中国画，由此产生的全新的人物画和山水画，也被称为“中国画”，或被称为“新中国画”。其最突出的代表是徐悲鸿、蒋兆和、黄胄、方增先、李可染、傅抱石等人。这些新中国画类型的创作，往往是强调意识形态的主题创作，它是掌握着国家资金的官方美术机构的宠儿，全国美展等官办展览基本上是这一类型的作品，好似曹魏“挟天子以令诸侯”，拥有资源优势。

（二）水墨画。水墨画好似孙吴，两边讨好，看似边缘，其实参加革命早，文臣武将不少，实力也不弱。“水墨画”的产生是在 20 世纪上半叶，当时不少画家基于“中国画已经落后”这样的判断，希望通过在图式上借鉴西方油画及早期现代艺术的成就来改造传统中国画，他们突破传统绘画的一些条条框框，创作了不少优秀作品，这些作品可能不强调笔墨，但作品仍然保持了中国画强调意境的若干特点，如林风眠、吴冠中等都创作过属于这一类型的作品。

由于“水墨画”的一些代表人物大多有着中西绘画的经历，他们的作品往往融西画的写实与中国画的写意于一体，因此在表现内容和技法语言的选择上有更大的自由度，也更容易为广大观众所接受。它的产生对传统中国画的创作有很大的启示作用。但是有一些画家只把水墨视为媒介，拿着毛笔蘸着水墨完全按照西画的方式作画，作品缺少了水墨的韵味，不耐看，这点在当代人物画创作中尤为突出，这不能不说是一个遗憾。更为年轻的一代缺乏那些从传统文化熏陶出来的前辈水墨画家大多有过的中西绘画双重经历，他们大多是从借鉴西方美术教育模式建立起来的美术学院毕业，对传统艺术的了解是很浅的，他们的作品如果从技法层面上考察，一方面，水墨的品质不高，因此在价值方面受到了传统中国画的压力；另一方面，它在思想和创新方面又显得比现代水墨画保守，在形态方面受到现代艺术的冲压。

（三）传统中国画。其属于以传统“气韵”为品评模式的传统文人画类型，因为很难入选全国美展，又被视为不学术，很难在媒体上掀起什么舆论波澜，好似献帝朝廷，代表正宗，也有死心塌地的臣属，新贵们虽不愿意一心一意地侍奉，甚至希望操持它、改造它，但明面上多少还打着尊奉的旗号。随着时间的推移，我们会越来越清晰地看出，20 世纪 80 年代的传统中国画的空间虽然受到挤压，但陆俨少、宋文治、王伯敏、孙其峰、陆抑非以及中青年卢坤峰、张立辰、曾宓、童中焘、舒传曦等一方面坚守中国画的文脉，另一方面也与时俱进，吸收了一些现代艺术元素，在创作上取得的成就仍然是辉煌的。更为

重要的是，这些人的努力使更多的人感受到中国画的艺术魅力。

（四）新文人画。1986年由边平山等人发起的“新文人画”，主要是对“85新潮”全盘学习西方的时风及“中国画穷途末路论”否定传统这两个方面的学术回应。新文人画事实上是一个非常开放的体系，参展的画家群体并不是很稳定，但有一个相对固定的基本队伍，如边平山、王孟奇、方峻、王和平、霍春阳、李老十、胡石、刘二刚、朱新建、徐乐乐、朱道平等人，同时在全国很多地方展出时也吸收当地一些画家。这之中就体现着它的矛盾性，体现着它的一些目标和方式的不明确。如果说有非常明确的目标，可能选择上会紧密化；同时在选择画家的时候也不一定按照某种标准，有些画家的作品具有更多传统文化的审美规范，对于传统艺术思维相对强调，审美相对向传统文化靠近；还有一类吸收了一些漫画元素或幽默文化的成分到文人画里来，有些作品甚至颠覆了中国道德传统；还有一类吸收了很多抽象艺术因素，更强调笔墨本身的实验性和创作性。以上还可以更详细地列举名单或细分下去，但这不是目的，只是为了说明前面所说的问题。但有一点是他们共同的，就是他们改变了持续当时画坛主流的现实主义创作所强调的集体共同情感以及强调宏大叙事的创作习惯，新文人画创作当中更多强调了艺术家的个性，强调了个人存在的一种价值的体现，当然也体现了这一代人对于中国传统艺术发展的使命感和责任感。

结　语

1989年2月5日，大年三十，中国美术馆正在展览的“中国现代艺术展”上，女艺术家肖鲁开枪射击了自己的装置作品《对话》，正如其后栗宪庭在《中国美术报》第11期上发表的文章《两声枪响：新潮美术的谢幕礼》，肖鲁的两声枪响送走了新潮美术的喧嚣。或许她时任浙江美术学院院长的父亲肖峰此时都没有想到，当年他节省开支收购的一批来华展销的外国美术图书，不仅让浙美成为“85新潮”美术的一个重要策源地，也让自己的女儿充当了新潮美术的“终结者”。1989年的中国也是个多事之年，春夏之交的学潮引发政治风波之后，中国社会反对资产阶级自由化成为意识形态工作的主旋律，并一直持续到1992年邓小平南巡讲话，再次改革开放。新潮美术虽没有被一棍子打死，但前卫艺术的极端与激进已然超越了官方可以容忍的“临界点”，一度遭到严厉批判，发轫于新潮美术，但相对温和的现代水墨与当代水墨因其更多地关注语言本体的现代性拓进，总体而言并没有被官方围剿，在随后到来的20世纪90年代，美术馆的展览空间总是为其提供一些机会，此是后话，以后再说。

王平，字乔笙，安徽桐城人。1991年考入中国美术学院，先后就读于美术史论系、国画系，获文学博士学位。现为中国国家画院研究员，《中国美术报》社长、总编辑。国家一级美术师，中国美术家协会理论委员会委员，文化部中国画学会理事，杭州市美术家协会副主席，浙江画院特聘画师，安徽大学兼职教授，中国人民大学文献书画保护与鉴定研究中心特聘研究员。

20世纪70年代末及80年代我国美术界对表现主义绘画的借鉴与接纳

徐沛君

提　要： 20世纪70年代末及80年代，在借鉴欧美现代主义艺术时，我国美术界对表现主义绘画产生了浓厚兴趣，由此出现了论争及创作实践，促使美术工作者开始重视作品的精神深度，也促使创作手法语言更加丰富。

关键词： 表现主义；绘画；借鉴

改革开放之初，在中国社会小心翼翼地重新审视和接纳现代主义时，表现主义绘画受到特别的重视，这绝非出于偶然。20世纪50年代至70年代末，中国与苏联一样对各种现代艺术流派进行了不同程度的批判，在此过程中，唯独表现主义没有被明确“定性”。尽管表现主义带有神秘主义色彩乃至“颓废没落”的气息，但在唯心主义与唯物主义二元对立的世界观中，它没有遭到明确的否定。国内无法为表现主义艺术明确“定性”的原因主要是这种艺术思潮及其代表人物本身就显示出一定的矛盾性，它有反资本主义的一面，同时又玩世不恭，“颓废”得很；很多表现主义艺术家既遭受纳粹的压迫，又与苏联的现实主义格格不入。尤其让人尴尬的是，备受中国主流意识形态推崇的鲁迅竟然十分喜爱格罗斯等人的画作。不同的时代对鲁迅有不同的需要，由此也产生了不同的阐释。70年代末，老画家们接二连三地发表文章追忆鲁迅，其目的之一就是借鲁迅的话语来反对“狂怪”的现代主义的画风。

尽管在20世纪二三十年代关于表现主义绘画的理论介绍已经有了相当的积累，但那些书籍和画册早已被封存在图书馆的某个角落，引进表现主义一切都要从头开始。对表现主义绘画的介绍仍是以“表现主义的同路人”珂勒惠支为先导。1977年第3期《美术》杂志刊载了珂勒惠支的《反抗》(《农民战争》组画之一)。时隔两年，1979年第1期的《世界美术》对表现主义及其他一些现代主义美术思潮做了介绍；第2期《世界美术》又以较大的篇幅介绍了珂勒惠支的生平，并谨慎地介绍了其作品中的表现主义因素：“珂勒惠支的这类作品和表现主义的作品并不相同。一些表现主义的画家虽然也反对战争，但是他们在作品中主要表现个人的苦闷、骚动和不安，并不能揭露帝国主义战争的实质，也不可能给人民指出出路。”文章还特地强调珂勒惠支否认自己是表现主义者。

1979年9月29日至10月12日，北京举办了“凯绥·珂勒惠支版画展览会”，展品由德意志联邦共和国提供。对中国的版画家来说，梅斐尔德和珂勒惠支并不陌生，但在当时人们的印象中，这两位德国画家充满力度，却又阴沉晦暗的画面应该是“旧时代”的写照，而新的时代更需要新的表现形式。卜维勤在1979年第7期《美术》杂志发表的文章中说：“我国的黑白木刻最近有一阵子不大景气。有一种意见认为，黑白只适合表现阴郁的旧社会生活；表现新社会就要多搞套色木刻……”为了适应“新社会”的审美需求，国内的版画家们探索了其他形式，但他们往往在装饰性的形式美感上下功夫，而没有对珂勒惠支版画中的表现主义气息多加留意。这段时间，国内美术刊物还以大量篇幅对曾为德国表现主义绘画的产生做过重要铺垫的“维也纳分离派”进行了介绍，但主要看重的是“分离派”中克利姆特优美而华丽的装饰作风，而非这个流派对旧思维的反叛意识与革新精神。

在随后的几年里，国内美术界的视野日渐开阔。1980年第3期《美术》杂志刊载了后印象主义画家凡·高的10余幅作品，似乎暗示着中国美术“主流”对“非现实主义”的接纳和认可。1981年第1期的《美术》杂志刊载了若木撰写的《关于表现主义》，文章结合图版，对起源于德国的表现主义画风做了简要介绍，同时从批判的角度指出了它的几个特点：“（表现主义）表现了作者对现存秩序的不满，由于他们是站在个人主义立场上，看不见人民群众的伟大力量，他们表示的反抗往往是软弱无力的，在艺术上所表现出来的思想情绪，往往是消极悲观的，不健康的。画面上充满了阴暗、沉郁、恐怖、神秘的调子。”“在表现主义画家的画笔和刻刀下，‘美’的事物也会变得狰狞可怖。”“表现派画家不能从大自然中去发现繁荣昌盛的‘美’，而只能从那里看到冷落萧条的‘美’，由于那些作品是作者以极为强烈的激情表现出来的，所以仍然给人带来一种不平凡的吸引人的力量。”“（表现主义）艺术家个性的表现十分突出，没有一个表现派画家的作品在表现形式、风格上是相互雷同的。”文章末尾又借珂勒惠支的话强调表现主义只是失去了社会目的的“自由的纯艺术”，因而必须批判地借鉴。文章的倾向性显而易见，说明理论工作者在当时的政治氛围下对“表现主义”这一概念的了解还很不全面。将表现主义看成是“失去社会目的的自由的纯艺术”，这与鲁迅当年翻译的文章观点相左。20年代后期，鲁迅翻译的山岸光宣的《表现主义诸相》已经指出了表现主义鲜明的政治倾向性：“表现主义虽然排斥自然主义的技巧，但在反抗现在的国家组织，和社会主义有着密切的关系之点，却和自然主义相同。假如以用了冷静的同情的眼睛，观察穷人的不幸者，为自然主义，则盛传社会主义底政治思想者，是表现主义。表现主义大抵是极端的倾向艺术，不是为艺术的艺术。”

随着社会的不断开放，人们对表现主义的认识逐渐加深，存在主义哲学在中国的传播为表现主义绘画兴起提供了深层的理论支持，“自我表现”的问题随即成为美术界争论的热点之一。钟鸣以他创作的油画《他是他自己——萨特》为引子，借清代石涛画语录中“我之为我，自有我在”一语来阐述艺术创作中社会功能与自我审美理想之间的关系。与之相关的理论争鸣还包括围绕“现实主义是否惟一正确的途径”等问题展开的辩论，种种迹象表明，长期在文艺界占据主导地位的“社会主义现实主义一元论”正在解冻。这一时期，朱旭初等人在1981年第5期《美术》杂志上发表文章，认为“从后期印象派开始，到野兽派、表现主义以及超现实主义、抽象主义等等，不但为其艺术自身发展规律所决定，也是特定时代条件下的历史产物，是肯定人、强调人的个性、提高人的存在价值这种社会思潮在艺术里的必然反映"。谈到中国当代文化，作者说："当新的一代从恶梦中醒来，回顾自己用心灵和血泪所经受的磨难历程，不能不陷入痛苦的沉思，不能不重新考虑自己生活的意义、行为的价值，而抛弃那部分不自觉地被'异化'的自身，不能不提出自己作为独立的自我存在的权利，而发出尊重个性、自我表现的呐喊。"几个月后，叶朗在 1981 年第 11 期的《美术》杂志发表文章，旗帜鲜明地阐明自己的立场："自我表现"不是我们的旗帜。作者以哲学工作者的敏锐眼光指出，"自我表现"是一个存在主义的口号，是一个主观唯心主义、反理性主义的美学口号，因而"它只能引出一条脱离现实，脱离群众的艺术道路。因此，任何一个信仰马克思主义的艺术家，任何一个坚持为人民服务、为社会主义服务的艺术家，任何一个真诚地追求真、善、美并且尊重艺术本体规律的艺术家，都没有理由把它举起来作为自己的旗帜"。1981 年第 3 期的《世界美术》刊载英国学者哈德罗·奥斯博恩的文章《德国表现主义》，认为德国表现主义"一般来说倾向于夸大、炫耀和吹嘘，以至达到因矫揉造作和粗制滥造而失去真实性的地步。他们自以为，他们的艺术职责是公开表露他们个人情感上的窘境，企图赋予他们的挫折、恼怒和徘徊不安以宇宙的意义；然而，他们并没有足够的耐心使他们自己的感觉熏陶成适应于现实的新视野"。文章在肯定表现主义艺术成就的同时，又指出"不论从艺术的眼光和美学的观点来看"，表现主义"都不代表积极的创新"。同一期的《世界美术》还刊登了德国学者保尔·福格特的文章《"桥社"始末》，着重从形式美感的角度对科柯施卡等人的艺术成就做了介绍。与叶朗等人激烈的反对态度相比，刘纲纪显得相对温和一些，他认为"自我表现"这种理论在近几年来的提出，"重要的原因之一，就是由于我们过去对艺术反映生活常常作机械简单的理解，把反映生活同自我表现看作是绝对不能相容的东西"，他还表示"不能否认在正确意义上的自我表现是艺术创作中一个很值得研究的问题"。

从上述对德国表现主义美术进行选择性介绍的文章中可以明显感受到人们对表现主义所持的审慎态度，更可以体味出他们在这个问题上所产生的内心矛盾与困惑。

继"自我表现"问题、"抽象与具象"问题的探讨之后，"现实主义与形式主义"等问题成为人们关注的焦点。吴甲丰在 1982 年第 8 期的《美术》杂志发表《"现实主义"小议——兼评苏联有关"现实主义"的理论》一文，对长期影响中国文艺思想的"现实主义与形式主义对立"二元论提出挑战，作者认为："苏联理论家把'现实主义'当作一顶至高无上的桂冠，又凭主观铸造出'现实主义与反现实主义的斗争史'这个模式，其结果是导致'现实主义'一词浮泛失实，也使艺术理论陷于混乱。"20 世纪 80 年代初以《西藏组画》赢得广泛喝彩的陈丹青在考察西方绘画后，从创作实践的角度提出自己的观点，给中国的某些"现实主义"绘画泼了冷水："在中国油画短暂的历史中，始终没有建立真正意义上的现实主义创作观，也没有令人信服的，足以和西方传统等量齐观的写实作品出现。"①

学术气氛的活跃为绘画由"再现"向"表现"转变提供了理论支持，但是对于普通的美术工作者而言，他们中的绝大多数都没有见过表现主义绘画原作，而只言片语的、主观性很强的介绍文章实际上并

① 陈丹青：《即兴的回顾——由一篇评文引起的泛谈答编者问》，《美术》1986年第5期。

不能让人们了解表现主义绘画的全貌，因此国内多数画家还是觉得表现主义离他们相当遥远。

1982年，一个专题性很强的表现主义绘画艺术展非常适时地在首都北京举办，这就是4月13日至5月5日在民族文化宫举办的“德意志联邦共和国画展——德国表现主义绘画展”。展览是在斯图加特外交关系协会的协调安排下，由联邦德国外交部、驻华使馆和中国的文化部门共同组织的，贝克曼、迪克斯、坎蓬唐克、费利克斯米勒、格罗斯、赫克尔、亚夫伦斯基、康定斯基、基希纳、克勒、科柯施卡、马克、马尔克、迈德纳、莫德左恩－贝克尔、莫格纳、米勒、诺尔德、佩希施坦、罗尔夫斯、施密特－罗特卢夫、塔佩特共22位画家的约百件代表作首次在中国公开亮相，这个大容量的展览让中国观众第一次系统地领略到表现主义绘画的真实风貌。

这是一次意识形态色彩相对淡化的文化交流活动。一年前，中国选送20世纪五六十年代名家的书法作品赴西欧各文化中心展出，引起轰动，并对德国乃至西欧部分当代画家产生了“创造性的影响”[①]。究其原因，当时“新表现主义”绘画热潮正风行欧洲，在“新表现主义”画家们看来，中国书法中的“抽象”与“书写”同“新表现主义”之间具有共通性。书法展也使西欧艺术界认识到，数十年的“冷战”加深了中西文化在相互理解上的隔膜。为此，“德意志联邦共和国画展——德国表现主义绘画展”的展出负责人托马斯·格罗维亚克发出了这样由衷的感慨：“我们究竟对彼此了解多少？”

本次展览结集出版的画册中收录了沃尔夫－迪特尔·杜伯、埃贝哈德·罗特斯、马丁·乌班德、保罗·福格特等几位研究者的文章，简要而又完整地阐释了德国表现主义艺术的缘起、特点、在欧洲的影响及诸支流派别在观念上的区别。尽管画册属于非正式出版物，但它在新时期内首先高密度、大容量地向中国系统介绍了德国表现主义绘画运动的始末，具有非常重要的理论价值。此外，这本画册附有表现主义主要画家的生平简介，同时还摘选了他们的言论，尽管是只言片语，却使中国美术界更深切地体会到表现主义画家的艺术观和内心世界。画册中引用了格罗斯的一句话：“我临摹了公共厕所里的一些民间画，我认为这些画是表达强烈感情的最直接和最简便的方法。”在1982年的中国，当人们第一次了解到当年鲁迅所欣赏的画家竟有如此的借鉴与学习对象，必然十分惊诧。

1985年4月，北京和哈尔滨先后举办了“德国20世纪木刻版画展览会”，展览使更多的中国画家感受到表现主义的真实面目。面对着德国表现主义画家那些“支离破碎的画面”和“天崩地裂的‘末日’景象”，有的美术工作者“感受强烈，印象深刻，但心情沉重”。[②]孔柏基这样谈及他观摩德国表现主义绘画的感受：“我面对表现主义画家们的作品时，开始确实曾有迷茫之感，因而迫使我写下一系列进行深思的观感，而这些观感的中心即是他们的那些变化无常、捉摸不定、逻辑混乱的色彩处理，引起我在直观之后的种种联想和悬念，心情不能平静……”[③]

“德国表现主义绘画展览”展出的多是20世纪上半叶的作品，如果说那些作品因反映了“资本主义制度下画家们的反抗”而容易被80年代的中国画家所“理解”的话，那么与中国属于同一意识形态的民

---

① “德意志联邦共和国画展——德国表现主义绘画展”《前言》。

② 冯湘一：《绘画审美特征试论》，《美术》1982年第7期。

③ 孔柏基：《探索随感》，中国艺术研究院美术研究所编《油画艺术的春天》，文化艺术出版社1987年版，第164页。

主德国的当代绘画就让中国画家掩藏不住自己的惊愕了。1984年6月，一些中国版画家到德累斯顿参观国际版画展，德国艺术的矛盾性让他们非常吃惊，其中一位访问者记下了自己对于民主德国艺术家及其作品的印象："他们不喜欢恶魔，但画面上偏偏笼罩着魔影；他们不喜欢战争，却在作品中大量描写战争的恐怖和灾难。他们有非常良好净化自然环境的习惯，但却经常表现环境是如何受到污染，大地如何在呻吟，生命如何在窒息。这些作品有时曲折隐晦，有时是意外地率直强悍，似乎有意让健全的神经在艺术欣赏中承受一种压力，同时也在散发不安情绪中达到满足。"① 通过与德国同行的交谈，中国画家认识到20世纪30年代中期至40年代中期的德国表现主义绘画是"对希特勒的反抗"，但为什么"民主德国"80年代的绘画还会出现如此明显的表现主义特征，他们似乎没有找到明确的答案，但毫无疑问，民主德国绘画中的表现主义传统微妙地触动了中国画家的心灵，激发了他们艺术变革的情绪。

以表现主义为"重大题材"服务的试验最初是由一些具有深厚写实功底的画家完成的，这些画家埋头实践，不事张扬，但他们的创作却让人真切地感受到表现主义的勃兴。

裘沙为鲁迅小说《影的告别》所作的插图带有表现主义的痕迹，他与王伟君合作的《鲁迅的世界》（鲁迅杂文画）中人物造型扭曲重叠，有时甚至与背景环境混在一起，光影朦胧，难分彼此，与鲁迅某些作品的意蕴相通。楼兆丰在评论裘沙和王伟君的上述作品时指出："鲁迅的杂文，则是种种直接迸发的愤慨、深情、呐喊、警诫，那样热血沸腾，又极端冷静、切实。那样深邃精辟的思想，如何化为画面？他们感到必须更多地尝试各种手法，用隐喻、象征、画面多重隐现、杂叠、强调某些形式感等。西方的'现代艺术'中，有一些主张'直接'表现意识中抽象的东西，那些东西常常是迷茫、空虚的。但有些手法，他们也不拒绝借用。"② 这些作品的另外一个特点是，"不合常理"的造型元素并不破坏事物表面的感性魅力，而只在精神上赋予它更多的张力。

周思聪在新时期创作的一系列备受关注的水墨作品也体现出表现主义的意味，这既是20世纪70年代末以来现代思潮影响的结果，也与画家早年的经历和独特的生活体验分不开。她回忆说："我上中学时有人说我老爱看阴暗面，这话是我从别人对我的批判中得知，我画画也是这样，大概这是读书的缘故，我喜欢悲剧，喜欢揭示人生苦难的作品，或许这就是一种'特质'。"③ 周思聪后来的创作受日本画家丸木位里、赤松俊子《原子弹爆炸图》的影响很大。1956年，《原子弹爆炸图》在帅府园美术馆（即后来的中央美术学院美术馆）展出，"17岁的周思聪第一次看到如此大规模地刻画人类苦难的画面，在那些痛苦扭曲、惨不忍睹的人体面前战栗激动不已"④。在相当长的时期内，周思聪一直坚持以"现实主义"手法去画"典型环境中的典型形象"，但到了80年代初，她不事张扬，悄悄开始了画风的变革。她说："说实话，从学院中走出来也真难，首先你要做一个叛逆，我就被人指责过。我搞过一些变形，这与我受珂勒

① 江碧波：《艺术交流打破隔离——写于访问民主德国之后》，《美术》1985年第3期。

② 楼兆丰：《裘沙〈鲁迅的世界〉拉杂谈》，《美术》1991年第9期。

③ 《周思聪访谈录》，《江苏画刊》1991年第1期。

④ 华天雪：《周思聪·生平与艺术》，《重建美术学》，吉林美术出版社2002年版，第474页。

惠支的影响有关。”[①] 周思聪的代表作《矿工图》大胆地把人物形象加以变形处理，形象重叠错位，画面阴暗压抑，强化了受难者的外貌与精神，很容易使人联想起北欧绘画的特点。画家曾以朴素的语言解释这样画的缘由：“我要画的你要说是呻吟也好，呼喊也好，反正不是唱歌，用唱歌、朗诵的方法不行，甚至有点声嘶力竭才合适。”[②] 郎绍君认为周思聪“借鉴了西方近代以来表现派传统”，同时又“小心地和现代诸流派保持着距离”。[③] 在当时的社会氛围中，这种新画风被保守者斥责为“赶时髦”，但周思聪坚定地认为自己的追求是有价值的，她率直地自陈：“我就想画那种受压抑的状态，压得透不过气的那种状态。这种思想感情要求之下，开始把人有些变形了，但变得并不是非常厉害，因为是初步尝试。当时很多人反对，有人说我赶时髦。我心里明白，我不是赶时髦，因为当时还不时髦……我觉得当时是我自己要表达自己想表达的东西，我自己想说的话，我想尽办法想把我说的话说清楚，我必须这样做。”[④] 周思聪在80年代初期创作的《同胞、汉奸和狗》(与卢沉合作)、《王道乐土》、《人间地狱》、《遗孤》等作品都以夸张、扭曲、变形的手法绘出阴森可怖的景象，带有明显的表现主义意味。1982—1983年，周思聪以四川彝族生活为题材创作的《日出而作，日落而息》《边城小市》《母子》《负薪暮归》等作品，既有《矿工图》中的变形与力度，又显出深沉的悲凉与沧桑之感。

与周思聪相比，画家程勉对表现主义的态度要直截了当得多，他公开宣称自己在造型上深受德国表现主义的影响：“你说我的画受到表现主义的影响，这是对的。……德国表现主义的作品不论是版画或油画，都强调感情、情绪的表达，这一点我非常喜欢。”但程勉认为德国表现主义也有弱点：“他们有时又失控，表现出某种不能自持的、粗野的狂暴性。同时，在形体表现上缺乏稳定感，有时甚至出现某种变态的、疯狂的、丑陋的形态，这些地方是不足取的。”[⑤] 程勉的木刻系列组画《血寰》取材于南京大屠杀的历史事件，虽然刀法粗犷，但画面情节的表现比较含蓄，没有描绘砍头等内容，正如李松所言：“《血寰》的画面固然有着作者所着力追求的奏刀裂木之际所产生的力之美。但它的感人之处，更多的还在于选择的瞬间所具有的含蓄、内在的力量，它使得这套组画感情深沉而不浅露。”[⑥]

从总体特征上看，上述作品并没有脱离“现实主义”范畴，也并没有游离严肃社会主题而一味沉湎于技巧的变化。这些作品虽体现出作者借历史躯壳以表现一己人生感悟和现实关怀的主观愿望，主题的观念性却不够强；虽出现了变形的物象，画面的结构却并非反逻辑性的；虽有明显的情绪化特征，却没有采用寓言式的叙述方式。但是在情感宣泄和形式感营造的强烈程度上，这些作品已经与固有的“现实主义的再现”拉开了距离；在创作理念上，它们虽不与现实主义相悖，却比一般的现实主义更深刻也更有力。

---

① 《周思聪访谈录》,《江苏画刊》1991年第1期。

② 《周思聪访谈录》,《江苏画刊》1991年第1期。

③ 郎绍君:《心欲静，忧未歇》,《郎绍君美术时评》，河南大学出版社2002年版，第181页。

④ 华天雪:《周思聪·生平与艺术》,《重建美术学》，吉林美术出版社2002年版。

⑤ 李松:《一个“残酷”画家的创作思路》,《美术》1985年第9期，第10页。

⑥ 李松:《一个“残酷”画家的创作思路》,《美术》1985年第9期，第11页。

徐沛君，1971年生于江苏铜山。1994年毕业于景德镇陶瓷学院，随后任教于徐州师范学院美术系。1998年考入中国艺术研究院研究生部，师从刘晓路先生，2001年获硕士学位；之后师从王镛先生，2005年获博士学位。毕业后进入中国画研究院工作。2010年调入中国美术馆，任信息与传播部副主任，负责《中国美术馆》杂志编辑工作。现任中国美术馆公共教育部主任兼艺术品修复部主任，同时任《中国美术馆》杂志执行副主编。

国家美术展览与新中国70年美术发展路向

——以历届全国美展为中心的考察

于 洋

摘 要： 作为新中国美术创作的最高展示平台、持续举办时间最长的国家级文化艺术活动之一，全国美展历来受到文化艺术界的高度关注。本文通过梳理新中国成立70年来历届全国美术作品展览的历史文脉，总结其特点、现象与问题，以回溯、解析全国美展筚路蓝缕的发展历程为契机，提出汇聚时代佳作、总结艺术本体规律、推陈出新与选才育人及拓展“大美术”学科疆域范畴，是国家美术展览对于新中国美术发展所起到的文化导向与建构作用。

关键词： 全国美展；新中国美术；展览机制；创作导向

美术创作的艺术价值与社会功能的实现有赖于展览作为窗口与媒介，通过展览向美术界、向社会大众展示美术作品、呈现审美动向，展现美术创作的不同观照视角。新中国成立70年来，“全国美术作品展览”作为举国体制下各美术门类佳作汇聚的平台，已成为现当代中国美术创作的风向标、晴雨表与加油站。从宏观角度上看，它是中国美术界自新中国成立，特别是自新时期改革开放以来五年一度的“大阅兵”；从个体层面上看，它又是美术家在崎岖小路上踯躅前行时指明方向的路标、独自行舟时辨别航线的灯塔。历届全国美展的踪迹、历程已成为新中国美术发展史主线的展现载体，而对于全国美展的史脉梳理和问题讨论既是中国现当代美术史研究的重要课题，也对当下美术生态调研与创作论层面具有直接的建构价值和导向意义。

体制奠基：文艺政策的调整与初创期的“国展”

新的纪元需要新的文艺体制，最初的全国美展正是在这样的时代背景下应运而生的。也正因如此，新中国成立以来的全国美展从一开始就带有显著的社会时代印迹与文化政治属性。

1949年初，北平和平解放，全国各地的文艺家纷纷会聚于此。3月22日，郭沫若在“北平文艺界茶会”上提议召开全国文艺工作者大会以成立新的全国性文学艺术界组织，为了检阅过去一段时间内文艺界的成绩，进行文学艺术的展示、戏剧音乐的汇演，美术作品被涵盖在文学艺术部分。[①] 5月4日，《文艺报》发布了作品征集启事，向全国征集文艺资料，“以作近五年来美术工作之全面检阅”。按照启事中的要求，“能真实反映人民的生活斗争，在群众中确有显著良好影响者，均可以推荐”。当时由于解放战争尚未结束，作品征集并不十分顺利。“其中音乐、美术、诗歌等作品，应征者较少。”[②] 于是筹委会借助各个大区的党委、解放军各野战军和兵种政治部，向全国各地征集作品，这个带有行政命令的通知起到了很好的效果。

这次展览后来被确认为新中国第一届全国美展。此展是为了迎接全国解放，配合共和国新政权建立而举办的一次汇报与检阅，也是对于新旧交接时期中国美术创作的总结与引导。此后，以“一切都是为了人民”为宗旨的全国美展也成为制度化的作品展呈与示范的形式。据1949年6月的《人民日报》报道：“评选委员会共收集到文化艺术作品三千一百八十四种，计：小说类一百零四种，诗歌类六十一种，美术作品一千六百余件，美术资料一千二百余种，戏剧类二百一十种，音乐类一百二十二种。展览委员会已收到美术应征品二千八百余件，经先后总评六次的结果，在一千二百余种美术资料中，绝大部分均将予以展览或陈列，在一千六百余件作品中，有五百余件已入选为展览品。”[③]7月2日，经过三个月的紧张筹备，中华全国文学艺术工作者代表大会在北平召开，同期开幕的“艺术作品展览会”第一天就吸引了1300多名观众参观，共展出1943—1949年间的画报、窗花、剪纸、洋片、漫画、木刻年画、连环画、油画、中国画、雕塑等604件作品，《人民日报》《解放日报》等重要媒体对此次展览均有大篇幅报道。展览结束后，出版了《新中国版画集》和《美术作品选集》，两本画集相对完整地记录了第一届全国美展的情况。

为了呈现中华人民共和国成立五年来中国政治、经济、文化方面的发展和进步，在1953年第二届文代会上指示的“鼓励创作与加强艺术实践”方针的指引下，由文化部、中国美术家协会主办了第二届全国美展。1955年5月27日，“第二届全国美术作品展览会”在刚落成的北京苏联展览馆开幕，后来又赴上海、广州、武汉、重庆、西安、沈阳等地举办了巡展。因送展作品的创作时间限于1949年第一届全国美术展览会以后创作的作品，所以大部分都是专为第二届全国美展而创作的。作为“新中国建立之后首次在北京举办的最大规模的全国性的美术展览”[④]，第二届全国美展在目标和规范上都较第一届有了些许调整变革，规模也在不断扩大，但整体上仍然延续、保存、发展了第一届全国美展的主旨方向。

在这届展览中，《齐白石像》是吴作人创作于1954年的油画作品，苏联普希金造型艺术博物馆馆长、美术鉴赏家札莫希金看了这幅肖像画后说，这件作品完全可以和列宾的《托尔斯泰像》相媲美。靳尚谊、

① 全国文艺工作者大会筹备委员会于1949年3月24日举行第一次会议，正式宣布成立，郭沫若任筹备委员会主任，茅盾、周扬任副主任，沙可夫任秘书长，常务委员为郭沫若、茅盾、周扬、叶圣陶、沙可夫、艾青、李广田，委员有42人，美术工作者徐悲鸿、叶浅予和古元也在其中。据叶圣陶的回忆：“这次大会很重要，是长期被迫分离的解放区和国统区两支文艺大军的隆重会师，毛主席、周恩来副主席、朱德总司令莅临大会，并作了重要讲话，使这次大会成为我国现代文艺运动史上重要的盛会。”参见叶圣陶的《参加首届全国文代大会》和吴泰昌的《我所了解的叶圣陶》，生活·读书·新知三联书店2014年版。

② 唐因：《评选委员会工作概况》，《文艺报》1949年5月19日。

③ 《文代会各专门委员会积极展开工作》，《人民日报》1949年6月29日。

④ 北京画院编：《20世纪北京绘画史》，人民美术出版社2007年版，第212页。

伍必端的作品《毛主席和亚非拉人民在一起》①所表现的题材符合当时的国际政治形势，为了准确表现人物形象，作者曾专门去语言学院画非洲留学生的素描头像和人物写生，单线平涂的表现手法十分新鲜、明快，又兼具中国民族韵味。在此次展览上还展出了蒋兆和的《小孩与鸽子》、周昌谷的《两个羔羊》、李斛的《工地探望》等反映现实生活的水墨人物画作品；岑学恭的《木筏》、汤文选的《婆媳上冬学》、石鲁的《古长城外》等中国画作品也取材于日常生活，反映劳动场面和社会主义新中国建设景象，与时代紧密结合。

值得注意的是，从1953年开始，全国美协相继举办了各个画种的全国范围的专门性展览，如1953年9月的“第一届全国国画展览会”，1954年8月的“全国水彩、速写展览会”，1954年9月的“第一届全国版画展览会”，1956年11月的“连环画原作展览会”、12月的“全国漫画展览会”等。各个画种的专题性全国展览一方面有力推动了各个美术门类的本体艺术水平的提高，另一方面也作为综合性全国美展的补充，成为各画种佳作、力作的来源地与实验田。

与20世纪五六十年代全国美展组织与展览机制的逐渐成熟相对应的，是党和国家文艺政策的调整。1962年5月，由文化部、中国美术家协会主办的“纪念毛泽东《在延安文艺座谈会上的讲话》发表20周年全国美术作品展览”，即后来所称“第三届全国美展”，②在当时内部装修尚未完工的“艺术展览馆”③开幕，共展出1942—1962年专业及业余美术家的作品2024件。一年之后的1963年6月，毛泽东为该馆题写馆名“中国美术馆”，因此第三届全国美展也成为第一个在中国美术馆举办的展览。值得关注的是，在这届美展上，中国画作品在数量和质量上已经占据了主要位置，刘文西的《祖孙四代》等作品引起了美术界的关注。

1964年9月，文化部、中国美协主办的“庆祝中华人民共和国成立15周年全国美术展览会”即第四届全国美展分别在北京、上海、重庆三地举行。在第四届全国美展中，方增先的中国画作品《说红书》、潘世勋的油画作品《我们走在大路上》等佳作多以表现民众现实生活作为题材内容。另有很多作品以表现工农业社会生产建设为主题，反映和歌颂现实生活的巨大变化，革命和历史题材、社会主义新女性题材、时代英雄题材等也都从社会的不同角度展示了新中国建国初期的时代气息。如钱松喦的新山水画《连云港》、张凭的彩墨画《忽报人间曾伏虎》、蔡亮的油画《贫农的儿子》、刘国枢的油画《县委书记》、马常利的油画《大庆人》、袁晓岑的雕塑《送儿当红军》、华三川的连环画《白毛女》等，都呈现了20世

① 由靳尚谊、伍必端合作的水粉画作品《毛主席和亚非拉人民在一起》（又名《我们的朋友遍天下》），作品图片曾在20世纪五六十年代很多报刊上刊登，并由人民美术出版社印刷成大型宣传画。因担心水粉不易长期保存，1961年又将水粉转画为油画，由中国美术馆收藏。

② 关于“第三届全国美展”为1962年“纪念毛泽东《在延安文艺座谈会上的讲话》发表20周年全国美术作品展览”的认定，以1984年第六届全国美展时对于前五届美展的届次追认为准。《美术》杂志1958年第3期曾发表报道《第三届全国美展在筹备中》，作了文化部和中国美协为庆祝新中国成立10周年计划在1959年国庆节期间召开“第三届全国美术作品展览会”的预报，但此项计划并未实现。以该项计划为基础召开的美展应为1960年7月中国美协为迎接中国文学艺术工作者第三次代表大会而举办的美术展览会。

③ 1958年夏，中共中央政治局扩大会议做出隆重庆祝中华人民共和国成立10周年的决定，确定北京建设十大国庆工程项目，即人民大会堂、革命博物馆、历史博物馆、国家剧院、军事博物馆、科技馆、民族文化宫、农业展览馆、工业展览馆（北京展览馆）、艺术展览馆（今中国美术馆）。1961年11月，“艺术展览馆”完成了主体工程，1962年4月开始投入使用，承办“纪念毛泽东《在延安文艺座谈会上的讲话》发表20周年全国美术作品展览”。国务院房产管理局于1963年5月正式通知由中国美协使用办展和办公。

纪60年代中期中国美术创作的最高艺术水平。特别是在中国画的创作中，将素描、速写融入笔墨造型，以西画的造型手段来增强中国人物画的写实表现能力，也成为很多中国画家的共同选择。

时代新风：新时期改革开放语境下全国美展的拓进

随着十年“文革”的终结和十一届三中全会的召开，中国进入改革开放的新阶段，历史情境与国际形势的根本变化及自上而下的改革决心，给新时期美术的发展提供了现实条件。改革开放和思想解放为美术家们带来了空前自由的探索空间，他们通过对历史的反思和对现代世界的向往，表达中国人面向未来的憧憬与信念。20世纪80年代中后期的中国美术，在“85新潮”西方现代艺术的热潮中更趋多元化发展，走向了一个前所未有的多元格局。中国美术家们开始进入到对于东西方文化的比照解读，并聚焦于对国家民族的更为深沉的历史反思中。这种价值观的变迁在90年代初得到了深化和推进，新时期全国美展的体制新变与学术面貌也随着新的时代观念和各地域美术板块的出现，在新的文化语境中逐渐形成。

1980年2月，文化部、中国美协举办的“庆祝中华人民共和国成立30周年全国美术展览会”即第五届全国美展在中国美术馆开幕，共展出作品417件。作为“文革”后的第一次重要的全国性美术展览，这次展览是“文革”结束后三年来美术家创作的集中汇总。虽然相较于“文革”期间艺术创作的单一化、模式化倾向，本届展览在艺术水准上还没有形成显著的突破，但一些作品从表现题材、创作手法上开始展露出新气象。同时这届展览设立了评奖机制，周思聪的《人民和总理》被评为一等奖，高虹、何孔德的《军委全会》和乔十光的《泼水节》、石齐的《人人都在幸福中》等被评为二等奖，杜健、高亚光、苏高礼的《不可磨灭的记忆》和闻立鹏的《红烛颂》、李苦禅的《盛夏图》等被评为三等奖。正如周思聪对于自身艺术追求的表述：“有一点要坚信不疑：艺术是人道主义的，它是人性、人的感情的结晶。”[①] 由社会政治的集体表达逐渐向艺术家个体的感受复归，显现了80年代初期中国美术创作新的时代取向。

如果说第五届全国美展还只是“文革”结束后初显复苏迹象，那么80年代中期的第六届全国美展可以看作是中国当代美术史上的一次里程碑式的事件。在这次展览中，当时有影响的美术创作者大都提交了作品，这次举国体制的展览既是党的十一届三中全会以后美术创作时期的第一次集体检阅，又在题材上拉开了艺术创作手法与题材多元化的序幕。参展作品在题材范畴的广度、主题思想的深度、艺术风格的多元性等方面都开启了新时期美术创作的时代风尚。

1984年10月国庆节期间，第六届全国美展分15个美术门类分别在南京、沈阳、北京、成都、杭州、上海、西安、广州、长沙等地同时举行，共展出作品3724件。同年12月至1985年1月又将各展区的优秀作品集中在中国美术馆展出，同时增加了“港澳台特邀展”。虽然此次展览作品的主导思想基本上是前一历史阶段艺术观念的延伸，表现国族集体记忆和社会性题材的创作仍然占据大半，但具有一定探索性的新作也获得了肯定并占有一席之地。从这一角度来看，第六届全国美展的参展作品基本上可以显现20

---

① 刘曦林、卢沉主编：《周思聪纪念文集》，荣宝斋出版社1996年版，第21页。

世纪80年代中期中国美术各门类创作风格的特点与全貌。

六届美展为当时的美术创作，特别是中国画创作提供了一个反思与实践的良机。“内容和形式的关系，继承与创新的关系，土法和洋法的关系，自然和社会的关系，普及和提高的关系，抽象和具象的关系，写实和写意的关系，夸张和变形的关系，现实和历史的关系，等等”[①]，通过中华人民共和国成立后30多年的实践，到80年代中期获得了阶段性成果。如田黎明的《碑林》，杨力舟、王迎春的《太行铁壁》，以充沛的感情和细致的笔墨刻画革命先烈的形象，以象征性手法表现重大历史题材，获得了题材与形式感的完美统一，体现出英雄主义色彩和画家对历史事件的冷静思考；在艺术表现上，画家采用严谨写实的造型表现手段，具有雕塑感的肌理取代了抒情性的线条，构图形式也具有很强的装饰意味。当时对于这届美展的评价认为，此次展览的作品总体上体现出了简、多、变、细、实等与以往的全国美展不同的特点，即画面更简，如唐勇力的《矿工的妻子》的大团灰黑色构图；表现手法更多，如田黎明的《碑林》素色雕像体式的人物形象。[②]

在油画获奖作品中，靳尚谊的《瞿秋白》以平静舒缓的格调、微妙的心理刻画，塑造了一位诗人革命家的形象；朱乃正的《国魂——屈原颂》以飞动的笔触表现屈原这位崇高且带有悲剧色彩的人物形象，从画家个人的反思扩展到对于民族命运的关切、对国魂的呼唤与赞颂。其他入选油画作品如韦启美的《大坝的构思》、王怀庆的《搏》、孙为民的《腊月》、尹戎生的《三峡》、闫振铎的《温暖的风》等；获奖及入选的版画作品如彦涵的《烈士颂》、陈晋容的《大坝风云》、徐冰的《故地风情》、伍必端的《葵花地》、谭权书的《哺育》等；入选的壁画作品如王文彬的《山河颂》、李林琢的《钢之歌》、侯一民的《清水河畔》、张世彦的《唐人马球图》、娄家本的《江天浩瀚》等。

也正是从第六届美展开始，全国美展确立了明确的制度，对于中国现当代美术创作与展览机制的发展影响深远：一是举办时间间隔定为五年一次，设定在庆祝中华人民共和国成立逢五、逢十的周年年度举办；二是设定了作品总数约4000件的规模；三是逐级选拔作品制度，即先在各省、自治区、直辖市举办本地的展览，之后举办全国展览，按美术门类分别展出，再举办全国获奖作品展；四是设立了评奖制度，从第六届美展开始设立金、银、铜奖。正如美术理论家尚辉对于第六届美展的评价：“一方面是这届美展终于以一种多样的创新姿态改变了持续已久的一统的艺术僵化局面，另一方面则是从这届开始才对新中国成立以来举办的全国美展进行了届次追认，并对以后举办五年一届的全国美展进行了诸方面的制度化规范。”[③]

1989年五六月间，以“庆祝中华人民共和国成立40周年”为主题的第七届全国美展在北京、南京、哈尔滨、沈阳、上海、昆明、广州、深圳等八个展区展出，获奖作品299件则于当年国庆期间在中国美术馆展出。从整体上看，第七届全国美展侧重于在继承传统的基础上开拓创新，尤其是在“85新潮”前卫艺术盛行的时期，由其遴选与评奖标准中可以看出，该届美展在兼容并蓄的同时也起到了理性矫正

---

① 叶浅予：《六届全国美展的启示》，《美术》1985年第2期。

② 陈醉：《从形式角度看六届全国美展——兼谈中国美术向何处去之我见》，《美术史论》1985年第3期。

③ 尚辉：《从激荡盲从到变革自信——改革开放40年中国美术的走进与走出》，《中国艺术报》2018年12月19日。

的作用。

沈尧伊的连环画作品《地球的红飘带》、王华祥的版画作品《贵州人》、杨飞云的《唤起记忆的歌》、韦启美的漫画作品《好奇》等，都是第七届全国美展涌现出的佳作。这些作品在内容和形式上都不同程度地打破了“文革”时期的模式及中华人民共和国成立初期的惯例，其中不少作品大胆借鉴了西方表现主义或构成主义的艺术手法，人物夸张变形，时空重叠交错，成为当时流行的风格。获得金奖的中国画作品是邢庆仁的《玫瑰色回忆》，集中反映了第七届全国美展在创作观念上的创新与突破。这些作品都体现出中青年画家的形式探索，在80年代中后期具有承上启下的作用。

1994年1月，为配合改革开放，以经济建设为中心，全国思想工作会议在京举行，为文化建设提出了明确方向，即坚持“二为”方向和“双百”方针，突出主旋律，坚持多样化，以推动社会主义美术创作的繁荣和发展，重在鼓励思想内容健康向上、具有时代精神、在艺术上具有新意和独创的优秀作品问世。是年10月，以庆祝中华人民共和国成立45周年为主题的第八届全国美展举办，这次展览的作品特点和办展方式都与90年代初期的时代背景紧密相关。张凭的《海》、袁武的《没有风的春天》、闫振铎的《水乡》、罗尔纯的《傍水人家》、邱汉桥的《世纪魂》、赵奇的《京张铁路：詹天佑和修筑它的工人们》等获中国画、油画、版画优秀作品奖，本届美展未评金、银、铜奖。

1999年，以“庆祝中华人民共和国成立50周年”为主题的第九届全国美展在中国美术馆展出，国庆期间按美术门类分七个展区、八个展览：中国画展在汕头开幕后，在广州闭幕；油画展在上海，版画展在呼和浩特，雕塑展在北京；香港行政区、澳门、台湾三地美展先在深圳预展，后在北京展出；水彩、粉画展在南京；漆画、年画、连环画、宣传画、漫画、插图等展在福州；艺术设计展在深圳。该年12月，获奖作品在中国美术馆和中国画研究院展览馆同时展出。

此次展览适逢中华人民共和国成立50周年大庆、改革开放20周年、澳门回归及世纪之交等重要历史节点，从展览作品中可以看出，创作者的生活视野和题材疆域都在不断拓展，既有表现改革开放重要社会事件的作品（《1978年11月24日夜·小岗》《改革之年》），也有展现普通民众日常生活的创作（《毕业生》《夏日正午》），还有表现人与自然环境关系的反思之作（《苍山如海》《山高处清凉》）等。展览期间，中国美协还组织召开了“世纪回眸——全国美术理论研讨会”，结合第九届美展的创作实际，以百年中国美术发展过程中的重要史实为主线，对20世纪中国美术的发展，特别是中华人民共和国成立50年、改革开放20年以来社会主义现实主义美术创作的成就进行了梳理与总结。

拓疆行路：新世纪以来全国美展的文化建构与时代观照

新世纪以来，以全国美展为代表的国家级美术展览，与各类以城市为主题的国际美术双年展、特定美术门类的专题群展等互为补充，共同建构了当代中国美术的创作与展览生态，也集中反映出当下中国美术创作所要解决的艺术表现手法创新和内容题材紧贴时代等学术课题。

2004年的第十届全国美展适逢中华人民共和国成立55周年，是新世纪初第一次全国性美术盛会。展览于杭州的中国画展区、广州的油画展区与壁画展区、成都的版画展区、长春的雕塑展区、汕头水彩与粉画展区、深圳的港澳台邀请作品展区、南京的综合展区（漆画、连环画、插图画、年画、招贴画、宣传画、漫画）和上海的艺术设计展区等多地展出，全方位地呈现了新世纪之初中国美术各门类创作所取得的成绩及其艺术风格的多元指向。在获得金奖的创作中，油画作品如忻东旺的《早点》、骆根兴的《西部年代》、陈坚的《公元一千九百四十五年九月九日九时·南京》，中国画作品如袁武的《抗联组画》、刘文洁的《物华》、何晓云的《嫩绿轻红》等，呈现出关注普通民众日常生活及对于重大历史主题、人与自然等人文母题进行个性化表达的审美倾向。

为庆祝新中国成立60周年，第十一届全国美展于2009年举办，分为中国画、油画、版画、雕塑、壁画、水彩、粉画、漆画、陶艺、艺术设计、动漫、综合、港澳台10个展区，各展区分别评选出的获奖提名作品于当年12月在中国美术馆展出。本届全国美展的特色是设立了首届“中国美术奖”评奖机制。在153件创作奖获奖作品中，中国画佳作如孙震生的《回信》、苗再新的《雪狼突击队》，油画作品如李节平的《小夫妻》、赵培智的《来自高原的祈福——5·19国家记忆》、白展望的《壹玖肆玖》，水彩画如陆庆龙的《兄弟》、李晓林的《开采光明的人》，壁画作品如鲁迅美院集体创作的《淮海战役》，孙景波、唐晖、王颖生的《一代天骄》等，一方面延续了上届美展关注日常百姓生活的趋向，另一方面也注重美术作品视觉形式的创新表达。

由文化部、中国文联、中国美协共同主办的第十二届全国美展于2014年八九月间，分画种在全国13个分展区陆续展出，入选及获奖作品展于当年12月在中国美术馆开幕。一方面展览作品在创作题材上呈现出进一步紧扣时代脉搏的趋向，除了以往多有表现的重大历史主题、少数民族民众生活、普通劳动者形象的题材之外，航天探月、抗震救灾、小康建设、和谐生活等当代现实题材受到美术家的关注，这在获得金奖的作品如陈治、武欣的中国画《儿女情长》及彭伟的版画《而立之年》、张玉惠的漆画《织情叙意》等作品中都有所体现；另一方面该届美展注重“大美术”的多元呈现，首次将陶艺、漆画和综合材料绘画独立出来，在艺术设计展区增加了工艺美术和生态建筑设计的内容，体现了全国美展开放、包容，关注现实生活的文化姿态。

转眼之间，时光的步履已匆匆走过70年，令中国文化艺术界瞩目的第十三届全国美展也正在进行，各门类入选与获奖作品将在中国美术馆汇总展出。与新中国同年诞生的全国美展，在70年的发展历程中已经形成了一系列体制规范，取得了诸多成果，同时也遗留了一些需要解决和完善的问题。近些年来，围绕全国美展已有诸多热议与冷思考，值得我们进行或阶段性的，或宏观视角的梳理、省思与总结。在笔者看来，已经走过70年历程的全国美展，至少在以下五个层面呈现出其积极的导向与建构作用。

其一，全国美展是汇聚时代佳作、呈现艺术与社会紧密关系的舞台。回顾以往，无论是建国初期、改革开放初期，还是市场经济占据主导的世纪之交，每一届全国美展都成为一个特定时段中国美术创作成就与展现问题的汇总平台，它通过美术作品呈现社会时代主题，同时又区别于国家重大题材创作工程自上而下的课题创作模式，是由艺术家个体自下而上的自由选择表现主题，凸显了美术创作重在创意与个性表达的思路，因此也切实秉持和发挥了“二为”方向、“双百”方针在不同时期美术创作层面上所起到的作用。

其二，全国美展是为新中国美术总结创作规律、呈现艺术本体问题的实验田。历届全国美展作品所呈现出的媒介技法、内容题材与风格手法，显现了各艺术门类、各地域板块的平衡与互动。特别是来自专业艺术院校、画院、艺术机构及自由艺术家群体的“各路高手”之间，在具体创作手法与风格层面的切磋交流，使全国美展成为各门类美术创作本体问题的汇聚之所。同时各届美展的评选原则、导向作为反馈及优秀作品的示范价值，对于国内美术专业教学也产生了积极的推动与参照作用。

其三，全国美展对于优秀中青年创作的选拔，体现了推陈出新、选材育人的价值观照。全国美展既是展呈佳作的平台，也是鼓励创新的场域。特别是在改革开放40年来的以往八届全国美展中，在展品入选和奖项评审方面都侧重于鼓励推出新人，在整体风格上秉持守正创新的原则，奖掖优秀的青年创作人才，同时也推出了一批足以载入美术史册的时代佳作。通过美展的形式汇聚各地美术新作，发现已经“冒尖”或具有潜质的创作人才，也是全国美展的重要使命之一。

其四，全国美展是以视觉艺术书写当代历史、建构新中国美术史主线的重要依据。回看新中国成立以来全国美展的作品图像史，即是一个复读70年来中国美术创作“大数据”的过程，新中国美术创作的题材演变史、媒材更迭史、风格发展史皆在其中，需要进一步地深入探研、统计分析、梳理总结。一方面历届美展的作品评审、选拔过程即构成了对于这一时段中国美术创作的生态考察和取样调研；另一方面成为历史文献的往届展览在很大程度上可以作为美术创作未来发展走向的明灯与镜鉴。

其五，全国美展有助于巩固与拓展“大美术”的学科范畴疆域，继承与创新齐头并举。关注“大美术”的领域拓新，吸引“大美术”人才的全面参与，成为全国美展的新方向。特别是新世纪以来，除了对经典性的“纯艺术”学科“国、油、版、雕、壁”给予持续关注外，对于文化创意产业和视觉艺术创作新业态的关注，对于新媒体艺术、艺术与科技结合的推动，也成为美展的新趋向。如第十、十一两届全国美展新增了漆画、壁画、陶艺、艺术设计门类，第十二届全国美展增加了综合材料绘画和实验艺术两个新美术种类，都显现了美展的积极拓展和包容意识。

当然，70年来的全国美展也显露出中国美术创作与生态机制层面一些亟待解决的问题。例如从既往美展来看，有些作品题材扎堆重复、艺术语言雷同的问题，有些作品一味在尺幅和题材上求“大”及美展创作整体上“重工轻写”的问题。如何规避作品题材样式与审美价值的趋同问题，其实是全国美展的“老话题”，早在1984年第六届全国美展时，即有画家、理论家对于美展的“题材决定论”倾向有所反思，他们开始意识到新时期之初美术创作在表现现实生活、新题材的开掘上已打开视野，但在美展的评选导向中仍存在固守的取向。如叶浅予当时即指出：“这次画展中，看到了‘唯题材论’，这是建国以来惯用的评画标准，一时很难改变。”在该届美展油画座谈会上有专家认为“这次展览还是有重视作品的教育功能、轻视审美功能”“张扬个性的作品仍较欠缺，没有解决面貌雷同的现象”，同时“在安排各画种的评选委员中没有充分发挥理论家的作用”。[①]

---

① 北京画院编：《20世纪北京绘画史》，人民美术出版社2007年版，第403页。

历史上大量艺术作品与事实证明，对于“重大”题材过于片面或模式化的理解，在很大程度上会抑制艺术价值的呈现。在很多优秀的艺术作品中，见微知著、小节中见大义的表现手法更容易打动人心，显现出社会万象与个体心理的真实。由此，全国美展的作品创作和评审机制如何在求稳中求新求精，避免空泛、空洞、大而不当；如何抵制绘画创作“照片化”和过度制作化倾向，规避跟风乃至抄袭现象；如何进一步完善公平、公正、透明的评选机制，兼顾包容多元风格等问题，都成为全国美展在今日直接面对的现实课题。

温故知新，方能初心永驻，永远葆有一项事业的学术活力与持续动力。已经走过70年的全国美展，既是一个复杂多元的美术创作与评价工程，也是一个相对开放的、举国体制之下美术创作生态的集中展现平台。新时代的中国美术创作者、理论研究者需要清醒地认识到，以美术佳作展现时代观照与家国情怀，正是全国美展的使命与初心所在。

于洋，美术史博士学位，艺术学博士后。中央美术学院副教授、硕士生导师，中国传媒大学、东北师范大学博士生导师。中国画学研究部主任，国家主题性美术创作研究中心副主任，北京青年艺术发展促进会会长，北京文艺评论家协会美术书法摄影艺委会秘书长。入选国家“万人计划”青年拔尖人才，获教育部霍英东教育基金高校青年教师奖、中国文艺评论家协会优秀论文奖“啄木鸟杯”等。在国家级权威核心期刊等发表学术论文200余篇，共计100余万字。出版专著、合著多部。

20世纪50年代以来红色题材雕塑发展研究

尚 荣

摘 要： 时代性和民族性在构建中国百年来雕塑艺术发展脉络的过程中发挥了重要作用。红色题材雕塑主要有表现历史性事件的纪念性雕塑和以领袖、英模人物为表现内容的雕塑，本文通过梳理和追溯我国20世纪以来红色题材雕塑的发展，感知红色题材雕塑作品本体语言的艺术感染力和视觉表现形式，探析和阐释在红色题材雕塑中所表现出的民族文化追求和时代精神。

关键词： 红色题材；雕塑时代；精神；民族文化

中国雕塑自20世纪以来经历了学习与接受、借鉴与探索、创新与创造的发展历程。从中华人民共和国成立之前的"西学为用"，到中华人民共和国成立后30年的"以苏为师"，从改革开放初期开始的30年多元发展，再到当下10年来文化交流中的雕塑艺术新貌，中国雕塑正伴随着社会历史的进程实现着新时代的文化自觉和创新创造。本文主要聚焦20世纪以来中国雕塑中的红色题材，将之作为案例予以关注和研究，主要基于以下几点：一是中华人民共和国成立后，红色题材雕塑基本主导了这一时期的中国雕塑形态，而且即使在后面的几个时期内，红色题材雕塑也并未中断过，尽管有时会比较沉滞，但并不妨碍它作为一种主流创作题材一直存在并保持着对创作的重要影响；二是红色题材雕塑往往表现崇高的理想和英雄主义，塑造了淳朴、浑厚、严肃而又积极向上的视觉形象，许多都堪称经典，流传广泛，深入人心；三是红色题材雕塑的表现内容具有鲜明的历史背景和政治诉求，尤其是中华人民共和国成立以后，大量的革命领袖、革命人物、革命楷模的雕塑作品已经成为中国现代雕塑中的重要组成部分。红色题材展现了中国人民近现代以来，解放发展、砥砺奋进、谋求民族伟大复兴的奋斗史，极具民族传统文化和时代开拓精神。"中国雕塑的现代精神是以表现这个民族国家的现代精神为内核的，只有那些真正凝固了民族悲剧性的历史瞬间，才能真正揭示中国当代社会民族精神的来源与力量。"① 可以说，红色题材雕塑是现当代中国雕塑主题创作的主流之一。

① 尚辉:《凸显中国当代艺术结构价值》,《中国文艺评论》2018年第1期。

一、革命历史事件的纪念碑雕塑

百年来，具有历史性丰碑形象的红色题材雕塑经典以纪念碑和陵园纪念群雕形式为主，突出的代表性作品有位于北京天安门广场的《人民英雄纪念碑浮雕》、南京雨花台烈士群雕《英勇就义》、重庆《歌乐山烈士群雕》、上海龙华烈士陵园主题群雕《且为忠魂舞》、广西兴安县《湘江战役大型烈士群雕》和单体雕塑《艰苦岁月》、《轰炸》等，这些红色题材的雕塑通过表现某一特定历史事件来追忆烽火岁月、缅怀革命先辈、传承革命精神、塑造历史经典。

位于北京天安门广场上的《人民英雄纪念碑》浮雕，采取叙事性的表现方式，选取我国近代史中具有重大影响的历史事件，塑造了《虎门销烟》《金田起义》《南昌起义》《五四运动》《五卅运动》《武昌起义》《抗日游击战争》《胜利渡江解放全中国》8幅主题浮雕，并嵌构于纪念碑碑身。在《胜利渡江解放全中国》的浮雕两侧，另有两幅以《支援前线》《欢迎中国人民解放军》为题的装饰性浮雕。"《人民英雄纪念碑》端列'首都十大建筑工程'之首，其基座浮雕自然典雅、质朴大气，作品中的人物造型吸收了西方雕塑的解剖学的长处，比例适度，形态生动，表情刻画细致传神，在服饰的处理上，继承了中国古代雕塑用线表现的传统，造成线条组织疏密关系的形式感。"[①]描述了《人民英雄纪念碑》的典雅庄重之美，纪念碑的碑形、顶盖、须弥座等建筑造型和装饰图案均带有浓重的民族化特征和时代性精神，浮雕的塑造更是将欧洲的雕塑写实技法与中国传统雕塑中的雄浑写意和装饰写实风格特质相融合，营造出简洁、浑厚的视觉艺术形象，可以说是民族文化与时代精神相融渗的典型作品。南京雨花台烈士《英勇群雕就义》以共产党员、工人、农民、解放军战士、学生和知识分子等9位先烈形象为主题，深入展现了革命先辈不怕牺牲、浩气凛然的革命品格。造型语言上以写实手法为主，在衣纹处理和虚实变化上吸收传统雕塑意象，透发出民族文化的神韵。《歌乐山烈士群雕》以红色花岗岩石构成，突出表现了集中营牺牲的烈士代表，整体造型雄浑悲怆，具有西方雕塑的纪念碑形式和建筑意味，同时又吸收了中国古代雕塑石窟造像的构成元素，以圆雕与浮雕相结合的塑造方式谱写了一幅壮丽的革命诗篇。

除反映重大革命历史事件的纪念碑群像以外，作为单体雕塑形式呈现的红色题材也不乏经典之作。抗日战争时期，李金发、刘开渠、滑田友、王朝闻、张充仁等中国现代雕塑先行者曾经希望将中国民族文化的传统与西方雕塑的表现手法相融合，创造出富于时代精神的作品。现存于中国人民革命军事博物馆的《艰苦岁月》是潘鹤先生的作品，他所创作的一老一小两位红军的形象已成为凝固的历史和文化的丰碑。作品以饱含温情的色调塑造了在战火纷争的岁月中，两位普通的红军士兵偎依在一起，以苦为乐，用美妙的笛声希冀美好未来，以积极的心态和乐观的精神去面对残酷的革命斗争。作品在严谨塑造的基础上，充分展现了东方的浪漫主义思维。滑田友于1935年在笔记本上记下了他对传统"六法"的看法："艺术上有某君谓中国人多守旧，'六法'不向前进，意似以'六法'为旧，实不知中国艺术之灭绝即在'六法'之无人了解。东拉西扯反曰有法，实则紊乱已极。更不知西洋现代画之发达尽在'六法'之西

---

① 杨剑平、李晓峰：《中国雕塑1949—2010》，中国建筑工业出版社2010年版，第11页。

来。”① 他也在学习西方雕塑的手法中不停思考其与中国传统书画审美意趣相结合的可能。

综上所述，红色题材中纪念历史性革命事件的雕塑往往体现了老一辈雕塑家们追求民族审美与西方雕塑技法相融渗的创作之路，力图创作出符合视导精神的经典作品。这类题材的作品往往具有纪念碑的性质，深入人心。

二、塑造领袖人物的雕塑经典

中华人民共和国成立以来，大量的人物雕塑选取了红色领袖为表现对象，创作者通过对思想家、革命家、军事家和国家领导人等形象的塑造，凸显伟人崇高和豁达的精神风貌，彰显了他们高尚伟岸的人格魅力。具有典型意义的代表作品如刘开渠的《马恩像》、王朝闻的《毛泽东浮雕头像》、钱绍武的《李大钊纪念像》、曹春生的《总理像》、章永浩的《陈毅》、吴为山的《马克思》和《邓小平》等。这些雕塑通过对领袖气质和革命风骨的塑造，生动展现了红色领袖的伟大情怀和崇高品格，彰显了中国精神、中国气派、时代风格。

红色题材中的领袖雕塑主题因为表现对象所具有的领袖身份和文化属性，其整体面貌以写实雕塑为主，形象往往庄重高大，显示出宽广崇高的精神追求和审美追求。其视觉表现多与中国传统人文和民族审美理念相结合，倾向于本土文化和传统精神的回归。

钱绍武是留苏的代表性艺术家，进入20世纪80年代之后，他主动寻求变化，在探索现代雕塑表现手法的过程中，主动探寻中国传统审美意境的表现。位于河北省唐山市大钊公园的《李大钊纪念像》借鉴了乐山大佛及石窟造像的形式语言和风格特征，在塑造上独树一帜，另辟蹊径。“这是一件构思巧妙、手法新颖的雕塑，成为中国雕塑语言现代进程中的一件里程碑式的作品，并产生广泛的影响，是钱绍武新时期雕塑艺术成就的杰作。”② 作品只保留肩部以上的人物形象，造型方正、简洁、概括，熔中国民族性审美视觉语言和中国传统雕塑夸张表现技法于一炉，以装饰写实的风格，表现了一代革命家的时代担当。这件作品也代表着作者钱绍武先生深度回归中国文化传统，对雕塑艺术本体语言现代转型的探索和诉求。

红色领袖雕塑创作过程中融入创作个体对题材的理解，因主体的不同而呈现出多元的趋势。在以表现毛泽东、周恩来、朱德等一批开国元勋为代表的政治领袖塑造中，形态各异，有百家争鸣之势。如雕塑家刘开渠塑造的《周恩来总理像》、李守仁的《周恩来同志》、于世宏的《周恩来》、章永浩的《周恩来总理》、景育民的《晨曦》、班陵生的《鞠躬尽瘁》、曹春生的《总理像》、张德华的《安息》、吴为山的《人民总理周恩来》和《敬爱的周总理》都不尽相同，虽然都取材于周总理的这一人物，但表现的是不同时期、不同风貌、不同精神的空间状态，雕塑艺术家个性风格表现各异，有表现“为中华之崛起而读书”的青年斗士，也有高瞻远瞩、运筹帷幄的人民领袖，还有勤勤恳恳、忧国忧民的人民公仆形象……同一视觉载体的不同历史阶段的形态塑造和对于同一主体同一阶段不同角度的形式语言表达，传达了不同雕

① 《滑田友》编委会编:《滑田友》，江苏美术出版社2007年版，第171页。

② 杨剑平、李晓峰:《中国雕塑1949—2010》，中国建筑工业出版社2010年版，第102页。

塑家个体对于对象主体的不同感知和解读。

刘开渠的《周恩来总理像》为侧面浮雕头像，融合西方写实技巧和中国传统装饰技法于一体，整体造型简洁、概括，表情刻画细致入微。浅色材质与简洁的形体塑造相统一，形似国画中的白描效果，凸显总理纯净质朴、廉洁奉公的视觉形象。李守仁创作的《周恩来同志》位于江苏淮安周恩来纪念馆，铜像高度 2.6 米，以写实性的塑造手法刻画了一位伟人身穿中山装，双手叉腰，神态丰满、谦和近人的政治领袖形象。雕像与广场周围的环境空间和“西花厅”建筑相互呼应，和谐而统一。为纪念周恩来同志 120 周年诞辰，2018 年初分别于周恩来纪念馆和淮安恩来干部学院落成的吴为山的《人民总理周恩来》和《敬爱的周总理》将写实雕塑技法与意象表现技巧相结合，生动再现一位人民公仆克己奉公、清正廉洁的光辉形象。特别是淮安恩来干部学院的《敬爱的周总理》，其创意虽然从周恩来的一张经典坐姿照片为出发点，但是不囿于仅仅表现领袖坐姿写实雕像，而是把底部幻化成为一块巨石，层层叠叠，巍然磅礴，这一创新创造的意象表达，完全是遥接中国古代雕塑的雄浑写意表现之风，其独特的中国文化内涵和民族化视觉审美使得雕塑散发出强烈的艺术感染力。

在马克思 200 周年诞辰纪念之际，吴为山创作的《伟大的行者——马克思》塑像在德国特里尔揭幕并永久耸立于西蒙施蒂夫特广场，这件雕像是由中国政府赠送给德国人民的。马克思从特里尔走向世界，对世界及中国产生巨大而深远的影响。雕像所塑造的马克思，目光深邃，浓密的须发涌动着思想智慧。马克思主义是发展中的真理，这种发展就决定了吴为山在塑造马克思的时候，把他塑造成一个迈步前行的伟大思想家。这件作品从整体的构思到大稿的塑造，是把西方写实主义、西方现代主义的形式创造有机地和中国写意雕塑相结合。

应当说，革命领袖题材的雕塑创作成为建构中国人物雕塑的重要组成，是时代风貌和革命精神薪火相传的形象载体。

三、表现英模人物的雕塑创作

英模人物雕塑是将红色精神融入社会生活，用凝固的旋律谱写壮丽诗篇。就其特征而言有三：其一，贴近生活。无论从选题、塑造方式还是表现手法，英模人物雕塑的题材为普通大众，与广大人民群众的日常生活关系更为密切。距离感的拉近，对于强化大众与雕塑作品之间的关联，解读作品意识形态的作用是不言而喻的。其二，视觉张力更强。将平凡而又典型的人物缩影用以点带面的叙事结构，以小事见真情，以平凡见伟大，通过三维空间的体块经营，构建社会文明核心价值观体系。其三，与观众的互动性高。人物形象贴近百姓生活，也就注定了与大众的关系更为紧密，群众的参与性和互动性也更高。在互动中，时代精神得以传颂，雕塑的主题思想得以升华。英模人物这一篇章的雕塑艺术的典型作品如中国革命历史博物馆馆藏的王朝闻的《刘胡兰像》，张海平的《白求恩》，庞乃轩的《雷锋头像》，时宜、马改户的《张思德》，陈绳正的《王进喜》，张锠的《焦裕禄》等。

中国革命历史博物馆的《刘胡兰像》整体造型简洁概括、浑厚有力，面目表情威严刚毅，塑造出经典的坚强不屈的革命战士形象。雕塑本身集强烈的民族精神和传统纯化塑造方法于一体，铜像的材质语言与刻画对象的本体精神相交融，在象、言、意上达到高度的统一。陈绳正的《王进喜》是一件生动展现生活中王进喜的肖像作品，其面部表情刚毅、眼神深邃、牙关紧咬、双眉紧皱、眉梢上挑，表现出王进喜铁骨铮铮一团精气神的形象。随意的鸭舌帽与结实的肌肉融为一体，淳朴而自然，是社会基层劳动者精神的代表。以王进喜等为代表的具有典型性社会风貌和时代精神的人物雕塑，以基层普通劳动者的视角，诠释崇高理想、优秀品德的民族文化和时代风格。此类革命英模人物雕塑，一般以写实性技法为主，用朴实、浑厚的塑造手法，以情感表现为着眼点，以小见大，平凡中见不平凡，凸显社会建设者的优良精神风貌。在形态塑造上以写实的民族性表现语言，融合当下时代审美，营造具有精神向导性的文化节点和视觉形态。

英模人物雕塑在最近由文化和旅游部主导的国家主题性美术创作研究班雕塑专题班的创作开展过程中，涌现了新的时代风貌。通过国家主题性美术创作研究班的开展，当代青年雕塑家在英模人物的创作上呈现出新的特点：一、转向与重整。多数青年雕塑家的创作题材和风貌发生了改变，贴近现实，塑造崇高，成为这种转向与重整的方向；二、审视与回归。对传统经典题材的重新诠释，拓展表现，对新时代新题材的积极探究，多元表达；三、传承和发扬。注重对传统雕塑的技法，如汉俑、佛教造像等艺术的吸收，乃至对水墨画表现形式的借鉴，都可以说是对传统的阐扬。通过本文的考察可以看出，在红色题材雕塑的发展历程中，民族审美和时代精神是中国红色雕塑发展的双引擎动力。自中华人民共和国成立以来，雕塑家不断尝试将红色雕塑的民族化审美传统与西方雕塑手法相结合，从而在时代精神塑造中筑造出一座座民族文化的丰碑。

“文化的本质是创新，新时代的中国文化对雕塑艺术的要求，是逐步建立起立足于本土的雕塑体系，建立自身的雕塑艺术的观念方式和语言方式。”① 审视红色题材雕塑创作的视觉表现，探析百年来红色雕塑文脉传承与视觉表现的内在逻辑，客观解读红色雕塑中具有时代印记的代表性作品，探索蕴含其间的民族审美意识、本土化精神与时代风格特质，这是本文力图探讨的问题所在。

尚荣，1978 年生。哲学博士，南京大学副教授，硕士生导师。现为中国美术家协会雕塑艺委会委员，中国城市雕塑家协会副秘书长，中国美术家协会会员，中国书法家协会会员，江苏省美术家协会理事兼雕塑艺委会副主任，江苏省雕塑家协会副主席兼秘书长，江苏省青年艺术家协会副主席，南京市青年美术家协会主席。

① 孙振华:《创造雕塑艺术的中国方式》,《文艺研究》2005年第6期。

天人之际的画中探索

——从《侵略者的下场》到《绿色长城》

薛永年

摘　要： 结合关山月《侵略者的下场》、《新开发的公路》和《绿色长城》等重要作品，就其抗战山水、生产建设山水和环保山水略做探讨，联系古代的山水画，比较前辈岭南派的山水画，考察其与时俱进的探索和突破及其卓尔不凡的成就。

关键词： 天人之际；探索；关山月；《侵略者的下场》；《绿色长城》

中国的山水画不同于西方的风景画。李可染先生说："中国画不仅表现所见，而且表现所知、所想。"[①] 近代的中国山水画，尤其不满足于描写眼前的自然风光，总是通过画山河表现人事，也通过画山水景观反映人与自然关系的变化，这在岭南派的山水画中出现较早，也十分突出，关山月的山水画尤其具有代表性。遍览他的山水画作品，可以发现大略有以下几类：抗战山水、岭南山水、祖国名胜山水、海外风光山水、生产建设山水、革命胜迹山水、领袖诗词山水、感兴寓意山水和环保生态山水。本文将结合《侵略者的下场》、《新开发的公路》和《绿色长城》等重要作品，就其抗战山水、生产建设山水和环保山水略做探讨，联系古代的山水画，比较前辈岭南派的山水画，考察其与时俱进的探索和突破及其卓尔不凡的成就。

岭南派前辈的题材开拓

中国古代的山水画产生、发展于农业文明时代，主要为文人所创作，也主要为文人阶层所与赏，适应了构筑文人精神家园的需要。大多数作品是通过人与自然的亲近，特别是对山林江湖的眷恋，隐者与自然的和谐相处，寄托"可行、可望、可游、可居"特别是"可居"的"林泉之心"，借以"寄乐于画"。作品的题材渐渐远离现实，画中的景观大多是千百年来没有变化的山居古木、江村远帆，图式相对稳定，

---

① 李可染：《颐和园写生谈》，载中国画研究院编《李可染论艺术》，人民美术出版社1990年版。

人物也变成了并无时代衣冠特点的“点景”。

近现代以来，五四运动中，对末流文人正统山水画摹古不化的批判，对写实主义的引进，推动了山水画的除旧布新。早期最有代表性的主张见于岭南派巨子高剑父的叙述，他说：“至于新国画的题材，我的风景画中，常常配上西装的人物与飞机、火车、汽车、轮船、电杆等的科学化的物体。旧画人画面的一切都要古的，新的时代景物，无论怎样美都不许他入画，如写建筑物，也要写古城、古 刹、浮屠、宫阙、楼台、荒村野店、板桥古渡；舟车呢，则扁舟、野渡、帆船、瓜皮小艇、牛车、马车、独轮车之类…… 也不是除了‘荒江老屋’‘山寺晴岚’便无着意处，三都五市、十里洋场，又谁不许你搬上画面呢……风景画又不一定要写‘豆棚瓜架’‘剩水残山’及‘空林云栈’‘崎岖古道’，未尝不可画康庄大道、马路、公路、铁路的。”[①] 从中可以看到关山月之师高剑父主张通过新的题材，主要是山水画中足以标志时代变化的事物，密切山水画与现实的关系，超越古人的局限，表现新的时代。

《侵略者的下场》与抗战山水

古代的山水画，极少有关乎战争的作品，有之则是倪瓒描绘杜甫“断桥无复板，卧柳自生枝”的诗意之作[②]。岭南派山水画对古代传统的突破不仅在于把远离现实的山水画拉回了人间，而且面对内忧外患表现了对国家命运的由衷关切，甚至直接谴责侵略战争。

高剑父已开新风，关山月继承发展。在高剑父的山水画作品中，有一批反对日本帝国主义侵华的抗战山水画，诸如以上海淞沪抗战中残垣断壁入画的《东战场的烈焰》(1932)，以抗战中抗敌飞机入画的《雨中飞行》(1932)，以荒烟枯骨入画的《白骨犹深国难悲》(1938)，都在以新的题材、新的意境表现爱国情怀方面前无古人。关山月作为高剑父的高足，亦在抗日战争时期创作了《三灶岛外所见》(1939)、《从城市撤退》(1939)、《中山难民》(1940)和《侵略者的下场》(1940)等抗战山水。1938年农历正月，日军在今日珠海市三灶岛莲塘湾登陆，随即在三灶岛进行了疯狂的大屠杀。《三灶岛外所见》即是揭露这一侵略行径的作品，画的是海景，大小帆船正遭受敌军炮击，一片火光冲天，船上浓烟滚滚，无数桅杆折断，飘落在海上，以纪实的手法揭露了日寇的罪行。

《侵略者的下场》与前幅直接描写侵略者暴行的作品不同，而是通过刻画某场战役敌败我胜后的战场，以悲悯的情怀谴责了侵略者必然失败的命运。画中野旷天阴、大雪弥漫，沟壑中可见残毁炮车的双轮，在覆雪的尸骨上有乱飞的群鸦盘桓。近处老树的枯枝之巅立着低头下望的秃鹫，而树下的铁丝网下面，触目地搭挂着敌军战败者的军旗和日寇战死者钢盔。画里的大雪弥漫，渲染了气象萧森，情景描绘得真实，细节刻画画龙点睛，景少意长，寓意尤为深刻。

关山月的抗战山水是他以报国真情，“到战地写生，宣传抗日”[③] 的结果，反映了他的艺术继承发扬了

---

① 高剑父：《我的现代国画观》，载李伟铭记录整理《高剑父诗文初编》，广东高等教育出版社1999年版。

② 倪瓒（传）：《杜少陵诗意图》，著录于裴景福《壮陶阁书画录》，嘉德国际拍卖有限公司2001年秋季拍卖会图录。

③ 关山月：《重睹丹青忆我师》，载黄咏贤编《大师的足迹》，远东文化艺术交流中心2000年版。

岭南派艺术第一代的现实性、大众化与教育性。

《新开发的公路》与建设山水

山水画总要反映人与自然的关系。在某种意义上，山水画也是探索天人之际的画种。古代的山水画大多秉持天人合一的自然观，在人与自然的亲近中构筑人与自然和谐的精神家园。不独描绘对大自然改造者为数极少，仅有“大禹治水”“五丁开山”等，而且表现对大自然敬畏者，也仅有范宽的《溪山行旅》，绝大多数作品是表现人与自然的亲近与和谐。那时的优秀作品突出了主体的精神性和艺术家的个性，而平庸的作品则压缩了人与自然关系的多姿多彩的丰富性。

如果说近代以来中国山水画贴近了现实生活，那么中华人民共和国成立之后，通过改造中国画运动，山水画创作上的一大变化，就是自觉地把山水作为改造社会的革命斗争和改造自然的生产建设的环境与对象来描绘。可以分别称之为生产建设山水和革命胜迹山水，关山月则是生产建设山水先行者。他的这类作品不少，像《开山图》(1954)、《永和轮》(1954)、《鹤地水库新貌》(1960)、《武钢工地》(1958)、《山村跃进图》(1958)、《湛江堵海工地》(I960)、《镜泊湖集木场》(1961)、《油龙出海》(1975)、《罗浮电站工地》(1978)和《长城下的发电厂》(1991)等。其中有些接近写生，而《新开发的公路》(1954)不仅开风气之先，而且在艺术构思上颇为独到。

《新开发的公路》据说是关山月去南湾水库深入生活归来之作，画山区新貌，崖壑重深，古木葱郁，白云如絮，货车在新开盘山公路上行驶。行车的声音，打破了深山的幽静，不仅惊起了山间的飞鸟，还惊动了巨石古木间栖息的猴子，它们或跳到树上，或走到石崖边，纷纷好奇地顾望。画中的意境，清新动人，画中的描写，颇具良工苦心。深远的构图、山势的崔嵬，突出了山区环境的险峻。老树的茂密、藤薜的丛生、猿猴的活跃，点破了人迹罕至。画的仍然是山水树木，却凸显了人们为改善生产生活的条件而改造自然的成果——新修的盘山公路。以猿鸟的反应表现车过的声音，高妙的手法不免使人想起古诗词中的“惊起一滩鸥鹭”的句子，平添了作品的诗意。

在以生产建设为题材的山水画中，关山月也画过《钢都》(1961)，虽然属写生作品，反映了建设的兴旺，生产的红火，刷新了山水画题材，烟尘滚滚的描写尽管是客观现实的，却不免重现环境污染之嫌。

《绿色长城》与环保山水

在实际生活中，人与自然的关系，相互矛盾而共存共济，大自然一方面会威胁人类的生存，另一方面又提供人类的物质生活条件。人类一面要改造自然、开发自然、获取资源，另一面要涵养自然、植树造林、保护环境。这是人与自然的辩证关系，也是人与自然的理想关系。关山月的山水画中，有一些带有明显的环保意识，而以《绿色长城》(1973)最为突出。

《绿色长城》描绘了南海滩上空气清新，沿岸一片绿色的防护林带，沐浴着充沛的阳光，那人工种植的高耸的木麻黄树林，生机勃勃，郁郁葱葱，在海风的吹动下如波浪起伏，与远处的海浪遥相呼应。树丛中透露出民兵的哨所，红瓦白墙，海滩上则是操练的民兵队列，更远处则是浩渺烟波、船帆点点。绿色长城的题目，结合着画面上的民兵形象，语带双关地歌颂了沿海人民种植防护林带的重大意义：就像守卫海疆的民兵一样，筑起了抵挡狂风侵袭、保护庄稼的长城。

这件作品的艺术处理极为精彩，保存了中国小青绿山水画的特色，保留了中国画的韵味，又巧妙而大胆地融合中西。在空间处理上，突破了传统的三远法，采用了西画的焦点透视，色彩的冷暖对比，使观者倍增身临其境之感。对于木麻黄树林的描绘，善于大处着眼，以深重水墨描绘推远的后层，借以衬托出前层的浓绿，凸显出叶子上部的强烈光感。木麻黄是前人从来不曾表现的树木，关山月为此实地考察，生活其中，"一边写生，一边着意观察沙地、树根、枝叶、树形的特征……顶风冒雨地徘徊于密林壁障中，细致观察木麻黄树的生长规律"①，从而探索油画与传统青绿结合的途径。

《绿色长城》是在"文革"后期完成并问世的，参加了由国务院文化组主办的"全国连环画、中国画展览"，当时就获得了好评。由于形象大于思想，此画的定题又借用了"长城"的字样，画中确实也有颇具海防意义的民兵，有的研究者遂主力探讨这一作品与当时更着眼于政治的主流意识的联系，这种研究的角度无疑是新颖的，也可以开阔思路。然而笔者关心的是这件作品与其生产建设类山水的关系，是在从事社会主义建设的历史条件下，山水画中人与自然的关系，画家对待人与自然关系认识的发展变化。

关山月说："《绿色长城》那幅画，我比较喜欢，因为我产生画这幅画的因素，有今天时代的感情，也有童年时代思想感情……说来话长，我童年时跟父亲到离家乡六十里外的一个小墟镇上去念书，其中要走一段几里路的海边沙滩，沙深腿短，走路很辛苦。我当时就想，为什么沙滩不长树呢？ 要是沙滩都长满了树该多好啊！创作《绿色长城》之前，我回家乡去，真的看到了沙滩上长满了茂密的木麻黄树林，童年时代的愿望在我眼前变成了现实，使我感触很深，使我产生了构思创作《绿色长城》的激情。"②

从他充满感情的叙述可知，他画中虽有民兵，虽然用了长城的比喻，但他要歌颂的主要是植树造林，是在南海之滨建造起防风固沙的绿色壁垒。依然是讴歌建设的成就，但不是一味向自然索取，不是破坏自然的生态，而是在洞悉自然规律的基础上，按照土地与植物的特性，在保护自然的同时抵御自然的灾害。画家童年的梦想得以实现，除去植树造林的艰辛劳动外，便是在天人关系上高屋建瓴地在顺应自然规律中让自然为人类造福的见识。这幅作品实际上是从生产建设山水发展而来的环保山水作品。

近年来，全球性的环境问题成了人类的共同问题，面对这种形势，必须树立尊重自然、顺应自然、保护自然的生态文明的理念。山水画无疑最终是表现人，但人的表现始终离不开人与自然关系的认知。如果说《侵略者的下场》是以威严的大自然嘲讽日寇败死他乡的可耻下场，《新开发的公路》是以惊走猿鸟的深山开路，歌颂行将到来的物阜民丰，那么《绿色长城》赞颂的是顺应自然与改造自然的统一、开发自然与保护自然的统一，是人与自然在动态中与互动中的和谐。不管画家有没有意识到，《绿色长城》由于植根于南疆的植树造林的生活，讴歌了环境保护，因此在山水的创作上不仅是与时俱进的，而且是

① 陈光宗：《〈绿色长城〉的构筑——缅怀恩师关山月仙逝五周年》，《书画评鉴》2005年第2期。

② 关山月：《我所走过的艺术道路》，《美术家通讯》第2期。

具有某种超前性的启示意义的。

薛永年，1941年生，北京人。中央美术学院教授、博士生导师。中央文史研究馆馆员兼中央文史研究馆书画院副院长，国家文物鉴定委员会委员，中国画学会副会长，中国美术家协会原理事兼理论委员会主任，中国书法家协会会员。主要著作有《书画史论丛稿》、《横看成岭侧成峰》(古代美术论集)、《江山代有才人出》(近现代美术论集)、《晋唐宋元卷轴画史》、《扬州八怪与扬州商业》、《蓦然回首——薛永年美术论评》、《中国现代美术理论批评文丛·薛永年卷》等。

致广大与尽精微

——20世纪经典作品中的点景人物品读

安远远

摘　要：20世纪五六十年代中国著名艺术家的绘画经典中，很多山水风景作品在描绘大场面的同时，又有精彩的点景人物出现在画面上。与传统不同的是，这些点景人物多为现实生活的真实写照和火热的社会主义建设的时代表现。江山亘古不变，人物各朝有别，笔墨当随时代。以傅抱石、李可染、吴作人、艾中信、林散之等人的代表作品为例，品读大山大水中的点景人物，可以看出作者对日常生活景象、火热劳动场面、新时代面貌特征的仔细观察与精彩表达。

关键词：点景；人物；继承；创新

山水画在中国人的意识中，山水图像并不简单是一幅风景画。江山代表着社稷，是祖国山河的写照。隐逸山林为士，出山入世为仕，穷则独善其身，达则兼济天下的士大夫修为，使山水画的创作与欣赏，更多的是人们的精神寄托，士大夫们的精神桃花源。在中国传统山水画中人的痕迹一直是很重要的表现形式，无论画中的亭台水榭、宫殿茅屋，或是行旅的高士、劳作的农人。山林水景中但凡有了人迹，山水就有了生机。北宋郭熙在《林泉高致·山水训》中写道："世之笃论，谓山水有可行者，有可望者，有可游者，有可居者，画凡至此，皆如妙品。"因此，人的活动踪迹在山水中出现，隐逸高士或者文人雅士，表现为渔、樵、耕、读寄情山水，画中的点景人物是对山水景致必要的衬托，也是非常精彩的点睛之笔。

从展子虔的《游春图》、王希孟的《千里江山图》、赵伯驹的《江山秋色图》、赵孟頫的《鹊华秋色图》、仇英的《桃花源图卷》到石涛、齐白石的山水画卷，等等，江山胜境，在如画的江山里，山林水泽中那些米粒大的人物，在古代的山水中徜徉，技巧与情感的表达得心应手、淋漓尽致，令人观之深感意外，不禁惊叹！

20世纪五六十年代中国绘画经典中有很多山水风景作品，在描绘大场面的同时，又有精彩的点景人物出现在画面上，这与传统的山水画中的点景人物异曲同工，但意境截然不同。20世纪中国翻天覆地的变化在山水画中也体现得非常明显，以傅抱石、李可染、吴作人、艾中信、石鲁、林散之等人的代表作品为例，品读大山大水中的点景人物，可以看出作者对日常生活景象、火热的劳动场面、新时代面貌特征的仔细观察与精彩表达在这些画面中表现出来。与古代的出世隐居、理想的桃花源追求是截然不同，这些画面中反映出来的场景都是真实的生活写照。以大观小、小中见大，点景人物，妙在传神，这一山水画的传统在20世纪得到了传承和进一步发展，也可以说从图式到内容完成了从传统到现代的转换。

这个转换的背景是新中国成立后，文艺为人民服务成为时代主流，为文人雅士服务的传统山水也向为工农兵服务转化，画家从自己熟悉的传统图式转向符合大众口味以及与国家新气象结合，是当时中国画家从形式到内容改变的一大特征。与此同时，油画民族化的实践也在进行中。为了解决这个问题，艺术家奔赴各地投身于火热的建设工地进行写生，体验生活，为创作收集素材。在山水画上大部分画家想尽一切办法，用笔墨描绘各种劳动场面、建设工地、城市新景观。特别是工厂、公路、铁路、桥梁、水坝等出现在中国大地上的新社会景象与车辆机械等时代标签的象征物。于是在当时的山水画里，烟囱林立，车水马龙，英雄模范，红旗飘飘，一派轰轰烈烈的生产建设景象。山水画有了新气象，而且在油画民族化的过程中，中国意味也更加浓郁，中西融合的风景画，也更符合中国人的审美趣味。

我们以时间先后来看几幅重要作品：

林散之的《江浦春修图》，纸本，创作于1955年，33cm×237.5cm，南京求雨山文化名人纪念馆藏。《江浦春修图》用的是横贯江浦沿江大堤全景式构图和半工半写的技法。据纪念馆发布的数据：画面上共有人物六百三十五个，其中民工打夯的九组计七十二人、耕田的四十一人、挑柴的十一人、牧牛的十三人、行船的十二人、赶驴的十人、挑货郎担的二十一人、炊事员七人、看田的一人、干部九人、画家两人（有林老自己）。另有毛驴四十头、水牛十六头、黄牛一头、自行车两辆、木船二十七艘、轮船两艘、木筏一个、房舍五十三座、电线杆十一根、工厂一个。山水田园，错落有致；人物形象，符合劳动的状态。此幅长卷山水画是林散之先生任职江浦县政府水利委员会主任期间用15天时间创作的。以传统山水画技法表现现实主义题材，用细腻的表现手法形象地刻画了全民兴修水利的火热场面，这是作为江浦县领导的林散之亲身体会的真实记录，也是作为著名书法家的林散之先生一生仅存的长幅山水画。

关山月的《新开发的公路》，纸本，创作于1954年，117cm×94cm。此画为作者1954年到南湾水库深入生活后而作，不难看出在岭南派山水画的基础上已强化了生宣纸上笔墨的表现。画面通过蜿蜒曲折的山区公路上行驶的汽车，惊动了猴子和山鸟的侧面突出一个“新”字，为20世纪50年代初期表现建设图景的新山水画代表作。

李可染的《万县瀼渡桥》，纸本，创作于1956年，51.2cm×45cm。这幅写生作品以丰富的细节和宏大的全景描绘形成对比。拱桥作为画面的构图中心与依山而建的小镇和作为背景的大山相互呼应。桥上和桥下50余位点景人物，生活气息浓郁，行动轻松随意，生动传神。其《麦森教堂》48.9cm×35.7cm，创作于1957年。这一年，李可染与关良作为中国文化代表团成员访问德意志民主共和国（东德）。这是李可染首次走出国门，在德国写生四个月，并在德国艺术科学院举办了画展。此画为旅德写生的代表作之一，浓墨和淡墨画出教堂的主体和附属部分，高大的教堂和广场上的点景人物形成鲜明对比。人物身上笔笔的直线，仿佛可以看出穿呢大衣的挺拔。此画点景的德国人物与《万县瀼渡桥》画中的中国人物对比鲜明。

傅抱石的《待细把江山图画》，纸本，创作于1961年，100cm×115cm，中国美术馆藏。山势磅礴、气韵生动可以说是这幅画的特点。纸本水墨染以赭石淡彩。画幅右上方题跋云："待细把江山图画。庚子深秋随江苏国画院漫游太华，归来写此并题稼轩词句。一九六一年四月傅抱石南京记。"在画面中，他把华山天下险的气势，壁立千仞、高耸云端、万壑松风的感觉用独创的抱石皴法表现了出来，要退远十几步来看才能体会到其强烈的生动。很多人都忽视了华山山脚下农舍场院中人物活动的景象，点景人物须用放大镜来看，才能看到顺坡行走的人、坐在场院上聊天和喂鸡的人等，甚至小院门口露出的半头牛，都被艺术家生动地表现出来。在傅抱石那乱头粗服的散锋笔法中有着极其严格的法度。这正是"谨严精细则非放纵的笔墨所可达成，二者相和，适得其中"。

石鲁的《麦浪》，纸本，创作于1961年，66cm×42cm，沈阳故宫博物院藏。画中表现的应是石鲁熟悉的秦岭脚下关中麦收时节，金黄色的麦浪仿佛随风翻滚，山丘树木浓墨华滋。画幅不大，景致深远。六七位农民荷锄行走在麦田边，有男有女，画的全部是背影，人物步态形神安逸。

1960年9月15日，在中共江苏省委的支持下，傅抱石率江南画家组成江苏省中国画写生工作团一行13人离开南京，历时3个月，相继走访了河南、陕西、四川、湖北、湖南、广东6省的十几个大中城市，成为中国绘画界一件极为轰动的大事，他们被称为"新金陵画派"。与此同时，陕西省画家赵望云、石鲁等以"一手伸向传统，一手伸向生活"与其呼应。在陕西，傅抱石和石鲁进行了交流。

1961年10月，中国美协西安分会国画研究室在新落成的中国美术馆举办了"国画习作展"，在首都美术界引起强烈反响。随后来自陕西的这些画家被称作"长安画派"。

艾中信的《通往乌鲁木齐》，布面油彩，创作于1954年，100cm×400cm，中国美术馆藏。1954年，中央美院师生到中国西部乌鞘岭兰新铁路工程队深入生活、体验生活，艾中信有感于5月大雪之后祁连山脉的奇伟雄峻和兰新铁路建设工地上热火朝天的劳动场面而画成。这幅宽银幕式构图、横向展开的风景画气势恢宏，艾中信用他一贯擅长的写意式的用笔，将远处由蓝天、白云、雪山和草地构成的壮丽风景与近景黄土地建设工地上的机械劳作和少数民族牧场、毡房，由正在驶来的火车分为两边，闲适的放牧生活与紧张的建设工地产生强烈的对比，把不同工种、身份的人物刻画得准确生动。

吴作人的《三门峡工地》，布面油彩，创作于1956年，117cm×150cm，中国美术馆藏。这幅画是吴作人风景画中的代表作，生动描绘了刚刚开始施工的黄河三门峡水库工地，画面上的黄河由远方蜿蜒奔流而来，彩灰色调的远方山峦连绵不断，若隐若现。在弯曲的激流中，屹立着"三门"礁墩，两岸黄土峭壁，黄河浊涛汹涌，泛着白浪奔腾扑面而来。

画家特意画出了正在钻探施工的人们，船上的人在进行水文测量。岸边高台空地上众多人群以及帐篷前的人群分头忙碌着。在这里，人的渺小和自然的雄伟形成惊心动魄的对比，艺术家对描绘对象的准确把握，无不生动展现了建设场面和精彩的人物特征。

艾中信和吴作人他们用全景式油画风景这种样式，使画面如长卷展开，境界壮美，把生活中的场景和人的活动融为一体，用叙事诗式的大风景描绘出来，看似风景画但又不仅是风景画，是艺术表现时代壮阔历史的宏大叙事曲。如果不看原作，无法得知画面中有这么多的内容和故事。恰恰他们都是具有很好的中国传统文化修养的艺术家，才能把这种方式当作一种油画民族化的良好实践，在面对新生活转化的时候，风格技巧、思想境界才能与表现对象完美结合，创作出成功的作品。

在国立北平艺专时，徐悲鸿先生砍掉一半的油画课让学生去学国画，安排李可染教临摹《八十七神仙卷》，蒋兆和教人物，叶浅予教速写，田世光教宋徽宗工笔重彩。徐悲鸿先生还亲自邀请齐白石先生给油画科学生上课，可以理解那时油画专业的学生对中国传统国画是有很有效的训练的。

现在很多艺术家都很能画，画得也很大，只是状态比较差。对待历史题材和现实题材的对象研究还比较欠缺，对对象的理解和情感的注入还存在一些问题。在中国人物画创作中怎样再现时代精神？观古今名家经典之作，画中人物或行、或卧，或驻足聆听，无不契合画面意境表达的需要。这些豆米大小的人物，不仅点景，更为画面点睛。画家也正是通过对点景人物生动传神的动态和神态的刻画，笔精妙逸，情格高雅，将创作主题明确、强烈地表达出来，将画面意境有效地营造出来。《中庸》里写道："致广大而尽精微，极高明而道中庸。温故而知新，敦厚以崇礼。"这些山水画中的点景人物也是现实的生活状态，江山亘古不变，人物各朝有别，笔墨当随时代。20世纪中国翻天覆地的变化在山水画中也体现得非常明显，日常生活小景、火热的劳动场面、新时代的面貌特征在这些画面中表现出来，与古代的出世隐居、理想的桃花源追求截然不同，这些画面中反映出来的场景都是真实的生活写照。点景和所处环境之间应呼应顾盼，有情、有趣，耐人寻味。这其中包含了艺术家的修养境界、眼界心胸、学识能力等，在新的历史发展阶段艺术家对表现对象的理解表达，正是20世纪的中国社会转型与时代变化，从形式到内容，在这些经典作品中都精彩体现了出来。优秀的艺术作品，无论大小，精微传神、气韵生动是中国艺术不变的精神传承。

当下中国人物画发展面临各种瓶颈和挑战，作品越来越多、越来越大、越来越细腻，但看起来大同小异，套路化明显，难以给人留下深刻的印象。我们从20世纪以来笔墨当随时代变化，从桃花源到现实生活，传统继承创新、中西融合的艺术发展过程中，从这些20世纪五六十年代的艺术家顺应时代变化完成了山水图式、时代心象的创新性转化和创新性发展的成果中汲取滋养，坚持创造性转化、创新性发展，在创作中付出同理心、注入精气神，一定会从高原攀上高峰！

安远远，1965年生于陕西。1984—1988年就读于中央美术学院美术史系。曾任文化部艺术司文学美术处处长。现为中国美术馆副馆长，中国美术家协会理事，北京美术家协会副主席，中国博物馆协会美术馆专业委员会副主任兼秘书长。长期从事美术馆、画院的事业建设与管理工作，参与组织各项国家级重大美术展览活动。

韵胜原从骨胜来

——关山月早期连环画《虾球传·山长水远》研究

陈湘波

摘　要： 连环画是近代中国大众文化的独特创造，从样式、开本、画法，乃至命名上，全是中国式的，十分契合民族的审美心理，也曾被大众普遍认可，具有强烈的时代特征。但目前对这一领域的研究尚不深入，特别是对广东地区的连环画研究基本没有开展。新中国对旧的美术形式的改造正是从最为普及的年画、连环画开始的。关山月创作的《虾球传·山长水远》连环画就刚好在这个历史交替的前夕。本文以关山月现存唯一一套连环画原稿为研究对象，通过分析中国连环画的历史沿革，结合探讨关山月创作《虾球传·山长水远》的背景和特点，以及历史局限和意义，对于推动对20世纪中国连环画特别是广东地区的连环画创作的研究和挖掘工作，也将显现出其独特的价值和意义。

关键词： 关山月；连环画；研究

2007年上半年，香港画家萧晖荣先生来到深圳，带来了他近期收藏的一套关山月先生1949年期间在香港以著名作家黄谷柳先生①的成名作《虾球传》②第三部《山长水远》为脚本创作的连环画原稿的复印件给我，希望能在馆里办一个展览，这事对于深圳关山月美术馆和我个人充满了吸引力。

早在2002年7月间，“香港各界文化促进会港深交流团”来我馆参观时，全国政协委员、香港各界文化促进会理事长李国强先生曾告诉我，他收藏了关山月先生早年在香港创作的《虾球传·山长水远》连环

① 黄谷柳（1908—1977），作家。祖籍广东防城（今属广西），生于越南海防市，三代华侨。1927年加入中国共产主义青年团，到广州参军。抗日战争时期参加了淞沪战役及南京战役。后在重庆参加文协，从事小说、戏剧创作，任《南方日报》记者。1949年参加解放军，加入中国共产党。历任粤桂边纵队司令部秘书，广东省文艺创作室专业作家。《南路人民报》编辑、《南方日报》记者、中国作协第二届理事。1952年加入中国作家协会。1953年后在中国作协广东分会专门从事创作。著有长篇小说《虾球传》，中篇小说《杨梅山下》《和平哨兵》，话剧剧本《墙》，电影文学剧本《七十二家房客》，散文集《战友的爱》，电影文学剧本《此恨绵绵无绝期》。

② 《虾球传》以二战结束后的香港社会为背景，具有章回故事性强、情节曲折生动、语言朴实等特点，富有浓郁的南方色彩和强烈的时代精神。塑造了忠厚、善良、侠义、勇敢和追求光明的流浪儿童虾球的形象，描写了这个贫苦少年从香港浪迹广州，最后进入东江游击区的曲折经历。通过虾球的转变过程，既透视了黑暗势力的内幕，也表现了他所走过的漫长道路，在当年获得高度评价，更是当时香港最畅销的小说之一，还曾被改编成话剧及电视剧。被认为是为“大时代写照”的一部著作。小说共分三部：第一部《春风秋雨》，第二部《白云珠海》，第三部《山长水远》。

画原稿，我就向李国强先生提出希望早日看到关山月先生创作的连环画原稿，并请他提供相关的文献资料。后来他只是转给了我他撰写的《岭南画派大师关山月在香港创作漫画内情》的文章，却始终没有看到连环画的原稿。当年，我就把李国强先生的文章在关山月美术馆《2002 年鉴》① 上发表了。没想到今年这套连环画又转到香港画家萧晖荣先生手上，并看到了全部的复印件，也了解到这套连环画画稿的基本情况。

关山月先生在 20 世纪 50 年代创作过三套连环画，其中在 50 年代初已出版的有以郑江萍 ② 作品《马骝精》为脚本创作的连环画，以及 1951 年创作的反映关山月先生参加粤西山区土改和剿匪斗争的现实为题材的《欧秀妹义擒匪夫》③。

今年 10 月 19 日，萧晖荣先生又携经他重新装裱好的关山月《虾球传·山长水远》原稿来到深圳，并带来了相关的文献资料，包括请香港著名自由撰稿人黄洁玲女士 ④ 重新编写的文字脚本，关怡老师的相关文章，萧晖荣与黄洁玲女士合写的文章，以及 1984 年 11 月 5 日香港《明报》第 24 版刊登的署名“鲁金”的《岭南派大师关山月曾在港创作连环图》的文章复印件，请我主持编印该画册，撰写相关的评论文章。我看着眼前关山月现存唯一一套 1949 年 5 月至 10 月间在香港创作的《虾球传·山长水远》原稿，每幅尺寸为 22cm×27cm，共 98 幅，其中有一张两面都有画，关怡老师为第一张画钤上了关山月先生早年用的两个小印。这是关山月创作的最早的、篇幅最多，却没有正式出版过的连环画，我的心情非常激动。在认真翻阅了关山月连环画原稿和全部文献资料后，我谈谈自己对关山月先生的《虾球传·山长水远》连环画的特点和中国连环画发展的一点认识。

一、中国连环画的历史沿革

连环画在中国大地上从孕育、成长到形成，经历过一个漫长的过程。它的雏形可以上溯到战国时代的《水陆攻战纹铜鉴》上的装饰形象，魏晋时期的卷轴画已经具备了连环画的某些特点，如东晋顾恺之的《洛神赋图》《女史箴图》，都是人物形象在卷轴画上连续出现，构成故事情节，南北朝、隋唐时代敦煌莫高窟描写佛祖“本生”故事的壁画，元明小说、戏曲印本上的木刻插画，清代的单张连环故事年画等，都是用一幅或多幅画面表现一个事件的不同侧面和发展过程，初步具有连环画的某些艺术表现特点；清末，

---

① 关山月美术馆编:《2002年鉴》，第57—59页。

② 郑江萍（1923—1993），原名郑云鹰，笔名江萍，广东佛冈人。中国共产党党员。1944年毕业于广东韶师高中。1938年参加革命工作，历任广东佛岗中学党支部书记，广东东江纵队连指导员，广东粤桂湘纵队西江部连指导员，香港西营盘劳工子弟学校校务主任，中共广东连县中心县委宣传部部长，中共中央华南分局宣传部文艺处副处长，中共广东省委理论处干事、秘书，广东省作家协会文学院专业作家，中共清远县委副书记，中国作家协会广东分会党组书记、副主席。广东省第四、五、六届政协委员。1948年开始发表作品。1980年加入中国作家协会。著有长篇小说《港九枪声》《何直教授》《长路》，中篇小说《马骝精》《刘黑仔》，短篇小说《佛仔》《取枪记》《何老懵》，话剧剧本《短枪队长》及《郑江萍文集》（5卷，120余万字）等。《过江龙》获广东省戏剧家协会剧本奖。

③ 《欧秀妹义擒匪夫》连环画，1951年出版，家属藏有印刷本。

④ 黄洁玲，笔名杰灵，原籍广东南海，20世纪50年代生于香港。在香港接受教育，毕业后先后从事语文教学、新闻采访及行政工作20余年，写下了大量有可读性的报道及评介，积累了一批当代艺术大师的采问记，更擅长视觉艺术的评论。近年更为教育界策划、编辑了教改实践的专书《分享学习　学习分享》，备受业内人的欢迎；又作为自由撰稿人，为国际义务医疗机构活动撰稿，弘扬社会志愿服务的精神。著有《艺林评赏》《名人心路》等。

随着石印技术进入中国，上海有《点石斋画报》[①]问世。清光绪十年（1884），在这种画报上刊登了记录朝鲜东学党事变过程的10幅连续画，这就是连环画最早见于石印画报的实例。其后，又有石印“回回图”[②]的出现。虽然它们连续性不强，尚属插图性质，但在表现故事的发展过程以及运用图文结合的方法来增强作品的艺术效果等方面，已具有现今连环画的一些特性，它们对现代连环画的形成起了承前启后的作用。

民国十六年（1927）前后，看到连环画图具有可能而巨大的市场，上海世界书局率先刊行陈丹旭画的《连环图画三国志》[③]，接着在后来的三四年的时间内，先后出版了《水浒》《岳传》《西游记》《封神榜》等连环图画，可以说是“现代连环画”的发端。这些开山之作，从形式上看，无疑带有脱胎于插图本小说、戏曲文本的痕迹。

从20世纪40年代起，连环图画步入飞速发展的时期，一些专事连环图画创作的画家出现了，他们的风格各异，擅长的题材互不相同，异彩纷呈地并立于连环图画的世界中。最著名的作品有叶浅予的《王先生》[④]和张乐平的《三毛流浪记》[⑤]。其他还有以喜剧和闹剧著称的陈光谥，精于江湖武侠题材的颜梅华，专事历史故事的严绍康，等等，他们都像今日的笑星或歌星，为千万读者所迷恋与热爱。

二、关山月创作《虾球传·山长水远》的背景和特点

从1949年的春天到年底，中国社会的政治、军事形势发生了迅速变化。在这样大的时代背景下，关山月先生先曾在广州参加“反饥饿、反迫害、反内战”的活动，还到中山大学慰问受迫害的学生和教授。没想到在参加游行后的第二天，报纸上就有消息报道，末段还列举了一大串名单，市艺专教师中竟只登了“关山月”的名字，后来，他还接到一封匿名的恐吓信，信上画着一支手枪和几颗子弹。[⑥]这样，他被迫于同年5月悄悄地离开广州，逃到香港，找到他的老朋友、香港著名美术评论家黄茅和人间画会[⑦]的负

---

① 由英商美查主办的《点石斋画报》于1884年5月8日在上海创刊，是中国近代最早的时事画报之一。为石印旬刊，随《申报》附送，也单独发售。晚清著名画家吴友如主绘，配合《申报》国内外时事新闻，发表有关政治、时事、社会生活的图画，既有揭露清朝统治的腐朽黑暗和中国人民反抗侵略的作品，也有低级庸俗、带有迷信色彩的图画。1894年停刊。

② 明清时期出版的许多章回体文学书籍都绘有线描插图，有些书一回故事就有一幅插图，俗称为“回回图”，也叫“绣像”。“回回图”增加了书籍的视觉美，线描插图为人民大众所熟悉和喜爱。国家图书馆藏元刻《平相三国志》和明刻《西厢记》插图及清刻《红楼梦》插图为其代表作。

③ 陈丹旭是中国近代著名的连环画画家。《连环图画三国志》共分24集，每集32幅图，总计700余幅，可见这套连环图画工程非常浩大，画面采用国画笔法，绘制十分精美。首创的连环画如此规模，如此精心，给连环画带来了信誉，赢得了读者，一炮打响，遍地开花。连环图画的大旗一下子在近代大众文艺的舞台上耀眼地升了起来。

④ 叶浅予（1907—1995），中国现代漫画家、中国画家。原名叶纶绮，笔名初萌、性天等。浙江省桐庐县人。早期代表作长篇连环漫画《王先生》以一个平凡的小人物为主角，以漫画的形式描绘了在当时的背景下一个小人物的生活点滴。从1929年开始，《王先生》先后在《上海漫画》《上海画报》《时代漫画》连载，前后共连载了10年，是迄今为止连载时间最长的连环画。

⑤ 张乐平（1910—1992），中国当代最杰出的漫画家之一。浙江省海盐县人。1947年，他的漫画《三毛流浪记》在《大公报》发表，一个大脑袋、三根头发、蒜头鼻的男孩子很快就成为家喻户晓的形象。王乐平笔下的三毛是一个贫穷、正直的孩子，他的倔强性格深入人心，在民众中引起了很大的共鸣。

⑥ 参见关振东《落魄香江》，载《关山月传》第20章，海天出版社1997年版，第74—80页。

⑦ 1946年秋，“人间画会”在香港成立，这是中共香港党组织直接领导下的美术团体。注册发起人有张光宇、黄新波、特伟、梁永泰、黄茅、陆无涯、符罗飞等。符罗飞为第一任会长，张光宇为第二任会长，黄新波作为中共党员任秘书长，是实际的负责人。

责人黄新波、张光宇等进步画家，安排他暂住到九龙砵仑街一栋小楼四层的香港文协办公地。

在香港文协和人间会画聚集的都是文艺界的进步人士，关山月在这里读到了毛泽东的《在延安文艺座谈会上的讲话》，他“第一次明白了革命文艺工作者是革命机器的螺丝钉的道理”，他觉得自己以往从事艺术实践中所获得的体会与《讲话》中所阐明的理论是合拍的[①]，作为敏感于社会政治风云，又能及时通过艺术的方式作出积极反应的进步美术家，关山月面对当时国内政治、军事形势的迅速变化，自然不会袖手旁观。在香港近半年的日子里，关山月除了有文协按月发的少得可怜的生活费，几乎没有其他的生活来源，他在朋友们的支助下，在香港的一些进步报纸上发表一些表现香港平民的生活速写和漫画，并从事连环画创作，既可以通过自己的劳动换取一些稿酬补贴生活，又可以通过创作充满革命精神的速写、漫画和连环画作品，参与进步的文化活动，发出自己的声音。因此，现在看来，关山月在20世纪50年代前后所画的反映下层平民生活的速写和漫画以及创作的三本连环画，在题材的选择上是适应时代发展的正确选择。

关山月在香港创作的连环画与其他在40年代创作的连环画所不同的是，他选择了与自己生活环境相关的、直接表现火热的革命斗争生活的黄谷柳的小说《虾球传》作为创作蓝本。《虾球传》创作于20世纪40年代，共分三部：第一部《春风秋雨》，第二部《白云珠海》，第三部《山长水远》，以1945年抗战胜利至1947年解放军南下前夕的粤港社会生活为背景，以主人公虾球从做街边小贩、充当鲫鱼头手下，以及投身革命队伍的不平凡际遇为主线展开，反映了生活在香港下层的少年虾球成长的曲折经历，表现出了一个大时代下粤港的民生与社情，是当时不多的以粤港现实生活与人物为题材的中国文学作品，具有流畅的地方语言与浓烈的地方色彩。小说中的主人公一生的起伏转变，富有传奇和戏剧性色彩，是当时中国南方不少追求进步青年的一个缩影，也正是这些传奇的经历，吸引了当时众多的读者，在当时的粤港地区产生了广泛的影响。1947年11月至1948年12月，《虾球传》曾分别在由夏衍主编的香港《华商报》文艺副刊版以陆续连载的形式发表，是当时香港最畅销的小说之一。

关山月的这套连环画是以第三部《虾球传·山长水远》为蓝本，该连环画较好地体现了原著的精髓，也反映了关山月重视写生和生活的特点，勾画出中华人民共和国成立前夕粤港社会的景象以及当时民众的现实生活，具有浓厚的粤港地方特色，与画家当时的生活环境和在香港画的反映香港平民生活的速写可以说是一脉相承[②]。他的画面整体浸透着苦涩、深沉的忧患意识和对“人”的无限同情，是画家悲天悯人的人文主义胸怀的自然流露。

我们知道连环画的价值主要体现在它的绘画艺术上，用绘画的形式连续再现文学作品，使它既要注意图文结合，又要注意图画前后之间紧密的连续性，根据故事情节一环紧扣一环，读起来才能引人入胜，同时人物形象的刻画是否生动，生活环境的细节描绘是否真实，也决定了连环画作品价值的高低。

关山月在《虾球传·山长水远》这套连环画的人物处理上，造型夸张，不似真实而胜似真实，这是画家对“解牛游乎虚，相马遇以神”的中国传统文化至高境界的追求。画面的人物造型虽然夸张，但质实具体，对虾球、丁大哥等主要人物形象的塑造，应该说具备了典型而生动的特色，特别是成功地塑造

① 参见关山月《关山月论画》，河南美术出版社1991年版，第77页。另参见关振东《关山月传》，海天出版社1997年版，第79页。

② 参见关山月美术馆编《人文关怀——关山月人物画学术专题展》，广西美术出版社2002年版，第51—58页。

了16岁的街头流浪孩子——虾球，他为人机灵，又刻苦耐劳，曾充当了黑道中人的得力马仔，后在劫富济贫的正义感驱使下，加入了游击队的行列，在多位革命前辈的引导下，思想渐趋成熟，其智勇得到充分发挥，屡建战功的形象感人至深。在我看来，画家在对反面人物如鳄鱼头、马专员的形象塑造上更是略胜一筹，用生动的形象揭露了旧中国的腐败和黑暗。整套连环画通过采用远、中、近景互补的构图方式，突出了主要人物，使读者不仅能看懂故事，完成阅读连环画的第一个层次的功用，而且我们还能感受到画家的文艺观点和政治倾向。

中国绘画的神韵体现在线条的神韵上，关山月在这套连环画的创作中特别长于用线，他一直认为书法意义上的“写”是中国绘画的一个特点，中国画最忌“涂”，要处处见笔道，见笔力。[①]他那铮铮劲健的线条就是用写字的方法“写”出来的，线条用墨浓重干涩，使人感受到一种气息，清新之气扑鼻，而苦涩之味又钻心彻骨，使我们体会到中国传统绘画中线的独特魅力。

关山月秉承中国绘画的传统，但绝不保守。他的画从不左顾右盼，不傍人门户，不矫揉造作，不刻意求工。他的这套连环画构图严谨而又变化多端，线条纵横交错而绝不散乱无章。从内容意蕴到形式的创造和追求，都渗透着这位画家独特的情绪、思考、构想和对审美价值的求索。我认为关山月的可贵之处正在于他不迎合既往的审美情趣，而潜心发掘和表现新的审美领域、新的时代气息，使他创作的连环画既能出人意料，又能发人思索。

三、关山月连环画创作的历史局限和意义

连环画艺术是文学与美术相结合的艺术，其文与图是辩证统一体，它们互相依赖，互相补充，珠联璧合，交相辉映，既要发挥各自的特长，又要紧密相融，从而使读者获得文学故事情节与绘画视觉形象完美结合所产生的艺术美感。从连环画的文字部分来说，历来称作“文学脚本”，作为连环画的一翼，它是整个连环画艺术不可或缺的部分。在文学脚本编写创作的过程中，一定要体现出文字的文学性，其基本要求是简洁、生动、明了，富有韵味。因为文字脚本既是连环画的内容所在，又是连环画创作的基础和依据。好的文字脚本读起来引人入胜，使读者能对主题留下深刻的印象。但在初创阶段，有些旧连环画本不大有编脚本的观念。

现在我们已无法了解关山月在创作《虾球传·山长水远》时有无改编好的文字脚本，但萧晖荣先生在得到关山月的《虾球传·山长水远》连环画稿时是没有文字脚本的，后来他请香港著名自由撰稿人黄洁玲女士重新编写了文字脚本，由于两个人时空背景的不同，文字脚本与画面之间显得不够妥帖。

文字是连环画的重要一环，但更重要的还是画，画才是连环画之本。读者爱看连环画，无疑是被那些多姿多彩、栩栩如生的画面所吸引。尤其是优秀的画家，其绘画质量是衡量一部连环画价值的决定性因素。

1949年以后，新中国对旧的绘画形式的改造首先是从最为普及的年画、连环画开始的。而关山月创

① 参见关山月《有关中国画基本训练的几个问题》，载《关山月论画》，河南美术出版社1991年版，第44—45页。

作《虾球传·山长水远》连环画刚好在这个历史交替的前夕，由于历史的局限，关山月的连环画创作还无法达到现代连环画创作所要求的首尾呼应，一气呵成之势，从具体画面的处理上，关山月虽然发挥了他擅长处理画面环境的能力，并巧妙地运用环境烘托、气氛渲染法突出了主要人物，这些场景画得很见功夫，但有些却有喧宾夺主之嫌，同时主要正面人物的形象在某些画面表现得还不够鲜明和突出。

由于连环画的通俗性，中华人民共和国成立后，中国政府把连环画作为教育民众的一种重要方式。在这一时期，连环画作品充实着人们的文化生活，它不仅是青少年的重要课外读物，也是许多成年人文化娱乐的重要内容。在接下来的十几年里得到了超常的发展，不仅提高了连环画的社会地位，也从整体上提高了连环画创作的艺术水准，出现了一批能在绘画史上立足的作品。可以这样说，从20世纪40年代至80年代中后期，连环画享受了近40年的黄金岁月。但经过后来10多年的峰回路转，到20世纪末，连环画的创作基本已成绝唱。①

连环画是近代中国大众文化的独特创造，从样式、开本、画法，乃至命名上，全是中国式的，十分契合民族的审美心理，也曾被大众普遍认可，具有强烈的时代特征。但目前对这一领域的研究尚不深入，特别是对广东地区的连环画研究基本没有开展。由于连环画本身蕴含着的出版学、社会学、美术学信息十分丰富，随着对关山月先生连环画创作的个案研究，对于推动对20世纪广东地区的连环画创作的研究和挖掘工作的开展，也将显现出其独特的价值和意义。

陈湘波，1963年生于湖南衡阳。1986年毕业于广州美术学院中国画系。1994年获广州美术学院中国画硕士学位。1994年6月参与关山月美术馆的筹建工作。现为深圳市关山月美术馆馆长，中国工笔画学会副会长，中国博物馆学会美术馆专业委员会副主任、编辑出版委员会常务理事，广东美术家协会副主席、中国画艺委会主任委员，深圳市文联副主席、深圳市美术家协会主席，中国美术家协会会员，中国美术家协会关山月研究会副秘书长、策展艺术委员会委员，中国画学会理事，广东省中国画学会副会长，广东省美术馆协会常务副会长，中央文史馆书画院特聘研究员。参与和策划多种重要的美术展览和学术活动，并担任第九届、第十一届全国美展艺术设计展区组织委员会委员，第十一届全国美展艺术设计展区组委会办公室常务副主任，首届中国设计大展组委会办公室主任。深圳市第六届人大代表，第六届人大常委会教科文卫委员会委员，福田区第七届人大代表。广州美术学院硕士生导师，澳门城市大学博士生导师。主持策划的美术展览和活动获国家文化部“全国美术馆发展扶持计划”和“全国美术馆馆藏精品展出季活动”优秀项目等共12项。在美国、匈牙利，中国及中国香港地区举办个人画展10余次；作品参加国家、省市美术展并多次获奖。60幅作品被国内外多个专业机构收藏。出版7部个人专著。主编各种文集、画集60余种，美术论文50万余字散见于专业刊物和文集、画集。主编的《关山月全集》入选“国家新闻出版总署2012年国家出版基金项目”，并获“第五届中华优秀出版物奖”。

---

① 根据上海大可堂文化有限公司编订的《中国连环画目录汇编》统计，从1949年至1994年，中国共出版了36000余种连环画，分别出自9000余位作者，由近400家出版单位出版。

试论20世纪50年代武汉长江大桥的美术图像生成

陈　晶

摘　要： 20世纪50年代集中出现了一大批以武汉长江大桥为主题的美术作品，成为一个时代精神与理想的视觉形象表达。本文对"大桥"这一美术图像的生成、形式特点进行分析，尝试从微观层面串联起艺术经验世界各现象之间的关系，尽量接近20世纪50年代的文化语境，透过巴克森德尔所提出的"时代之眼"，将对图像的观看放在艺术家、认知风格、社会活动三者之间相互作用的生态系统中，这或许可以使我们更好地洞察一幅艺术画作，更能够理解一种艺术图像生成的原因与价值，并从中管窥新中国美术发展的一个侧面。

关键词： 武汉长江大桥；图像表达；建设题材

桥的形象是中国美术作品中常见的图像，或在画像石中担任引导升仙之责，或在山水绘画中寄托文人林泉之志，或在风俗绘画中体现市井民情，在不同时期、不同主题的绘画中具有不同的内涵和象征意义。随着中国进入现代工业社会，出现了钢铁结构的大型桥梁，这种代表新的工业技术和现代化景观的桥梁开始不断出现在绘画中，尤其集中在20世纪50年代，伴随武汉长江大桥（简称"大桥"）的兴建，表现大桥的美术形象集中涌现出来，成为一个时代精神与理想的视觉形象表达。

武汉地处中国南北交通大动脉的枢纽位置，两江交汇孕育出武汉三镇鼎立的城市格局，但同时也造成了交通的阻隔，在大桥建成之前，三镇之间的往来只能依靠舟楫摆渡。20世纪初年，张之洞督鄂期间，即率先提出了在武汉修建跨江铁桥的构想，可惜耗资巨大，晚清政府无力顾及。随后，民国建立，武汉作为首义之城，在这里建设一座跨江大桥再次被提上日程。1912年年初，蔡元培等人就明确提出应在武汉"建大铁桥，以为光复之纪念……诚革命纪念之壮观也"。如此，武汉建设长江大桥在实用意义之外被赋予了政治纪念的特殊意义。孙中山当年即在武昌蛇山上发表演讲，提出要在武汉建设跨江大桥，设想选址就在龟蛇两山之间。自1913年起，多次组织设计长江大桥，但都限于时局、国力未能实现。直至1949年9月，中华人民共和国成立前夕，李文骥联合茅以升等一批桥梁专家向中共中央递交了《筹建武汉纪念桥建议书》，再次提出建造武汉长江大桥的议案，并将这座将作为中国新民主主义革命成功的纪念建筑。经过论证勘测，1955年9月1日，武汉长江大桥工程作为国家“一五”计划重点工程正式开工建设。

从1906年张之洞首次提出构想之时起，在武汉建设一座跨越长江的大桥就成了一个跨越半个世纪的梦想，自晚清起便经历多次规划而未果。在这样的历史背景下，新中国再次提出修建武汉长江大桥，从一开始就不仅仅是一个交通工程，它承载了历史的重托，时代的厚望以及新中国蓬勃向上的理想。相应地，50年代中后期，集中出现了一大批以武汉长江大桥为主题的美术作品，涉及油画、国画、水彩、版画及工艺美术、图案设计等。历史地看，武汉长江大桥的视觉表达具有鲜明的时代烙印，对这一美术图像的生成、形式特点进行分析，或可管窥新中国美术发展的一个侧面。

一、大桥入画的集中出现及其语言探索

武汉长江大桥作为一个重要的标志性工程，本身承载着新中国工业现代化建设的愿景，又是中苏友好援建项目，更因为毛主席作诗吟咏而近乎家喻户晓，这些都令武汉长江大桥具有了超越一个建设工程的意义，因此长江大桥必然成为具有新中国气象的重要景观而被反复绘诸笔端，集中出现了一大批表现大桥题材的美术作品。通过对这些作品的梳理，我们可以看到一代画家在时代感召下强烈的使命感，他们应时代变化而对探索表现新事物、新风貌付出不懈努力。

（一）传统笔墨面对大桥的困境与突破

武汉长江大桥这样一个庞大的钢铁建筑，结构规则重复，钢铁材质冷硬而缺乏色彩变化，并不是适宜入画的对象，尤其是中国画的笔墨形态，更是没有先例可循。以这样一座跨江钢铁大桥入画，无论如何都是一个很大的挑战。关山月、李斛在这一题材中所表现出来的中国画创新的矛盾尤其具有代表性。

1953—1958年，关山月出任定址武昌的中南美专副校长，恰好经历了武汉长江大桥的整个建设时期。1954年，中国美术家协会创作委员会发出了“现实主义画家应随时随地多画速写以记录生活、锻炼技巧、更深入的观察生活”的号召，加之本身具有的岭南画派传统使关山月对社会现实和变革有着更为敏锐、自觉的观察，这期间，关山月留下了大量武汉建设的场景。长江大桥的建设显然也受到了画家满心欢喜的关注，岭南美术出版社1992年出版的《万里行踪——关山月写生选集第三辑·从生活中来》就收入他表现武汉长江大桥建设不同时期的速写作品8幅。现藏于关山月美术馆的4件作品《长江码头》《武汉长江大桥兴建前》《汉水大桥在建设中》《汉水桥》记录了长江大桥建设的不同阶段，展现了关山月这一时期独特的水墨速写风格。

李伟铭曾对关山月的艺术价值作了三点中肯评价：第一，他的艺术活动介入了30年代末期以来的历次重大社会事件；第二，在中国画从传统向现代转型的历史进程中，显示了传统的笔墨线条风格与西画的空间概念和造型体系渗透互补的可能性；第三，成为50年代以来国画“新正统主义”审美的重要代表。[①] 武汉时期的这一批工业建设题材作品只印证了其评价的第一点，而之后从语言和审美趣味上评价

① 李伟铭：《关山月山水画的语言结构及其相关问题——关山月研究之一》，《美术》1999年第8期。

的两点，这批作品显得不具有代表性，因此这一时期的作品在关山月艺术生涯中的作用常常是被低估的。的确，用水墨对武汉长江大桥及其建设过程进行表现绝对不是一个好入画的题材，对关山月而言也是一个全新的课题。他在1961年完成的代表作《煤都》一画题跋中就表示："余生平怕画方圆之物，作画前亦忌先在纸上打正稿子。一九六一年八月于抚顺露天煤矿写生，深感矿区规模之壮观，煤层运道之繁杂，纵尽谙前人皴染之法亦无能为力，盖内容与形状关系之新课题也。试图之，工拙不计。"相对于矿区现场来说，钢铁大桥的形态特征更是方正，更不是一个中国画所擅长的入画题材。但无论从作品还是题跋所言，可以看出关山月对表现时代新貌义无反顾的态度。基于写生的基础，关山月用线清晰，运笔肯定而松快，对透视和造型的把握能力令他轻松驾驭大场景，然而由于施工工地的特点，大量的线条短而直，加之江面的空阔背景和钢铁结构形成强烈的黑白对比，天然地形成了现代工业景观的节律感和视觉冲击力。尽管岭南画派强调中西融合，但对于关山月更为熟悉而得心应手的笔墨技法而言，对长江大桥的艺术表达仍然具有相当的困难。因此，这一批作品会令人感觉到一种更接近现场写生的未完成感。事实上，关山月在这一时期的作品中已经表现出了一种尝试和探索，试图解决适应写实风格的水墨语言问题，例如对江岸、桥墩、船体等块面进行了淡墨渲染，用富于韵律节奏的线条突出江面水流等。但客观来讲，画面中中国画的笔墨与大桥的图像结合还是有失突兀，虽然真实生动，但从表达上，当时的关山月并没有找到更契合的方式，也没有形成成熟的语言。但这个时期恰恰是他新的风格转变的一个非常重要的过渡和经验储备时期，对比1954年创作的《新开发的公路》和1961年完成的《煤都》，可以看到明显的变化，前者从惯有的传统趣味的山水中巧妙增加点题之景，属于叠加的方法；后者在表现新事物、新氛围、新趣味的同时，保持了笔墨、线条的艺术自律，属于融合的途径。而这两者之间正是建立在这个时期不断地思考、尝试的量变积累之上，才最终"将已有的知识逐渐付诸实施于新鲜感受中，传统笔墨适时地在新的景致和新的社会要求中获得了前所未有的突破与淋漓尽致的发挥"[①]。对于关山月而言，这应该是一个锤炼的过程。

探索表现建桥题材的李斛面临同样的内容与形式的难题，他先后画过武汉长江大桥、重庆长江大桥和南京长江大桥。在1954年和1956年，李斛两次前往武汉长江大桥建设工地写生，以目前可见，他用淡彩和水粉都画过大桥题材，但最令人印象深刻的还是描绘武汉长江大桥工地夜景的一批水墨作品。

夜景的表现在传统水墨中多为意境之营造，正如戏曲舞台上的环境，并不是真的布置成戏文里的样子，而是通过象征性的道具元素和肢体表演将观众带入情境之中。同样，在绘画中也往往通过一轮明月、几盏烛火或干脆用画题、题跋来点明夜景，而在画面描绘上与白天的景致没有明显的差别，如南宋李嵩的《月夜看潮图》。亚明在60年代随写生团游长江时曾画过《峡江夜航》，同行的傅抱石表示，川江夜航是令人振奋的创举，但考虑到技术上的难度和画面上的不易处理，他便转而思考别的题材去了。夜景和灯光确实是中国传统水墨从未涉及之处，郎绍君曾说："传统绘画中光有不足的一面，不易表现对象所处的时间状态以及对象在特殊时间境遇中显示的特殊情况和情调。"[②]中国画中不强调光的概念，这是事实，但不是不足，光依靠视觉感知，这与中国传统山水的胸中丘壑艺术追求不同，因此不被特意强化。但随

① 万新华：《图像　风格　观念：中国现代绘画史研究丛稿》，山东美术出版社2013版，第154页。

② 郎绍君：《现代中国画论集》，广西美术出版社1999年版，第142页。

着西学东渐，近代绘画开始借鉴西方将光影运用到水墨中。早在20世纪40年代，宗其香寓居重庆，就开始探索夜景山水的表现，在1942年“重庆夜景”山水画展上，徐悲鸿大为赞赏：“今宗君之笔墨管含无数物象光景，突破古人的表现方法，此为中国画的一大创举，应大书特书者也。”20世纪50年代，李斛与宗其香共事于中央美术学院，在夜景的表现上应受宗其香的启发和影响。但李斛表现建设工地夜景的作品大多集中于1956年前后，与宗其香40年代的夜景水墨相比，江上风景与看风景的心情都发生了巨大的变化。宗其香的水墨暗沉浑厚，明灭的渔火穿透浓重的迷雾与夜色，表达着作者前路迷茫的苦闷与寻求出路的期望。而李斛的作品却是表现为建设自己的国家争分夺秒，连夜奋战的主题，虽是夜景，也是一派开阔明朗的气派。李斛从不同角度画了一系列大桥工地夜景，显然也是有意识地探索夜景水墨表现新事物的方式，给人的突出印象就是画家创作的兴趣点并不集中在建设工地和工程船上，而是着力于环境氛围的烘托，灯火阑珊、夜明如昼，一派繁忙热闹之感，画面最突出的就是这满幅的灯火通明和摇曳于江水中的灯影波光，令人想起印象派绘画中对光影的捕捉，西画专业出身的李斛对油画中的光影表现必然是不陌生的，画面上类似雨点皴的笔墨与留白表现出江水中的灯影，是油画笔触运用与水墨皴染的一种融合。虽然在形式上有类似凡·高《塞纳河夜景》中的表现手法，但是在趣味和意境上一扫夜景常有的幽静之趣，转而表现出“火树银花不夜天”的夜战氛围。后来，李斛又画过《十三陵水库工地夜景》《石景山钢铁厂》《三峡夜航》等夜景水墨，但1956年在武汉画的大桥和江边的夜景应该是最早的一批探索之作。

革旧鼎新是20世纪50年代美术创作的主旋律，写生的倡导、题材的更新、趣味的转向，这一切都对新中国的画家们提出了新的要求，尤其对于中国画，其审美传统和表现特点面临着更加凸显的问题。武汉长江大桥的图像表达如同一面多棱镜，折射出艺术观念和审美取向适时而变，也从中可见画家们努力自我更新的艺术探索。

（二）现实主义中的浪漫与象征

20世纪50年代，伴随中国社会发生的深刻变革，社会主义现实主义的叙事模式被广泛投射到各个文艺领域。武汉长江大桥跨越滚滚长江，“一桥飞架南北”的壮阔景象，“天堑变通途”的豪迈之感以及其本身庞大坚固的雄姿，都与新中国视觉叙事需要和昂扬向上、慷慨抒怀的时代情感相契合，在画家对新的国家满怀憧憬与敬意的情感中，武汉长江大桥的图像表达常常在基于现实主义的基础上进行了浪漫的夸张，并被赋予了丰富厚重的象征意义。

在表现武汉长江大桥的美术作品中，武石的套色版画《最后一根钢梁》是享有广泛知名度的一件。这件作品之所以被时代和历史选择，图像塑造的成功应该是最直接的因素。

画面的视角从江面仰视向上，截取大桥合龙的6号桥墩和一段桥身钢架进行表现。武汉长江大桥的钢梁架设，采用了平衡悬臂拼装，从两岸开始向江心拼接，最后合龙。这个架设过程用了一年时间，直至1957年5月4日两岸钢梁在6号桥墩合龙。版画《最后一根钢梁》正是描绘了大桥合龙前，安装最后一根钢梁的历史性一刻，具有纪实性，同时也进行了艺术的加工，赋予作品强烈的革命浪漫主义的色彩。根据当时的新闻摄影照片，可以看出这件版画作品明显参考了摄影的构图视角，只是作品中的视角比之照片，仰视的角度更大，主体显得更加雄伟。与照片仔细对照，我们可以看到画面表现的绝大多数细节都与现场几乎完全一样，包括脚手架的结构、吊车的位置和数量、桥面上两个工棚的模样，等等。但仍有许多被浪漫化的细节，这些有趣的变化恰恰最能体现出作者的表现意图。比对照片，可以看到画面大部分地方都做了加法，增加了许多现场并不存在的事物，最明显的就是飘扬的红旗和钢梁上的红绸飘带以及江面上红色的航标灯。在照片上还可以发现当时大桥的米字型钢梁上是有许多工人和技术专家在现场，但作者在画面中对现场人员专注观看吊装过程的真实场景进行了艺术化的处理：一是人数大为增加；二是将建设者们表现为欢呼雀跃的样子，配合红旗迎风、鞭炮齐响，呈现出热烈喜庆、欢声雷动的庆祝场景。红旗、红飘带、红色航标灯，还有表现出强烈主人翁意识的建设者们，这些增加上去的元素具有明显的象征意义，包括大桥钢梁采用钢水出炉的色彩，背景是红霞满天，映衬着滔滔江水也泛着红光。这些大量运用的红色与增加的细节都与实际情况并不相符，但是浪漫化的夸张处理更符合烘托欣欣向荣建设场景的图像经验。

此外，还包括钱延康的水彩画《武汉长江大桥桥头堡工程》，俞沙丁、曾景初的版画《大江南北——长江大桥工地全貌》，王肇民的水彩画《武汉大桥速写——试车》，钱延康、杨立光的油画《武汉长江大桥》等，普遍表现出坚实稳重及崇高之感，对比 1948 年彦涵的版画《修桥》中不稳定的构图和岌岌可危的形象，二者体现了全然不同的背景面貌。也不同于宗其香在 1949 年的水墨作品《修复永定河铁桥》和曾景初在 1951 年的版画《抢修鸭绿江大桥》，建设群众占据画面前景位置的主体，更加凸显对新时代主人公的强调。《最后一根钢梁》则更偏重于钢铁的结构，横平竖直的构图，形成一个三角支撑，稳定、浑厚，充满张力，如同一个从江水中崛起的钢铁巨人。画面刻画了醒目的浪潮涌动，与大桥的稳定形成对比。事实上，武汉段的江面开阔，如此明显的大浪十分罕见，从新闻照片上看，当日基本上是风平浪静的。但在画面中不同常规地夸张了风浪，显然并非单纯的画面效果考虑。大风大浪在当时的语境中具有阻碍革命的艰难险阻之暗喻，急流排浪中，大桥岿然不动，烘托强化了中流砥柱、坚如磐石的视觉感受，这种对坚不可摧的力量感的强化，既直指大桥实体，也具有精神化的暗喻与象征，可视为新中国精神力量的图像表达。由此，大桥图像本身被赋予国家形象的象征性而得到确立，它以其岿然屹立、不可遏制的生长力，塑造了一个新生中国充满活力、希望，同时又凛然不可侵犯的视觉图景。

二、大桥入画何以成为可能

武汉长江大桥美术图像的出现高度集中于 1954 年到 1958 年，贯穿于大桥的建设、落成时期。大桥的写生与创作层出不穷，显然不仅仅是画家们个人兴趣使然，而是特定文化背景的浸润和艺术思想及趣味的导向。

（一）新国画改造和题材讨论

首先与中华人民共和国成立初期新国画改造和绘画题材的讨论直接相关。1950 年的《人民美术》创刊号上发表了李可染、李桦关于中国画改造问题的专题文章，对中国画的基本导向也就日渐明确，中国画将改变传统的文人意境营造，成为面向人民群众，能够为人民欣赏，又能教育、鼓舞人民的，含有积极意义的艺术形式。新的中国，万象更新，自然也需要新的美术形式和艺术气质的呼应，中国传统的美术形式中国画面临着最直接的改造，时代需要什么样的中国画？具有留法和延安双重教育背景的艺术家艾青在1953年发表的一篇文章中做了明确的回答，提出了“新国画”的概念，并且必须是“内容新”“形式新”“画山水必须画真山水”“画风景的必须到野外写生”①。这一系列关于中国画改造的讨论中，中国画创作的内容以及方式被明确地指出，虽然是针对中国画这一最带有“封建旧趣味”的领域，但为工农群众服务、重视写生的现实主义创作方式这个文艺总体导向是明确的，对整个艺术界都具有普遍指导意义。深入生活，寻找最能够表现新时代面貌的标志性事物，成为当时画家们竞相实践的领域，于是“画面上出现了一些新颖的细节——电线杆、火车、写实风格的房屋、穿干部服的人物等也可以说明审美思想的改变”②。1954年，也正是武汉长江大桥开始施工的时候，中国美术家协会创作委员会召开画家黄山写生座谈会，会上提出“国画家们在今后应多到生活中去，多作写生练习，不止是要到名山大川去，而且要随时随地寻找美丽风景作画，通过生活实践和艺术实践，为国画创作开辟新的道路”，“表现祖国在建设中的兴旺的与充满喜悦的景象，把荒凉的气氛从画面上驱逐出去”。③开山凿洞、修路架桥、兴修水利等建设工程因为洋溢着改天换地的豪情而成为特定语境下画家尤为青睐的风景，因此包括大桥建设在内的工地景观开创性地出现在美术表现的领域中，在20世纪50年代形成一个表现高峰，并在不同绘画媒材中延展开来，成为新中国美术中具有时代特点的重要艺术题材。

50年代也是新中国百废待兴、大兴建设的时期，建设工地的热火朝天、建设者们的舍身忘我也实实在在地感染着画家们，作为新中国的一员，画家们也同每一个普通人一样满怀着对建设崭新中国的憧憬与期待。关山月就曾在《汉水桥》的题跋上翔实地记录了事件的经过并表达了自己的激动心情：“汉水铁桥的工人们在党的正确领导及苏联专家的具体帮助下，在百年来最高水位的洪水威胁中用战斗的精神坚持了工作，终于九月二十七日胜利地完成了架设桥梁的工程，作为全国人民代表大会及建国五周年国庆的献礼。”窥一斑而见全豹，建设题材的出现是时代的风向导引，也是画家真实情感的流露，因此这一题材的出现和流行正是时代诉求与热忱的个人心境的叠加与重奏。

（二）岭南画派的铺垫

大桥入画固然是时代风气的影响，但建设场景、工业景观这一审美范式的迅速确立说明了这种转变并不完全是基于政策性的突变。追其根由，至少可以溯至岭南画派从20世纪初叶就表现出来的现实关注。

岭南画派代表人物高剑父一直倡导“为人生的艺术”、绘画当表现“时代精神”，高剑父在《我的现代国画观》中明确提出了传统趣味的时代转化：

> 至于新国画的题材，是不限定只写中国人、中国景物的。眼光要放大一些，要写各国人、各国景物。世间一切无贵无贱、有情无情，何莫而非我的题材。我的风景画中，常常配上西装的人物与飞机、火车、汽车、轮船、电杆等的科学化的物体……以上的古题本甚幽雅，饶有诗意，我并不反对，且常

---

① 艾青：《谈中国画》，《文艺报》1953年第15号。

② 王逊：《对目前国画创作的几点意见——北京中国画研究会第二届展览会观后》，《美术》1954年第8期。

③ 《中国美术家协会创作委员会召开画家黄山写生座谈会》，《美术》1954年第7期。

常采用的。不过到现在是不必一定要牢守这成法，尤其是在抗战的大时代当中，抗战题画的题材，实为当前最重要的一环，应该要由这里着眼，多画一点。最好以我们最神圣的、于硝烟弹雨下的以血肉作长城的复国勇士为对象，及飞机、大炮、战车、军舰，一切的新武器、堡垒、防御工事等。他若民间疾苦、难童、劳工、农作、人民生活，那啼饥号寒，求死不得的，或终岁劳苦、不得一饱的状况，正是我们的好材料。……风景画又不一定要写“豆棚瓜架”“剩水残山”及“空林云栈”“崎岖古道”，未尝不可画康庄大道、马路、公路、铁路的。①

从1915年画《天地两怪物》开始，高剑父陆续完成《雨中飞行》《汽车早发》《东战场的烈焰》等，将坦克、飞机、汽车这些现代机械产物以及战争现实等场景表现在了国画中。显然，在现实关注和语言革新的问题上，岭南画派早在20世纪初就已经展现出了理论和创作实践上的自觉。

因此，我们不难发现，受业于春睡画院的关山月在面对新国画改造的运动时，适应起来显得更加顺利而迅速，很快就创作出《新开发的公路》这样具有广泛影响力的主题性创作，被认为是以传统笔墨表现社会新貌的一个榜样。关山月能够在新事物与中国画传统之间迅速调和，很大程度上得益于高剑父艺术观念的影响以及经过两代积累的现实表现探索。

关山月的创作得到高度认可，这对许多在国家需求与个人风格之间寻求出路的画家来说，无疑提供了一个可资借鉴的典范，为现代题材入画起到了示范作用。

（三）苏联版画的图式借鉴

对于20世纪50年代的建设题材绘画的研究，苏联的版画作为一个重要的图式资源不应被忽视。

中苏文化交流早在抗战时期就一度十分活跃，对苏关系的重视促成了“中苏文化交流协会”的成立，由立法委员会会长、孙中山之子孙科担任会长。在该协会的推动下，1936年1月，在南京举办了规模盛大的“苏联版画展”，后巡回到上海展出。同年，出版了相当精美的《苏联版画集》，这本由良友图书公司出版的画集由鲁迅选编，蔡元培题字，其产生的影响是可以想见的，同时这个影响一直延续扩展到延安。如罗工柳说：“当时鲁艺从事木刻的人大都有《引玉集》《苏联版画集》《凯绥·珂勒惠支版画选集》，我们就是靠这三本书起家的！”②武石专门写了一篇回忆文章《关于〈苏联版画集〉的回忆》，表达了自己对这本画册的喜爱与珍视。

鲁迅在这本书的序言中写到了推崇苏联艺术的原因是“令人抬起头来看见飞机、水闸、工人住宅、集体农庄。不再专门两眼看地，惦记着破皮鞋摇头叹气了”③。当时的展品中不乏工业建设题材，虽然鲁迅也注意到这一新的表现领域，但更多的是为了鼓舞青年们看到苏联的成就和中国革命的光明前景，这一类作品呈现出来的全新的视觉表现、风格样式，显然在当时的中国并没有引起广泛共鸣。

① 高剑父：《我的现代国画观》，载李伟铭辑录《高剑父诗文初编》，广东高等教育出版社1999年版，第229—230页。

② 周爱民：《延安木刻对外国美术的借鉴》，《美术》2004年第7期。

③ 鲁迅：《苏联版画集·序》，良友图书印刷公司1936年版，第5页。

宋文治　广州造船厂

Nikolas Pavlov　玛单造船厂运木船之下水礼

潘诺夫斯基在《图像学研究》一书中借偶遇脱帽的例子对图像的形式和意义进行探讨，他描述了这样一个情景：“我”在路上偶遇一个熟人，他向我脱帽示意，那么“我”的眼睛看到了什么？对这个情景的观看从简单的描述到深层的理解可以经过三个层次：动作、礼仪、身份（内在人格）。在这里，实现从图像志到图像学的解读需要观者具备相应的文化理解和经验。艺术图式认知，说到底还是一个文化心理上的选择。这个理论或者可以借用来解释苏联版画图式在中国的选择性传播。艺术表现中的建设题材在苏联社会主义建设中应运而生，但这种场景和情绪对当时的左翼青年来说是陌生的，而对苦难的批判、对革命斗争题材的表达更能够激起中国青年艺术家的同情体验，因此成长初期的中国现代版画在对苏联版画的借鉴中，选择性地遮蔽了明快、刚健、热情洋溢的现代建设场景，而更多关注富于力量和斗争性的语言表达及批判现实性的题材。当然，建设题材图像场面繁复，刻画细致，多用蚀版，材料技法的限制也是一个方面的原因。

1936年，上海良友图书公司出版的《苏联版画集》，在1949年和1950年都重版再出，流传甚广。新中国的艺术家面临着改变传统惯有模式，去表现新社会、新事物的时代课题，在这种背景下，曾经被忽视的那一部分苏联版画的图像记忆很容易被唤起。苏联版画中反映革命成功之初的那些干劲十足的建设场景、崇高积极的文艺导向和审美趣味，都给同样大兴建设、生机勃勃的新中国的图像表达以直接的启发与借鉴。宋文治于1960年前往广州造船厂写生，在多幅速写的基础上完成了《广州造船厂》，造型准确，真实生动，如果将这件作品和当时参加“苏联版画展”的Nikolas Pavlov的《玛单造船厂运木船之下水礼》并置而观，很容易发现二者极为相似的构图和视角，都采用正面仰视的角度，表现出巨大的钢铁巨轮仿佛迎面驶来的雄伟之感，这种迫近的角度在此前的中国绘画中并不常见。不同的是，宋文治突出了中国画的造型特点，强调彰显了线条的表现力，并且运用水墨虚实关系的处理，令大船显得更加傲然屹立。虽然不能直接说明二者之间具有图式渊源，但确实当时中国的画家着力表现的水利、炼钢、新农业等重要题材都在这一次展览中有所体现。不仅是题材图像，更重要的是一种风格和气质的接受与学习，在赵家璧翻译的画展导言中，特别介绍了“社会主义现实主义”风格，“苏联版画的作风和整个的苏联艺术的作风一样的已经到了每个艺术家渐渐的清楚的感觉到苏维埃的时代，苏联的生活实况，他的新人民，历史的环境，新兴工业建筑中的烟囱和鹰架，以及集体农民垦殖的天地的境界，因而他们的作品更加写实化了”[①]。可见20世纪20年代苏联版画中的建设图像虽然在1936年即已广泛传播，并被特别介绍和阐释，但直到50年代才在新中国具有了理解和接受的文化环境，得以真正“生效”而产生影响力。

大桥入画并不是中国画家此前所熟悉和擅长的，但在新事物出现的时候，画家们以极其饱满的热情描绘出众多优秀的作品，其中武石、李斛、曾景初、俞沙丁等人的作品均入藏中国美术馆。这些作品具有社会转折时期的特定特征，表现出革旧鼎新时期对待新事物和旧传统的矛盾心态，在语言表现上呈现出全新的探索和趋于程式化的风格。其艺术性本身尚处于新题材拓荒时期的青涩状态，但将这些作品置于艺术史乃至文化史的发展中重新审视，我们看到的就不仅仅是直接的作品风格，而是中国现代美术发展的进程，同时可以看作是中国现代社会文化的一个折射。正如巴克森德尔所说：“书中大段文字用于强调描述那些有助于提高我们对于绘画的感受力的社会实践和传统。这里若将这一说法反过去来讲也是合理且结构上对称的，即绘画的形式和风格可以提高我们对于社会的感受力。绘画的意义大半正在于此。”[②]也正是如此，绘画作品才得以成为“证史之图”。大桥如何入画？大桥入画何以可能？这是文章探讨的两个小问题，但这两个问题的展开不可避免地与当时文化背景、意识形态、经济建设等方面产生关联。巴克森德尔说：“一幅15世纪的画作系某种社会关系的积淀……商业的、宗教的、知觉的，从最广义上说，社会的，这些不同于我们的制度和惯例影响着该时代绘画的总体形势。”[③]借由此研究途径，本文在对“大桥”这个具体图像生产的探究中，尝试从微观层面串联起艺术经验世界的各现象之间的关系，尽量接近20世纪50年代的文化语境，透过巴克森德尔所提出的“时代之眼”，将对图像的观看放在艺术家、认知风格、社会活动三者之间相互作用的生态系统中，这或许可以使我们更好地洞察一幅艺术画作，更能够理解一种艺术图像生成的原因与价值。

陈晶，湖北美术学院美术学系教授，《湖北美术学院学报》执行主编，中国美术学院访问学者。近年来致力于中国近现代美术史研究，公开发表论文、评论30余篇。出版《湖北新潮美术现象》《巨擘传世——近现代中国画大家张振铎》等著述。

---

① 鲁迅:《苏联版画集·序》，良友图书印刷公司1936年，第11页。

② Michael Baxandall，*Painting and Experience in Fifteenth Century Italy*：*A Primer in the Social History of Pictoural Style*，Oxford University Press，1988，p.1.

③ Michael Baxandall，*Painting and Experience in Fifteenth Century Italy*：*A Primer in the Social History of Pictoural Style*，Oxford University Press，1988，p.152.

意的向度

——20世纪中叶齐白石、傅抱石作品中的意象景观

孙　欣

摘　要： 齐白石、傅抱石创作于20世纪中叶的代表性作品展现了时代语境对于画家创作所具有的不可降解的影响力、作用力。作为20世纪具有划时代意义的巨匠齐白石、傅抱石，这一时期致力于回应时代命题，将内在精神的意象景观贯通于新中国如火如荼的现实生活中，肩负起推动社会发展的文化使命，以各具面目的精神气象和笔墨特色借古开今，丰富并延展了20世纪中国画“意”的向度。

关键词： 写意精神；主体性；文化重构

一

毫无疑问，20世纪中叶是中华民族历史发展的里程碑时期。在经过多年动荡战乱、救国救亡之后，中华人民共和国宣告成立，举国上下终于迎来了渴盼已久的黎明，中国艺术的发展自此进入了历史性转变时期。1949年7月6日，毛泽东在接见参加第一次文代会的代表时说：“你们开的这样的大会是很好的大会，是革命需要的大会，是全国人民所希望的大会。因为你们都是人民所需要的人，你们是人民的文学家、人民的艺术家，或者是人民的文学艺术工作的组织者。你们对于革命有好处，对于人民有好处。因为人民需要你们……”中国画在历经近代西学东渐的浸润之后，秉承共和国初创的理想与信念，史无前例地肩负起推动社会发展的文化使命。国画家们接受了新中国的艺术指令，朝着讴歌共和国发展的创作方向，苦索在中国画与社会生活的结合之路上——可以想见，这其间创作思路和风格转换需要多少砥志研思的心力，终使中国画打开了回应时代命题的新局面，翻开了视觉述史的新篇章。

无论在动荡时期还是和平时期，和平思想始终深植中华民族的灵魂深处。1951年，时值世界和平运动以前所未有的规模兴起，年逾九旬的齐白石创作了《和平鸽》，其上题跋“愿世界人都如此鸟”，一如他此前以牡丹喻富贵、以柿子荔枝喻事事多利，再一次借助鸽子的象征性延展了传统创作题材的意象。

无独有偶，以荷花喻和平、以花瓶喻太平的和平期许，随后出现在其创作于1952年的作品《和平万年》之中。

这一时期在新中国文艺思想方针的指引下，艺术的功能被重塑，国画家们开始纷纷投身社会生活，深入人民群众之中，努力调和新现实、新题材与既往笔墨系统之间的矛盾，以期创造出全新的语言方式承载新社会的意象景观、传达新中国的精神风貌。纯粹的寄情遣兴式创作开始淡化，传统创作主题渐渐退出既往的表意系统，滋生出新的寓意和象征，浸润了时代特质的红日、高山、云海、松柏、红梅等物象，借助国画家们集体创作的热情呈现出恢宏诗境，与新社会发展的脉搏可谓是相得益彰。在这场声势浩大的思想改造运动之后，带来两个重要的影响：一方面人民有机会近距离接触到新社会国画家们的创作成果，感受到振奋人心的美学力量，进而产生深刻共鸣；另一方面国画家们在纯粹个人化的意象表达之外，出现了许多围绕人民的生活情境和心灵世界展开的作品。

齐白石一生的创作以蔬果、花卉、虾蟹为多，山水和人物类型的创作数量不可与前者相提并论。而在他的诸多山水画作品中，人物较少出现，即使出现也多以点景为多，少有将人物立于前景给予着意描绘，并且在画面中占据较大比例的情况。如此说，创作于1952年、现藏于中国美术馆的《农耕图》显得特殊起来。细读这幅作品，前景与远景一水相隔，构图简纯：前景由农夫、耕牛、农具以及几道纹路组成，画面中心以空水处理，尽得虚实相生的妙理，而在水尽处，一座桥连接起清晰可辨的远山，其后的层峦叠嶂以更为概括的淡彩描绘……尺幅并不大的作品中，画家刻意强化了劳作场景的体量，虽没有刻画农夫的面貌特征，仅以简笔写意的方式塑造，却显露出质朴、老辣的神采；农夫所着衣物及耕牛背部的重墨共同强化了劳作场景的视线中心设定，而农夫手持的树枝、农具、牵引耕牛的绳彼此呼应，编织出精妙的空间结构；树枝的指向方位正是远山之间的桥，将观者视线引向画面的深远处，一派田园风光尽在“似与不似”之间。

事实上，中国画在不同历史时期要面对不同的课题，只有将它放置在特定文化语境中进行讨论，才能充分显现它的价值。回溯20世纪中叶便知该作品具有强烈的时代征候和象征意味，从中不难看到时代对于画家的影响力和作用力，某种意义上，《农耕图》是画家对讴歌新中国社会发展、深入探索现实生活的文艺指导方针的个人化回应。放眼21世纪全球化世界主义的时空节点，不断加速的城市化进程使原本固化的差序格局出现断裂，人与人之间、与故土之间的关系发生了前所未有的变化，生存处境和心灵状态与往昔迥然不同。世界成为一个平面，精神得以栖居的故土被交互往来的多元信息所冲刷，乡愁渐行远去……《农耕图》不仅展现了新中国成立初期画家内在精神的自足，而且为我们当代人建构了“追忆”的诗性空间，激发出久违的乡愁以及对于田园生活和劳动人民的热爱。

如果将之放置在齐白石创作生涯中分析，就会发现《农耕图》的出现绝非偶然，出身农民家庭的齐白石做过雕花木匠，其审美深受民间美术影响，其创作一以贯之地留存着朴实天真的品质、幽默童真的意趣。对于创作对象，他善于观察研究，从来不描绘未曾见过的事物，题材范围多围绕现实生活中的日常所见：白菜南瓜、小鸡小虾、蝌蚪螃蟹、算盘锄头……热腾腾、活泼泼的生机与人间烟火的情味跃然纸上，于一瓜一果、山川人意的细节处展现真情、真趣，“以农器谱传吾子孙”的乡土情怀。《农耕图》

是齐白石晚年变法后的成熟之作，某种程度上是其追忆故土的真实写照。画中元素无不浸润了画家的心境，相对于变法初期的严谨造型、繁密构图，这件作品显得更为松弛自如，寥寥几笔间拙朴平淡，空灵中不乏生趣；线条自然无拘，笔墨简纯概括，不仅传递出农耕文化的泥土气息，而且映现出画家“作画妙在似与不似之间”的美学追求；其上题跋“客居京华”四字，当中一个“客”字成为画面的情感注脚，刻写了画家对于生命和生活的无比眷爱，对于家乡鸡犬桑麻的无限怀恋，诚如王国维所言“一切景语皆情语也”。

齐白石完成《农耕图》的1952年，正值傅抱石留学日本归来的第17个年头。此时，他经过了系统的美术史论、中国画、日本画、雕塑及篆刻的研习，积淀了深厚的艺术修养，采用易出效果的皮纸，以不同于传统山水画的创作手法来营造画面的放逸诗境；经过了8年避居重庆的阶段，将写意精神、日本画经验、美术史系统充分与写生中的所见、所思、所感相结合，主张“对景造意”而非“对景造形”的艺术理念，以痛快淋漓、大开大合的笔调映现巴山蜀水的缥缈空蒙，塑造气韵生动的胸中丘壑，其间创生的“抱石皴”也在此时臻于纯熟，纵横恣意的散笔风格催发出中国山水画意境的新面貌，为20世纪中国画坛带来了新鲜与活力，极具开拓意义；与不画自己没有看到过的事物的齐白石不同，傅抱石任神思驰骋往来于古今，笔下充满诡谲绮丽的景象，画中兼有高古气象和浪漫气息的阆苑仙境并非凭空而至，而是由屈原、杜甫、李白、苏东坡的诗歌文本衍化而来，从中不难发现傅抱石与古为新的美学鹄的。

新中国成立后，他的创作方向较之以往显现出不同。表现新社会现实生活的山水画在20世纪50年代中期之后越来越受到画家们的重视，傅抱石也不例外。如果说他此前的创作是在相对完善的知识系统和投身大自然的生命体验之上的艺术理念的外化，充满了对于中国传统经典文本、写意精神以及自然万物的深刻理解，那么这一时期傅抱石则在新中国文艺方针的指导下着意延展创作主题和表现对象。与此同时，他主张“笔墨当随时代”，努力将新时期的社会生活与笔墨创新、意象探索相结合——而这种结合是具有相当难度的。就在此前，他刚刚解决完另一个棘手的问题：将写意精神与写生引发的新笔墨语言相结合。就题材选择，他始终强调要“合于自己的兴味”，这使得官方委托创作也极大程度地显现出他的美学追求，他将审美经验和生命体验充分深入到题材的运思之中，从而尽可能地延续了往昔创作中的浪漫、诗意的韵味——1953年，世界和平理事会为纪念中国诗人屈原、波兰天文学家尼古劳斯·哥白尼、法国作家弗朗索瓦·拉伯雷、古巴作家何塞·马蒂，决定将此四人列为世界四大文化名人。次年，傅抱石以郭沫若新著《屈原赋今译》为蓝本，绘制了极具神话象征意味的《九歌图》册；1959年，傅抱石与关山月受到委托，共同以毛泽东诗作《沁园春·雪》诗意为人民大会堂创作巨制《江山如此多娇》，就是这件作品的创作思路，傅抱石在《北京作画记》中回忆：“我们力求在画面上，把关山月细致、柔和的岭南风格，和我的奔放、深厚融为一体，而又各具特色，必须画得笔墨淋漓、气势磅礴，绝不能有一点纤弱无力的表现。”该作品前后耗时两个月，中国有史以来最大的绘画作品就此诞生。

1960年，傅抱石与同道一起横跨6个省份10多个城市写生，将1950年以来中国画坛的写生活动推向了历史性的高峰。在不间断的写生中，傅抱石持续深化艺术理念和语言探索，现藏于中国美术馆的《西陵峡》便是傅抱石在1960年根据四川途中写生稿创作而成，充分显现出其创作脱胎于对景写生，同时又超越造形、求取意象的品质。《西陵峡》中，高峻的山峦如刀斧劈出，画家借助粗重散峰皴擦造境，使山峦尽得雄强浑厚之势，多种皴法相互穿插强化了山石的质感，满纸飞动，而水面的留白处理则缓和了画面的动荡气氛，显得张弛有度，动静相彰。作于1961年、与《西陵峡》同样藏于中国美术馆的《待细把江山图画》，在其创作生涯中极具代表性。该作品取辛弃疾诗为题，源于画家华山写生的经验，以创作实践因应了石涛“我自有我法”的艺术理念：远脱物象束缚和笔墨成法，是一种内在精神、瞬间感悟的综合表现。这件作品令人感叹之处在于——笔墨恣肆的山水景观下方，画家对于林间山村和往来人群的点景刻画精微至极，此时画家以“无法之法”将奔放雄浑与细致入微一纸相融，古境今发，臻于化境，时而疏野狂放、时而内敛细致的笔调使人顿生“嘈嘈切切错杂弹，大珠小珠落玉盘”之感。作为傅抱石晚年最具影响力的代表作，《待细把江山图画》集中体现了画家强烈的爱国热忱、真切的潜古意识、勃发的创作热情、敏锐的才情悟性，点出了他一生的创作主题。作品完成之后，傅抱石与关山月相约一道再次踏上了写生的旅程，等待他的将是又一次“造意”：借助写意精神的激活与再造，输出内在自我的心灵交响。

二

孔子有“圣人立象以尽意”，庄子有“得意忘言”，王弼有“得意忘象”；刘勰的《文心雕龙》亦多有对“意”的生成机制、表达载体及其臻于精妙的方法阐释，如“独照之匠，窥意象而运斤”，强调创作者对于内心意象的观照继而运笔塑造的状态。对于中国古人而言，理想的创作便是得“意”，以戛戛独造的运思与表达呈现出与主体精神浑然无碍的气象。

“形神之辩”牵引出“意在言外”的东方式含蓄，继而衍化出“传神写照，正在阿堵中”的传神论；谢赫的“六法”出现后，“气韵生动”以其表意的特性被尊为首法，远重于“应物象形”；至宋，出现了“古画画意不画形”“论画以形似，见于儿童邻”的审美追求，此时相对于塑造物象的外形，彰显画家内在心象和精神品质显得更为重要；元代文人士大夫迎来了写意高峰，“意”在书写中生成，“逸笔草草，不求形似”地传达出画家的心性、情念与思想。明清时期世俗化之风日盛，清“四王”将写意笔法固化成程式化范本，“意在言外”的美学精神几近消隐，幸有“四僧”冲破藩篱，其后近现代诸家一步步突围生成新的风貌，在不同的文化语境中生发出新的意象景观……可以说，写意精神连绵不断，代代承续，以画家的差异化“言”“象”显影，千百年来不断形塑着中国人的审美品格和精神风度。对“意”的求索显现出中国文化系统的特质，以至生成与西方文化系统截然不同的艺术表达，两者的差异诚如傅抱石所言：“西洋画是写实的，以时间、光线为基准要求准确无误地如实描写客观事物。而中国画则完全不同，它不考虑时间、光线等因素，以画家主观意志为主导去描写自然景物，表达画家的思想感情，心中的意境。”对于中国画创作的精神意旨，英国诗人赫伯特·里德在《艺术的真谛》中提到“中国艺术就是凭借一种内在力量表现有生命的自然，艺术家的目的在于使自己同这种力量融会贯通，并且总是试图在作品中表现出宇宙的和谐”。

显然，本文所要谈论的“意”，并非单一地指向客观自然之意、写意精神之意、笔墨系统之意、时代语境之意、思想情感之意，而是齐白石、傅抱石各有面目的主体性——以个人化的思维角度、笔墨语言捕捉物境、心境、语境并将之充分内化，进而输出的复合化的“意”：此“意”既是对中国美学精神的一次延展，同时也是将时代精神联结传统笔墨系统的一次实验。

借由20世纪中叶的齐白石作品，我们发现他作为20世纪中国画变革的先驱者，离不开其所处时代文化语境的影响，更离不开滋养他的生命经验、精神母土。对于山水画创作，他注重“以天合天”，以人之天性合自然的天性：“山水画要无人所想得到处，故章法位置总要灵气往来，非前清名人苦心造作。山水笔要巧拙互用，巧则灵变，拙则浑古，合乎天趣。”（齐白石语）历经晚年变法后，他的用笔鲜有重复，惜墨如金，线条更为疏放粗犷，正是以“无法之法”通往“无意之意”的精神写照。

与齐白石带有泥土气息的“生意”不同，傅抱石沉潜“古意”“其命惟新”——打破笔墨成法，坚持与时俱进，如其所言：“使僵硬的东西先渐渐恢复它的知觉，再图变更它的一切。”自20世纪中叶他的诸多作品可见，写意精神与时代精神驱动他在“搜尽奇峰打草稿”（石涛语）之后，赋予山水画新意象、新生命，完成传统笔墨系统的变革与创新，以气韵生动的山川图画、恣肆奔放的意象景观展开新中国继往开来的光辉历程。

三

英国诗人托斯·艾略特曾说：“每一件新作品诞生，便无意识地加入到历史秩序成为历史的一部分，因而它与其前辈或同辈的作品息息相关。”2019年9月，中国美术馆举办“伟大历程　壮丽画卷——庆祝中华人民共和国成立70周年美术作品展”，借由不同时期的艺术成果展开对中华人民共和国70年历程的回顾，其中涵盖了本文讨论的主要作品。该展也是70年中国意象景观的流变史，伴随着时代发展与视域开放，在更为广阔的思维幅面上，蕴藏本土文化内蕴和当代精神的“意”正在发生，如田黎明创作于2014年的作品《窗外》，以冲淡平和的美学理念映现都市日常生活景观，以深化没骨、以色冲墨的笔墨形态抒写劳动场景，开新逸之风、创圆融之境；如吴为山创作于2018年的作品《马克思》，将写意精神与西方写实主义的形神表现重构于同一精神空间，塑造出马克思青年时期的思想状态和智慧风采，“写意雕塑”的创作方式呈出“言有尽而意无穷”的诗性意蕴，印映出雕塑家“为时代塑像，为文化塑像”（季羡林语）的学术方向和精神追求。

反观当下全球化世界主义的时空节点，“去中心化”将为世界当代艺术提供更多开放可能。此时，写意精神作为浓缩的集体文化记忆，其内在的同源性显得愈加明显，由潜古意识生成的文化重构或许是一种新方案：自全球化视域回观东亚文明、沉潜本土文化，继而观照主体的内在自我，以一种与万物交感、与自然对话的心灵状态激活新一轮的创造力。在这个更平、更快、更深的万物互联时代，我们期待见证世界上不同特性的文化基因在创作主体的精神层面发生有效转化，以对抗数字化时代全球人类的同质化、平庸化倾向；我们也呼唤新“意”，呼唤文化自觉、艺术自洽、心灵自足的作品在新时代呈出表达世界的新方式。

参考文献

1. 邹跃进：《新中国美术史：1949—2000》，湖南美术出版社 2002 年版。

2. 李铸晋、万青力：《中国现代绘画史·民国之部》，文汇出版社 2003 年版。

3. 周林生主编：《中国名画名家赏析·近现代绘画》，河北教育出版社 2003 年版。

4. ［美］巫鸿：《全球景观中的中国古代艺术》，生活·读书·新知三联书店 2017 年版。

孙欣，1982 年生于山东。现为《中国书画》杂志社艺术交流部编辑、书画院副秘书长，安徽大学兼职教授，中央财经大学 39 号艺术空间学术总监。出版有艺术评论集《如面》，主编《视觉之秘·艺术个案系列》丛书。2011 年至今，以明确的艺术史意识转入个案研究工作，在此基础上生发出兼具精神高度和学术品格的展览数十场次。

张开一面东方雕塑美学的旗帜

——漫论吴为山的雕塑创作

向云驹

摘　要： 到目前为止，吴为山的雕塑创作已经产生了广泛的国际影响，在几十个国家留下了中国的艺术形象；他的创作轨迹表明他是一个具有旺盛创作力的艺术家，他的创作没有止步在一个阶段或一种类型上，相反是一直处于一个上升、成熟、丰富、发展的进程中，显示出他巨大的创作潜力；他的艺术成就为中国艺术、中国雕塑赢得了国际荣誉，他的艺术影响力和艺术成就创造了现当代以来中国雕塑的一个世界性标杆，在中国现当代雕塑艺术史留下了深刻的印迹；他的雕塑创作具有鲜明的民族风格和艺术个性，既有雕塑的世界性语言的风范，也有独特的中国美学精神，更有飞扬的天赋秉性，焕发着迷人动人的艺术魅力。吴为山创作的手力、功力、能力、定力来自他的创作雄心和艺术理念，这就是他创立和实践的“中国写意雕塑”理论。仔细研究吴为山的雕塑，可以发现他的雕塑的写意性是从人物的体态、形态、姿态、神态、情态几个方面展开的，有时是综合诸种态势，有时是用其一点，不及其余；有时又是传统写实的形象，但意态模糊；有时是一片模糊，但神态气韵充沛鲜明；有时虚实结合、虚实相生。写实、虚构、非虚构，都运用于表达形象的思想或让形象大于思想，使雕塑成为有思想的雕塑。

关键词： 吴为山；写意雕塑；人物造像；美学精神

关于吴为山雕塑创作的成就和影响，最新的信息有如下几则：

新华社报道，2018 年初，吴为山当选法兰西艺术学院通讯院士。他是继著名画家吴冠中之后当选该院通讯院士的第二位中国艺术家。这一荣誉衔位为终身制，系法兰西艺术学院在全球遴选、推举艺术家，席位空额增补只有在前任院士中有人故世时方可递补。法国艺术评论家认为，吴为山的雕塑是具有东方美学精神和全人类共同审美价值的伟大艺术，是中国时代和精神的代表。

2018 年是马克思诞辰 200 周年，吴为山应德国之邀，创作了《伟大的行者——马克思》，德方的议会以通过决议的方式，决定于 5 月 5 日把此雕像立于马克思故乡特里尔市。

2017 年 12 月 14 日，吴为山的组雕《灵魂之门——塔拉斯·舍甫琴科与杜甫对话》在乌克兰国立基辅大学落成揭幕，乌克兰副总理基里连科、基辅大学校长古别尔斯基、中国驻乌克兰大使杜伟等200余人出席揭幕仪式。

2017年10月，吴为山创作的大型铜雕《孔子》立于巴西库里蒂巴市政中心广场，并将广场命名为“中国广场”。

这些是吴为山创作近期在国外产生影响的几个小案例。往前推溯20年，他的雕塑成就就已经蜚声海内外。1996年，他应荷兰政府之邀，为荷兰女王贝娅特丽克丝塑像并在荷兰轰动一时；2003年，他的雕塑作品《睡童》获英国“攀格林奖”；2007年获中国雕塑家“金手指奖”；2008年获中国城市雕塑大奖，并当选全国城市雕塑艺术委员会主任；2009年，韩国釜山建立“吴为山雕塑公园”，陈列他的几十尊中韩文化名人雕像作品；2012年获卢浮宫国际美术展雕塑金奖；此外，1996年以来，他陆续在荷兰、美国、日本、葡萄牙、韩国、法国、英国、加拿大等国家及联合国教科文组织总部和香港地区举办个人雕塑作品展，其作品也被广泛收藏，等等。

简单归纳这些信息，可以得出如下结论：一是到目前为止，吴为山的雕塑创作已经产生广泛的国际影响，在几十个国家留下了中国的艺术形象；二是他的创作轨迹表明他是一个具有旺盛创作力的艺术家，他的创作没有止步在一个阶段或一种类型上，相反是一直处于一个上升、成熟、丰富、发展的进程中，显示出他巨大的创作潜力；三是他的艺术成就为中国艺术、中国雕塑赢得了国际荣誉，他的艺术影响力和艺术成就创造了现当代以来中国雕塑的一个世界性标杆，在中国现当代雕塑艺术史留下了深刻的印迹；四是他的雕塑创作具有鲜明的民族风格和艺术个性，既有雕塑的世界性语言的风范，也有独特的中国美学精神，更有飞扬的天赋秉性，焕发着迷人动人的艺术魅力。

一

为了进一步说明吴为山雕塑创作的世界影响和艺术魅力，我们先看看他艺术创作中的一些独特经历。

英国肖像雕塑家协会主席、雕塑家安东尼·斯顿司与吴为山有过一次“互塑”的艺术交流。两人相会，吴为山主动提出互相塑像。与其说这是一次交流，莫如说是一次艺术的较量、比试与挑战。吴为山对此有生动的口述：“不打不相识，第二天我们就开始互相对塑。首先是他做我。他全身心投入，他做的时候简直不像一个70岁的老人，像一个小孩子，像猛虎下山，抓着泥，那个手也特别大，个子也特别大，他有1.95米这样大的身材。他的方法我一看就出手不凡，他让我侧面，他对着我做轮廓线，先把我的轮廓线做出来，然后他再转一下，再做我这个正面，正面就是两面的轮廓线，这样一个轮廓线和这样一个轮廓线一对以后，一个立体的形态不就出来了吗？这是一种西方分析的手法、推理的手法，是一种逻辑的手法。我不是这样，我的方法是混沌法、模糊法、体积法，一下子把这个感觉先抓住，抓住他的神，把这个体积先做出来，根本不去看这个地方高多少，那个地方低多少，一下子，泥团一样的，迷迷糊糊的，用老百姓一句话叫眉毛胡子一把抓。做好以后，他一看，整个活脱脱的安东尼在那个地方。两种不同的手法得到的效果是一致的，都抓住了对方的神。安东尼非常欣赏这一作品。”[①] 这是一次中西雕塑别开生面的交流、碰撞与对话。据说安东尼从此不仅对吴为山的雕塑格外青睐，而且彻底改变了他对中国近现代雕塑艺术的看法。没有资料显示此次“比试”对吴为山是否产生转折性的影响，此前此后，他的创作一直保持在高水准的状态中。但是这样的与国际大师过招，对吴为山的影响一定是深刻的。从他的事后讲述中可以发现，吴为山对安东尼的创作是加以认真观察了的，对他的西方式雕塑创作方法及其背后的哲学思维、文化背景有一个清醒的分析和认识，参透了他的高明和不凡。同时，他也对自己所持有的东方创作手法、技法、方法和与西方方法可以同样殊途同归、达于佳境的事实形成了判断，具有了一种文化上的自信。他在这次“互塑”创作中，检验了自己的创作才能，确定东方艺术家不应该一味模仿西方艺术，中国自己悠久伟大的雕塑传统是可以站上世界艺术顶峰的，当代中国雕塑只要真正融合了中国传统文化精神和现代雕塑艺术技法，就可以与世界艺术平等对话。

敢于挑战、直面挑战、战胜挑战是吴为山雕塑创作中带有自残性质的“狠招”。每一次设置挑战、赢得挑战都解开他艺术创作上的一个死结。因此，他打开了一扇又一扇通向创作自由和艺术化境的大门。为熊秉明造像就是又一次独特的创作经历。熊秉明是我国著名数学家熊庆来之子。他一直旅居法国达半个世纪，是著名的法籍华人雕塑家、艺术家、哲学家，著有《关于罗丹》《中国书法理论体系》等。他的雕塑创作题材丰富、作品众多，在法国享有盛誉。他的创作和艺术理论对中国艺术界也有深刻影响。吴冠中先生生前认为他没有看到过鲁迅像做得好的雕塑，只有熊秉明的《鲁迅》“深刻理解鲁迅”。2002 年 3 月，熊秉明来南京，吴为山特为熊秉明做人像雕塑。为一位著名雕塑家做雕塑，其间考验之大可想而知。熊秉明本人也坦言，他被朋友画过，当过画家的模特，而“让雕塑家塑像，这还是第一次”。把这第一次交给吴为山，其中包含的信任和期待。在吴为山雕塑过程中，熊秉明还产生了一个奇妙想法：与吴为山合作，两人共同完成一尊熊秉明塑像。他称这个创意是“四手合塑”，就像钢琴演奏中的“四手联弹”或“双钢琴”。熊秉明对“合塑”的理念是：和吴为山一同挖塑，各自以不同方式介入创作；吴为山从外面塑进去，我从内部塑出来。他有他的所见，也有他的盲点，我有我的感觉，也有我的死角。吴为山从外面塑造大地的风景，我从内部掀起地震，从里层改变大地的面貌。吴、熊之间这样的艺术交流、交心是一个艺术家创作历程中的里程碑式的经历，也是艺术史上罕见的佳话。

肖像雕塑是西方艺术的伟大传统，也是伟大的成就。如今这一传统正在日益式微之中，式微的标志之一就是很难获得被雕塑者的认可、认同。肖像雕塑造型能力的下降是不争的事实，吴为山正是在这个历史时期崛起的以人物造像为主要创作题材和体裁的雕塑家。他应邀为荷兰女王塑像时，许多大大小小的艺术家都为她做过塑像，她的评价是：“这是我妹妹。”可见她对雕像的严苛和严格。吴为山为她所做的创作得到了她的赞扬与认可，被永久陈列在荷兰国家博物馆。女王访问中国时还专程会见了吴为山，称赞他塑造的古代哲人是从中国数千年文化中走出来的。

《费孝通塑像》是吴为山雕塑代表作之一，它的创作过程其实也是一次“跳火坑”式的考验与挑战。

---

① 吴为山：《塑者何为》，中国文史出版社2018年版，第328页。

这件作品创作于1995年。费先生是我国人类学、社会学界具有国际影响的大学者，对中国的发展做出过杰出的贡献。他的文学艺术修养极高，眼力非凡。吴为山为其塑像，费先生先说了一段他对塑像的认识："塑像，要抓住神。所谓神是指一代人的精神面貌。孔子时代、苏东坡时代、鲁迅时代，我们这个时代的知识分子都有不同的特征。这就是时代精神在具体个人上的反映。"①面对这样的对象，要达到他的预期，对艺术家的胆识是一次严峻的考验。吴为山的雕像完成后，费老十分满意，连夸"不简单、不容易"，并为吴为山题词："得其神，游于艺。"数年后，与费孝通颇有交往的诺贝尔物理学奖获得者、著名科学家杨振宁看到了这尊《费孝通塑像》，欣赏无比，他在文章中赞道："吴为山的'费孝通'比真人似乎更像费孝通：开朗的面貌、幽默的谈吐和乐观的精神都刻画了出来。"②

为季羡林和杨振宁塑像，吴为山遇到了几乎同样的难题和经历。季先生在吴为山为其造像前，已有老一辈雕塑家刘开渠先生为其造像，他也对吴为山提出了"塑像要抓住神"的要求和期许，并告诫"要有神，必得先深入人物的精神世界"。为杨振宁塑像是吴为山于1997年经钱伟长先生引荐两人相见时便有的想法，但杨振宁的回复是"等熟识后再说吧"。数年后，作品成形，杨振宁意味深长地说："我想如果把每个人看自己塑像之前的心理状态做一番记载，那将是很有意义的。"季羡林则对自己的塑像喜出望外，他称赞吴为山说："独辟蹊径，为时代塑像，为文化塑像。"

面对大家、面对行家、面对艺术家进行人物塑像，每个人不仅性格迥异，形象面貌不同，而且还有各自千差万别的审美标准和期待。吴为山能一一克服障碍，使诸般创作最后都能达到众口一词的称许，而且得到社会的广泛认可和好评，显示出他卓越的艺术才华和多样的处理题材素材的艺术能力，在当代雕塑艺术家中出类拔萃、卓尔不群。他这样的艺术经历也是中国当代雕塑史上绝无仅有而十分珍贵的细节，为历史留下了独特的史料。这些艺术经历也让我们发现了一个艺术家的才华是如何被他的对象倒逼出来，如何在克服障碍中获得艺术自由，如何在与对手的角力或交流或互补中发现艺术的秘密和自身的潜力。

二

在众多的创作可能、选择、方向上，吴为山将自己的创作主要定位在人物雕塑上。他的创作起点很高，初始便以文化名人、政治巨人和历史名流为对象，几十年来已经创作了数百尊人像作品，而且始终保持在一个比较统一的风格、能力、高度上，这与他对自己创作方向上有充分的艺术自觉且对这种自觉有充分的艺术自信有关。

通过雕塑名人进而实现对一个时代或不同时代的塑造，这是吴为山的艺术追求和艺术理想。他对此具有清醒的艺术定力。他认为："每个名人都是个别文化的佼佼者，并且有个别丰富的经历。因此，名人的长相会跟一般人不一样。若他的思想很独特，他的长相也会很独特。所以我选择名人为题材，就好比

① 吴为山：《塑者何为》，中国文史出版社2018年版，第29页。
② 吴为山：《文以铸魂》，北京时代华文书局2015年版，第94页。

你绘画一样——你选择山川入画，必定是选择那些屹立的名山，选择名人为主角也是同样的道理，因为这个名人有独特的含意，他所能映射出的文化含量是不一样的。你把邓小平的像做出来，就等于把一个时代做出来了；你把孙中山的像做出来，也就把一个时代做出来了；李光耀对新加坡很重要，你把李光耀的像做出来，也就等于把新加坡做了出来。政治人物往往代表了时代、国家；科学家往往代表了一段科学进程的历史；人文学者往往也代表了人文精神。”①这段话对于我们理解和认识吴为山的创造很重要。其中，实际上还有另一层潜台词，那就是如果要塑造出真实、生动、神气的名人，让他的塑像代表或反映出一个时代的大气象，那雕塑家不仅要解决形神问题，更要知道这个名人背后的时代特征，知道时代的政治气象、科学发展、人文精神，知道人物个性、喜好、脾性、修养、语言，等等。只有能够折射所有这一切的人物形象，才能真正让他（她）代表他（她）所处的时代或领域。著名雕塑家、美学家王朝闻曾谈及他众多的雕塑作品中最满意的一件作品，那是1950年为《毛泽东选集》封面设计所作的毛泽东浮雕像。他这样描述他的构思：“我确定年代特征为40年代，这一观者不会不同意。难处在于究竟应当着重表现政治家、军事家、诗人和思想家这些多侧面性格特征的哪一面。我觉得作为《毛泽东选集》封面的浮雕像，应该突出表现他思想家的特点。于是我下决心稍稍缩小照片中固有的双眉之间和眼眉之间的距离，着重表现一种似在思考的眼神。总之，我力图使之在真实反映客观实际的同时也想对他表现出我未必和别人完全相同的主观感受。”（《文汇报》1992年9月5日）由此可见，人物雕像的创作是一个复杂的创作劳动，敢于把自己的创作视野放置在这样一个艰巨的事业上，是需要足够的艺术勇气的。

人像创作一直以来是西方雕塑的伟大传统，从古希腊罗马到文艺复兴直至近现代，名作名家灿若群星，成为西方艺术史乃至世界艺术史最伟大的河流。中国的人像雕塑如果沿袭这条西方道路走下去，显然是不可能取得自己的身份、自家的面貌的。吴为山曾经潜心研究希腊罗马艺术，对米开朗基罗、罗丹也曾极力模仿学习。他把自己的道路选准在人物雕像时，其实也同时对自己的艺术出路有了全新的选择。在参透了雕塑的技术和美学秘诀后，他还对中国的雕塑的历史和形成的传统进行了全面学习、研究、掌握，其中包括对民间雕塑技法的学习。他在无锡当工艺美术学徒、技工、学生的经历，对无锡著名民间泥塑杰出艺人、独特塑法、天才技艺等的学习，使他平添独辟蹊径的能力和技艺。他也对天津泥人张的造像绝技心领神会，并专门为一代泥人张大家张明山塑像。

吴为山的人像雕塑，就已经创作出来的作品看，可谓涉猎广泛，古今中外洋洋大观。其中的孔子、老子、邓小平、林散之、费孝通、荷兰女王、曹雪芹、昙曜、鲁迅、齐白石、苏天赐、阿炳、张明山、顾毓琇、杨振宁、饶宗颐、吴作人、聂耳、顾景舟、熊秉明、田家炳、季羡林、潘天寿、陈永康、于右任、冯友兰、石鲁、李可染等，都是广获传颂之作。这些人，有些是在世名家，有些虽已故去但尚有影像资料，有些则毫无形象底本，所以没有多样的手段、技术、能力和相应的历史文化、哲学认识高度，是很难驾驭这么复杂的创作对象的。尽人皆知的人物，你的创作在像与不像之间就会面对巨大的拷问；毫无踪影的人物，你的创作在是否符合大众的想象和历史的真相之间也会遭遇观众的质疑；人们耳熟能

① 吴为山:《塑者何为》，中国文史出版社2018年版，第133页。

详又面目模糊的人物，你的创作在风采、神韵、风范上也会受到众口铄金的议论。

吴为山创作的手力、功力、能力、定力来自他的创作雄心和艺术理念，这就是他创立和实践的“中国写意雕塑”理论。

如果说从黑格尔以来，雕塑理论的本质就是雕塑美学，是一种艺术哲学或者哲学美学，那么吴为山的“中国写意雕塑”就是从中国的美学传统、美学思想、美学实践出发，融合了西方雕塑美学的思想，从而形成的自家理论，在本质或性质上是一种更接近人像雕塑根本属性的人类学雕塑美学。所谓“人类学雕塑美学”，就是具有这样两个基本特质的美学：一是关乎人类的形态观，是民族性的身体哲学；二是关乎人种、东方属性的形神兼备的造像美学。

西方雕塑特别是这一传统辉煌标杆的希腊写实雕塑，是完全独立或先行于绘画特别是油画的发展史的。与此不一样，吴为山提出的写意雕塑理论是基于中国的绘画和美术传统的写意精神、写意实践、写意原则而提出的。他认为，中国的写意精神和写意传统可以上溯至先秦的老庄道论，至魏晋玄学出现了言意之辨、形神之论、有无之论。第一块雕塑美学基石就是“传神写照”“迁想妙得”“以形媚道”“澄怀味象”等系列美学命题，以后这一写意美学逐渐在中国绘画史上占据了无与伦比的地位。唐代的泼墨名家王洽，北宋追求诗情画意的画风，南宋的水墨写意画法，元代文人画的“逸笔草草”，明清以降的徐渭、八大山人、石涛、扬州八怪、海上画派，等等。写意之风愈演愈烈，彪炳史册，凸显出一条硕大的中国美术的画脉，成为贯通中国美术的灵魂史。

吴为山把目光进一步收缩向中国雕塑里的历史进程和发展脉络。他指出：“纵观中国雕塑发展，就其精神性，受政治、宗教、哲学影响；就其造型，受绘画的影响，并在意象、抽象、写意、写实诸方面显示出其道、其智、其美，有着迥异于西方传统的独立体系、独特价值。”① 在进一步的深入考察研究中，他按照历史阶段中形成的中国雕塑风格，归纳出八种风格类型，即原始朴拙意象风、商代诡魅抽象风、秦俑装饰写实风、汉代雄浑写意风、佛教理想造型风、宋代俗情写真风、帝陵程式夸张风、民间朴素表现风。吴为山从中获得的总括性结论是：“通过对中国雕塑八种类型风格特征的简要分析，我们可以总结出中国雕塑的精神特征是神、韵、意的统一。”“中国雕塑的视觉特征是线体结合。中国雕塑的‘体’不同于西方的体，西方的体是以生理、物理为基础的空间之体，有量、有质、有形，并强调由此而产生的张力。中国雕塑的体是形而上的，强调的是心理、意理、情理，是精神之体、真如之体、心性之体。”②

正如人类东西方的雕塑史都贯穿着人像、人体造型的历史并以后者标识一个时代和整个雕塑史的高度一样，吴为山从中国雕塑史的历史风格嬗变和递进中也发现了其中的“写意”的主线。“写意”性在中国雕塑史上贯通整个进程，不同时代的风格或者突出、强调了“写意”的某个方面、某种面貌，或者为“写意”之风积累、增添了某些内容、技法、意象、形式。

比如汉代雕塑是一种雄强精神和雄浑意象，但它恰恰是一种“可以与西方写实体系相对立的另一价值体系”。其中霍去病墓前石刻既开创了中国纪念碑的“借喻法”，也开创了望石生义、因材雕琢的写意

① 吴为山：《我看中国雕塑艺术风格特质》，载吴为山《文以铸魂》，北京时代华文书局2015年版，第111页。

② 吴为山：《我看中国雕塑艺术风格特质》，载吴为山《文以铸魂》，北京时代华文书局2015年版，第118页。

创作方法，即“相原石”“舍他我”“一形神”的写意法。相反，在古代佛教造型中，有一条从希腊雕塑传来的“线”，这种“线”的雕塑及其功能，在隋唐时代加入了中国绘画、书法的“线”性，于是有了“吴带当风、曹衣出水”，成为整个中国美学之“线”和雕塑之“线”。这种雕塑的“线”性，终极价值在于写意性，即“线”为神韵而生，“不丰不腴、不刻不隽”。

在这一系列的写意性研究铺垫之后，吴为山最终聚焦了“写意雕塑”，提出了自己的中国写意雕塑美学的核心理念。所谓“写意者”，先有意，而后写之。造型艺术的“意”是与“象”连在一起的，故为“意象”。写意处于写实与抽象之间，它既不会使人产生一览无余的简单，也不会令人有望而止步的深奥，它引导人们在一种似曾相识的心理作用之下，去把玩、体味、感觉艺术作品的整体及每个局部、细部的“意味”。写意雕塑的发生发展有其在哲学、文学、绘画、书法、戏曲、音乐等方面深厚的文化背景。传神写意、不及其余，意以象尽、得意忘象，风范气韵、极妙参神，秀骨清像、若对神明，大音希声、大象无形，以形传神、形神兼备，外师造化、中得心源，设像传道、精诚之至，以及天然去雕饰，虽笔不周而意周也，等等。从理论上看，雕塑的写意，一是形态的夸张意象，二是形体凹凸隐显的质感意象，三是人物瞬间神态的意象。在写意雕塑的创作实践中，吴为山的经验是：第一，我的写意是把自然的意象、山水中的流韵融入雕塑上；第二，人物雕塑要抓住人物的精神特征；第三，要在写意自然山水时，与水墨绘画的山水写意不同，表达出人物留给你的最深刻印象；第四，要把各种文化意象融进去。吴为山还特别强调，中国写意雕塑必须重视学习借鉴西方雕塑传统中的写意性，深刻了解中西雕塑写意的本质差别和根本共性，从西方雕塑的写意性中获得形式的广泛性。丰富和强化塑造的表现力，在体、线、面中体悟造型之“造”。吴为山坚信“一个开放的时代，为现代写意雕塑博采众长，并为世界欣赏、接受创造了无限广阔的空间。一个追梦的时代，为现代写意雕塑实现中国艺术在人类文化史上确立新的坐标，以雕塑讲述中国、中国人、中国艺术家的梦想找到了理想的环境”①。吴为山提出的中国写意雕塑美学思想得到了旅法雕塑家熊秉明先生的高度认同和赞许，他认为吴为山倡导和确立的写意雕塑既是中国传统的，也是现代的，这是中国艺术的真精神。

现代意义的中国雕塑创作和中国雕塑，作为一种艺术的自觉，实际只有一百来年的历史。与博大精深的中国画论、书论、曲论、诗论、乐论等相比，由于雕塑一直处于形而下的器匠层面，所以中国雕塑理论与它的辉煌创作长久完全不相匹配。吴为山的理论来自他的创作实践，也来自他的长期理论磨炼，以及他对中国绘画、书法、诗歌、文学、民间文化等的全面接触与掌握。他的写意雕塑美学理论与实践，使中国当代雕塑进入到一个充满文化自信和艺术自觉的时代。

三

如果把人体造型、人物雕塑和写意风格加以组合，那就必将形成一种以塑造人物为主干，写意性风

① 吴为山：《塑者何为》，中国文史出版社2018年版，第117页。

格突出的、崭新的中国风雕塑美学实践，这正是吴为山雕塑创作的鲜明特征和突出成就。

在吴为山的人物雕塑中，大型作品《老子》是最能引起人们的视觉惊奇和审美震撼的作品。这件作品以它的超大体量（18 米高）把老子的“大”和他的思想在中国历史、人类哲学上的高度，以及老子本身的思想贯通天地的形而上样貌立体化、实体化、身体化。这只是它的夺人眼目之处，这件作品还有三个由直观、直觉直抵我们灵魂的所在：一是它呈现出的老子的“老态”，是一位智者的沧桑、深刻、成熟、老练、深邃。它朴拙、厚实、内敛，与他的思想一样简洁而又丰富，平静而又博大。眉目之间的安详与沉静，胡须质感可触的夸张，体态弓背敞胸似正在一种永恒的娓娓道来之中。这是一种绝顶的智慧的老态，是让人聆听思想和必须思索的老态。二是它的极具大胆的“空虚”。老子的上善若水一直都是雕塑界处理老子人物造型最为关注的意象。吴为山的这尊老子以虚怀若谷、玄妙之门、空无生有三层意象叠加，大胆地敞开人物胸襟，以空旷的胸体象征老子思想的门径、胸怀、意境，可以说是抵达了人物塑造的化境，使老子的形象巍然耸立。奇妙的构思、大胆的造型、决绝的“留白”，突破了雕塑材质对造型的束缚，创造出前所未有的人物雕塑样式。三是在老子雕塑的空腔体内将老子《道德经》文字以书法形式铸于壁间，使老子的思想、古代书法与雕塑合于一体，成就一次独一无二的造像。众所周知，老子以五千余言的一部《道德经》名贯古今中外，几千年过去了，这五千余言文字依然闪耀着思想光辉，不仅是其后几千年不可逾越的思想高峰，也是西方哲人最为敬佩、服膺的中国思想。《道德经》是真正意义上的一字千钧、一句顶一万句的极致性的思想语言。比如：“曲则全，枉则直，洼则盈，弊则新，少则得，多则惑，是以圣人抱一，为天下式。”将《道德经》文字铸于塑像腔体之内，一方面源自古老的青铜雕塑与金文的文化联系及传统，另一方面是一种直观表达老子腹有诗书、虚怀若谷、胸中气象的方式。吴为山的《老子》是他写意雕塑的经典之作，为他的写意雕塑树起了美学的标杆和旗帜，为他赢得了开宗立派最有号召力、说服力的创作声誉。

在吴为山众多的人物雕塑中，还有一些著名作品或名动一时，或享誉海内外，或赢得广泛口碑，或让人过目难忘。他塑造的《杨振宁》不仅得到被塑者本人高度认同，在笔者看来，此雕像的成功最令人瞩目的地方是“眼神”。黑格尔论雕塑时曾长篇大论希腊雕塑不在眼睛上下功夫，似乎雕塑是无须也无从表达人物眼睛的。这给予雕塑艺术长期的负面影响。吴为山的写意雕塑经常与传统、定则、律令唱反调，经常在人们不敢想象的地方展开想象。《杨振宁》的眼神酷似本人的神态，又暗示着一个杰出科学家的眼力、目力、洞悉和思索，令人拍案叫绝。他塑造的《孔子》让人觉得“越看越觉得久远”。他的《昙曜》作品，让著名学者余秋雨震惊，表示“有昙曜的雕像我立即明白了写意雕塑的一大特性，那就是猜测，就是猜测伟大”。他塑造的《邓小平》像，以“坚定的步伐”表现伟人的英姿得到邓小平家属、党史专家、人民群众的一致好评。他的《鲁迅》以粗犷的笔触和刀削斧劈的质感、切割、断面，呈现出鲁迅的铁骨铮铮和棱角分明、思想犀利的形象。他的《费孝通》被人认为是极为传神、惟妙惟肖，而一尊费孝通姐姐费达生的模糊泥塑，虽似“半成品、未完成”之作，但因其气韵、气息、气质无不神肖，被费孝通、吴冠中、刘国松等人不约而同称为极致之作。他的《白石老人》可与油画、中国画中的经典作品媲美，使白石老人多了一尊活灵活现的塑像，被人誉为“仙化了”，也被画界同道称赞：“这就是齐白石！”

他的《秦始皇》用夸张手法表现其霸气，他的苏州历史名人组雕中的《顾炎武》《伍子胥》造型天马行空、不拘一格。他的《荷兰女王》广受好评，见多识广的杨振宁对其评价道："通常西方艺术家很难画中国人面或塑中国人像，反之亦然。吴为山的女王头像完全是超越了此鸿沟。"

仔细研究吴为山的雕塑，可以发现他的雕塑的写意性是从人物的体态、形态、姿态、神态、情态几个方面展开的，有时是综合诸种态势，有时是用其一点不及其余；有时又是传统写实的形象，但意态模糊；有时是一片模糊，但神态气韵充沛鲜明；有时虚实结合、虚实相生。写实、虚构、非虚构，都运用于表达形象的思想或让形象大于思想，使雕塑成为有思想的雕塑。往往是在人物身上焕发出的思想、意象，具有思想大于形象、意象大于实在的时候，则大胆运用写意手法；如果创作灵感充满想象、意象，也直取写意手法；只有个别形象清晰，有不可逾越的约定俗成的形象、影像，才侧重其写实性，将写意予以变形或隐蔽。这使得他的写意雕塑既有外在的明显的形式、风格、手法、特点、形塑、泥质、块面、触感、肌理，也有常态下的雕塑样式，但不管怎样，都张扬着吴氏的个性和写意的风范。

他的"写意雕塑"，从《费达生》的创作过程看，这部作品具有写意发生和被发现的"史料"特点。我个人认为，吴为山雕塑的粗犷、粗糙、粗粝，有一种雄强气势和风格的形式性，也是他写意风格的直观表达，但他的写意性最核心的所在是他创作的过程性、未完成性，是这一点使他的创作终止或定格在一个关键点上：西方或传统雕塑那种塑造人像时从材质向形象、从构思向成像、从模糊向面目清晰的过程，在吴为山这里是把造型终止在人物最具神态性的时刻，省略了后面的精雕细琢和精打细磨。这正是一个"写意"的最佳临界点，往前一点，意态不够；往后一点，进入写实。这就是写意雕塑的发生学原理。然后，他不断丰富、完善、拓展，使"写意雕塑"成为一种东方的美学、东方的创造和东方的风格。没有这种来自雕塑内部的全部创作丰富性、生动性、深刻性、雕塑性，写意雕塑就不会具有和拥有全部的创作能力及创造功力，就会沦为空头的理论，并且是昙花一现而已。吴为山在创作谈中也特别提到创作过程中的"半成品"现象。他认为，这种灵感的、偶然的"写意"或"模糊"性创作，在众多雕塑大师的创作中都发生过。吴为山把这种偶然现象提升为一种创作理论和实践，显示出他对雕塑本质和雕塑创作规律认识的独到性、敏锐性和深刻性。首先，这是一种"难得糊涂"的高境界，虽然这是创作中的未完成态，但其实却包含着完成之后的"舍弃"，是一种大智若愚。其次，这是一种忘形，是表现手法的模糊与简括。最后，这是一种止于呆板、僵化。"我们一般习惯于看已完成的作品，那些表面上看似尽善尽美的完整作品——诚然，它们的内容含量很大，但常不免有多种想法的累加之嫌和经过深思熟虑的处理之痕迹——失去了原始冲动的感染力，偶然中、瞬间里所渗透的那种灵性没有了。有这种现象，做一个动态或一个表情，在做到所谓的'六成'，或'七成'时非常生动、传神，但再做下去就呆板了、僵化了，动态的变成静止的，表情也凝固了，或是尴尬。这与基本功有关，但更多的是没有把握好'火候'或'分寸'。实质上'六成'往往就是'十成'，够了！"[①]这才是写意雕塑的创作奥秘所在，"'六成'往往就是'十成'"，这句话把写意雕塑可以称其为一种普遍性、东方性的雕塑美学的可能性和理论性揭示了出来，这

① 吴为山：《漫说雕塑之二：模糊中的传神》，载吴为山《文以铸魂》，北京时代华文书局2015年版，第184页。

是对创作奥秘的深刻洞察。

“写意雕塑”由其创作性深入到古今中外的雕塑规律之中，由其文化性显示出中国独特的写意传统，由其留白和未完成式的多向度可能性使观者具有丰富的想象空间，从而进入接受美学。这些都构成它作为一种创作论美学的理论张力和思想空间。

四

讨论吴为山的雕塑创作，他的“南京大屠杀纪念馆群雕”是绕不过去的，这是他雕塑创作中的一组集大成之作。

2005 年 12 月 15 日，在南京大屠杀祭日（12 月 13 日）的两天后，吴为山受命为侵华日军南京大屠杀遇难同胞纪念馆扩建工程设计大型组雕。2014 年，中国政府设立南京大屠杀死难者国家公祭日，以国家公祭的方式，每年在 12 月 13 日祭奠在南京大屠杀中死亡的 30 万生灵。在首个国家公祭日时，中共中央总书记、国家主席、中央军委主席习近平出席仪式并讲话，指出：“1937 年 12 月 13 日，侵华日军野蛮侵入南京，制造了惨绝人寰的南京大屠杀惨案，30 万同胞惨遭杀戮，无数的妇女遭到蹂躏残害，无数儿童死于非命，三分之一建筑遭到掠夺。侵华日军一手制造的这一灭绝人性的大屠杀惨案，是第二次世界大战史上三大惨案之一，是骇人听闻的反人类罪行，是人类历史上十分黑暗的一页。”“我们为南京大屠杀死难者举行公祭仪式，是要唤起每一个善良的人们对和平的向往和坚守，而不是要延续仇恨。”“忘记历史就意味着背叛，否认罪责就意味着重犯。我们不应因一个民族中有少数军国主义分子发起侵略战争就仇视这个民族，战争的罪责在少数军国主义分子而不在人民，但人们任何时候都不应忘记侵略者所犯下的罪行。一切罔顾侵略战争历史的态度，一切美化侵略战争性质的言论，不论说了多少遍，不论说得多么冠冕堂皇，都是对人类和平和正义的危害。”

“南京大屠杀”与奥斯维辛集中营对犹太人的大屠杀，以及广岛原子弹爆炸，是第二次世界大战，也是 20 世纪的 100 年和世界近代历史中最令人震惊的三大惨案。南京大屠杀遇难者纪念馆设立在南京古城中华门遗址之上，这里正是当年日本侵略者攻入南京的地方，在扩建施工中还挖掘出一批当年受难者的白骨。纪念馆内陈列着全景呈现这一屠杀惨案的真实史料和悲惨史实的影像。

吴为山的创作面对着一个重大的历史题材，他向自己提出了疑问：“如此重大的题材，如此重要的地点，如此壮观的场馆，雕何？塑何？雕塑者何为！”① 在经历或者回首面对人类历史上最残酷无情的杀戮时，“文艺何为”就会成为一个历史追问被提出。

我们先回顾一下诗歌史上面对奥斯维辛大屠杀提出的问题及诗歌的应对和转向，给予了我们什么样的启示。

1949 年，德国犹太裔著名哲学家阿多诺提出了他的断言：“奥斯维辛后仍然写诗是野蛮的，也是不可

---

① 吴为山：《魂会归来——创作侵华日军南京大屠杀遇难同胞纪念馆大型群雕纪》，载吴为山《文以铸魂》，北京时代华文书局2015年版，第94页。

能的。”第一次把“奥斯维辛”作为诗歌（也泛指文学艺术）的一个无法逾越的重大“障碍”提了出来。有“死亡工厂”之称的奥斯维辛集中营，德国法西斯在此将数百万犹太人、吉普赛人、波兰人、斯拉夫人投入毒气室杀害并焚尸。人类中的法西斯分子制造了如此骇人听闻的反人类暴行，一个出现过巴赫、歌德的民族以其高度的文明犯下如此疯狂野蛮的罪行，这让人类的思想陷入极大的困惑和不能解答的问题之中，动摇了西方文明和信仰的基础，成为20世纪至今最大的斯芬克斯之谜。阿多诺的“奥斯维辛后仍然写诗是野蛮的，也是不可能的”，正是在此背景下提出的，这个断言包含了丰富而深刻的悲剧性的时代判断。笔者认为此中应该有这样一些要旨：①诗（艺术）至此以前的传统都是抒情的、艺术的、唯美的，这样的诗在奥斯维辛灾难之后不应该再写；②奥斯维辛之后，诗艺的主体已经失去了主观的诗情画意了；③奥斯维辛这样的死亡和苦难终结了人类对自身的信心，诗歌失去了它的源泉；④奥斯维辛以它的惨烈、惨剧终结了诗意的田园牧歌；⑤在尚未对奥斯维辛事件提出深刻反思、反省的时候，是不应该和不可能有真正的诗歌的；⑥当人类面对或直面奥斯维辛这样不同于过去任何战争、杀戮、屠城、害命的屠杀时，写诗或残留人类的“美感”是不人道的，是野蛮的、缺乏人性的；⑦没有任何诗人能够胜任面对奥斯维辛这种素材的诗的写作，犹太人自己的诗人和诗意被法西斯屠杀殆尽，正处在一个无人能写的境地，非犹太人的写作则是一种旁观的他者的写作并因其旁观和他者而成为一种野蛮行为；⑧没有什么诗歌能揭示这种人类悲剧的本质，除了哲学，诗歌的形式承担不了这份叙事的强大要求。

阿多诺的诗歌断言仿佛是一则诗歌的“魔咒”，其实是对诗歌的具有正义感的“死亡宣判”。打破这一“魔咒”的是诗人策兰，他的《死亡赋格》一诗直面奥斯维辛，引起世界的广泛关注。该诗被誉为“二十世纪最不可磨灭的一首诗”，是“时代之诗”。策兰本人也被一些人认为是“自叶芝以来最伟大的诗人”。策兰是一位犹太诗人，生于1920年，青年时期即用法语写诗歌、译诗。二战时，他的父母被强驱至纳粹集中营并惨死其中，他本人虽得以逃离，但也被强征为劳动营苦力。二战后，他流亡维也纳，后到巴黎，成为流亡诗人。《死亡赋格》一方面运用“赋格”式的巴赫音乐形式，采用复调、对位、复沓等，使诗的形式暗喻德国文化的背景；另一方面则是诗风进入一种“无味”“无情”的语调之中。他从此不复为人们所愿望和想象中的诗人，他已经深刻意识到自己写诗的使命所在和写作的宿命，“在艺术上打开了一种天启般的独创性境界”。他转向了一种灰烬的语言、无机物的语言，拒绝“美的诗”“抒情的诗”的社会吁求，坚持一种“不美化也不促成诗意的艺术”。[①]

由此，我们可以了解和理解吴为山的南京大屠杀组雕创作面临的更大考验是如何用雕塑的（也是诗的、艺术的）语言处理这样一个巨大的人类灾难性的题材，这与策兰面临的问题是一样深刻而沉重的。与之不同的是，吴为山面对的题材还有一个特殊的时代原因，那就是施以暴行的日本军国主义分子长期拒绝承认南京大屠杀铁证如山般的史实，一直在狡辩、在回避、在翻案。此外，就其空间而言，雕塑陈列在纪念馆外面空间，馆内是白骨森森、鲜血淋淋的历史“现场”和“真相”，雕塑如何“再现”历史？或者说此处的雕塑已经无须写实、再现历史来简单机械地重复馆内的内容，它需要的是精神、感情、判

① 王家新：《策兰：创伤经验，晚期风格，语言的异乡》，载王家新《教我灵魂歌唱的大师》，人民文学出版社2017年版，第263页。

断、力量、震撼，需要的是情绪导入、思维导向、意绪导引。就像策兰的死亡“赋格”一样，吴为山也面对着巨大的挑战：在如此惨烈的大屠杀之后，重现现场是“野蛮的”；在白骨与死亡面前，雕塑何在？在事实真相面前，雕塑作为艺术何为？在全景式的史料面前，“局部”的雕塑何为？在建筑和历史的前面、外面，雕塑何存？吴为山也不负众望创造了震惊中外的死亡“写意”雕塑。

他用三组雕塑完成了这一次震撼人心的写意雕塑，首先是一尊12米高的《家破人亡》巨型雕塑；其次是10组人物的群雕《逃难》；最后是大板块的三角、隙缝、浮雕，从大地伸向天空的控诉与呐喊的手，构成《冤魂呐喊》主题雕塑。写实、写意、抽象、象征水乳交融地融汇在一起，既真实可触，也充满寓意和比喻。在空间关系上，这组雕塑以极致意韵推动视觉、感官、情绪、思想的流动与贯通。在横向上，妥善地处理了与建筑的外观与内涵的关系，恰好地处理了室外雕塑与室内展示空间的过渡、交接、深化的关系，适当地处理了大屠杀事件呈现于纪念主题的关系；在纵向上深思熟虑地安排了雕塑的气氛营造与纪念馆展陈和走出展陈进入和平公园并与其中胜利雕塑的精神贯通和实践贯通。在精神的高度上，这组雕塑紧扣控诉苦难、呼唤人性、纪念亡灵、谴责侵略战争、呐喊民族不屈和自强等思想主题，总体上构成一个统一的意象，即“神圣的苦难和苦难的神圣”，也就是歌德所说“能把许多灵魂团结在一起的就是神圣”。《家破人亡》以一位母亲手抱刚刚被侵略者杀死的幼儿，向苍天呼喊的形象，用一个大写的“人”形呼唤人性，控诉兽行。《冤魂呐喊》在几何抽象人体中用一只写实而又夸张的手从地下伸向天空，最后突破背景，五指冲出三角结构，指向空间，造成极大的视觉冲击力量，使“呐喊”从无声的雕塑中炸响，于无声处响惊雷。雕塑定格和固化历史，雕塑让过去的历史显露真相和原型，让历史记忆永存于时间和空间。

组雕的艺术表现力具有强大的想象性和说服性。我们看到吴为山借鉴了众多表现苦难的造型经验，在组雕中有珂勒惠支版画般的恐惧和尖锐的视觉形象的影子，也有蒋兆和《流民图》的突兀的底层形象意象和《收租院》的造型景象，但它们又完全是吴为山式的：更突出苦难的沉重，更夸张苦难的表情，更深刻地传达苦难后面的残暴性力量。那个庞大的母亲造型，她的半裸的胸脯告诉人们她正在哺乳的孩子被侵略者活生生地屠杀，而那个她手中的孩子张着圆形的口，呈现出死亡的安详，他以一种“无知”的表情死去，以巨大的反差使母亲的控诉压弯了她的双腿，使人悲愤而又同情，不由得泪流满面。《逃难》的10组雕塑人物，选取了10个经典的场景，有真实生活为依托和依据，它们以真人大小的尺度，“逼真”地逼近历史。有母亲正在给婴儿喂最后一口奶，有儿子搀扶老母亲逃难，有人不堪屈辱正投井自尽，有僧人正在为死者合上含冤不瞑的双眼，等等。但它们又是逃难的“写意”表现，有些眼睛透出锥心的苦痛，有些身体呈现出令人悲哀的痛苦弯曲，有的呈现出沉重的步伐。所有的人物和形象中都没有出现侵略者的形象，只在《冤魂呐喊》的浮雕上出现了一排闪着雪亮刀光的刺刀，这种“写意”的表现手法，更加显示出造型的批判力量和控诉侵略者的雷霆万钧之力；这也正是一种“人性”的力量，使未见的“意”在无形中显形。组雕以其构思的大胆、想象的丰富、造型的深刻、思想的深度、情感的深沉、形象的硬度，不仅成为吴为山写意雕塑的代表作，也成为以南京大屠杀为题材的雕塑作品、美术创作中最经典、最成功、最具视觉冲击力和思想震撼力的作品。这组雕塑也显示出吴为山的创作和他的写意雕塑具有处理和驾驭复杂、庞大题材的能力及优势，展现出一种广阔的创作前景。吴为山再一次以战胜不可逾越的挑战、障碍、困难的创造，显示出艺术对死亡的巨大穿透力，展示出写意雕塑驾驭题材的无限能力，为国家公祭日的伟大主题树立起不朽的艺术纪念碑。

向云驹，现任中国文艺评论家协会副主席，中国文学艺术基金会副理事长兼秘书长，北京师范大学京师特聘教授，天津大学、中山大学、河南大学、北方工业大学、山东工艺美术学院等特聘教授，中国文学艺术界联合会全国委员，国家版权战略研究专家组成员，住房和城乡建设部中国传统村落保护工程专家委员会成员，中国摄影家协会学术指导委员会委员，中国曲艺家协会学术指导委员会委员。曾获首都民族团结进步先进个人表彰。曾任中国艺术报社社长，中国民间文艺家协会秘书长，中国文联文艺资源中心主任，中国作协理论评论委员会委员。出版有《中国人文地理与生态美学》《非物质文化遗产学博士课程录》《非物质文化遗产的若干哲学问题及其他》《草根遗产的田野思想》《中国少数民族原始艺术》《中国少数民族审美意识史纲》等10余部。曾获中国文艺评论奖著作类一等奖、文章类一等奖，两次获得中华优秀出版物奖，诗歌获《人民文学》等主办的全国诗歌大赛二等奖，新闻作品曾获中国新闻奖，杂文作品曾获人民日报奖、北京杂文奖，曾获中国作协《民族文学》山丹奖等。

寻归自然

——钟蜀珩绘画作品评析

陈岸瑛

摘　要： 2017 年 10 月，刘巨德、钟蜀珩夫妇双个展在中国美术馆隆重举办，为该年度最具影响力的学术邀请展之一。两位艺术家的捐赠作品成为中国美术馆的永久藏品。本文围绕钟蜀珩的绘画创作成就，对其所继承和发展的吴冠中及中央工艺美术学院的艺术理念进行了梳理，分析其代表作品，对其艺术创作理念进行总结。

关键词： 钟蜀珩；吴冠中；绘画作品；中央工艺美术学院

2017 年 10 月 20 日，“混沌的光亮——刘巨德艺术作品展”“寻归自然——钟蜀珩绘画作品展”在中国美术馆隆重开幕，观者如潮，为该年度最具影响力的学术邀请展之一。为了迎接这一面对公众和艺术界的时刻，两位艺术家做了长时间的准备，特别是在过去一年来加紧创作了大体量的作品，几乎达到废寝忘食的程度。7 月的一天，笔者来到钟蜀珩、刘巨德先生的山中画室，有幸目睹了他们创作最后一批参展作品的过程。展览开幕后，这批作品不少被中国美术馆收藏，成为馆藏中国当代美术史的一部分。

两位先生的画室与张仃先生的故居毗邻，依山而建，四周草木丛生，山势崆峒。十年动乱结束后，刘巨德、钟蜀珩夫妇先后考取庞薰琹、吴冠中的研究生，从云南回母校与壮心未已的先生们重聚，在 20 世纪 80 年代的春光中重走光华之路。光华之路是新中国艺术、设计史上一条未竟之路，以装饰美化人民生活为宗旨，以形式研究为基础，融汇古今中西而探索一条文化艺术领域的中华复兴之路。如今，有着筚路蓝缕之功的老先生们已相继仙逝，他们所开创的教学传统在学院文脉中延续；他们所留下的精神遗产依然在活态传承，不断结出新的硕果。数十年来，刘巨德、钟蜀珩夫妇自觉地守护着这份精神遗产，通过勤勤恳恳的艺术劳作，为中华民族的精神家园开拓耕耘。

两位先生的画室面积不大，甚至略显局促，却充满了虔敬的工作氛围。钟先生工作时，颜料和画具要摆放得整整齐齐，等一切准备就绪，周边清静了，才能开始动笔。钟先生说，这是为了作画时更加专注，不至于手忙脚乱。画室中摆放着两组刚刚完成的油画作品，一组三联画占据着整个主墙面，描绘了夏日里绿意盎然、光影流动的荷塘；另一幅画背靠另一堵墙，描绘了胡麻花盛开的草原。绿色调不好把握，因此格外需要耐心。这两组作品，钟先生画了很长时间了，有时候一整天都不见大的动静，只是在局部处理一些色彩关系的细节。“荷花给我的感觉是圣洁的，有佛性的东西在里面，包含着无限生机。我看过很多荷塘，包括无边无际的大荷塘。荷塘是一种大气象，有无尽的东西在里面，生机勃勃，光色不停地流动变化，绿色互相映照，你中有我，我中有你。一直想把这种感觉表达出来，但是对景写生不可能把这种感觉表达出来。”钟先生一面端详自己的作品，一面断断续续地讲述自己的创作心得，直到从天窗洒落的阳光西斜，不再干扰到画布上的光影明暗，才放心地让我们欣赏。

走近前看画面，每一个局部都由细微、抽象的色彩关系构成，有些像莫奈所画的巨幅睡莲。晚年的莫奈曾对来访的画商詹泊尔感叹道：“我是在力求掌握那瞬间的色彩，我要表现那不可捉摸的无形的东西。这说来也是我本身的毛病。光线已经消失，但是色彩还在，这怎么处理，真伤透了脑筋啊。色彩，不论什么色彩，寿命只有秒把钟，有时顶多三四分钟，这怎么办？三四分钟怎么能画得及？色彩一消失，你就得停笔！唉，真要我的命，画画真要我的命！”在融合中西的绘画之路上，钟先生的创作感悟是与印象派相通的。从德拉克洛瓦到印象派，使得西方绘画偏离了以素描为基石的古典绘画体系，促使色彩获得独立的情感表现价值，并最终走向完全的抽象——色彩音乐。钟先生也同样在音乐的意义上去理解色彩，并把绘画的内在结构理解为抽象的，但她始终没有放弃绘画中的具象因素，以及对自然的东方式的静观冥想。

在她看来，音乐是艺术中的艺术，不依赖于具象，是艺术中创作体系最严密的；作画好比作曲，有主调，有强弱，画家不得不把大量时间花在控制画面的音调关系上，不能离开抽象一步。在给学生上色彩课时，她所要求的也是不受具象干扰的抽象训练，她摆放的静物体现出一种抽象的结构。然而她和她的老师吴冠中一样，最终主张风筝不断线。在她看来，抽象画总要与人对自然的某种感受相呼应，才能打动人。她认为，绘画是平面的幻觉，应在意幻觉与人的亲和关系。画在似与不似之间，现实中没有这样的荷塘，但是看了画中的荷塘，却能让人感受到一个更为生动、更为真切的荷塘。这荷塘有着平面中的深远，混沌中的微茫，就像古代的山水画，能够让观者走进自然的深处。

钟先生在《寻归自然》一文中说：“西方始终寻求艺术中科学的规律，特别是现代艺术对视觉规律的研究，使得西方艺术家无论在造型还是色彩的表现上都能达到非常强烈的效果……东方艺术受神秘主义哲学的影响，在画面中体验着如云似水的运动变幻，寻求与自然的和谐。东方艺术的境界是博大深厚的，它必定会容纳更多的形式。我崇尚东方艺术的美学境界。同时又越来越认识到艺术的科学规律在艺术表现中性命攸关的作用。”在教学和研究的过程中，钟先生推崇印象派以来的西方色彩体系，创造性地阐发了明度作为色彩骨骼的重要意义，也注意色彩科学在创作中的应用，但这些理性的东西归根结底是要为感性服务的。一个艺术家的感性，除了与生俱来的个人性情以外，也与养育他（她）的文化土壤相关。蒙德里安和康定斯基也信奉神秘主义的通神论，但这种神秘主义是从欧几里德、柏拉图的宇宙观里演化出来的，将宇宙的本源理解为数学秩序，这与中国人所理解的变动不居的宇宙是有所不同的。

在融汇中西的艺术道路上，钟先生所取的立场实际上是“中学为体，西学为用”，虽然她与塞尚、凡·高、马蒂斯和康定斯基惺惺相惜，但从心性上更接近于古代的山水画家，这使她的《荷塘》不同于莫奈的《睡莲》，而带有写意水墨的味道。在《寻归自然》一文中，她由衷地赞美宋代山水画："宋人作画注重观察自然与生活，宋代山水画的面貌是与自然亲和的，但它那宏伟幽深的空间效果并不依赖科学的透视法，它表现光感亦非靠自然主义的光影，而是以非常成熟的美学观，引导出'俯仰自得、游心太玄'的高远、深远、平远的空间表现手段，它在充实中表达了将自身融于自然和谐的忘我精神，而这正是艺术最高妙最美丽的境界。"《荷塘》中也有强烈的光感，但是钟先生强调说，这种光并非自然的光，她所画的荷塘，也并非对景写生的结果。

受苏俄写实主义影响，写生一度是挽救山水画的"灵丹妙药"。吴冠中的"搬家写生法"以及对"形式美""抽象美"的强调，从表面看是从西方古典主义转向西方现代主义；从深层来看，却是向东方审美的回归。钟先生曾随吴先生外出写生，吴先生特殊的"写生法"给了她强烈的影响。西方人所画的风景和静物，在某种意义上是死的、静止的对象，而中国人所理解的写生，却要在某种意义上"摄取"对象的魂魄。《荷塘》并不脱离作者所观看、体验过的荷塘，却又不是对景写生的产物，更不是从照片上"抠"下来的风景，而是在漫长的生命体验中孕育成形的心相。奇妙的是，这心相并不是静止的，而是气象万千、周游变化的，与之呼应的色彩和空间关系也因此摇曳生姿、变幻莫测。这样的艺术创作，正在于一呼一吸之间，吸入自然之气，呼出形式之美。她在《寻归自然》中说："绘画是在诚实的心境下孤独进行的工作。我在作画时只是在试图用绘画的语言尽可能地和自然对话，哪怕观察到的只是一束光或一阵轻风吹来的绒毛，我要对它说我是怎样感受它的存在，理解它的灵魂。我为自己在生命过程中能与自然交流而体验到存在感到快乐。"在这里，自然并非作为理性观照的对象而存在，人本身就是自然的一部分，人与自然是一种交流关系。

钟先生以同样的态度对待"静物"与"模特"。给刘先生留下深刻印象的是她如何去画一根萝卜。"我画萝卜，托起它，一个沉甸甸的透明的白色胴体，展示着自然赋予生命的鲜活与高贵，一小点嫩绿的萝卜缨滋生在端头，体态硕大简洁，凉凉的，润润的，能嗅到它的清香。"（钟蜀珩《画随心缘》）有评论家说，塞尚像个盲人一样画画，这是指他超越了西方古典绘画的视觉中心主义，开始用绘画表现触觉和重量感。钟先生作为一个东方的画家，并无这样的禁忌，从多重感官、从心灵去感受对象，对于她而言是一种与生俱来的禀赋。她在《寻归自然》一文中总结道："如果是以心灵指导视觉，观察自然就不应局限在眼睛。"在西方美学中，类似的意思常常被笨拙地表达为"通感""统觉"或"想象力"，世界的表象建立在感官的基础之上，艺术形象是对感觉材料的加工与综合。在东方美学中，心灵映照万物，人与万物同呼吸，却是一件自然而然的事情。万物静观皆自得，这里的静观，并不是指先用眼睛看，然后用大脑去加工处理，而是张开眼就看到了万物。用钟先生喜欢的一句诗来形容，也即"山光悦鸟性，潭影空人心"。

她用心看"静物"，也用心去看"模特"。她面对人物写生时，人是可以随意走动的。油画作品《小川》（1993）呈现的是一位弹吉他的姑娘。这位姑娘是常来她家做客的一位朋友，聊天、弹琴、吃零食，最打动她的是她沉浸在音乐中的那种状态。这幅画不仅抓住了小川弹琴时的神态，而且通过微妙的色彩变化，捕捉到像音乐一样流动的光。钟先生说，人也是来自原始的气，是自然的一部分，人是活的，自然也是活的。气化生万物，宇宙万物都在流动变化中，艺术家在混沌中体会自然，叶非叶，花非花，形也好，光也好，都在流动中，没有什么是不可变化的。绘画既要超越现实，又要回归自然。在她看来，画萝卜，理所当然要抱着听，无听之以耳而听之以心，无听之以心而听之以气。画家要走到自然的内心里去，而不是抄摹自然的表面。当直面这样的自然时，她有时会感动到落泪。

她的每一次创作都是与自然的一次新的对话，都是一个新的开始，无成例可循。“我画画筆，没有明确的语言风格，画画时顾不上想这些问题。每次画画都是看着对象感受。对着空白的画布，油然而生敬畏之感。心中也是空白，没有现成的绘画语言和风格，每次面对一个对象，都是重新开始，完全是全新的。”钟先生如此分享她的创作“经验”——与梅洛-庞蒂笔下的塞尚和贾科梅蒂类似，尽管已经掌握了娴熟的技法，每次作画却如毫无经验的初学者。

从中央美院附中到中央工艺美院，钟先生接触到了两种不同的艺术教学传统，尤其是读研期间，那时的中央工艺美院迎来了建校后的第二个黄金发展时期。庞薰琹被平反后，满怀热情，重走光华之路；张仃倡导毕加索加城隍庙；吴冠中堂堂正正拿起画笔，进入人生中最辉煌的创作时期。钟先生随吴冠中学习，耳濡目染，近距离感受先生刚烈如火的艺术激情。吴冠中遗憾于她不够狂放，然柳贵乎垂，不垂则可无柳，每个人都有自己的天性。钟先生温和质朴，外柔内刚，不喜欢强势的、人为的东西，喜欢在自然而然之处发现奇特之处，习惯于慢工出细活。她在色彩方面有极强的天赋，但是她从不卖弄，甚至经常产生自我怀疑。在漫长的自我搏斗式的创作过程中，寻常之物终究变得不同寻常。

丙烯画《圣诞卡》(2005)是一幅自画像，看似再现了日常的、琐屑的生活场景，却处处充满了不寻常。读信人似乎重新回到了往昔，周围的环境既真实又不真实，人薄如纸，纸透如光，流光溢彩。这幅画的动机来自远方朋友寄来的折纸贺卡，贺卡前后翻转的平面构成了画面的核心，向上翻转的桌面加强了整幅画的平面感，同时又形成了一种环绕式的构图，使得贺卡上的鸽子展翅欲飞。看惯了马蒂斯、毕加索画风的人，对于这种平面化的空间处理方式或许不会感觉陌生，但这幅画真正不同寻常之处在于细微的笔触、不连贯的线条、微妙的色彩明度与渐变。据说百雅轩做了26版才将它复制成版画，这就是它既抢眼又耐看的原因。这幅画参加了“寻归自然——钟蜀珩绘画作品展”，并无偿捐赠给了中国美术馆。

在另一幅参展作品《马头琴的传说》(2013)中，最吸引观众的首先不是文学叙事，而是温润如玉、细致入微的色调。在心理距离上，它与我们若即若离，如同一件随身携带的宝玉，在近距离的把玩中，显出远方的神秘与奇异。这种温润如玉的感觉，在1976年创作于云南的油画作品《弹口弦》中已经形成，那一年是中国历史上天翻地覆的一年，而这幅画却如此平静地将永恒与神圣赐予了满目疮痍的大地。了解她的刘巨德先生如此评价说：“她的画平凡奇特，朴实耐看，优雅、高贵，有时带些忧郁，重视境界，无论是画萝卜、牧羊女，还是自画像……她画画慢，是柔性的，但也很刚烈，在宁静中有一种升华。她的感悟不是书上来的，而是直觉中来的。80年代初读研究生时，她说了一句话，‘画一定要有宇宙感’，使我如遇天启。她的画，抽象是骨头，色彩是肌肤，外面是具象的，隐含的是抽象的，在似与不似之间，在超自然与自然之间，在微妙与微茫之间……”

刘先生谦虚地说，钟先生在很多方面都是他的老师。而钟先生却更为谦逊地说，迄今为止，她想画的画一张都没有画出来。两位先生所选择的艺术道路不尽相同，作品风貌也有较大的差异，但在精神追求方面却有异曲同工之处。看两位先生的画，感受到的不仅有形式美、装饰美、抽象美，还能直观地感受到这些美诞生的缘由。无论是刘先生还是钟先生的画，人们看了以后都不会简单地说：“哦，这是中央工艺的风格！”而是首当其冲地感受到它们的真挚和独一无二，进而感到它们是从一个延续的传统、从某种更为博大的本源中生长出来的。刘先生将艺术理解为“替天行道”，在混沌中开天辟地、开物成务。道之为物，惟恍惟惚。惚兮恍兮，其中有象。恍兮惚兮，其中有物。钟先生的艺术创作则更像是一种舒缓的呼吸运动，竭力使人的短促的呼吸与自然的绵长的呼吸达到协调，同时又在一呼一吸之间让观者听见艺术家的心跳，感受到春风十里的人间温情。

陈岸瑛，清华大学美术学院艺术史论系主任、副教授、博士生导师，传统工艺与材料研究文化和旅游部重点实验室常务副主任，教育部新世纪优秀人才。研究方向为艺术理论、美学、现当代文化艺术。

金石气味　雄强风骨

——略论吴昌硕与20世纪写意花鸟画风承变

邓　锋

摘　要： 本文以“大道传薪　金石为开——中国美术馆藏吴昌硕与二十世纪写意花鸟画名家展”为研究对象，阐述由吴昌硕开辟的金石写意花鸟画风如何影响20世纪花鸟画的整体发展路向，又在怎样的承变中呈现出丰富多彩的样貌。文中首先对吴昌硕金石写意画风进行简述，指出在传播方式、地域互动、关联比较等方面研究的不足；其次梳理吴昌硕艺术风格影响的途径、方式及人员，概括出亲传弟子、再传和隔代三种方式；最后以“化”“破”“似”三种承变方式分析受吴昌硕影响的诸家面貌，论述齐白石、潘天寿何以能够在承变中脱颖而出并与吴昌硕并驾齐驱的内在原因。笔者认为金石写意花鸟一路起始有源、传承有序，其自传统内部更生发展、拓变而出的雄强、刚健精神贯穿整个20世纪，这条道路既是中国画本体的自觉，更是时代的召唤和传统文化的延续。

关键词： 金石写意；雄强；承变；化；破；似

不知何者为正变，自我作古空群雄。

此句出自吴昌硕《刻印长古》一诗，是其承变古人、高扬个性、心存雄志的宣言。“正变”本指《诗经》“风雅”之变体，移于此文，可指“金石写意”花鸟画风之传承与创变，而20世纪诸位名家大师正可谓“群雄”并起，展示出写意花鸟画的世纪雄风，故借此句开篇。

一

在20世纪的中国画发展中，花鸟画虽不像人物画那般紧贴时代脉搏，并因社会功能之需求而呈现出变革图新、写实追求的强势崛起，也不似山水画那样历经传统正宗地位的失落，转而在改天换地的时代际遇中由“合一”走向“胜天”的崭新自然观念，但少于政教功能的限制和正统意识的束缚，花鸟画反而因其普泛的生命活力、大众视觉文化形态的需求和相对自由的本体发展而成为20世纪中国画的主流。

在花鸟画的诸多语言形态中，虽然工笔手法“精于体物”、典雅精工，工写相兼能融造型之生动与笔致之秀逸为一体，但比较而言，写意形态尤其是大写意画风是20世纪花鸟画中最为重要的潮流趋势和最为精彩的华章。这一画风既有民国初期以吴昌硕为核心的海上及江南画家群体，也有随后在北方崛起的齐白石及其传派，还有新中国成立后以潘天寿为代表的浙江画家群体。所谓传统派“四大家”有三人专擅于此，影响波及全国范围，绵延整整一个世纪，直至今日。① 与明清以来兴起的写意花鸟形态的野逸清雅风格相比较，“金石气味”与“雄强风骨”可谓近现代以至整个20世纪写意花鸟画所展现出来的时代新质。

何谓“金石写意”?“金石”本指铭文、石刻及以刀刻石所产生的诸如篆刻、碑版等艺术形式，作为一种学问研究始于北宋，作为艺术资源渗入书画则起于明清，尤其是清中后期，“碑学”大兴，书、印之风俱转向崇尚古拙、质朴、雄强之风，继而强势导入山水与花鸟画中，尤以在笔墨疏简的写意花鸟画中最能体现。正如潘天寿在概括清代花鸟画发展特点时指出：“会稽赵之谦撝叔以金石书画之趣作花卉，宏肆古丽。开前海派之先河，已属特起，一时学者宗之……光、宣间，安吉吴昌硕缶庐，四十以后学画。初师撝叔、伯年，参以青藤、八大，以金石篆籀之学出之。雄肆朴茂，不守绳墨。为后海派领袖。使清末花卉画得一新趋向焉。”② 虽然吴昌硕并非此路“金石写意”花鸟画风的开启者，在其之前尚有吴熙载、赵之谦、虚谷、蒲华等先贤首开风气、引领后学，但吴氏之崛起，集诗、书、画、印“四艺”之大成，并以印为先导，以书贯注力量，以诗文浇筑境界，将“四艺”融通迸发，不仅使金石写意花鸟画一路具有了鲜明的时代特征与现代气质，而且承前启后，以跨越世纪的卓著影响使此风盛行于整个20世纪。

吴昌硕画风在此无须多论，诚如有学者概括道：“他的出现，带给了艺术史以新的活跃的生命和息吹，改变了金石、书、画已有的内涵和形式，在中国艺术再度纳入国际的东西方的大循环中他投入了不倦的热情和助力。他从某一个侧面改变了他的时代……在艺术上，他的开创性，即以其大写意花卉而言也较‘扬州八怪’更具生意，而齐白石、黄宾虹等现代巨匠就其实力和影响似也有所不逮。”③ 而就吴氏研究整体状况来看，画风基本面貌已有定评和较为深入的研究，尤其是在金石大写意花鸟画上的卓越成就，而画风生成机制以及与诗书印等之间的互动影响也有所涉及，其他如生平、交友、各艺术单类专题研究也亦取得了可喜进展。④ 然而“吴昌硕的巨大意义在于真正触发了中国画传统的潜力，呼唤着新的开拓精神，并将其不断变为现实，他以磅礴的气势加快了中国画趋前的节奏，并很快汇成冲决的巨流，经由齐白石、陈师曾、王一亭、潘天寿、王个簃、刘海粟、朱屺瞻等名家巨宿的共同开拓探求，使现代中国画

---

① “二十世纪的传统四大家”由郎绍君于80年代提出，曾撰有专文《二十世纪的传统四大家——论吴昌硕、齐白石、黄宾虹、潘天寿》，载《吴昌硕、齐白石、黄宾虹、潘天寿四大家研究》，浙江美术学院出版社1992年版。

② 潘天寿:《中国绘画史》第四篇“近代史·清代之花卉”。

③ 丁羲元:《吴昌硕论》，载炎黄艺术馆编《近百年中国画研究》，人民美术出版社1996年版。

④ 万新华:《当前吴昌硕研究的反思与展望》，该文对80年代以来的吴昌硕研究状况做了较为详细的分析，并从个人角度提出反思，所提出的“吴昌硕艺术遗产的历史意义”“吴昌硕绘画流派问题”等正与此文的切入角度相暗合。

特别是大写意画真正深入人心”[①]，虽然这样的认识已是共识性判断，但却未能从传播方式、地域互动、风格承变以及具体作品图像之间的关联比较展开深入探讨，而这些问题恰恰是我们认识20世纪写意花鸟画风流变的核心，不仅可以深入了解自传统内部生发求新创变这一中国画推演模式的基本规律，而且可以建立个人如何从传统承变与时代感应中探出新路的鲜活案例，并直接为当下的中国画创作提供可资鉴取的宝贵经验。

二

吴昌硕的影响到底有多大？又是通过怎样的途径与方式扩大这一影响的？

让我们先来看看近几年来流行于网上的一篇博文《浅析吴昌硕及其十三位高足的书画艺术》[②]，按照出生先后分别为齐白石、王一亭、赵云壑、陈师曾、陈半丁、李苦禅、朱屺瞻、潘天寿、王个簃、吴茀之、沙孟海、诸乐三、朱复戡，并将这一群体称为“缶翁画派”。姑且不论其画派之称是否严谨，稍加分析，其中既有专攻绘画、书法、篆刻者，也有三者兼善者，有行拜师之礼、得吴氏亲传者，也有慕名崇拜、得其再传影响者。不可否认，此13人均不同程度地受到吴氏影响，且为其中卓著者，但吴氏影响力则远远不止于此，在此且不论其书画篆刻作品在日本所受到的极大重视以及对韩国、东南亚等国家的影响，于国内而言，其印、书、画三个方面都可以说引领一代风气，毫不夸张地说，20世纪以来所有从事写意花鸟画创作的艺术家几乎都受其金石大写意之风的熏染。

因此，若要将这份名单逐一排列，将会出现冗长且未完待续的状况。在此仅就“大道传薪　金石为开”展览所遴选的16位受到吴氏影响的名家，从传承途径与方式作一简要阐述。

自1911年正式寓沪，吴昌硕已是年近七旬的老人，真正的海上生涯不到20年，但长年的艺术积累及海上开放包容、结社共进、以商养艺等风气使其声名鹊起，1913年成立的西泠印社公推其为社长，1915年继任海上题襟馆书画会会长，1922年、1926年在日本大阪举办个人画展，等等，其已然为海上画坛之领袖。时陈师曾所著《中国画小史》评曰“近时吴缶翁昌硕，画名震于海内外”，郑昶所著《中国画学全史》称“吴俊卿字昌硕……工诗精篆刻，书《石鼓文》尤有名。作花卉、竹石，天真烂漫，雄健古厚，在青藤、雪个间，盖得金石气深也，近时学者风靡”。此时拜于其门下明确可考者有：王云王梦白于1913年前后，诸乐三于1920年前后，潘天寿于1923年，王个簃于1924年，加之陈半丁早于1896年前后就在沪上得其亲传，赵云壑约于1904年前后就在苏州拜师求艺；陈师曾自日本留学归国后，1910年任职于江苏南通师范学校，多有赴沪请益，得以与吴昌硕亲密接触并以弟子居；而王一亭在吴昌硕1911年定居沪上之始便与其往来甚多，情谊在师友之间，且对吴氏艺术影响的推动最为着力。[③]以上诸家可谓得吴氏亲授，而考其籍贯，除陈师曾外，全部为江苏、浙江两地，尤以浙江为多，而受吴氏画风影响又长

---

① 丁羲元:《吴昌硕论》，载炎黄艺术馆编《近百年中国画研究》，人民美术出版社1996年版。

② 网址为 http：//jin.mingle.blog.163.com/blog/static/134131430201421410366231/。

③ 拜师及受影响年代均参考林树中编著《吴昌硕年谱》，上海人民美术出版社1994年版。

期活跃在沪上及江浙两地的还有朱屺瞻、吴茀之、来楚生等，也均为江浙两地人士。由此可见，吴氏画风之传播首先是植根于海上，再扩展于江南区域，同时江南区域又为海上画风提供了丰富的人文滋养和拓展的广阔天地。

俞剑华所著《陈师曾》一书曾谈及“在清末民初，习花卉者，几乎人人昌硕，家家缶老，其流风余韵，至今未衰”，指出吴氏的花鸟画风影响显然未局限于海上及江南区域，而吴氏的全国性传播恰恰最是得力于陈师曾。当然也不可忽视早于陈师曾到达北京的其他南方画家，如金城、周肇祥、余绍宋、陈半丁、王梦白等，因为“从建国前海上画坛的盟主吴昌硕到建国后名满天下的齐白石，其实便是金石大写意花鸟画在20世纪风靡南北画坛而达于极盛的过程，同时也是中国画的发展中心在建国前后由南方向北方转移的过程”①，尤其是陈、王二人都曾在海上得吴氏亲炙，引入北京画坛的则自然是海上画坛盟主吴昌硕的典型风貌，这一转移过程也正是万青力先生所谓“南风北渐”②。

1923年，陈师曾英年早逝；1927年，吴昌硕驾鹤西去。南北画坛的交融催生出新的艺术大师——齐白石，齐氏声名鹊起于20年代中后期，至50年代后更是誉满全国，波及海外，其声名甚至远远超过前辈老师吴昌硕，沿承写意花鸟一路并师事者甚多，如李苦禅、王雪涛、崔子范等，以及未曾拜师，但兼受吴、齐二人影响的朱屺瞻、于希宁等。经齐白石及其门下弟子的再传发扬与创新求变，吴氏金石写意之风不仅呈现出由北到南的反向影响和隔代的同声呼应，而且又应变为新的时代风貌，跨入崭新的21世纪。

三

对于众多的追随者，吴昌硕曾有这样一句提醒的话：“学我，不能全像我。化我者生，破我者进，似我者死。”并将学习与自立之难易概括为“小技拾人者则易。创作者则难。欲自立成家，至少辛苦半世，拾者只多半年，可得皮毛也”，如此之警示可谓意味深长。有意思的是，受其影响并最终与其并称甚至在某种程度上超越于他的齐白石也有类似之警句：“学我者生，似我者死。”“生死”差异正构成了画史演进中普遍的简单模拟与少数的学习创变之间此消彼长的发展模式，而这也是金石写意花鸟画风世纪承变的内在动力与原因所在，在大众的传播与推广中积攒精英突破与开新的力量，今日写意花鸟画坛亦是如此。

若以“化”“破”“似”三种方式来简析此次选展中的诸位名家对吴氏画风的传承与创变，则大多经历了似中有化、化中有破、以破开新的不同阶段，但由于个人才力学养之差异、年寿长短之不同以及汲取传统资源之广狭、应和时代关系之亲疏等多种原因，在“化”“破”方面各有侧重，相对而言，除赵云壑极似吴氏而未臻化境、陈师曾英年早逝未能破局开新之外，其他诸家皆在“化”“破”之间，如王一

① 吴言、黄白、胡建君：《拒霜魄力》（《中国花鸟画通鉴》17）第四章“从吴昌硕到齐白石”，对吴氏画风的北传有较为详细的论述，上海书画出版社2008年版。

② 万青力：《南风北渐：民国初年南方画家主导的北京画坛》，载《万青力美术文集》，人民美术出版社2004年版。

亭以直率、流畅之笔墨个性见自家面目；王个簃、吴茀之、诸乐三、来楚生等于艺术创作中后期以写生方式大大拓展了花鸟题材与画面格局，并形气兼重，打破了吴氏画风中潜在的固化程式与可能的粗陋强怪；陈半丁、王梦白、王雪涛以写意手法的多样性弥补了一味大写可能出现的空疏，在雄强气质之外更添清丽、鲜活之生趣；朱屺瞻、李苦禅、于希宁、崔子范等在晚年或结合西方复色使用，或在“大”字上做文章，或求物象之魂魄，或自觉于形式构成使大写意手法走向极致追求，使其具有更为鲜明的现代特质。当然，这样的概括远不足以说明诸家之于写意花鸟画上的成就，若结合其书、印等综合修养、艺术生平及画学主张、风格的阶段性发展和具体作品，相信将会见仁见智，为其正名，并弥补此处言说之不当。

然而不容置疑的是，对于花鸟画的金石写意画风，齐白石、潘天寿二人不仅在吴昌硕的基础上延续传承，更是发展创变，并以破开新，传宗立派，在南北画坛各领风骚。

在吴氏的亲传弟子中，潘天寿在艺术创作理念上是最为独立且自觉的，且不论其后来所主张“中西艺术要拉开距离”和“中国画必须保持民族特色”，就是在师事吴昌硕不久后便力求摆脱其影响。据记载，曾有一段时期，“凡是作品中稍带吴昌硕画风的影子，不论画得好坏，他一律不加保存”[①]，难怪吴昌硕生前曾说：“阿寿学我最像，跳开去又离我最远，大器也。”潘天寿的这种自我意识恰恰与其对吴氏画风求变而成的认识相关，他曾谈到“昌硕先生的绘画，以气势为主，故在布局方面，与前海派的胡公寿、任伯年等完全不同；与石涛、八大、青藤，也完全异样”[②]，也是其对画史“常变”思考的结果，“凡事有常必有变。常，承也；变，革也。承易而革难……故历代出人头地之画家，每寥若晨星耳”[③]，其认为真正的大师必须是个人、传统、时代三种风格的有机融合，正是循着此种志向，其在四五十岁便完全形成自家风格，并渐趋成熟，可谓大器早成。那么潘天寿是如何与吴氏拉开距离、承变为我的呢？其实，就画风的雄强、霸悍、奇险等总体格调来看，两者还是在一个大的范畴之内，如潘氏与吴氏作诗多都源出唐人，且均喜韩愈、李贺等风格，奇字硬语颇多，风骨嶙峋而又深沉真挚。然就画面形式语言仔细较之，吴氏笔墨多以中锋的圆浑拙厚见长，潘氏则以侧峰的瘦挺方崛取胜，骨力挺硬，奇中见正，且能指墨纵横，酣畅淋漓，将指墨画法推向前所未有的高峰；而构图上，潘氏变传统竖幅、长卷中屈曲圆转的传统章法布局为更具体量、更具团块的“钢筋铁骨般的现代结构美”，尤其善于苦心经营大幅作品，气魄恢宏，撼人心魄，具有传统绘画难以比拟的形式张力和气势力量。当然，可资比较的地方还有很多，从整体来看，诚如学者卢辅圣所言，潘天寿“找到了既适合自己个性又连接传统与时代的图式趣味和表现天地，即从‘热’转向‘冷’，从‘圆’转向‘觚’，从‘狂怪’转向‘奇险’，从‘率意’、‘自然’转向‘经营’、‘峻严’”[④]。最后，我们还不能忽视潘氏对于绘画技法语言的自觉提炼和总结，以及在画学理论建构上的高屋建瓴，这些都使得他的绘画艺术与理论主张成为现代美术学院中国画教学的重要基石，并

① 卢炘编著:《中国名画家全集——潘天寿》，河北教育出版社2000年版。

② 潘天寿:《回忆吴昌硕先生》，《美术》1957年第1期。

③ 潘天寿:《听天阁画谈随笔》，上海人民美术出版社1980年版。

④ 卢炘编著:《中国名画家全集——潘天寿》，河北教育出版社2000年版。

促成后来“新浙派”画家的崛起。

如果说潘天寿的承变更多带有理论思考上的自觉，那么齐白石的变法除“胆敢独造”、保持个性的决绝之外，尚有人生阅历所带来的丰富内心生活与平民般的睿智、孩童样的真趣等为其保持源源不绝的创造力，加之常人难以企及的长寿，使其成为20世纪几乎无人能匹敌的艺术大师。吴、齐两位大师，一前一后，引领着整个20世纪写意花鸟画的主潮，如何作比？龚产兴先生曾撰专文《吴昌硕、齐白石艺术之异同》，就两者的审美意识进行比较，就相似处列出自我意识、造化写生、大写意表现手法、“四艺”之全、师承取法、艺术影响等方面，而不同之处表现为文人趣味、审美比德、寓意手法——劳动人民思想感情、雅俗共赏，气形关系——形神俱见，题材广狭之区别，多斜对角线的画面章法——出奇制胜、变化多端的构图等方面，[①]论说较为公允。但不可否认齐氏“衰年变法”之成功绝对离不开吴氏的影响，正如其作诗云：“青藤八大远凡胎，缶老衰年别有才。我愿九原为走狗，三家门下转轮来。”对吴昌硕极为折服。而潘天寿也曾指出：“近时白石老先生绘画上的设色布局等等，也大体上从吴昌硕先生方面而来，加以自己的变化，而成白石先生的风格。表面上看，他的这种风格可说与昌硕先生无关，可仔细看，实从昌硕先生的统系中支分而出。”[②]由此可见，齐白石学吴并非简单的直接照搬、袭取图式，需“仔细看”，方可察出端倪。齐氏对此也有说明：“我是学习人家，不是模仿人家，学的是笔墨精神，不管外形像不像。”而这里的“笔墨精神”正是吴氏写意花鸟画的精粹——金石笔墨，齐白石以同样精深的书、印功夫融入绘画，自《天发神谶碑》习来的篆隶笔法以方硬险劲、生涩凌厉的笔势显出雄强之气，略不同于吴氏学石鼓文所获的圆厚古拙，故其花鸟画中用笔显平正、方折、涩劲，有满笔铺豪的“杀人”感，而笔墨的生发组合更多理性控制，笔笔交代清楚，从而形成较为清晰的层次关系，显得更为明豁、峻朗，加之“妙在似与不似之间”的造型提炼，趣味盎然的构成处理，浓墨重彩的并置对比，工写相兼的强烈反差，都使其金石写意花鸟画独创出一整套崭新的语言体系。文人的艺术语言、乡土的田园情怀、真挚的生命体验……种种都奇妙地融汇在一起，成就了这位伟大的“人民艺术家”。

20世纪中国画的发展与时代变迁有着前所未有的紧密关系，同山水、人物画一样，写意花鸟画亦是如此，虽然如本文开篇所述，花鸟画有着相对的本体独立，但新中国的成立，“新国画”的提出，金石写意花鸟画一路也呈现出应和时代的新变，“世纪承变”正可以此作为界点。所谓“新国画”，一要“内容新”，二要“形式新”，具体的改造办法则是“写生”，“必须以对实物的描写来代替临摹，作为中国画学习的基本课程。画风景的必须到野外写生，画花鸟虫鱼的也必须写生，对人对自然都必须有比较深刻的观察……我们要以科学的现实主义作为我们批评与衡量我们的艺术的标尺，一幅画的好坏必须首先看他是否符合社会的真实和自然的真实”[③]。这一时期，我们可以较为清晰地看到，以潘天寿、来楚生、王个簃、吴茀之、诸乐三为代表的江南画家与北方的陈半丁、王雪涛、李苦禅等遥相呼应，都在写意花鸟的

① 龚产兴：《吴昌硕、齐白石艺术之异同》，载李松、郎绍君等编《潘天寿基金会学术丛书·吴昌硕齐白石黄宾虹潘天寿四大家研究》，浙江美术学院出版社1992年版。

② 潘天寿：《回忆吴昌硕先生》，《美术》1957年第1期。

③ 艾青：《谈中国画》，《文艺报》1953年8月15日。

创作上呈现出某些共同的特质，即通过“写生”方式扩展了写意花鸟画的题材，通过“自然的真实”弥补了自吴昌硕以来可能存在的“不画形”的不足，通过“社会的真实”使写意花鸟也紧跟上了时代的步伐。但同时如何保持“艺术的真实”，即金石一路的特质，则成为潜在的问题。“文革”结束后，金石写意花鸟画一路通过中西合璧式的探索开始重新活跃，老艺术家的艺术生命力再度勃发，以朱屺瞻、于希宁、崔子范等为代表，走向笔墨的更拙厚、形式的更现代、意趣的更大气。

“天行健，君子以自强不息。”伴随社会进程演进的百年写意花鸟画所体现出的雄强画风正是这种文化生命力的生动写照。金石写意花鸟一路起始有源、传承有序，其自传统内部更生发展、拓变而出的雄强、刚健精神贯穿整个20世纪，这条道路既是中国画本体的自觉，更是时代的召唤和传统文化的延续。“因此，深入地研究总结21世纪传统派的经验，可能是世纪之交寻找中国画发展方向中的一个不容忽视的课题”[①]，因为“屡变者体貌，不变者精神”，新的世纪依然呼唤着这种文化精神的再度复兴。

2019年11月修改

邓锋，中央美术学院博士，中国美术馆副研究员馆员。2006年至今，先后任职于中国美术馆典藏部、艺术品修复部，主要从事艺术史及艺术理论研究、书画鉴定、藏品保存修复研究等，兼及展览策划。

① 薛永年：《世纪革新中的传统派》，载《蓦然回首——薛永年美术论评》，广西美术出版社2000年版。

卢沉的西方观和现代观

盛 葳

摘 要： 在中国画现代转型的过程中，借鉴西方现代艺术的现象非常普遍，卢沉及其“远亲配交”论具有很强的代表性，他的现代实验受到包括民国间接因素、日本间接因素和西方直接因素的多重影响。这些因素的共同特征是聚焦于20世纪前30年那些注重艺术内部形式探索的早期现代艺术。以卢沉为代表的革新派的这一共识，说明了中国画现代转型所追求的主要方向。然而传统的现代化和民族文化复兴二者的复杂关系让他们的探索始终处于一种选择性的震荡之中，直到90年代中期以后，中国发展的新语境为他们建构了一个新框架。

关键词： 卢沉；中国画；现代；西方

在卢沉的艺术和艺术思想中，最引人思考的是中国画的现代化以及对西方艺术的看法。他对此有一个基本判断和实践方向：“远亲配交”。尽管这并不是一个全新的论点——在民国时也有如“中西艺术结婚论”等类似观点，但其意义却并不完全一样，这是因为它们是在不同时代背景下提出的，其目的和针对性也不一样。卢沉在“远亲配交论”中提到一些跟中国画具有融合可能性的艺术，他认为这些艺术离中国画越远越好，但也并不是毫无连接的可能性——因为毕竟称为“远亲”[①]。这些“远亲”包括两个系统：一个系统是包括民间艺术、原始艺术、儿童艺术在内的非高级艺术；另一个系统则是西方现代艺术。值得注意的是，在西方现代艺术产生和发展的进程中，原始艺术、民间艺术、儿童艺术其实也都是其重要来源。二者具有共通性。因此在他的论点中，中国画现代化的资源来源最终还是定格在西方现代艺术上。

1969年，卢沉与周思聪合影

西方的现代艺术流派纷呈，各不相同，那么首要的问题是，卢沉关注的西方现代艺术是什么样的现代艺术，这意味着

① 卢沉：《发展和创新》，载北京画院编《卢沉论水墨画》，广西美术出版社2017年版，第102—103页。

他的主动选择。通过对其文字和作品的梳理，可以看到他比较重视的是表现主义、立体派、野兽派、超现实主义和未来主义，尤以立体派、野兽派和超现实主义为重，也是他在创作中运用得比较多的。这些现代艺术有一个共同点，就是都出现在20世纪的前30年。那么他为什么没有选择更早的象征主义、后印象派？其实塞尚也非常符合卢沉“水墨构成”的设想。他为什么没有选择俄罗斯先锋派，构成主义、至上主义？——这也同样非常符合他的构想。此外，他也没有选择几乎在同时期活跃的达达主义？为什么没有选择二战以后诸艺术流派？这都值得思考。

当然，也许可以认为在他对中国画进行现代改造的20世纪80年代初，中国还没有那么全面的西方现代艺术介绍。但实际上这个问题并不成立。即便是在六七十年代，大学和民间依然流传少量西方现代派画册或图像资料。而且浙江美术学院（今中国美术学院）从1977年开始连续出版《国外美术资料》（1980年改为《美术译丛》），中央美术学院从1979年开始连续出版《世界美术》，人民美术出版社也同年开始出版《外国美术资料译编》。此外，邵大箴等西方现代艺术史领域专家的译介成果也并不缺乏，《美术》等综合性美术杂志也逐渐开始介绍西方艺术。因此，实际上这个阶段西方美术图文资料和信息已经逐渐增多，且引起美术界的关注。

在上述资料中，各种类型的西方现代派艺术均有呈现，而且可以在卢沉就职的中央美术学院图书馆轻易查阅到，但卢沉依然重点选择关注了这样一个时间段内的这样几个派别。或许这与卢沉早年的艺术经历有关：他曾在颜文樑等开办的苏州美专学习西洋画，这段经历至关重要。颜文樑本人则在1928年至1931年就读于法国巴黎高等美术学校，这正是前文所述艺术风格流派的活跃期，也是他在欧洲最直观感受到的艺术现场。他回来后曾回忆道：“几十年前，我在外国留学时，那里已经有学院派、印象派、抽象派，很多很多。我不反对别的派别。”[①] 因此，他将自己受到的主要是印象派的影响和对其他西洋艺术的了解间接遗传给了苏州美专的学生。

不仅如此，卢沉对西方现代艺术的论述和采纳还有如下几个特点：（1）并不注重不同艺术家、艺术作品、艺术流派在西方艺术史内部的连续性。从塞尚到立体派再到抽象艺术，显然有其内在联系，但历史逻辑并不是他关注的要点，他只是对其进行局部摘取。（2）并不注重艺术作品和艺术现象的外部动因。比如超现实主义主要出现在欧洲的西班牙、比利时以及尼德兰的南部地区，像恩索（James Ensor，1860—1949）、达利（Salvador Dali，1904—1989）、玛格里特（René François Ghislain Magritte，1898—1967）都是这个地区的人，有一定的地域性；抽象艺术主要出现在德国以北的地区，南方则非常少，像意大利这些国家并不盛

颜文樑　威尼斯圣保罗教堂　布面油画　16cm × 24cm　1930年

① 颜文樑：《风格与流派》，载林文霞《现代美术家画论·作品·生平——颜文樑》，学林出版社1996年版，第22页。

产抽象艺术，这跟北欧的神秘主义传统有比较直接的联系。（3）重视的是画面本身，是绘画的形式。所以他谈到了借鉴西方艺术的具体作用：破坏自然形体、否定焦点透视、运动与时间元素象征的符号化形体。①

通过卢沉对西方现代艺术的选择范围和几种个性化的理解，不难看出他的目的：与他某种特殊的需要相对应。这些需求全都被限定在绘画的内部问题上，即艺术的本体问题上。而他的根本目的就是要从本体意义上改造中国画。那么他对西方艺术的吸收和利用，也就得到了合理的解释：为什么他对西方艺术具有强烈的选择性和个人的理解性。那么他对中国画改造的具体设想是如何的？在他的谈话中有明确的解释："从视觉感受出发，从审美的角度审视对象，分析、研究、加工、改造、重新组织。"对他来说，"视觉"和"审美"两个角度最重要，这非常符合20世纪前30年这些现代主义艺术的观念。这些现代主义艺术区别于同时代的前卫艺术，像达达主义这样的前卫艺术，提前就设定了介入社会的艺术观念，而不是着力于艺术内部的创新。这与卢沉企图建立一个新的水墨本体是直接相关的，也能够解释他所提倡的"水墨构成"的理念和实践。在这一点上，二者达成了共识。

卢沉　机车大夫　纸本设色　135cm × 269cm　1964 年

丸木夫妇　原爆图　幽灵（局部）　纸本水墨　20 世纪 50 年代

值得注意的是，他对中国画的本体改造的方向非常明确，有中国本土的艺术史的针对性。一方面，通过这种改造可以看到卢沉艺术的对立面，即写实主义艺术。尽管他在中央美院中国画系的学习主要是徐蒋体系，而且自己也曾创作过极其标准的类似风格作品。但在改革开放以后，他则认为长时间主导中国艺术的风格有问题："过去中国画系的基础教学有很大的缺陷"，首要的就是"受苏联的影响，迷信素描及写生训练万能"。②另一方面，需要重新建立的本体并不能从中国传统中来——不仅仅是卢沉的艺术实践，在别的同时代革新派艺术家亦有显示。这说明中国画的革新，以及革新的目的、针对性，有着相当的共通性和历史必然性。因此，他们都偏重于选择20世纪前30年的西方现代主义艺术，并以此来介入中国画的改造。

改革如何进行？对于卢沉而言有一个比较重要的契机，就是看到日本艺术家丸木夫妇（丸木位里，

① 卢沉：《线描》，载北京画院编《卢沉论水墨画》，广西美术出版社2017年版，第115页。

② 卢沉：《教学体系构想》，载北京画院编《卢沉论水墨画》，广西美术出版社2017年版，第165页。

Maruki Iri，1901—1995；丸木俊，Maruki Toshi，1912—2000）的《原爆图》。日本和中国不一样，现代中国进入全球化的系统后成为社会主义国家，但日本并没有，所以在对西方艺术的选择方面，日本并没有受到写实主义系统的全面改造，而是一开始就选择了西方早期现代主义的传统。这个传统恰恰能和丸木夫妇、卢沉的革新选择完全对应起来。卢沉的“中西结合”资源取材于西方早期现代派，而丸木位里的“日洋融合”资源同样取材于此。因此，丸木夫妇的《原爆图》才引起了卢沉的共鸣，对他产生实质性的影响。

丸木位里的老师是田中赖璋（Tanaka Raisho，1866—1940）①，一位相对比较传统的日本画家，而不是向西方学习或者革新派的艺术家。除了丸木，他的另外一个学生是中国画家何香凝，何香凝相对比较完整地继承了田中赖璋的风格，此外，高奇峰也曾随田中赖璋短暂学习。在20世纪前期，田中赖璋在东京艺术圈颇有名望。丸木位里与田中赖璋同为广岛人，也因此在1923年拜入其门下，在他开设的天然画塾学习。但在同年的关东大地震后，东京艺术氛围有所改变，西洋化和现代化的呼声渐隆，田中赖璋江户时代的旧式文人风格不再那么受欢迎。因此，他于1924年激流勇退，将生活和工作重心移回广岛，丸木位里亦随之迁回他在广岛开办的鸣鹤画塾继续学习。

但丸木位里后来离开了田中赖璋，开始追寻新的现代西洋风格艺术，这个时间点非常重要，因为那时在日本传播的恰恰也正是二三十年代的西方现代艺术以及略早的印象派和后印象派。因此，丸木夫妇后来的创作中并没有更多继承老师的艺术传统，反而是转向了西方早期现代主义艺术，尤其是后印象派和野兽派的风格，并在此基础上创作了《原爆图》，随后对卢沉的创作产生了影响。两人都是试图通过对西方现代艺术的吸纳来对自己此前学习、从事的既定艺术风格进行改革。此外，作为一件和平主义的现代主义风格作品，《原爆图》与毕加索的《格尔尼卡》具有很强的可比性，事实上，在许多艺术评论中都谈到这一点，卢沉同样也注意

田中赖璋　山水　绢本设色
127cm × 50cm

何香凝　山水　纸本设色

① 田中赖璋是明治和昭和早年的日本画家，本名大治郎，字公敬，亦称丰文，初号赖章，后改赖璋行世。曾任文部省美术展审查员、帝国美术院委员及审查员、日本美术协会日本画部评议员、帝室画师。田中赖璋，1866年生于岛根县邑智郡市木村。早年随圆山四条派森宽斋（1814—1894）习画。36岁赴东京，又入圆山四条派的另一位继承者川端玉章（1842—1913）门下学习。关东大地震后，他于1924年返回广岛，1940年去世。田中赖璋以写生山水画闻名，代表作有《挂瀑四致》《鸣泷》《水郭之春》《四季之山》，曾在文部省美术展中获奖，亦曾与横山大观（Yokoyama Taikan，1868—1958）同时被列为一等。

到。因此，就《原爆图》对于卢沉的影响而言，其实有立体主义的叠加效应，卢沉从这里学到了早期现代主义风格。至迟在 1980 年，他开始了立体主义风格的实验。

这两件作品让他学习到如何用改造过的中国画来进行写实主义之外的另外一种重大题材或宏观题材的创作，而在传统的中国画方法却很难处理如此重大的题材。当然，尽管近现代中国的写实主义绘画新传统擅长于处理重大题材，但他反对写实绘画，因此，从实践的角度看，他立即转向了早期西方现代主义艺术。1980 年，他创作了《来京上访的小民百姓》，这与《矿工图》有两个方面的重要差异：其一，《矿工图》主题依然是政治性，理念上带有鲜明的社会主义写实主义色彩，但《来京上访的小民百姓》基本上不再有这个因素；其二，相较于传统与现代折中的《矿工图》，新作品更加偏重于立体派风格的实验，实际上，卢沉并没有过多参与《矿工图》的创作，作品更多由周思聪来完成的。那么可以判断卢沉该时期的艺术创作是策略性的，目的性非常明确：通过西方艺术来改造中国画，由此让中国画走向现代。

为了说明这种策略性，通过《来京上访的小民百姓》的草图与最后的作品进行对比，可以看到二者是分裂的。写生草图是一个现代中国画的写生结果，这既体现在造型上，又体现在笔墨效果上；最终完成的作品则不太具有传统意义中国画的特点，在构图和语言上，都能看出明显的立体主义风格。草图与作品之间的关系，仅仅是靠相同的人物形象来维持的。同时，如果对比一下毕加索的草稿和作品之间的关系，就更能明白这一点。《亚威农少女》与卢沉《来京上访的小民百姓》完成作品之间风格相似性极高，但如果把两张草图放在一起并列，却基本没有可比性。通过这些对比，可以发现，卢沉在采集素材的时候依然保持现实主义的思维模式，这是他受到的美术教育的基础，无法完整抹除。但创作的时候，他尽力试图把这种社会主义写实主义的思维弱化，将采集到的现实主义图像信息置入一个立体派的构图和语言系统中去。这就是他初期进行实验的阶段，带有一种强烈的中国画改造的目的性。

卢沉　来京上访的小民百姓（草图）　炭笔　1980 年

卢沉　来京上访的小民百姓
纸本设色　100cm × 100cm　1980 年

1980 年，卢沉和周思聪在辽源煤矿为《矿工图》收集素材

80年代中期以后，卢沉更关注野兽派和超现实主义艺术，但如上所述，他的选择是带有明确目的性的，在超现实主义部分，他更关注心理表达。对于欧洲的超现实主义而言，这是超现实主义流派在20年代中期以后的主要特点，之前的超现实主义并不具有这样的倾向。在20年代中期前后的超现实主义差异很大，20年代中期以前的超现实主义，主要是围绕布勒东（André Breton，1896—1966）的一批艺术家，像马克斯·恩斯特（Max Ernst，1891—1976），他们多是从达达派转过来的。这时候的超现实主义艺术家几乎没有阅读过包括弗洛伊德在内的心理学资料，因为那些资料从德文翻译成法文是在20年代中期，而早期的超现实主义艺术家中没有人能够顺利地阅读德文。以荒谬拼接和社会介入为主要方式的达达主义和早期超现实主义不在卢沉关注的范围内，他关注的是20年代中期以后注重心理表现得后期超现实主义，尤其是米罗（Joan Miró，1893—1983）等艺术家的作品。在卢沉的创作中，可以很清楚地看出这种亲缘关系。

毕加索　亚威农少女（草图）　1907年

毕加索　亚威农少女　布面油画　244cm × 233.5cm　1907年

卢沉　清明　纸本设色　133cm × 133cm　1990年

在“寻道求变——卢沉艺术研究展”（北京画院美术馆，2017年）中，展出了一批卢沉在20世纪90年代前后创作的抽象作品，这是以前很少公开的。卢沉从80年代开始现代主义水墨实验，到1987年去法国，再回来开设“水墨构成”的课程，一直都是从形式入手来重建现代中国画的本体的，按照美术史逻辑，这最终必然会走向形式主义的终点——抽象主义。这一时期是卢沉走向成熟，并开始出成果的阶段。这说明卢沉个人的艺术革新史与欧洲形式主义艺术史之间的相似逻辑。但差不多也是在这一时期，他开始创作一批有别于直接利用西方现代派艺术的中国画作品，而且与他的抽象主义作品相比较，他的《清明》以及类似的这批作品在现代美术史上更受中国批评家和艺术史家的关注。通过分析，与《来京上访的小民百姓》等早期实验作品相比，《清明》没有直接采用西方现代艺术的语言和构图，但能感觉到他之前努力融合的东西隐藏在背后，而且这些作品与传统中国画的关系又重新变得亲密起来。

米罗　女人与鸟
纸本水彩、油彩　38cm × 46cm　1940 年

卢沉　内蒙古题材构图　纸本设色
45cm × 48cm　1989 年

《清明》所描绘的不是一个纵向透视的空间，形象与形象之间没有叠加，而是并列平铺在一个平面上；与此同时，这些并列的形象具有大小之分，似乎在暗示其远近透视，但他并没有将“近处”的人物描绘得更仔细，“远处”的人物描绘得更简略。因此而出现了视觉上的矛盾和冲突，似乎既有透视又没有透视，这种矛盾正是塞尚力图在他的画面上所表达的。但是在具体的语言上，卢沉采用了一种类似于画像砖石拓印的形式来进行处理，而不是塞尚式关注于对象形体的基本结构。在这个意义上，他这个系列的中国画，更把他的水墨构成的目的推向新的阶段，从结果来看，也更受融现代化和民族化为一体的主流文化氛围的青睐。从创作的时代背景来看，这也符合苏东剧变进程中文化再民族化的要求。

与卢沉这个美术史案例相比，其他很多艺术家同样也有通过引进西方艺术来改造中国画，以使中国画走向现代的目的，而且他们对西方艺术的选择具有高度重叠性，这也许说明了一个中国美术史走向现代的自觉问题。在中国的近代历史中，“革命”和“建国”是一对辩证的矛盾体。世界革命，尤其是社会主义的世界革命，要求打破国家的边界，建立一个全球的无产阶级同盟，这意味着对历史传统的抛弃，并参与建设和拥有某种共同的全新世界文化；民族国家则要求重建国家的边界和行政系统，必然要求追溯国家的历史文化，以获得新国家的历史合法性，这又导致了不得不重新启动传统。因此，在全球性普遍主义的新文化和具有中国特殊性的传统文化之间就存在新旧、中西矛盾，但同时它们又都是现代中国所需要的。譬如，“破四旧”是前者的典型，而“文化复兴”则是后者的必然。

同样，包括中国画在内的中国艺术的现代化也碰到了这个问题。显然，完全从西方拷贝过来的艺术风格无法适应“建国”的需求，而绝对地传统又无法对应“革命”的需求。在求新、求普遍主义的要求下，中国画在 20 世纪 50 年代被更名为“彩墨画”，已去除了画种的国家和地域标签，从而走向世界主义。但在 1978 年，尤其是 1992 年之后的后革命氛围中，传统又被重寻回来，以适应新全球秩序中国家主体的象征。卢沉的现代中国画实验正是在这样一种矛盾冲突的语境下展开的，因此直到 20 世纪 90 年代，《清明》及类似风格作品系列的出现协调了二者的矛盾，为中国画的革新开拓了新的思路。

盛葳，美术史博士。国家万人计划青年拔尖人才，《美术》杂志编审、副主编，中国美术家协会策展委员会副秘书长，国际艺术评论家协会会员，中国文艺评论家协会会员，中国美术家协会会员，中国美术批评家年会学术委员。曾获王森然美术史奖、Yishu中国当代艺术批评奖、第二届中国美术奖理论评论奖。出版有《历史的错位——让－弗朗索瓦·米勒研究》等著作，发表论文和评论百篇。

中国画改造运动与新浙派人物画的兴起

裔 萼

摘　要： 新浙派人物画的兴起是20世纪50年代中国画改造运动的重要成果之一。深入生活、表现工农兵的时代要求，培养了新浙派人物画家处理现实题材的能力；正规而系统的素描训练，提高了他们的写实水平；深厚而悠久的水墨传统，强化了他们的笔墨感觉。这三方面的因素成就了新浙派人物画。尤其是最后一点，传统文人画在审美上的强大优势使其参与了中国人物画形式和技法的改造，直接推动了新浙派人物画的兴起。

关键词： 中国画改造；文艺“正规化”；新浙派人物画

20世纪50年代，中国画通过一系列的改造而发生了巨大的变化，其最突出的成果体现于写实水墨人物画的崛起，其中尤以新浙派人物画影响深远，与北方强调素描造型的人物画南北辉映，共同书写现代人物画新篇章，成为20世纪50—70年代中国人物画主流。今天，探讨中国画改造运动与新浙派人物画兴起之间的关系，将有助于进一步认识新中国成立初期中国画家面临新的时代课题所做出的可贵探索，亦对新时代中国画的创新发展具有重要的启迪意义。

中华人民共和国成立前夕，改造旧文艺，发展新的人民的文艺就被提上了新政权的议事日程，[①] 中国人物画亦面临着改造的命运。在经历了思想、形式以及题材等一系列强有力的改造之后，中国人物画发生了翻天覆地的变化，新浙派人物画就是这一改造运动的重要硕果之一。

1949年以后，传统中国画被认为是“为封建阶级服务的美术”[②] 而险些纳入“封建性反动文艺”的行列遭到清除。在一系列的争论之后，它被确认为是“旧文艺”而面临改造。

首先是思想的改造，主要是解决“绘画为谁服务”的问题，这是中国画改造的关键，也是新浙派人物画兴起的前提。新中国成立后，绘画不再是少数人独享的奢侈品，而是为工农兵服务、为社会主义建设服务的人民的文艺。为了改造思想，彻底认同新的文艺思想与观念，各地美术界都把思想工作放在首

① 1949年7月在北京举行了中国文学艺术工作者第一次代表大会，大会提出改造旧文艺，发展新的人民的文艺的问题。

② 李可染:《谈中国画的改造》,《人民美术》1950年创刊号。

要地位，各地美协、画院和美术院校等专业单位的专业作者，每人都要不时地检查自己的创作和思想情况。中央美术学院华东分院也是如此。1952年，潘天寿在《清算我的文人画思想》一文中也认为新旧绘画的不同点完全在于立场方面，即“旧艺术，是艺术至上，它的任务为资产阶级、封建统治阶级少数人做工具”；“新艺术，是政治至上，艺术应服从于政治之下。而无产阶级的政治制度，是站在全人民的幸福上面，绘画也站在为全人民的幸福而服务”。① 他在此文中将自己过去的艺术观念做了全盘否定，并于1950年创作了反映江南农村缴余粮的《人民踊跃争缴余粮》，画家一改以往的创作风格，以浅白的文字作为画题，表现水乡农民载着满船的余粮争先恐后地上缴国家的情景。画家正是以新的题材（新社会的农民）、新的表现手法（“墨线平涂的新中画”）的创作，证明自己接受思想改造所取得的成果。

经过深入持久的思想改造，曾经被认为是“不革命”的中国画回到了“革命”的阵营中来。“新浙派人物画”的第一代画家们正是在这样的历史氛围中进行创作的，他们初入画坛之时就接受了文艺为工农兵服务的文艺思想，在歌颂新中国新人新貌方面不存在创作思想和创作心理的转型。

如果说思想改造是为了解决“绘画为谁服务”的问题，那么形式的改造则是为了解决“怎样画”的问题。20世纪50年代中期的中国画坛在“绘画为谁服务”这个问题上已达成了共识，但在“怎样画”的问题上却还是莫衷一是，而“新浙派人物画”的成功就在于很好地解决了“怎样画”这一时代课题。

中国画的形式改造，早期主要受新年画运动的影响，后来则受到文艺“正规化”方针的影响。

50年代初期，中国人物画的形式与技法的改造主要得益于延安的革命美术。当时认为“一切资产阶级所熟习的形式——高雅与趣味的形式，都不能作为这种美术的表现……只有以无产阶级国际主义的‘民族形式’来表现，像某些木刻，连环画和老解放区的新年画，新窗花与洋片等是最好的例子”②。其中，年画作为中国民间艺术中最流行的艺术形式之一，曾在根据地和延安时期被作为群众思想教育的工具，在革命斗争中发挥了非常重要的宣传作用。新中国成立后，为了加强艺术的教化功能，新政权延续了延安时期的革命美术传统，大力开展新年画运动，年画的人物画成为50年代初期的主流样式，这个时期的中国人物画采用的多是先勾勒再填色的传统年画形式。换句话说，在中国画遭受冷遇之时，中国人物画以年画的形式得以存身于画坛之上。以新年画的形式面世的中国人物画采用的是墨线平涂的形式。

不过，到了1953年以后，新年画对中国人物画形式的改造所起的作用逐渐减弱。从1952年到1953年，中国共产党开始实施文艺“正规化”的步骤，目的是要与根据地和延安时期的文艺模式拉开距离。③ 走专家路线，培养艺术家是这个时期的文艺政策。

具体到中国画的教学上，要与根据地和延安时期的文艺模式拉开距离，就是要与盛行于那个时期的民间化的年画样式拉开距离，而追溯正宗的中国画传统成了当时的教学课题，具有悠久历史的水墨画传统自然渗透进新中国的中国画教学之中。就中国画的创作而言，新年画是普及政策的产物，文艺“正规

① 潘天寿:《清算我的文人画思想》,《美术座谈》1952年第6期。

② 温肇桐:《新中国的新美术》，上海商务印书馆1950年版，第15页。

③ 文艺“正规化”的具体做法包括：取消服务于军队和农村的文艺宣传机构——文艺工作团（简称“文工团”），成立正规的剧院，接管与合并已有的艺术院校，目的在于培养专门的艺术家。中国文联属下的各协会也于1953年纷纷更名，如“中华全国美术工作者协会”改为“中国美术家协会”，协会成员也由以前的“文艺工作者”改为“作家”“画家”等。

化”的实施就是要提高中国画的学术含量，而最具有学术性的无疑是文人画。潘天寿在1952年的一篇清算自己的文人画思想的文章中袒露了自己的“错误”观点：“绘画普及工作，固然重要；学术工作，也同样重要。文人画，是一种学术，应与普及工作并行不废。绘画普及工作，应由一般普及工作者去做；学术工作，应由一般学术工作者去做。倘使由旧文人画家去做普及工作，非但有些困难，而且浪费。”“墨线平涂的新中画，对于普及人民大众，是对的。对于旧文人画有深造的人，叫他画新中画，不但不易见成绩，而且不能过瘾。”①事实证明，画家当时用来检讨的“错误”观点并不错误，不久以后的写实水墨人物画的发展就证实了这一观点的正确性。许多融入新年画运动中的中国画家们在创作中处于两难境地，他们往往以牺牲自己的专业所长来创作并不擅长的单线平涂的新年画，这样的作品不仅画家自己觉得“不能过瘾”，也难以博得群众的青睐，大家认为“用国画表现现代主题还要很好研究，有很多国画和年画差不多，国画的人像有的不能表现出人物的特征，太平淡”②。就连当时被当作新国画的典范之作——姜燕的《考考妈妈》，也有观众认为“它像年画，不像国画；与其说它是国画，不如说它是年画”③。

文艺“正规化”的实施使得传统文人画参与了中国人物画形式与技法的改造。虽然在新中国成立伊始，传统文人画备遭批判，但是当时批判的焦点在于文人画的超脱思想，而形式技法倒在其次。

传统文人画在审美上的强大优势使其参与了中国人物画形式和技法的改造，直接推动了新浙派人物画的兴起。宋忠元回忆道：“我们这几个人都是到了敦煌以后才开始搞中国画的创作的。……我们临摹了敦煌壁画，回到学校以后，方增先就画了《粒粒皆辛苦》，周昌谷画了《两个羊羔》，这在当时产生了很大的影响。那为什么会从水墨画开始了呢？照理说临摹了敦煌壁画，应该是从工笔画上有所发展，但是这里以潘天寿为首的老先生们，他们是非常重视水墨画的，江南一带的文人画的氛围是非常强的。”

不仅仅是具有深厚的文人画传统的江南地区喜欢新的水墨人物画，北京也是如此。1954年，方增先他们从敦煌回来以后，在北京举办了一个敦煌临摹和创作展，他回忆当时的情况说：“北京的一些专家认为我们在创作中明暗的东西太多，离国画太远，并没有将在敦煌临摹和学习的东西揉到创作中去。这种融合对于我们来说，在当时是做不到的，大家画的都是那种有点明暗、有点色彩、有点水墨的类似水彩的创作。因为当时要求表现工农兵，而且要求画得很像，那么徐悲鸿、蒋兆和的那种画法就很管用，很出效果。但是北京的画界对这种画法已经开始有了一点反对意见，我自己也开始思考这个问题，觉得也有道理。回到杭州以后，浙江的老师就干脆提出来说，画那种明暗的技法还不如油画系来画，因为杭州的文人画气氛很浓，所以对将明暗素描的这套东西运用到中国水墨画中是比较反感的。”④

为工农兵传神的时代要求和深厚的文人画审美传统的互相妥协是新浙派人物画兴盛的主要原因。

题材的改造是为了解决“画什么”的问题。在“画什么”这一问题上，新浙派人物画家们与传统中

① 潘天寿：《清算我的文人画思想》，《美术座谈》1952年第6期。

② 开祥：《观众对第二届全国国画展览会展品的意见》，《美术》1956年第8期。

③ 王朝闻：《面向生活——全国国画展览会观后》，当时有人认为《考考妈妈》像年画，王朝闻则认为“像年画没有什么损害，年画同时可以是好的国画……好的年画或像年画的国画，仍然不能不算是国画，何况《考考妈妈》与现在流行的年画也还不能说没有一点区别”。原载1953年9月20日《人民日报》，转引自顾森、李树声编《百年中国美术经典》（第四卷），海天出版社1998年版。

④ 裔萼：《描摹人情　画人性——方增先访谈录》，载中国美术馆编辑委员会编《中国美术馆年鉴2002》。

国人物画家相比具有天然的优势，扎实的西画写实造型基础在表现现实题材方面颇有用武之地。

传统中国人物画多擅长表现传统人物题材，而在中华人民共和国成立初期，此类题材几乎没有生存空间，尤其是古装人物。“一切文艺作品，都应具有时代思想和时代精神，旧思想、旧题材与新时代格格不入，不再能适应新时代和新风尚了。”[①]对于新人物画而言，工农兵是唯一可以表现的对象，传统题材的人物画被认为是没有价值的。胡佩衡在参加了第二届全国国画展评选工作之后，认为一些有着十几年或几十年国画功夫的画家，在创作上存在着比较严重的问题，那就是“未能深入生活，有的人却还在画一些观音、菩萨、仙佛等等没有创作价值的作品，白白浪费了许多劳动”[②]。

擅长以高人逸士、古装仕女等为题材的传统人物画家必须摒弃这一类“陈腐”题材，他们被要求必须以火热的现实生活为对象，表现工农兵，歌颂新时代。传统派的中国人物画家通过临摹掌握中国画独特的绘画语汇与程式，亦即传统图式，他们再通过传统图式把握大千世界。而在20世纪50年代，中国画家们发现他们掌握的那套“绘画术语”在新的时代面前失效了，传统技法在处理新内容上显得力不从心。传统人物画家陆鸿年认为在反映新的生活的时候，远不如画古人、画神仙题材那样容易表现国画的风格，他是“顶着雷”在做大胆尝试。当传统的人物画程式遭遇到新时代的新人物时，不可避免地出现了一些尴尬的表现，如有的画家将蛾眉凤眼、樱桃小口的弱不禁风的“古典美人”，硬穿上现代服装，手拿一支新式步枪，当时的观众觉得此画“没有烟火气”“没有现代人的味”。要么在一幅古典的青山白云图里，画着几个穿着干部服装的人手拿铁锤在敲着石头，以表现当时比较流行的勘探题材。观众的评价是“在一幅古画上贴了几个今天的人”，也就是当时普遍存在的“现代人物加山水”的“夹生饭”现象。“许多以现实生活为题材的作品，或多或少还存在着内容迁就形式的缺点。战士出现在画面上成了白面书生，女战士不过是化了装的闺秀，古诗人或热爱志愿军的妇女，都带着一股不成功的演员那种舞台腔”。[③]

与传统人物画家不同的是，接受了西方写实造型训练的新浙派人物画家们没有“旧瓶装新酒”的技法尴尬，他们在表现现实人物方面比较得心应手。

在中国画改造运动中，经历思想、形式和题材等一系列的改造，新浙派人物画应运而生，具体而言，深入生活、表现工农兵的时代要求，培养了新浙派人物画家处理现实题材的能力；正规而系统的素描训练，提高了他们的写实水平；深厚而悠久的水墨传统，强化了他们的笔墨感觉。这三方面的因素成就了新浙派人物画。今天，随着时代的发展，新浙派人物画在一个开放的系统内薪火承续，尽管在创作面貌上已经有了新的变化，但是新浙派人物画最为可贵的创作精神依然闪烁于新一代画家的作品之中，那就是“笔墨当随时代”的艺术创新性和艺术为人民的文化责任感，这也正是新时代中国人物画家所最应秉持的。

裔萼，1971年生于江苏滨海。1998年毕业于中国艺术研究院研究生部中国美术史专业，获硕士学位。现

① 潘天寿：《国画创新》，载《水墨研究10》，民族出版社2004年版。

② 胡佩衡：《第二届全国国画展评选工作中的感想》，《美术》1956年第7期。

③ 王朝闻：《面向生活——全国国画展览会观后》，《人民日报》1953年9月20日。

为中国美术馆展览部主任，研究馆员，中国美术家协会综合材料绘画与美术作品保存修复艺术委员会委员。首届中国美术奖·理论评论奖获得者，2016年度文化部优秀专家，2017年中宣部文化名家暨“四个一批”人才，第十二届、第十三届全国美展评委。擅长中国近现代美术史研究以及展览策划与管理。代表性著作有《20世纪中国人物画史》《李苦禅》等10部，代表性论文有《徐悲鸿写实教育体系再认识》等。策划了“现实的光芒——中国画现代人物画研究展”等10余个美术展览。

风云催放长安花

——长安画派与黄土画派

赵　农

摘　要：陕西在中国历史上曾经有过千余年的国都。十三朝的故都在陕西积淀着无数的文物精华，而中华民族曾经在上升和凝聚过程中，陕西文化的生发聚集就是一种见证。陕西的地理位置，正是中国文化的底蕴深层的重心，真正的中国现代文化艺术秩序的建立，应在这里证验。在中国现代美术史中，石鲁、赵望云开创的长安画派永远占据重要的一页。黄土画派的出现，是刘文西早年接受了“新浙派”的教育思想，结合陕西历史文化的背景，汲取了永乐宫、唐墓壁画的手法，形成了自己独特的艺术风格。黄土画派植根黄土画人民、表现时代出精品的艺术精神。

关键词：陕西文化；长安画派；黄土画派；写意；写实

中国画的艺术观念经过五四新文化运动的洗礼，发生了一次重要的蜕变。中国画家开始意识到国画变革的迫切。

20 世纪 50 年代的中国画坛，面对热火朝天的社会主义建设事业，日新月异的面貌令人目不暇接，同时国际环境的严峻局面，中华民族自强不息的精神意志在各方面体现出来。艺术如何在新形势下发展，中国画如何用旧形式承载新内容成为所有中国画家共同关注的问题。

围绕着改造中国画的问题，赵望云、石鲁冷静地思考，勤奋地实践，不久向社会推出《雪天驮运图》《古长城外》这样的佳作。从这些作品中可以看出画家的才华和生活的激情。开拓中国画的表现力，弘扬中华民族文化，提出“一手伸向传统，一手伸向生活”的口号，生活为我出新意，我为生活传精神。

长安画家在中国画中的大胆顽强的探索，引起了中国美术界的欣喜和赞赏，认为中国画坛又出现了一个新的画派。“长安画派给中国美术界指出了一条道路，表明了艺术不但要有民族性，而且要有地方性。”（叶浅予语）现在看来，这只是长安画派的先声。如果没有石鲁、赵望云及其他画家以后的经历和实践，也不会再产生今天的强烈影响。长安画派通过传统笔墨的形式，表现生活，推向了中国艺术崇高博雅的美学境界。

随后崛起的黄土画派有着现代学院教育的铺垫，以造型严谨、形象生动为表现手法，以黄土地的人生为刻画对象，延续着陕西深厚的历史文化传统，更明确地反映了时代的精神特征，因而引起了当代中国画坛的极大关注。

一、陕西人文与地理环境

陕西在中国历史上曾经有过千余年的国都。十三朝的故都在陕西积淀着无数的文物精华，而中华民族曾经在上升和凝聚过程中，陕西文化的生发聚集就是一种见证。从美术史的角度看，古有仰韶文化彩陶、西周青铜器、秦兵马俑、北朝壁画、汉唐石刻、唐三彩、唐金银器、碑林书法、明清石雕，以及阎立本、吴道子、王维、张萱、周昉、韩滉、关仝、范宽等巨匠；近有延安木刻运动、西安民国画家宋伯鲁（1854—1932）、刘晖（1851—1926）、张寒杉（1879—1969）、冯友石（1889—1965）等画家。随后长安画派的赵望云、石鲁、何海霞、方济众等先贤，黄土画派的刘文西、杨晓阳等当代著名画家，这些应是陕西美术中的精神资源。

陕西民间美术的繁茂，以民间方式体现出儒、道、释的古典文化思想，相融相济于一体，构成了健康活泼的艺术形态，剪纸、刺绣、皮影、面塑、木版画、陶瓷、石雕、砖刻、竹编、草编、布玩具等，由于陕北、关中、陕南的不同地理位置，构成了鲜明的区域特色，又因生活的风俗而折射的奇异的审美情趣，也成为中华民族生生不已的精神所在。

陕西的地理位置，正是中国历史文化的底蕴深层的重心，潼关天险、秦巴山地和黄土高原的地势，八百里秦川，深厚的文化积淀带来的必然是一种根深叶茂的结果。陕西艺术历史形成了包容性的文化意义，能够接纳不同背景的文化形态，并使之融会、消化、贯通，这实际上是中华民族跌宕起伏、连绵不绝的文化底蕴，深入到黄土地中的根系，所造就的人文主义立场。生活在其中的画家，感染陕西画家的苦涩、苍凉、浓烈、沉重、默然的精神意志得以在画面上张扬，其作品在构图、形象、笔墨、细节、色调、意境等方面都有着独特的风格。

研究美术家的成就和经历，不应忽略美术家最初的视觉冲动。历史的意义对于每一位当代的陕西画家都有直接的影响，而现实的情境也不断磨砺着陕西画家的精神意志。

随后的黄土画派的画家们在中国现代文化大潮的冲击下实行着战略的转移，虽然大部分人不如东部画家们那样迅速果断，而一旦清醒过来，迅急直追，亦会融于艺术洪流而无愧于先行的人们。

二、长安画派的影响

在中国当代美术史中，石鲁（1919—1982）、赵望云（1906—1977）开创的长安画派永远占据重要的一页。石鲁是20世纪美术史最独特、最具震撼力的天才之一，他像一束强光持久地照射到历史的时空中。他的书画艺术独步古今，傲视群雄，推动了中国画的真正进步。赵望云正是现代中国画坛上最首先直面人生的画家，他从写生入手，通过写实的道路走到写意的峰巅，经历和觉悟了中国画的更生过程，顺应了时代的进步，并将毕生的艺术经验，通过传统笔墨的形式推向崇高博雅、大方无隅的美学境界。

石鲁青年时期投奔延安，便开始在陕北寻找着浪漫的英雄主义题材。石鲁的革命家气质，最终在深入理解笔墨意味基础上的深度表达，以至于后期的画面中出现了一种金石浮雕般人格硬度。

赵望云比石鲁长 13 岁，在艺术中，石鲁以自己的觉悟推动着长安美术的进步，而赵望云以自己的丰富实践经历成为长安画派的基础。石鲁、赵望云本不是长安人，前者是长在川蜀山地，充满浓郁的南国士人空灵俊秀的才气，先投奔革命，后选择千年帝都；后者是生于华北平原，具有强烈的北方农民浑厚质朴的性格，曾转辗多方，再安家长安古城。从文化意义上看，他们具备了各自独特的经历、气质、才气，相互合作，取长补短，犹如两个闪光的星球相遇，以自己的光芒，折射出对方的明亮。

20 世纪 50 年代，西安美协的画家们进行不懈的艺术探索，形成了一种具有时代影响的画派。首先是画家们的个人文化经验的调整，并表现为个人积极的创作高度。“生活为我出新意，我为生活传精神。”（石鲁语）现代中国水墨画的进步是建立在许多技艺高超的国画家的潜心研究与个人苦心孤诣的笔墨实践的基础上，从而获得了优异的成绩，使传统的中国画立足本土，走向世界，让世人能够对复古鼎新的中国画产生深深的敬意。西安的画家较早地认识到这一点。

自 20 世纪 50 年代后期开始，石鲁、赵望云等西安画家们在“一手伸向传统，一手伸向生活”的口号中，深入秦岭山区，漫步黄土高原，驰骋祁连雪峰，徜徉河西戈壁。1961 年秋天在北京举办的西安美协国画习作展览中，将大西北的风貌通过中国传统水墨完整地呈现在观众面前，被誉为“长安画派”。

回头望去，珍藏于中国美术馆的长安画派、黄土画派的杰作，有赵望云的《雪山驮运图》(1954)，表达了维吾尔族百姓翻身解放的喜悦心情。赵望云从 40 年代数次的攀山涉水，喜入祁连山，常常危石独坐，临流听泉，于是《祁连山写生》(1962）云烟四溢，峰峦荡起。也时时有“山川使予代山川而言也，山川脱胎于予也，予脱胎于山川也，搜尽奇峰打草稿也。山川与予神遇而迹化也”（石涛语）的体味。多少年的人事的消磨，生活的委屈，一旦化作笔中山水，便见出画家的岁月沧桑。

石鲁的《南泥湾途中》(1961）正是在深入理解笔墨意味基础上的表现，以至于最终某些画面出现了一种金石的质感。这是金戈铁马的硝烟散尽，富贵豪华的尘埃落定，由对人事物理演绎进行的刻骨铭心的反省，以及对当代艺术风云变化的静观认识，影响着笔墨气质的变化更生。

赵望云在反右运动中受到了不公正待遇，在“文革”中再度遭遇折磨。石鲁也未能幸免，惨遭迫害，几欲丧生。“文革”结束时，石鲁、赵望云已是伤痕累累，心痛体疴，千古憾事。

1950 年，何海霞（1908—1998）来到西安已经是艺境渐臻、修为衍化的艺术大家。早年何海霞在北京画界的影响，在四川追随张大千的艺术生活经历，以及传统绘画的功力，都使石鲁、赵望云等人有着“英雄相惜”的认同。

石鲁对何海霞的精神影响是不容置疑的，而何海霞在感情上也倾向石鲁的艺术主张。对于何海霞的艺术生涯来说，投身西北中国这块大地上艺道长驰，亦是幸运而无悔的选择。

方济众（1923—1987）是长安画派的代表人物，虽然方济众晚年对“长安画派”的提法，有着自己不同的看法。但是历史把方济众的一生与现代西安文化连接在一起，并赋予了他任重道远的特殊使命。

“文革”结束后，石鲁先生让方济众主持美协工作，方济众“受命于危难之际”，为恢复陕西省美术家协会工作，上下奔走，组建队伍，争取资金，不辞辛劳，修建了陕西省美术家画廊；举办中国画高级研修班，培养了大量的中青年画家。作为老画家的方济众，在改革开放后，为当代陕西美术事业的振兴兢兢业业，鞠躬尽瘁，扩大了长安画派的影响。

长安画派的成功得力于不断地探索，具有鲜明的地域风格、时代精神、民族气派。当代中国画一度沦为彩墨画，以西方素描造型为圭臬时，笔墨、笔法、笔意等都被抛之脑后。许多人敢怒不敢言，长安画派的画家们，竖起中国画的大旗，以书法为发端，面对现实，深入生活，转化笔墨，实现着传统与现实的对接，这里有赵望云、石鲁的贡献，也有何海霞、方济众、康师尧等人的贡献。今天看来，狭义的长安画派是以石鲁、赵望云领导的西安美协的国画创作班底；广义的长安画派是当时的西安画家的风貌，包括一批版画家、油画家，甚至书法家。

三、黄土画派的形成

中国当代美术教育的普及，形成了的刻苦细致的素描训练，也是中国文化在清末民初、五四运动期间的议论导向的结果，即康有为的首倡、陈独秀的附和。尤其是中国人物画在明清数百年的沉寂，杰出的人物画家寥若晨星的尴尬，亦证明中国画需要一种新式的方法导入其中。素描作为写实主义的基础，经过西方古典画家无数次的证明而形成一套秩序有效的方法论，对于革故鼎新的中国画家来说，不失为“他山之石，可以攻玉”的利器。

20世纪50年代以来的中国画家从写生追求写实主义的圭臬，以至中国画基础得以更换，以契氏素描体系为基础的中国画教育，但是现代中国画的走向经历了近百年的争论、改造、融合，终于从素描写生造像的意义确立到综合写意的表现形态。为此，中国画家付出了艰辛的努力和漫长的时间。事实证明，中国现代人物画自徐悲鸿、蒋兆和形成体系是清晰的，影响也是广泛的。如陕西画家刘文西、王子武等人的成果是有目共睹的，也为中国画的新生奠定了一种坚实的基础。

刘文西（1933—2019）早年接受了“新浙派”的教育思想，1958年从浙江美术学院毕业，分配到西安美术学院后，结合陕西历史文化的背景，汲取了永乐宫、唐墓壁画的手法，形成了自己独特的艺术风格。尤其是肖像画，以形写神，传移模写，准确地传达出陕北人的精神风貌。特别是在细致塑造人民领袖毛泽东形象中，表现耐人寻味的领袖表情，并刻画个性化的人物特征，转化着历史的真实和艺术再现历史的典型意义，展现了革命的浪漫主义和现实主义精神。在民族文化的大融合之中形成自己的独特风格，以自我价值的最终体现而完成，严肃个人在历史进程中的使命感，深入艺术表现的程度，以区别全国同类画家的艺术感觉，亦形成了“黄土画派”的基本特征。

黄土画派的形成得力于许多从西安美术学院历届毕业生的加盟，如崔振宽、郭全忠、王有政等人的笔墨成就，其他还有突出的如陈光健、赵振川、杨晓阳等画家，遵循着向生活学习、向人民学习、向世界艺术学习、向时代学习的艺术原则，从而要熟悉人、严造型、讲笔墨、求创新，植根黄土画人民、表现时代出精品的艺术精神。

刘文西从《祖孙四代》(1962)到《山姑娘》(1984)经历了20余年的探索，逐渐形成了个人的特殊风格。从对生活的描写到绘画的表达力度。洋溢着画家的感情，尤其是后者，也是80年代改革开放之后的内心喜悦的反映。

长安画派与黄土画派既有区别，也有衔接，许多受长安画派老先生影响的后一辈画家纷纷加入黄土画派，一方面是学院派的精神感召，另一方面也是时代的文化选择，在物竞天择、适者生存的时代洪流中，逐渐形成了每个人鲜明的艺术特色。

从长安画派到黄土画派，中国画家在西方绘画对现代中国艺术的冲击中，实现了古典艺术到现代文化的转型，也在文化抗争中形成了自己的立场，推进中国画艺术在世界文化中的认同与高度，形成放眼世界的豪迈气概与格局。

2019年5月于清凉山万卷楼

赵农，西安美术学院教授、博士生导师，陕西省教学名师。中国美术家协会理论委员会委员。

地域美术研究的全球视野

——以岭南地域美术研究为例

陈伟安

摘　要： 丰富的中外艺术交流和特殊语境中地域性美术的交流，以及作为中国近代美术的策划地之一，使得20世纪广东美术的发展史具备丰富的历史资源和文化内涵。在全球化的语境中，本土文化、地域生存、中国艺术经验都成了重要的文化和艺术问题，因此以20世纪广东美术的发展史作为地域性美术研究的对象，其意义在于全球化与地域化之间的对抗和砥砺过程中，美术现象、美术思想、美术研究所呈现出的多元性、独特性和开放性。

关键词： 岭南地域美术；现状；全球视野

地域美术研究自古有之，肇始于宋代黄休复的《益州名画录》，为最早的一部记述唐、五代至宋初以西蜀寺院壁画创作为主要内容的地区性画史。而近代汪兆镛编著的《岭南画征略》，记录广东地区自唐以来能画之人，则是岭南地域美术研究的重要文献。对20世纪地方美术的回顾与反思，梳理其历史线索，揭示其历史机遇和挑战，凸显其历史文化责任，总结得失，剖析问题与不足，对促进中国美术史的研究与发展具有不容忽视的价值与作用。

一、岭南地域美术的特点

近代以来，广东作为中国之一省，凭借独特的地理位置和深厚的岭南文化，几代先贤把握时代脉搏，主动寻求变革，引领了中国政治、经济、文化诸方面开放和创新的风潮，艺术家因利乘便，内学传统、外学西洋，励精图治、勇于创新，开创一代风气。历史表明，20世纪上半叶的广东美术是特定历史时期社会变革在美术领域中的真实反映，一方面，广东地区毗邻港澳，处于海外交通的要道，是中外异质文化冲撞、交融的枢纽所在，其美术作品带有深刻的中外文化交流、融合的印记，是中国近代美术发展史上不可缺少的组成部分；另一方面，近代美术的发生与发展在中国美术史上是一次伟大的变革，是艺术体系的近代演进与转型。艺术体系的近代演进包括美术的社会性质和社会基础、美术观念和审美规范、创作主体和接受对象、作品的社会内容和文化内涵、艺术思维和表达方式、艺术语言和艺术的存在与传播方式，以及中国美术与世界美术的关系等在内的艺术结构系统。由于时势所造，近代美术的发生与发展使得广东成为与北京、上海并重的美术界传统及革新博弈的三大重镇之一。同时，广东近代美术在中外文化交流中所具有的丰富内涵和独特地位为我们提供了研究中外文化艺术交流与比较的视点。首先，对广东近代美术的研究必须是全球化的视野，是跨民族、跨语言、跨地域、跨国界的。也就是说，这种研究绝不能仅限于对地域性绘画流派、少数美术家个案史料梳理的单向度研究，而应以一种开放而广阔的跨文化视野，一种全球化视野，揭示近代以来中外文化、地域、民族美术的异同及其彼此间的交流，这种研究视野与研究语境是双向度、多元的研究。其次，对广东地域美术以全球化的视野做出系统、全面的考证，剖析其特有的文化内涵、艺术价值及其表现方式，总结广东美术独特的发展历程、历史意义，从而为传承、弘扬、保护传统文化提供参考，同时在当前多元文化语境下对推动中国当代艺术的健康发展具有重要的意义。再次，作为全国版图中的一个地域，广东近现代美术史的普遍性和独特性是中国美术史写作中的一个重要的参考坐标。如何构建地域性美术研究的范式与谱系，探究在全球化大文化的背景下更好地发掘地域性美术文化的优势，建构新的文化形态，不仅有利于历史脉络的梳理和地域美术风貌的探讨，在揭开地域美术时代差异的同时，也为地域美术之间的“比较”提供资料，有利于探索美术的地域特征以及南北地域的比较、中央与地方的比较，乃至东方与西方的比较。

二、方兴未艾的岭南地域美术研究

地域美术的研究既是微观研究，也是宏观研究。一方面，如何从地域文化的人文气象和自然景观着眼，由个体到群体宏观地把握其创作心态、个性特征、审美品格、艺术旨趣、乡土气息、地域色彩，正是地域研究大有可为之处；另一方面，地域美术的研究既是地方的，又是全国的。事实上，作为全国美术馆发展最为发达的地区之一，近 20 年来，广东的各级各类美术机构乃至党政部门越来越重视岭南地域的美术研究工作，在学术特色、体系规模等方面都渐入佳境，方兴未艾。

（一）党政部门引领组织

2010 年 8 月，广东省政协牵头主办了“广东历代绘画展”，荟萃广东省、香港、澳门、台湾四地公私机构藏家 500 余件精品，并出版了《广东历代绘画展览图录》（上、下卷），以及《广东绘画研究文集》《明清广东画史研究》《广东画坛闻见录》《岭南画派研究文集》《广东“国画研究会”研究》《青年艺术社与广州现代美术》，力图以新的视觉、新的观点对广东绘画做出全面、客观的历史研究和展示，廓清历史面貌，为促进广东绘画研究搭建平台。

2015 年 2 月，由广州市委宣传部倡导组织的《历代羊城八景》系列长卷在广州艺术博物院展出，并启动了在国内外进行巡展的活动。宋代肇始，首开“羊城八景”评选的先河，历经宋代、元代、明代、清初、清末及 1963 年、1986 年、2002 年、2011 年九次评选，“羊城八景”评选成为一项延绵 800 多年的文化活动，有关“羊城八景”的最早传世画作为明末清初的高俨所绘。近百名老中青岭南书画名家历经两年多时间，以书画长卷的形式共同参与这项主题性创作，绘就九卷历代“羊城八景”，通过近千年来广州自然与人文发展变迁，体现出广州丰富绚烂的历史底蕴和文化脉络，在岭南画坛是第一次，在全国范围内应该也是绝无仅有的。

2017 年 7 月，由广东省委宣传部直接策划并由广东省文化厅、广东省文联、中国美术馆主办的“其命惟新——广东美术百年大展（1916—2016）”在中国美术馆隆重开幕，展览在全国范围内遴选广东美术百年来的 554 件作品，分为“勇立潮头——洋画运动在广东”“艺术革命——岭南画派与国画研究会”“匕首投枪——新兴木刻运动及漫画”“激情岁月——为人民服务　为时代讴歌”“弄潮擎旗——改革开放中的广东美术”“百花争妍——创新创造　再筑高峰”六大板块，展示百年以来，广东以其独特的地理优势，一直站在对外交流的第一线，不仅在民主革命、改革开放经济体制上“惟新”，在美术发展历程中也承担着“其命惟新”的历史使命，无论是“折衷中西，融汇古今”的岭南画派，还是鲁迅所倡导的“凡革命艺术，都应该大刀阔斧”的“新兴木刻运动”；无论是新中国 30 年的广东美术，还是改革开放 40 年的百花争妍，广东美术吸纳百家优长，兼集八方精义，在百年历史进程中莫不体现一个“新”字，“得风气之先、领时代之新、走变革之路”是广东美术百年的关键词。配套出版了广东美术百年书系：《其命惟新——广东美术百年大展作品集》《广东美术百年 21 大家》《广东美术百年大事记》《广东美术百年研究文选》《广东美术百年理论文集》《广东美术百年大展作品选》，系统展现广东美术百年的创作成果和对近现代中国美术事业所做出的贡献。评选出广东美术百年史上的 21 位大家：李铁夫、何香凝、高剑父、陈树人、高奇峰、林风眠、关良、方人定、司徒乔、赵少昂、李桦、王肇民、胡一川、黎雄才、关山月、廖冰兄、赖少其、黄新波、罗工柳、古元、杨之光。该展览还在广东美术馆、深圳关山月美术馆进行巡展。该项活动是一次前所未有的藏品大动员，以一省之名，撬动全国的美术作品的展示与研究，又从广东一省的百年美术发展折射出中国的美术发展与变革，称得上是广东美术乃至全国美术界声势浩大的空前的美术事件。

（二）学术机构梳理研究

2007 年 11 月，由广州美术学院、广东省美术家协会、岭南画派纪念馆等单位联合举办的“岭南画派与 20 世纪中国美术”学术研讨会，通过国内知名学者的共同探讨，梳理岭南画派的发展脉络，进而探讨岭南画派与 20 世纪中国发展的关系，以及对历史、现在、未来的影响。与会专家普遍认为，虽然岭南画派发源于广东，但她从来不是一种孤立的历史现象或一个局部地区的历史片段，她上接明清美术的发展，并与国内京沪等地和国外各种思想文化有着千丝万缕的联系。换言之，岭南画派既具有广东区域文化的特殊内涵，也具有 20 世纪中国美术的一般特征。广州美术学院、岭南画派纪念馆于 2011 年 12 月举办了“‘岭南画派在上海’国际学术研讨会”，将岭南画派置放于近现代中国美术发展的广阔场域中，力求超越传统的地域与画派的研究方式。对近现代中国画坛最有活力的岭南画派与海上画派之间的交流互动、渗透影响、历史渊源进行梳理后，又于 2013 年 12 月举办了“‘国画复活运动与广东中国画’国际学术研讨会”，站在新的高度，从独特的角度回眸近百年前岭南画派的“对立面”——广东国画研究会的艺术成就，并在此基础上联合广东省博物馆、广州艺术博物院、广东美术馆等机构，于 2017 年 3 月举办了“曙色——二十世纪前期广东中国画变革之路”展览，将各家文博学术机构珍藏的作品及报刊、照片、手稿等大量文献史料进行详细梳理，充分展现了晚清至20世纪上半叶广东地区的艺术面貌，立体呈现了20世纪前期广东中国画变革之路。广州美术学院在对李铁夫、胡一川、黄新波等老一辈艺术家、教育家进行系统深入研究的同时，还于2018年启动了“广州美术学院‘987口述史工程’”，以90、80、70三个年龄段的老教授、老专家及当事人作为访录对象，抢救性收集学院老一辈艺术工作者的口述史料。

2011年7月，由广东省美术家协会以“国家近现代美术研究中心研究课题”立项的《广东省美协1956—2006文献集》出版，以1956—2006年的广东美术现象与新中国美术史的动态关系作为专题研究对象，梳理广东在新中国美术史中的发展脉络，集广东省美协50年的史料图像文献之大成，为深入展开研究广东省美协的历史提供了宝贵的史学资料。2015年9月，广东美术馆举办了“世纪对话——岭南画派与广东国画研究会学术论争”研究展，围绕岭南画派和广东国画研究会两大美术团体的代表性艺术家及其作品，以及相关史料的挖掘和系统整理，尽可能将其重置于20世纪上半叶中国特定的文化语境中，勾勒和梳理出两大团体的发展轨迹，考察分析中国画由传统形态向现代形态的传承、转换过程中所面临的境况。2016年9月，广东美术馆举办了“艺圃开荒——从赤社到广州市立美术学校”展览，通过整合中国第一家地方性公立美术教育机构——广州市立美术学校现存散碎的作品和文献，初步勾勒出这所新式美术学校所采取的教育措施、教学体系以及艺术实践的面貌，探析中国早期美术教育在形成与发展过程中出现的问题和实践经验，并分析思想根源及社会原因，不仅使观众了解了20世纪上半叶现代美术在广东画坛传播、变异和发展的脉络，也从历史的角度充实了我国近现代美术教育的研究史料。深圳关山月美术馆则持续以关山月艺术为中心开展对关山月、岭南画派乃至所涉及的同时代中国绘画艺术的学术研究。而成立于2008年的广东人文艺术研究会本着弘扬优秀传统文化、鉴古开今的愿望与宗旨，在2011年启动了庞大的《岭南画库》编纂的系统工程，以岭南绘画发展的历史脉络为线索，挑选出不同时期具有代表性的画家和作品，约请海内外相关专家学者进行深入研究，以图文并举的方式陆续加以出版，以期全面展示岭南绘画的发展与成就。此外，一批具有重要影响力的艺术家的作品研究专著相继问世，其中《关山月全集》《百年雄才》《赖少其全集》等已公开出版，《廖冰兄全集》等也基本完成编辑工作。

（三）广州艺术博物院专注耕耘

近年来，广州艺术博物院以岭南地域美术研究作为主要的学术抓手之一，在地域美术研究方面更是做了非常有益的工作。广州艺术博物院在开展地域美术研究工作时，一方面是研究对象以岭南地区为主，既包括群体性的，如岭南画派、广东国画研究会、赤社美术研究会、现代版画研究会以及有广东海派之誉的岭东绘画等，也包括个体性的，个体性的研究范畴则包括岭南地区土生土长、外籍来到岭南生根开花、从岭南地区走向全国乃至全世界的美术家，在对声名显赫的美术家研究的同时，更注重因为历史与客观等原因逐渐被人淡忘、被历史湮没的美术家；另一方面是联合粤港澳地区以及国内外的相关机构开展地域美术研究。

2007年3月，广州艺术博物院与香港中文大学文物馆联合在广东、香港两地举办“高剑父画稿展”，探寻岭南画派开山鼻祖高剑父鲜为人知的创作历程。2008年6月，广州艺术博物院联合香港艺术馆、广东省博物馆、香港中文大学文物馆、东莞市博物馆、东莞市可园博物馆开展对岭南画派有重大影响的居巢居廉绘画艺术的研究，从粤港两地公藏的3000多件作品中遴选249件精品，分别在广东和香港两地举办了“故园拾香——居巢居廉绘画”展览，出版了大型画册和研究文集。2009年11月，广州艺术博物院联合香港中文大学文物馆、香港艺术馆对已被人们淡忘的中国现代杰出的艺术家、教育家丁衍庸展开研究，不仅出版了国内第一本全面反映丁衍庸艺术成就的大型画册，还出版了填补丁衍庸艺术研究空白的《丁衍庸艺术回顾文集》。从2013年7月开始研究同样渐被历史湮没的符罗飞，并举办“心灵的艺术家——符罗飞作品展”，全面展示这位在中国现代艺术史上卓有成就，却渐被世人淡忘的艺术家、教育家的艺术成就与人生历程。2013年12月举办了“研古启今——广东国画研究会成员作品展”，通过广东国画研究会这一20世纪二三十年代活跃于广东画坛的美术社团及其与折衷派（岭南画派）的新旧笔墨论战，揭示以中国画传统派“传统出新”观念与革新派“融合中西”绘画观念为矛盾的文化碰撞，在岭南画坛以及中国画坛引发的声势与久远的影响。

广州艺术博物院作为收藏岭南画派画家数量和作品质量最为丰富的艺术机构，除了建成岭南画派展示与研究的平台外，还将“岭南画派百年经典”打造成为品牌展览在海内外进行巡展，继2007年3月在台北孙中山纪念馆举办“岭南画派三杰——高剑父、高奇峰、陈树人书画大展”之后，2013年6月与台北故宫博物院联合举办“溯源与拓展——岭南画派特展”，广州艺术博物院成为广东省第一个赴台北故宫博物院举办展览的文博机构，扩大了岭南画派在海内外文化艺术界的影响。2019年是高剑父诞辰140周年，自1908年高剑父在广州举办第一次个人画展的111年来，海内外举办的高剑父展览数不胜数，为纪念这位开风气之先的一代宗师，广州艺术博物院邀请故宫博物院、中国美术馆、上海博物馆、天津博物馆、广西壮族自治区博物馆、广东省博物馆、东莞博物馆、岭南画派纪念馆8家文博机构，于2019年8月举办了“春睡梦先觉——纪念高剑父诞辰一百四十周年展”，荟萃100多件精品，是迄今为止高剑父规模最大、作品最精的展览，其中包含一批首次向公众展示的作品。同期还举办了“樱枫幽玄——广州艺术博物院藏近现代日本绘画展”，这是一个具有特殊角度的辅助展览，“折衷中西，融汇古今”是岭南画派的要义所在，对高剑父的艺术生成而言，“中”与“古”自然是中国传统绘画，而“西”与“今”主要是接受近现代日本画的浸染，通过这批院藏的近现代日本绘画，可以为观众更好地理解高剑父乃至岭南画派的艺术提供一个直观的参照体系。

广州艺术博物院依托自身藏品丰富的特色，通过设立高剑父、陈树人、赖少其、廖冰兄、赵少昂、黎雄才、关山月、杨善深、杨之光等个人艺术专馆举办固定陈列的同时，对岭南画派、广东国画研究会等流派及团体的画家进行整体与个体的“常态”研究展示，不遗余力地对院藏作品具有规模系列和数量较多的艺术家如司徒乔、吴子复、尹积昌、刘济荣等岭南地区杰出画家进行挖掘性研究，初步形成了规模与系列，受到社会各界的好评。其中2016年12月—2017年8月举办的“容庚捐赠书画特展”具有特别的意义，容庚是我国著名的古文字学家、文物鉴藏家，1956—1979年，容庚先后4次向广州市人民政府捐赠了1083件（套）的书画藏品，是广州美术馆、广州艺术博物院历史上最大宗、最珍贵的捐赠。正是这批捐赠奠定了广州美术馆、广州艺术博物院在全国艺术类博物馆中的地位，为纪念和表彰这位爱国学者的高尚品德和无私义举，同时也为了活化典藏向广大市民展示优秀的中华书画艺术，作为接受容庚先生书画藏品最多的机构，广州艺术博物院联合广东省立中山图书馆、广州博物馆共同举办了这次展览，从1083件（套）捐赠藏品中精选出500多件精品，并结合相关的文物和手稿，分“绘画”和“书法”两个专题进行展示，每个专题又分为“历代名家”“岭南书画”“时贤好友”三个单元，力图全面地呈现一位鉴藏家艰辛搜寻、保护、研究文物的历程与成就，并出版了《容庚捐赠书画特集》(绘画卷、书法卷)。

具有“四大名绣”之誉的“广绣”是始于唐代的岭南传统民族技艺，入选《第一批国家级非物质文化遗产名录》。多年前，为弘扬岭南文化，广州艺术博物院遴选一批院藏明清以来适合刺绣的岭南名家绘画作品为母本，由广州绣品工艺厂的广绣名家以刺绣的方式进行再创作，以广绣展现岭南名家绘画作品的样式与神韵，初步形成了极具岭南艺术特色的高端系列文创产品。广州艺术博物院计划2020年举办“针尖下的岭南画风”，呈现熔绘画、刺绣、非遗、文创于一炉的绘画母本真迹与广绣工艺作品的对比展览，进一步擦亮岭南绘画和广绣两个文化品牌。

三、岭南地域美术研究的国际视野问题

目前，有关20世纪广东美术史的研究中存在着急需扩大研究视角的现状和问题。

（一）缺乏总体研究的视野

长期以来，对于广东近代美术的研究多聚焦于岭南画派或广东国画研究会的史料研究，缺乏对现有研究成果进行全面、系统的爬梳、整理、调研，甚少构建广东美术在中外美术交流与中国美术研究的网络构架，进行系统、深入的分析。

（二）缺乏在20世纪广东美术史研究框架下具有学理性深入的个体研究

从现有的研究成果来看，20世纪广东美术史的研究仍处于史料收集、整理的层面。近年来，尽管包括岭南画派纪念馆、广东美术馆、广州艺术博物院、深圳关山月美术馆等在内的广东众多美术馆、博物馆都在致力于寻找和挖掘被美术史屏蔽的“失踪者”，但还有大量典型个案需要展开深入的学理性研究工作。

（三）缺乏中外艺术交流和比较的研究角度

科学地讲，要全面地审阅近代广东美术的发展史，必须对近代广东美术史上的重要社团、流派、画家作品以及各种美术现象从不同层面、不同角度进行深入的研究，否则有些结论就很难站得住脚。比如过去对于岭南画派、广东国画研究会的评价就存在片面与偏颇的现象。客观而言，从中外艺术交流和比较的层面切入，一方面，20世纪以来，广东美术家多有留洋学成归国的经历，从李铁夫到高剑父，再到林风眠等，涌现出大批留洋画家，他们的足迹遍布欧洲、美洲以及东南亚等地，一则他们的艺术思想深受国外艺术思潮的冲击与影响；二则同时他们的艺术活动也传播了中国的艺术思想，展示了前辈艺术家们的卓越艺术成果，对中外美术的发展产生了积极的影响。另一方面，至今为止，粤籍画人仍遍布全球大部分地区，有的是岭南画派的传人、后人，有的是20世纪上半叶留洋出国的美术家、华侨的后人，更

有在中华人民共和国成立前出国留洋的美术家。他们的艺术活动、艺术思想、艺术风格、艺术主张都与广东地域性美术的特质有着千丝万缕的关系。倘若从中外美术交流的形态演变的视角切入，通过对20世纪广东美术创作中心空间移位的研究和对美术家在中外艺术活动与艺术思想形成的分析，以及对中外艺术思潮与美术家绘画风格生成对应关系的揭示，不仅能够发掘出20世纪广东美术发展的某种规律，而且还有利于探讨广东地域性美术的独特艺术价值，推动异质文化间的交流与对话。

（四）缺乏考究20世纪广东美术与全国美术发展的互动和回应性研究论述

首先，一方面自20世纪初西学东渐以来，无论是中国画的发展，还是西画的传入，都使中国美术一直处于变革之中。很多影响重大的美术思潮、美术现象、美术团体、美术家都与广东有着非常密切的关系，不少更是发轫于广东；另一方面从不少粤籍美术家活动履历的层面上分析，他们的艺术活动时空范围并不仅仅局限于文化地理上的“广东”概念。其次，从国内画人与粤籍美术家的交往来看，无论是美术教育、艺术市场、画学主张，还是办刊、办展诸方面，都体现出广东美术巨大的辐射力。再次，“中西融合”“写实主义”“艺术大众化”等艺术主张和思潮的推行与接受，广东美术都超越了地域的局限，把限制转换成资源。可以说广东是近代中国美术的策划地之一，因此对20世纪广东美术与全国美术发展的互动和回应性研究仍是一项意义重大的研究课题。

（五）对广东左翼美术为研究重点的论述仍有重大的缺口

事实上，如果我们把20世纪初期以来流动于上海、重庆、广州、香港的左翼美术活动当作一个连带的整体来加以考察，以此梳理出20世纪20—40年代广东主流美术波澜壮阔的左翼倾向的话，可以发现历经战火和斗争锤炼的广东左翼美术不仅拥有广东丰富深厚的革命历史资源和丰硕的艺术成果，还构成了中华人民共和国成立初期广东美术创作的强大基础，并一直影响着广东美术的主流走向，形成了一个令全国美术界瞩目的“广东现象”。再者，近代以来，广东的历史人物在20世纪的中国历史舞台上更是扮演着相当重要的角色，他们的政治理念和文化思想以及由此而产生的实践成果，在诸多层面都影响了中国政局和文化的发展。为此，立足于革命美术或左翼美术的角度，对广东美术的研究不仅仅局限于美术范畴，更是对20世纪中国波澜壮阔的革命运动和庞大的左翼美术发展的重新认识与重新审视。

鉴于此，探索20世纪广东美术的地域特征应具有全球视野的学术眼光。一方面，丰富的中外艺术交流和特殊语境中地域性美术的交流以及广东作为中国近代美术的策划地之一，都成为近代广东美术风貌变化、杂糅的催生剂。随着时代的变迁，这些艺术文化特征使得20世纪广东美术的发展史形成了丰富的历史资源和文化内涵。百年广东美术的发展实质上暗含着一条艺术革新的线索，将这条线索投射到美术研究当中，必定能勾勒出20世纪广东美术的丰富境象。另一方面，在全球化的语境中，本土文化、地域生存、中国艺术经验都成为重要的文化和艺术问题，因此以20世纪广东美术的发展史作为地域性美术研究的对象，其意义在于呈现全球化与地域化之间的对抗和砥砺中，美术现象、美术思想、美术研究所呈现出的多元性、独特性和开放性。

2019年11月

陈伟安，1963年生，广东蕉岭人。广州画院书记、研究馆员。先后在广东石菉铜业公司孔雀石工艺厂、广州画院、广州市文化局、广州市美术公司、广州图书馆、广州艺术博物院等文化机构任职，熟悉文化管理工作，长于美术展览策划和理论研究，主要研究方向为广东近现代绘画，对岭南地域美术，尤其是岭南画派有较为深入的研究。出版有《陈伟安美术研究丛稿》。

延安版画对新中国版画创作的影响

安　雪

摘　要： 延安解放区的文艺运动正是在毛泽东《在延安文艺座谈会上的讲话》精神的直接指引下取得了辉煌的成就，延安版画正是在大众化方面做了开创性的探索，为新中国美术的发展奠定了基础。本文将从绘画活动介入社会、采取民众易于接受的现实主义表现形式、发掘民间绘画资源，使其具有现代性意义三个方面来讲述延安版画通过新年画运动的探索，使版画融入群众、融入生活。在汲取民间艺术营养的同时，努力探索中国绘画的民族化道路。

关键词： 大众化；介入社会；现实主义；现代性

从“五四”前后在理论上提倡用西方的写实方法来改造中国画以达到康有为所主张的“合中西而为画学新纪元”的目标，到徐悲鸿的艺术实践；由张大千等为代表向中古壁画的学习融会，从艺术的自律性来看，是在艺术的语言与手段方面使传统的媒介材料能够适应当下的时代；新兴木刻版画运动的浪潮是在绘画的精神与社会政治功能上完成中国新艺术的变革，至抗战时期延安版画的发展，才使这场运动渗入我们民族的血脉。延安新年画运动的出现为新中国美术的发展奠定了基础，它源自“五四”以来新文化运动对科学精神的提倡，是对陈陈相因的中国传统绘画的改造，使中国的绘画创作在形式与内容上都发生了翻天覆地的变化，对20世纪新中国美术的发展起到了奠基性的作用。

五四新文化运动以来，通过一系列美术革新运动，艺术广泛地介入社会，因为特定的时代背景，确立了现实主义美术的主流地位，特别是延安版画的创作实践，通过对西方绘画语言的民族化改造，实现了民间艺术传统的现代化，使具有中国作风与中国气派的美术创作风貌逐步形成，并最终确立了新中国美术的新范式。延安版画在改造传统与西方绘画语言方面是具有革命性建树和建设性成就的。延安的新年画运动，使版画艺术真正地与人民发生了关系，代表了广大人民群众的美学诉求。关键的问题还在于，新年画运动不仅是一种形式上的变革，而且是绘画语言与内容的革新，为新中国美术树立了典范。

一、艺术介入社会

延安版画介入到社会政治运动当中，以艺术为手段，以改造社会为己任，实现建设新社会的理想。使艺术与人生的统一，作品表现出积极介入社会、参与政治革命，改变社会现实的决心。他们汲取国外版画家的艺术表现手法，结合中国的革命运动，采用形式多样的展览方式对中国社会产生广泛影响。延安的木刻版画大都是通过发表在报刊上或大量印刷的宣传品，通过四处张贴的方式进行广泛传播，除此之外，还有展览、墙报等形式介入民众的日常生活。多样的传播途径使版画脱离了常规绘画概念的限定，以一种在观念形态上都具有探索性的展示形式与民众发生关系，对民众的文化生活产生深远影响。延安版画家不仅从事艺术创作，还参与实际的对抗日寇的斗争，只有参与战斗的亲身经历，才能创作出富于感染力的作品。1938 年冬至 1939 年春，“鲁艺”木刻工作团罗工柳、彦涵、胡一川等深入太行山敌后抗日根据地进行木刻创作，表现抗战生活。这些艺术实践活动已然超越了艺术自身的局限，成为艺术革命、艺术斗争的典范而留存于美术史中。在表现中国军民团结一心与日寇进行战斗的作品中，彦涵的版画《当敌人搜山的时候》无疑是最鼓舞人心的作品之一，同时也是彦涵最知名的代表作之一。作品描绘了农民与战士紧密团结在一起，与侵略者进行战斗的场面。底部托举战士的民众与战士射击的姿态形成了金字塔式的构图，画面上所有的人物形象都处于紧张的状态，他们紧紧团结在举枪射击的士兵的周围，以确保战士能够有效地消灭前来侵犯的敌人。作品传达出一种紧迫的气氛，具有很强的艺术感染力。彦涵还创作有《搏斗》《夺回粮草》《狼牙山五壮士》等代表性的抗战题材版画作品。胡一川的《到前线去》《八百壮士》《月夜破路》等也是表现中国军民进行抗战斗争的优秀作品。这些版画创作无不是以一种积极介入社会革命的态度，鼓舞着人民的斗志。

二、现实主义

陈独秀等新文化运动的旗手认为，传统绘画陈陈相因，因循守旧，提出要“革王画的命”，认为专事模仿，不进行创新就是落后的表现。这是中国现代化进程的必然逻辑，也是“五四”以来中国为图谋国家强大而产生的一种共识。西方的写实绘画精于物体的描写技能，符合科学的精神，与现代化的强国理想相统一。林风眠和徐悲鸿都认为中国艺术必须改革，必须从西方借取一些东西来改变中国的艺术。徐悲鸿认为中国艺术之所以式微，是因为和生活、现实疏远，所以他提倡现实主义精神，他从西方引来现实主义的内涵充实中国艺术。徐悲鸿的这种认识与抗战的时代潮流相符，现实主义成为启迪民智、鼓舞斗志的重要手段，融入政治与社会之中。徐悲鸿除了在造型的方式上引进西方绘画的观念，在内容上也积极探索，尝试把西方历史叙事绘画的理想融入中国画的创作当中，使中国画具有英雄主义气质和现实主义的感染力。抗战时期，国家、民族面临危机的局势下，艺术被裹挟于这个纷乱的时代，使“五四”以来的革新意识更为强烈。危机之下，为艺术而艺术的纯粹性与时代的音调不相符合，在这个过程中选择写实的绘画形式是一种历史的必然。写实绘画便于理解的形式可有效地激励民族斗志、反映社会现实问题，从而成为主流。中国新兴木刻版画运动因为鲁迅先生的推动，使其能够融入世界版画艺术发展的潮流之中，也由于鲁迅先生对珂勒惠支版画的推介引进，使中国新兴木刻版画在艺术发展的脉络上显现出德国表现主义的影子。如果我们把新兴木刻版画这样的艺术图像置入中国传统艺术的背景之上，就可以领会到为何在20世纪三四十年代的中国，木刻就是革命的同义词。因为直面现实、呈现当下的生活图景与人物是传统绘画一直逃避的，水墨文人画关乎个人化的审美诉求，在自我完善中求得审美上的满足，表现为一种较为私密的审美经验。而让艺术从个人趣味上升至国家、民族的责任时，中国新兴木刻版画正好给出了实现艺术救国的途径与方法，它使时代的状貌以图像的方式表现出来。延安版画在内容上都贴近现实生活。版画家融入时代、融入生活，以写实绘画手段揭示当时中国苦难的社会现实，鼓舞民众昂扬的斗志，以独特的视角、以切入社会实际的决心创作了数量众多的现实主义杰作。

1942年，解放区的版画在重庆展出，在大后方产生了广泛影响，徐悲鸿在重庆《新民报》上发表文章高度评价古元的版画。我们来重新审视延安版画，是由于延安版画自新文化运动以来，在绘画写实性变革的背景下，重新诠释了现实主义的含义，特别是经过延安新年画运动洗礼的延安版画，脱尽了西方绘画的腔调，在创作实践上实现了现实主义绘画理想。正是基于这样的认同，才有徐悲鸿对古元作品的激赏。现实主义绘画，不仅仅是表现内容的可读性、描绘上的具象写实感，还在于所使用的绘画语言必须是与内容无法脱离的，如果绘画造型内涵与形式语言貌合神离，只不过是借用西方的语言来说中国的故事。延安版画家通过汲取中国民间艺术的精神，不仅使绘画的表现内容脱开了表现主义的影子，在形式语言上也完成了中国化的探索。除了在艺术的形式上借鉴民间绘画传统，延安艺术家掀起新年画运动的高潮外，在作品题材内容的扩展方面，延安的艺术家真正做到了融入群众生活，歌颂普通劳动人民的新突破。在中国美术史上第一次让农民的生活成为讴歌表现的对象，如力群的《饮》、李少言的《修房子》、马达的《推磨》等都是以表现普通劳动者的生活为主要内容的代表性作品，而古元的《收割》则是延安时代少有的具有纯朴诗意的作品，传达了艺术家对于延安新生活的理解，体现出一种超越时代的追求与胸怀，为在抗日战争中不懈战斗的中国人民带来了诗意与希望。

三、民间传统的现代化

总结20世纪三四十年代中国绘画的变革发展主要有以下三个方向：一是徐悲鸿对中国绘画的西式改造，二是从敦煌壁画等中古绘画中学习雄健的画风，三是对民间传统的改造学习。鲁迅先生很早就提倡艺术家应该向民间、民族艺术借鉴学习，而在自己的创作当中把这种理念真正付诸行动的正是延安的艺术家。延安艺术家把西方的版画形式与具有民众基础的传统绘画样式相结合，产生出全新的绘画美学风范，在20世纪的中国美术史上发出耀眼的光芒。

30年代的延安吸引着无数具有革命理想的年轻人，一方面是人们对国统区黑暗现实的不满，另一方面是延安传递给世人的进步印象，特别是美国记者、作家斯诺的著作《红星照耀中国》的出版，更让人看到了中国的希望之所在。1938年，毛泽东在延安所作的报告《中国共产党在民族战争中的地位》中指出“洋八股必须废止，空洞抽象的调头必须少唱，教条主义必须休息，而代之以新鲜活泼的、为中国老百姓所喜闻乐见的中国作风和中国气派”。延安鲁艺的版画家在实践民间传统的现代化方面走得最为彻底，因为有思想理论上的指导，深入生活、融入群众、从民间艺术的土壤中寻求灵感，探索中国绘画的民族化道路，树立新社会的新风貌。延安版画家以木刻重新“发现”了生活，从此题材、语言不再局限于西方版画的范本，鲜活的现实生活成为创作的源泉。

延安的版画家融入广大人民群众的生活，他们学习延安地区丰厚的民间艺术传统，以适应延安当地民众的审美需求。在借鉴民间年画、剪纸、窗花及明清木刻版画的基础上，创造出了具有民族风范的绘画样式。延安版画一改过去凝重、深沉的格调，表明了一种全新的文艺风范，彦涵的《开展民兵爆破运动》正是这一理想范式的体现。作品用明亮的色彩、装饰性的构图，民间年画的形式，表现了全民抗战的景象，非常具有民族特色。古元的《拥护咱们老百姓自己的军队》等作品也是采用年画的表现形式，在人物的刻画上减弱了光影，重视线描，同样获得了中国气派的艺术效果。结合西方的造型基础，延安版画家创造性地让高雅的艺术变成人民群众喜闻乐见的一种形式。艺术创作积极与观众发生关系，因为如此地深入人心，而使版画艺术引领了时代的风尚。从延安时代开始，艺术表现的内容把广大人民群众放在重要位置，作为创作主体的艺术家更以融入人民群众的生活为最高标准。最鲜活的民间艺术形式与最崇高的革命理想相结合，使延安时代的艺术获得一种极具时代感与民族性的艺术形式。这是第一次从根本上以人民群众自身文化诉求为出发点所进行的一次艺术革新，这个探索使延安文艺创作形式与内容有了翻天覆地的变化，并让延安版画产生广泛的影响。以人民喜闻乐见的形式宣传革命思想，推进新的文艺变革，新中国的美术面貌在延安时代开始酝酿成型，中国艺术的发展进程从此发生革命性的转变。

结　语

延安版画通过新年画运动的探索，使版画融入群众、融入生活。在汲取民间艺术营养的同时，努力探索中国绘画的民族化道路。以朴素、真挚的情感创作出了富于艺术感染力的作品，产生新的绘画美学风范。延安版画家从现实生活中获取素材，以木刻的手段触及生活的本质，以人民喜闻乐见的形式宣传革命思想，推进新的文艺思潮。新中国美术对社会主义现代化建设事业的歌颂与对新中国美好生活的抒情正是继承了延安版画的传统。自五四新文化运动以来，社会政治革命推动中国美术发生一系列的变革，艺术不再是文人趣味主导的风雅之物，艺术家主体身份的认同，使艺术与人生相统一，版画成为革命斗争的武器，成为版画家为实现国家富强、社会进步的艺术途径。延安版画家积极介入社会政治生活，坚持现实主义的创作原则，在审美向度上自觉具有宏大历史背景下的责任感，这种艺术上的社会担当对确立具有中国作风与中国气派的新中国美术风范起到了决定性的作用。民间和生活是艺术的土壤，在今天的艺术创作中，让我们从民间出发，重新回到生活中。

安雪，1996 年毕业于西安美术学院。曾在中央美术学院和北京大学艺术学院研修。主要从事 20 世纪中国现当代版画的研究，同时从事展览策划、学术推广及绘画创作研究。现为中国美术馆研究馆员，中国美术家协会会员，中国博物馆学会会员。

新中国的视觉史诗

——从中国美术馆馆藏作品看主题性美术创作的价值

黄宗贤

摘　要： 主题性美术创作在新中国美术史上占据了主导地位，这些作品形象地记载了新中国社会变革发展的历程，呈现了新中国美术发展的文脉与历程，折射出在不同时期美术的观念和美学趣味的变化。中国美术馆收藏了许多精品力作，这些作品构成了一部鲜活的新中国美术的形象史书，也体现了新中国美术精神创获与价值取向。

关键词： 新中国；中国美术馆；主题性美术创作；价值取向

中国美术馆收藏了新中国成立以来的许多精品力作，这些作品形象地记载了新中国社会发展变革的历程，呈现了新中国美术发展的文脉与进程，折射出在不同时期美术文化转换的信息。中国美术馆收藏了力作，更收藏了几代人的文化记忆，也为未来收藏了历史记忆，可以说中国美术馆就是一部鲜活的新中国美术的形象史书。

中国美术馆的藏品量很大，其中最丰富，也是最有价值的是那些镌刻着共和国前行步伐和足迹，留存着民族历史文化记忆的主体性美术创作作品。今天观看中国美术馆馆藏作品，不仅可以让我们去回眸中华人民共和国走过的辉煌历程，去感受 70 年来的审美与艺术观念的流变，而且还为我们今天的艺术创作提供了参照系，留下了许多宝贵的经验和继续值得探讨的话题。

在新中国的美术史上，主题性创作有什么样的位置与价值，塑造了新中国美术史什么样的面相？这些问题是值得文脉认真探讨的。在弄清楚这些问题之前，首先要明确何为主题性创作？在我看来所有的创作都有主题性。我们今天谈的所谓的主题性创作有约定俗成的含义，主要指以对历史和现实产生重大广泛影响的重大事件、重要人物为表现内容，能够唤起国家和民族共同体，乃至整个世界上人们共同的文化记忆，引起共同关注的、引发普遍心灵共鸣的美术创作。

新中国主题性美术创作经历了怎样的发展历程？占主导地位的缘由是什么？为中国现代美术史铺垫了怎样的底色？它的艺术价值与魅力何在？对这些问题的探讨，对今后主题性美术创作健康良好地发展具有重要的启迪意义与借鉴价值。

一、主题性美术创作与中国现代美术史的建构

新中国70年美术创作，包括重大题材在内的主题性创作为什么能成为新中国美术的主流？我认为这与20世纪整个中国美术的现代化进程或者转向有关系。众所周知，在“五四”前后，艺术审美主义自主论与政治功利主义工具论这两者是共存的，而且这两者是贯穿百年的矛盾冲突，又具有互通互感性。不仅仅是延安开始，而是从“五四”时期就开始，价值重估的重心逐渐向意识形态倾斜，文化重建意向被现实功利所牵动，文化艺术以空前的狂热激情和参与意识开始与政党政治和“主义”话语相结合，文化决定论也就逐渐让渡于文化工具论。特别是全面抗战爆发后，文化艺术的自主论慢慢退位到边缘。在民族救亡的大背景下，包括美术在内的所有艺术必须为救亡服务，为抗战的现实服务。于是，抗战现实，中国人民奋起抗敌的斗争生活和精神就成了那时美术创作最重要的主题。其他于此主题不相关的创作在一定程度上受到挤压。当然也正是在表现抗战主题的作品中，中国艺术家的家国情怀被激发，中国的现代美术真正建构起了现实主义美术的观念体系和语言体系。中国美术馆收藏的大量抗战时期版画作品，无论在内容上，还是在形式上，都彰显出抗战现实主义的鲜明特征。这种特征我们可以将其概括为内容的现实化、语言的写实化、情感的大众化、形式的民族化。

由于自“五四”以来，艺术自主论与工具论在中国特有时代语境中由并立纠葛到走向共同的价值取向，特别是在抗战时期，以延安为中心的解放区建立起来的美术观与创作模式，成为新中国美术的基本范式，这就使中国现代美术出现了一些值得关注的特点：第一个特点是从属性。有明显的工具论色彩，也就是说中国美术从“五四”开始就与建构现代国家的目标联系到一起，无论是美术革命，还是现代美术教育体系的建构，其根本目的是服从社会变革和塑造现代国民人格的需要，在民族矛盾加剧，民族战争爆发和制度革命中，美术成了投枪和匕首。中华人民共和国成立以后，美术当然就成为讴歌新政权、塑造新的国家形象的方式。第二个特点是他律性。正因为文化启蒙、救亡图存、制度革命、社会文化改造、经济建设，是贯穿百年的主题，美术总是受到了政治文化诸多因素的影响，因而100年来，包括中华人民共和国以来，艺术自律性生长的土壤并不充分，艺术很难可以寻找到其自身生存的土壤和气候。这种情况反而塑造了包括新中国美术的另外一个现象，就是与现实熨帖得更加紧密。由此彰显出中国现代美术的第三个特点，这就是现实性。100年来，重要的历史事件、社会变革的风潮总会在中国现代美术的长廊中得以呈现，历史的回声总是在新中国美术的河谷里产生回响。第四个特点是写实性。从“五四”开始，直到新中国成立，主题性创作无一不是写实的，在中国美术馆众多的藏品里，我们很难看到一幅非写实的作品。这种情况与“五四”以来力求建构大众公共语汇体系的追求有关，也是具有叙事性的主题性创作最有效的方式。

那么我们该如何评价新中国美术的价值？艺术作品的价值应该是由艺术本体构成的，但又不是完全由本体呈现。古今中外流传的经典，无不是融艺术、思想、精神、社会学意义于一体的。在新中国美术的历程中，中国美术馆馆藏的主题性作品的思想价值、历史价值和艺术价值也是融于一体的，但是更具社会学、历史学和政治学的价值，同时也有独特的美术品格和艺术精神。新中国美术总是熨帖着时代的

脉搏的前行，可以说新中国美术史就是中国社会变革发展的形象史，因而有极强的社会学、历史学、政治学价值，这一点是中国古代艺术和西方现代艺术不能比的。当然，新中国成立以来的美术也有独特的品格，我们从中国美术馆馆藏的诸多作品中，能够品味到这些品格，这些品格可以归纳为：宏大叙事和英雄叙事成为主题创作的基本叙事方式。崇高美学、集体自强意识的高扬和写实主义倡扬是主题性美术创作基本的美学风范与艺术品格。

二、主题性美术创作的发展与演变

古今中外都有主题性创作。中国自20世纪以来，主题性创作的兴盛是在抗战之后，因为抗战，个人的利益都被放在一边，艺术成为唤起全民族救亡的武器，从那个时代起，以版画、漫画为主的抗战美术兴起。1942年，毛泽东《在延安文艺座谈会上的讲话》发表以后，艺术成为革命政治这部大机器上的齿轮和螺丝钉，从那以后艺术被绑上了革命的战车，表现革命、表现现实的美术创作占据了主导地位。新中国成立后，主题性美术创作一直被倡导，有三个时期最为活跃。

第一个时期就是中华人民共和国成立后的前17年，因为从1953年到1959年，文化部、中国历史博物馆、中国人民革命军事博物馆召开了三次会议，把全国以中央美术学院为主的最知名的艺术家召集起来，专门讨论和开展重大历史题材的创作。今天留在中国人民革命军事博物馆和中国历史博物馆的一些画就产生在那个年代。新中国需要塑造国家形象，需要表现革命的历史，在这种情况下，现实主义美术创作观、主题性创作占据了主导地位。就在中国美术馆，我们看到了不少那个年代创作的经典作品。

第二个时期是“文革”时期，在此期间形成了独特的美术语言、风格和美学体系。这种体系并不是自身的，而是跟相关类型的艺术相关，只是到“文革”把这种体系彻底完善了，比如说苏联的社会主义现实主义美术体系。在中国那个特定的年代，这种体系的美术在形式和精神上被彻底完善化了。“文革”美术体现的精神观念是整个人类现代精神史上的特殊精神现象，不仅仅是中国的。所以在西方对“文革”美术非常关注，甚至有的西方学者说中国20世纪真正有创作风格的是“文革”美术。对于这个时期的美术，我们应该去研究其特点，可以将这个时期美术作为一种特殊类型来研究。这个时期美术作品独特的精神内涵、“红光亮”的艺术风格以及“高大全”的人物形象彰显了特定的精神观念。

第三个时期是21世纪以来，就是我们在倡导文化自信、文化自觉的语境中，用包括美术在内的艺术讲好中国故事，发出中国声音，成为整个文化艺术界的主流声音。特别是文化部、中国美协等部门，高度重视主题性创作，在近10多年来，就组织了三次重大题材美术创作工程，一是重大历史题材创作工程，二是五千年文明重大题材美术创作工程，三是锦绣中华美术创作工程。目的就是重构我们的历史文化记忆，塑造中国形象，发出中国声音。三大创作工程留下数百幅重大题材美术作品，我相信这是为未来储藏历史文化记忆的重要方式。

中国美术馆的藏品中，不仅收藏着包括众多延安版画在内的中华人民共和国成立之前的经典作品（前不久，中国美术馆在延安和北京举办了“中国美术馆典藏活化系列展——延安·初心”，引起了强烈的反响，让观众再次领略了红色经典的魅力），更多收藏着新中国各个时期的精品力作。这些作品构成了精神观念和现实景象的一个完整系统。从中国美术馆的藏品来看，在新中国成立之初的美术创作中，美术在塑造国家形象方面发挥了重要的作用，这一时期，社会生活、建设场景，边疆新貌、民族生活（其中，土地、劳动妇女、路、交通工具等），集体主义、家国情怀等成为这一时期的美术创作的主题。特别是少数民族题材和劳动女性的题材最为丰富，因为这类题材最能彰显"翻身""解放"的含义。

从中国美术馆馆藏作品看，主题性创作有三个维度：

第一个是历史性维度。在五六十年代的创作中，反映重大历史题材的美术作品不少。为什么历史题材那么重要？因为我们需要革命记忆，需要用历史叙事，在 20 世纪 50 年代和 60 年代的历史题材创作的价值取向与今天的重大历史创作是不一样的，那个时候是需要通过历史叙事证明新政权建立的艰难性、合法性与历史必然性。今天的重大创作工程，旨在全球化和倡导文化自信语境中的身份建构与文化传播。

中国美术馆馆藏品中，这个时代的作品非常多，我们从中可以看到同样是历史题材，20 世纪五六十年代那种宏大叙事与 90 年代以来的创作有很大不同。这些年来，那种温情脉脉的历史叙事在五六十年代是不可能出现的。那个年代，重大事件、领袖和英雄是艺术作品的主体，而这些年来更多是关注小事，关注普通人，视角是不一样的。再就是说当下的历史题材创作的叙事性弱化了，更多是表现当代人对于历史的文化想象，是一种历史意象。或者准确地说是由宏大叙事转向了微观叙事，

第二个是共时性维度，这是现实指向。从 50 年代开始，作品特别注重社会生活和建设场景的表现，无论是中国画、油画还是版画或其他画种，都是如此。如前所说，农村新貌、建设工地、边疆新貌、民族生活成为表现最多的题材。在所有的边疆题材、民族题材的作品里，土地、妇女、路、交通工具这几乎成为最具有符号性的要素。还有就是集体主义、家国情怀，这些奉献精神成为主题性创作的主旋律。

第三个是未来性维度，这是政治与文化理想的表达。其实 20 世纪以来许多主题性绘画，未必表现的都是真实的现实，而是蕴含了许多政治理想和文化想象，甚至包含了乌托邦式的想象。任何艺术都是一种意识形态的表达，意识形态自然包括了文化和意识想象，暗含了一种确定或不确定的政治文化诉求。

三、主题性美术创作的方位价值

回眸新中国美术创作历程，主题性创作之所以可以成为经典并流传下去，对当下和今后的美术创作有诸多启发与意义，通过对这些作品的审视，有几点是值得我们思考的。

其一是浓郁的家国情怀。家国情怀是中国现代艺术史，特别是新中国美术史最沉厚而鲜亮的底色。没有哪个国家的现代艺术如中国现代艺术那样，与现实、与时代、与国家民族的命运结合得如此紧密，以至于新中国成立以来的社会变革的风潮、历史奔涌的涛声，总是回荡在艺术的河谷里，形成了中国现代美术独特的历史价值和文化品格。在反映新中国历史与现实的作品中，艺术家们注入了对国家民族的深厚感情。

其二是集体自强意识与人性光亮的契合。在现实题材的描绘中，这种特点很鲜明。留在我们记忆里

的作品，在表现现实的同时，还蕴含着对生命的价值与尊严的呵护，对人生悲苦与人生意义的表现，对人生理想与人性光芒的讴歌，对诗意栖居的人生境界的追求。这些作品里面总有能打动我们的东西，就是那种人性的力量。

其三是真实与想象的融合。真实性是主题性创作，特别是重大题材美术创作的前提，而艺术性是重大题材美术创作最重要的价值。无不暗含着创作者对历史人物、事件与文明成果独特的认知、感悟，在历史的回眸中融入自己的文化想象与情感因素。在历史与现实的观照中，储藏了自己的文化想象。中国美术馆收藏的石鲁的《转战陕北》等作品，就是将历史现实与想象高度融合在一起。主题性美术创作不仅仅是回眸历史、再现现实，更重要的是向世人、后人呈现这代艺术家的历史情怀与文化态度。作为创作主体的艺术家对待历史和现实评判的态度、审美的趣味以及理想与情感的融入度关系到作品的品格与趣味。他们为未来留存当今的图像，也为当今储存文化的记忆。

其四是主题明确与艺术表达的融洽。艺术表现历史和现实的题材，不仅体现在想象力、创造力的发挥和情感释放上，也体现在形式、语言、图式的创新和技术技巧的含量上。中国美术馆藏的作品，不仅主题鲜明，高扬主旋律，最重要的是无不是在艺术的语言、形式与风格上有所突破有所创新，体现了同时期艺术的最高水平。

总而言之，文化艺术产品总是凝聚着人对自身的理解、认识、理想以及自我的文化想象，也承载着个体与集体的文化记忆。从这个层面上讲，包括重大题材在内的主题性美术创作始终有存在的价值和巨大的发展空间。中国美术馆对主题性美术作品的收藏，这是有眼光的收藏行为，也是有责任感的文化行为，因为收藏最能体现一个时代面貌与精神的作品，就是在收藏一个民族的历史记忆，就是在为未来留存历史。

在新的时代，主题性美术创作再次被倡导，也取得了显著的成效。从第十三届全国美展入选作品看，当代主题性美术创作出现了一些新特点和新趋势，归纳起来主要体现在以下几点：

主题性与多样性统一：第十三届全国美展入选的作品题材更丰富、主题性更突出。这些奉献给观众的作品题材涉及历史、现实与未来。在多维的题材中，现实生活，表现新时代中国人民崭新精神面貌、思想情感和为实现伟大中国梦的奋斗精神的人物画，占据了主导地位。众多的艺术作品对于新时代的表现，涵盖了中国社会生活各领域、各阶层和祖国建设的各条战线。敬业爱岗的劳动者，城市化进程中追逐梦想的农民工；少数民族欢庆丰收的喜悦氛围，青山绿水的美丽景象；建设中的大厦和繁忙的工地，高速奔驰的列车；劈波斩浪的战舰，万里之遥维和的身躯。题材的多维性、丰富性、鲜活性超过了以往。这种多样的题材共织了充满时代感的主旋律，使“以人民为中心的”的创作导向在艺术家们的作品中得到生动直观的体现。

关注现实，讴歌党、讴歌新时代、讴歌人民和英雄，无疑是本届展览鲜明的主题。在这种主题之下，在具体的题材表现中显示出一个重要的特征，就是艺术创作者艺术视向的下移，表现重大题材的作品在比例上让渡于日常生活，宏大叙事让渡于微观叙事。老百姓的日常生活情态、喜怒哀乐的情感，对美好生活的向往，在作品中得到多维度的展现。特别是民众为实现梦想的脚踏实地的劳动风貌、奉献精神在一幅幅制作精良的画作中，在一个个生动的形象中得到彰显。

通过中国美术馆藏作品和本届全国美展，使我们看到，好的作品体现出以下三个统一：

现实性与精神性的统一：众多的作品呈现了现实生活的丰富性与多样性，但是在生活化的视觉图像背后蕴含了一种现实关怀，一种对民众喜怒哀乐情感的真切表达。艺术家用人文之眼在凝视人的生活与人的精神世界。生活化并不等于世俗化，更不是对世俗欲望的迎合，而是让“艺术使人的生活更加美好”这种价值诉求蕴含在形色之间。

时代性与个体性的统一：我们走进展场，都能感到强烈的时代气息扑面而来。艺术家们表现的题材与艺术语言与社会发展，祖国前行的步伐同频共振。时代性既指向内容，也指向形式。内容的时代性意味着将艺术之根深植于现实生活的土壤，感应时代的呼吸，回应现实的需求，表达人民的心声。形式上的时代性意味着紧跟艺术发展前沿，探索语言形式的耐受力和艺术表达的多种可能性。创造适合时代需要的当代审美形式，同时为推动艺术创新负起责任。时代性是一个焦点，能同时折射艺术的社会性与自律性的价值之光。我们看到许多精品力作在艺术的图式和语言风格上力求新的建构，力求在图式和时空关系处理上注入当代审美意识，给人以全新的陌生化的感受，拓展了审美空间和意境。

共通性与本土性的统一：随着新媒介艺术的发展，包括油画在内的架上绘画，受到了很大的挤压。但是在挤压与挑战中，架上艺术显示出很强的韧劲与活力。绘画材质、媒介、语言之美是可以穿越时空的。在不同的时空中，媒介又呈现出不同的面相与品质。借鉴是建构的环节，建构本身是一种自觉行为与责任担当。在全国美展上，让人们看到中国美术文化身份建构的自觉。追求本土性的当代表达，可以看到书写性、抒情性、意向性成为了艺术家自觉的追求，为中国美术的学术性探索留下了视觉证据。

总之，中国美术馆馆藏作品形象地、整体地反映了新中国美术的发展脉络和取得了成就，为国家和民族收藏了历史，为未来储藏了文化记忆。更是为当下的美术创作提供了重要的参照系。美术馆是一个平台，是塑造艺术史的重要的机构，在美术创作机制以及艺术发展中有着十分重要的作用。艺术家在新的时代也应该有新的担当。艺术家的时代担当、责任担当在于不断地创作出思想精深、技艺精良、制作精湛的作品，为时代立言、为人民发声、为祖国放歌。时代在呼唤具有时代精神与民族气派的艺术，民众对中国美术家有更多的期待。

黄宗贤，美术学博士，文艺学博士后。四川大学艺术学院学术院长、四川大学艺术研究院院长、四川美术学院艺术人文学院院长、教授，美术学、艺术学理论博士生导师，国务院学位委员会美术学科评议组成员，中国美术家协会理论委员会副主任，教育部艺术教育委员会委员、教育部高校美术专业教指委委员，高校美术教育学会常务副会长，四川省学术与技术带头人，四川美术家协会副主席。

新闻美术在全媒体时代的传播力与竞争力

张玉梅

摘　要： 在全媒体时代，发挥“新闻＋美术”的功能，让美术在报纸及新媒体中不仅仅发挥美化功能，让美术报道不仅仅局限于事件生产链“下游”的“你创作，我报道”阶段，溯源上游，团结和引导美术界优秀创作力量，把触角向前端延伸，在组织服务和引导美术创作上发挥能力，我们称其为“新闻美术产品”。它具备以下几个特征：轻体量，轻阅读；产品观念，受众思维；引领原创，独家传播。从“你创作，我报道”到共同策划、生产、传播，从编辑办报到专家办报，从报纸报道到新媒体传播，生产出一批适应新时代要求的新闻美术产品。

关键词： 新闻；美术；全媒；传播

美术在新闻媒体中向来发挥着不可或缺的作用。传统意义上的“新闻美术”，一般指的是报刊上的刊头、题图、栏目花边等美术设计，以及具有评论功能的新闻漫画。发展到新媒体，美术元素应用更多，如漫画、速写、图示、插画等的运用。在这些情境中，“美术”一般发挥修饰、调剂和辅助功能，目的是增强阅读的愉悦性。

作为专业的美术，是新闻报道中的一个重要领域。《光明日报》作为一家思想文化大报，从办报初期开始就与美术界保持着密切而良好的关系，在美术报道领域具有长期的影响力和权威性。在全媒体时代如何更好地发挥“新闻＋美术”的功能，让美术在报纸及新媒体中不仅仅发挥美化功能，让美术报道不仅仅局限于事件生产链“下游”的“你创作，我报道”阶段，我们结合本报优势，以全媒体传播为渠道，提出了“新闻美术产品”的概念并付诸实施。

一、溯源上游，团结和引导美术界优秀的创作力量

“新闻＋美术”给我们提供了一个宽阔的思考空间，即如何把媒体的舆论传播与美术报道有机结合？一直以来，《光明日报》在国家重大美术事件、美术界热点焦点新闻报道中长期保持着权威性，参与或主

办了一些具有影响力的展览、学术研讨会，一些美术记者和编辑在美术家协会、新闻漫画学会等担任重要职务，既是记者，也是专家。不过从美术新闻的呈现上来说，一般还是处于生产链的末端，即只负责采写和刊发新闻，方式相对来说比较传统。

结合《光明日报》团结、联系、引导、服务知识分子的定位，我们认为在美术报道上不能只是“跑腿”，而要当“大脑”；不能停留在“你创作，我报道”的阶段，而要把触角向前端延伸，在组织服务和引导美术创作上发挥作用。

当前，舆论生态、媒体格局、传播方式发生了深刻变化，艺术格局亦面临多元思潮的挑战。中央美术学院、中国美术学院、鲁迅美术学院、清华大学美术学院、西安美术学院、四川美术学院等是艺术创作和研究的中坚力量。近年来，为了深入贯彻落实为时代画像、为时代立传、为时代明德的要求，许许多多的艺术家和院校师生深入基层，扎根人民，把讴歌新时代、弘扬主旋律作为艺术创作的指导方向。与时代同频共振是对媒体做好舆论宣传工作的要求，也是当前艺术创作的主流方向，因此在栏目设计上，我们首先把团结和引导各大美术院校作为思考的路径，选择国内最具影响力的十大美术院校作为创作主体，以中华人民共和国成立 70 周年主题宣传为契机，开发了《身边的变画》栏目。

《身边的变画》采用的形式是，首先设定栏目主旨是用原创美术的形式来反映中华人民共和国成立以来国家经济社会的发展以及人民生活的变化，然后由本报编辑与各大美院遴选的创作人员一起商讨具体题目，共同搜集素材，启发思路，最后成稿并在多平台刊发。在此过程中，实现了媒体与业界的全程合作、全员合作。

二、轻型传播，提高主流价值的亲和力和触达率

《身边的变画》栏目第一阶段的选题选取了衣、食、住、行、家、游、购、乐、学、信十个角度，组织十大美术学院进行创作。这些作品不同于架上绘画，是一种适宜于新闻传播的美术形式，我们称其为“新闻美术产品”，具备以下几个特征。

（一）轻体量，轻阅读

读图时代要求具有视觉冲击力的作品，移动阅读、滑屏阅读使得阅读方式更加轻型化。

当前，各大院校、美术展览、创作工程都会组织一些主题创作，但大都是针对教学、展览、收藏而作。课堂教学、展厅观赏、画廊收藏与报纸、新媒体传播相比，对作品内容和形态的要求等各方面都存在巨大的差异，因此新闻媒体组织的美术创作，首先从平台出发，创作形式相对活泼，尺寸和体量上更适合印刷和屏幕阅读。《身边的变画》每期基本上有 6—10 幅作品，组成一套具有故事性的专题，结合中华人民共和国 70 年的时间跨度，一般分不同时期展示一幅具有概括性、时代感的画面，同时有文字解释，类似连环画的形式。

值得一提的是，轻体量的作品在创作力量上一点儿也不轻。参与创作的美院老师和学生都是各高校的优秀创作骨干，有些获得过全国美展金奖。在素材搜集上，为了体现不同年代富有代表性的符号，每个主

题都要搜集上千张老照片。正是这种举重若轻和深入浅出，才最终创作出高口碑的、读者喜爱的作品。

（二）产品观念，受众思维

我们用“产品”定位这批创作，其着眼点在于组织、生产、传播的各个环节都具有受众意识。受众在哪里，读者在哪里，用户在哪里，我们的工作重点就在哪里。

在组织创作和传播中，我们一直关心的是“触达率”。“触达率”是广告界用语，是指在一个渠道进行投放所能触达目标用户群体的比例。毋庸讳言，我们必须面对一部分主流媒体官腔十足、枯燥乏味、语言乏味给读者造成了严重刻板印象的事实，因此我们选择的十大题目都是大家能切身感受到的、能唤起共鸣的内容，让读者第一眼愿意看，看了能看进去，看得懂，并愿意分享给别人看。

比如第一期“乐”，选择玩具的变化为表现对象，创作了田野游戏、遥控小汽车、体感竞技等6幅作品。对于读者而言，每个人都能说出自己留在记忆深处的、感兴趣的一件玩具，看到画面的同时就唤起了丰富的感受。在新媒体平台上，此话题也得到了许多读者的回复和转发互动。

（三）引领原创，独家传播优势

作为一款面向广大读者的“产品”，《身边的变画》兼具思想性、艺术性和观赏性，是我们自己的“原创特产”，具有传播优势。此栏目是本报与传统美术院校合作的一次有益尝试，促进了美术创作与媒体传播两大环节的深入融合，从“你创作，我报道”到共同策划、生产、传播，从编辑办报到专家办报，从报纸报道到新媒体传播，生产出一批适应新时代要求的新闻美术产品，开辟了新闻媒体与美术界深入合作的“光明模式”。

三、全媒体传播，质量和流量双赢

在全媒体格局下，传统媒体需要转型，主力军要上主战场，更多的专家、优秀创作力量加入，壮大了我们的主力军队伍。根据新媒体个性化制作、可视化呈现、互动化传播的特点，我们努力实现在融媒体传播语境下“一次采集、N次加工、多元化传播”。在与画家约稿的同时，不仅布置了绘画的要求，还要求画家把绘画过程拍摄成视频，并把创作思路和感想也呈现出来，最终剪成短视频。每期报纸出来的当天，及时在光明官微（微博、微信公众号）上推出图、文、短视频合一的新媒体产品，实现全媒体传播。在《光明日报》微博上开辟“身边的变画”话题，第一期视频阅读量超过100万。

互联网技术的发展重塑着媒体版图，也重构了用户的心理习惯与新闻的生产风格。在众多跨界者涌入的“舆论广场”里，主流媒体如何坚持守正创新、同频共振，提高深度融合发展的能力，《身边的变画》栏目既是一种尝试，也是一种探索。

张玉梅，《光明日报》摄影美术部主任编辑，中国美术家协会理事、理论艺委会委员。中国美术学院美术学博士。长期从事美术评论的撰写及编辑工作，发表了多篇具有影响力的艺术评论。曾前往纽约参加中国美术家协会中青年美术家海外研修。发表的专题论文有《美国国家艺术基金会运作机制初探》《种子基金与乘数效应》《历史画：诗性和智性的融合》等。

汉字艺术：背景与前景

高天民

摘　要：在中国美术馆收藏中有一个重要而特殊的部分，那就是现代书法和汉字艺术。现代书法是“新时期”中国艺术现代化过程中的一个重要成果和方向，它以现代的眼光重新审视中国传统书法，从而为中国艺术打开了一个广阔的空间，并向着艺术的各个领域全面拓展，最终发展成为汉字艺术。本文意在对这一历程做出梳理，探寻其内在逻辑，并对其中所设计的问题做出探讨。本文特别强调了汉字艺术作为新时代中国传统文化现代转化的价值和意义及其于中国美术话语建构的关系。

关键词：汉字艺术；汉字；书法；现代书法；话语

2009年10月14日，由中国美术馆和故宫博物院联合主办的“再续兰亭：中国书法大展”在比利时皇家美术馆举行，在“书法与观念”部分展出了黄苗子、古干、王冬龄、谷文达、邱振中、徐冰、魏立刚、王南溟、邵岩、濮列平、邱志杰等艺术家的作品。中国美术馆也首次以敏锐的学术眼光大批地收藏了现代书法和汉字艺术作品。① 在“新时期”美术中，现代书法是中国艺术现代化过程中的一个重要成果和方向。受整个现代主义美术思潮和日本现代书法的影响，一批先觉的艺术家于1985年10月在中国美术馆举办了“中国现代书法首展”，从而拉开了中国现代书法的序幕。30年过去了，现代书法已发展成为今天的汉字艺术，从水墨书写延伸到当代艺术的各个领域，除在水墨和油画中逐步深入展开外，甚至还包括平面与立体设计、服装、陶艺、营造（建筑、装置）、实验戏剧、电影（影像）、行为等，成为中国当代艺术的重要组成部分。自2002年“汉字艺术”概念的提出到2015年的正式确立，汉字艺术开启了一个新的局面。②

---

① 这些作品包括古干的《吃水不忘挖井人》《五千年》，王冬龄的《春夏秋冬》《老子》，曾来德的《王维〈山中〉》，濮列平的《楚风祈雨》，王镛的《杜牧〈山行〉》，王天德的《数码 No.10-CR 23》，阎秉会的《日新》，张大我的《情书系列》，魏立刚的《刀宴》，邱志杰的《重复书写一千遍兰亭序》等。

② “汉字艺术”这个概念最早是在2002年由古干与濮列平在探讨“现代书法”的新的发展时提出的，但因一直没有获得学术上的系统阐释，因而限制了它的传播，这也就是为什么我们今天需要对这一概念进行系统学术阐释的原因。

“汉字艺术”的正式命名具有划时代的意义，这不仅使得以往的现代书法进程有了一个合理的归宿，并自然地形成了一个自为的学科意义的系统，而且它也将历史与未来进行了新的勾连：一方面深入到历史的本质之中，另一方面则为未来开启了一扇新的大门。本文意在对此做出初步的陈述与探讨。

背景一：传统的积淀——从文字到书法

陵阳河大汶口文化遗址出土的陶制大口尊上刻画的图像符号是现今发现中国最早的文字形象，使人们了解到距今5000多年前中国文字的初始面貌。陵阳河的图像文字共发现了17个，大致分为三类：一是符号为“日月山”的图像，二是像斧、凿工具的图像，三是与酒有关的图像。另外，还有关于祭祀和姓氏等内容的图像。

实际上，这种图像性符号有着明确的传承关系。当我们追溯至7000年前的安徽蚌埠双墩遗址陶文时，也发现了相似的符号和内容，而这与距今1万年至1.6万年的宁夏大麦地岩画中的符号在图像表达上也是一致的。这至少说明了两点：1. 文字的产生是从源自现实的代指符号起源的，而这种代指符号的基础就是划痕；2. 在文字最初产生的近两万年期间，原始人对刻符记事状物的认知是相近的，而且变化不大。显然，文字产生的初始，并非为记录语言而产生的，而是以记事状物、识数记姓为其开端的，同时丰富和促进了语言的发展，在形成了一定的文字系统以后，才成为可以记录语言的符号系统。

从美术的起源看，人类的书写可以追溯到最初的刻痕记事，这种来自原始人类生活经验的刻痕行为为人类带来了最初的艺术创造的惊讶，也因而带来了人类艺术创造的契机。当原始人最初以刻痕或笔画或印痕等来指代某事或某物的时候，就意味着一个新的世界的创立。这就是人类最初的艺术创造和文化的创造。我们可以在原始岩画和原始人用具上发现大量此类表现形式。而与这类行为直接相联系的方式之一就是文字的创造。这就是为什么世界上最初的文字大都是符号指代的象形文字的原因所在。其中，中国的汉字又有其特殊性。许慎说：“仓颉之初作书也，盖依类象形，故谓之文。其后形声相益，即谓之字。文者，物象之本，字者，言孳乳而寖多也。”因此，“文字”包含了依照物象而画出模仿形象的“文”（第一次创造）和随后依照形与声的集合而创造出的“字”（第二次创造）两个方面。可以说，先有“文”而后有“字”。所谓“文”，即纹路、纹样，在这里就是最初的刻痕或划痕以及印痕等人类最初的记事痕迹。我们在全球的许多地方都能看到这种人类共同的文字和艺术起源。而在中国，这种“文”则发展出了三个成果：八卦、汉字和绘画。①

许慎《说文解字·叙》云：“周礼八岁入小学，保氏教国子，先以六书。一曰指事，指事者，视而可识，察而见意，上下是也。二曰象形，象形者，画成其物，随体诘诎，日月是也。三曰形声，形声者，以事为名，取譬相成，江河是也。四曰会意，会意者，比类合谊，以见指撝，武信是也。五曰转注，转

① 张彦远记载：“颜光禄曰：‘图载之意有三：一曰图理，卦象是也；二曰图识，字学是也；三曰图形，绘画是也。’又周官教国子以六书，其三曰象形，则画之意也。是故知书画异名而同体也。”张彦远：《历代名画家·叙画之源流》，俞剑华编著：《中国古代画论类编》（修订版），人民美术出版社2000年版，第27页。尽管《易传·系辞·上》说“是故易有太极，是生两仪。两仪生四象，四象生八卦”，但八卦的图式无疑源自人类最初的刻痕纪事。

注者建类一首，同意相受，考老是也。六曰假借，假借者，本无其字，依声托事，令长是也。”因此，中国文字之初有类简笔画，即以简洁线描之体概括物象，形成类画之文字。从绘画角度说，这已较八卦以单线作物象之标记的做法又进一步，是殆中国绘画之雏形。至殷，文字已较为通用，《殷契》即为证明。有意思的是，最初的象形文字又有多种，借以描写动物不同的情状，如上飞之燕、下飞之燕、斜飞之燕、飞鸣之燕；又如正形之龟、侧形之龟、伏状之龟、行状之龟等。这就更充分地表明了中国文字之初的象形特征。另一个值得注意的方面是，中国文字创始之初即是书画同源。所以《吕氏春秋》又说“仓颉作书”，这里的“书”应为文字及其书写之意，而非著作。刘宋时，王愔《文字志》所云即指出此意：“谓古书有三十六种，中列科斗篆、虫篆、鸟书、凤书、鱼书、龙书、龟书、蛇书、云书、麒麟书、仙人书、倒薤书、偃波书、蛇脚书等。”后唐韦续又增加至五十六种，并称伏羲作龙书，神农作八穗书，少昊作鸾凤书，颛顼作科斗书，帝喾作仙人形书，帝尧作龟书等。[①] 由此可见，夏殷时期，中国文字的书写方式或书法就已经十分多样了。可以说，它们为中国书法的多样化发展奠定了最初的基础。

文字的产生必然面临着书写的问题，由此产生书法。书写伴随着文字的产生，但对于书法的起源人们却有着不同的认识。一般认为，东汉时人们学习书法蔚然成风，出现了论述书法功能的专著如蔡邕的《笔论》，书法才成为一种独立的艺术。也有人依据元代刘因在《荆川稗编》中的记述：“字画之工拙，先秦不以为事……魏晋以来，其学始盛，自天子、大臣处士，往往以能书为名，变态百出，法度备具，遂为专门之学。”[②] 认为书法的意识始于魏晋。但根据资料和史实我们可以说，两汉时期，中国人已具有了明确的书法审美意识，但到魏晋，书法开始成为一门作为“专门之学”的独立的艺术。因此，书法的成熟及其独立性在汉魏时期已经开始明确起来。

但就目前史料看，最早作为实践的书法始于商代中后期的甲骨文。[③] 甲骨文以单线镂刻，瘦挺有力，布局多为纵行，行款错落，大小变化，疏密有致。尽管甲骨文在书写上还缺少变化，但已具备了书法的用笔、章法、结字三要素，因此可以视为书法的最早的成熟形态，标志着中国书法的肇始。商周时期青铜器的出现保存了这个时期书法的形态，其书写方式已有了新的发展。不仅笔画变粗，而且起笔、收笔及运转比甲骨文更加圆润而富于变化，线条因而富于弹性。字的造型被适当拉长，且更加注意章法的节奏韵律。[④] 春秋战国时期毛笔得到了广泛应用，其丰富的表现力得以彰显，从尚存的这一时期的“石鼓”拓片看，不仅笔画遒劲凝重，结构茂密浑厚，而且字的结构也更加完善成熟，尤其是其中被赋予了审美趣味和用笔技巧。

可以说，石鼓文上承西周金文，下启秦代小篆，从而带来了书法的新的繁荣。秦的统一也使书法在小篆中趋于规范，但小篆的规整性和复杂性为书写带来的不便逐步催生了秦隶书的产生。秦隶不仅结构

---

① （唐）韦续:《墨薮》，文渊阁四库全书本。

② （明）唐顺之编:《荆川稗编》（全三册），上海古籍出版社1991年版。

③ 尽管韦续称伏羲作龙书，神农作八穗书，少昊作鸾凤书，颛顼作科斗书，帝喾作仙人形书等，但未见实迹遗存。

④ 从历史记载看，毛笔的发明和使用应在殷商时期就已经开始，到商周时期理应使用更加广泛，但由于书写文字的用途所限而没有留存下来，因而转移到了可以长久保持的甲骨和青铜器上，致使商周时期的书法表现出因材料所限而产生的特性。后世的碑帖之分在此得到最初的体现。

较为简单，笔画由圆转方，使字体结构更易书写，而且向着楷书迈进了一步。但真正楷书化的是汉隶。汉隶取横势，用笔方中带圆，迟留凝重，并突出提按顿挫，结字敦厚朴实，笔画简洁易书，显得既庄重严整，又变化多姿。汉隶上承篆书和古隶，下启楷书，用笔通行草，因而具有承上启下的历史地位。可以看出，小篆和隶书实际上是两个系统，标志着汉字发展的两大阶段。小篆是象形体古文字的结束，隶书则是改象形为笔画化的新文字的开始。但实际上，从其内在逻辑看，隶书又是由篆书发展而来。①

由此可见，书法的主流演变是一个由繁入简，逐步规范化和标准化（楷法化）的过程，其动力既来自汉字本身出于实用需要而来的简化，也来自这个过程的内在惯性。从这个角度说，行书和草书的出现也是这个过程的自然结果。从汉魏时代起，这个过程开始加速（但更重要的是书法不仅日益丰富多样而且开始从实用中独立出来形成一种具有自我表达功能的艺术形式），最终在唐代进入书法的完备阶段。随之大师辈出，学派林立，风格竞艳。书体和风格的分立不仅仅是书写方法的分歧，更重要的是艺术趣味和精神表达的需要。这一点在汉代就已经开始了。至魏晋南北朝时期，由于文人的独立和精神表达的需要致使书法的艺术趣味和风格进一步拉开距离，这种趋势直接延伸到唐代书法家。值得注意的是，这个过程体现出书法与时代的呼应关系。我们看到整个魏晋南北朝时期的书法不仅突出个人的价值和意趣，而且遒润婉媚。相反，唐代的书法则呈现出时代的整体性，不论是壮美森严、刚正厚重，还是骨力劲健、秀逸瘦挺，都体现出郁勃旺盛的盛唐气象。可以说，这个时期奠定了此后中国书法宽厚的基础。

从汉字到书法的历史过程可以看出如下特点：

1. 文字的创造具有开天辟地的重大意义（所谓仓颉造字“天为雨粟，鬼为夜哭，龙乃潜藏”。而伏羲则“一画开天”：“保世滋大，概群藉而罗万有者，悉在此一画开天，人文肇始之。”——《易经》)。

2. 汉字来源于大自然和人类的现实生活，并且先有“文”，后有“字”。

3. “文”即刻画或书写，由此产生书法，即按某种法则或规范书写的艺术——书写，即形的塑造，或视觉传达。书写性因而获得了两种含义：情感性表达和复制（或者说在复制中进行情感表达，因而又不是简单地复制）。因此，书法又是一种限制性艺术或二度创作的艺术。

4. 书法既有技术和风格的差异，又与人的情感表达相关联，因而它是一门艺术。

5. 书法的演变具有明确的传承性，即创新来自传承。

汉字是形、音、义的统一，不仅形、音、义相互联系，互为表述，而且又各自独立并产生意义：其“音”与音乐和诗歌相联系，其“义”发展出文学，而其“形”则是美术的基础，或者说与美术密切相关。从视觉艺术的角度说，具有以下特征：

1. 象形与组构——“象形者，画成其事，随体诘诎”，即用图画的形式，按照事物形体本来的特征取形，即所谓“以图取形”。但在结构的组织上也遵循了一些原则。中国字的部首组合方式包括了左右式、左中右式，上下式、上中下式，包围式、半包围式等几种。这些方式主要体现了比例原则、均衡原则、韵律原则、节奏原则、简洁原则等。

---

① 所以卫恒称“隶书者，篆之捷也”，转引自（东汉）卫恒《四体书势》，载上海书画出版社、上海华东师范大学古籍整理研究室编《历代书法论文选》，上海书画出版社1981年版。

2. 线条与笔墨——以线造型和软笔书写，赋予书法突出线条、注重笔墨的特征。但不是一般的线条，而是强调线条的质量。东晋卫夫人《笔阵图》中，把横比作“千里之阵云”，把竖比作“万岁之枯藤”，把点比作“高峰之坠石”，就充分说明了这一点。线条的质量与笔墨密切相关，或者说笔墨决定了线条的质量，因而形成不同的书写性。

3. 点画与布局——点画是书法的基本造型语汇，点画之间的组织构成整体的布局。这里的布局即“势”，不同的点画书写又构成了不同的“势”，由此产生不同的审美特征。

4. 书写与情绪——线条与笔墨、点画与布局都与书写相关，表明书写在书法表现过程中的重要地位和书法的视觉传达功能。颜真卿《祭侄文稿》的悲愤之情、王献之《奉对帖》的悔恨之情、苏轼《黄州寒食帖》的惆怅之情、米芾《珊瑚帖》的狂喜之情等，充分表明了这一点。

从书法的完成到书法的普及，书法已不再是一种简单的书写问题，而是已成为中国人生命和精神中不可或缺的重要组成部分，从东汉至今绵延不绝。据唐张彦远记载，东汉赵壹《非草书》中对时人书写的狂热性和痴迷程度做了这样的描述：“夕惕不息，仄不暇食，十日一笔，月数丸墨，领袖如皂，唇齿常黑。虽处众座，不遑谈戏，展指画地，以草刿壁，臂穿皮刮，指爪摧折，见鳃出血，犹不休辍。”① 这虽是讽刺某些人东施效颦，但人们对书法的痴迷却跃然纸上。这种痴迷不仅是对前人的崇拜和模仿，更是对书法中所蕴含的无穷魅力的彰显。这也就是为什么中国的书法能够长久不衰绵延至今的原因所在。

背景二：历史的逻辑——从现代书法到汉字艺术

在中国传统书法中，技术与语义密切相关，甚至在某种意义上说，语义先于技术。而在现代书法中语义与技术的关系发生了重大转换，即技术先于甚至大于语义。这既是现代艺术观念的要求，也是书法绵延千年的自然结果。这种结果受到两个方面因素的影响：一是汉字的造型。汉字的造型尽管最初也是来源于自然界，但一当它以“象形、指事、会意、形声、转注、假借”的原则形成独立的系统之后，便形成了结构化的特征，而这种结构化又是通过线条的形式表现出来的。因此，汉字不仅具有与大自然密切联系的形象性，同时又构成了超越自然的构成性和抽象性，这使之具备了向着两个方向发展的可能，即一方面以线条表达对自然的认知，另一方面则使其笔画本身具有了独立的审美价值。二是汉字的书写。汉字的“形”是为表义目的服务的，由于汉字的象形特征，使它的“形”本身就千姿百态。这种与生俱来的生动性和丰富性，使汉字的“形”具有了天然的图画之美，而表现这种图画之美的手段就是书写——不同的书写本身也因而形成各种书体。当书写的技术发展到一定程度，并被赋予人的情感的时候，汉字的“形”便具有了某种情感意义，为汉字的实用性所遮蔽的汉字的艺术品质便被发掘和激发出来。所以汉字的艺术性是包孕在“形”要素之中的固有的潜在品质，是书写激发了这种潜在品质。当书写者自觉地利用书写来表现某种寄托时，汉字就完成了“形”的升华，具备了作为书法艺术的情绪表达的独

① （唐）张彦远：《法书要录》，浙江人民美术出版社2012年版。

立性。①

传统的书法的内部演化从甲骨文、金文到篆、隶、楷、行、草，完成了从具象到意象和抽象的各种形态的表达——以其造型的丰富性和书写的多样性（前提是毛笔书写），带来了书法艺术的独立。但更重要的是，当这种书写性本身也获得独立之后，走出书法就成为一种必然的趋势。这种趋势受到了两个重要因素的影响：西方现代艺术和日本现代书法。

实际上，在西方现代艺术传入之前，西方文化在19世纪中后期传入中国以后就开始在中国传统书法的内部演化中发生了作用。它使人们意识到，“书法”是与西方的calligraphy（美术字）相对应并具有独立的表现力和审美价值的书写的艺术，由此催生了与传统书法相对的“现代书法”的观念（不是“概念”）。其中包括两个方面：一是装饰和美化。其表现为创作和展示两个方面。在创作方面，“现代书法”的装饰和美化涉及怎样用笔用墨、怎样造型和构成，即它比传统书法更强调书写的视觉效果；而在展示方面，与传统书法的展玩方式不同，“现代书法”更注意作品的展示环境及其与周围作品的关系，即它是一种展览的艺术，这体现出一种现代社会的公共性意识。二是精神内涵的表达。其中包括以辞达意和强调格调两个方面。所谓“以辞达意”，即强调字、词和句的独立性意义表达（也可以是一首诗或一句话或一个词组等）。尽管汉字在此仍不可缺少，但其功能只是意义表达的提示。这就是我们今天看到的一般书法作品的呈现面貌。所谓“强调格调”，即以艺术趣味取代了传统书法的意境指向，最终体现为一种形式意识，使书法具有了更多的外在承载力。

这种“现代书法”或书法的现代观念是对传统书法的一种推进，但它总的来说仍属于传统书法的范畴，直到20世纪70年代末80年代初才在开放的语境中迎来了新的转机。我们看到，此时随着思想解放运动而来的第二次启蒙的展开，尽管书法仍是以复古的面目出现，但从传统实践引申出的形式冲动开始与西方早期现代主义相交会，在“形象反映论”（即普遍认同“书法必须书写汉字”的观点）的基础上构建“有意味的形式”。这就是此时的“书法新古典主义”。显然，“书法新古典主义”从传统引申出的形式冲动和形式批判意识使之并没有突破传统“书法”的概念，其局限性使其还无法建立起一种具有当代性的意义建构。

1985年，由古干执长的北京“现代书画学会”在中国美术馆画廊举办的“现代书法首展”正式开启了中国书法现代化之路：它不仅正式提出了“现代书法”的概念，而且昭示了现代书法的特征。此展有两个现象值得注意：画家的发起与参与和“少字数”书法的最初尝试。这意味着“现代书法”不仅仅是“书法家”的事情，更重要的它是中国现代艺术进程中的一部分，这就为其以后的发展埋下了伏笔。

“现代书法”一经确立就迅速扩展开来，在整个美术界产生了广泛影响，并向着各个领域推进，到90年代中后期，大量探索已超出了书法概念，由此导致阐释问题的出现。实际上，对于“现代书法”的广泛拓展，人们一直试图给予恰当的阐释，分类就是这种阐释方式之一。其中杨应时和朱青生的分类较有代表性：“以书写象形文字为特征的字画派，如古干、王方宇、曾佑和、张光宝等；以强调汉字书写动势

① 傅山的《啬庐妙翰》是一个典型的例子。在这件作品中，傅山以不同的书写方式来建构画面，形成不同的书写意趣，甚至其书写本身也成为审美对象。这是与他提出的著名的美学主张“宁拙毋巧，宁丑毋媚，宁支离毋轻滑，宁率直毋安排”密切相关的。

为特征的少字动势派，如杨林、李郁周、徐永进等；以强调书法用笔为特征的笔意派，如魏立刚、邱振中、阎秉会等；将字归结到几何图像的几何派，如陈光武、洛齐等；侧重作品的工艺制作效果的制作派，如蔡梦霞、李太默等；突出书写的行为而非作品的行为派，如张强、宋冬、张建富等；以加强用墨的方法为特征的墨意派，如张大我、濮列平等；以表达字的意味为特征的字意派，如邵岩、刘天禹等；以表达词的意境为特征的词意派，如王冬龄、邢士珍等；用错字或非汉字书写的非字派，如徐冰、谷文达、吴山专、张楠等；以破解书法的最后作品为特征的非幅派，如王南溟、邱志杰等；以取消书法的书写性为代表的非写派，如朱青生、张伦等；以取消人为写作为特征的非人派，如刘超等。"①而朱青生则将"现代书法"分为"少字书法""非字书法""外文书法""人体书法""行为书法""牌匾书法（观念书法）""观念书法"等七大类。②

从这些分类中可以看出，许多所谓"现代书法"的新探索已不是"书法"，而不过是以书法的名义进入了各种现代艺术的表现领域。所以那时就有学者敏锐地注意到，"现代书法"已经展现出三种可能性："第一，从书法出发，对书法本身的艺术化和现代化"；"第二，书法作为元素，融入绘画、雕塑、装置等其他视觉艺术形式"；"第三，汉字书写作为独特的文化符号进入当代观念艺术，如行为、装置、影像、网络艺术等"。③这是一种观念的拓展，而这种观念明显受到了日本现代书法和欧美现代艺术的深刻影响。

日本昭和八年（1933），以比田井天来为首的一批书法家成立了"书道艺术社"并发行刊物《书道艺术》。他们在创刊辞上提出"拥有古老历史的书法，随着时代历经变迁。每个时代，它们都站在时代的前列并反映着那个时代。现在还活着的我们，也应当拥有我们自己的现代书法"，由此拉开了日本现代书法的序幕。而在西方，在现代主义观念指导下，一大批前卫艺术家在扫描全球艺术资源时将目光聚焦于东方，在对中国书法的各种演绎中不仅开创了西方现代艺术的新局面，而且为中国艺术发展提供了一种新的观念。因此，当这两种因素在20世纪80年代进入中国后，使中国艺术家看到了书法拓展的新的可能，也为中国现代艺术打开了一个新的空间。

正是在这一背景下，中国现代书法在强劲的现代艺术理论与实践的支持下迅速向着艺术的各个领域突进，呈现出丰富多彩的面貌。但这也使中国现代书法走到了一个必须做出抉择的十字路口。之所以这样说，是因为在这30年里现代书法的困境已经逐步显现：一方面，"现代书法"仅仅在书法的用笔、结构、造型、布局等内部因素上左右腾挪几乎已没有什么空间；另一方面，本质主义的观念已与现代书法最初"探讨和尝试"的立场相违背。但我们欣喜地看到，经过30年的实践，中国现代书法实际上在悄悄地向着几乎所有可能的方向伸出了触角，甚至可以说，它在内在冲动的推动下自觉不自觉地进入了一个面向全部美术史的开放的新阶段。正是敏锐地看到这样一种历史现实，中国现代书法的奠基者和倡导者、著名艺术家古干先生和现代书法的中坚、著名艺术家濮列平先生于2002年9月在广西漓江讨论后形成了"汉字艺术"的概念，并随后开始向外推广。尽管"汉字艺术"这一概念还存在着诸种可探讨的地方，但

① 杨应时：《书法作为资源：中国当代艺术的一个新方向》，《贵州大学学报（艺术版）》2002年第1期。

② 朱青生：《从无锡到北大——我所经历的现代书法试验》，《现代书法》2000年第3、4期合刊。

③ 杨应时：《书法作为资源：中国当代艺术的一个新方向》，《贵州大学学报（艺术版）》2002年第1期。

它无疑已超越了“现代书法”而与当代艺术建立起紧密的联系。正因此，“汉字艺术”将“现代书法”向前推进了一大步，历史地开启了“汉字艺术”的新的阶段。特别是当汉字艺术向着各个当代艺术领域推进并开始进入教育实践之后，它不仅已成为中国当代艺术的重要组成部分，而且汉字艺术作为一个较为完整的、自足的艺术体系渐露雏形。

在这种扩展中，自然地出现了什么是汉字艺术的问题。一方面，汉字艺术无疑涉及中国的汉字、传统书法和现代书法，但汉字艺术已不再仅仅是一种平面书写的艺术，而是一种包括以上资源和平面书写的艺术形象的创造，即它是一种建基于人的视觉感受的精神和观念表达的造型艺术，因而它是开放的。另一方面，作为中国文化的延伸和现代转化，中国传统文化构成汉字艺术的价值基础。概括而言，我们由此可以得出以下结论：汉字艺术不是艺术汉字，也不是书法，甚至不是现代书法，而是一种以中国汉字、中国书法（包括传统书法和现代书法）为基础资源，以中国传统文化为价值依托，并向一切人类文化艺术成果全面开放，建基于人的视觉感受的精神和观念表达的当代艺术方式。

前景：新时代——历史创造与话语建构

今天，中国特色社会主义开始进入了一个新的时代。这是一个中华民族实现伟大复兴的时代，也是一个民族创造的时代。新时代文化艺术最突出的特征就是创造性。这不仅是中国艺术发展到今天的逻辑结果，也是新时代赋予艺术家的神圣使命。中国现代书法的标杆之一的古干先生曾这样评价现代书法的历程：“作为一项艺术运动，中国现代书法所经历的每一个过程都为其今后的发展储备着力量。二十年中现代书法运动与中国的改革开放同步迈进，成为自 1985 年美术思潮之后持续时间最长，发展方向清晰并且引领出一个全新艺术世界的运动，这个全新的世界便是汉字艺术。”[①] 从 20 世纪中国美术的发展看，汉字艺术集民族性与时代性、创造性于一身，成为新时代中国美术传统的现代转化的象征和突出的成果，也代表了中国美术未来的一个重要方向。汉字艺术作为源发于中国汉字和传统书法的一种当代艺术的表达方式，以开放的全球眼光和胸怀重新审视中国传统并赋之以全新的意义，从而打开了一个具有战略意义的文化空间，它以中国的立场和视角将人类的一切文化资源都纳入其视野之中，不仅为中国也为世界美术的未来发展提供了一种新的可能。特别是其中所蕴含的中国传统文化的价值观在今天益发凸显其意义。

汉字艺术的出现对于中国美术来说其意义是划时代的。就艺术内部而言，20 世纪以来，中国美术一直在努力寻求走向世界的可能，中国画的现代化就是这种努力之一。但这种现代化一方面被视为一种地方艺术被动的现代化，另一方面又被赋予了太多西方的意义而限制了它的传播和接受。汉字艺术则是一种全新的创造。它的内涵是中国的，但它的外形却是世界的——它以一种来自自然的形象化的内容加以共识语言表述的普世的面目出现，因而获得了世界意义。它是中国的创造，也是中国对世界艺术的贡献。它的出现将第一次以中国的方式改变世界艺术的格局，也将对中国艺术的未来发展产生深远影响。就艺

① 古干：《序》，载濮列平、郭燕平《中国现代书法到汉字艺术简史》，四川美术出版社2005年版。

术外部而言，汉字艺术通过观念的创新和新的学科的建设，丰富了文化产业的内涵与外延，从教育到生活的各个实用方面全面拓展了文化产业的空间。但更重要的是，汉字艺术在世界范围内都有着广泛的社会基础。在中国，广大书法爱好者一旦改变观念就会形成一支庞大的汉字艺术创作队伍。而在国际上，世界各地的中国文化热爱者，只要具备一定的汉字基础都可以加入汉字艺术的创作。汉字艺术低门槛、纯视觉、全覆盖、全开放的特征将使之拥有超文化的接受面，即不论信仰、文化、肤色、年龄、地域，只要进入汉字艺术，都将可以在其中乐此不疲并找到自己的一席之地。可以想见，当汉字艺术在世界范围内全面展开的时候，中华文化将以其润物无形的方式成为人们思维方式和行为方式不可分割的一部分。在中国经济飞速发展的今天，中国要成为一个真正的世界性的大国的重要标志，就是能否成为人类文明前行道路上美好生活形态的创造者和引领者，这就需要在艺术上有超越于时代的先进理念并能将这种理念转化为创新能力，同时创造出具有普世价值并引领时代发展的艺术形态。汉字艺术正是中国在当今世界树立和平与友好形象、深化中国文化全球影响力、构建世界艺术新秩序的最有力的手段。通过汉字艺术及其在全世界的推广，以传播中国文化及其天人合一的宇宙观，厚德载物、互相尊重的生命观以及包容和谐的生活观，为中华民族的伟大复兴做出贡献。

从更广泛的视域看，汉字艺术还不仅仅是一种艺术的表达方式，而且与中国美术话语的构建直接相关。从20世纪中国美术的发展历程看，各个时期的艺术家为中国美术的现代化做出了巨大努力，不论其观点、立场、风格、流派如何，这种努力的一个共同目标就是使中国美术在世界艺术之林中占有一席之地。可以说，20世纪中国美术成就斐然，也产生了世界范围的影响，但这个过程却始终伴随着对西方美术在观念上的依赖，因而常常成为西方美术的中国版本。其根本原因就在于中国美术始终未能建立起自己的具有全球普世价值的话语表达。

话语构建是19世纪以来随着第二次全球化的兴起而出现的一个新的趋势，话语的构建使以往零散的、个体的、片段的叙事上升为具有战略意义的理论或理念，与政治、经济、文化、历史、社会等结构密切联系在一起。正是这种理论或理念才使得那些零散的、个体的、片段的叙事产生了意义，也因而具有了导向性的特质。而这种导向性却是隐匿的，它自然而然地出现，似乎从不存在，但又从未离开，就像法国思想家福柯（Michel Foucault，1926—1984）所说的那样："在总是被排除的不出场的游戏中神秘地出场。"而一旦话语形成，就具有了控制性，即权力。[①] 20世纪中国美术的历程也充分地证明了这一点。

中国的汉字和传统书法是中国传统文化中最后一个尚待开发而具有无限潜力的领域，在这个领域中，不仅显示了中国人的智慧和创造，展现出中国的文化、哲学和美学，传递出中国人的世界观和天下观，而且隐含着中国人特有的以"和"为核心的价值观。汉字艺术正是以此为基础进行的现代转化，通过这种转化，中国传统文化及其普世价值观得以以一种现代的方式向世界传播，并借助汉字和书法这种植根于自然和人的文化符号与不同文化背景和不同种族的人群建立起精神的联系。这也正是汉字艺术话语构

---

① 福柯的相关论述参见米歇尔·福柯的《知识考古学》，谢强、马月译，生活·读书·新知三联书店1998年版；[法]福柯：《规训与惩罚》，刘北成、杨远婴译，生活·读书·新知三联书店1999年版；包亚明主编：《权力的眼睛——福柯访谈录》，严锋译，上海人民出版社1997年版。

建的基础。在此基础上，汉字艺术将以其普世的话语方式形成全球的包容力与影响力。

余 论

汉字作为一种象形文字，本身就与以形象塑造为特征的美术有着密不可分的联系。从表面看，这种联系主要是造型上的，但其实质它们既具有共同的源头（即“书画同源”，这个“源”即大自然），又各有其独立的造型原则和规律。所以汉字既有与美术的共性，又有其个性。同样，以汉字和书法为基础资源的汉字艺术既是美术的一种又是一个独立的系统。目前的汉字艺术实践已经表明了这一点。然而作为一个新兴的艺术门类，汉字艺术还存在着诸多尚待解决的问题，汉字艺术本身还需要不断探索和整合。目前看，其问题主要有以下几个方面：

1. 从文字书写到造型意识——文字和书法都具有造型性，但与作为一种自由艺术的汉字艺术的造型不是一个概念。因此，如何从文字和书法的结构造型走向作为自由艺术的形态造型，是汉字艺术面临的基本问题。

2. 从二次转渡到语言独立——书法是建立在对汉字的二次转渡基础上的，汉字艺术依然如此。但汉字艺术与书法的根本区别在于，它不再是以汉字本身为转渡对象，而是以汉字的构型原则（即“六书”）为基本转渡依据。因此，如何以“六书”为基础中发展出一套自为自足的语言系统，是汉字艺术具有独立价值的重要前提。

3. 从情绪传达到精神和观念（思想）表现——汉字线条构造和象形特征与书法的书写性，使之具有天然的审美性和情绪性，但情绪不等同于精神。因此，如何从情绪的传达和宣泄走向精神和观念乃至思想的表现，是汉字艺术独立和成熟的标志。

4. 从对书法和美术的依附到自身独立体系的建立——汉字艺术依附于书法和美术两个方面，因此，目前创作皆徘徊于两者之间。尽管“汉字艺术”观念的确立已走出了书法，并与自由艺术建立了全面的联系，但没有其自身体系的建立，汉字艺术就不可能走远。因此，如何完成汉字艺术自身体系的建立，关系到汉字艺术的未来。这个问题与汉字艺术话语系统的建立密切联系在一起。

5. 汉字艺术理论体系的建立——汉字艺术的确立在目前仍是建立在实践的多元化与多样化基础上的。实践的丰富性使人们认识到一种新的艺术的可能，但这种可能还未获得理论的支撑。没有系统的理论建设和支撑，汉字艺术只是无根的浮萍，就不可能真正地走向未来。这也是汉字艺术话语构建的基础。

6. 汉字艺术教育的展开——汉字艺术的发展需要后继有人，没有大批各方面的青年才俊的加入，汉字艺术的未来将充满艰辛。因此，汉字艺术教育的展开就十分必要。作为一种新兴的独立的艺术门类，汉字艺术教育也同样具有自己的特性和特质，是一个独立的艺术教育体系。

综上，汉字艺术还是一种处于过程之中的新兴的艺术，其方法论建构、基础理论建构、历史和历史观建构、教育体系建构、学科建构以及话语建构等，是我们今后面临的主要问题。而这些问题有待我们共同的努力。

高天民，文化部国家当代艺术研究中心专家委员会委员，中国国家画院美术研究院常务副院长。1984年毕业于南京师范大学美术系油画专业，获学士学位；1992年毕业于中国美术学院史论系欧美现代美术史专业，获硕士学位；2004年毕业于浙江美术学院（今中国美术学院）史论系中国近现代美术史专业，获博士学位。主要研究方向为中国近现代美术史及其理论。曾任中国美术学院潘天寿纪念馆副馆长、教授、硕士生导师。

改革开放以来美术批评与创作管窥

陈池瑜

摘　要： 1979 年，我国的社会主义建设事业进入改革开放新的时期。美术家们解放思想，大胆探索艺术表现的新形式与新观念，在中华人民共和国成立 30 年创作的基础上，开拓进取，使美术界呈现百花齐放、多元发展的新格局。美术界的思想解放是从有关抽象美、形式美及内容与形式的关系等问题的讨论中展开，并对改革开放时期美术创作所起到的促进作用进行再认识。新的美术观念、创作理论及表现形式开始涌现，并取得了新的美术创作成果。

关键词： 改革开放时期；美术观念创新；多元美术创作形式

1978 年年底，党中央召开了第十一届三中全会，确立了以经济建设为中心的改革开放路线，我国社会主义建设事业进入了新的时期。1979 年，邓小平同志在第四届全国文学艺术工作者代表大会上发表讲话，鼓励文艺工作者进行新的文艺创作，迎来文艺创作的春天，美术家们解放思想，大胆探索艺术表现的新的形式与观念，在中华人民共和国 30 年创作的基础上，开拓进取，使美术界呈现百花齐放、多元发展的新格局。

何溶在《美术》1979 年第 9 期发表文章《美术创作的伟大转折》，认为随着全党工作重点转移到实现社会主义现代化建设上来，美术创作的伟大转折已经到来了。第四次文代会和第三次美协代表大会闭幕后，中国美协于 1979 年 11 月 19 日至 21 日在北京召开了常务理事扩大会议，就 30 年美术工作、艺术与政治的关系和今后美协的工作等问题展开讨论。《美术》1979 年第 11 期以《总结经验　繁荣创作》为题，报道了这次会议讨论的内容。会议认为“30 年来我国的美术工作是有成绩的，但走过的道路是曲折和艰巨的”。虽然存在教条主义等缺点和错误，“但整个这个时期，我国的美术事业是向上的”。有的与会者对“政治标准第一、艺术标准第二”“艺术为政治服务”表示质疑，认为容易产生片面性。另有许多与会者认为，政治标准第一，艺术标准第二，内容决定形式，这些基本思想不能否定，从来就没有无政治的艺术，只有明显和隐晦之别及表现方法的不同。这反映出改革开放初期，美术家和理论工作者对有关艺术理论问题能够发表不同意见，进行学术讨论。

美术界的思想解放是从有关抽象美、形式美及内容与形式的关系等问题的讨论中展开。此前，由于艺术创作比较重视对题材内容的评论，对形式在理论上重视不够，而对于抽象或西方现代艺术中的抽象主义，不恰当地批评为资产阶级形式主义。对艺术中的抽象与形式问题应从审美角度重新认识。1980年《美术》第10期和第11期分别发表著名画家吴冠中的《关于抽象美》和著名美学家刘纲纪的《略谈“抽象”》，吴冠中的论文结合分析中国水墨画、西方现代艺术中的印象主义、立体主义及康定斯基和克利的抽象画等，认为“抽象美是形式美的核心，人们对形式美和抽象美的喜爱是本能的”，他理解的中国画中讲究“似与不似”的关系，就是具象与抽象的关系，提倡“我们要继承和发扬抽象美，抽象美应是造型艺术中科学研究的对象。因为掌握了美的形式抽象规律，对各类造型艺术，无论是写实的或浪漫手法的，无论采用工笔或写意，都会起重大作用”。刘纲纪的论文则从哲学和美学角度阐述了什么是抽象的问题，认为绘画艺术中的抽象是指把许多事物共同具有的形状、线条、色彩的和这些具体事物相对独立开来加以观察，感受它们所具有的美，并在绘画艺术中加以表现，不应将“抽象”视为洪水猛兽。他还预测“人们对抽象的形式美的要求也将变得强烈起来，装饰的抽象因素也将闯入我们的绘画艺术”①。1979年，吴冠中在《美术》杂志上发表《绘画的形式美》《内容决定形式？》，引起了改革开放初期有关内容和形式的关系、有关形式美和抽象美的大讨论，仅从1979年至1982年，《美术》《美术研究》《美术史论》《文艺研究》发表了近30篇讨论文章，文艺理论家、批评家、画家、雕塑家纷纷著文参与讨论，如《文艺研究》发表了洪毅然的《形象、形式和形式美》、叶朗的《艺术形式美的一条规律》、钱绍武的《杂谈形式美》、邓福星的《中国绘画中的抽象因素》等文章；《美术研究》发表了杜建的《也谈形式美》、邵大箴的《形式探索、写实与情节》、詹建俊的《形式感探求》等；《美术》杂志持续刊发10余篇论文，有迟轲的《形式美与辩证法》、浙江美术学院文艺理论学习小组的《形式美及其在美术中的地位》、沈鹏的《互相制约——讨论形式与内容的一封信》、冯湘一的《也谈内容决定形式》、程至的《谈美与形式》等；《美术史论》刊发了刘纲纪的《美术概论第二讲——美术的内容与形式》等。这些论文深化了内容与形式关系的理论研究，在指出内容题材在创作中的作用的同时，亦强调“形式是美术作品成败的决定因素”“形式是美术本身”。有的论文检讨以前片面强调内容决定形式在美术创作中带来了轻视形式的倾向。②这些讨论和争论对美术界的思想解放起到了推进作用。彭德在《美术》杂志发表了《审美作用是美术的唯一作用》，笔者在浙江美术学院出版社出版的《造型艺术美学》第1辑发表了《略谈美术的审美功能》。彭德强调美术的审美特性，主张审美作用是美术的唯一作用。笔者的论文认为，审美作用是美术的基本作用或基元作用，美术的认识功能、教育功能都要通过审美功能而发挥作用。对美术功能的探讨有助于全面理解美术在社会中的作用。

美术思想的解放，美术批评与理论问题探讨的开展，对改革开放初期的美术创作起到了促进作用。美术创作亦活跃起来，新的美术观念、创作理论及表现形式开始涌现。1979年，20多位画家在北京发起了一场民间美术展览，取名“星星画展”，开始时在露天展出，后来进入中国美术馆展出，共办了两届。

① 刘纲纪：《略谈“抽象”》，《美术》1980年第11期。

② 杨帆：《关于美术的形式与内容问题的讨论》（综述），《美术》1983年第4期。

此次展览的作品，画家们强调自我表现，创作手法也不追求写实，力求多样化。“星星画展”的作品与之前的美术展览无论从展出方式，还是作品形式，均有较大差别，因此在社会上引起了较大反响。

1979 年，文学创作中出现了“伤痕文学”思潮，油画创作在 1979 年至 1982 年也形成了以四川美院青年画家为群体的“伤痕美术”。罗中立的《父亲》、何多苓的《春风已经苏醒》、高小华的《为什么》、程丛林《1968 年 × 月 × 日雪》等，以反思的目光审视周围的世界或刚过去的事件。《父亲》塑造了一位饱经风霜的勤劳善良、淳朴厚道的老农肖像，震撼和深深地打动了观众，邵大箴撰写专文加以评介。何多苓的作品受到美国画家怀斯的影响，塑造农村少年的纯真形象，透露出强烈的人文关怀。高小华、程丛林的作品则对红卫兵武斗进行反思。此外，中央美院研究生陈丹青创作的《西藏组画》，描绘藏民的生存状态，勃发出原始生命的力量。湖北艺术学院（今湖北美术学院）研究生尚扬的《黄河船夫》《爷爷的河》，表现黄河船夫奋力破浪前行和祖孙对黄河的依恋。这些作品有的在第一届青年美展或第五届全国美展中获奖，引起较大反响。这些作品不同于此前油画创作中歌颂英雄人物和工农生产劳动形象，而是对社会问题进行反思，对生存状态进行描绘。这些青年作者仍以学院中教授的写实方法作为创作的基本方法，仍继承现实主义关怀民生和普通人的思想传统，但对相关社会问题做了深层次的思考，对其后的美术创作产生了深远影响，也是新中国现实主义油画创作深化的表现。

改革开放初期，另一值得一提的事件是首都机场壁画。1979 年，首都机场新建，以张仃为组长，组成首都机场壁画创作团队，创作了一组优秀壁画作品，包括张仃的《哪吒闹海》、袁运甫的《巴山蜀水》、袁运生的《泼水节——生命的赞歌》、肖惠祥的《科学的春天》、祝大年的《森林之歌》、张国藩的《民间舞蹈》等，这些作品被视为改革开放初期美术创作的标志性成果，是壁画与公共艺术创作的一个高峰，具有里程碑的意义。

此外，1979 年第五届全国美展、1984 年第六届全国美展，以及 1981 年第一届青年美展，展出了众多青年美术家创作的优秀作品，美术界迎来艺术的春天！

1985 年前后，随着西方近现代哲学美学著作翻译介绍到中国，李泽厚主编的《美学译丛》陆续由光明日报出版社和辽宁人民出版社出版，科林伍德、沃尔夫林、沃林格尔、苏珊·朗格、阿恩海姆、桑塔耶那、马克斯·德索、帕洛夫斯基、克利夫·贝尔以及弗洛伊德、叔本华、萨特、海德格尔、尼采、皮亚杰、索绪尔、贡布里希等人的哲学、美学、语言学、艺术学、心理学等著作，成为青年美术批评工作者和美术家喜爱的读物，与此同时，西方现代艺术思潮及作品、画册、图片亦介绍到中国（20 世纪 20—30 年代曾部分介绍到中国），印象主义、表现主义、立体主义、超现实主义、未来主义、抽象主义、达达主义及现成品艺术等，成为青年美术家学习、模仿的对象，在中国掀起了一场“85 新潮”美术运动，青年美术展览频繁，爆发出巨大的创造力，成为 80 年代美术创作的一大景观。

在这一过程中，也出现了简单模仿西方现代主义、否定中国传统艺术的偏颇现象。南京艺术学院青年画家李小山发表《当代中国画之我见》等文，主张中国画只有和传统断裂才能创新，引起美术界关于国画传统与创新的讨论。发表的相关论文有万青力的《也谈当代中国画》、蔡星仪的《文人画的传统和中国画的创新》、刘曦林的《中国画与现代中国》、薛永年的《杂议国画创作批评中的三个问题》、邵大箴的

《写实主义和二十世纪中国画》，林木的《论文人画》专著，这些论著对深入认识中国画的特性，理解中国画的传统及转型，在继承传统的基础上革新创造，均起到了积极的作用。

80年代以来，中国画面临西方现代艺术的冲击，如果说新文化运动时期陈独秀、徐悲鸿等人的“美术革命”和“国画改良”，主要是回应西方古典写实主义，中华人民共和国初期的国画革新主要是探讨如何吸收素描方法及国画传统来表现新的生活的话，那么在80年代则主要面临西方现当代艺术的挑战，画家们积极做出回应。李可染继续走在写生基础上，借鉴西画中光的表现法，同时将文人水墨与龚贤层层敷染的方法相结合，创造了浑厚浓郁的山水画风。吴冠中在80年代以来主要从事水墨画创作，他的江南水乡白墙黑瓦风景和林木枝蔓穿错交叉及草地花卉装饰性作品，创造了现代感强烈、几何抽象及平面装饰等崭新的新水墨图式，独创一种水墨画形式美样式。80年代初，周韶华在中国美术馆举办“大河寻源”画展，展出的《狂澜交响曲》《黄河魂》等，令人耳目一新，对中国画创新有积极的启示。他还发表多篇国画研究论文，提出“横向移植”“隔代遗传”“全方位关照”等观点，在新的国画理论构建方面做出贡献。台湾画家刘国松多次回大陆办展交流，他的水墨抽象画亦为大陆画家所熟悉，并发挥了积极作用。以刘文西为代表的水墨人物画、何家英为代表的工笔人物画，取得了新的成果。无论是水墨人物，还是工笔人物、花鸟，在新时期都得到长足发展。以刘敬安、刘子健等为代表的表现抽象水墨，也拓展了水墨画的表现力。李宝林、贾又福、卢禹舜为代表的山水画，周思聪、杨之光、张立辰、杨力舟、王迎春、唐勇力、冯远、刘国辉、吴山明、杨晓阳、冯宪光、赵奇等为代表的人物画，均佳作纷呈。张仃的焦墨山水别具一格，杜大恺、刘巨德、陈辉等人则创立了中央工艺美院到清华美院的装饰画派。陈白一、孙志均、陈孟昕、李传真、韩振刚、方正、林若熹、刘临、江宏伟、陈运权、李峰、林蓝、谢晓虹等人的工笔人物和花鸟富有特色。

油画中的写实画派继续发展，在新中国初期现实主义油画创作已经取得丰硕成果，并形成油画中新的传统。改革开放以来，美术创作方法向多元发展，但写实油画仍是重要一翼，石冲、王宏剑、冷军、郭润文、忻东旺、郑艺、庞茂琨、龙力游、陈逸飞、杨飞云、艾轩、徐唯辛、徐芒耀、刘孔喜、段正渠、韦尔申、朝戈、杨参军、封治国等，为写实油画新的发展做出贡献，他们大多在全国美展获得大奖。尚扬、许江、王怀庆、孙景波、闫平、喻红、刘晓东、张晓刚、方力均、岳敏君、王广义、魏光庆、曾梵志、毛焰、郭正善、邓箭今、郭北平、喻晓夫、周长江等人在油画的表现性、材料、观念、风格方面均有新的创造，显示出油画创作的强壮力量，为油画在中国新的发展在不同方面做出了积极的贡献。

新中国的雕塑创作欣欣向荣，刘开渠、钱绍武、叶毓山、潘鹤、王朝闻、黎明、刘正德、曾成钢、李象群、吴为山、隋建国、陈云岗等在不同时期均创作出优秀作品。此外，新中国的版画、连环画、宣传画、水彩画及漆画等创作也都取得了很大的成果，限于篇幅，不再赘述。

总之，新中国的美术创作成就是多方面的，需要多角度加以总结。新中国美术是新中国文学艺术总体成就的一个重要组成部分，几代美术家经过不懈努力，创造出众多的艺术精品。近年来，国家有关部门组织“中国近现代重大题材美术创作工程”“中华文明历史题材美术创作工程”，以及“一带一路”美术创作重大题材工程等，标志着历史文明和现实生活主题性创作仍是新时代美术创作的重任。新中国美术创作在表现革命历史和中华文明，反映社会主义建设和讴歌改革开放和中华民族伟大复兴等方面，以及探索社会主义美术创作规律，试验各种美术形式，创立美术的中国风格、塑造新的人物形象等方面，均取得了重要成就。美术家们和批评家们以毛泽东《在延安文艺座谈会上的讲话》精神和习近平总书记在北京文艺座谈会上的讲话精神为指导，坚持以人民为中心的创作观念，推进新时代美术创作的新发展，为实现美术创作中的从高原到高峰新的飞跃奋力前行！

2019年9月16日凌晨3点于清华园

陈池瑜，清华大学美术学院教授，中国艺术学理论研究所所长，国家人才计划顾问，国家哲学社会科学艺术学项目、国家出版规划项目及全国古籍整理出版规划项目评审委员，中央文史馆书画研究院理论委员会委员，全国艺术学学会常务理事，全国教育书画协会高等书法教育分会顾问。清华大学《艺术与科学》执行主编。

以天下为取

——关于“中国画”的名实之辩

吕品田

摘　要： 晚清以来，中华“天下主义”被以个人、民族、国家为政治单位定义的现代政治逻辑所冲击，文化认知中的“天下”不再“无外”，传统画学之“画”渐为“中国画”等强调民族国家属性、表露本体认识二元之变的新名谓所替代。在涉入民族国家体系的特定历史条件下，“中国”或“国”之前缀也有取向中华文化的坐标性意义。如此取向绝非因袭西方“以国家观世界”方式来建构一种对抗性的“国家绘画观”，而是努力促进对“天下主义”画学之道的文化认知和文化认同。

关键词： 中国画；天下主义；文化认知；文化认同

晚清以来，中华文明经历了历史巨变。基于协和万邦之关系理性的中华“天下主义”与依仗物力、挟持武力的欧洲“民族主义”激烈交锋。交锋中，“天下无外”的世界观被以个人、民族、国家为政治单位定义的现代政治逻辑所冲击，华夏中国由此卷入西方列强所主导的民族国家体系的世界秩序，成为一个以国家主权为界定的民族国家。在现代国际政治格局中，中国人以坚苦卓绝的现代化努力奋发追求民族独立和国家富强，社会、政治、经济和文化领域呈现翻天覆地的变革。中国的现代化变革，一方面不断顺应“现代性”的西方预设，一方面也像“民族主义”激发国人强烈的民族意识和爱国热情那样，不断复苏“天下主义”之文化自身认同的心志。这两种时代性价值诉求，聚结于“中国”这个新政治主体，并以“实现中华民族伟大复兴”和“构建人类命运共同体”的使命意识加以综合表达。

“中国画”名谓及其名实之辩是近现代历史语境的产物，也是这个时代与日俱增的“正名”需要的体现。然而“正名”工作至今未了，症结在于认知之取。

在“天下主义”的传统画学中，“画”本是一个自足的普遍概念，指实与现代名谓“中国画”（中国的绘画）、“国画”（中国国家的绘画）等既有联系又不尽相同①。基于中华文化的自身认同，“画”原本对应

① 关于“中国画”和“国画”名称的产生及不同含义，参见水天中《“中国画”名称的产生和变化》，《美术》1986年第2期。

于“天下无外”的世界观，唯以图形正道、象显定理、文以化人的普遍价值为基本义涵和功能担当，不曾为“民族国家”视野的外部性、特殊性、地方性见地所纠结，可谓中华文化自我彰显的重要表现形式。它所体现的思想精神、价值观念和方式法则，根本地关系着中华文化作为可持续生存智慧和生存方式体系的逻辑自洽性和圆满融通性。如郭思所谓“画当为画，但今画出于后世，其实止用画字尔”(《林泉高致》序)，就传统画学的阐述，“画”的义理功用并非只是“绘画”存形。“河图一画人文现，书画已在羲皇时”(杜琼《东原集·赠刘草窗画》)，发生学意义上的书画同源同体关系，确立了“画”之本体策应体贴中华文化形构、机能及其流转变通之情状的演绎逻辑和人文素质。“图载之意有三：一曰图理，卦象是也；二曰图识，字学是也；三曰图形，绘画是也。”张彦远在《历代名画记》中援引颜延之的这一席话即为精要的揭示。基于理、识、形交融一体的质地，“图画非止艺行，成当与易象同体”(王微《叙画》)，可以“成教化，助人伦，穷神变，测幽微，与六籍同功”(张彦远《历代名画记》)，以至“画者圣也”(朱景玄《唐朝名画录》)。涵育于中华文化价值体系的“画”之本体，体现着义理整饬的一元性和利益“无外”的普遍性。由此外延引申的名目类别，或门科之人物、山水、花鸟，或体裁之工笔、写意、白描，或手法之重彩、浅绛、水墨，或格式之卷轴、册页、壁画，或类型之画工画、院体画、文人画，或代称之丹青、绘事、翰墨……可谓内在统一、名副其实。

传统画学的认识格局在近现代出现了重大变化，随文化认知中的“天下”不再“无外”，“画”逐渐为“中国画”及“国画”等新名谓所替代。针对“西画”，新名谓界定并强调了“画”的民族国家属性。如此名谓之变，体现了国人努力在现代化语境保持自身文化认同的意志，却也透露了“画”之本体因文化认知转重“外部性”而被二元化。

近百年来，尊西方文化为先进，奉西方思想为指南，视西方理论为至理，以地方性的西方文明为整体性的全球文明，已成为这个时代自觉或不自觉的一种文化认同。从被动弃守到主动改造，中华文化在百年间遭遇了疏离自身立场和核心价值的破坏性震荡，出现了自身认同的危机。崇洋的“文化认同”深重地影响了国人的价值取向，作为其在美术领域的体现，移译西方话语体系的“现代美术观”在中国蔚然成势。这种遵奉西方话语“普世价值”阐释的文化认知，以接轨于西方艺术经验的认识论和方法论在本土引发了旷日持久的反叛或颠覆传统画学的“美术革命”。

“革命”之下，作为中华文化重要表现形式和认识载体的“画”，尤其是直观对应于西方艺术形态观的“院体画”和“文人画”，首当其冲地遭到从理论到实践的同化于西方绘画的改造。“画”由此被赋名为“中国画”或“国画”，成为切合西方中心主义认识取向和民族国家世界图景的“一国之画”或“我国之画”。这种“更名”行为，在本体认识上瓦解了基于“天下无外”之观念而历史地形成的传统画学文化认同，为另外的“一国之画”或“他国之画”扫清了认同障碍。

这种二元化格局是“现代美术观”冲击传统画学，西化中华文化表现形式的最具破坏性的结果。由而，现代认知中的“中国画”或“国画”不再具有原先“无外”的本体性和本体地位，只能作为现代文化构成中的一元而与异质的“西画”比肩而立。在社会达尔文主义所蛊惑的极端崇洋“文化认同”中，“西画”的构造原则和方式，被尊为代表人类艺术前进方向的普世性“国际艺术规则”，以致由现代化趋势断言，“中国画”终将连比肩而立的资格也会丧失，唯有与“国际”接轨、匹配之一途。

文化认同意义上的二元化，造成传统画学所强调的关系和要素在现代认知和把握上的变化。譬如在“现代美术观”看来，传统画学所谓融理、识、形于一体的义涵综合性，所谓正心诚意、陶养人格的功能复合性，以及“成当与易象同体”的价值崇高性，都是社会政治强加给绘画的额外“负担”或是无关于纯粹视觉形式的“他律”，以致须得将“中国画”与西式种类等量齐观，同若写形造型、描绘物象的一个“画种”。譬如在“现代美术观”看来，所谓书画同源同体的“笔墨”，只不过是描绘物象的单纯“绘画技法”“工具材料”或是构造画面的纯粹“形式元素”，以致须得抛弃传统画学所建构的与义理相纠缠的用笔用墨之法道，回复其作为“绘画语言”的单纯性……总之，出于文化认同意义上的二元裂变，传统画学之“画”的义理蕴含不断流失，形态也日趋视觉化、形式化和物质化，最终沦为西方艺术形态学范畴的一个画种、一种样式以及相应的工具媒材。如今坊间出现的以“水墨画”替代“中国画”名谓的进一步主张，思路逻辑依旧缘自“现代美术观”。只是这种主张背后的文化认同，更加地偏离中华文化立场，也更加地拘囿于“材料”“技法”的小格局。

近百年间，“民族化”或“中国化”的呼声始终未绝。这其中尽管透着维护传统、不甘沦落的坚韧意志，却也难免陷入“现代美术观”的套路。一种悖论性的结果是，本欲回归传统画学立场的文化认同诉求，反而因为纠缠于表层形态的“民族特色”或“中国特色”，使得本该生机变化的“中国画”形态被固化为符号化的视觉形式，陷入自我划界、自我闭锁、自我损伤的窘境。

墨子说：“瞽不知白黑者，非以其名也，以其取也。”（《墨子·贵义》）决定事物判断的不在于名谓，而在于实际。中国画坛的名谓之变，反映了指实也即现实方面的变化。眼下，现实依然在变，然而变化的趋向却已然不同于以往。放眼世界变革大势，凭借技术的不对称优势逐步消失，依仗国家权力的世界霸权日渐走衰，对利益共享之普遍秩序的期许越来越强劲迫切。中国应运而起，向世界倡议“构建人类命运共同体”。这是中国文化理念和文化战略自觉自信的体现，透露着“天下主义”的政治理想和价值取向。

如此形势下的“正名”努力，当要感知现实的变化，更要明辨现实变化的整体趋势。比照起来，“水墨画”概念所指陷于视觉化、形式化和物质化的狭域，既不能因应新时代的“天下无外”理想追求，也不能担当图形正道、象显定理、文以化人的普遍价值；既无助于画学认知和绘画实践的校正，也无助于“天下主义”理想情怀和君子人格的培养。

“名无固宜，约之以命，约定俗成谓之宜，异于约则谓之不宜。名无固实，约之以命实，约定俗成谓之实名。”（《孟子·正名》）目前，人们已习惯于以“中国画”或“国画”指称传统画学之“画”，尽管其限于文化自身认同还存在“名不副实”的问题，但是，这般命名已然具有约定俗成的适宜性。倘若依然能够坚持中华文化立场，约之指称传统画学之“实”；倘若依然能够清醒地保持文化自觉和文化认同，非以“他者”眼光自我剪裁，刻意让自己扮演“他者”甚或变成“西方”，那么这一现代名谓也合乎荀子所谓“制名以指实”的原则。

还有在涉人民族国家体系的特定历史条件下，倘若能够正确理解“中国”或“国”之前缀也有积极的意义，可以对文化认知起到取向中华文化的坐标性意义。需要加以强调的是，所谓“取向中华文化”，绝非因袭西方“民族主义”“以国家观世界”的思考方式来建构与西方相比试、相对抗的“国家绘画观”，而是希望由此启发当代艺术思想和实践“心怀天下”，促进对“天下主义”画学之道的文化认知和文化认同，继而阐扬光大之。

《道德经》云：“修之于天下，其德乃普。故以身观身，以家观家，以乡观乡，以国观国，以天下观天下。”今天，我们应该展开“以天下观天下”的胸怀和眼界，以载道的艺术为新天下体系建设发显协和万邦的普遍价值。

中国画，当以其取；如此中国画，也当为今之所取。

吕品田，中国艺术研究院原常务副院长兼研究生院院长，研究员、博士生导师。全国文化名家暨“四个一批人才”，国务院学位委员会委员，中国美术家协会理事、理论委员会副主任。曾任《美术观察》主编、中国工艺美术馆馆长、中国非遗保护中心副主任。出版有《中国民间美术观念》《新生代艺术》《文化哲学视野中的手工劳动》《中国当代艺术思想与实践批评》等。

中国水墨艺术与当代艺术机制的新型关联研究

柳淳风

摘　要： 本文从水墨艺术的历史流变、概念转向及其存在、发展的语境变化，逐步解析全球化以来的水墨艺术的视觉表达与新型艺术机制之间的缝隙，旨在提示当代水墨需要及时渗入全球化语境下的艺术机制，特别是展览机制这一学术命题。在国际化的艺术舞台上，水墨艺术如同太极拳，如何与自由搏击式的当代艺术打擂台，无疑将成为一个我们不得不面临的历史性话题。

关键词： 全球化；中国当代水墨；当代艺术机制；缝隙

一

不管是中国画，还是水墨艺术，都经历了一个非常复杂的剧变过程。1949 年以前，我们习惯表述其为“中国画”；1949 年至改革开放以来，我们更乐于称其为“水墨艺术”。从整体的视觉形态上来看，“国画”的图景基本上由三条并行、交织的，在不同意识形态影响下的图像线索构成。第一条线索是传统形态的中国画发展史。事实上，从某种程度上来说，中国画的视觉形式具备现代性特征比西方更早，明清时期已初显现代性的端倪。很多杰出的文人画家艺术表达的心手合一程度已登峰造极，只不过当时的中国社会与西方社会交往甚少，尽管许多艺术创作已经达到了非常高的水平，艺术家们还是缺乏现代性的自觉性认知；中华人民共和国成立以后，经历“文革”的洗劫，中国画的视觉图像遭遇了巨大变革，同样地，这种变革是被动的，然而艺术家却在这种被动下萌发了觉醒意识——怎样才能在当时的意识形态下回归传统，又能在非常局限的环境中创作与革新，成为中国画发展的另一条线索；再者，改革开放以后，“水墨艺术”成为中国画在新时期历史条件下发展的一个视觉面向。

“水墨”是一个以当代艺术理论作为文本框架的对传统“中国画”再次阐释或重新定义的学术概念。这种新的语言逻辑背后，涵盖了多重的隐喻，其中主要包括三个方面的内容：第一，“水墨”是对媒介本身的强调，它不再把“中国画”仅仅归类为一种创作方式的视觉表达，两种概念表述的主观性差异突显了当代的研究视角，展现了学者们试图从文化研究的角度，以语言学为切入口，展开对新时代语境中的中国画进行探究。第二，中国画经历了复杂的嬗变，尽管传统文人画的语序根深蒂固，然而进入全球化之后，艺术家们不得不面临新的创作生态与展览机制的变化，如何在逐渐转向的社会现实与强调趣味的传统艺术样态之间创造当代性的艺术链接已经成为最艰难的课题。在这种基础上，“水墨”的提出暗示了一种理论性的提示与倡导，“水”与“墨”恰好为艺术家们创建了务实的创作方法论基调与语言环境，为传统意义上的“中国画”转型提供了建构当代性连接的平台与语法，其自身的理念确认与部分艺术家的观念性实践也恰恰彰显了中国画（文人画）研究已向偏于“意境”“虚空”等异化的社会学特征（观念特征）方面发展。第三，从形态上来看，“水墨”是“抽象”的艺术，尽管这与西方现代主义以来的抽象艺术存在历史逻辑和学理上的差异，但毋庸置疑的是，对媒材价值的凸显，传达了“水墨”艺术对形式的热衷，这种研究趋势隐喻了理论家们希冀水墨艺术与全球化以来的艺术机制之间建立紧密关联的企图。

二

20世纪80年代的改革开放伊始，李小山提出“中国画穷途末路”的理论话语，引发许多艺术家开始了“中国画”前卫性的探索，面对理论界的质疑与自身创作局限性的挑战，他们自觉地展开了一系列变革实践。经历一段时间的自我规劝与调节，新水墨艺术基本上可归纳为两种艺术形态，即观念的水墨和形式的水墨占据了两个特征鲜明的创作阵地。

第一个方面，观念的水墨从学理上可追溯至传统中国画中追寻“心象”的所指，以综合性的中华传统理论学科——儒、释、道等宗教哲学思想作为创作背景，绘画语言上强调西方绘画技术的介入，试图探索感知与现实之间的关系，并从意境上主动地营造批判语境，为“新”水墨艺术参与全球化背景下多重艺术发展命题的讨论创造了基本条件。然而我们要看到的是，观念的水墨从某种程度上来说源于抽象化的心象表述，这种表述的思想基础、方法实践与传统文人知识分子对自身无极的修为探索不无关联。中国古代伟大的文人画家几乎都是文史哲的通才，他们对社会现实状态的判断与手对画笔的控制追求千古绝唱式的高度契合，无论是对万物的描摹，还是有关万物于胸中的艺术映射，他们都智慧性地试图建构深邃内心与客观自然之间的艺术通道。值得我们反思的是，当下，我们的艺术家面临着更为复杂的社会现实，不可否认这种剧变中的现实与深厚的传统文脉之间存在着气质上的巨大差异，如果只是传袭创作材料本身，而缺乏浑厚的文化储备，恐怕无法在观念与方法上找到突破口，为全球化时代的世界公众创造具有真正影响力的视觉内容，这可能是今天以水墨为创作媒介的艺术家们的尴尬处境。相比之下，西方当代艺术的发展却依托于现代主义艺术革命的彻底性，对思想观念的重视度，对社会公共现实政治介入理想的强调，以及以哈贝马斯为代表的法兰克福学派的西方马克思主义传统的持续深化，其中的许多作品都可从文化研究的角度纳入至詹明逊的后现代主义哲学观或晚期资本主义文化逻辑的视觉成果当中，这也恰恰与20世纪60年代波普艺术运动成熟发展后建立起来的，至今仍占据主导权力话语地位的西方艺术机制（展览机制）相互融合。而处于东方的中国，儒家思想传统根深蒂固的华人地区，西方的哲学观伴随着全球化进程不断渗透，但并未真正顺理成章地全方位进入公众的集体意识之中，甚至还从某些方面激起了传统思潮的回归，比如早期的新文人画和之后的新水墨运动的发生、发展都基于这种文化语境。事实上，借助传统媒材（水墨）进行艺术创作的艺术家一直在左（传统文化）右（西方文化）徘徊的纠结状态下感受自我（内部）与世界（外部）的变化，这种拉扯多少阻碍了本土文化的现代性转型和自身价值体系的建立以及创作方法的建构。很多艺术家在徘徊的过程中选择在现代化艺术表象的基础上粗暴地挪用传统文化的元素、符号，以追求形式上的现代性（当代性），使得“新艺术”再次陷入了简单的传统符号复制逻辑中去。不难发现，此时的传统文化还没有真正地转换成艺术创作的资源，更无从谈起构建与传统文化资源融会后所形成的独立的、特有的、不可复制的新视觉水墨图景。这种文化生态所引发的某种结果就是，水墨艺术，即便是强调观念表达的水墨艺术在很长一段时间内，无法融入世界公众较为认可的艺术体系当中，只能在本土的学术语境中参与有限的讨论与研究，缺乏与西方社会形成有效的文化互动。

第二个方面，形式的水墨则与传统中国画中写意的极简意象关系密切。文字与图像在写意的极致追求下逐步消亡，回归至对笔墨本身的酝酿，从而形成了抽象化的水墨形态，这与西方现代主义形式革命的抽象艺术相比有着极大的差别。水墨的抽象是传承的抽象，西方的抽象是否定的抽象、推翻历史已有成果的抽象，两者的学理背景恰恰相反，正因如此，在形式上探索的水墨艺术家们并没有彻底地完成现代性转型，当然这也是中国艺术自身特有的文化属性，不同的文化切面共同存在于同一历史时期之中，使得中国当代艺术特别是水墨艺术的内涵与外延更难界定。比如我们熟悉的刘国松与吴冠中，为水墨艺术走向西方公众视野做出了前瞻性的努力。刘国松更幸运地较早接触了日本新水墨艺术，他曾在一次采访中说：“水墨水墨，这个墨是一个色彩的代名词，不是说一定非墨不可。我们中国画在早期的时候颜色是非常重的，叫重彩，到了唐朝以后，水墨才慢慢成为一种绘画形式。把笔墨这两个字用现在的观念来分析它，什么叫作用笔好？因为中国画都用笔画，这个笔画到了纸上或者绢上去之后，留下的痕迹好的话就叫用笔好，但是留下的痕迹不就是点和线吗？对不对？所以说笔者就是点和线，点线画得好就叫用笔好。什么叫作用墨好呢？墨就是用墨或颜色渲染出来的面的效果好就叫用墨好，如果用这个颜色染出来的效果不好，就叫用墨不好，所以墨者就是色和面，所以说笔墨这两个字就是点、线、面、色彩。这些不是中国画独有的，所有的绘画都是点、线、面、色彩。所以笔墨这两个字要把它从狭隘的文人画里解放出来，海阔天空，你用什么方法做出来的线条好的话都叫用笔好，你用水彩画颜色也好，用别的颜料也好，只要用得好都叫用墨好。”可以说，刘国松在试图摆脱媒介对水墨艺术的束缚，不再强调传统中国画中对绘画、书法、印章的合一性，而是突出笔墨本身的意义，他的绘画在一定程度上填补了大尺寸水墨艺术领域的空白，被许多重要的国际性当代艺术展览所选择，延拓了水墨艺术的边界。此外，吴冠中于20世纪80年代初谈到的“形式美”在当时的历史语境中无疑也是开创性的。但这些无非都是在画面中的探索，依然是便捷的、有限的，无论多大的尺幅，多么复杂的图像依然有“速写”的草率之感，与同代波洛克密集厚重的对艺术制度全方位的突破性革命相比还略显单薄，更为重要的是，波洛克为公众拓展出了一种全新的视觉体验方式，并作为他艺术作品的一部分，参与了西方当代艺术机制的建构、发展，相互扶持，相互渗透，此时的形式革命与当代的展览体制、艺术世界巧妙地融为了一体。反观我们当下许多的水墨艺术还很难为展览体制和社会公众提供新的参与方式和了解世界的通道。

三

综上所述，“水墨”是理论界对于正在进行或者是已经进行中国画创作的艺术家和从业者的提示，开展与全球语境产生关联的督警。除了对媒介本身的强化，我们需要关注另外一个隐喻，即关于艺术家的身份建构与创作能力的拓展。水墨艺术一方面包含了传统文化的根源，另一方面也包含着如何突破传统与外部世界建立实质关联的观念创新与方法革命。艺术家们要面对与处理的命题是当视觉图像发生转向之后，在现有的艺术权力机制之下，如何与当下的展览体制发生密切关系。传统中国画的展示方式是卷轴式的，适合私人把玩欣赏，贵族们专享的、高门槛的艺术样式，这种艺术样式显然已经无法满足当代公共、开放式的展览体制需要与观众群体的观感需求。但如果仅是无限的把作品尺幅放大，似乎并不能在观念与方法上给公众与学界提供兴奋点。另外，全球化以来，展览机制也发生了很多转变，策展人在面临艺术家的选择时，也同样面临着策略的选择。比如影像艺术就是在观念艺术、装置艺术变成一种常规的“展览产品”之后，策展人们开始试图打破游戏规则而尝试选择一种新的视觉内容，将大量的影像艺术作品选入重要展览，从而促使其成为装置艺术之后的下一个明星。近些年，一些有影响力的大博物馆开始关注中国水墨艺术的发展，美术评论家贾方舟认为：“从大都会这个水墨展的策展意向以及对四个部分的描述不难看出，水墨作为中国传统文化的标志和象征，其当代呈现的方式已经远远不是停留在纸面上的、由笔和墨的种种规范和技巧完成的传统样式。其创作主体也不是国内通常认为的‘国画家’或‘水墨画家’。由此可以看出他们对中国传统水墨的理解和价值取向不在其技法意义上的推进和变革，而在如何将其转换为一种当代方式。而这种大幅度的转换又主要不是发生在国内的水墨画界，他们选择艺术家的标准已经远远越出了画种的界限。三十五位入选的艺术家，真正在水墨本位上工作的比例很小（这里显然不排除他们对国内近年在水墨领域里的优秀探索者缺乏了解），而大多是在当代艺术家的行列。”① 这些现象的发生可以说已经前置于水墨艺术的践行，怎样面对体制与策展人的选择，恐怕为新一代的艺术家们提出了难题。

中国当代水墨如何渗入全球化语境下的艺术机制，特别是展览机制，而不是最终被阐释为强调个体修为的艺术注脚，已经显得十分紧迫。在国际化的艺术舞台上，水墨艺术如同太极拳，如何与自由搏击式的当代艺术打擂台，无疑将成为一个我们不得不面临的历史性话题。

柳淳风，艺术理论博士、副研究馆员、美术史研究者、策展人、批评家。中国美术家协会会员，第十五届北京市人大代表。毕业于中央美术学院，并于2013年获得由文化部、中国美术馆、中央美术学院与德

① 参见贾方舟《风从西方来：即将开幕的大都会“水墨”展》，艺术中国网，2003年10月28日。

国柏林自由大学媒体学院共同颁发的艺术管理领袖培训完成证书。2007年以来，就职于中国美术馆研究部。2000年以来，开始进行大量的展览策划和艺术批评工作，并多次在布鲁塞尔、巴黎、东京、首尔、釜山、罗马、里昂、维也纳、柏林、纽约、都灵等地的重要美术馆策划当代艺术项目和学术活动，对中国当代艺术发展生态给予长时间的关注。此外还撰写了大量的批评文章与艺术评论，编辑了60多种与中国现当代艺术相关的画册，出版了4部个人学术专著。

对现实主义创作观念的省思

魏祥奇

摘　要：现实主义与人文主义、人道主义是共生的，与民族、独立、革命、解放、抗争等关键词息息相关，带有强烈的国际主义和全球性的色彩，其诞生于19世纪欧洲革命和20世纪初民族主义的浪潮中。随着新的全球政治、经济环境的变化，随着新的艺术观念和艺术语言形式的发展，现实主义的创作理念在逐渐失去赖以生存的历史土壤。

关键词：现实主义；语言；观念；缺失

现实主义是20世纪中国现代美术思想的根基，从30年代鲁迅倡导的左翼美术思潮和新兴木刻运动、抗战美术，到40年代的反饥饿、反压迫运动，出现了李桦、胡一川、古元、彦涵、蒋兆和、符罗飞、司徒乔、黄胄、李斛等一大批极具有“平民意识”的美术家创作的经典美术作品。中华人民共和国成立后，现实主义是所有文艺创作思想的基本要求，美术家们组织起来深入建设工地写生成为最受推重的创作方式，创作了一系列积极反映社会主义国家建设和发展的场景，塑造了一系列洋溢着幸福笑容和健康颜色的人民的形象。显而易见，30年代和40年代的现实主义的“苦”，与50年代的现实主义的“美”之间存在着巨大的差异，但关注现实生活和现实生活中的人，仍是贯穿于美术家们思想深处的基本认识。

现实主义概念的出现与19世纪欧洲革命的浪潮是同步的，我们将库尔贝、米勒、列宾的艺术称为“现实主义艺术”，在于他们的艺术描绘了生活在社会底层的人的生命状态。而后现实主义与马克思主义、工人运动、无产阶级革命、国际共产主义运动的思想紧紧联系在一起，直至1915年，伴随着“新文化运动”肇始，现实主义的概念传入中国并广泛影响了中国政治思想和社会生活的方方面面，生活在社会底层的人的觉醒和崛起，逐渐成为改变中国政治和历史发展的重要力量。对这一力量的启蒙、组织与发动，与马克思主义的传播与接受，与中国共产党的建立之间关系密切，并最终确立了现实主义主导的革命美术的基本形态。包括鲁迅倡导的左翼美术思潮和新兴木刻运动，所推崇的德国社会民主党（德国的共产党）人凯绥·珂勒惠支的艺术，都是以描绘被压迫和残害的人民作为创作母题，都是能够激起生活在底层的人的反抗意志的图像。在全世界范围内，现实主义都不仅仅是视觉上对现实生活的平铺直叙的再现，而是成为社会革命思想体系的一部分，尤其是在两次世界大战和世界性的民族独立和解放运动的历史语境中，现实主义与人道主义经常是以二位一体的模式存在。

另外一个与“现实主义”概念紧密相关的是“写实主义”，就像库尔贝、米勒和列宾的创作一样，用写实性的语言描绘现实生活似乎是现实主义的基本表征。但是在凯绥·珂勒惠支的很多作品中已经远远超出了写实主义的语言形式，带有强烈的表现主义的语言气质，深受其影响的新兴木刻运动美术家们的创作，并没有接受系统的类近于油画或中国画写实画法的训练，而是更追求平面性的表现，因此与我们所熟悉的写实主义绘画，还是有着相当大的差异。相较而言，写实主义关联的是纪念性、历史性的艺术，深受教会和宫廷的推重，接受现实主义创作观念的艺术家们在描绘新的母题和主题，就像库尔贝等艺术家那样，写实性的语言没有变化。值得注意的是，现实主义与写实主义这一对概念是在新文化运动时期同时传入中国的，以至于很多时候我们并不仔细区分两者的差异。更值得注意的是，马克思主义理论中的唯物主义，也与现实主义和写实主义的概念之间有着密切的关联，甚至可以说唯物主义是现实主义与写实主义的思想之源。因此可以说，从事现实主义或写实主义创作的艺术家都坚信历史的客观真实性，都是坚实的历史主义者，而现代艺术运动中的表现主义、超现实主义、立体主义、达达主义、至上主义等，则属于非历史主义的艺术语言形式。写实主义与现实主义之间的关系可谓异质同构，但写实主义更多是语言层面的，而现实主义则是认知层面的。就像20世纪初很多美术家接受摄影艺术并创作博物画，皆表现出将现实主义和写实主义共冶一炉的视觉形态。

中华人民共和国成立后，现实主义与写实主义、唯物主义更是被紧密联结在一起，美术创作要为社会主义建设服务，美术家们倡导深入生活的创作理念，无论是接受徐悲鸿、蒋兆和创立的造型体系，还是随之引入的苏联造型体系，都是以写实性的语言为本，积极描绘人民昂扬向上的精神风貌，表现社会主义建设的伟大成就。毋庸置疑的是，现实主义是一套自上而下的复杂的思想体系，是政治伦理和观念的延伸——互为因果，同时也成为政治伦理和观念的基础。美术家们的创作都紧紧围绕现实生活，注重“从群众中来，到群众中去”“源于生活而又高于生活”的基本理念，创作了一系列反映现实生活、反映时代面貌的美术作品。这一时期的美术家们从来没有离开生活，没有离开养育他们的土地，他们的创作得益于生活的滋养，他们的内心中有着真挚的情感，他们深知一位人民艺术家“艺术创作为人民”的基本职责，所以很多作品都是经得起历史检验的。方增先的《粒粒皆辛苦》、刘文西的《祖孙四代》、王霞的《海岛姑娘》、朱乃正的《金色的季节》、黎雄才的《武汉防汛图》、吴作人的《三门峡工地》、艾中信的《通往乌鲁木齐》等，皆可谓脍炙人口的时代力作。在这里，美术家们找到一种将现实主义与浪漫主义相融合的语言方式，构成了不同于现场写生的“典型场景中典型人物”的表现方法。所以很多画作处于一种现实与虚构之间的状态，是将不同时间和空间中的图像拼接而成，我们可以将其称为现实主义的蒙太奇，是一种艺术形式美的处理手法。但是在60年代和70年代，很多美术家的创作极大偏离了现实主义的创作观念，以至于在70年代末80年代初思想改革开放之初，出现了以罗中立的《父亲》为代表的乡土主义艺术。乡土主义乃是对现实主义的回归，在很多研究者和创作者看来，这种回归是一种反思，提醒美术家们要重新回到现实生活，关注现实生活中的人，才能创造出真、善、美。吴冠中提出形式美和抽象美的论题，提出“风筝不断线”，都在开启现实主义创作的新形态。

80年代现代主义美术思潮中，很多新潮艺术家更多引入了抽象主义、表现主义和观念艺术的形式，逐渐走向了形式探索而离开了现实主义的创作思想。尽管如此，还是有靳尚谊的《塔吉克新娘》、詹建俊的《潮》、李世南的《开采光明的人》、吴云华的《乌金滚滚》、广廷渤的《钢水·汗水》等一大批立足于描绘和表现现实生活的力作。90年代，艺术市场萌芽，所谓的新古典主义、照相写实主义等艺术语言形式广受欢迎，还有后现代主义艺术、当代艺术等多重艺术观念和思想的勃兴，都极大挤压了现实主义美术的生存空间。尽管有很多艺术家依然在描绘工人、农民和少数民族人物的形象，依然延续深入到乡村和边疆写生的工作方式，但很多作品中已经失去了现实主义的视角，空留下一个形象的躯壳。相反，也有很多职业艺术家或者是自由艺术家反而在创作上更为注重现实主义的意识，他们的艺术深刻反映社会现实，形成不同于学院艺术审美体系的新艺术生态。在这些极具有现实主义立场的艺术家的创作中，在语言上已经鲜有用绘画的形式，而是更多直接使用摄影、影像，以及文献、装置等现成品，追求介入社会、介入生活的力度和深度。尤其是影像艺术创作者，有很多更是纳入了历史学和人类学的方式，提倡艺术创作的批判性价值，反思历史和现实的精神困境。当然，今天我们在全国美术展览会上还是可以看到大量反映现实生活的作品，但也深切感受到美术创作与现实生活之间的距离，两者之间正在形成一道难以逾越的鸿沟。相信美术作品中精神性的匮乏源于创作者的懈怠，他们仅仅是延续了一个创作的母题和主题而已，有很多业已成熟的图像模式和视觉框架作为参照，其中鲜有自己的新创造和新思考。

今天，我们在反思当代美术创作中现实主义观念缺失的问题时，更应该重思的是现实主义的基本理念为何的问题。应该说，现实主义与人文主义、人道主义是共生的，与民族、独立、革命、解放、抗争等关键词息息相关，带有强烈的国际主义和全球性的色彩，其诞生于19世纪欧洲革命和20世纪初民族主义的浪潮中。随着新的全球政治、经济环境的变化，随着新的艺术观念和艺术语言形式的发展，现实主义的创作理念在逐渐失去赖以生存的历史土壤。同时我们也要看到，现成品等新的艺术语言形式的介入，会更直接也更清晰地切入时代的命题，但这也是否意味着现实主义正在生成新的语言方式？

魏祥奇，美术学博士。中国美术馆副研究馆员、策展人。专注于中国近现代美术史、美术理论与批评的研究，在中国美术馆及海外参与、组织策划和实施了一系列重要展览项目，同时以独立策展人的身份，策划了关注青年艺术创作的“青衿计划”和关注亚洲当代艺术发展的“新朦胧主义”项目等。

借鉴与开拓

新中国的美术馆学构建

美术馆展览的文化内涵

马锋辉

摘　要：美术馆是公共文化服务体系的重要组成部分，是保障大众基本文化权益的重要阵地。展览是美术馆的主要功能之一，最能反映美术馆的社会性和价值取向，越来越得到人们的普遍欢迎。美术馆的展览也已经从单纯的作品展示转向研究、典藏、教育和普及等多元化发展，展览不仅要体现美术馆的学术理念、学术观点，同时还要体现文化态度和文化主场。构建科学合理的展览体系，强调展览的文化内涵，对于美术馆更好地提升社会文化效益具有十分重要的现实意义。本文的展览实践以浙江美术馆为例。

关键词：美术馆；展览；文化内涵；公共文化服务

广义上说，“文化”指的是人类在社会历史发展过程中所创造的物质和精神财富的总和。狭义上说，“文化”仅指精神文化，即与人类精神活动及其产品有关的方面。文化具有社会性、多样性、系统性、阶段性等基本属性，是一个国家或民族的历史地理、风土人情、传统习俗、生活方式、文学艺术、行为规范、思维方式、价值观念等，是人们之间可以进行交流的、得到普遍认可的一种能够传承的意识形态。[①]本文指的是精神文化。

党的十八大对社会主义文化建设提出了总的目标和任务，强调文化是民族的血脉，是人民的精神家园。全面建成小康社会，实现中华民族伟大复兴，必须推动社会主义文化大发展大繁荣。党的十八届三中全会提出要构建“现代公共文化服务体系”，加上“现代”两字，突出了公共文化服务体系建设的时代性、创新性和开放性要求。这是新时期下公共文化服务体系建设的新任务。美术馆是公共文化服务体系的重要组成部分，公共性是美术馆的基本属性，这也为美术馆的展览指明了发展方向：一方面是丰富人民群众的精神文化生活，另一方面是通过展览活动促进社会公共价值和核心价值的认同，从而发挥文化引领风尚、教育人民、服务社会、推动发展的作用。

① 《关于文化》，百度百科网：http://baike.baidu.com。

如果说公共性是美术馆展览在社会公共文化服务体系中的功能定位，学术性是美术馆展览在视觉表现体系中的特征定位，那么思想性就是美术馆展览在文化发展体系中的价值定位。美术是文化传统和价值观念的表现形式，它包含了艺术情怀、批判精神、人性思考等文化内涵，是各个文化意识形态发展过程中的精神财富。美术馆展览要在视觉创造的基础上，根据时代发展的主题，重新构建、解读艺术文化样本，让文化成为促进社会科学发展的重要推动力。

一、历史传统中的文化积淀

传统文化是中华文明在长期的历史发展中演化汇集形成的、反映民族特质和风貌的民族文化。传统美术是传统文化的重要组成部分，它的表现特征极为典型，在历史传承、时代创造、兼容吸收、科学发展中形成了中华民族特有的审美理念。这种审美理念深刻影响了中国人的生活习惯和思维方式，甚至是上升为哲学范畴。美术馆在这类展览中要十分注重文化发展的历史脉络，突出艺术文化在社会形态中的地位和影响。

任何艺术现象都不是孤立存在的，必然是继承了前人的成果，发挥了自身的创造，为后人留下了财富。这个“财富”就是历史价值，有可能引起更大、更多的艺术成就和文化创造。在漫长的美术史发生衍变中，各个时期都会出现杰出的代表，他们往往是集大成者。美术馆在这类展览中最重要的意义就在于体现传统文化的历史价值，让观众受到真实的文化洗礼和历史感召。“敦煌艺术展”提出的口号是：到美术馆享受敦煌文化之旅。敦煌以其兼容并蓄的胸襟，将中原、西域各地的艺术与敦煌本土艺术相结合，形成了特有的文化体系和艺术风格。莫高窟又是敦煌艺术的精华，生动地展现了中古时期中国千余年间的社会生活画卷。它是世界上现存规模最大、历史延续最悠久、保存较完整、内容最丰富、艺术最精美的佛教艺术遗存，代表了4—14世纪中国佛教艺术的高度成就，是中国美术史上不可逾越的篇章。在“敦煌艺术展览”中，选取敦煌典型元素，加强环境营造，既要突出敦煌绘画、造像、雕刻、经书等多方面成就，又要把这些方面有机地统一在一起，完整地呈现敦煌艺术的辉煌成就。在关照历史衍变的同时，结合浙江实际，突出浙江敦煌研究成果，体现敦煌学的发展脉络。为体现敦煌艺术对后世的巨大影响，配套举办“张大千临摹敦煌壁画作品展”，观众进一步了解到敦煌石窟艺术是现代中国美术家心目中的“圣地”。敦煌的发现为20世纪中国美术史观的发展、美术语言的探索、美术创作的推进都提供了生动而又意味深长的经验。

中国传统书画艺术牵连着博大精深的民族文化思想体系，有其特有的图式结构和笔墨技法，在长期的传承发展和历史演变中形成了具有民族个性的审美体系。近代以来，随着中西文化的冲撞和融合，中国书画一直在寻求创造性转化和创新性发展的有效途径。但在视觉研究和拓展中，中国书画始终坚守民族文化气质和美学内涵，深刻揭示出文化传统的根源性对于艺术发展的决定性意义。美术馆在当代视觉营造的过程中，承担着重要的角色，更应以主动的姿态去思考、探索传统艺术的发展之路，由此产生积极的引领作用。一方面可以让传统书画艺术走出书斋，走向大众，让人们感受文化的魅力和艺术的熏陶；

另一方面可以组织一批艺术精英从继承拓新和本土建设出发，激发社会更广泛地关注和参与。浙江长期以来独特而深厚的文化积淀，形成了这一区域相对稳定而有序的书画传承脉络，有着鲜明的地域文化特质和风格形态，体现出一种底蕴深厚的传统文化精神。自 2011 年起，浙江美术馆举办“杭州·中国画双年展”，其目的就是在中华民族现代性的大视野中，承续中国画百年发展之路；在全球化与本土化的大趋势中，考量中国画生存与发展的当代生态；将历史寻绎和当代省思紧密联结，梳理、廓清中国画传承与拓展的历史性线索脉络，发展和解决当代中国画发展的实质性问题。

二、地域美术中的文化特征

正是由于不同国家、不同民族、不同地域产生的不同文化，才构成了绚丽多彩、异彩纷呈的人类丰富多样的文化。中国地域广大，地理环境、历史成因、民族风俗、社会构成、生活习惯等都不尽相同，在地域文化形态和艺术审美上也有不同。

在美术史上，美术家个体、美术社团、美术流派都是特定社会语境下的产物，蕴含了丰富的历史、社会及文化内涵。杰出美术家的艺术成就代表了时代的高度；美术家因为艺术主张和艺术风格相类似而自觉地走到一起，结成美术社团；社团组织活动给予不同的艺术家交流切磋的平台，在相互学习、相互影响中更容易在审美主张上达成一致，形成流派。它们之间既有内在的联系，又有外延的交织，共同作用而形成艺术风格和文化特征。浙江美术馆在展览研究中把目光投向美术家群体，重点实施了“白社”国画研究会和“浙派人物画”项目。其中“白社”国画研究会具有强烈的学术气息，是近百年浙派国画的先导，在近现代浙江绘画史中具有重要的地位。“白社”的主要成员潘天寿、吴茀之等是中国现代美术教育的奠基人，他们苦心经营着中国第一批美术高等院校，培养出一批批优秀的美术人才。20 世纪 50 年代初以当时的浙江美术学院为中心展开的中国画人物画变革具有历史的转折意义，它以中国传统笔墨为基础，大胆吸收花鸟画、山水画笔墨技巧，并巧妙地融合了西方的造型方法和观念，从而形成自己独特的艺术观念和艺术面貌，人们称之为“浙派人物画”。[①] 对于这个名称或“流派”，因学术界从未有过严格的界定，产生了不少歧义。但从历史的角度看，“浙派人物画”真实而全面地反映了新时期中国画人物画变革的意义和成果，包含丰富的内容和实质，在 20 世纪中国美术史上占据重要的地位。通过展览主要体现了传统中国画的继承和创新，梳理现代浙派中国画体系的发展脉络，凸显近现代书画艺术研究在当下的意义。

文化艺术的世界是相通的，例如鲁迅与新兴木刻运动的关联。艺术的演进与社会发展是同步的，例如版画在中国革命和社会建设进程中起到的促进作用。1931 年 8 月 17 日，鲁迅就在上海北四川路的一幢三层楼房中开启了为期 6 天的“木刻讲习会”。由此，自欧洲传来的现代木刻在中国得到普及，一支锐意无限的木刻青年军开始集结，一场全国规模的新兴木刻运动拉开了序幕。由新兴木刻运动开始，中国现

---

① 刘健、高天民:《“浙派人物画”与二十世纪中国画变革》,《新美术》2009年第3期。

代版画走过了 80 多年，在中国美术史上书写了辉煌灿烂的篇章。鲁迅与版画别有情缘，他对于“木刻青年”更是有着理想和标准。正是在鲁迅文艺精神的感召和鼓舞下，中国现代版画涌现了一代代杰出的美术家，始终与人民大众站在一起，成为时代的艺术先锋。展览“鲁迅的面容”作为“鲁迅与新兴木刻运动纪念系列展览”主题话语，体现了艺术家对现实关怀与批判精神的责任意识和对重建本土文化精神的担当意识。在消费主义和波普时代里，重提鲁迅精神，也是呼唤真正的普罗意识的重新到来。

三、时代变革中的文化传承

现当代美术发展的格局和成果是美术馆研究和展示的重点。我国现代美术呈现出东西方艺术碰撞、融合、共生的多元发展格局，各个领域、流派的美术家由此留下了极为丰富、精彩的美术作品。这些作品不仅记录了我国大变革时代中艺术家敏感的视觉发现和内心情绪，更展现了社会重大变迁与发展历程。早期的艺术探索者们高举“中西融合”“兼容并蓄”的旗帜，在艺术的现代化进程中艰苦跋涉，逐渐走出一条艺术的民族化道路。随着时代境遇的变化，在这条道路上又遇到新的文化问题，由此也鞭策着他们积极寻找当代中国文化的建构之道。

20 世纪中国美术在世界文化坐标中的地位和影响是美术史学界关注的重点，因为中西方的艺术观念自新文化运动和五四运动之后，开始了中西融合的过程。中西方的艺术观念有所不同，中国传统的艺术观强调“以形写神”与“气韵生动”，追求一种“妙在似与不似之间”的文人境界。而西方的艺术观则强调“以形写形”，讲究画面的整体性与精确度。浙江成为引进西方绘画艺术新思想、新潮流的前沿阵地，同时也是传承传统书画艺术的重要堡垒，中西艺术在这里汇聚、碰撞、融合，造就出不少引领风骚的艺术大家。吴冠中是中西美学交融和艺术创作的典型，推动了中国现代绘画观念的演变和发展。浙江美术馆在“东西贯中——吴冠中艺术回顾大展”中花费了大量心血和精力，一走进美术馆，就像走进了吴冠中的世界。展览中，观众可以清晰地看到，吴冠中以传统绘画为根基，强调中西结合，注重形式创造，并以西方写生观为基础进行传统水墨式写生探索的艺术风格。更能深切地体会到，以吴冠中为典型的中国艺术家们高举“美的创造”旗帜，不断探索，力求创新，把民族的、传统的审美旨趣与外来的艺术元素和谐地融为一体，开创了新的艺术境界，表达了当代鲜明的审美情趣。

艺术的“当代性”从来都是历史性的，必须勾连起过去所有的历史积淀，才能组构起“当代”的画面。艺术家是否成为“当代”，关键在于他的历史意识，在于他能否对自己的现实处境进行历史性的定位。对于每个时代的“当代艺术家”来说，艺术史都是倒叙的。溯源中国美术学院的发展之路，我们可以发现许江的“当代性”、吴冠中的“当代性”、林风眠的“当代性”，这条中国现代美术之路是一脉相承、气息相通的。从“为艺术战”的使命精神到“风筝不断线”的创造精神，再到许江借“葵”移情于自身的艺术实践中进行自我反思和对文化的深度诘问，从“中西调和”到“本土重建”，这是一条中国艺术现代性的历史脉络。作为改革开放以后成长起来的艺术家，他们具有强烈的文化使命感、艺理兼重的精神，以及与时代同行共进的激情。[①] 当代艺术家不再满足于“从西方发现东方”，他们深刻地体会到西方当代艺术思潮和中国本土语境之间的隔膜和冲突，更注重从精神远游到回返中国文化根源。当代艺术在全球化境遇和本土文化精神之间开辟出一种建构性的方向：在全球性绘画式微的时代里，重建一种东方式的当代绘画发展之路；直面图像时代技术文化的挑战，在现实的生活的远望中，以具体的生命体验，抵达文化的通境，在内部寻求一种具有中国特色的视觉文化建构方式。[②]

当代艺术的触角往往是和社会人文联系在一起，艺术家纷纷回归本土，力求从传统文化的本源中获取当代艺术发展的核动力，称之为“精神的返乡之旅”。这种“精神的返乡”就是要寻求文化内涵的支撑，“返乡的作用”产生文化艺术对现代生活的关注和关怀。当代艺术努力以艺术的原创方法，涉入材料、形态、媒介等多个方面，丰富表现内容，拓展视觉领域，引领创新潮流，致力于传统与创新、思想与生活的诸种关系，以当代艺术的品质重构现代生活的东方内蕴。浙江美术馆在蔡国强个展“春”中，把中国山水意境和传统文人精神全部融进创意和展示中，令展览呈现出多层次的意蕴。“春”除了体现艺术家对西湖山水人文的感动，火药在丝绸上爆炸产生出水墨的效果，也是一次对中国传统绘画艺术的一次探索与创新。用现代艺术的表现手法提炼出西湖风光的诗情画意，营造出了强烈的视觉效果。展览试图通过传统和当代的对接在精神和美学层面的传承，进一步体现大众对休闲生活状态的崇尚。杭州西湖文化景观已成为世界文化遗产，我们不仅要加强对西湖的发掘、保护、宣传和推广，更要思考它对提高生活品质的影响，也许“蔡国强个展”是一次很好的契机。

四、国际视野中的文化交融

国际视野是当代艺术的基本特征。传统文化艺术是在多民族、多国家、多地区的文化吸收融合的基础上形成的意识形态，具有稳定的思想体系和美学内涵。在当代艺术交融和国际交流中，逐步构建起新的文化语境和思考方式。一方面是充分融入到国际艺术交流与合作中去；另一方面是提高本土艺术文化对外的辐射力和影响力，增强民族的自信心和自豪感。特别是当代艺术与人、与城市、与生活的紧密联系，深层次地反映出批判和反思，充分体现艺术对现实生活的文化关怀。

在国际文化交流和艺术融合的进程中，西方艺术家也在极力关注中国文化的思想内涵。他们被东方文化的博大精深所吸引，对以中国为核心的东方艺术产生了浓厚的兴趣，以至到了着迷的程度。他们喜欢用墨色作画，竭力汲取包括中国传统和民间绘画在内的东方文化的表现精神。很多西方作品中有着强烈的东方情结，所显现出来的与东方艺术的某种契合往往令人惊奇。西班牙艺术家米罗就是其中最具东方情结的代表，在某种层面上，西方人是从米罗的绘画中发现了东方的美学思想和哲学思想的价值取向。米罗艺术的东方精神，非但是他个人最被讨论的艺术语体，同时也可以说是他艺术创作生涯最光华亮灿

① 《许江的艺术之路和文化价值》，雅昌艺术网：http://auction.artron.net。

② 《关于文化》，百度百科网：http://baike.baidu.com。

的一段。[1]米罗与毕加索、达利三人同为20世纪赫赫有名的艺术大师。浙江美术馆举办“执着的巡游——米罗作品展”，除了能够让中国观众有机会欣赏西方绘画大师的杰出艺术作品外，也是为了展现“西方艺术中的东方艺术”。米罗的艺术是独特的，在所有的超现实主义画家中，他是最忠实于自己的记忆和无意识感受的一个，因而他的艺术风格充满着诗意和自然意象，自由、奔放而又抒情。米罗的艺术符合中国古典美学概念，因此当人们看腻了五花八门的当代乃至标榜为后现代主义的绘画之后，再来看米罗的艺术，似乎会从他的作品里邂逅清澈的甘泉和久违的雨露。

当代艺术从传统艺术中演变、发展而来，受到社会制度和技术变革的深刻影响。它从传统文化中获取滋养，又吸收了新材料、新技术、新工艺的改造进步，具有时代创意的实验性特质。随着传统工艺向现代工业转型和发展，当代艺术的语境在社会、文化、经济等领域有其独特性、整合性和可持续发展性。通过当代艺术的国际性交流、合作、展览，在创新和拓展中，得以实现艺术的创造性思维，反映隐藏在视觉形态中的时代特性，构建当代艺术创造与生活创意同在共生的整体精神，从而寻找到城市的地标文化。同时，当代艺术与人们日常生活紧密关联，以合适的艺术载体为切入点，将普通大众吸引到当代艺术活动中来，可以极大地提高艺术普及和文化影响。[2]“杭州纤维艺术三年展”把纤维当作一种“文化眼光”，梳理传统发展揭示明日历史，彰显手工技艺塑造思想利器，更新学术话语开拓创新领域，深化本土关怀树立国际影响。“杭州丝绸”对精致、品质的追求，融入了杭州的城市文化特性，已成为这座城市的一个文化品牌。创立“杭州纤维艺术三年展”这样的国际品牌展览，从历史、人文、艺术和科技的视角，探寻中外纤维艺术的文化根基，推动当代纤维艺术的实践和研究。通过纤维艺术的语言个性，倡导开发织物纤维的新材料、新技法、新产业，融合世界编织技术和艺术审美取向于一体，既有深邃的国际纤维艺术学术价值，又对提升创意产业有着巨大的促进意义。[3]一方面，展览将因为杭州这座城市而被赋予特殊的意义；另一方面，杭州也因此吸引来自世界各地的艺术家和旅游者，从而提升城市的国际知名度和吸引力，纤维艺术与杭州，就如壁挂艺术之于洛桑，玻璃艺术之于威尼斯，文献展之于卡塞尔，互相因为彼此而精彩。

马锋辉，1963年生，浙江浦江人。毕业于中国美术学院中国画专业、美术学专业，先后获硕士、博士学位。曾任吴茀之纪念馆馆长、浙江美术馆馆长等。现为中国美术家协会秘书长，中国美术学院客座教授、研究生导师。主要从事中国画创作、视觉文化研究、展览策划和艺术管理。作品被美术馆、博物馆、艺术机构收藏。出版有《马锋辉作品集》《马锋辉水墨画集》《濡笔风骨——马锋辉水墨艺术》《吴茀之名作赏析》等。

---

① 浙江美术馆编:《执着的巡游——米罗作品集》，中国美术学院出版社2009年版，第5页。

② 马锋辉:《当代艺术的文化促进意义》,《美术报》2013年9月21日。

③ 马锋辉:《当代艺术的文化促进意义》,《美术报》2013年9月21日。

中国近现代美术的两个基本问题

——“西学·西行”展览的策划方案

朱青生　吴　宁

摘　要：本文意在讨论两个基本问题：第一，现实主义观念和写实主义方法为什么会进入中国，成为主导的艺术方向？第二个问题紧接着第一个问题，即中国画怎样经过西方学院素描的改造而成为“新中国画”？

关键词：现实主义观念；写实主义方法；新中国画；吴作人

一、艺术概念的改变：现实主义观念，写实主义方法

中国的艺术今天为什么是这样一个面貌？中国的美术家协会为什么是以这种方式构成？中国的美术学院到目前为止为什么如此组织教学？

这三个问题都涉及一次“美术革命”，在“新文化运动”和“五四运动”的总体精神取向和“救亡图存”“改造中国”的历史任务中，艺术必然如此，也只能如此。

在这个历史变化中，吴作人是典型的个案。他从 20 世纪 20 年代进入最早从西方引进的美术学院开始，到作为中央美术学院院长、中国美协主席终其一生，他的人生与作品显示了这个历史的过程。

本次展览追索在新中国成立之前，这样一个艺术向西方学习的“变化”过程是在什么样的情境、文化、历史中发生的？又是如何理解和实现的？故事从上海开始……

现在的时代是中国的崛起和成为世界强国的努力，艺术正在两个取向上对立展开：一个是当代艺术的方向，要求继续沿着现代化的方向创造史无前例的超过西方的艺术以引领世界；另一个是传统艺术的方向，要求拒绝西方影响，回到东方和中国古代精神中重建文化的独立和特色以对抗西方。然而这两个新的取向都是在“向西方求取真理”的基础上才能发生。一个多世纪以前，当 19 世纪末的所有努力尝试无效之后，留给中国的选择是向西方列强学习。中国历史上的这个时代即将结束，所以今天已经可以对其进行研究和回顾。

本来中国实现自我发展的现代化道路并不等同于西化（向西方求取真理）。西方发达的原因并不是它拥有优越于中国的传统，而在于西方用“反传统”的“大继承”率先完成了现代化。在世界现代化的整体进程中，凡是保持和坚守传统的国家及民族都处于相对落后的地位，“落后就要挨打”，中国如此，同处西方而相对落后的国家和民族也是如此，南方如非洲与拉丁美洲，北方如俄罗斯和芬兰，中间方如土耳其、印度和中东地区，无不如此。甚至连日本这样一个东方国家，在败给西方之后，由于相对先行实现了现代化，也对同处东方而在现代化进程中相对落后的中国、朝鲜及东南亚地区进行侵略和压迫。然而这种与反传统的现代化相关而非与传统相关的发达，却被相对落后的国家看成是“西方文化”或“西学”，这个问题意识的混淆对于目前尚处于后发展地位的国家和民族依旧存在。现在如果想要辨析这个问题，吴作人的个案研究是一个重要的切入口。这个从“新文化运动”（1915）开始一直到20世纪90年代的实验，几乎经历了整个20世纪，而吴作人的艺术就是这个实验留下的一道痕迹，是一个时代的探索和积累。

“新文化运动”选择的向西方求取真理的道路涵盖了文化和思想的所有方面。而艺术，尤其是作为造型艺术的美术，将这条道路显现得最为鲜明，既使人可以从中看到当时的取向，也便于反省得失。

二、历史境遇造成了“为什么要追求画得像”

在20世纪中国新兴的美术观念中，真理被理解为造型的“准确”和场景与情节的“真实”。向西方求取的正是这种现实主义观念和写实主义方法。

如果没有吴作人的这个个案，这种现象会很容易地被简单解释为向强者学习。既然西方列强能够侵略和压迫中国，中国要想救亡图存，就要学习对方的长处，“师夷长技以制夷”。但是当吴作人在很年轻的时候就被派到西方现代化的心脏——法国和比利时，又遍游英国、德国、瑞士等国，了解和研究了西方的文化真实现象之后，应该对现代科学、现代社会与现代艺术三者之间的关系有了深刻的理解。而今天历史表明，随着西方科学与政治的继续现代化，进而超越工业社会而进入信息社会和后工业时代，其形成并利用的艺术一直是现代艺术，而非西方传统的现实主义观念和写实主义方法。

为什么吴作人为了改造中国的艺术和社会，却学回来了西方传统的现实主义观念和写实主义方法呢？而这种艺术当时在西方正受到挑战而趋向衰落，摄影和电影已经出现，并逐步承担了记录现象和形象的任务。显然现实主义观念和写实主义方法的艺术与中国的现代化的需要存在着错位，而这个错位一定具有深刻的历史原因和迫切的文化需要。

在中国绘画历史上一个被忽视和舍弃的技术即造型的精准和色彩质感的表现能力（也就是“画得像”）需要弥补和加强。在80年代出现现代艺术运动之前，20世纪初期的中国艺术其实要解决的首要问题是画得“像”，即现实主义观念和写实主义方法的问题。也只有在解决了这个问题之后，中国艺术才能够真正迈入现代艺术的实验阶段。

那么这个深刻的历史原因和迫切的文化需要到底是什么？这正是本次展览要加以揭示的问题。

首先，这是一个文化问题（此处“文化”是指社会对一个问题形成的一种习惯、习俗与认识，在这里特指“艺术是什么”的本体问题和“什么是好的艺术”的价值判断问题）。

中国书画与琴棋同为东方传统文化的最高体现，其中绘画的最高境界一直不追求形似，也不注重现实主义观念和写实主义方法，其表现有三：

1. 从观念上不重视。从王羲之开始一直到董其昌再延续到“四王”，都把超越生活、脱离现实看成是艺术提高人的境界的道路。中国绘画强调的是意韵和笔法，而不是对象的再现。

2. 从技术上不强调。中国的写意文人画因为不注重对象的表现，也就不会发展科学的空间塑造，即透视，以及形体分析，即解剖。西方的艺术注重视觉模仿和复制技术，才需要透视和解剖。中国艺术本来只用于社会精英追求精神和人格的最高修养，技术上就会注重心手如一的运动能力，而这个能力是通过长期书写（书法）而养成的。

3. 从材料上不发展。中国绘画整体上也就没有必要发明可以表现造型细节和质感的工具和材料。所以作为强调形象与质感的寺观壁画、雕刻所使用的材料，一直没有进入知识和技术发明创造的核心部分，几百年间，特别是近现代，几乎没有重大改进。

其次，这是一个政治问题，或者说是一个“为谁而作”的问题。到底是为精英、为少数人的精神自由而创作？还是为底层、为大多数人的政治利益和平等权利而创作？

不仅仅是在共产党领导的延安有文艺为劳动人民服务、为无产阶级政治服务的要求，20 世纪初期，大批急切地希望国家平等和富强的知识分子和艺术家也都主动提出了艺术应该为“普罗”大众服务的观点，而“普罗”大众就是人民。

本来写实技巧并没有政治倾向。统治者要用艺术作为“工具”教化民众，反抗者要用艺术作为“武器”反抗压迫，有的时候就需要把艺术改造成现实主义观念和写实主义方法，使之“一看就知道是什么”，不需要先行具备任何训练、传统修养和文化准备、教育基础，凭直觉就能理解和观赏；“一看就明白要说什么”，即意义明确，含义和用途非常清晰，没有过分复杂和深层的内涵，否则不好用，没有效率。

最后，这是一个观念问题。艺术应该为人的自由服务，反对任何权威，无论这个权威是政治的、制度的、传统的、文化的，甚至是来自艺术本身的。所以任何时代激进而浪漫的艺术家都不愿为统治和秩序的力量服务，而是更愿意用艺术追求自由和民主，解放和创造。况且中国艺术的传统是推崇自然和自由生发、自我表达，从来都把艺术看作个人自由的表达，超越“封建”制度的压迫和精神的规范，超脱日常现实的算计和利益争斗（权术与心机）。虽然当时这一批艺术家强调写实，似乎放弃了原有的随意性而削减了自由的程度，但当时他们是为了反对一种统治人的精神和艺术界的传统（如“四王”），才采用“外来”的“新”方法，不管它反对的目标和采用的手段具体是什么，其观念具有极强的自由和浪漫的激进意志。

在具有绘画的超常能力的艺术家看来，能够掌握写实技术的高超程度是一个人的能力的展现，甚至他们会认为，中国古代的艺术也具有这样的能力，只是在近代衰落和被忽视了，而现实主义观念和写实主义方法则需要更多的时间、技巧才能够复制、表现“真实”的现象及形象，他们既是一种对绘画能力的复兴，也是对整个世界范围内最高写实技巧的掌握。

况且在中国20世纪初期，“画得像”（图像记录和传达）的能力非常稀有。人人具有制作图像的能力虽然已经在1839年（摄影刚刚发明）开始，但是到1995年（出现互联网，从而标志着图像时代到来）之前，绝大多数人只能作为“观众”（只会看，不会做），而不能自己成为“作者”（制作和传达现实图像），所以需要培养有这种能力的人来做“作者”，以及培养“作者”的教师。

今天，中国学习、模仿西方的历史已经被如何开创性地实现现代化的任务所替代。虽然这个任务再一次将西方的现代艺术置于面前，进行模仿和学习，但问题却变得更为艰巨和深刻：一方面对制度和人性提出追问，到底是统治的秩序还是个人的自由是人间的正道？另一方面对现代性的异化等问题提出更为深刻的追问，到底什么是人的价值和意义？

百年回合，世事洞然，亦在于斯？

三、吴作人在历史任务中扮演的角色

吴作人承担了向西方求取真理（即现实主义观念和写实主义方法）这个历史任务，并且出色地完成了这个任务。如果没有这个人和其同辈人的贡献，也许目前的艺术界还是不能清晰明确地进入现代艺术阶段，还在踯躅于能否画得像的阶段，尽管这个阶段并不是中国艺术原来的追求目标，也不是西方艺术后来的追求方向，但它却是中国20世纪艺术发展的一段必经之路。

吴作人遇到了中国文化失去自信的时代，即中国在世界现代化的进程中处于落后的状态。“救亡图存”的使命被最终归结为两大问题：第一，体制问题，国家选择走向民主，走向共和；第二，文化问题，选择符合广大人民的欣赏需要，选择艺术上的现实主义观念，写实主义方法。

吴作人就是在“为普罗大众创作艺术”这一种精神倾向的鼓励之下，奠定了自己一生的艺术的目标追求——“艺为人生”。这里的“人生”是指广大劳苦人民的生存。虽然出生在传统文化的重镇苏州，祖父身为文人画家，吴作人却从早期就把这种传统艺术作为目标来反对，这是在政治责任感和民族压迫之下的精神选择。即使讲传统，他也认为历史上普通大众（劳动人民）喜闻乐见的那种写实的、彩色的故事画被贬低，或者只被用作教化和宗教的工具，而没有获得传统艺术的核心主体地位（在中国晚期的皇家艺术收藏的总记录如《石渠宝笈》中不包括宫殿奇观、墓葬图像的作品）这样的情况，应该进行反省和纠正。这也解释了为什么吴作人在西行的过程中对传统的选择是敦煌壁画，并终其一生都更注重麦积山、炳灵寺这一类佛教艺术的范例，而不是他就近最为能够获取的文人画、写意画资源，虽然他出生江南，从少年时代开始，就能用行草以手札形式填写不少婉约的词作。

这样，吴作人被派到欧洲，他去了，学会了，回来了。（这就是展览的三个部分：“去之前”“在那里”“去之后”。）

到了改革开放时期，艺术作为与科学平行发展的精神文明，终于被逐渐认识到其性质是一种对现代化的批判和纠正的力量。在80年代涌现的现代艺术运动中，现代艺术（当代艺术）致力于推进人的思想解放，强调精神文明的现代化和个人发展的前沿、“前卫”的实验，虽然这个艺术进程至今远未完成和普及，却被1985年担任中国美协主席的吴作人认识到了，他又一次想起了自己青年时代在欧洲经历的另一种精神洗礼。

四、一个未展开的问题：中国画问题

在吴作人的艺术中，隐藏着一个重要的历史问题，即如何理解中国画？

20世纪40年代，吴作人实际上完成了这个问题的双向思考，在某种程度上决定了中国画在中国的一个方向的面貌。之所以如此说，是因为吴作人在中央美术学院的位置和话语权影响了全国的中国画教学的大纲和创作倾向。

中国画的变化经历了“基础转移”和“二路回归”。

“基础转移”就是将以书法为核心价值的“书画”（“文人画”或“写意画”）改造成以造型为核心价值的“彩墨画”（即“新中国画”，后来在80年代逐步称“水墨画”，意义则扩大至实验水墨、传统笔墨和新彩墨中国画的统称）。这个思想得自两位重要的历史人物——徐悲鸿和江丰。

徐悲鸿提出素描是一切造型艺术的基础，这是希腊摹仿说（mimesis）的思路，与中国传统相悖，但是自康有为、蔡元培、陈独秀以来一直强调，并将之作为中国文化（新文化运动）和现代化（强国富民）的基础工程，这与鸦片战争以来学习西方的整体倾向相一致。

江丰坚持实施改造“中国画”的性质，艺术干预现实，表现劳动人民的生活和真实，所以要使中国画具有现实主义观念和写实方法，必须改变教学训练的手段，加强造型训练，同时走出校门，体验生活，直接到社会和生活中去提取素材，表现现实政治和社会。

徐悲鸿于1953年英年早逝，江丰于1957年被错划“右派”，遗留下来的中国画改造的任务则在1958年担任中央美院院长的吴作人的主导下继续完成“基础转移”。

然而当时的新中国处于在国际上反对帝国主义，在国内开展阶级斗争的严酷阶段，迫使艺术家必须服从强大统一的意识形态宣传的需要，也就必然忽视了与中国画相关的另外两个事实：1.西方艺术自己已经彻底放弃了模仿图像造型，走向了以自由创造和解放思想为主旨的现代艺术，而后来吴作人清晰地表明“外国的美术史家承认这个转变也是受东方思潮的影响”；2.中国古代艺术的原本精神是个人的精神寄托和超越，其自我独立和不确定性不可能变成现代技术和现代政治的工具及武器，只可能变成人用来防止自我被利用和被奴役的批判的力量。

“二路回归”，“中华民族到了最危急的时候”，在救亡图存，进而崛起的过程中，民族尊严和英雄气概必然会在文化上获得发展。中国画在经历了以素描为基础的“学西方”之后，必然回归，重新复兴，走中国自己的文化道路。中国画回归有两条路，一条是敦煌之路，另一条是江南之路。吴作人寻找传统选取的是敦煌之路，在40年代两次西行，深入关山，硬是利用从欧洲熟练掌握的画法，结合古代壁画的造型和色彩，创造出独特的具有自我风格的国画。

朱青生，北京大学教授，人文社会科学研究院学术委员，国际艺术史学会主席，德国考古学院通讯院士。1985 年起任教于中央美术学院，1987 年至今任教于北京大学。主要研究领域为艺术史。主编《中国当代艺术年鉴》（2005—2018 卷）、《汉画总录》（41 卷），著有《没有人是艺术家也没有人不是艺术家》，译有《詹森艺术史》，发表论文若干篇。

吴宁，吴作人国际美术基金会秘书长，法国巴黎第十大学博士研究生。担任“中国现代艺术档案·吴作人档案”和“萧淑芳档案”学术主持，策划多种展览。主编《百年作人——吴作人百年诞辰纪念文集》《百年绰约——萧淑芳艺术》《西学·西行——早期吴作人（1927—1949）》《吴氏门风——一个现代家族的生态与经历》等，专著《十张纸斋（1953—1957）——中国现代艺术史的个案》。长期主持基金会的日常工作，发表论文《中国艺术基金会发展报告》（中国自 1981 年成立第一家基金会以来 30 年中第一篇对艺术基金会的整体性调查和研究）。

国际艺术特展和深度文化博弈

丁　宁

摘　要：国际背景的艺术特展的成功常常取决于展品的品质、数量及策展人的独特前瞻意识与阐释路数。实现深度的文化博弈，更是国际艺术特展的内在诉求。如何在文化软实力的层面上实现民族文化的认同与推广，通过借展顶级的艺术品及借助文化参照系讲好中国故事等，都是极具实践价值的迫切课题。

关键词：特展；借展；文化博弈

博物馆或美术馆的国际交流中最为耀眼的当推大型特展（blockbuster）。成功的特展除了那些依照国家间的文化交流协议实现的互换展览项目外，常常是在自身常设展以外的特殊拓展，涉及自主地在国际范围内租借重要展品，编纂高品质的展览图录和论文集，组织高水准的国际学术研讨会，引导各种媒体全方位地予以报道，甚至在相关城市的主要街道、公交车站、地铁站、宾馆及大学校园内等布置夺人眼球的海报和宣传折页等，最终有可能创下展览参观人次之高的崭新纪录，甚至达到展览收入与展览投入费用持平乃至超过的结果。无怪乎有人会将成功的大型特展看作是现象级的文化事件，内中有着不可估量的影响能量。

提到国际平台上的大型特展，人们往往会想起美国纽约大都会艺术博物馆馆长托马斯·霍文（Thomas Hoving，1931—2009），他在任期间促成的临时大展“图坦卡蒙的宝藏”（1976年11月17日至1979年9月30日）确实是博物馆展览史上的洋洋大观。为了办成这一大展，幕后的筹备工作令人惊叹。为了借到展品，霍文需要面对的谈判对象包括埃及开罗博物馆和埃及古物组织（Egypt's Organization of Antiquities），与此同时还需要美国国务院的协调，甚至在经年累月的谈判基础上，惊动了时任总统理查德·尼克松。尼克松于1974年7月访问了埃及，亲自说服埃及总统安瓦尔·萨达特（Anwar Sadat）同意让图坦卡蒙文物到美国展出。正是因为尼克松的介入，国务卿基辛格才能在1975年10月与埃及外长伊斯梅尔·法米（Ismail Fahmi）就展览签署了一项重要协议。翌年7月，霍文前往埃及，与各方敲定借展的诸项条件及展览的所有细节问题。尽管在此之前，也就是20世纪60年代，出土于1922—1927年的图坦卡蒙文物已经举办过海外的展览了。譬如有一些在美国（18个城市）、加拿大（6个城市）、日本（3个城市）和法国巴黎展出过；1972年，大英博物馆也举办特展，一共展出了50件文物，其中17件从未在埃及以外的地方展出过，参观者约160万人次；随后1973—1975年在大英博物馆展出过的展品移至苏联的莫斯科、列宁格勒和基辅展出。值得特别注意的是，二战之后，美国与埃及外交关系的重大转折恰恰是与大都会艺术博物馆的“图坦卡蒙的宝藏”密切相关，也就是说，这一展览对美埃关系的缓和与好转起到了不可忽视的影响。研究者们也发现大都会博物馆的特展无疑是有史以来（包括后来在其他国家举办的同类展览）展品最多（总共53件）、参观人数最多（800多万人次）和影响最大的特展，以至于这一展览至今仍被屡屡提及和研究，同时以图坦卡蒙为主题的展览如今也无一例外地成为极度热门的文化现象。到了20世纪80年代，西德也成功地举办了以图坦卡蒙为主题的特展，譬如柏林（1980年）、科隆（1980年）、慕尼黑（1981年）、汉诺威（1981年）和汉堡（1981年）。到了21世纪，以图坦卡蒙为主题的特展仍在进行中。2004年，瑞士的巴塞尔和德国的波恩先后举办了“图坦卡蒙和法老的黄金时代”（Tutankhamun and the Golden Age of the Pharaohs）展览；2008年，维也纳的民族学博物馆举办了“图坦卡蒙与法老的世界”展览；2011年，图坦卡蒙首次在澳大利亚的墨尔本展出；2018—2019年是在美国的洛杉矶；2019年则是法国的巴黎、英国的伦敦及澳大利亚的悉尼……图坦卡蒙文物（后来的展览中已经有一些复制品）似乎具有不可抵挡的巨大魅力，各种展事停都停不下来。以上这一切都令人兴奋不已，而霍文当初的努力及其影响可谓功在其中矣！

其实国际意义上的借展形成现象级的文化盛事并非始于霍文和大都会艺术博物馆的“图坦卡蒙的宝藏”，只要想一想时间更早的《蒙娜丽莎》在美国的特展（1962—1963年）就不难理解了。作为价值连城的镇馆之宝[①]，《蒙娜丽莎》成为海外展出的选择从而承担了特殊的文化使命绝非偶然，而是与当时法国的重大利益有关。

根据现有的文献记载，自从达·芬奇在法国仙逝之后，进入卢浮宫的《蒙娜丽莎》从未正式出借给任何国家。不过，第一次例外不期而至。20世纪60年代初，法美关系进入颇为微妙的阶段，因为时任总统戴高乐并不在乎美国的存在，他撇开了北大西洋组织这一由美国与西欧、北美主要发达国家为实现防卫协作而建立的国际军事集团组织，不顾这一拥有大量核武器和常规部队的西方重要军事力量，自行制订军事防御计划……可想而知，法美外交一度坠入极大的困境，二战后的法国走向边缘化，这让当时戴高乐的战友、时任文化部长的安德列·马尔罗（André Malraux）颇为忧心忡忡。他一方面调动政府资源来抗衡全球蔓延的英语文化的扩展，尤其是利用法国独特而又丰富的文化资本，在后殖民时代保持文化上的影响；另一方面他利用1962年访美的机会了解到无论美国民间（以接触到的记者为依据），还是高层（以肯尼迪总统的夫人肯尼迪·杰奎琳的愿望为依据），力劝戴高乐总统排除各方的反对与异议，将《蒙娜丽莎》借给美方展出，期望通过这样的文化慷慨打动美方，从而开启法美外交的新局面。1963年

① 像《蒙娜丽莎》这样的作品是无法估价的，如果非要知道它的经济价值的话，那么不妨提到它高居《吉尼斯世界纪录》之首的艺术品保险数额，即在1962年12月14日为其赴美的几个月的借展所定的保险金额为1亿美金。考虑通货膨胀的因素，这笔金额在2006年就是6.7亿美金！（See Milan Jaukovic: Most Expensive Paintings Ever，http://www.renoir.org.yu/most-expensive-paintings.asp.）

1月初，这一堪称西方最为著名的画作单独搭乘豪华的法国班机的头等舱，跨越大西洋，开始了前往美国的处女航。不负众望的是，《蒙娜丽莎》作为最具亲和力的艺术杰作，确实成了融洽法美外交关系的重要杠杆。两个月间，共有200万美国观众来到24小时由卫兵守护的名画前，一睹其灼人风华。在华盛顿特区展出的近一个月时间里，美国国家美术馆破天荒地在夜间也对外开放，大约有67.4万人次的参观者——超过该馆整年参观人次的一半以上，要等上两个小时才能看到名画。2月6日至3月4日，《蒙娜丽莎》转至纽约大都会艺术博物馆展出，共有约108万人次的参观者排队等候，以亲睹名画的非凡风采。获得美方独享的文化殊遇的《蒙娜丽莎》在敦睦法美两国关系的过程中无可替代地完成了亲善任务。①

《蒙娜丽莎》再次出借是在1974年，也是该画最后一次离开卢浮宫博物馆，当时它被出借到日本东京国家博物馆。由当时的首相田中角荣亲自出面促成的《蒙娜丽莎》特展——“世纪之美”展览，无疑是日本战后成功地成为亚洲国家第一个举办夏季奥运会的国家后又一标志性事件。当时大约有151万人次参观了《蒙娜丽莎》，是日本至今都没被打破过的艺术展览的参观人次纪录。“蒙娜丽莎”的“神秘的微笑”令日本人倾倒，其影响至今仍在——在日本的地铁、商铺及学校里，蒙娜丽莎的形象随处可见。其实展览的成功不仅说明日方的策展水平——入场费收入达2.5亿日元，减去2.1亿日元的成本，完全实现了收支平衡，更为重要的是，日本人对西方艺术的激赏无疑又使它与西方的联系提升了一个层次。

不能不提到目前存放在台北故宫博物院里的中国书画精品赴美展出的经历。1996年，台北故宫博物院拟在美国四大主要城市的博物馆举办为期一年有余的“中华瑰宝——‘国立’故宫博物院的珍藏”巡回展（展期自1996年3月12日至翌年4月6日，另一说为1996年3月19日至翌年4月6日），冠以“国立”的名义组织赴美展览，可谓别有用意。其中将要展出的作品包括书画类及器物类，共计475件精品文物，而且展品中至少有17件是稀世珍宝，如王羲之的《平安·何如·奉橘帖》、孙过庭的《书谱》、颜真卿的《祭侄文稿》、怀素的《自叙帖》、苏东坡的《黄州寒食诗》、米芾的《蜀素帖》、夏圭的《溪山清远图》、赵孟頫的《鹊华秋色》、黄公望的《富春山居图》、巨然的《层岩丛树图》、五代轶名氏的《丹枫呦鹿图》、范宽的《溪山行旅图》、郭熙的《早春图》、崔白的《双喜图》、文同的《墨竹图》、李唐的《万壑松风图》及宋徽宗的《腊梅山禽图》，它们无一不是中国美术史上极为重要的代表性作品。为什么非要将这么多的顶级文物一次性地送往美国去展出，不能不令人细究其背后的政治动机——以稀世文物拉近与美国的关系？但此时美国已经与中国台湾断交，取而代之的是中华人民共和国；还在觊觎联合国的席位，以求东山再起？可是中华人民共和国已经是联合国的合法成员和常务理事国。如此郑重其事和兴师动众地赴美文物展，甚至让台湾的教育界、艺文界及其他社会人士也大为震惊。由于选定的展品的非凡地位，他们认定这些顶级艺术品远赴美国展出不但风险巨大，而且有可能对已十分脆弱的画作，如范宽的《溪山行旅图》、李唐的《万壑松风图》、郭熙的《早春图》和宋徽宗的《腊梅山禽图》等构成不可逆的损伤。有鉴于此，他们立刻组成“抢救限展国宝行动小组”，并组织人员在台北的故宫博物院前静坐抗议，同时再到台湾有关部门陈情，要求调查展览的合约是否违法及是否有失职的嫌疑，从而掀起了一场极具影响

① See Herman Lebovics, *Mona Lisa's Escort: Andre Malraux and the Reinvention of French Culture*, 1999, pp.9–14.

的反对国宝赴美展出的风波……最终，在有识人士及公众舆论的巨大压力下，有 7 件顶尖级的艺术品撤出此次赴美展览，而且将来必须遵守“一年只能展出四十天”的规定。[①] 据说代替这些原作去展出的是出自日本二玄社印制的精美复制品。

1998 年，中国大陆也在美国举办了类似的大型特展，意在呼应台北故宫博物院的“中华瑰宝——‘国立’台北故宫博物院的珍藏”展。笔者因为当时去哈佛大学访学，路过纽约，因而在两家古根海姆博物馆中恭逢“中华文明五千年”大展，留下了至为深刻的印象。此展的展品是从国内主要博物馆收藏的精品中挑选的，为此，西安兵马俑首度出国！展览可谓洋洋大观，精彩纷呈。所有参观过台北故宫博物院巡回展和在古根海姆博物馆领略过“中华文明五千年”力度的人都能深切地感受到两个展览完全可以视为一体，因为确实是同出一种文化的血脉——世界上只有一个中国！艺术品本身的魅力超过了任何的语词说明。笔者在参观大展的第二天去参观纽约克里斯蒂拍卖行的亚洲文物专场，亲眼看到中国文物大受追捧的火热场面，再次感慨“中华文明五千年”大展的直接而又强大的影响。

毫无疑问，我们还需要走出去讲述中国的故事。如何实现预期，在国际上获得真正的知音，确实要多动脑筋。在这里应提及日本的一个展览，成立于 1952 年的普利司通艺术博物馆（Bridgestone Museum of Art）由于场馆维修，有可能将重要的艺术品收藏送出国展览。他们选定在巴黎的橘园博物馆展出自己馆内收藏的法国印象派绘画，题为“东京—巴黎：来自东京普利司通艺术博物馆的杰作”（2017 年 4 月 5 日至 8 月 21 日）。众所周知，巴黎的橘园博物馆是法国印象派作品收藏与展览的一大重镇，门槛很高，如果不是法国印象派的精品，是不可能登堂入室的。普利司通艺术博物馆的藏品精品无数，得以获准进入。可是展示一个日本企业博物馆收藏的法国印象派绘画精品似乎还不是这次海外展的唯一目的，他们精心选取了当年在法国留学研习过印象派的日本艺术家的作品，让这些作品与印象派大师的作品一同展出。仔细看，我们可以发现，这些日本的“印象派”画家，如黑田东彦（Kuroda Seiki）、浅井忠（AsaiChu）、藤岛武二（Takeji Fujishima）、青木繁（Aoki Shigeru）等，展示的既有异国风情（即法国风情）的地方，也有描绘日本气质的作品，无疑为法国印象派的国际影响添增了一个东方的例证，同时也极为巧妙地褒奖了日本艺术家的开拓性，不是亦步亦趋，而是既学习，又有独创。这就极为成功地在法国最有影响的博物馆之一的橘园博物馆讲述了一个有关日本艺术的美好故事。这一水到渠成的展览设计实在高明！中国当代的艺术如何走出去，讲好中国的故事同样大有文章可做。

当然，作为一个文化大国，中国素有包容、开放的文化气度，我们还需要下大力气做好高品质甚至破纪录式的外展引进工作，如此才能展示我们的文化眼光及艺术趣味。有制高点的引进展其实也是国家文化软实力的标志。在我们如何从“高原”走向“高峰”时，尤有借鉴价值。在这里，日本东京的民营博物馆——上野之森美术馆在 2018 年 10 月 5 日至 2019 年 2 月 3 日举办的“维米尔与荷兰美术”大展尤其值得我们关注，因为该馆极其自豪地用“维米尔 9/35”作为推广与宣传的关键词。对于全世界的维米

① 参见高玉珍《博物馆文物管理与分级制度建立的重要性》，载台北历史博物馆编辑委员会编《新世纪的博物馆营运》，2002年版，其中的一些数字经核实有些许误差。另可参见 Maxwell K. Hearn, *Splendors of Imperial China*, *Metropolitan Museum of Art*, New York, 1996。

尔迷而言，他们深知世界上现存的维米尔的可靠绘画真迹不过35件而已，却散布在国际上的若干家博物馆里，无法集中一览其迷人的魅力。上野之森美术馆一下子借到了其中的9件作品，委实是维米尔展览史上可以写上浓重一笔的纪录了。展览期间，全世界的维米尔迷都纷纷赶往东京朝拜维米尔了。

总而言之，如何组织、推出或引进国际视野中的艺术特展是一种极具挑战性的工作，也需要一种文化博弈的深层智慧。这一大课题需要我们认真面对。

2006年12月25日至2007年3月25日在台北故宫博物院举办了“大观——北宋书画特展”，堪称空前绝后的大展，因为在目前存世的北宋书画作品十分稀少的情况下，为保护这些珍贵文物，很难再有相同分量的展出。此次展览展出了不少顶级的珍稀艺术品（共76件书画作品，其中院藏北宋绘画42件，书法29件，同时向美国纽约大都会美术馆及堪萨斯市纳尔逊－阿金斯艺术博物馆商借了5件书画），但是所有展品被分成A、B两档，这是针对以往恪守的规定：限展作品只能每隔三年才展出一次，一次展期不能超过40天。这也是这次大观展部分展品要分为A、B两档的原因。A档为2006年12月25日至2007年2月7日，B档为2007年2月8日至3月25日。作为A档的既有范宽的《溪山行旅图》、郭熙的《早春》和李唐的《万壑松风图》这三件震古烁今的名画，也有南唐巨然的《萧翼赚兰亭图》、南唐赵干的《江行初雪图》、（传）唐人的《明皇幸蜀图》、宋徽宗的《文会图》《蜡梅山禽》、宋黄居寀的《山鹧棘雀图》和宋苏轼的《书黄州寒食诗》等，无疑清一色地都是最为重要的展品。

此外，令人有点感动的是，美国纳尔逊－阿金斯艺术博物馆这次出借两件镇馆之宝给故宫博物院展出，一件是宋许道宁的《渔父图》，另一件就是宋乔仲常的《后赤壁赋》。为了减少风险，该馆馆长武丽生（Marc Wilson）除了亲自携带书画之外，还分两趟押运，因为这两件书画都珍贵无比，绝不能上同一架飞机。[①]

2019年11月29日于北京寓所

丁宁，北京大学艺术学院 教授、博士生导师。中国美术家协会理事、策展委员会副主任，北京国际双年展策划委员及教育部美术类专业教学指导委员会副主任委员等。主要著作有《接受之维》《美术心理学》《绵延之维——走向艺术史哲学》《艺术的深度》《图像缤纷——视觉艺术的文化维度》《感动心灵的西方美术》《看懂美术》《西方美术史》《视远惟明——感悟最美的艺术》等。

① 参见赵静瑜《故宫北宋大观展全球惊艳》,《自由时报》2006年12月24日

国家叙事的视觉美学

——国家重大主题性和历史性展览的策划与研究

张　晴

摘　要：中国美术馆承担着国家重大主题性和重大历史性展览的策划与研究工作，这不仅是国家美术馆面对公众的职能所在，更具有谱写国家叙事与构建民族美学的重要意义。本文回顾了中国美术馆近年来的相关展览，以策展人的角度阐述探寻“国家叙事”过程中的经验与展望。文章分为三个部分，第一部分讨论视觉艺术如何“筑造国家”，并回顾中国美术馆建馆以来所做的相关工作；第二部分以“革命美术”为例，分析专题展何以用美术史书写中国革命战争史和新中国史；第三部分关于全球化视野下的“国家叙事”，讲述中国美术馆开展海外合作，跨越国家的界限谱写人类共同体的历史叙事。

关键词：中国美术馆；国家叙事；大型展览；美术史

在21世纪，世界逐渐形成了“多维度”“多边界”“多规模”的艺术格局，而国家美术馆与社会的互动关系也是全新的：它的角色已不仅仅是保存、陈列美术作品，而是由之发展到诠释相关文化，强化文化的沟通与交流的重要平台。在这个过程中，“国家叙事”的大型展览便是重要一环。“国家叙事”以重大主题性和重大历史性展览为形式，体现国家的艺术新境界和文化新高度，从美学的视角阐释国家的艺术文化力量。作为一个国家美术馆，中国美术馆建馆以来一直承担着国家重大主题性和重大历史性展览的策划与研究工作。因此，“国家叙事”既是国家美术馆关于国家重大主题性和重大历史性展览策划与研究的必由之路，也是发现与探索艺术中国气派的一条必经之道，更是探索国家重大主题性和重大历史性展览的策划方法与途径的宝贵实践。

一、筑造国家：“国家叙事”的探索与积累

在当代的知识体系中，叙事之于国家的重要意义似乎是不言而喻的。在本尼迪克特·安德森看来，现代民族国家本身是一种“想象的共同体”，必须借由共同的文化记忆和历史叙事来维系。国家的实质

是无可撼动的政治主权，其合法性来源是被广泛认可的建国理念和权力机制，同时这一政治权力也是高度象征化的，天然地具有浪漫主义色彩和形而上学意义上的感性特征。因此，国家本身尽管是实在之物，但只有生活着的人们，用活着的语言才能真正表述何谓国家。它内在包含着许多矛盾、偏狭、痛苦与茫然，却因共同的时间和空间语境而形成"复调性"，在某个瞬间巧妙地相互照应，形成具有集体性的通感。从这个意义上说，国家起于历史的废墟，其意义和内容则要在无数生命经过的瞬间中寻找。因此，国家与叙事似乎具有某种相似性：真实和虚构之间、个体与集体之间、实在与隐匿之间的界限都并不清晰。在无数种有关国家的叙事中，视觉叙事显得尤为特殊，它跳脱语言的桎梏，用图像的形式直接撞击国家的象征权力。朗格认为，每一种伟大的艺术都有其自身的灵魂，而现在我们可以证明视觉艺术的"灵魂"便是直接的象征模仿，是从感性认知的层面对历史的一次介入。然而无论一幅艺术作品有多完美，它都无法被称为"视觉的国家叙事"，因为它仅仅是对一种历史瞬间的个人化感知、模仿和再现。将这些凝固的瞬间进行深度发掘、整理，最终以超越的美学眼光和清晰的历史脉络呈现出来，才是视觉叙事的终极形式。中国美术馆便是抱着这样一种公共使命感而进行这项工作。

50 多年来，国家重大主题性和重大历史性展览策划与研究的成果凝聚着中国美术馆几代学人的智慧与梦想。在这漫长的探索与积累过程中，三个阶段和三种形式构成了半个多世纪以来中国美术馆重大主题性展览的国家叙事方式。

第一个阶段，由于建馆之初藏品不足，中国美术馆以面向全国征集参展作品和直接以全国美术展览会的名义举办展览。如 1962 年举办的"纪念毛泽东《在延安文艺座谈会上的讲话》发表 20 周年全国美术展览会"（后称"第三届全国美展"），1965 年至 1966 年举办的"'泥塑收租院'展览"，1979 年举办的"自卫还击保卫边疆美术作品展览"等。这一阶段虽然中国美术馆很难对展品进行主动选择和研究，但是代表国家收藏的中国美术馆有意识地开始入藏相关美术作品，比如全国美术作品展览的获奖作品等，以充实其对重大主题性和重大历史性相关作品的收藏。

在此基础上，到第二个阶段，中国美术馆便以馆藏品陈列的方式形成展览内容。以 1965 年至 1966 年举办的"新中国成立以来中国美术馆部分藏品陈列"为开端，相继推出了"新兴版画 60 年陈列""战争·和平——纪念抗日战争胜利 50 周年馆藏作品陈列"等国家大展。这一阶段中国美术馆对藏品进行选择和研究的主动性有了进一步加强。

进入 21 世纪，在与社会构筑新型关系的过程中，中国美术馆对国家重大主题性展览和重大历史性的策划和研究也进入了新阶段——以馆藏作品为主体，以借展品和"以展带藏"的方式，对藏品和展品进行选择及研究，着重展览主题的演绎，创新策展理念，营造出与主题相宜的视觉叙事，逐渐形成重大主题性和重大历史性展览的学术范式，如举办的"光辉历程　时代画卷——庆祝中国共产党成立 90 周年美术作品大展"，以及"百年风云·壮志丹青——纪念辛亥革命 100 周年美术作品展览"等大型展览。较为成熟的是"从延安走来——纪念毛泽东同志《在延安文艺座谈会上的讲话》发表 70 周年美术作品展"，涵盖了《讲话》发表以来中国美术方方面面的题材，又详细勾连了同一类主题在不同阶段的发展变化，其中，既展现出 70 年以来中国美术发展的概貌，更试图勾勒出中国社会发展变化的图像史诗。值得注意的是，这一展览体现的是中国美术馆对于中国美术史和艺术理论的追问意识与探讨意识，站在历史的高地重新梳理新中国的美术创作，便意味着更深层地理解现实主义的创作方式与创作主体的关系和张力，更具人文情怀地重访“何谓现实主义”这一老生常谈的问题。

再以2014年国庆期间在中国美术馆举办的“丹青中国梦——庆祝中华人民共和国成立65周年美术作品展”为例，该展览展出了300件20世纪以来中国美术的经典之作，以三大主题篇章的形式，将它们转换为史诗般的视觉叙事，让观者深切感受到“民族振兴”“国家富强”“人民幸福”等近代以来中国历史进程中的精神力量，同时也彰显出20世纪以来中国美术自身的时代发展与艺术特征，从而实现了美术馆里藏品价值的新生。为此，在展品选择上保持了新旧两种维度：一方面把老百姓耳熟能详的、喜闻乐见的名家名作拿出来，唤起集体的记忆，引起观者的共鸣；另一方面将新的媒体、新的语言引入展览中，为原本较为沉重的历史内容赋予新鲜感与活力，事实上，行走的观者同样也是历史的同行者与见证者，而艺术作品虽在某种程度上已属于昨日往事，但我们力图还原艺术的发生场，为展出的作品焕发时代的生机与魅力。

除此之外，还有“铸魂鉴史　珍爱和平——纪念中国人民抗日战争暨世界反法西斯战争胜利70周年美术作品展”“庆祝中国共产党成立95周年美术作品展”“伟大历程·时代画卷——庆祝中华人民共和国成立70周年美术作品展”这样的国家重大主题性大型展览策划和研究，已成为中国美术馆担负的几大重任之一。如何在策展与研究中树立起具有中国文化历史精神的“国家叙事”的意识，构建起重大主题性和重大历史性展览的新型样式，使其成为具有文化传承功能的艺术大展，实现国家美术馆的作用，对于当下中国美术馆的学术研究和策展功能而言，都是需要不断实践的重要课题。

历经三个时段策展思路的演变，中国美术馆当下已形成国家叙事大型主题性和重大历史性展览的基本框架——对其主题演绎与提炼，始终抓住四条线索：一是发挥与利用每个国家重大历史性、纪念性主题的文化历史内涵和最新研究成果；二是掌握与运用20世纪以来世界的和中国美术史与美术理论研究的最新成果，使展览在历史的纵深和时代艺术前沿的双重维度中争取达到国家叙事的高度；三是在世界博物馆的范围内主动地调动和暂借与展览主题有关的作品，形成名人名作的展览高度；四是有组织、有计划地组织全国美术家进行主题性创作，以弥补藏品中个别题材的不足，同时也是在新的历史研究语境中对国家重大主题性和历史性的艺术创作获得新的突破。

二、回到历史现场：以“革命美术”为例

国家的视觉叙事具有不同的层次。在个体的微观层面，国家内在于艺术家个人的生命感知；在单一主题层面，国家被具象化为一种艺术再现的母题（genre）。所谓“历史现场”，不仅指历史事件或历史事实发生的地点（site）和语境（context），也包括记录这些史实的各种各样的文本（text），以及考古发现的文物（relics）和仍然存活于普通人头脑中的记忆（memories）。因此，艺术作品再现历史，更是历史本身。历史长河中的每一个阶段都不乏艺术家的身影，他们留下的大量作品，以自己的艺术语言和艺术风格，

真实反映着社会现实与时代发展的主流。只有将作品与艺术家放回历史现场，才能真正还原它的价值与意义。国家美术馆关于国家视觉叙事的研究与策展，试图综合处理这些不同层次的叙事，从而形成具体的宏大视觉叙事，展现中国在现代化的进程中的复杂面向。在此过程中，艺术作品既是这一叙事的“语言”，更是它的命脉。基于此，通过加强对国内外馆藏品的研究与运用，强化对藏品的再研究、再发现、再阐释，以找到历史复原与时代前沿、艺术发展中的关联。其中，不但要以名人名作为依托，还要在藏品中寻觅被遮蔽的艺术家和艺术作品，努力挖掘它们的深刻文化内涵以及所蕴含的时代精神，使它们与展览主题发生新的关系，使其价值在与国家重大主题性和历史性展览的主题呼应中产生新的解析与新的能量。

在20世纪中国近现代美术历史中，革命美术是重要的主题和内容，一方面它是构成中国现实主义美术面貌不可或缺的基石；另一方面革命美术反映了中华民族走上独立自主的艰苦历程，讲述了具有典型意义和价值的中国故事。

现以2015年由中华人民共和国文化部、中国文学艺术界联合会、解放军总政治部宣传部、中国美术家协会主办，由中国美术馆承办的“铭记历史，珍爱和平——纪念中国人民抗日战争暨世界反法西斯战争胜利70周年美术作品展”为例做一分析：其策划方法是遵照中央有关纪念中国人民抗日战争暨世界反法西斯战争胜利70周年活动的相关精神，在文化部、中国文学艺术界联合会、解放军总政治部宣传部、中国美术家协会共同理念下展开工作，策展思路与策展方法汇聚了我国的党史专家、军史专家、近现代史专家、抗战史专家、艺术史专家和艺术家等相关方面的共同智慧，策展团队经过近一年的研究和讨论，形成展览策展方案和展览结构。

这个展览荟萃了全国重要美术馆和纪念馆不同历史时期的反映中国人民抗日战争题材的优秀藏品；展览遴选了全国老中青美术家，他们紧扣展览主题与时代脉搏，以强烈的责任感投入新的创作，在创作中努力探索历史真实与艺术真实的统一，以富有时代特征的艺术语言和艺术风格，在文化精神的升华和艺术风格技巧的创新上达到新的高度，抒写出中国人民抗日战争暨世界反法西斯战争胜利70周年史诗般的壮丽画卷。这些气势磅礴和饱满豪情的美术作品，带领人们走进那段苦难而壮烈的峥嵘岁月，歌颂了中华民族为了捍卫祖国领土完整，勇于抗争、勇于牺牲、前赴后继、百折不挠的民族精神；体现了中国共产党在抗日战争中中流砥柱的伟大作用，展示中国人民珍爱世界反法西斯战争胜利成果、维护世界和平的信念和决心。

此次展览精选反映抗日战争的作品，按照中国人民抗日战争并取得胜利的时间线索搭建展览结构，形成了三个篇章的总结构。在篇章内部，展览紧扣主题，以对革命美术的研究为基础，分为不同的小节。由此，在遵循抗战的时间线索的同时也观照革命美术发展的内在特点与不同时期的作品风格。例如，展览中抗战时期创作的版画作品独立成篇，目的是引导观众走进历史的现场，感受一代画家对战场、苦难的描述。总体来看，该展览既充分展示了中国人民抗日战争胜利的艰苦历程，也呈现了20世纪美术发展历史中抗展美术的语言演变与风格特质，更在一定程度上构筑了关于抗日战争的历史真实与现实存在。

展览结构由三大篇章构成：

第一篇章“怒吼吧，中国”，以“东北硝烟”和“英雄儿女”全面叙述1931年“九一八事变”日本军国主义发动了侵华战争。这一篇章的作品主要反映日本军国主义的野蛮侵略，使中国陷入了前所未有的民族灾难，以中国共产党领导的东北抗日联军为代表的中国人民奋起抗争、浴血奋战的历史现实。

第二篇章“全民族抗战”，以“七七号角”“家破人亡”“中流砥柱”“长城战歌”全面叙述1937年“七七事变”标志着中华民族全面抗日战争的开始。抗战爆发后，各地爱国艺术家怀着豪迈的激情，投身到抗日救亡的斗争中，以艺术为武器，吹响了抗战的“七七号角”。通过对抗日战场的纪录，对历史事件和人物的刻画，展示出中国人民必胜的信念和中华民族的凝聚力，颂扬了中华儿女在前线和敌后奋勇杀敌的英雄事迹，揭示出中国共产党在全民族团结抗战中中流砥柱的伟大作用。

第三篇章“胜利与和平”，以“正义胜利”和“和平梦想”全面叙述中国人民通过艰苦卓绝的战斗，最终获得胜利。战争硝烟已然散去，但留给我们的深重创伤和记忆却成为我们永不泯灭的印记。70年来，中国人民从来没有忘记这一惨痛历史。这一篇章作品以鲜明的时代特征、饱满的激情记录了全民族抗战走向胜利的重大历史时刻，表达出中国人民热爱和平的美好愿望，从而更好地凝聚实现中国梦的强大力量，努力为实现中华民族伟大复兴的中国梦做出新的贡献。

该展览汇集几代美术家在不同历史时期以中国人民抗日战争的历史为主题的美术作品，全面展现了在中国共产党领导下的中国人民抗日战争暨世界反法西斯战争胜利的历史鸿篇。这次展览汇聚了全国范围内有关中国人民抗日战争题材的优秀作品，展出作品共来自十个方面：中国美术馆馆藏经典作品（含“国家重大历史题材美术创作工程”作品），全国部分省市级美术馆和纪念馆藏品，中国美术家协会组织的全国美术家的优秀创作，中国人民解放军总政治部宣传部组织的军队系统美术家的优秀创作，文化部组织的各省市文化厅局、各自治区、新疆建设兵团的美术家的优秀创作、全国重点美术院校组织专业教师进行主题性创作的作品，中国美术馆组织的全国雕塑家的优秀作品、个别已故老艺术家属的相关藏品、特邀老艺术家和藏家的自藏作品，中国中共党史学会组织的全国美术家的优秀创作，中央新闻纪录电影制片厂、国家及省市图书馆的影像资料。可以说，这是1949年新中国成立以来组织规格最高和调动力量最大的一次国家重大主题性、历史性和纪念性的大型展览。这一鸿篇巨制式的展览，从内容和形式上都是名副其实的“国家叙事”，虽然取得了较好的反响，但从长远来看，只不过是我们一次从设想到实践的演练。国家的历史从来不是单一面向的，用艺术展现历史更应当凸显丰富且多元的“人”的故事，用来弥补宏大的革命叙事中缺失的个体之美，怀着这样一颗善感的心，才能写好、补全国家历史的故事。

三、从国家到世界：全球化视野下的“国家叙事”

国家历史的视觉书写，离不开对历史本身的深入解读。不论是中国近一个世纪的风雨历程，还是中国在世界舞台上的未来发展，都离不开全球性力量的介入。因此，与外国艺术团队合作，不仅能借助他人的视野更好地讲述中国的故事，更为我们的工作打开了新的视野。

为了让国人欣赏到世界反法西斯胜利70周年美术作品，中国美术馆的策展团队奔赴俄罗斯进行专题考察与研究，先后与国立中央俄罗斯现代历史博物馆、中央武装力量博物馆、国立俄罗斯博物馆、国立博物馆展览中心、答卡吉纳阿斯特拉罕国立美术馆、俄罗斯现实主义艺术研究所、国立特列季亚科夫美术馆、俄罗斯图拉州美术馆、特维尔州立美术馆、马什科夫伏尔加格勒美术馆、奥列霍沃－祖耶夫斯基地方志博物馆、格列科夫工作室、马涅什博物馆与展览协会以及斯大林格勒保卫战革命纪念馆等14家重要博物馆、美术馆及艺术机构的研究人员和策展人围绕着展览主题展开学术讨论，并一起进入上述博物馆及机构的库房寻找俄罗斯反映卫国战争以来经典的美术作品，遴选出近百件油画和雕塑，以“胜利，1941—1945”的主题来统领这一难忘的世界重大主题性和重大历史性展览的灵魂。展览旨在以美术作品史诗般地展现伟大的卫国战争历程中的重大战役与英雄的人民，充分反映了俄罗斯人民为了保卫国家领土的完整，不屈不挠、英勇奋战的精神，这次展览的举办折射出中俄两国人民对世界和平的美好憧憬。他们为展览提供了最精彩和最宝贵的作品，充分体现了中俄两国人民的珍贵友谊与共同纪念中国人民抗日战争暨世界反法西斯战争胜利70周年的高度热忱。

这次展览分为“战争和对抗”“胜利”“50年代，重回战场”“60年代，传奇诞生（功勋）”“记忆”和“永恒的铭记”六个篇章，展览是俄罗斯反法西斯美术作品在中国第一次大规模的集中展示，不但为中国人民近距离欣赏俄罗斯经典艺术提供了难得的机会，同时它跨越艺术与历史的维度，并在新的历史条件下，充分展现中俄两国人民共同珍视历史和热爱和平的坚定信心。在国家叙事中，战争、灾难、人性的丑恶与历史的吊诡，将以何种艺术的面目呈现，而艺术将为其赋予怎样的审美含义与思考向度，而这无疑是“作为艺术的战争”带给我们的启发与思考。同时，想到国家，我们往往认为它超然于个体之外，甚至将其与个体生命相对立，而在现代政治意义上看，这种判断似乎并不为过。然而在艺术的虚构世界中，我们能以生命的“痛感”为契机，重新建立国家与个人的联系，甚至国家与国家在某一特定历史时空下的联系，展现一种血与肉的崇高情感，真正展现现代政治生活的丰富性与复杂性。

最后，我们需要将这项工作与一般意义上的艺术史梳理相区别，一方面它与艺术史密不可分，美术史中的经典作品及其全新的主题性创作是国家重大主题性和历史性展览的生命所在；另一方面它跳脱一般艺术史意义上的经典陈列，试图从不同的视角和价值观，发掘更具历史启发性和时代意义的经典。这要求策展人从国家叙事的语境中对国内外大量的馆藏作品加以深入考察与长期研究，对其中既能反映具有世界主题性和历史性、中国重大主题性和历史性和中外美术历史及美术现象，又对当前美术创作有学术参照意义的作品进行学术梳理和展示，让它们跨越时间、空间及观念，在全新的策展理念与语法中发挥更大的价值与意义。经过实践可以证明以学术深挖藏品和加入全新的创作作品，是形成系统策展理念与策展语言的基础。在此基础上，再构建独特的国家叙事的视觉美学，让国家重大主题性和历史性展览以崭新的叙事方式呈现在观者面前，推动美术馆藏品发挥更大的社会效应，同时也激活我们这个时艺术家创作的思想与激情，从而谱写出具有国际视野的策划与研究创新的国家叙事的视觉美学。

张晴，1964年生。毕业于中央美术学院美术史系硕士研究生助教班；毕业于中国美术学院美术史论系美术史学史专业，获美术学博士学位；同济大学建筑与城市规划学院建筑系世界建筑理论与历史专业博士后。现任中国美术馆副馆长、研究馆员，中国美术家协会策展委员会副主任。中宣部第六批文化名家暨“四个一批”人才，中组部第二批“万人计划”哲学与社会科学领军人才，文化部优秀专家。

思“一叶知秋” 行“寂寞之道”

——齐白石艺术的研究、展览与传播

吴洪亮

摘　要： 美术馆的展览是研究的动因，也是研究的结果。展览是一个美术馆文化态度最持久、最准确的呈现，甚至是某种意识形态的彰显。多年来，北京画院美术馆一直秉承“一叶知秋”的工作方式，找到了一条小型美术馆的自我发展之路。

关键词： 一叶知秋；时间；空间；态度；方法

美术馆的展览是研究的动因，也是研究的结果。自2005年开馆伊始，北京画院美术馆根据自身优势，将视点投向20世纪，利用院藏的2000余件齐白石作品及丰富的20世纪名家作品的收藏为基础，建构了齐白石作品的常年陈列及“20世纪中国美术大家系列展”两个品牌性项目。尤其在齐白石研究的基础上，以20世纪中国艺术发展历程为经，以美术大家为纬，从横纵两个方向出发，以研究性个案展览的形式由点及线串联成为一条相对清晰而完整的脉络，进而勾勒出20世纪北京地区美术史的全景，呈现这一时期中国艺术的基本面貌，凸显20世纪中国艺术作为21世纪艺术前史的价值。而齐白石始终是这一发散式研究展览的核心，我们把这种从个案入手的方法称作“以个案勾勒全景”。这一过程不仅包括对研究内容的选择和圈定，更在此基础上逐渐摸索出北京画院美术馆具有个性化的研究展览方式。我们给这种方法起了一个非常中国化，也非常形象的名字：一叶知秋。此言出自《淮南子·说山训》：“以小明大，见一叶落而知岁之将暮，睹瓶中之冰而知天下之寒。”也就是说，从一片树叶的凋落，可以得知秋天的到来。从细节入手，可观全局，这就是对我们的工作方式的概括。然而如何能从对“一叶”的认知中了解一个时代艺术的发展、文化的演进乃至社会的变迁呢？这恐怕除了对这“一叶”的生成来源、组成结构研究之外，还要探讨这“一叶”与树枝、与树干甚至整棵树的关系，进而扩充到对植物生态的关照，这的确是一个漫长的过程。具体到美术馆的工作，在王明明院长的支持下，我们坚持自己的特色，试图寻找一条自我发展的道路。从2005年开始的齐白石作品的陈列以及从2007年开始的“20世纪中国美术大家系列展”就是北京画院美术馆这样一个只有4600平方米，展出面积仅1000多平方米的小型美术馆所坚守的方向。记得齐白石有一方印章“寂寞之道”，这或许是他的人生感悟，同样我们这些后来者对此也深有体会。因为在开始对齐白石和20世纪中国艺术进行系统性研究的时候，这一课题还并不是热点，展览推进并非易事。但时间是可以来换空间的。在我们即将完成齐白石十个陈列展览，做完30余位20世纪的大家展览时，我们仿佛已经在触碰中国20世纪艺术的面貌了，而北京画院美术馆也跻身国家九大重点美术馆之列。

当然，20世纪中国艺术的形态之多样，历史之跌宕、人物关系之复杂是在进入这一专题之初所始料未及的。我们以齐白石为中心进入，纵向就会碰到李苦禅、王雪涛、许麟庐、李可染、周思聪等；横向自然会碰到金城、陈师曾、王梦白、张大千、林风眠、徐悲鸿、于非闇、胡佩衡，甚至蒋介石、毛泽东、胡适，海外的齐吉尔、野口勇等。在这样以个案勾勒全景的诉求中，在我们逐渐编织与增补的横纵图中的齐白石始终是我们的中心点。因此，下面就开始谈谈北京画院美术馆这些年对齐白石的研究与展览的具体工作。

首先，我们坚持了对齐白石作品的陈列。“陈列”是一个美术馆文化态度最持久、最准确的呈现。作为收藏、研究、展示、普及教育的公益性美术事业机构，美术馆有责任对馆藏作品进行有计划、有步骤的长期展示，以达到宣传、展现地域、民族乃至国家美术发展水平的目的。这不仅有利于民族文化的传承和发扬，同时也有利于培养公众高品位的审美眼光，使观众可以随时看到艺术史中的经典作品，使他们脑中对于艺术史的零散信息得以梳理。再有，一件美术馆中藏品价值的彰显以及它在美术史中的定位，在很大程度上取决于美术馆对其的研究与推广。这不仅是美术馆所要承担的责任，更是其艺术标准、文化态度的体现，陈列则是这种价值取向最好的显现与诠释。

立足于北京画院院藏齐白石作品的丰富性与完整性，我们根据题材把藏品划分为草虫、人物、山水、梅兰竹菊、水族、花卉、书法、蔬果、石印、手札十个专题陆续陈列展出。到2014年，齐白石诞辰150周年时，正好完成了第一轮的陈列展览。这十个陈列展，不仅强调其学术性，而且每展必有其特色。比如在2005年9月23日，北京画院美术馆、齐白石纪念馆隆重开馆时的首展中，就推出了“草间偷活——齐白石笔下的草虫世界”。这一展览在对院藏齐白石草虫进行分类与断代研究的同时，还请来昆虫学家进行辨析。有趣的是这些草虫大都是北京的本地品种，成为很好的研究依据。在布展上不仅将齐白石的工笔、写意草虫、花卉加以呈现，更在作品旁边放置了放大镜，使观众可以细细品读工笔草虫的妙处，甚至在展厅的绿植间挂上了蝈蝈笼子，蝈蝈的鸣叫与展厅的背景音乐相映成趣。这一展览得到了各方关注，也成为北京画院的一个经典展览。在“自家造稿——齐白石笔下的人物神情”中则强化了北京画院所藏齐白石人物画中图稿与作品的对比。尤其是这批画稿是齐白石留存在自己身边的人物画稿本，为难得一见的枕中之秘更是其人物画创作的蓝本与源泉。齐白石自己说“余六十年来画鱼虾之功夫若磨剑”，因此在“草泥乡里——齐白石笔下的水族意趣”这一展览中强调了齐白石画虾的变化过程，使观众了解大师是如何炼成的。“花能解语——齐白石笔下的花卉情趣”这一展览中，在凸现白石老人取“不似之似”为“百花传神”，行“衰年变法”创“红花墨叶”以及他“画前人所未画，发前人所未发”，融世俗情趣于文人雅趣的特点外，还将他画过的花卉实物照片与作品一并展出，进而体现他“似与不似之间”的主张。“三百石印富翁——齐白石的金石心迹”以篆刻印章为主题，不仅分四个部分向公众展示齐白石治印的发展历程，还将中国篆刻的发展史、如何刻印进行了图版展示。该展览入选了由国家文化部主办的“2012年全国美术馆馆藏精品展出季”项目并获奖。“人生若寄——齐白石的手札情思”以齐白石的《白石老人自述》为基础，以第一人称结合他的手稿、文献与齐白石绘画作品的内容、题跋、印章等对照展出，建构其中的内在逻辑，自然形成了齐白石从木匠到巨匠的艺术人生，成为第一轮齐白石陈列的收官之作。我们希望展览是开放性的，我们盼望来到北京画院美术馆的观众以及更多爱齐白石的人们给我们更多的启发，因此在这个展览的结尾处写道：“150岁的齐白石还活着吗？他的艺术在21世纪的今天是否依然具有魅力？齐白石从木匠到巨匠的艺术历程能证明什么呢？我们期待您的答案。”

的确，齐白石是个挖之不尽的宝藏。任何人想要了解20世纪的中国美术史都不可能绕过齐白石而单独实现，或者说他的艺术已成为20世纪中国美术史的一个经典案例。为了将白石老人的艺术成就进行国际化推广，我们在展示中配置了中英文的标识说明、中英日三国文字的语音导览和导览册，从2013年开始还开发了微信导览的功能。换句话说，在展示方式上创新的价值和意义就在于：让喜欢和研究齐白石的人随时可以看到他的作品，随时可以与之对话，感受大师的魅力。而且从2015年开始我们将视野放到全国公立机构收藏的齐白石的体系性研究，相继推出了草虫、书法、山水、人物展览，并与湖南美术出版社联合开始启动全球机构收藏的齐白石作品全集的编纂工作。

除基本专题研究性展览之外，在2008年奥运会期间，北京画院美术馆特别策划了“齐白石·中国画”艺术展览。一方面借助奥运契机向世人展示中国的传统、文化和艺术，彰显“人文奥运”的理念，而在中国画坛中最具标志性的自然是齐白石；另一方面则是想在当代艺术沸沸扬扬的今天，以一种新的视觉模式来重温民族文化，以一种新的思维角度来审视传统艺术，齐白石深厚的传统文化根基和鲜明的民族气派正是我们所要表现的。展览还原了中国画的生存状态，因为传统的中国画陈设并非如同现代美术馆中的展示方法。于是，我们力图回归传统人文空间，去还原中国古老文化中最经典的元素。在展览布置中，以传统特色的屏风作为幕墙分割了展览空间；搭建了中堂式的客厅，用明清家具配合齐白石的《寿桃》和对联并置陈设。这种方式增强了展览的传统文化韵味，改变了传统展览欣赏在时间与空间上的感受阈限。

奥运会的筹备过程中，奥组委开闭幕式团队曾多次赴北京画院美术馆参观，了解和感受中国画的发展脉络以及齐白石的艺术魅力。白石老人的作品给了他们对中国传统文化艺术的深省，为此他们还将从中得到的启发融入2008北京奥运会的开幕式中。由此可见，美术馆的功用不仅在于对艺术品的展示、对美术史的梳理，还有对公众潜移默化的影响，甚至对国家项目提供支持。

立足于自身的体量和规模，北京画院美术馆选择了借用展览专题来促成馆际之间的交流活动。通过与不同地区美术馆的互动，从而延伸展览空间，令更广大的群众能够欣赏到齐白石的艺术作品。建馆以来陆续与广东美术馆、关山月美术馆、武汉美术馆、江苏省美术馆、浙江省美术馆合作，将齐白石的艺术带到各地，这些难得一见的作品得到了观众的热烈反响，取得了很好的社会效应。2014年，在澳门回归15周年、齐白石诞辰150周年之际，齐白石作品计划将赴澳展出，应该又是一件以艺术为媒介的文化盛事。

2010年10月，在北京画院美术馆成立五周年时，北京画院联合多家机构在北京召开了“齐白石艺术国际论坛”。此论坛翻开了北京画院及美术馆在国际交流领域的新篇章，并同期出版了《北京画院藏齐白石全集》《齐白石国际研讨会论文集》，推出了研究齐白石的最新学术成果。论坛邀请到大英博物馆、美国亚洲艺术博物馆、布拉格国立美术馆、京都国立博物馆等国际知名博物馆馆长或代表，美国斯坦福大学、韩国梨花女子大学、日本早稻田大学等学院的著名教授，苏富比中国书画部专家、中华美术基金会以及海内外私人收藏家等艺术市场、收藏领域的专业人士，共同探讨学术问题、商洽交流项目，为北京画院及美术馆日后国际项目的开展奠定了基础。

与论坛同期，我们精心策划了“真有天然之趣——北京画院藏齐白石精品展”，以使观者充分领略到齐白石艺术中的大美、天然。展览围绕齐白石艺术性格甄选作品，利用全部展厅空间加以展示，绘画、书法、印章、手札、文物均有所涉及。此外，展览结合齐白石研究学者的最新成果，悉心考据文物文献资料，以作品的创作年代为主线、以专家学术划分时段为单元，融学术性、观赏性、趣味性为一体，较为全面地反映出齐白石艺术的形成轨迹。配套出版的《真有天然之趣——北京画院藏齐白石精品集》采用中英双语，扩大了阅读人群，有利于齐白石艺术的对外推广。

“真有天然之趣”来自齐白石《砖文若鸟》中的一句题跋，它以最简短的话语恰到好处地描述了白石老人的艺术特色，即童真与天趣。因此展览不仅以此为题，更从这一点出发，挑选了很多能够体现齐白石“赤子之心”的作品。为了使观众更为贴近一个真实的齐白石，展览在呈现方式上选择了艺术情景的还原。在展陈设计上，我们以一块最朴实无华的石头展开观众的思维模式，通过一扇打开的门进入齐白石的世界。白色的竹林、石头，黑色的荷叶砚台，游鱼、水影……重塑了齐白石出生、成长的星斗塘。而入门处两方“鲁班门下”与“寂寞之道”的印文，恰恰浓缩了齐白石从木匠到巨匠，于寂寞之路中走入极致境界的过程。展览筹备期间，我们特别录制了齐白石笔底草虫的生活状态，并在展厅搭建幕布用于多媒体影像的播放，以便观众将自然界真实的草虫与齐白石所描绘的艺术形象进行对比。

为了实现展览进一步的丰富与扩展，策划团队精心策划了一系列相应的公共推广项目，包括组织“齐白石艺术研究系列讲座”进行教育推广；召开新闻发布会进行媒体推介；与中山音乐堂合作举办“打开艺术之门”小画家夏令营主题教育活动；与各机关、院校联络组织团体参观活动。这些项目以服务社会、回报社会为出发点，力图让更多的人走近齐白石、了解齐白石，感知传统艺术的经典魅力。

细数10余年来的历程，北京画院美术馆找到了自身的定位。从个案起步，从小题目开始，力图将小型馆的研究与展览做出深度与高度。这是我们的不同，也是我们的标志。2012年，北京画院成立了“齐白石艺术国际研究中心”和“中国传统绘画艺术研究中心”，力求搭建齐白石与中国传统艺术的研究平台、交流平台、成果发布平台。每一年的年会成为备受关注的学术活动。而且我们相继在匈牙利、希腊成立了“齐白石艺术国际研究中心”的匈牙利中心与希腊中心，这两个中心为北京画院美术馆提供了更强有力的学术支撑和国际交流的机会，这是北京画院美术馆未来发展新的机遇，借此我们要进一步寻求新的研究与展览的方式，开辟出更为特色鲜明的文化空间。

当然，让齐白石走出去，从中国、东方的艺术大师真正成为世界的艺术大师，北京画院一直在努力。

近年来，齐白石作品在匈牙利、列支敦士登、日本等国相继展出。2019 年 11 月 12 日，在习近平主席访问希腊期间，由北京画院、塞奥哈拉基斯艺术基金会、中希经济文化发展促进会共同主办，雅典中国文化中心协办的“此中真味——齐白石艺术里的中国哲思”展览在希腊首都雅典隆重开幕。展览展出了齐白石 126 件精品力作，通过“不似之似”“象外之意”“物我之际”三个板块与希腊观众讨论中国人的形神观、意境观与宇宙观，从哲学的角度向希腊观众阐述中国人对于自然与生命的追问，探讨中国艺术与文化的精神内核。

公元前 500 年左右，被称为人类文明的“轴心时代”。中国有孔子、老子、孟子等先秦时代的百家争鸣，希腊则有苏格拉底、柏拉图、亚里士多德等三贤的哲学思辨。中希两国不同的哲学体系，孕育出东西方不同的文化精神与审美方式。中华尚丹青，笔精而墨妙；希腊崇雕塑，高贵且静穆。两国文化虽然跨越欧亚大陆，但对艺术之“真”的追索却惊人地相似。本次展览正是通过选取了中希方哲学在艺术表达上的共通点，就是“真”来向世界友人讲述中国故事。

文明因交流而多彩，文明因互鉴而丰富。文明交流与互鉴是推动人类文明进步和世界和平发展的重要动力。习近平主席出访希腊时强调：“孔子说：‘德不孤，必有邻。’亚里士多德也说过：‘挚友如异体同心。’平等尊重、友好合作、开放包容、勇于进取是我们两个伟大民族共有的特性，也是我们共谋发展的巨大动力。”文明互鉴和文化交流是中希关系的重要纽带，对两国间互利合作有着重要的推动作用。

齐白石艺术吸引了大批热爱中国经典艺术的希腊和欧洲观众。展览的成功举办，是与“一带一路”国家加强人文领域交流共享的美好成果，国与国长期合作和友好关系打下坚实基础，也为习近平主席提出的“让古老文明的智慧照鉴未来”，构建人类命运共同体的理念注入新的内容。

吴洪亮，政协全国委员会委员，北京画院副院长、北京画院美术馆馆长，中国美术家协会策展委员会副主任兼秘书长，北京美术家协会副主席。2015 年被评为文化部优秀专家。齐白石及 20 世纪美术史研究专家，具有影响力的策展人。2008 年，参与北京奥运会开闭幕式及雕塑项目。北京画院出版的学术研究成果及所推出的展览连续多年获文化和旅游部等机构颁发的 10 余个奖项。2019 年策划“威尼斯国际艺术双年展”中国馆。

美术馆与文化生态
——展览理念的生成与美术馆知识的传播

冀少峰

摘　要： 随着美术馆在城市公共文化服务体系中作用的凸显，美术馆在构建城市公共文化服务体系、满足公众多元与多样的精神文化需求方面发挥着越来越重要的作用。其中美术馆的展览是美术馆知识生成的重中之重，策展理念的生成体现着美术馆知识的生成与传播，而展览理念的相关性、持续性和深度研究则彰显了美术馆知识的生产过程和传播力量。一系列的展览理念背后凝聚的是一个美术馆的文化视野、历史责任和文化担当，是对如何从去传统到再传统，从去中国化到再中国化的思考，终极目的是构建现代文明秩序，即价值系统、制度体系受经济、社会、政治、国际环境和文明形态的影响而转型。本文以湖北美术馆为例，探寻"美术馆与文化生态——展览理念的生成与美术馆知识的传播"这一议题。

关键词： 展览理念；美术馆知识生产与传播；文化生态；现代文明秩序

随着美术馆在城市公共文化服务体系中作用的凸显，一个毋庸置疑的事实是，美术馆在构建城市公共文化服务体系、满足公众多元与多样的精神文化需求方面发挥着越来越重要的作用。如何提升美术馆的公共文化服务的质量和水平，让越来越多的观众走进美术馆，走进艺术，成为每一个美术馆人义不容辞的责任和文化担当。

美术馆还承载着学术判断标准和价值文化认同，是确立行业规范和价值尺度的标杆。而美术馆的展览、收藏与研究，公共教育与推广，亦构成美术馆服务的核心。本文以湖北美术馆为例，探寻"美术馆与文化生态：展览理念的生成与美术馆知识的传播"这一议题。

一、策展理念的生成体现着美术馆知识的生成与传播

美术馆的展览是美术馆知识生成的重中之重，一切知识生产都将围绕展览而进行。展览兴馆亦构成美术馆人的一个共识，一个美术馆是需要有自己的原创展览品牌和持续不断的深入推进和研究。在双年

展、三年展“漫天飞”的情境下，如何保持美术馆展览的差异性、异质性，并使展览品质有别于其他美术馆，也成为湖北美术馆在展览应对策略方面的思考。因为展览是构成美术馆知识结构、知识系统、传播方法、话语谱系重要的一环，基于此，“三官殿1号艺术展”“@武汉”系列展览应运而生。

（一）“三官殿1号艺术展”

它以美术馆所在的地名和门牌号为标识，以年度展的形式出现，以深度研究与个案研究相结合，每届展览选择5—12位艺术家进行个人样式与群体风貌相结合的研究和探讨。非常有意味的是，“三官殿”是一个很广的地域名，但三官殿1号仅有湖北美术馆一家，而“三官殿1号”又有一种再出发、再启动的寓意，希冀三官殿1号艺术展能构成一个多维思想碰撞与交流的平台。而每届参展的艺术家差异化的视觉表达方式不仅体现出多元文化强劲的生命力，也彰显出美术馆展览的多样性及文化的宽容、包容与开放意识。而参展艺术家个人的视觉经验和精神体验亦成就了三官殿1号这个文化共享、文化参与的多重阐释空间。首届展览以“中转：2011三官殿1号艺术展”为始（策展人为冀少峰），“中转”同时与湖北位于中国中部的概念有关。由于艺术的多元与社会的多元从来没有像现在这样趋同，迅速发展的社会和更加开放的制度让我们很难对今天发生的艺术现象作出有效的价值判断，那么“中转”一下，有利于我们洞悉在全球化语境下当代艺术的种种可能性。同时“中转”又是一个分界线，意味着重新审视已走过的艺术探索之路，“中转”还意味着“找寻”“调整”，以期迈向更新更高的艺术空间。2012年则以“雕塑2012”为展览主题，这个展览和“雕塑1994”形成一个历史的上下文关系，探索雕塑在新的社会形态下的多种可能性及雕塑边界的突破和雕塑家个人力量的兴起（“雕塑1994”的策展人为傅中望，“雕塑2012：三官殿1号艺术展”的策展人为孙振华、冀少峰）。2013年则以“再肖像：2013三官殿1号艺术展”为题（策展人为鲁虹、冀少峰）。2014年又以“再雕塑”支撑（策展人为孙振华、冀少峰）。2015年，三官殿1号艺术展主题为“再影像”（策展人为杨小彦，学术主持为冀少峰），由此构成了三官殿1号艺术展品牌的生成和持续深入的推广与研究。

（二）“@武汉”系列展览

如果说三官殿1号艺术展是以群展面貌、问题意识介入艺术的发展进程及美术馆知识的生成与传播的话，那么“@武汉”系列则以学术性、文献性、包容性、当代性、国际性为主，同时钩沉在艺术发展史中有重要影响力的个案进行研究，并和其他艺术机构形成联动，进而推动繁荣区域的美术生态发展。“@武汉2016：再识方力钧”“@武汉2017：再偶像中的原形·岳敏君”“@武汉2018：舞台·张晓刚”“@武汉2019：一意孤行·沈勤”“@武汉2020”为罗中立，这些展览又一次延续并深入了“再”的概念，同时由群展向重要个展转变。

二、持续的深入与研究彰显的是美术馆知识的生产过程和传播力量

“中转：2011三官殿1号艺术展”以武汉、广州8位艺术家为主，同时引入电影制作。8位艺术家的8个影像片以电影大片的形式出现，互相进行口头历史的直述，并同时播放，充斥着一种混杂性与多样

性，与今天的文化现实又有着某种暗合。展览引入电影不仅是本次展览亮点，策展人、艺术家间的视觉讲述与口头历史的相融合也使展览的文献性、历史性得到了加强。而“雕塑2012”更是和“雕塑1994”存在着历史文脉的相连，前后相隔18年，18年来的社会政治、经济结构的转型，从艺术家个人风格的变迁也看到了艺术思潮和风格的更替。时隔一年到2014年，又以“再雕塑”为主题选择他们的学生辈，以雕塑中生代为主。这样就把“雕塑1994”“雕塑2012”和“再雕塑2014”有机地联系起来。其间的风格与样式、交游与师承又恰恰是中国当代艺术30年发展历程的一个缩影。如果再联系到湖北美术馆的不在三官殿1号名义下的展览：“再历史”（策展人为冀少峰、游江），2012年的“再水墨”（策展人为鲁虹、冀少峰），2014年的“美术文献三年展：再现代”（策展人为冀少峰、严舒黎、付晓东），从中我们可以看到展览理念的相关性、持续性和深度研究。“再水墨：2000—2012年中国当代水墨艺术展”虽然也不在三官殿1号艺术展系列，但它所形成的展览理念亦是对三官殿1号品牌在外延上的有力支撑。它不仅对2000年以来的当代水墨艺术进行了学术清理，而且它所引起的“水墨热”和对当代水墨的关注始料未及。而此展览又先后移往北京和成都。之所以能引起一个艺术业态的热潮，也与其敏锐的展览理念的生成有着密切的相关性。因为在“再水墨”之前，都统称“现代水墨”或“中国画”。而“再水墨”带有很强的后现代性色彩，它并不是真的回归水墨，实则是对水墨的超越与颠覆，这不仅仅是观念形态和媒材样式的突破与超越，其实是重新建构了一个新场域，这个场域颠覆的是一个关乎“中国画”的评价标准和教育体系，因而“再水墨”是一个面向未来的动态概念，提出了水墨在未来的种种可能性。之后，各种新水墨概念的流行也都是在此展览之后呈奔腾之势，从中可以看到一个美术馆知识生产与传播的力量。

三、殊途同归，再现代：建构符合中国文化性格的现代文明秩序

构成以上一系列策展主线的理念又耐人寻味地都可以回归到2014年美术文献三年展的主题：再现代。因为文化生态的多样性、鲜活性及当代艺术所代表的当下文化发展状貌和城市文化情怀，也强烈吸引着美术馆人的学术目光。“美术文献三年展”和其他年度展相辅相成，助推了三官殿1号艺术展走向更广阔的公共空间。因为当“再现代”成为一个话题时，我们所曾经探讨的议题、展览理念，其实都在围绕一个核心的议题，那就是希冀建构中国文化性格的现代文明秩序，因为中国目前正经历百年未有之变局，中国社会正遭遇的“成长之痛”，既是新旧冲突之痛，亦是传统文化与当代文化的冲突。这种结构变局体现在我们的国家面临着从传统国家向现代化国家的转型，尝试从前现代、现代化的道路中走出，去接受当代的文明，从农业国家向新型工业国家的转型，从乡土社会向城镇化的转型，社会转型之痛必然带来文化转型之痛。

第一个危机是传统文化和现代文化始终处于一种对立状态，五四运动以来，这种危机并没有根本消除，有学者称之为“后五四时期”文化危机。第二个危机是“后文革时代”的意识形态危机，那是一种革命式、空想式、理想式文化贫瘠的危机。第三个危机则是1978年结束“后文革时代”危机后的一种后现代的心理危机，即当代社会所普遍弥漫着的焦虑意识。

由此不难发现，当下的中国已和传统意义上的中国、1949年以后的中国、改革开放前40年和后40年的中国都是不同的，中国的现实问题是如何在全球化格局中承接传统与现代，如何沟通中国与世界。这其实也是全球化进程中不同文明所共同面临的现代性困境，而现代性、现代化则又构成了百年中国社会转型的两个不同主调，而现代性转向其目标则是构建现代文明秩序，亦即是一个需要对现代核心价值观、对未来发展模式和路径的重新认识、定位。

如果回到具体问题其实是一个再中国化的问题，是对如何从去传统到再传统，从去中国化到再中国化的思考，即是对中国价值、中国模式、中国崛起、中国主体性的再认识，同时探讨传统文化如何适应并转化出现代价值，进而穿越传统为现代化设置多种屏障，逐渐完成从传统社会向现代化社会的过渡。终极目的是构建现代文明秩序，即价值系统、制度体系受经济、社会、政治、国际环境和文明形态的影响而转型。在西方现代性之外走出一条多元的现代性之路来，因而“再现代”既是一个未完成的方案，又在一个永无止境的实验中……

在这一系列的展览理念背后，无疑凝聚着一个美术馆的文化视野、历史责任和文化担当，同时从差异化的展览理念中也不同程度反映了中国当下社会的变化及我们共同面临的生存处境和生存困境。而展览理念的逻辑式推演也深刻地反思了全球文化格局中的文化冲突与融合问题，以及急速变化的社会现实所带来的焦虑体验，这其实是中国在迈向现代性过程中社会不断转型的缩影，也反映了进入21世纪十几年来中国社会的经济结构、文化身份、生活习惯和价值认同的变化。这些展览体现的不仅仅是美术馆人、艺术家对现代性的差异化理解，也不仅仅是一种单纯的社会实践，展览本身就是一种精神再生产过程。这一精神再生产过程带给人们的则是一种对欲望和诱惑不可逃避的现实。因为文化艺术中没有一个现成的历史线条，无论是政治的、风格的，还是资本的，它们是纠缠在一起的。

冀少峰，现任湖北美术馆馆长。第14届中国美术批评家年会轮值主席。获第55届威尼斯双年展“组织策划特别贡献奖”和“最佳策划奖”。策划“再现代：第三届美术文献展”“第十届深圳国际水墨双年展”。策划了方力钧、岳敏君、张晓刚、傅中望、丁乙、魏光庆、沈勤、邓箭今等个展。出版有《中国当代艺术批评文库·冀少峰自选集》《品图——冀少峰艺术批评文集》《我就是你——岳敏君》。

5月18日，为了沉思的聚会

——写在2019国际博物馆日来临之际

杭　间

摘　要： 2019年“5·18国际博物馆日”的活动主题“作为文化中枢的博物馆：传统的未来”让人沉思。在“国际博物馆日”，中国美术学院美术博物馆群向社会和公众推出了精心策划的系列活动。“为了沉思的聚会”，这里的“沉思”是由活动内容本身带给大家的，博物馆日的相聚具有与众不同的意义。

关键词： 5月18日；沉思；聚会；2019国际博物馆日；中国美术学院美术博物馆群

今年，国际博物馆协会（ICOM）发布的2019年“5·18国际博物馆日”的活动主题——“作为文化中枢的博物馆：传统的未来”（Museums as Cultural Hubs: The Future of Tradition），这个主题特别让人沉思。

确定这个主题体现了国际博协的睿智，以及全球化的弥漫之深。我们的社会正面临着前所未有的发展和变革，互联网技术的日新月异，在杭州这座城市体现得尤为“壮观”，确实是“壮观”！无所不在的移动支付，深夜还在奔跑着快递和外卖小哥，因为全球时差，淘宝大楼那映射出的不夜灯光，将周围照得如同白昼，新的APP层出不穷，毫不夸张地说，在智能手机的使用上，代际的鸿沟正在被极大程度地打破。

在“速度”面前，“生命”的意义何在？生物学家早已经揭示，自私的基因，其永远的目的在于“时间的把握和延伸”，生命繁衍、长生不老的渴求、财富和荣誉的拥有、精神不朽的梦想，就其本质，无不是在浩茫的宇宙中更多地拥有“时间”。现在，新生活的速度使得“世上方一日，历史已千年”，现实的相对速度已经远远超过人类任何一个历史时期，但是那在手机界面上拥有的“时间”还是生命“本有”的时间吗？

虚拟是一种现实，但“现实”不等于“虚拟”。就我们进化的躯体而言，当代科技的历史仍然太新，哪怕人工智能的互相学习更快，哪怕大数据的应用更广泛，人类3000年、5000年、7000年，甚至更长的文明历史，在世界的每个角落，具体、鲜活、轰轰烈烈日复一日地发生，文学、戏剧、电影、动漫只能呈现他们的一个片段，只能反映点滴精神缩影，就像我们没有了解自己的身体内部的小宇宙一样，我们还远没有穷尽我们祖先以来生命的真谛，而手机界面所呈现的更是这些点滴中的局部，甚至是点滴中的道听途说，那么我们该怎么办？

如果回到"传统"。回到传统不是回到古代，也不是回到"旧识"，更不是回到"传统"的外表。回到传统是希望在一个更长的时间维度，观察、思考生命中"时间"的意义和价值。这种回望是一种新的阅读，最佳的地方在博物馆。

这也是当代博物馆学的"新义"，博物馆里的"事物"传统应该给每个观者提供思想未来的可能。它是开放的，它已经有新的方式、新的样态，它早已越过"珍宝贮藏室"的阶段，而将事物的观点，民主、共享，追求共创。博物馆的空间（展览、研究、教育、收藏、艺术衍生品等）既是文化交流的开放之地，也是美学和知识的生产、感受力的陶冶之地；它既保存，也可探索重组；既可批判扬弃，也可以建构重构，博物馆的这些特质指向了人类文化的核心，而中枢正是它的功能的一个恰当形容。

中国美术学院的美术博物馆群，包括美术馆、民艺博物馆和设计博物馆，这是一个世界艺术大学都少有的博物馆结构，它既拥有中国最具当代艺术特质的展览和收藏，同时又从生活的艺术角度寻觅中国传统造物之美；它有全球闻名的以包豪斯为核心的欧洲现代设计系统收藏，同时又推出当代艺术、民艺、设计和艺术教育探索的诸多重要展览，分布在南山、象山两个校园的美术博物馆，其不断推出的新的展览，常常成为本地和全国同行重要的文化节日。目前，虽然它仍然受制于中国高校博物馆的局限，无法获得政府公共文化的财政支持，但是凭着国美人的敬业，在学校领导和各部门上下一致的支持下，美术馆群克服种种困难，正以世界一流大学一流博物馆为目标，努力扎实地工作着。

5 月 18 日的"国际博物馆日"，美术博物馆群向社会和公众推出了精心策划的系列活动，其中包括著名策展人、中国美术学院副校长高世名教授的公开讲座"没有展览的时代——兼论我对策展的思考"，高世名教授的讲题正是当代博物馆学的重要前沿论题，在国际博物馆日到来的时候，带领大家重新思考博物馆本质、艺术经验、空间生产和策展等问题。著名设计师卢志荣先生的"无华：卢志荣作品展"正在设计博物馆举行，卢志荣先生本人也于 19 日在设计博物馆举行公开学术讲座。美术馆由余旭鸿副馆长领衔各部门同人，结合自身展览和馆藏，并邀请美术博物馆研究者和相关从业者从 17 日起连续推出多期"认识美术馆——传统的未来"系列讲座。如中国美术学院人文艺术学院董捷教授在其讲座中就"博物馆学与艺术博物馆""作为博物馆的美术馆""博物馆与特展"等相关问题普及美术馆知识，讨论了艺术博物馆事业在中国的发展前景和艺术院校及艺术教育中的作为。

三馆同时推出丰富多样的公共教育活动。南山校区的美术馆举办了大型朗诵会：《野草》朗读——在图像与声音的两岸。大家期待已久，在中国国际设计博物馆开馆展时曾经演出，后来获得文旅部 2018 年全国美术馆优秀公教项目的"象棚——包豪斯人物空间剧场"于 18 日、19 日重新演出三场；纪念包豪斯诞生 100 周年系列公教活动又推出新的形式："家具设计——瓦西里椅儿童再设计""少即是多——包豪斯钢管椅综合体验"，通过包豪斯风格作品藏品级别的椅子体验活动，从功能、材料，艺术与技术，人体工学等角度出发，向广大爱好者提供零距离的体验经典设计的机会。民艺博物馆结合展览邀请民间艺术家举办"非遗活态展示"，开展黄杨木雕制作体验。经过长时间的筹备和拍摄制作，三馆 360 度 VR 全景展览集体上线发布。作为首批国家文化创意产品开发试点单位，南山校区美术馆还联合中国美术学院党委学工部，首次面向青年新生设计力量征集基于馆藏作品的艺术衍生品设计方案，并给予扶持和孵化，倡导活化传统、面向未来、推动创新、引领生活的新理念。

“国际博物馆日”当天，三馆除特展外，全部免费开放至晚上23点，我和三位副馆长分别亲自导览。“野草——献给五四新文化运动100周年”“1949——中国美术学院美术馆藏建国题材绘画摄影作品展”“生活世界——馆藏西方现代设计展”“颠覆与重塑：馆藏马西莫·奥斯蒂男装展”“黄杨木雕之春——浙江民艺深耕系列展览”各个展览的主要策展人也在不同的时间亲自参加了导览，部分导览还进行了网络直播。

“为了沉思的聚会”，这里的“沉思”是由活动内容本身带给大家的，博物馆日的相聚具有与众不同的意义。

杭间，中国美术学院教授、博士生导师，艺术史学者、设计策展人。曾任《装饰》杂志主编，清华大学美术学院艺术史论系系主任、清华大学美术学院副院长。现为中国美术学院副院长、美术博物馆总馆长，中国美术家协会理事、理论委员会副主任，中国民间文艺家协会理事、浙江省民协主席，中国工艺美术学会副理事长，教育部高校艺术学理论教学指导委员会副主任。2017年入选国家万人计划哲学社会科学领军人才，中宣部文化名家暨“四个一批”人才，享受国务院政府特殊津贴专家。曾策划首届北京国际设计三年展、第1—3届中国设计大展、“美学城市：上海设计大展”、第1—6届中国现代手工艺学院展等。作为主要负责人，参与筹建了中国美术学院民艺博物馆、中国国际设计博物馆。出版有《设计的善意》《手艺的思想》《中国工艺美学史》《设计道——中国设计的基本问题》《中国传统工艺》《在现实与内心之间——新具像艺术》等。

典藏活化与新时代气象

——“花开盛世”策展创意解读

邵晓峰

摘　要：“花开盛世——中国美术馆藏花鸟画精品展”是中国美术馆的2018年贺岁大展之一。本文从理念先行的策展方式、重点展品的深度解析、典藏活化与时代气象这三个方面阐释展览的策划理念与活化形式，希望从策展个案本体的角度出发，为新时代美术馆学的深入研究与未来拓展提供新的资料，带来新的启示。

关键词：典藏活化；新时代气象；花开盛世；中国美术馆藏花鸟画精品展；策展创意

引　言

大型展览项目“花开盛世——中国美术馆藏花鸟画精品展”是中国美术馆的2018年贺岁大展之一。笔者作为执行策展人，在总策展人吴为山馆长的学术指导下，在张晴副馆长的带领下，在本部门研究与策划部（现为研究部）专家戴增海、安雪、柳淳风、魏思明、李暨涵的参与下，在典藏部、公教部、展览部、传媒部、设计部等部门同人的积极配合之下，“花开盛世——中国美术馆藏花鸟画精品展”经过悉心策划以及一系列的展示、推广、传播，获得诸多佳绩，并有幸荣获文化和旅游部2018年度全国美术馆优秀展览项目。下面从三个方面来解读、阐释其策展创意，希望从这一策展个案本体的角度，为新时代美术馆学的深入研究与未来拓展提供新的资料，带来新的启示。

一、理念先行的策展方式

花鸟画不但是中国画的重要内容，而且是中国民间最为喜闻乐见的画种，可谓30年来群众参与度最高的中国画类型。在花鸟画中，其中既有极其率意泼写的大写意花鸟画，也有极其精工细作的工笔花鸟画，更有兼工带写的花鸟画。从宋代至今，擅长花鸟画的中国画大师代不乏人。因具有如此特性，花鸟画也成为近现代诸多展览策划的重要品种。然而在当代，若要策划出具有艺术特色与文化内涵的展览，则需在理念建构与藏品梳理上进行反复经营与再三推敲。作为国家美术最高殿堂的中国美术馆的展览策划与构思创意更应如此。

在中国的美术馆领域，典藏活化是应有的新时代气象。为庆祝中国共产党第十九次代表大会胜利召开，彰显盛世景象，欢庆新年，2018年1月25日至3月4日，作为“中国美术馆新年展”的重要组成部分，由中国美术馆主办的“花开盛世——中国美术馆藏花鸟画精品展”在中国美术馆一层2、3、4、5、6、7展厅举办。本次展览从中国美术馆数千件馆藏花鸟画中精心梳理并展示出具有历史性和代表性的花鸟画精品130余件（套），围绕其关键词“盛世”“盛开”“盛景”“盛大”，将展览有机分为三大篇章：

第一篇章“托物言志，百代不衰”，展出宋、元、明、清的花鸟画作品，以陈容、边景昭、夏昶、沈周、吕纪、陈淳、徐渭、周之冕、马守真、蓝瑛、朱耷、恽南田、蒋廷锡、马元驭、高其佩、袁江、华喦、高凤翰、李鱓、金农、黄慎、郎世宁、郑燮、李方膺、边寿民等书画家的花鸟画精品为代表，体现了绘物之精、状物之妙、体物之情、写物之神，展现了中国艺术家观察自然的特色视角与抒情写意的独特方式。

第二篇章“与古为徒，推陈出新”，展出近现代花鸟画作品，任熊、虚谷、居廉、赵之谦、蒲华、任薰、任颐、吴昌硕、齐白石、黄宾虹、王震、陈师曾、于非闇、徐悲鸿、陈之佛、刘海粟、潘天寿、林风眠等艺术家或立足传统，或以西润中，或中西结合，或依中而变，致广大，尽精微，将花鸟画的构图、色彩、笔墨、内涵不断拓变革进，也使花鸟画的抒情性、表现性、象征性、文化性得到新的发展。

第三篇章“承传薪火，继往开来”，主要展出当代花鸟画作品。通过这些作品可以反映出正是在传统基础上，当代画家们向民间艺术学习，向史前艺术取经，向西方现当代艺术巡礼，推动不同画种、画材、画法以及画境的交叉结合，才使当代花鸟画百花齐放、争奇斗艳。

中国美术馆馆长吴为山撰写了展览序言《阳春水影　盛世花开——颂新年·新时代·花开盛世展》，他写道：“理想国的鸟语花香，人世间的生态文明，艺术的花园，精神的乐土，这是一部人类心灵观照自然的艺术史与文化观。一幅幅生机盎然的作品，它们的济济一堂不但象征着中国新时代的到来，而且预见了中华文化的不断发展与前行。”

以上的整体策划与具体实施使“花开盛世——中国美术馆藏花鸟画精品展”成为有史以来中国美术馆主办的规模最大、类型最广、件数最多、时间跨度最大、社会影响最为深远的花鸟画专题展。为呼应、呈现这一宏大气象，在展陈设计上，我馆设计部专家也在艺匠上突出“盛世”“盛开”“盛景”“盛大”等关于“盛”的关键词，获得集喜气、聚气、大气、新气于一体的视觉效果与展示格局，不但令观众记忆深刻、流连忘返，而且令艺术家反复揣摩、不断回味。

“花开盛世——中国美术馆藏花鸟画精品展”门厅现场

“花开盛世——中国美术馆藏花鸟画精品展”展厅

二、重点展品的深度解析

在“花开盛世——中国美术馆藏花鸟画精品展”执行策展过程中，笔者有计划地统筹了展览的艺术构思、展品遴选、传播方式以及中国美术馆各部门的协调，并重点遴选了具有代表性的6幅重要馆藏作品，撰写了精要的评语，作为新闻稿内容进行宣传报道，通过这种对重点展品的深度解析，达到以点带面、点面融合的传播效果。

南宋画家陈容所绘的《云龙图》由邓拓先生于1964年捐赠给国家，现藏于中国美术馆。陈容，字公储，号所翁，福唐（今福建福清）人。生活于南宋后期，生卒年不可考。南宋理宗端平二年（1235）中进士。曾在临江军（治所在今江西清江）任副职，后调任国子监主簿，最后任莆田（今福建莆田）县主簿。

（宋）陈容　云龙图　绢本水墨
112.5cm × 48.5cm　中国美术馆藏

龙是华夏图腾，是中国古代神话传说中的神异动物。作为鳞虫之长，传说龙可以呼风唤雨，且能显能隐，能大能小，能粗能细，能长能短。春分登天，秋分潜渊。当然，这些已是晚期龙的特征，比最初的龙更加复杂。封建时代，龙是皇权象征，因此皇宫器物多以龙纹为装饰。2000多年以来，中国人还常以龙象征祥瑞，起祛邪、避灾、祈福之用，故而龙发展成为中华民族具有代表性的传统文化符号。在艺术上，以龙为绘画题材自古有之，然而真正使画龙成为绘画专类，则是随着五代、两宋时期董羽、陈容等画龙名家的出现而产生的。此时以画龙名世的画家不在少数，因此北宋《宣和画谱》甚至专辟龙鱼门来记载。其中以陈容画龙最为知名，世称“所翁龙”。据元代夏文彦《图绘宝鉴》卷四记载：“（陈容）善画龙，得变化之意，泼墨成云，

（明）吕纪　牡丹白鹇图　绢本设色　184cm×99.8cm
中国美术馆藏

噀水成雾，醉余大叫，脱巾濡墨，信手涂抹，然后以笔成之，或全体，或一臂一首，隐约而不可名状者，曾不经意而得，皆神妙。”今天据各种文献著录陈容画龙作品共计50余幅，但传于今世的仅数幅而已。

中国美术馆收藏的陈容《云龙图》以水墨绘一条苍龙飞腾于云天之中。在章法上由右上向左下取势，龙体在盘旋中呈“S”形，动感十足。龙首微抬，须发喷张，具有傲临天下的昂扬之气。龙有四爪，强壮有力。烟云之间，龙体或隐或现，而且烟云的泼染与龙体的用笔形成强烈对比，烘托出叱咤风云、蓄势待发的龙貌。今天看来，陈容虽是画龙，实乃描绘自己的心态，以此抒发郁郁不得志而寄情于艺术、挥洒于天地的豪情与逸气。

吕纪（约1439—1505），字廷振，号乐愚。浙江鄞县（今宁波）人。擅花鸟、人物、山水。明弘治年间以画被召入宫，值仁智殿，授锦衣卫指挥使。其花鸟初师边景昭，又学林良，并广泛师法唐宋诸家。所作有工笔重彩和水墨写意两种画法，前者描绘精工，色彩富丽，法度谨严，后者粗笔挥洒，随意点染，简练奔放。他以画花鸟著称于世，是明代院体花鸟画的代表人物，与边景昭、林良齐名。

中国美术馆收藏的吕纪《牡丹白鹇图》是典型的明代宫廷工笔花鸟画。上部描绘数支桃枝自右上斜出，枝上盛开点点桃花，粉白可人。刻画的三只鸟雀均为常态，它们栖于枝干，姿态各异，均张嘴叽喳，生动活泼，其中有两只相对而鸣，充满闹春之意。下部湖石间有白、红牡丹竞相争艳。立于湖石上的白鹇成为画面视觉中心，它俯视着石下雉鸟，尾羽在牡丹衬托下显得华美精雅。雉鸟身体下蹲，抬首看着白鹇。整幅画面内容丰富、和谐统一，呈现出喜庆欢快、吉祥富贵之感，充满精致优越的皇室审美趣味。

徐渭（1521—1593），初字文清，后改字文长。号青藤老人、青藤道士、天池生、天池山人、天池渔隐、山阴布衣等。绍兴府山阴（今浙江绍兴）人。明代文学家、书画家、戏曲家。他多才多艺，在诗文、戏剧、书画等领域均独树一帜。其画能吸取前人精华而脱胎换骨，山水、人物、花鸟兼擅，不求形似，力求神似，以花卉最为出色，开创了一代大写意画风，对八大山人、石涛、扬州八怪等后世画家、画派影响极大。精通诗文，书法尤擅行草。谙音律，善操琴，精戏曲，所著《南词叙录》为中国首部关于南戏的理论著作。有杂剧《四声猿》《歌代啸》及文集传世。

（明）徐渭　墨花图（局部）　纸本水墨　原作尺寸 31cm × 466cm　中国美术馆藏

中国美术馆收藏的徐渭《墨花图》卷全以水墨绘就，描绘雪中苍松、劲竹、芭蕉、梅花、菊花、兰花、牡丹等，堪称杂花荟萃，其他空间加以奇石穿插。背景为淡墨渲染，烘托石头与杂花上所积白雪。此卷突出地显示了徐渭以草书入画的特征，潇洒灵动，水墨酣畅，挥洒淋漓，肆意纷飞。画卷后有徐渭大段题跋，以行书题就，矫健多姿，气概非凡，款署“天池山人”。在目前现存徐渭杂花图中，描写雪意的十分罕见。此幅气韵超拔，墨分五色，以寥寥数笔简括地写出多种植物的造型特征，结构概括，语言凝练，形神兼具，生动爽劲，览之如清风拂面，痛快畅神。

齐白石　菊花雄鸡　纸本设色
99.5cm × 46.4cm　1927 年
中国美术馆藏

齐白石（1864 — 1957），原名纯芝，字渭青，号兰亭。后改名璜，字濒生，号白石、白石山翁、老萍、借山吟馆主者、寄萍堂上老人、三百石印富翁等。祖籍安徽宿州砀山，生于湖南长沙府湘潭（今湖南湘潭），中国现代书画家、篆刻家。早年为木工，后以卖画为生，57 岁后定居北京。得陈师曾、徐悲鸿等人相助而使画事、画法、画境获得巨大推进。擅画花鸟虫鱼以及山水、人物，造型简练，形态生动，笔墨滋润，色彩明快。所作鱼虾虫蟹，天趣横生。篆刻自成一家，十分强调疏密对比，追求空间分割，大起大落。用刀多为单刀切石，大刀阔斧，横冲斜插，猛利狂悍，痛快淋漓，创造出一种“写意篆刻”的风格。其书法亦工篆隶，取法于秦汉碑版。其书画、篆刻、诗文相得益彰。

中国美术馆收藏的齐白石《菊花雄鸡》中所画的菊花白瓣黄蕊，雄鸡红冠黑羽，杂以棕羽。鸡右足收起，迈开左足，正在菊花下闲庭信步，怡然自乐。白石老人描绘秋菊的笔法不拘小节，散淡轻松，刻画公鸡则变以生拙质朴的用笔，将其沉稳厚重描绘得颇为到位。鸡的眼神表达得十分传神，并将一种诙谐幽默的气息通过身姿体态传达出来，体现出白石老人对于乡间生活观察的细致入微以及放笔挥洒的自信满满。他还在画面右上部题曰：“借山吟馆主者乘兴挑灯作。”由此可以想见当年白石老人灯下作画的勃勃兴致与别样情怀。

徐悲鸿（1895—1953），原名徐寿康。江苏宜兴人。中国现代美术的一代宗师，以画马驰名国内外。曾留学法国学画，归国后长期从事美术教育，

徐悲鸿　芭蕉黑猫　纸本设色　108cm × 54.9cm
1937 年　中国美术馆藏

先后任教于中央大学艺术系、北平大学艺术学院和北平艺专。1949 年后任中央美术学院院长。徐悲鸿的动物画善于捕捉动物最为传神的瞬间，除了马，他画的猫也很有代表性。据徐悲鸿之子徐庆平先生回忆，为观察猫的娇敏，将猫画得传神，徐悲鸿家里甚至同时养过 8 只猫。“虽然父亲每天下班后特别累，但他还是坚持坐在躺椅上，一边拿着乒乓球跟猫耍着玩，一边观察猫的神态和动作。”徐悲鸿的猫画或用以寄兴，或酬答友人。中国美术馆收藏徐悲鸿《芭蕉黑猫》创作于 1937 年，画中展现芭蕉下，一黑猫趴在石头上，回首凝望。几乎全以没骨法画成，虽然几乎处处运用的是黑墨，但是在猫的眼、耳、鼻、嘴、爪等结构的刻画上没有丝毫含糊，笔墨洗练，神情毕现，可见作者笔墨与造型驾驭之功力。

徐悲鸿曾在赠徐志摩的《猫》上题诗曰：“志摩多所恋爱，今乃及猫。鄙人写邻家黑白猫与之，而去其爪，自夸其于友道忠也。”此画的创作时间距 1929 年 4 月二徐关于西方现代艺术“真伪”“是非”的论战不到一年，可见学术上的争议并未影响二人之友情。1933 年，徐悲鸿还赠《猫梦图》给吴湖帆。1940 年，徐悲鸿为廖静文画《猫》《树上》等画猫作品。徐悲鸿曾说，人家都说我的马好，其实我的猫比马好。譬如，1934 年，在天目山写生途中，徐悲鸿曾问学生们：“我的画，什么最好?”有人说“马”，有人说“雄鸡”，唯有杨建侯说“猫”，徐悲鸿称赞杨建侯有眼光，可见徐悲鸿对于自己所画的猫是情有独钟的。

潘天寿（1897—1971），字大颐，自署阿寿、寿者。浙江宁海人。中国现代杰出的画家、教育家。1915 年考入浙江省立第一师范学校，受教于经亨颐、李叔同等人。善画花鸟，初学吴昌硕，后取法石涛、八大，笔墨奇崛霸悍，构图以奇入胜。他尤其擅作指画，使指墨画推陈出新，达到中国画审美的新高度。曾任中国美术家协会副主席、浙江美术学院院长。

中国美术馆收藏的潘天寿《松鹰》为其 20 世纪 40 年代的指墨画代表作，以独到的笔墨与奇异的构图体现其超然的艺术追求。鹰身以手掌铺就淡墨，就其肌理可见，也许事先撒了明矾。因此，在斑斑点点之间显出淡墨的笔痕与渗化，造就浑然一片、羽毛丰茸的视觉效果。雄鹰双爪抓住由右上斜下的松枝，以锐利的眼睛俯视松下奇石，威风凛凛。鹰眼以浓墨点成，炯炯有神，在全身淡墨的衬托中格外突出，也使雄鹰神俊不凡。由此可见画鸟亦可“传神写照，尽在阿堵中”。总体来看，此画全幅突出“雄视”主题，虽着墨不多，除了两根松枝和一块岩石，余皆空白。其意趣之高，还在笔墨之外，所谓“超以象外，得其环中”，由此画可见之。

三、典藏活化与新时代气象

典藏作品是美术馆之根本，美术馆的典藏活化与时代气象具有密切联系。“花开盛世——中国美术馆藏花鸟画精品展”属于中国美术馆典藏活化系列展，典藏活化系列是吴为山先生担任中国美术馆馆长以来特别重视的展览系列，因为只有将沉睡于库房中的国宝不断加以研究与梳理，积极通过学术化方式精致地呈现给观众、传播到社会，才能达到通过经典化育大众之效果。

公教活动是展览传播与教育的重要方式，中国美术馆公教部十分重视“花开盛世——中国美术馆藏花鸟画精品展”志愿者讲解员的培训，特别邀请笔者专门为此次展览的数十位志愿者讲解员进行讲解培训工作。在培训期间，讲解员们听得十分认真，并踊跃发言，积极提问，与笔者做了非常深入的话题交流和拓展对话，令笔者至今记忆犹新。展览期间，大量观众云集中国美术馆欣赏这些焕发新生的花鸟画杰作，很多观众还围在志愿者讲解员身边，聆听他们绘声绘色的介绍。这些高素质的志愿者为此次展览增光了添彩，展览颇受好评，众多观众在《留言簿》留下了大量鼓励之词与热心建议。

此外公教部还展开两场活动：2018 年 2 月 11 日，推出海峡两岸大学生艺术博物馆教育交流工作坊暨“花鸟童画闹新春——我在中国美术馆过大年”。通过网络报名的亲子家庭、台北教育大学和北京各高校的学生代表及志愿者代表参与活动。2018 年 2 月 25 日，“花开盛世——中国美术馆藏花鸟画精品

潘天寿　松鹰　纸本设色
148.8cm × 47cm　1948 年
中国美术馆藏

“花开盛世——中国美术馆藏花鸟画精品展”的志愿者讲解员身边总是云集着大批观众

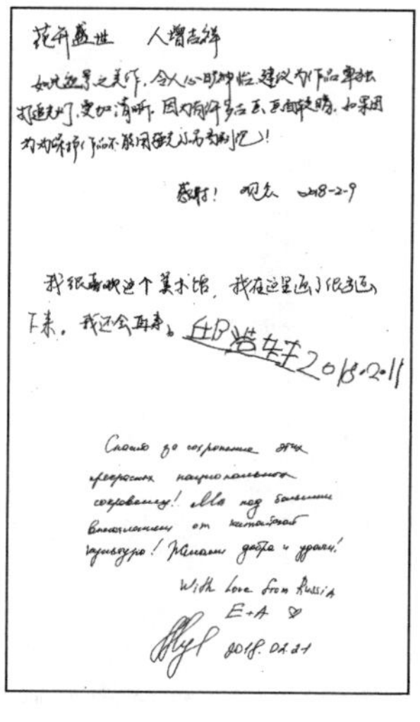

观众在《留言簿》上留下了鼓励之词及热心建议

参加海峡两岸大学生艺术博物馆教育交流工作坊暨“花鸟童画闹新春——我在中国美术馆过大年”活动的人员合影留念

薛永年先生在中国美术馆学术报告厅举办《中国花鸟画之美》讲座

临摹“花开盛世——中国美术馆藏花鸟画精品展”展品的观众

小观众将临摹课搬进了“花开盛世——中国美术馆藏花鸟画精品展”展厅

展”展出之际，为使观众更加深入地了解中国花鸟画历史，特邀薛永年先生在中国美术馆学术报告厅举办《中国花鸟画之美》讲座。

值得一提的是，经典作品的影响力、渗透性是无所不在的，此次展览不但吸引川流不息的社会人员进馆参观，成为市民欢聚的会客厅，而且使中国美术馆成为专业人员切磋技艺的课堂，因此产生了另一道风景：许多观众甚至将临摹课直接搬进了中国美术馆，有的一坐就是一整天，这样的场景在每个展厅每天均能看到。

中国美术馆还邀请众多专家对此次展览进行研讨，文化艺术出版社出版、发行了精美的画册《花开盛世——中国美术馆藏花鸟画精品展作品集》。展览社会反响热烈，被《人民日报》《光明日报》及人民网、新华网等中央及地方媒体及网络媒体竞相报道，文章多达125篇。值得关注的是，国家级艺术类核心期刊、大型8开期刊《中国书画》2018年第5期更以多达21页的篇幅及时地刊发了与“花开盛世”展览密切相关的4篇学术论文——吴为山的《阳春水影，盛世花开——颂新年·新时代·花开盛世展》、邵晓峰的《以典藏活化彰显新时代气象——花开盛世：中国美术馆藏花鸟画精品展策展创意》、王雪峰的《中国美术馆馆藏花鸟画收藏概述与展陈逻

表 1　2018 年度全国美术馆优秀展览项目（共 10 个）

序号	申报单位	项目名称	备注
1	中国美术馆	花开盛世——中国美术馆藏花鸟画精品展	
2	江苏省美术馆	大桥记忆——南京长江大桥主题艺术作品及史料巡展	
3	广东美术馆	复相·叠影——广州影像三年展 2017	
4	北京画院美术馆	风雅艺趣——中国人的生活·智慧·艺术	
5	中央美术学院美术馆	悲鸿生命：徐悲鸿艺术大展	
6	浙江美术馆	水印千年——中国水印版画大展	
7	中国美术学院美术馆	东方竹——亚洲竹生活艺术展	
8	刘海粟美术馆	书艺问道——吕敬人书籍设计 40 年	
9	苏州工业园区美术馆	“自·沧浪亭”当代艺术展	
10	广州美术学院美术馆	人中奇逸——李铁夫艺术精品展	

《花开盛世——中国美术馆藏花鸟画精品展》画册封面

辑》、薛帅杰的《陈容〈云龙图〉（“花开盛世”首幅展品）及其相关问题探究》，这些研究性的论文是这类展览走向学术高度与文化深度的新标尺。

也许正因为如此，“花开盛世——中国美术馆藏花鸟画精品展”有幸荣获文化和旅游部 2018 年度全国美术馆十大优秀展览项目之一。

新时代需要新展览，新展览需要新创意，新创意需要新载体，新载体凸显新气象。在文化大数据大发展背景下，中国美术馆将实现馆藏经典作品更高层次的活化、细化、优化、深化，更好地发挥好国家美术馆的社会功能与引领作用，以经典构建人类命运共同体，彰显新时代气象。

邵晓峰，中国美术馆研究部负责人，教授、博士生导师。第十三届全国美术作品展览组委会办公室副主任，中国博物馆协会美术馆专业委员会副秘书长，中国美术家协会美术理论委员会委员，北京美术家协会理事、理论艺委会秘书长，文化和旅游部文化大数据发展专家组成员，中国美术馆公共教育专家委员会委员，《中国美术馆》（双月刊）编委，国家艺术基金评委，江苏省徐悲鸿研究会常务副会长兼秘书长，南京市青年美术家协会名誉主席。

中国美术馆展览的设计话语

（2003—2017年）

朱　剑

摘　要：从2003年到2017年，中国美术馆经历了一个从美术展览馆向造型艺术博物馆过渡的过程，其空间结构、展览环境所发生的变化则完全贴合这一过程，尤其是中国美术馆展览的设计话语，在外观环境继承并强化此前的“殿堂”性语义内涵基础上，又进一步超越“白立方”的模式盲区，使内部空间的展示往专业化、形式感、系统性的方向不断迈进，从而更好地发挥其公共属性，体现其更多的文化意义和社会价值。

关键词：展览；空间；设计话语；殿堂性；设计性

中国美术馆是一个被新中国文化艺术界所建构起来的话语空间，它既是一个想象的空间，又是一个叙事的空间。作为一种体制，它是近现代民族文化的集体记忆的结晶，更是现代性与民族国家及其文化认同相结合的产物。自2003年7月第二次升级改造结束重新开放以来，中国美术馆其对展览空间的设计意识有很大的发展和提升，设计话语的内涵和外延也在不断拓展。从美术馆的外部建筑到内部空间，从文化表征到精神映涵，都通过其中的展览设计话语得以体现。

一、展览环境的“殿堂”性

在公共性得到强化的同时，中国美术馆展览空间的“殿堂”性却并未因此消减，它依然是一个让公民共同享人类精神文化、感受艺术神圣的所在地。作为观众的体验来说，怀着对艺术的无比崇敬之情来参观艺术展览，似乎成为一种“朝圣”，而这种体验和美术馆所提供的环境密切相关。

中国美术馆具有仪式感和纪念碑性质的建筑空间，强调庄严性、固定性和审美性，建筑风格则试图在现代城市唤起古代文化的神话特质，不仅代表了建造者对于美术馆的态度，也代表了被国家视为文化艺术成果的最高表现，正体现了一种对神圣性的追求。具体到展览环境的设计层面，我们也可以清晰地看到中国美术馆追求严肃、整齐和线性结构的空间布局。连接中央展厅的大台阶和坡道营造出与平地不同的空间进入感受，它通过水平、垂直方向引导人流构成空间的连续性，使观众在拾级而上的过程中油然而生庄严神圣感。高高的台阶、严肃的安检以及导引台和海报，都昭示着这个空间的性质与外部世界截然不同，为后续的参观活动营造了氛围，让观众与外部世界相分离同时感受到这个空间所弥散出的历史和文化价值，期待着灵魂的滋养、启示、振奋、转变和治愈。某种意义上，这些设计和程序让中国美术馆的空间被小心翼翼地划分出来，成为一个举行“仪式”的场所，为其中的展品提供了一种使之得以保有自身权威性的环境，让观众在文化意义上对展览保留沉思性和认知性的关注，也让展品在时空特质上被赋予了更多的光环。

至于中国美术馆的展厅布局，一楼的 9 个展厅以 1 号厅为中心呈现一个对称的倒凹字。通常状况下，观众经过 1 号厅的空间信息确认之后，只需要往左或往右顺应展览路线便可以完成一趟美术馆之旅。与此同时，在 1 号厅左右两侧有通向三层和五层展厅的楼梯口，三楼和五楼的展厅呈现左右对称分布，由于左右两侧各带一个封闭的角厅，形成了一个东西方向的矩形空间。这种展厅的空间布局呈现“串联”形式，不同展厅有明显的空间区隔，依据展品类别进行展厅布局，每个展厅的艺术品再依据不同意图线性陈列，展厅之间运用一定的序列进行排列。简单的空间结构令观众获得了参观路线中最理想的环状路线，展厅在固定的点之间进行，层级特征突出，极具理性主义色彩。这样的展览空间绝不会让观众感到无序和茫然，无论是追随某个展览主题线索，还是顺应美术馆建筑内部空间的方向，在不断进行自我空间定位的移动中，秩序性始终存在。[①] 可见，通过区隔、引导，中国美术馆建筑内部空间给参观者提供了一种具有仪式感的自我尺度调节体验，而这种具有仪式感的自我尺度调节，将进一步规范其行为符合美术馆空间的要求，让中国美术馆展览空间的“殿堂”性充分彰显。

中国美术馆展览中的艺术品排列，同样也体现出明显的秩序和主次。但艺术品在展览空间中所占的空间位置的差异与次序的先后往往不是由客观的物理时空因素所决定的，而是受到特定时期的价值观念的制约。不同的价值观念形成了不同的分类和评价原则，也导致了艺术展品所呈现的空间位置的差异。一般来说，中国美术馆展示空间的叙事方式多为时间性的，具体体现为社会进化论式的或风格学式的排列。展品按照所谓的社会进化次序或风格演变次序进行分类、排列和等级划分，并按照类型及特征强弱做出主次的空间安排。当然，有时为了激发观展兴趣，展览组织者还会在作品布置、灯光设置方面都采取不同措施，如将观众视觉兴趣较大的作品（即艺术史中的知名艺术家的作品）陈列在位置优越的展厅，或摆放在展厅的重要位置而将关注度低的作品布置在展厅的次要位置。正如前所说，中国美术馆的展览空间具有层级性，而这种层级性不仅表现为空间本身的结构，也体现为展示的语法。这里特别指出的是，一般博物馆的传统展览空间多是层级空间，而当代艺术展览空间则多为平滑空间，两种空间的属性不同，但既可分离也可融合，如出于建立新联系或打开新空间的目的，平滑空间中便可以套用层级空间进行感知。二者根据需要相互转化，让展览既有历时性又有共时性。中国美术馆的展览以层级空间展示为主，有时也因展览样式、布展思路的不同，构建平滑的展览空间。如 2013 年中国美术馆举办的“国际新媒体

---

① 林早:《中国美术馆：建筑的空间与文化的经验》，同济大学出版社2013年版。

艺术三年展”，策展思路与展览方式便与常规展不同的方式，所展的国内外最前沿的新媒体艺术作品全部依托于平滑的展览空间呈现。

二、跳出“白立方”的展示盲区

2002 年 4 月至 2003 年 5 月，中国美术馆第二次全面改造升级。自 1964 年建馆以来，中国美术馆先后经历过两次大规模的升级改造，展览空间旧貌换新颜。2003 年 7 月，呈现在公众面前的中国美术馆展览空间已有很浓的“白立方”意味：干净的墙壁、安静的环境、大而规整的空间，鼓励着观众在艺术品周围表现得体。某种程度上，建筑空间在一片没有装饰的纯净中逐渐消隐自身，让艺术品成为空间中的焦点，而参观者与作品对话的机会于此更加直接有效，营造出具有独特精神气质的公共场域。于是，置放的展品首先被当作审美思考的对象，而非史学或考古学资料。展示空间越单纯，展品的美学价值越高，美术馆空间就越神圣。展厅中，通过灯光的聚焦，观众在一件件作品面前驻足凝视，视点被引向笼罩着特殊“光韵”的展品。这种对艺术的凝视，使观众走出生命的庸俗之流，产生一种类似于宗教迷狂的效应。

“白立方”模式在一段时间内被中国美术馆加以运用，但其背后所隐藏的精英化、去历史化、强调艺术自身发展规律的理论逻辑却未受到重视。在很长一段时间内，这种展示方式在未被反思的情况下被当作各种艺术展览的基本展示原则。然而问题是“白立方”模式的哲学逻辑以及视觉诉求并不适用于所有文化背景和社会背景重的艺术作品。众所周知，“白立方”模式对现代主义艺术获得历史地位的推动作用不容忽视，但与此同时运用某种展示策略与艺术作品的定位、意义、价值之间产生的关联性也值得深思。虽然现代艺术中往往只有被展示的作品才有可能被视为真正的艺术，但“白立方”作为一种特定的展示策略对于参观者的引导性尤其需要考虑。一方面，这种封闭性带来的隔离感体验强化了美术馆展览空间的神圣性；另一方面，这种封闭性又阻止了观众从观展中获得更多有意义的体验。这便是“白立方”展示的盲区。而实际的情况是，如今前往美术馆的人不再局限于专业人士或资深爱好者，更多是没什么相关知识储备的普通人，他们需要更多的观展指导才能获得文化知识和审美享受。我们知道，美术馆空间所展示的内容往往是一个与日常话语系统迥然有别的话语类型，呈现着的是一个个“他者”的世界，参观者都是带着“我”的文化视域进入“他者”的世界。所以，美术馆展览空间设计的首要任务，便是消除和弥合两种话语体系之间的差异和鸿沟，使参观者通过观展感受诗意、震颤和惊异，从而发挥美术馆应有的价值和意义。因此，尽管 2003 年以来中国美术馆的展览空间提供了“白立方”模式的基础，其间所举办的诸多展览也采用过一段时间“白立方”的展示策略。但随着策展方、主办方对这种展示模式认知的深入，“白立方”逐渐退出主流模式，结合实际展览的需要，越来越丰富的设计理念被运用到展览之中。

三、凸显展览的设计性

2003年以来，中国美术馆展览的设计性开始凸显，那种只以展品和图片加上简单文字说明的单调枯燥的信息传播方式已经成为历史，转而突出展示本身的形式感，同时大量运用高科技器材、造型艺术等来辅助与增添展览的表现手法增加了展览的感染力。诸如多媒体技术、三维打印技术、大型场景还原、虚拟影像原景再现等光影交织的技术手段与展览主题、展览内容、展览形态有效合理地结合，一方面提升了观展氛围的档次；另一方面又为观众带来全新的体验，加强了公众的参与度和互动性，使展览获得高速有效的传播与推广。中国美术馆的展览空间已经日益成为一个多元、立体的概念，展品在精致的材料基础上和特定的空间形式中讲述着自身，凸显出别具匠心的设计性。我们将这种设计性的具体表现概括为以下三个方面。

（一）体现专业化

美术馆展示空间是一种特殊的公共空间，需要引领参观者跳出日常状态，进入可以获得审美体验的公共领域。在此过程中，美术馆展览的主观设计，承担着对不同话语的转译、解读、诠释等重要作用。进而言之，美术馆展览的设计成功与否与三个要素休戚相关，一是设计者对展品的认知程度。设计者对展品的认知深度很大程度上决定了观众理解的深度。二是设计者对观众的认知程度。只有了解观众有怎样的期待、愿望与诉求，他们的认知心理与学习行为有怎样的特点，设计才越有针对性、越有效。三是设计者对展览设计语言的认知程度，通过适当的传播技术将自己的理解转化为观众的理解，具体包括如何使视觉、触觉、听觉、味觉、记忆和空间形态体验之间发生最佳关联。以上三要素其实都可以从展览的专业化程度中加以体现。

2003年以来，一个明显的现实是中国美术馆展览设计中的展品与空间契合度，展览主题与视觉形式的关联性抑或材料选择、技术手段乃至经费预算等，无不呈现出专业化程度越来越高的趋势。比如立足展品本身改进包装与设计。2003年，中国美术馆装修改造之后推出的第一个重量级展览“百年中国美术——中国美术馆藏品陈列”，对展品的新颖包装设计就被视为重大突破。此次展览中的《流民图》采用玻璃幕墙的半透明效果，使观众在庄重的空间氛围中同时感到亲切，在似曾相识中产生急于认知的渴望。再如立足空间特点组织展览内容和展览路线。2015年9月，中国美术馆举行的“胜利属于人民——纪念中国人民抗日战争胜利65周年美术作品展”以“国难当头”“同仇敌忾”“胜利之光”三个主题篇章作为基本结构，展览设计时将空间与作品产生关联，并结合不同展厅的特点对每个部分作品进行编排来设置参观路线。[①] 又如立足主题需要追求完美的技术匹配。2004年10月在中国美术馆展出的“法国印象派珍品展”，每幅作品都有经过专门考虑的相应墙面色彩做底衬，射灯对作品高光点的专业设计也使作品的画面更为明晰精细。还有在进行墙面色彩设计时，一方面利用可视距离的差异性来选择跳跃性强的色彩，起到了良好的指示和引导作用；另一方面则根据作品内涵，采用与之匹配的墙面色彩以更好地发挥烘托

① 韩劲松：《胜利属于人民——纪念中国人民抗日战争胜利65周年展览布展记》，《中国美术》2010年 第2期。

作用。还如立足展览效果综合传播手段。2009年2月，由中国美术馆、中国工艺美术协会主办的“中国工艺美术大展”，为了让观众对工艺美术的品类有深度了解，展览设计者依据每一个展厅所陈设的不同品类的工艺美术作品分别制作并播放录像片，用影视的方法烘托作品的展出效果，让观众在近距离接触作品的同时也能了解到它的制作方式与过程。展览设计者还在大厅做了一个四面体的灯箱，三面展示有手工艺作品的制作过程，另外一面则是反映展览总体策划学术思考的短片，它涉及工艺美术的历史、展览的整体思路和设计理念。综合运用声光设备，既实现了视觉的延伸，也有效地为提高公众的参观兴趣助力，让观众体会到展览的综合性与大视野。①

（二）强化形式感

中国美术馆重视展览的形式感设计，让观众看到越来越多内容与形式统一，颇具仪式感的展览。这既反映了时代的进步与观念的转变，同时也构建了现代美术馆建筑全新空间。总的来说，中国美术馆展览强化形式感主要体现为在展览内容和展览形式之间设计出各种有意识的联结。越来越多的展览内容和形式相互衬托、相互弥补，设计者对展览内容进行深入理解，尽量寻找准确体现内容内涵的视觉符号和对应表现色调。在这里，视觉符号是一个展览独特价值的重要体现，色调则是准确传递展览信息的重要途径，设计者往往会先确定主色调再根据不同内容完善色彩的变化。例如每换一个展览，新增一个策展主题，就有与它相符的展墙颜色：红色对应古典油画，棕色对应国画山水，白色对应现代作品，还有橙黄、嫩绿、浅紫……对应形形色色的当代艺术。2014年9月，中国美术馆承办的“丹青中国梦——庆祝中华人民共和国成立65周年美术作品展”，史无前例地在通常用作举办展览开幕式、挂展览海报背板的方厅展出了正式而重要的油画作品《义勇军进行曲》，意在用“视觉的国歌”呼应此主题，这种别具匠心的设计也构建出了一种独特的形式感。该展览以“寻·民族振兴之梦”“筑·国家富强之梦”“追·人民幸福之梦”三个板块形成叙事结构，并分别对应了三种色调：“寻·民族振兴之梦”为褐黄色，旨在营造一种徘徊与进取并存的氛围，象征“中国梦是萌于中国社会风雨如晦的黑暗中的觉醒之梦，是孕育于中华民族前赴后继抗争中的自强之梦，是成长于中国共产党正确领导下的振兴之梦”；“筑·国家富强之梦”为大红色，旨在铺陈热烈庄严的氛围，寓意新中国成立65年来的筑梦历程，几代中国人建设伟大祖国，不断走向繁荣富强；“追·人民幸福之梦”为粉绿色，旨在传达亲切温柔和谐的氛围，暗示了人民群众生活安康幸福，各民族团结和谐，正在创造美好生活的视觉语境。②

（三）突出系统性

如今的美术馆展览早已打破了传统欣赏方式放下姿态，大大拓展了艺术的发生情境，从展品的实体空间衍生出虚体空间——信息空间和心理空间，因此在展览设计上对系统性提出了要求。融合当下的信息时代，中国美术馆的展览正在遵循系统性理念并结合多元展示形式，向公众传达更完整更丰富的艺术文化的信息。

中国美术馆的展览设计突出系统性，主要是展览设计不仅局限于对展品在展示空间中的包装，还包

① 杨炳延：《中国工艺美术大展：研究和展示工艺美术的开篇之作》，《中国艺术报》2009年2月6日。

② 德加：《三种底色，构筑“丹青中国梦”》，《中国艺术报》2014年9月26日。

括在美术馆空间中的一系列相关的宣传设计以及展览过程中的更多信息传播方式。比如在廊檐下、厅堂口设置巨幅宣传画，在广场栅栏上的绵长的宣传横标，在庭院中不断更新道旗，或者在展示空间中设计了诉诸视觉之外的感官接受形式，甚至包括与展览相关的课程讲座、现场交流，等等，都属于展览设计的系统性范畴。美术馆对展品、艺术家等展览主体进行精心包装，无论是作品的陈设角度、高度、光照以及陪衬物品的展示道具的造型、色彩、文字的运用、动态视频效果的使用等，都让观者直接感受实体界面，从而增加感染力。如 2013 年的“搜尽奇峰——20 世纪中国山水画选展”，展厅中以艺术史发展和地域艺术发展线索相结合来简析 20 世纪中国山水画史的图表，用以向公众做“传播”的作用一样，中国美术馆为此专门购置了全新的语音导览设备，展览中的重要作品都配有详细的语音导览。同时，展览导览还采用了条形码数字技术，观众可以用手机在现场下载展品的相关信息。另外，在展览期间，还举办了多场学术讲座活动和志愿者现场导览——视、听、现场讨论、下载触摸，让展览中的山水艺术真正变得“可行可望可居可游”。2014 年 10 月，中国美术馆主办的“马格里特的世界”的展览设计中，设计者巧妙地将中西文结合制作了画展的标题，为读懂中文西文做了背景，读懂西班牙文的中文烘托增强了信息传达的强度，更对展品中的色彩和细密的表现手法进行提炼运并用到各种宣传形式中（请柬、海报展墙设计等），从而让展览设计具有了系统性。

2003 年以来，中国美术馆一直致力于对展览空间的设计话语进行理性探索，并在此过程中重视经验，强调现实，尽可能地解除话语遮蔽，用一种立足于未来视野悬置争议，为公众提供了一个正常的尺度和相对宽松的展示空间和知识生产场所，同时也彰显了 21 世纪以来中国的道路特色、国家气度和文化自信。

参考文献

1. 王璜生主编：《美术馆》（2003 年 A 辑），广西师范大学出版社 2003 年版。

2. 中国美术馆：《中国美术馆年鉴》（2003—2017），未出版。

3. 吴为山：《美术馆行业这五年：不忘初心　不负时代》，《人民日报》2017 年 8 月 28 日。

朱剑，中国艺术研究院研究生院美术学博士后，东南大学艺术学博士后。扬州大学副教授、硕士生导师。长期从事中国美术史、中国书画美学、艺术市场、博物馆学、数字媒体艺术等多领域的研究与创作实践。先后主持国家社科基金艺术类重大项目子课题、国家社科基金艺术类一般项目、教育部文社科基金青年项目等。出版学术专著 7 部，发表学术论文和评论 40 余篇。

新时代美术馆策展的技术理念与文化功能

——兼论美术馆学方法论的实战转向

王 萌

摘 要：本文提出了美术馆学研究范式的实战转向，在美术馆学的框架中探讨“美术馆策展”的文化功能和战略意义，结合21世纪中国在全球化中的重要作用，在全球视野内将美术馆运行的方法论放在“文化发生场”的理论体系中，透视全球经典案例中的“巴黎经验”“纽约经验”“伯尔尼经验”，经过案例分析和理论探索，诠释了美术馆策展进行技术理念提升的迫切性，提出了“美术馆策展”的“文化生产”功能，揭示了美术馆的“文化场域”已经成为“文化发生场”的理念。

关键词：美术馆策展；全球格局；方法论；技术理念；文化发生场；实战转向

一、美术馆学与美术馆实践

美术馆学（Museology，国外有些大学的学科设置也有Museum Study，即美术馆研究）的建构需要将美术馆学与美术馆实践相联系，打通理论研究与实践行动的内在关联。中国美术馆学作为一个学科设置和学术领域基本与其实践是协同发展的，其中涉及对“美术馆”概念和功能范围的理解。从概念上讲，“美术馆”属于美术博物馆，是博物馆的一种专业化很强的机构，它在追求开放性的“新博物馆学”范畴中逐渐具有多样性的模式和定位。[①] 随着美术馆实践的深入发展，美术馆的艺术属性和专业性逐渐凸显，它在整个艺术世界中的作用支撑了美术馆学逐渐建立起学科的独特性。在今天研究美术馆学，不能脱离它的实践领域和它在艺术世界中的作用，美术馆不仅属于博物馆系统，更属于艺术世界。

虽然在全球系统中概念的争论和难以确定性仍在继续，但美术馆的机构实践在社会结构和文化进程中的创新性和开放性凝聚成一种美术馆的内在活力，为美术馆学的发展提供了大量来自实践的类型和内容，也在众说纷纭的“定义争论”中凝聚了新的共识，那就是尊重它与所属的艺术世界的内在需要。进

---

① 曹意强主编：《美术博物馆学导论》，中国美术学院出版社2008年版。

入新时代，中国美术馆学的建设也在全球化中进入了与国际密切接轨的新篇章，新的形势、新的问题、新的机遇、新的方法、新的实战等一切新的语境构成了美术馆实践与研究的“一体化”进程。在当下，中国的美术馆的机构实践已经逐渐进入全球化的整体进程中，在中国发生的展览和美术馆行为中的许多内容已经成为全球同步的文化事件。21世纪的美术馆学不能不具备全球的文化视野。同时这也促生了当下美术馆学的新起点，一种从概念研究到实战转向的技术理念和方法论探索正成为美术馆学研究的“新内容”。美术馆学研究的课题需要与其实践的当下问题相同步。

二、美术馆学语境中“策展”的技术理念批判

美术馆实践越来越成为当代的美术馆学研究的新内容，这扩展了传统美术馆学的范式类型和研究方法，形成了一种新型学科气质，在跨学科中丰富了21世纪的美术馆学。而其中的“美术馆策展”是当代的美术馆行为中重要的功能选项，也是各家美术馆打造文化竞争力所必须掌握的一种核心专业技能。策展是一个跨学科的概念，它在当代的表现力十分丰富，其文化拉动力和整合力非常突出。在艺术世界中，策展现象主要分为两类，一类是独立策展，另一类是机构策展。独立策展是策展人个人观点的策展实践，它更适合进行一些带有实验性和探索性的前沿学术问题，相对自由。机构策展是代表机构宗旨和立场的公共性策展，它更多的不是个人观点的表达，适合进行价值相对稳定、无争议的文化表达和公共传播。美术馆策展是机构策展的主要代表力量，相对于画廊和艺术基金会等机构的策展现象，在美术馆的机构配置中，内设齐备的专业团队保证了机构策展的学术稳定性和持续性，其策展力更充分而鲜明地体现了美术馆的机构宗旨。机构策展与独立策展构成了艺术世界中不同属性的策展现象，其在不同范围和方式中对总体艺术世界的艺术形成了推动与整合，独立策展与机构策展的同时存在，丰富和完善了艺术界的总体均衡。

策展在美术馆机构实践中的作用是动力性的。美术馆策展在盘活各自馆藏优势与有效而主动地融入正在发生的艺术现象这两个方面都具有十分重要的作用。当下的美术馆所使用的文化资源，不仅是馆藏，还包括十分重要的来自艺术世界中的艺术资源，而这些资源有时候是可以大有作为的。策展是有效调动“艺术资源”的手段，不同方式和视野的策展方法论，对于建构艺术世界的内在逻辑具有不同的效用，它可以生产“艺术思潮”，也可以打造“画派主义”，可以组构“艺术现象”，也可以改变“艺术格局”。策展是富有启迪意义的21世纪的美术馆学需要在学理上深入研究的实践内容，这也是新的美术馆学“实战转向”的重要体现。

在新的时代语境中，由于世界越来越离不开中国，中国也在更加深入地融入世界，中国的美术馆学和美术馆策展也越来越不能脱离一种全球化的视野。这就需要从学术层面对全球格局中的美术馆策展的成功经验和当下运作的基本方式拓宽视野。从业界近期的动向宏观而视，美术馆策展已经进入一种“技术理念”不断创新和应用的时代。策展是需要技术理念的，不同的技术理念一定会导致不同的策展水平。从策展方法论到文化功能的实现，从技术理念的提升到实战转向的发挥，美术馆策展已经进入更加“专

业化”的时代。了解全球格局和当下通行的运行方式，才能更好结合中国实际，在时代中作为，这需要一种新的美术馆学的观念更新，一种面向实践的研究范式。这种综合技术理念的提升，需要关注全球美术馆世界中已经显现出成效的经典案例，从中寻找理论探讨和进行“技术提炼”的思路。

对经典案例的分析需要回到艺术史，对全球格局产生重要影响的“策展案例”进行学理分析。在新的美术馆学的研究范式中，笔者在2010年完稿、2015年修订出版的《美术馆作为“文化发生场”的启示》一书中研究了几种美术馆策展的功能模型，特别是聚焦巴黎的蓬皮杜文化中心现代艺术博物馆、瑞士伯尔尼美术馆和纽约现代艺术博物馆的“经典策展案例”中的“经验模型”进行了详细的透析，对“巴黎经验”“纽约经验”“伯尔尼经验”从美术馆学角度进行分析，结合新美术馆学的理论框架，提出了美术馆作为“文化发生场”的理念，即一种具有在遵循美术馆自身文化准则的“场域属性”前提下（适宜态度），通过对目前正在发生的某种或某些“新生艺术”的观察、梳理和策划（主动意识），经由美术馆自身的学术整合能力将原本分散杂乱的艺术碎片统一为某种“艺术现象”并呈现给艺术世界和公共领域，或改变现实“艺术格局”功能的文化机构（学术能力）。从这里发生的文化是视觉文化，形态上涉及艺术的“现象”“思潮”“主义”“画派”“局面”等。[①]“文化发生场”理论是美术馆学进入实战转向后从美术馆方法论层面进行的探索，它是一种让“美术馆策展”连接艺术世界、公共领域、国家崛起和文化表达的一种“文化生产”，是将艺术作为一种文化进行主动性生产和运作的学术。美术馆在当代世界中可以充分调动和运用有效的艺术资源，通过策展的功能将其打造成富有竞争力的“文化品牌”和“文化产品”，在地域的全球性和时代的转换期的“变动”中抓住机遇，推出符合时代需要的视觉文化，构建主体性的价值理念。如果我们再次回到已经发生在美术馆世界中“机遇期”的时代现场，回望身处其中的各家美术馆的“美术馆行为”，我们就能够比较直观而清晰地看到各家艺术机构如何在机遇中合理整合与运用可供选择的“艺术资源”，又通过何种“策展手段”实现艺术史作为的历史现场，从中可以提炼出“美术馆策展”的技术理念和方法论。

“纽约经验”是20世纪后半叶第二次世界大战之后，随着美国在全球综合国力的崛起，纽约现代艺术博物馆（MoMA）创造性地将美国本土出现的第一个现代艺术流派“抽象表现主义”画家群进行本土建构和国际传播的“美术馆策展”案例。从1952年到1959年，MoMA如何打出一套连续性的“策展组合拳”，MoMA推出的“国际展览计划”通过“十五个美国人”“杰作展”“当代十二位美国画家和雕塑家巡回展”“威尼斯双年展美国国家馆”“美国艺术五十年”“现代艺术在美国巡回展”“杰克逊·波洛克巡回展”，特别是在“国际展览计划”过程中最终摸索出的一记策展重拳，将这个画家群的文化价值从不自信逐渐提炼并上升到文化自信的高度，打造成全球格局中的“新美国式绘画”概念，并推出最具影响力“新美国式绘画国际巡回展”（1958—1959年横扫欧洲各主要文化区域，巡回展遍布瑞士的巴塞尔、意大利的米兰、西班牙的马德里、德国的柏林、荷兰的阿姆斯特丹、比利时的布鲁塞尔、法国的巴黎和英国的伦敦）。这个巡回展具有决定性的意义，欧洲权威专家认为，这个巡回展标志着欧洲接受了美国文化。“纽

① 王荫：《美术馆作为“文化发生场”的启示——一种新思维的提出》，知识产权出版社2016年版。

约经验”通过“新美国式”的策展基调将“抽象表现主义”画派进行策展的“文化提炼”，并最终从欧洲人眼中文化荒漠的美国形象转化为文化自信中的“国家形象”的主体生产，MoMA在其中的“策展行为”起到了重要的作用，馆长阿尔弗雷德·巴尔担当了重要角色。最终的结果众所周知，在相当长的一段时间内，美国替代了法国，纽约替代巴黎成为国际艺术的中心。“纽约经验”体现了美术馆策展可以选择有效的“艺术资源”，打造富有影响力的国际舞台中的艺术史级画派、实现国家文化主体地位的提升、改变全球格局等一系列的重要问题，值得我们认真研究和提炼其中的技术理念、实践功能和美术馆策展方法论。

“巴黎经验”是在1989年，时任蓬皮杜文化中心现代艺术博物馆馆长的让·于贝尔·马尔丹通过策划一个主题为“大地魔术师”的全球大展，借助当时欧洲“文化相对主义”和“后殖民主义”理论语境，通过引入“非西方艺术”的“文化多元主义思潮”冲击固有的“西方中心主义”，从而借助当时全球各边缘的“非发达国家艺术家群体”的观念性艺术，与西方当时代表性艺术家通过“美术馆策展”在“学术”层面建立联结，在西方艺术疲软、渴望从“非西方艺术”中汲取动力的时刻，借助一个更为广泛的文化语境，通过一次艺术史级别的策展行动，推出了一个对“全球格局”产生深远影响的“艺术思潮”，具有划时代的里程碑意义，其对全球艺术的直接影响一直持续到展后二三十年，直到今天，国际舞台上的思维框架依然与其有关。

同样，“伯尔尼经验”也是在一个历史的关键时刻，这家美术馆策划了一个名为“当态度成为形式”的展览，对全球艺术史转向关键时刻的“观念艺术运动”进行了“美术馆策展”的“文化整合”，而专业性的策展技术理念使得这种整合得以转化为一种“文化生产”行为，铭记在观念艺术现象的历史上。

这三家美术馆都在不同文化的不同地理和时代中，有效地选择和运用了合理的“艺术资源”，发挥了“策展”的文化生产和传播功能，将“美术馆策展”推动到一个具有“实战转向”的新高度。《美术馆作为“文化发生场”的启示——一种新思维的提出》一书中从美术馆学角度对此进行了学理研究，从“文化发生场”理论中对“美术馆策展”的实践意义进行了进一步阐述：“文化发生场”在实践中给予业界的启示可能包括——试图发挥“策展”的活性作用和生产功能，将一个物理意义上存在的空间，激活为一个具有艺术的“现象”“思潮”“主义”“画派”“群体”，甚至“个案”等各种“可以形态”的“文化场域”，从而实现从物理到文化，从空间向场域的一切与想象力和创造性有关的“人的行为”“物的生产”和“论的显现”。[①] 在这个关系中，美术馆作为一种“文化发生场”的实践中枢，在其场域中将人、物品和理论建立了一种认知、意义和价值的生产，从而实现了对特定文化类型的生产和传播。

结　语

从全球格局看，21世纪美术馆实践的发展已经在20世纪基础上产生了深刻变革，而21世纪的美术

① 王萌:《美术馆作为“文化发生场”的启示——一种新思维的提出》，知识产权出版社2016年版。

馆学也随之进入了新的语境，出现了不同学派的多元景观，研究范式的更新以及方法论的扩展为当代的美术馆学提供了内在的动力。在美术馆的世界中，基础理论的研究、新研究范式与框架的出现、新的方法论和视角已经将美术馆的可能性和想象力在现实世界中转化为“新的现实”。该领域的学术在多元而充满活力的体系下越发从“本体论和考古学”扩展为“方法论与未来世界的吸引力”。在此时代中，美术馆的实战转向在技术理念的提升和文化功能的启迪性中将美术馆学推向了新的纪元。中国当代美术馆学的学科建设与理论创新已经跟中国的美术馆实践一样，正逐渐在文化自信中在全球产生更重要影响力。“美术馆策展”不是简单的作品归类和在展厅中的排布，它的功能及其技术理念渗透在文化与社会的各个领域，在艺术世界与国家发展语境中具有强大的塑造功能。新的认识与对技术理念的批判构成了一种美术馆学研究范式的实战转向。

王萌，1983 年生于山东。毕业于中央美术学院。知名策展人，当代艺术评论家，中国美术馆副研究馆员，中国美术批评家年会学术委员，北京美术家协会策展艺术委员会委员。出版有《今日绘画中的媒介与方法实验报告》《“来自水墨的新语境”实验报告》《图像研究室——水墨进程中的一种显象逻辑》《美术馆作为“文化发生场”的启示——一种新思维的提出》等，主编 11 部专著及编著《绘画发生中的观念和语言》。

观众、展览、作品“上下文”

魏思明

摘　要： 随着美术史的研究逐渐融入更多其他领域的视角与考察方法，美术史具有了更为广泛的人文学科意义。相应地，美术史研究的转向也影响了美术馆展览与美术馆观众。观众与作品在美术馆的场域中通过展览这一纽带联结起来，观众对于作品“上下文”的需求可以通过“期待视野”来考察。美术馆与观众一同成长，观众通过定期观展提升了艺术素养，逐渐向研究型观众转变，而美术馆为了满足观众日益增长的文化需要，且进一步扩大其固定观众群体，也在展览策划方面做出了一些新的尝试，将对作品“上下文”的研究成果以不同方式呈现在展览中。

关键词： 美术馆；观众；展览；上下文；期待视野

一

20世纪中叶以来，文艺研究的重心逐渐从“创作”转向“接受”，这与西方近现代哲学的研究重心从客体转向主体有关，也与现代心理学的发展有关。观众在欣赏作品时并不是被动地接受，而是主动消化自己所见，进行审美再创造。20世纪80年代以来，美术史研究逐渐跳出了鉴定与断代的传统学术框架，学者们转换视角，拓宽思路，将历史学、人类学、社会学、宗教学、心理学等跨学科的考察纳入美术史的研究当中，美术史的书写从而体现出一种宏观的人文学科面貌。针对艺术作品的评论得到了很大程度的延伸，作品创作的历史语境、艺术家所属的社交圈、观众与作品发生过的互动等都可以纳入进来，构成作品的“上下文”。

公众作为美术馆履职和公共服务的对象，是美术馆运营的核心。公众的需求对美术馆来说是十分必要的。[①] 美术馆作为一个集收藏展示、学术研究、公共教育于一身的公共机构，藏品库房是不能对外开放

① 王璜生、沈森:《“新美术馆学”的历史责任》,《美术观察》2018年第9期。

的，那么能够提供给公众的就是展览与教育。

美术馆的展览，从某种意义上来说，其实是一个将作品上下文剥离再重组的过程：每件作品都是由图像本身与作品上下文构成的，策展人根据展览主题与策展思路，将符合其要求的作品整合在一起，这是一个再创造的过程——对于策展人而言，整个展览构成了他的作品；对于参展作品而言，所有作品的上下文被特定的展览主题联系在一起，重组为整个展览的上下文。比如，罗中立的油画作品《父亲》如果参加历史主题性展览，作品的上下文主要体现在改革开放初期以照相写实主义创作的淳朴农民形象；如果参加艺术家青年时代回顾展，作品上下文体现在作者完成创作时只有 32 岁，正值艺术生涯的青壮年时期；如果参加西南地区艺术家群展，那么作品上下文则是艺术家为重庆籍。策展人在选择作品时有其特定的学术考量，策展人是展览与观众之间的中介，将展览呈递给观众，并期待后者的反馈。

如果说观众欣赏展览的过程也是审美再创造的过程，那么展览主题的引导性是否会影响观众的审美再创造呢？换言之，策展人对于作品的主观选定，究竟是促进还是妨碍观众接受作品上下文的过程？

二

德国文艺理论家、“接受美学理论”的创立者姚斯在《文学史作为向文学理论的挑战》一文中提出“期待视野”的概念[①]。期待视野是读者在开始阅读活动之前对作品潜在的审美期待。期待视野的形成基于读者之前所积累的文学经验、审美素养，这些经验会使读者在接触一部新的作品时或多或少有种“熟悉感”，甚至刚读完开头就自行构思出作品的中间和结局的情节。对于美术馆的观众而言，观看展览的过程也是阅读的过程。不同于文学作品的是，美术展览是策展人将不同的作品个体排列组合形成的一个整体，且个体与整体都有其各自的上下文。而这种排列组合究竟是否契合观众的需求，或许可以从观众对美术作品的期待视野的角度来考察。

首先，美术馆作为一个人流量相对较大的公共场所，观众群体是比较庞杂的。美国史密森尼博物院（Smithsonian Institution）2001 年发布的《美术馆与公众》报告中提到过去 25 年来，很多博物馆致力于研究展览对观众产生的影响。对于观众群体展开的调查表明，观众需要展览主题的引导，也需要抓住上下文。与此同时，报告也指出，针对博物馆观众群体的人口统计调查已经成为所有类型的博物馆包括美术馆的标准性工作。但调查结果显示，博物馆观众群体并不能覆盖所有人群，受过高等教育的观众群体比例较高。其中弗瑞尔和塞克勒美术馆 44%的观众具有高等教育文凭。以上只是美国的情况，且统计数据停留在 2001 年。以中国美术馆为例，中国美术馆自 2011 年起免费对外开放，观众流量呈现稳步增长的趋势，在备受欢迎的热门展览期间观众数量更是直线上升，比如 2017 年中国美术馆策划举办的“美在新时代——中国美术馆藏经典作品展”，观众日参观量每天约 1 万人次，双休日的参观量突破每天 2 万人次。

---

① H. R. Jauss and Elizabeth Benzinger, “Literary History as a Challenge to Literary Theory”, in *New Literary History*, Vol.2, The Johns Hopkins University Press, 1970.

在这些观众群体当中，观众年龄、职业的比例并未有详尽的统计，但不可否认的是，中国美术馆已经逐渐形成一个稳定的观众群体，聚集了一部分对美术馆事业感兴趣、对部分美术馆的藏品已较为熟悉的人群。由此，可以考虑将美术馆的观众分为固定观众与非固定观众两个群体。

对于固定观众与非固定观众而言，他们观看展览的期待视野是不同的。这里的固定观众与非固定观众并非特指某个美术馆的观众群体，而是美术馆这一类公共机构所面向的整体人群。非固定观众可能并不具备美术领域的相关背景知识，也不了解美术馆的藏品，对美术馆的展览没有明确的概念，他们来到美术馆可能仅仅是路过，可能是将美术馆当作一个旅游地标，可能也抱着学习的心态，他们的期待视野与美术馆的展览及作品之间的距离比较大，而这段距离只能通过策展人对展览的有序组织来尽可能地填补。正如《美术馆与公众》报告中提到研究表明展览作品标签应简短有层次并且易懂，展现清晰有逻辑，如若展览主题在作品中被反复聚焦与重复，那么观众能更有效地学习。非固定观众在面对展览时，他们对作品上下文的把握更多地来自策展人对展览主题的阐释与对作品的安排。从这个意义上来说，非固定观众对于展览的需求，或在观展过程中的审美再创造取决于策展人是否有效聚焦与重复了展览主题，是否将展览上下文输出给了观众。

美术馆的固定观众与非固定观众的比例并没有明确的统计数字，随着美术馆事业的不断发展与人民精神文化需求的不断提高，可以合理推测固定观众群体的比例在逐渐增长。固定观众分为艺术爱好者与专业研究者，显然前者所占比例更大。专业研究者有其研究方向与学术考量，他们可能原本就在美术馆或美术院校任职，且专业研究者相较于广大艺术爱好者是少数群体，在此暂不做分析。艺术爱好者具有一定的艺术素养和较为丰富的观展经验，他们的期待视野与展览及作品的距离相对较小，可以更为准确有效地理解策展人的意图，把握展览的上下文。但相对地，正因为他们对作品及作品上下文可能比较熟悉，在理解展览主题的同时，他们并不一定满足于策展人的安排，特别是当美术馆临时性展览中反复出现一些出镜率很高的经典馆藏作品时。这种不满足一方面表现在他们的猎奇心理，总想看到新的视角、新的作品、抑或是新的展陈方式；另一方面表现在他们对已经较为熟知的作品的上下文继续挖掘的渴望。这并不是他们对经典馆藏作品失去了信心，经典作品值得反复品读，且衡量美术馆水准的根本就在于其藏品的数量与质量。正如大都会艺术博物馆前馆长菲利普·德·蒙特贝罗所言："藏品的质量决定了博物馆的质量，更优质更丰富的藏品预示着更好的博物馆，更有效地为观众服务。"① 固定观众对于美术馆的经典藏品如数家珍，也从侧面说明美术馆在藏品推广方面做得较为充分。从这个意义上说，美术馆的固定观众群体同美术馆一起成长，并有向研究型观众转变的倾向。反过来，美术馆为了进一步满足固定观众群体的需求，并且吸引更多的非固定观众向固定观众转变，也需要从横向的拓展与纵向的挖掘两方面做更多工作。

① ［美］詹姆斯·库诺编:《谁的文化？——博物馆的承诺以及关于文物的论争》，巢巍等译，中国青年出版社2014年版，第52页。

三

随着美术史的研究逐渐融入更多其他领域的视角与考察方法，美术史具有了更为广泛的人文学科意义。相应地，美术史研究的转向也影响了美术馆展览与美术馆观众。一方面美术馆策展人开始在展览中呈现作品的历史原境，或在展览中注重对作品的社会性阐释，展览作品的上下文由此得到还原与发掘；另一方面美术史研究方法的演进与美术馆展览呈现方式的转变也提升了观众对展览、作品及相应文本的要求。

2008 年，中国美术馆与敦煌研究院联合主办的“盛世和光——敦煌艺术大展”，是对于在展览中还原作品历史原境的一次有效尝试。诚然，此次展览并不能放在考古语境中理解，因为展览当中的部分敦煌彩塑是复制品，且敦煌壁画全部为临摹品（即便是临摹品，大部分作品也是第一次离开库房）。历史原境也并非真实还原——中国美术馆在展厅中打造了 10 个复制洞窟，并以 4/5 的比例复制了莫高窟第 158 窟的卧佛。此次展览最重要的意义在于重构，这种重构需要大量耗时费力的实物实景考察，最终在展厅有限的空间中尽可能完美地发掘出隐藏在敦煌艺术精品中的历史形态。但并非所有的艺术品都适合以这种复原历史原境的方式呈现，首先作品必须具有历史性甚至考古意义，且作品保存原址能被找到，或至少存有遗址及足够的考古学文献。

2016 年，“朽者不朽：中国画走向现代的先行者——陈师曾诞辰 140 周年特展”在中国美术馆举办。为尽可能全面地呈现陈师曾的综合艺术成就，展出作品包括中国美术馆馆藏作品及北京多家文博机构的借展作品。此次展览的特别之处在于，展览特别策划利用单独的展厅作为文献厅，以“沙龙雅集”的方式展现陈师曾艺术创作之外的生平考、交游考、著述考，还原陈师曾与民初文艺界往来的艺术交往圈。这不仅是对作品上下文的全面挖掘，也凸显了美术史研究的社会性阐释。这其实也是 20 世纪七八十年代以来吸引艺术史学者的新课题，艺术家的创作并非单纯的个人行为，艺术家作为社会个体，并不能脱离社会而存在，他必然受到时代语境及社会关系的影响或制约。这种研究方法在处理艺术家个案展览时更为适用。

在展览之外，美术馆观众也可以通过公共教育活动与作品上下文进行互动，比如很多民营美术馆在艺术家个人展览开幕后会请艺术家本人与观众进行现场对谈，这是一种直接的互动；也有间接的互动，比如中国美术馆举办的第 8 期“大师讲大美”学术讲坛邀请导演李前宽、肖桂云夫妇，在展厅中陈列的馆藏作品《新中国诞生》前，述说电影《开国大典》拍摄的故事及新中国电影人的实践。但对谈与讲坛之所以能成立，也是因为这些活动是由展览衍生出来的项目，从这个意义上说，在美术馆的场域之内，展览始终是联系着观众与作品的纽带。

美术馆学发展到今天，研究角度与方法越来越多，学科理论越来越细化，美术馆从被动走向主动，从叙述走向对话，从有墙走向无墙，在美术馆现代化的进程中，“观众—展览—作品”始终是一条主要的、根本的线索。

参考文献

1. 彭吉象:《艺术学概论》,北京大学出版社 2006 年版。

2. 巫鸿:《美术史十议》,生活 · 读书 · 新知三联书店 2016 年版。

3. [美] 詹姆斯 · 库诺编:《谁的文化?——博物馆的承诺以及关于文物的论争》,巢巍等译,中国青年出版社 2014 年版。

4. 王璜生、沈森:《"新美术馆学"的历史责任》,《美术观察》2018 年第 9 期。

5. Hans Robert Jauss and Elizabeth Benzinger, "Literary History as a Challenge to Literary Theory", in *New Literary History*, Vol.2, The Johns Hopkins University Press, 1970.

6. *Art Museums and the Public*, Smithsonian Institution Office of Policy & Analysis, Washington D.C. October 2001.

魏思明,1991 年生于北京。中国美术馆研究部馆员,国家主题性美术创作项目办公室成员。南京大学哲学系在读博士。

外国艺术展在北京地区的公立美术馆
（2014—2019年）

李暨涵

摘　要： 笔者以北京地区两家具有代表性的公立美术馆——中国美术馆和中央美术学院美术馆为例，具体回顾2014—2019年这两家公立美术馆举办外国艺术展的概况和特点。以这两家美术馆为例，简要概述外国艺术展在全国范围内的公立艺术馆策划和实施中遇到问题和困境。

关键词： 公立美术馆；外国艺术展

引　言

自改革开放以来，中国的文艺方针和政策出现了重大改变，对于外国艺术，尤其是西方艺术原先以批判为主的态度也逐渐变化。国门的打开让外国艺术的图像和思潮迅速涌入，民众对于在国内看到外国艺术作品的愿望日益高涨，在此背景下催生的在中国举办的外国艺术作品展逐年增多，来源越发丰富，突破了之前只引进少数具有相同意识形态外国艺术作品境况。随着经济实力的不断增强，中央政府对于打造文化“软实力”更加关注，塑造“国际性”的文化视野被提上日程。在此背景下，拥有国家财政和政策扶植的公立美术馆承担起了引进外国艺术作品的任务。在本文中，笔者以北京地区两家著名的公立美术馆——中国美术馆和中央美术学院美术馆为例，探讨2014—2019年中国引进的外国艺术作品展所呈现的特点、发展、变化以及所面对的困境。

由表渐里——外国艺术展在中国美术馆和中央美术学院美术馆

中国的公立美术馆是新中国成立后的产物，在很长一段时间内，这类美术馆视觉陈列的重点是意识形态的内容。近年来，随着中国经济实力和国际地位的大幅提高，公立美术馆作为塑造国际性文化视野的窗口，对于外国艺术作品的展示越发成为其主要的功能之一。尤其是作为中国政治、文化中心，同时也是重要对外窗口的北京市，近5年来在重要公立美术馆举办的外国艺术展不仅数量渐渐增加，同时策展思路也由对外国作品的单纯展示，演变为更侧重构建符合本馆自身定位的外国作品展览体系。

以中国最具权威的公立美术馆——中国美术馆为例，其重要职能之一即为促进国际艺术对话与交流，建馆近60年来，已逐渐成为中国与国际艺术交流的重要平台。尤其是随着近年来中国政府对于打造文化“软实力”布局的全面铺开，作为塑造国家文化形象的重要窗口，中国美术馆对于打造外国艺术作品展览的关注逐年增强，正在逐步构建起以“展示经典外国作品为主，辐射全世界艺术发展现状”的外国作品展览体系。

2014—2019年，中国美术馆共计举办的外国艺术作品展有33场，形成了国际交流展系列、国际交流“一带一路”特展系列和中国美术馆国际美术作品捐赠与收藏系列展三大展览系列。这些展览多为和国外国家级美术馆合作的产物，这其中不乏世界著名的美术机构，如泰特不列颠美术馆、法兰西艺术院等。例如，2018年9月13日至11月6日举办的“心灵的风景——不列颠美术馆珍品展”，这次展览由伦敦泰特美术馆和中国美术馆共同主办，是两馆继2009年在中国美术馆举办的“泰特美术馆珍藏透纳绘画珍品展”之后的又一次合作。这次展览精选泰特不列颠美术馆珍藏的70余件18世纪以来的英国风景画作品，涵盖油画、水彩等画种，同时也囊括了从传统到现代的多种绘画流派，包括西方艺术史中著名画家如庚斯博罗、透纳、康斯太勃尔等人以及印象主义、超现实主义与现代派先锋画家的作品。展览对英国风景画300年来的发展与演变历程进行了系统的学术梳理，更为中国观众和提供了理解西方的历史与文化的绝佳机会。除此之外，中国美术馆主办的外国艺术作品展也包括著名外国艺术家的个展，如2015年10月21日至11月23日对外举办的“黑白的力量——凯绥·珂勒惠支经典作品展”，2014年10月19日至12月9日举办的“迪亚戈·里维拉——墨西哥的骄傲”等。2018年，中国美术馆牵头成立了金砖国家美术馆联盟和丝绸之路国家美术馆联盟，与多个国家的美术机构形成了长期有机制保障的联系，在中国政府积极倡导构建人类命运共同体的时代大背景之下，这些展览和机制会扮演越发重要的角色。

与国内其他公立美术馆相比，中国美术馆拥有国内首屈一指的外国艺术作品馆藏，共有约3500件。其来源主要得益于20世纪90年代以来国内外艺术家和收藏家的捐赠，如1996年德国著名企业家、社会活动家和收藏家彼得·路德维希教授和夫人伊蕾娜·路德维希教授捐赠的82位欧美艺术家创作的89件（117幅）作品；2005年，刘迅先生捐赠俄罗斯油画精品108件，李松山先生及其夫人韩蓉女士捐赠非洲坦桑尼亚马孔德人木雕精品158件。这些捐赠构成了中国美术馆国际美术收藏的基础，初步建立了关于20世纪西方艺术的收藏序列，汇集了巴勃罗·毕加索、萨尔瓦多·达利、凯绥·珂勒惠支、葛饰北斋、安迪·沃霍尔、罗伊·利希滕斯坦、爱德华·韦斯顿、安德烈·梅尔尼科夫、大卫·霍克尼、安塞姆·基弗、马尔库斯·吕佩尔茨、格哈德·里希特等享誉世界的大师之作。而利用这些珍贵的外国艺术作品馆藏，中国美术馆举办了一系列展览，以美术史的观点系统梳理和展示这些作品。特别值得一提的是，2018年6月27日至7月8日举办的“美美与共——中国美术馆藏国际艺术作品展”，是中国美术馆历史上规模最大的馆藏外国艺术作品展览，共有来自61个国家的224件艺术品同时展出，在时间跨度上聚焦19世纪至今，展现了各个门类的艺术作品，全面呈现中国美术馆国际美术作品收藏概貌。这次展览引起了巨大社会反响，在不足半个月的展期内，观众高达11.3万余人次，两个周六日观众平均流量达1.7万人次，展厅内几乎水泄不通，馆外观众排起长队达1公里。此次展览也成为中国美术馆近年来最受欢迎的展览之一。

从近五年中国美术馆外国艺术作品展的策展思路来看，一如既往地向中国观众展示世界美术史中重要艺术家的经典作品是策展主线和指导思想，其根本目的在于利用中国美术馆服务观众的平台效应和优势，让尽可能多的普通观众近距离接触国外艺术精品。在具体的策展中，则更多从普通观众的视角出发来挑选作品，进行“大众化”的学术梳理，尽量避免过于专业化的“学者视角”，这是由中国美术馆公共文化服务平台的基本属性所决定的。在展示经典国外作品之余，中国美术馆借“一带一路”倡议的契机，加强与相关国家的艺术机构的合作，把视野扩大到原先鲜有了解和接触的国家和地区，形成了国际交流“一带一路”特展系列，将“一带一路”沿线国家的当代的优秀美术作品推介给中国广大观众，这是中国美术馆正在构建的“展示经典外国作品为主，辐射全世界艺术发展现状”的外国作品展览体系所取得的重大进步。

与中国美术馆相对应，同样地处北京地区的另外一家著名公立美术馆——中央美术学院美术馆则在举办的外国艺术作品展体现了完全不同策展思路。中国美术馆在策划外国艺术作品展览时侧重于对传统经典外国艺术作品，展览体裁偏向于传统架上艺术和雕塑作品，辅以装置、新媒体等当代艺术体裁。而中央美术学院美术馆，则立足当代，更加关注世界范围内当代艺术发展的思潮和趋势，站在当今世界美术发展的最前沿，依托自身的学术科研优势，以学术性为基础，同时兼顾公共性，构建起立足于展示国际当代艺术发展思潮的展览序列和体系。在展览形式上以艺术家个展为主。在对艺术家的选择上，主要选择当下活跃艺术圈中，来自世界各地的艺术家，且选择艺术家时，其名气也只是考虑因素之一，艺术家的艺术语言本体是否切合美术馆自身展览体系的构建则是更为重要的因素。自2014年至今，中央美术学院美术馆共举办规模不等的外国艺术作品展共计34个，自身国际展览体系的打造已经初成规模。

在这34个展览当中，有很多世界范围内都享有盛誉的当代艺术家个展，比如2019年展出的“安尼施·卡普尔个展”。安尼施·卡普尔是当代西方艺术的代表人物，这次展览是他在中国举办的首次个展。卡普尔的艺术具有缜密的思维和奇绝的想象力，深邃的思想和外放的表现力的艺术语言，在引领西方当代艺术语言思潮的同时，普通观众面对其作品亦能产生强烈共鸣。此次展览聚焦于卡普尔艺术创作中的四件重要大型作品，即《远行》《将成为奇特单细胞的截面体》《致心爱太阳的交响乐》《我的红色家乡》，作品本身强烈艺术表达呈现在中央美术学院美术馆当代展示空间中，所迸发出的戏剧性和场域感，令观者印象深刻。在阐释深邃思辨性和学术性的同时给予普通观众强烈的艺术感受，这正是中央美术学院美术馆在策展时所期望达到的效果，此次展览既有学术性又兼备公共性，与中央美术学院美术馆对于外国艺术作品展览的策展思路完美契合，可以被认为是近五年来中央美术学院美术馆外展的代表和缩影。

与此同时，中央美术学院美术馆依托自身的学术科研优势，以严肃的学术探讨为导向，举办了一系列文献展。例如，2017年3月1日至31日举办的“文献展的神话——阿尔诺德与他的后继者们”展览，此展览围绕国际当代艺术的重要坐标之一——德国“卡塞尔文献展”，借助一系列装置、图片、文字等原始资料，展示了其发展变革史以及对西方近当代艺术的影响，同时借由“卡塞尔文献展”展开了对社会语境中现当代艺术的讨论。类似于这种类型的文献展其内核往往是“学术驱动型”，借由文献材料本体的叙事功能在回顾历史的同时生发出和当今时代的联结。中央美术学院美术馆借由此类文献展的策划和实施，正在一步一步向打造自身高端国际学术形象的目标靠近。

公立美术馆外国美术展览的困局

北京地区除了中国美术馆和中央美术学院美术馆之外，还有多家公立美术馆，其中一些美术馆也经常能为观众呈现精彩的外国艺术作品展，如清华大学艺术博物馆等。然而在现阶段，公立美术馆中的外国艺术展览仍然需要面对各种各样的问题。

首先，外国艺术作品馆藏数量不足。在公立美术馆中，收藏外国艺术作品数量最多的美术馆当属中国美术馆，其数量约为3500件，与规模总数达到10万件的庞大馆藏相比，所占比重仍然很少。其他美术馆的外国藏品与馆藏总数相比，只能算凤毛麟角。藏品的缺乏使得公立美术馆无法针对外国艺术作品进行长期性和系统性的学术梳理和研究，从而影响其学术成果的孵化，观众与原作的接触机会不多，公立美术馆加强外国艺术作品的收藏势在必行。

然而公立美术馆加强外国作品收藏却困难重重。在当今的国际格局之下，想重复19世纪末至20世纪初类似于美国对国外艺术品几乎“掠夺式”收藏已没有可能，且这种方式本身就是一种令人发指的行为。接受捐赠也是扩充美术馆藏品的方式之一，虽然国内的公立美术馆在这方面也做过很多努力，例如中国美术馆近几年积极推出的“中国美术馆国际美术作品捐赠与收藏系列展”，但所能接收到的成规模、成体系的外国艺术品捐赠严重不足。在艺术品市场进行收藏也是增加馆藏的方式之一，然而受限于政策法规与本身性质，公立美术馆很难采用类似于新兴民营美术馆直接在艺术品市场中获取作品的方式来扩充本馆外国艺术作品的收藏。

其次，自身馆藏的不足也导致在从国外引进作品的成本居高不下，最终转化为居高不下的票价，导致了受众的群体受到限制。在现今举办相对较多举办外国艺术展的公立美术馆中，只有一部分实现了完全免费对外开放，例如中国美术馆。其他公立美术馆用售票的方式收回高昂的借展成本，这种方式无可厚非，但也在客观上限制了观众的数量和群体多样性。经常参观外国艺术作品展览的观众始终是一小拨人，对于实现展览的“公众性”产生很大障碍。以免费开放的中国美术馆为例，2018年举办的“美美与共——中国美术馆藏国际艺术作品展”，参观人数众多，在不足半个月的展期内，观众人数高达11.3万余人次，两展厅内几乎水泄不通，馆外观众排起长队达1公里。这充分说明广大观众对于高质量的外国艺术展览有很大的需求，但很多美术馆过高的外国艺术作品展览的票价确实在客观上妨碍了很多观众走进美术馆亲近原作。

另外，中心城市效应明显。中国现阶段在公立美术馆举办的外国艺术作品展大多集中在几座中心城市，如北京、上海、广州、深圳等，其他城市的展览数量较少，且质量总体而言不高，这直接导致了广大国民对于外国艺术作品的了解和接触的机会太少，无法真正形成全面的美育普及。在发达国家例如美国，这种情况相对较好。例如已收藏大量东亚古代艺术珍品而著称的纳尔逊－阿特金斯艺术博物馆，其位置在美国密苏里州堪萨斯城，用今天中国对于城市规模的划分方式来推算，这座城市在美国充其量只能算作三线城市。在国内，中心城市之外与外国艺术机构接触的渠道匮乏，加之本身外国作品馆藏缺失，使得这些地区的公立美术馆很难策划高质量的外国艺术作品展。

结　语

在本文中，笔者以北京地区两家具有代表性的公立美术馆为例，回顾了2014—2019年外国艺术作品展在公立美术馆的发展状况，同时也提出了现实中难以回避的问题。发展的情况令人欣喜，但存在的困局也无法忽视。相信在未来，这些困局能逐渐被解决，在我国公立美术馆的外国艺术作品展览会朝着更好的方向发展。

李暨涵，1989年生于乌鲁木齐市，现生活、工作于北京。毕业于美国萨凡纳艺术设计学院艺术管理专业，曾供职于美国洛杉矶宝尔博物馆、詹姆斯·海瑟画廊。现为中国美术馆研究部助理馆员。

美术馆、艺术典藏与文化传承

梁 江

摘 要： 中国美术馆一开始就与国家典藏事业连在一起。美术馆跟国家和民族的文明关系密切，文化传承功能是第一位的。无论国家机构还是民营美术馆的典藏，首要的功能应是承载文化积淀，传承和传播文化。美术馆的社会意义、专业价值和公共服务职能，需通过典藏、展示、研究、传播等多种方式立体呈现。在新的历史节点上，更新思维和变革工作方式，以更好满足公众的文化诉求，这是我们需重视的新课题。

关键词： 典藏；美术馆；文化传承；传播

新中国20世纪50年代的十大建筑项目之一——中国美术馆，是在周恩来总理直接过问之下完成设计和施工工作的。

中国美术馆的设计由其时的中央建筑工程设计院总建筑师戴念慈主持。1958年，为了中国美术馆的筹建，文化部曾召开“全国美术工作会议”，邀请了美术界、建筑界的众多学者专家与会出谋献策。中国美术馆副馆长张谔、文化部美术处处长徐灵以及《美术》杂志副主编吴步乃先生曾一同在西郊友谊宾馆整理专家意见，上报周恩来总理参阅。黄永玉、吴步乃等当时的参与者曾对笔者回忆述说，周恩来总理十分关心中国美术馆的设计和施工，三楼外围栏杆是按周总理建议设计的。美术馆主建筑外围植竹，设置回廊，甚至设想建造码头，下有水濠，使观众有身临江南水边之感，均为周总理提出，但有些项目囿于当时条件未能实现。

1961年，这座新建筑竣工验收并交付使用，媒体称誉其“宛如一座具有深刻东方文化内涵的巨大雕塑，使美术馆成为第一陈列品”。设计师戴念慈曾在1962年《建筑学报》撰文，详述设计思路。同一期的刊物还有清华大学土木工程系专家回忆如何考虑灯光、展陈方案等往事的文章。1963年，毛泽东主席用五张办公便笺为“中国美术馆”题写了馆名。

五六十年来，中国美术馆是首都的地标性建筑名片，也成了新中国文化艺术的经典性符号。这一大原因是中国美术馆一开始就与国家典藏事业连在一起。筹建工作甫上马，中国美术馆已意识到藏品征集应放到首要的位置。1961 年，成立了包括刘岘、江丰、米谷、郑野夫等人在内的“收购小组”，工作重点是开展美术作品的征集和研究工作。不久，第一批征集品进入临时库房，其中有石鲁、林风眠、傅抱石等人各 6 幅中国画及若干幅版画作品。

全国的美术家和文化人对中国美术馆有特别的期待，筹建时已备受关注。60 年来，全国的美术名家、专家学者以及各界热心人士络绎不绝向国家捐赠美术作品。1961 年，岭南画派“三杰”之一陈树人夫人居若文女士捐赠了 116 件陈树人作品。1964 年，《人民日报》社长兼总编辑邓拓将个人珍藏中国古代绘画作品 145 件捐赠给国家。邓拓捐赠品中有极为珍贵的苏东坡的《潇湘竹石图卷》，有明人沈周的《萱草葵花图卷》、唐寅的《湖山一览图》、吕纪的《牡丹锦鸡图》、仇英的《采芝图》，有清人恽寿平的《桂花三兔图》、华喦的《红白芍药图》等，这些古代书画艺术品均属国之瑰宝。

作为国家典藏，无论是捐赠或征集的美术作品，都经过精心挑选，多为出自艺术家一生创作盛期最有代表性的作品，因而多属最具有代表性之作。几十年来接受的捐赠作品，有些是艺术家在世时直接向中国美术馆捐赠，有些则是遵照艺术家遗愿由后人捐赠。另一类是像邓拓、王树村这样的收藏家和学术大家慷慨捐赠的批量藏品。自 2004 年年底开始，中国美术馆实施由文化部、财政部设立的“20 世纪国家美术收藏和捐赠奖励专项计划”，这项旨在拯救性收藏 20 世纪具有重要学术价值的美术作品及文献的规划，设立至今已完成了几十个捐赠项目。由此得以批量入藏中国美术馆的作品系列，有张仃、华君武、李平凡、刘迅、王琦、赵延年、赵望云、唐一禾、曾竹韶、莫朴、滑田友、苏天赐、吴作人、靳尚谊、吴冠中、朱德群、李瑞年、刘岘等几十位重要艺术家的名字。仅笔者经手的批量捐赠中，便有中央美院教授宋步云家属捐赠的 8 件作品，廖冰兄的女儿捐赠的 69 件廖冰兄漫画作品，有陈大羽 87 件中国画作品、版画家力群 100 多件木刻原版、陈烟桥几十件作品，还有我国台湾郎毓文小姐捐赠的数十件郎静山摄影原作等。

作为国家大馆，中国美术馆的最重要职能之一是为国家积聚和保存美术成果。倚仗几十年之捐赠和收藏，中国美术馆库房约典藏各类美术作品 11 万件，总量为国内美术馆第一，形成了与故宫博物院所藏古代美术作品相承接，上起明清，下至当今，特别以 20 世纪中国美术经典为重点的序列。藏品中有任伯年、吴昌硕、黄宾虹、齐白石、林风眠、蒋兆和、傅抱石、潘天寿、吴作人、刘开渠、滑田友、华君武、叶浅予、李可染、张仃、吴冠中、靳尚谊等大家的经典之作。有历届全国美展的获奖作品以及当代美术名家们的精品，能完整体现 20 世纪以来中国美术发展的行程。库房中品类丰富的大批民间美术作品，堪称非物质文化遗产中的瑰宝。此外，包括 4 幅毕加索作品在内的西方现代艺术系列以及俄罗斯、日本、非洲等外国美术作品，也打下了国际性艺术收藏的扎实基础。

作品征集与典藏工作需有高度的事业心和责任心，其间的辛劳琐屑鲜有人知。这些积累下来的典藏成果，有赖于几代兢兢业业的美术馆人。建馆伊始，中国美术馆即把藏品征集放在重要位置。1961 年成立了包括刘岘、江丰、米谷、郑野夫等人在内的“收购小组”，开展美术作品的征集和研究工作，第一批征集品有石鲁、林风眠和傅抱石各 6 幅国画及当代版画若干幅。张谔是中国美术馆第一批美术馆人，是筚路蓝缕的可敬前辈之一。1960 年 4 月，建馆小组 17 名成员中，有刘开渠、王朝闻、华君武、张谔等人。1963 年 1 月 2 日，文化部发文任命中央美术学院副院长刘开渠兼任中国美术馆馆长，张谔任副馆长。他协助刘开渠为落成一年多的美术馆开展拓荒性工作，使收藏、研究、展示、出版及对外交流各方面工作初具规模。为丰富中国美术馆藏品，张谔在 1985 年和 1986 年两次捐赠个人收藏的景德镇民窑青花、安徽界首彩陶、湖南铜官绿釉陶器、石湾瓷塑、龙泉青瓷等陶瓷制品。老一辈美术馆人说到他，多夸他“两袖清风”，从不营私谋利。

中国美术馆 11 万多件典藏品多属近现代美术，其他还有几个国有大馆也以近现代美术为重点。广东美术馆几年前摸底，积累了 8000 件左右的典藏，估计现在达到 1 万余件。上海美术馆也是藏品比较多的，这几年可能已超过 2 万件。这是几个主要国有场馆的典藏分布情况。而中华人民共和国成立前的美术收藏，近代的早期的藏品在国有美术馆的数量并不算多。广东美术馆历史不长，藏品中却有不少中国早期油画艺术家的重要作品或文献资料，这是广东美术馆在建馆之后征集到的。有一点不同于中国美术馆一二十年前的收藏思路，广东美术馆一些征集品以前多不作为作品来看待，如创作手稿、半成品等，以往多被列入文献资料管理，一般难以进入正式展览，而现在则会与正式作品作一视同仁考虑。这一典藏观念上的变化，有如以往之对待所谓习作和作品。特别值得说的是，高奇峰在上海主办的《真相画报》、早期中国美术教育的先驱赤社和“广州市美”等原始资料，广东人前往东洋留学的一手资料及翻译的现代美术书籍等许多难得的文献资料，都因为日本友人鹤田武良前几年的捐赠得以入藏广东美术馆。

美术馆的社会意义、专业价值和公共服务职能，需通过典藏、展示、研究、传播等多种方式立体呈现。五六十年中，公众通过中国美术馆的平台看到了 5000 余个展览。这些展览大都伴随若干研讨、画册或著述出版等活动，发挥出藏品资源在艺术欣赏、公共教育和国际文化交流中的独到作用，从而在更广泛的社会层面上实现了文化传承和传播的专业功能。笔者曾在中国美术馆任职数年，经手主持过若干项印象很深的大型展览。“向祖国汇报——新中国美术 60 年”，这是 60 年来国家典藏中最重要作品的大规模回顾陈列，展示了 600 多件作品，这是国家美术经典的一次总巡礼。“中国美术馆 50 周年捐赠作品大展”是更大规模的展览，这项展事像全国美展一样，动用了中国美术馆三层全部展厅，而展品数量上则已超过全国美展，总共展示了 800 多件作品。这次展览曾将常规展览类型无法包纳的捐赠品首次展示给观众，包括手稿和半成品，引起了海内外广泛关注。此外，笔者曾主持策划的重要展览有“我从延安来——纪念毛泽东同志《在延安文艺座谈会上的讲话》发表 70 周年美术作品展”“纪念中国人民抗日战争胜利 65 周年美术作品展”“邓拓捐赠中国古代绘画珍品特展”等。郎静山的 170 件摄影作品，包括捐赠中国美术馆的几十件原作，是笔者几次赴台湾与郎静山女儿洽谈，经手安排到中国美术馆里举办了展览和国际学术研讨会，因为在两岸文化界影响很大，特别说一下。

文明、文化之所以成为传统，在于它会在历史接续中通过国家体制和文化传承，以及“集体无意识”的方式，影响着以后艺术欣赏与价值评判的走向。中国艺术传统深厚，国家典藏历史悠久。过往的创作、欣赏、鉴藏、流转，均与历代宫廷收藏与皇室趣味连在一起。宫廷重典藏，帝王喜爱书画艺术，有政治教化与君王兴趣多种因素掺杂其中。积淀下来就成了一种体现文化特色的价值取向，成为具有中国传统文化特征的审美好尚。这样看来，民间好尚、文士雅集和唱酬往还，其实都与国家典藏有千丝万缕的关联。中国书画艺术的历史迁变，中国的文化艺术传统，中国古代美学的价值内核，都与历代的艺术典藏史紧密相连。

在这些典藏中，有些非常重要，例如《清明上河图》《富春山居图》等社会公众已经很熟悉的经典名作。也有不被大众关注，但也属于宫廷典藏的重大题材作品，比如清朝郎世宁等作的《平定准噶尔回部得胜图》、马国贤的《避暑山庄三十六景图》等一大批重要创作。这些作品也应用了当时最前卫的创作手法，例如铜版画送至国外完成做版等。还有一些重大题材作品，如郎世宁的《玛瑺斫阵图》等，既照顾了中国人的欣赏好尚，也运用了中西合璧的创新性技法。郎世宁最重要、最好的作品其实都在我国台湾，我们的了解和研究都远远不够。前几年，笔者去台湾，恰逢台北故宫博物院举办"郎世宁来华300年特展"，当时台北故宫博物院的典藏负责人王耀庭先生特别给了笔者一些资料，才获知原来郎世宁留下了那么多重要作品，我们以前的了解确实不够。比如郎世宁作品里精微的、高超的写实画法，若不是认真看过台北故宫博物院珍藏的这些郎世宁原作，就没有发言的底气。

再举一例，清朝金昆的《大阅图》。前些年笔者曾在国家重大历史题材美术创作研讨会上强调过一个观点。当时会上有发言人说，中国没有画大型绘画的传统，我们是在借鉴了西方全景画、历史画的外来经验后才有大型制作的。单从油画角度说，这个说法有些依据。但这是在讨论大型绘画的学术问题，笔者并不认同这个观点。前面提到的清代宫廷版画大制作不说了，一般观众都熟知的《千里江山图》《富春山居图》《康熙南巡图》等不是大画吗？笔者当时特别举例说了清代金昆等人绘制的《大阅图》。这件作品长约16米，共四卷，现尚存两卷，一卷在故宫。此画以乾隆即位后首次阅兵大典为题材，仿郎世宁笔法，历六七年之久方完成。据统计，乾隆首次阅兵大典礼动用了两万余人，这幅画中大约描绘了1.6万个人物，这些人物各个面貌清楚，衣饰旗鼓仪仗整饬严明。皇帝形象作为画幅重点，旁边骁骑领队形象也突出。此画出现的人物，大都没有重叠没有遮挡。有可稽资料说，皇上在审查作品的时候曾因八骑阵容不整而大为光火，后来改正了方准予全额发放俸禄。像这样大制作的纪实绘画，其精准程度非同小可，案例可列一大串。显然，过往的历史画、大制作、现实题材创作的传统，我们并不是没有，只是不少已被搞丢了。

典藏远不止于国有机构，民营美术馆的力量也不可忽视。美术馆，国际上称为艺术博物馆，多以非营利模式运作，运营收入资金应再投于美术馆学术之需。用学术的名义、社会化力量来做艺术活动，不应以谋取经济利益为主旨，推介艺术家也不能以艺术品营销为目标。"非营利"和"公益性"是美术馆区别于画廊等商业经营机构的底线，这是学界的通识。

我国民营美术馆在40多年来的发展也分了几个阶段。20世纪80年代末，北京炎黄艺术馆开馆，成为我国第一家民营美术馆。早期民营美术馆大多面临困境，几年后纷纷倒闭。2002年，北京今日美术馆等开馆。2008年后，民营美术馆再迎热潮。现在我们到底有多少美术馆？据文旅部相关统计资料，至2017年全国注册的美术馆有800余家，民营美术馆占了1/3以上。这个数量以中国之大不能说多，不过短短几十年有如此成绩也很可观了。需要注意的是，很多注册的美术馆虽有很豪华的场馆，但内在建设多存在缺陷。

民营美术馆的文化价值要获得社会认可，一定要远离商业利益诉求。中国目前的民营美术馆，大多是地产企业投资建立，以企业利润款项为资金来源。不过，地产商做美术馆出发点各不相同，有的可能着眼于圈地，有的为了商品房营销，也确有缘于情怀和文化情结的，只是目前真正做得好的并不多。民营美术馆，顾名思义是私有制，体现的主要是个人利益和爱好，国家没有划款扶持的硬性责任。纳税人的钱为什么一定要流向个人的事业？故而在全世界范围，私立博物馆如美国大都会博物馆或其他私立博物馆，政府大都不会给予直接扶助，如注入资金、批划土地、支助项目等。近年来，国内有民营美术馆做大展，通过门票收入获得部分资金回转，尝试用市场方式来推动美术馆建设，不失为当代民营美术馆一种有益的探索。国家如何更合理、更有效扶持民营美术馆发展，是一个有待探讨的现实课题。

美术馆跟一个国家一个民族的文明关系密切，文化传承功能是第一位的。而无论是国家机构，还是民营美术馆的典藏，首要的功能应是承载文化积淀，传承和传播文化。在新时代和新的历史节点上，如何更新思维和变革工作方式，以更好满足社会公众日益增长的文化诉求，还需我们进一步重视和思考。

2019年11月于广州

梁江，曾任中国美术馆副馆长，中国艺术研究院美术研究所所长，中国美术家协会理论委员会副主任。现为中国美术馆研究员，中国国家画院研究员，广州美院中国近现代美术研究所所长，博士生导师，中国书法家协会会员，中国画学会理事，中国美术家协会第七届理事，中央文史馆书画院研究员，国家近现代美术研究中心专家。受聘担任国家社科基金艺术学项目评委、文化部高级职称评委，北京大学、清华大学和中央美院博士答辩委员，2016（里约热内卢）奥林匹克美术大会评委和论坛召集人、2012（伦敦）奥林匹克美术大会主任策划委员等。

建立美术馆的学术话语权

——基于收藏体系上的策展实践

梁时民

摘　要： 对于美术馆来说，所拥有的藏品是其立馆之本，而基于其收藏体系上的策展实践则是美术馆在业界发声，建立其学术话语权的重要手段。文章以四川美术馆立足于自身馆藏版画体系的史学研究与策展案例为基础，通过探讨四川美术馆基于收藏体系上的策展实践，希望为新中国美术馆学的构建与完善提供可资借鉴的某种方式。

关键词： 神州版画博物馆；收藏体系；策展实践；话语权

美术馆学源自西方，随着现代意义上的艺术体系与艺术批评体系的形成与独立，不断建立完善。美术馆也渐渐地从综合性博物馆中脱离或新建起来。从现代主义艺术的序幕拉开之后，美术馆的学术职能与公共性更显得尤为重要。新中国的美术馆事业从早期初创到雨后春笋再到开拓创新，伴随着社会主义建设的车轮、改革开放的春风，更在今天面向全球化的挑战，已经历了近 70 年的风雨兼程：1953 年，中央美术学院陈列馆建立。1956 年，上海美术展览馆成立。1957 年，天津艺术博物馆、广州美术馆开放。1958 年，中国美术馆始建，1963 年正式开放……今天当我们回首往事，并试图构建与完善新中国的美术馆学时，我们会遇到诸多问题，下面笔者就以美术馆基于收藏体系上的策展实践为例，探讨建立美术馆学术话语权的某种方式。

众所周知，对于美术馆来说，所拥有的藏品是其立馆之本，而基于其收藏体系上的策展实践则是美术馆在业界发声，建立其学术话语权的重要手段。对于美术馆而言，最优势、最便捷的方式便是仰赖于其自身收藏的叙事线索而策划展览，现今许多美术馆基于收藏体系上的策展实践都具有很强的问题意识和历史语境。在此，笔者以四川美术馆立足于自身馆藏版画体系的史学研究与策展案例为基础进行阐释。

四川美术馆下属的神州版画博物馆是我国首个专门从事版画收藏、研究、展览的博物馆。成立初期，由于许多新兴木刻运动的版画家年事已高，神州版画博物馆对半个世纪以来中国版画发展史中的重要作品进行了抢救性的收藏。值得庆幸的是，许多版画大家对此给予了极大的支持，近 8000 幅的馆藏更使神州版画博物馆成为全亚洲收藏版画数量最多且质量最高的博物馆。2015 年 5 月，新落成的四川美术馆新馆专门为神州版画博物馆设置了独立的馆藏版画陈列厅，为这批馆藏版画的梳理和展陈创造了更好的空间条件。

除了版画常设展之外，我们重启了对于馆藏版画体系的梳理与研究工作，为了构建中国版画史的叙事体系，我们策划了一系列基于史学研究与文献梳理的相关展览。例如“刀锋民魂——张漾兮先生作品文献展”“铸美高原—— 四川美术馆、神州版画博物馆馆藏李焕民作品展”“硝烟中走出的人民艺术家——李少言作品文献展”“师造化境 匠心独行——徐匡艺术展”四个个案研究展，以及“抗日烽火——纪念中国人民抗战胜利七十周年神州版画博物馆抗战版画专题展”“历史的印痕——神州版画博物馆馆藏主题组画展”“使徒行传——四川历届全国美展版画获奖作品展”等几个主题群展，深受业界关注，旨在中国近现代美术发展的主体线索中，构建版画史文献的书写方式，以微观叙事的逻辑来探讨美术史与社会发展、人文关怀的内在联系，实践美术馆作为社会文化生产场域的学术立场与社会责任。但是当我们不断深入地梳理中国近现代版画史的时候会发现，随着艺术发展，早期黑白木刻版画逐渐式微，当代的版画家并不想在传统技法上进行更深入的研究，而是转到对创作媒介及题材的探索上，以此进行创新。然而版画却是一个深受创作媒介限制的画种，而正是这种强烈的限制使许多倾向于创新的版画家开始转而创作起综合材料及装置艺术。我们还可以发现，在进行新艺术媒介探索的艺术家中有许多都是版画出身。那么当代版画创作应该何去何从呢？基于此，我们主办了“手作匠心——首届西南青年版画创作推动计划”和“循道 · 惟新——第二届西南青年版画创作推动计划”，并于 2019 承办了“第十三届全国美展 · 版画”展区。前两个展览以文化地域性的学术特征作为项目的生发点，而后一个则是全国范围内最高规格的当代版画展览，呈现出中国当代版画创作的整体面貌，这些展览以探讨当代版画创作现状与未来的可能性为关注点，尝试在中国当代版画发展脉络中激活、拓展出新的思路与方向。

以“硝烟中走出的人民艺术家——李少言作品文献展”为例，该展览是我馆策划的一个重要个案版画展，获文化和旅游部“2017 年全国美术馆优秀展览提名项目”奖。该展览是首次完整地向外界展示四川美术事业的奠基者、中国新兴版画运动先驱——李少言一生的重要作品、手稿、书信、照片，以及四川省美协的历史档案等珍贵文献。展览通过梳理李少言一生的文艺轨迹，回溯新中国成立、建设的每一个重要阶段，探讨前辈之经验对当下文艺发展的意义与价值。展览共分为抗日战争时期（1937—1945）、解放战争时期（1946—1949）、中华人民共和国成立后（1950—1997）、对四川美术发展的贡献（文献展厅）四个部分铺陈展开，以全景呈现、历史细节、文献铺陈和视觉传达等多个维度，立体式地展示在党的培养和时代的鞭策下，李少言从一个追求革命的进步青年，逐渐成长为一代美术界领导者的完整过程。作为向党的十九大的特别献礼，本次展览首次展示了 1940 年李少言在八路军 120 师司令部时所创作的大型木刻组画《一二〇师在华北》（图 1）。当时李少言是贺龙司令员和关向应政委的秘

图 1　李少言创作的《一二〇师在华北》，照片为他与八路军 120 师贺龙司令员等合影

书。原作采用晋绥根据地特有的麦秆和马兰草制成的土纸与作者手印原件制作完成，共40余幅，并首次披露李少言与同为新中国文艺事业奠基人的诸位重要友人的私人通信，本次展览现场所展示的所有实物都以李少言为中心，向我们勾勒出中华民族从抗日战争至今锲而不舍、绵延不断的民族革命史，以及一代文化事业奠基人用一生的坚持所书写、创造的新中国文艺发展史。李少言是抗战中成长起来的版画先驱，其一生的文艺实践都源自人民，源自生活。他的一生正是为新中国独立与建设奋斗的一生，其作品更从一个侧面记录了百年民族复兴的历史足迹。本次展览我们希望造就一个时空隧道，回顾历史、立足当下、展望未来，重现李少言一生的成就与精神，追寻革命时代的理想与追求，叩问历史之于未来的关系与价值，激励艺术家们不忘初心，砥砺前行。

展览的四个板块，每一个都以李少言先生的一句话为引言：

1. 抗日战争时期（1937—1945）

> 新兴版画把我引向革命，我为革命刻木刻。
>
> ——李少言

图2　展览主题墙与李少言巨幅灯箱

先生与版画结缘起于抗战时期，鲁迅先生倡导的新兴木刻运动所反映的革命内容，深深打动了爱国青年的心，也启发教育了李少言，从而把李少言引向革命。

在这一部分，展览的整体主题墙与李少言巨幅灯箱成为整个现场最大的视觉亮点。在展厅正中央屹立着李少言的巨幅灯箱照片，青年时代的少言先生仰望前方，似乎在思考，似乎在追寻，理想与信念，家国与情怀，预示着少言先生那伴随着新中国成长的跌宕起伏、波澜壮阔、辉煌灿烂的人生。（图2）

2. 解放战争时期（1946—1949）

> 陕甘宁晋绥根据地是我的第二个故乡，我在这里获得第二次政治生命，在党的教育和革命斗争的锻炼中，树立了革命的人生观和艺术观。
>
> ——李少言

解放战争期间，李少言在《晋绥日报》（前身是《抗战日报》）做美术工作。《晋绥日报》当时的工作与生活是十分艰苦的，工作条件差到现在的人们无法想象。但是那时李少言却充满战斗豪情和胜利信心，他的心中只有一个目的——办好党报，使它成为宣传、教育人民，打击敌人的有力武器。

这部分我们制作了一个巨幅背景墙，专供观众拍照留念之用。当观众将自己与背景墙合影的照片在网络上进行传播时，也会成为展览传播的一大有力途径。这个背景墙（图 3）是我们用李少言在晋绥根据地工作时拍摄的照片拼接而成的，带着浓郁的革命情怀和怀旧气息。当时报社有一部在战斗中缴获的战利品相机，李少言就用这部相机拍摄了大量根据地庆祝大会、部队集合、土地改革、人民生活等珍贵历史资料。

图 3　照片背景墙

3. 中华人民共和国成立后（1950—1997）

> 四川是我的第三个故乡，是我报答母亲的故乡。
>
> 作品是歌颂社会主义建设的，称为“革命的抒情诗”。
>
> ——李少言

李少言作为四川省美术家协会的初创元老，这一部分围绕先生的创作还展示了四川省美术家协会成立初期的部分珍贵资料。在主展厅的后面，我们还专辟了《红岩》组画展区。1961 年，美协四川分会以李少言为首的 8 名画家接受了为长篇小说《红岩》创作插图的任务。画家们集体讨论，取长补短，最后集体审定作品，这是美协四川分会在创作上一直保持的优良传统。《红岩》插图取得了巨大成功，所塑造的人物可视可感，所折射的时代精神曾感动了一代又一代人。《红岩》插图在新中国美术史上有着极为重要的位置，已经成为中国现代文学插图艺术中的经典之作。（图 4）

图 4　《红岩》插图背景墙

4. 对四川美术发展的贡献（文献展厅）

> 在战争年代，我爱上了前方火热的战斗生活，对自己的要求是，为革命，不怕死。建国后，我爱上了美术家协会的工作，对自己的要求是，热心为美术家服务，多出作品，出人才。
>
> 我认为，个人的创作再好也繁荣不起来，繁荣中包括了集体。
>
> ——李少言

图 5　李少言先生年表

图 6　“甘为人梯——李少言与四川美术建设”展板

图 7　四川美术展览馆展板

除上述主展厅外，我们还专辟了一个小的文献展厅，展出了李少言先生年表（图 5），以及他与其同时代的先生们对四川省美协做出的巨大贡献，其中包含许多关于四川省美术家协会的珍贵历史文献。

四川省美术家协会前身为西南美术工作者协会，1953 年 3 月 10 日在重庆市成立，会址设在重庆市。1954 年，中国行政大区撤销后，1955 年 2 月 1 日更名为中国美术家协会重庆分会，1962 年年底更名为中国美术家协会四川分会，在成都与重庆两地设办公地址，1993 年更名为四川省美术家协会。

此板块我们以“甘为人梯——李少言与四川美术建设”为主题。（图 6）1949 年，李少言来到四川时不过 31 岁，他把延安精神带到这里。后来，四川美术出现了空前繁荣。“五六十年代四川版画名列前茅”“六十年代四川雕塑异军突起”“八十年代四川油画走在前列”，这是业界对中华人民共和国成立后四川美术成就的概括。这些都离不开以李少言先生为首的老一辈四川美协领导及工作者和四川画家们的共同努力。

文献还展示了李少言先生为四川美术事业做出的两大重要贡献，在他的努力下，四川省美协修建了四川美术展览馆，也就是今天四川美术馆的前身。在当时甚至今天，省级美术家协会自身拥有如此大体量的美术馆在全国都是非常少见的。另一件就是笔者在前文中提到的组建了神州版画博物馆。那时，中国新兴版画的泰斗们还都健在，李少言与李桦、古元、彦涵、力群、王琦共同发起，在四川建立了当时中国唯一一个版画专业收藏机构。版画元老们将一生的作品无偿捐献出来，又带动了全国版画家纷纷捐赠。（图 7、图 8）

另外，由四川美术出版社出版的展览画册《烽火淬铁刀　德馨塑画坛——李少言作品文献集》获得中国第 27 届“金牛杯”优秀美术图书奖铜奖。

今年，我们策划的“师造化境　匠心独行——徐匡艺术展”，也以此策展方式进行，并获得文化和旅游部“2018年全国美术馆优秀展览提名项目”奖。展览共展出著名版画家徐匡的162件作品，以及大量创作手稿与文献资料。此次展览以徐匡独有的版画语言为基本脉络，用木版版画与艺术家长达50年深入生活的素描、速写画稿对应展出，也是徐匡先生在四川举办的首次个人展览。

图8　神州版画博物馆展板

综上所述，尽管今天美术馆馆藏之间的交流已经相当普遍，尽管一些美术馆也引进了许多优秀展览，但是要在全国众多美术馆中建立起自身的话语权体系，没有相关专题收藏及研究，不仅展览策划的难度加大，而且运作成本也会很高。因此，我们希望立足于四川美术馆自身馆藏基础，通过策展带动收藏、研究、出版，同时我们的展览和收藏不仅要展示今天的成果，还要为未来进行长期规划，以构建中国版画史的叙事线索为己任，实现四川美术馆自身话语权的建立。

参考文献

1. 卢炘：《中国美术馆学概论》，上海书画出版社2008年版。

2. 王璜生：《作为知识生产的美术馆》，中央编译出版社2012年版。

3. 高士明：《行动的书：关于策展写作》，金城出版社2012年版。

4. ［英］阿德里安·乔治：《策展人手册》，ESTRAN艺术理论翻译小组译，北京美术摄影出版社2017年版。

5. 四川美术馆、神州版画博物馆主编：《神州版画博物馆馆藏作品集》（三册），2013年出版。

6. 李咏玫主编：《烽火淬铁刀　德馨塑画坛——李少言作品文献集》，四川美术出版社2017年版。

7. 陈履生：《免费开放的美术馆时代》，《人民日报》2018年11月4日。

8. 魏祥奇：《策展式写作应该使用历史化的语言》，《长江文艺评论》2018年第5期。

梁时民，现为中国美术家协会理事，四川省美术家协会主席，中国美术家协会策展委员会委员，国家一级美术师，中央文史研究馆书画院研究员，文化部中国画学会理事，国际艺术研究会理事，四川省学术和技术带头人，四川省专家评审委员会委员。曾任四川美术馆馆长。作品被中国美术馆、中国国家博物馆、中国历史博物馆、中国人民革命军事博物馆、毛主席纪念堂等收藏。

美术馆话题
——关于藏品的几个问题的思考

何　琳

摘　要： 藏品是美术馆存在的基础。国际博协的博物馆定义指明了藏品的首要位置、重要作用。藏品的质量、数量是判定美术馆地位的重要条件。藏品收藏保管须顾及合法性、伦理性和专业准则。藏品的收藏保管是复杂的劳动。利用藏品服务社会。推动藏品数字化和智慧美术馆建设实现“无围墙”美术馆。收藏、保管好藏品是对历史负责。

关键词： 藏品；合法性；伦理性；专业准则

藏品是博物馆美术馆的基础核心话题。

人类以实物、文字和图像等方式保存自己的记忆。其中文字记载着人类的行为和思想，今天被我们以图书资料文献档案等方式保存保护于图书馆、档案馆等；而美术则以图像等方式保存人类的历史，今天这些图像等或被保存保护在自然洞穴、墓穴、山石崖壁等自然环境中，或被收藏保存保护在博物馆美术馆中，发挥着它们为研究、教育和欣赏人类历史文化提供物证并服务大众的功能与作用。

1946 年，国际博物馆协会提出的博物馆定义中明确了藏品的价值及其在博物馆中的功能与作用。随着时代的变化，国际博协也适时地对博物馆定义进行修改，但藏品始终是定义的核心概念——“以研究、教育、欣赏为目的而征集、保护研究传播和展出人类及人类环境的物证”，收藏并保管藏品是博物馆始终不变的基础属性和基本功能。国际博协对博物馆定义中关于藏品的界定，反映出藏品在博物馆、美术馆的首要位置和在其工作中发挥的重要作用。

藏品对于美术馆自身而言，是美术馆存在的前提和物质价值表现；对社会而言，是国家财政的实物库存；对文化而言，是社会大众审美欣赏、教育学习的空间场所和对象；对历史而言，它记录或诠释过往的历史。

不论是因有了藏品而建立了美术馆，还是建立了美术馆而开始了藏品的收藏工作，抑或是美术馆举办的艺术展览和相应开展的教育项目、宣传推广、文创开发，美术馆的工作始终围绕着藏品展开。美术馆的风格定位和学术定位，与其藏品的收藏都相互关联并互为影响；一家美术馆在公众中的知名度会因其举办过某个在业界很有口碑的展览而得到提升，但最终必将取决于其藏品的品质、数量和影响力。许多博物馆美术馆因有耳熟能详的著名藏品而为大众所了解、熟知和喜爱。卢浮宫有《蒙娜丽莎》和来自世界各主要文明的历史艺术珍品，奥赛博物馆有莫奈的《日出》和众多印象派代表画家的作品，大英博物馆有埃及文物珍品，西班牙索菲亚博物馆有毕加索的《格尔尼卡》，中国美术馆有《流民图》《塔吉克新娘》《父亲》……让公众记住了这些博物馆美术馆。

近些年，我国美术馆事业发展迅速，多地新建了美术馆馆舍，但多数新建馆缺少藏品，甚至个别开馆展览的展品靠外借。若一家美术馆没有足够多有质量的馆藏品，仅以借展方式运营，它就不宜称为"美术馆"，实际上只是家美术展览馆。藏品的质量和数量是判定一个美术馆自身地位依据的重要条件；一家美术馆收藏的藏品的数量和品位，以及其对藏品是否有严谨认真深入的系统整理、学术梳理和带有发展眼光的学术规划与合理的利用，体现着这家美术馆的学术眼光、学术品质、研究能力、业界地位和公共影响力。

众所周知，建立并丰富一家馆的收藏绝非一日之功能完成，它需要众多有历史使命感和深厚专业学养的博物馆美术馆从业者依据该馆确立的学术规划、收藏原则和标准、计划并日积月累地进行靠积跬步、聚沙成塔式形成的历史积累。鉴于此，本文就美术馆藏品的收藏与利用的所思所想谈谈个人的浅见。

一、美术馆的收藏应坚持"百花齐放，百家争鸣"和"为人民服务，为社会主义服务"的方针，在党的文艺政策和国家法律、社会规范与文化工作制度指导下，尊重艺术创作规律，以沉静的历史眼光，以全面、深刻、理性，主观、客观，宏观、微观，旁观、静观、纵观等多层面、多方位、多视角的严谨态度，制定有历史远见和学术深度、专业高度的收藏方针与计划，构建艺术品类全面、艺术流派丰富、艺术风格多元多层次的藏品结构、体系，实事求是，尽可能真实地呈现我国近现、当代艺术生态状况。

二、美术馆的收藏须顾及合法性、伦理性和专业准则。规模大小不同的各个美术馆收藏的范围、内容或大而全，或专而精，均取决于办馆的学术、风格定位与需要。坚守美术史观，坚持风格定位、藏品特色，建立并遵守合法的社会与行业规范，遵守专业伦理，保证本馆专业建设与发展的同时顾及其他美术馆收藏的范围与特色。全国十大重点美术馆的收藏各据其自身定位而各具特色，中国美术馆作为国家美术馆，其学术定位是收藏近现当代中国及世界范围的造型艺术珍品，构建19世纪末以来中国艺术史藏品序列。中国美术馆自建馆以来经过历代馆人的持续努力，保证了国家美术馆的不断发展。顺便指出，近几年随着某些博物馆自行将收藏范围扩至现当代造型艺术品，实际上成为中国美术馆收藏的强大竞争对手，客观上干扰并影响了国家美术馆的收藏规划与长期计划的实施。

三、美术馆的收藏与保管工作并非简单劳动，而是应以深入、严谨的学术研究为基础和依据，研究涉及历史观点（和历史价值判断）、政治态度暨意识形态主张、经济学理论（和收藏行为当时的经济实力）、社会学视角、相关自然科学等多学科多领域，实际操作工作中有以上多学科的参与或直接介入。

造型艺术作品是人类精神与物质生活的历史见证物，具有艺术的历史的社会的科学的等多重价值，一件艺术作品中涵盖的不仅是艺术本身的成就，亦为我们研究人类艺术创造的过程和发展规律及各个时期各种艺术的技术技巧的发展进步提供了实物佐证，而且从艺术品描绘记录的内容中，我们也能看到人类不同历史阶段的社会文化、经济、政治和物质生活的实际状态。

美术馆的收藏保管还要跟上造型艺术作品表现形式的快速变化，尽快对以声光电、数字等技术手段创作的造型艺术作品做出收藏保管的标准和方法以及提前配备与培训所需的相关人员。

四、有观点认为，博物馆美术馆的“收藏行为”本身就是一种诠释方式。站在美术馆从业者的角度讲，美术馆对藏品的学术梳理和研究，不仅要关注藏品本身，还要把藏品放在发生年代的文化背景下，从历史学、经济学、社会学、哲学、艺术发生学等学科和层面去观察、研究和诠释作者和作品，挖掘作品蕴含的深层次的东西，解读它所承载的人类历史文明信息。我们研究藏品是为了更好地解读藏品，以藏品印证艺术史的发展，印证人类曾经的精神世界，充分合理有效地利用藏品，挖掘藏品的历史价值和学术价值，服务社会。

五、美术馆的藏品承载的信息是它固有的品质属性，包含社会生活、文化、道德、意识形态、审美价值、物质价值、纪念意义、时代符号、教育作用等。

一家好的有作为的博物馆美术馆应该依托其丰富而品质高级的藏品，依据其风格的发展，寻找出可作为博物馆美术馆精神的藏品，塑造成一个象征或图腾，尽最大可能去赋予藏品无限的文化张力和生命力，在发挥博物馆美术馆功效的同时提升它的社会知名度和影响力。

六、美术馆对于藏品的利用，美术馆界的共识：“拥有优质的收藏，除了可举办充实的常设陈列展外，同时还可从藏品的调研中进一步发展出内容丰富的策划特展。”博物馆愿意用藏品讲故事，而美术馆则更注重藏品本身，展览多以审美怡情悦性的目的，讲故事对于美术馆的展陈而言，更多是为了向观众提供帮助欣赏艺术家的“创作构思和创作技巧手法”、“内容表达的故事或因由而生的情感”和“展陈作品之间的内在关联”……因为美术馆收藏的任何一件艺术作品都有着丰富的多重内涵；单一层面或角度用其去讲述一个故事，都可能是对创造者的不够尊重或对一件独一无二的艺术珍品的不恭，因为任何一件艺术作品的价值不仅有其特定的美学品质，它更是艺术家个人观察和呈现生命的方式。

七、美术馆藏品的数字化和智慧美术馆的建设将可以推动美术馆向更高水平的发展，打开美术馆“围墙”，提升美术馆的公共文化服务水平，为美术馆藏品的安全保管保护提供更好保障，促进美术馆文化创意产业的发展，为美术馆藏品资源和知识资源的智慧化传播提供更广领域，为“藏品活化”提供更大空间……如今博物馆美术馆成功的标准已不再是单纯统计踏进博物馆美术馆的观众数量，也不再限于研究观众在其中获得了什么或学习到什么，其发展趋势是“要以新技术手段、互联网思维、个性化路径，感知公众需求，扩大公众参与”，真正实现“无围墙”美术馆。

美术馆的收藏和保管是为历史负责，为美术史负责，收藏和保管什么样的藏品，意味着美术馆会用这些藏品诠释什么样的人类文化艺术史和美术史。

参考文献

1. 国家文物局博物馆司编：《博物馆工作手册》，华龄出版社 2007 年版。

2. [日] 并木诚士等编著：《日本现代美术馆学——来自日本美术馆现场的声音》，台湾五观艺术管理有限公司 2003 年版。

3. [美] 珍妮特 · 马斯汀编著：《博物馆理论与实践导论》，钱春霞等译，凤凰出版传媒集团江苏美术出版社 2008 年版。

4. [美] 大卫 · 卡里尔：《博物馆怀疑论——公共美术馆中的艺术展览史》，丁宁译，凤凰出版传媒集团江苏美术出版社 2009 年版。

5. 黄光男：《博物馆新视觉》，文化艺术出版社 2011 年版。

何琳，毕业于南开大学博物馆学专业。现为中国美术馆研究馆员。曾任中国美术馆公共教育部副主任、典藏部主任等职。

新时代美术鉴藏学的构建与再造

朱万章

摘　要： 进入新时代，以美术鉴定与收藏为研究对象的美术鉴藏学面临新的挑战和新的课题。在新形势下，美术鉴藏学都有何种表现？如何做好美术作品的鉴定与收藏，如何扩展美术鉴藏学的视野，如何在实践中构建与再造美术鉴藏学，成为新时代美术理论需要解决的难题。本文围绕以上诸多问题展开探讨，厘清新时代美术鉴藏学的发展脉络。

关键词： 美术；鉴定；收藏；鉴藏学；新时代

美术鉴藏学 是以美术鉴定与收藏为研究对象的学科。在传统书画鉴藏中，虽然并没有学者提出“美术鉴藏学”的概念，但在眼学与理论的发展中，客观上已经形成了较为完整的美术鉴藏学体系。在中国传统书画鉴藏中，往往重目鉴而轻著述。在古代美术发展史上，即便有大量的书画著录行世，也有不少著录涉及书画鉴定的个案问题，但多为碎片式的鉴定经验，缺乏系统的理论与研究。这种状态一直持续到晚清民国，直到20世纪50年代以后，一批从目鉴中成长起来的书画鉴定家著书立说，才使这一局面得到根本性改观。

“美术鉴藏学”又可分为“书画鉴定学”和“美术收藏”两个方面。“鉴”和“藏”实则为两个不同的阶段。在传统书画鉴藏中，一般是先“鉴”再“藏”，只有定其“真伪”“优劣”，“藏”才成为可能，故书画鉴定应是美术收藏的基础，也是美术史研究的根基。书画鉴定学的发展大致分为三个时期：20世纪50年代至80年代为滥觞期，80年代到90年代末为兴盛期，2000年以来为多元化的新生代时期。

以20世纪80年代为界，徐森玉（1881—1971）和张珩（1915—1963）为现代书画鉴定学理论的奠基者。至少在1955年，徐森玉就率先提出书画鉴定必须要尽量避免误区。在以往的鉴别书画中，人们往往“执一以绳”，也即“胶执于某一画家某一时期特点，来衡量这一画家的全貌”，“拘泥于画家的署款、印鉴和画的质料”，“特别看重历来的著录”。在徐森玉看来，“这些根据是都可以作为参考，却都不可以认为这已是全盘的根据”。要真正做到精鉴，“首先要熟习画家所处时代的风尚。各个时代的画风是当时画苑的主流”，其次，“要熟习每一画家的面貌和精神。每一画家都是有自己的技巧和自己的作风的，这也就是每一画家都有他自己的面貌和精神”。[①] 到了1964年，张珩在中央美术学院为师生主讲《怎样鉴定书画》的时候，将书画鉴定的核心部分归纳为“书画鉴定的主要依据——时代风格和个人风格”，同时将印章、纸绢、题跋、收藏印、著录、装潢归结为“书画鉴定的辅助依据”。[②] 自此，在诸多书画鉴定论著中，这种理论得到广泛应用并产生深远影响，最为典型的便是杨仁恺在《中国书画鉴定学稿》中将其系统化、理论化，从而成为一种书画鉴定界公认的鉴定模式。[③] 自1979年起至1981年，徐邦达先后在《故宫博物院院刊》上发表关于书画鉴定方面的6篇文章，这些文章是1981年付梓的《古书画鉴定概论》的重要组成部分。在书中，虽然徐邦达并没有明确提出书画鉴定的主要依据和辅助依据问题，但却是和徐森玉、张珩的理论异曲同工，进一步完善了这一学说。[④] 此外，徐邦达更提出书画鉴定的“辨真伪与明是非”、“真伪与优劣”和“目鉴与考订”的问题，[⑤] 并对书画作伪的方式、方法及其鉴定提出意见，认为书画作伪包括临、摹、仿、造和代笔、改头换面。[⑥] 而早在1954年，史树青（1922—2007）在《鉴别书画应注意的几点》中也提出了书画作伪的几种手段：当时模仿或后世模仿、根据著录及法帖虚造或描抄、新画染旧、旧画补题或换款、原画与题跋割裂、旧画揭二层和代笔。[⑦] 而王以坤则于1962年发表了《古书画的摹仿和伪造简述》，将伪造书画归结为改头换面、旧书画改款、完全造假、其他各种造假和混子做假五个方面。[⑧] 徐邦达、史树青、王以坤首次将书画作伪的共性做了综合解析，他们均从不同角度指出书画作伪的具体细节，并提出鉴定方法。这一时期，徐森玉、张珩和徐邦达、史树青、王以坤构建了现代书画鉴定学的雏形，成为新中国书画鉴定理论体系的嚆矢，居功至伟。

当然，在这一时期也不乏对书画鉴定个案的解析，如徐邦达在1956年谈到《朝元仙仗图》[⑨]，在1957年谈到神龙本的《兰亭序》[⑩]，在1958年谈到张择端的《清明上河图》和黄公望的《富春山居图》[⑪]，在1973年谈到黄公望的《溪山雨意图》的真伪四本考[⑫]，在1979年谈到宋徽宗的亲笔画和代笔画问题[⑬]，在1980年谈到王维的《江山雪霁图》的底本与后摹本问题[⑭]；谢稚柳在1957年提出了赵佶《听琴图》和他的

---

① 徐森玉:《〈画苑掇英〉序》，载徐森玉著，徐文堪编《汉石经斋文存》(下)，海豚出版社2010年版，第183—187页。

② 张珩:《怎样鉴定书画》，上海书画出版社2011年版，第3—25页。

③ 杨仁恺:《中国书画鉴定学稿》，辽海出版社2000年版。

④ 徐邦达:《古书画鉴定概论》，文物出版社1981年版。

⑤ 徐邦达:《谈古书画鉴别》,《故宫博物院院刊》1979年第2期。

⑥ 徐邦达:《五谈古书画鉴别——对作伪的方式、方法的鉴定》,《故宫博物院院刊》1981年第2期。

⑦ 史树青:《鉴别书画应注意的几点》,《文物参考资料》1954年第1期。

⑧ 王以坤:《古书画的摹仿和伪造简述》,《文物》1962年第10期。

⑨ 徐邦达:《从壁画副本小样说到两卷宋画——朝元仙仗图》,《文物参考资料》1956年第2期。

⑩ 徐邦达:《谈神龙本兰亭序》,《文物参考资料》1957年第1期。

⑪ 徐邦达:《清明上河图的初步研究》,《故宫博物院院刊》1958年第1期；徐邦达:《黄公望和他的富春山居图》,《文物参考资料》1958年第6期。

⑫ 徐邦达:《黄公望〈溪山雨意图〉真伪四本考——〈古书画鉴考〉之一》,《文物》1973年第5期。

⑬ 徐邦达:《宋徽宗赵佶亲笔画和代笔画的考辨》,《故宫博物院院刊》1979年第1期。

⑭ 徐邦达:《所谓王维〈江山霁雪图〉原底、后摹本合考》,《社会科学战线》1980年第3期。

真笔问题[①]，在1958年谈到周昉的《簪花仕女图》的相关问题[②]；王以坤在1960年谈到董源的《潇湘图》[③]；启功分别在1962年和1963年谈到董其昌书画的代笔人问题及绘画史上戾家的问题[④]；刘九庵在1962年谈到20米芾自书帖和临古帖的问题[⑤]；史树青在1965年谈到《兰亭序》的伪作问题[⑥]；徐森玉在1965年也谈到《兰亭序》的真伪问题[⑦]；苏庚春在1978年谈到南宋陈容的《云龙图》[⑧]；杨仁恺于1978年谈到张旭的《古诗四帖》[⑨]，在1979年谈到孙过庭的《千字文第五本》[⑩]等。这些个案研究，小中见大，很多研究均具有首创之功，从根本上解决了书画鉴定中的疑难问题，不仅为书画鉴定指出了门径，也为后来的美术史研究与教学奠定了根基。

80年代后，书画鉴定学进入新的历史时期。以启功的《启功丛稿》、徐邦达的《古书画伪讹考辨》、谢稚柳的《鉴余杂稿》、杨仁恺的《中国书画鉴定学稿》、刘九庵的《刘九庵书画鉴定文集》、苏庚春的《犁春居鉴稿》、傅熹年的《中国书画鉴定与研究·傅熹年卷》、史树青的《书画鉴真》、傅申的《书法鉴定——兼怀素〈自叙帖〉临床诊断》等为代表的书画鉴定家论著应运而生。这些书画鉴定家大多供职于文博系统，早年也都有过书画经营或鉴藏实战经历，有着丰富的实践经验，在阐述鉴定理论时，多侧重于经验的归纳与总结，故其关于书画鉴定的论述具有筚路蓝缕之功，构建了新中国美术鉴藏的理论体系。他们的论著丰富和完善了书画鉴定学的理论体系，对于历代书画家的鉴定个案研究也层出不穷。尤为重要的是，这批书画鉴定家大多为全国文物鉴定委员会委员，其中，谢稚柳、启功、徐邦达、刘九庵、杨仁恺、傅熹年还是中国古代书画鉴定小组成员。他们参与了国家文物局组织的全国书画巡回鉴定，对馆藏书画做了一次地毯式的搜索摸底，这在中国书画鉴藏史上称得上是史无前例的。

到了2000年以后，书画鉴定学出现了多元化的现象。一方面，一批供职于文博界的书画鉴定家秉承了传统书画鉴定学的传统，在目鉴基础上，结合前贤之说，出版了大量的书画鉴定方面的论著，如杨新的《中国古代书画鉴定二十五讲》、肖燕翼的《古书画名家名作辨伪三十例》、单国霖的《书画史与鉴考》、余辉的《隐忧与曲谏——〈清明上河图〉解码录》、朱万章的《书画鉴真与辨伪》……他们大多供职于博物馆或美术馆，均以书画鉴定的眼学和相应的著述扩展了书画鉴定学的领域。另一方面，在书画收藏界及大学的艺术史研究领域也涌现出不少的书画鉴定论著，一些高等院校及科研机构的硕士、博士也纷纷以此为研究主题。但这些论著除一部分来自眼学外，大多停留在对前人成果的综述和整理之中。虽

---

① 谢稚柳:《赵佶听琴图和他的真笔问题》,《文物参考资料》1957年第3期。

② 谢稚柳:《唐周昉簪花仕女图的商榷》,《文物参考资料》1958年第6期。

③ 王以坤:《董源潇湘图》,《文物》1960年第1期。

④ 启功:《董其昌书画代笔人考》,《北京师范大学学报(社会科学)》1962年第3期；启功:《戾家考——谈绘画史上的一个问题》,《文物》1963年第4期。

⑤ 刘九庵:《试谈米芾自书帖和临古帖的几个问题》,《文物》1962年第6期。

⑥ 史树青:《从〈萧翼赚兰亭图〉谈到〈兰亭序〉的伪作问题》,《文物》1965年第12期。

⑦ 徐森玉:《〈兰亭序〉真伪的我见》,《文物》1965年第11期。

⑧ 苏庚春:《陈容〈云龙图〉轴》,《文物》1978年第12期。

⑨ 杨仁恺:《试谈张旭的书法风貌和关于〈古诗四帖〉的初步探索》,《书法》1978年第1期。

⑩ 杨仁恺:《对孙过庭〈千字文第五本〉及其他诸作的初步考察》,《文物》1979年第10期。

然成果斐然，但其学术价值远逊于滥觞期和兴盛期。

在美术鉴藏方面也出现了以大学或其他研究机构为主导的学者论著，尤其以硕士、博士研究论题为代表的美术鉴藏学如雨后春笋般涌现，梁江的《中国美术鉴藏史稿》成为代表，其他如封治国的《与古同游——项元汴书画鉴藏研究》、黄朋的《吴门具眼——明代苏州书画鉴藏》等都是佼佼者。

进入新时代，作为美术理论的一个分支，美术鉴藏学面临新的挑战和新的课题。在传统眼学的基础上，在新形势下，美术鉴定面临新的机遇与新的难题。拍卖行大量作品浮出水面，真赝杂糅，为美术鉴定提供了范本。但高科技的书画作伪又为书画鉴定提出了新的挑战。在这一时期，美术鉴藏学都有何种表现？在学院和美术馆、博物馆间又有什么不同的反响和应对措施？如何做好美术作品的鉴定与收藏，如何扩展美术鉴藏学的研究视野，如何在实践中构建与再造美术鉴藏学，成为新时代美术理论需要解决的难题。

朱万章，四川眉山人。毕业于中山大学历史系和中国艺术研究院研究生院，获博士学位。现为中国国家博物馆研究馆员，中国美术家协会理论委员会委员。从事书画鉴藏、美术史研究与美术评论，著有《书画鉴考与美术史研究》《销夏与清玩——以书画鉴藏史为中心》《书画鉴真与辨伪》《鉴画积微录》《明清书画谈丛》《尺素清芬——百年画苑书札丛考》《过眼与印记——宋元以来书画鉴藏考》等论著20余种。同时兼擅绘画，出版有《一葫一世界——朱万章画集》《学·艺——朱万章和他的艺术世界》《学之余——朱万章绘画近作集》等。

博约之间：中国美术馆类型收藏中呈现的时代变迁

吕少卿　童兴强

摘　要： 中国美术馆对于现当代艺术尤其是对绘画的收藏是卓有成就的，这些收藏除了名家捐赠以外，有很多是通过展会等途径筛选入藏的作品，这些作品的数量是庞大的，其中描绘社会生活这一类型的绘画带给观者的时代变迁感是最为强烈的。很多作品或许不为人知，但是放到时代谱系的语境中就会富有价值。自古以来，我们就善于对艺术品进行类型划分，对艺术品的收藏亦然，对于中国美术馆现当代绘画收藏中的类型收藏，其时代感的反映是其价值辨别的一个标准。

关键词： 类型收藏；时代感；美术馆

当前这个时代与美术类相关的从业者的数量空前庞大，在一定程度上说明人们对于审美生活的需求正在不断提高。但从业者人数的剧增也导致美术作品进入了量产时代，大浪淘沙需要时间，什么样的作品是真正的好作品，往往需要尘埃落定才会有冷静的眼光对之进行考察，常有人说“作品需两百年后再做评判”，大概就是这个道理。新中国成立以来，美术作品的各个类型中出现了很多的名作，就美术馆的收藏而言，中国美术馆在这方面是较为成功和具有影响力的，这也证明了美术馆对于现当代作品的收藏成功与否并非无门径可寻。

真正有价值的艺术作品需要经受住时间的考验，历久弥珍，很多当时看上去声名繁华的作品时常会随着舆论渐息和社会情境的变迁而逐渐泯然于尘，因此美术馆需要对舆论或时风保持清醒。（当然，这并不意味着当时就很出名的艺术家的作品就不是好作品，比如毕加索在世时即名声斐然，现今他的作品仍然可以代表那个时代的潮流。）对于现当代作品的收藏，美术馆需要有一个大概的标准，或者说预判。新中国成立以后，反映社会生活的作品不断涌现，这是时代的要求，也是国家的需要。对于这一类型的艺术作品进行收藏，就需要考察其能不能反映时代特色，成为典型。其他如技法创新、题材选取、思想情感表达等都需要围绕时代特色这个中心点来看而略居其次。中国美术馆对于新中国成立以来的美术作品收藏的成功主要在于其中的优秀作品可以集中反映时代特色，成为时代的经典。应当说类型收藏是美术馆收藏的一个大体趋势，现今越来越多的主题性美术馆的出现就代表了类型收藏的成果。当然，新中国成立以来也有很多传统类型的优秀绘画作品涌现并入藏中国美术馆，这些作品相对于反映社会生活的就是另一个类型。而古代绘画的收藏又是另一主要类型。

一、品评的完善与类型收藏

美术作品的收藏品鉴自宋代以来就有划分类型的传统，北宋时的刘道醇在《圣朝名画评》中将绘画作品先分类型再分品级，他将绘画作品划分为人物门、山水林木门、花木翎毛门、鬼神门、屋木门六个类型，总体是按照题材划分，在类型之下又按品级主要划分为神、妙、能三品。在此之前的绘画品评中主要按照品级划分，如谢赫在《古画品录》中将画家画之优劣按“六法”分为六个品级。随着美术从业者和作品类型的增多，在不同类型间进行直接的品级划分就显得有些粗糙、不合时宜了，比如将周文矩的人物画与燕文贵的山水林木进行品级高低的比较，其标准划定就显得较为困难。因此随着美术生态的发展，类型划分也变得越来越科学，它的指向即为适应品评的需要。

如今美术作品类型丰富，在绘画中还可再做次层级类型划分。就绘画而言，无论是类型划分还是具体品评，都会涉及画家和作品，我国古代长期的绘画品评中都是通过画品将画家进行品级划分，其后才是品评其作品，直到董其昌时仍然是仿某家笔意，希图与古人精神相往来，注定其作品在某种程度上只是精神的一种依托，王原祁更是言必称“先奉常”是如何指导的。因此画家与作品之间还夹存着具体的方法，所以对于古代甚至近现代的绘画收藏主要处于名家指向，即收藏作品首先看作者的声名，哪怕是这位名家的三流作品，也比二三流画家的一流作品更富收藏价值或收藏意义，这是长久以来形成的风习。对于古代存量较少的作品而言情有可原，但对于近现代尤其是当代绘画作品的收藏还需要保持冷静的态度、明锐的眼光，因为这个阶段画家的作品存世量相对较大，作品指向就显得尤为重要，这里就涉及对于优秀作品鉴别的方式与方法问题。

近现代绘画名家的认定似乎已经完成，相比于古代，近现代名家的形成有着强烈的名作指向，比如傅抱石、关山月的《江山如此多娇》，这幅作品极大地提高了两位画家在全国的影响力，直到现在，二人的个人简介中的代表作仍有这幅画。再如李可染的《万山红遍》，这个系列作品在主题上贴近当时流行的毛主席诗意画，而且诗画一体，相得益彰，很多民众也是因此知道了李可染的画。（就在笔者写文章的今天，嘉德秋拍的李可染《井冈山》拍了 1.38 亿元人民币，潘天寿的《初晴》拍了 2.0585 亿元人民币。）这些还是偏传统类型的绘画，尽管其中富含时代特色，但是并不属于对于社会生活进行抒写的类型。然而这里要注意的是传统类型的绘画已出现名作指向，那么描写社会生活这一类型的绘画对于作品本身时代性的要求就会更高，因此对于现当代尤其是社会生活类型的绘画而言，还是应当侧重作品本身的评判。因为反映社会生活状态的绘画是新中国美术的重要组成部分，而且中国美术馆所藏此类型的绘画系统性较好，因此以下论述主要从中国美术馆所藏社会生活类型绘画的时代转变来看时代特色对于此类型作品的重要性。

二、博观之下的时代图景

从反映社会生活这一类型来看，中华人民共和国成立以来的优秀作品集中反映了社会生活的变迁，这与元以后文人画的创作语境是截然不同的，明清正统文人画侧重与古人精神相往来，以期“绝近画中山”，带有一种内修性质。而新中国成立以来反映社会生活的绘画根本不必去考虑自身的绘画要相近某位前辈大师的画，而是典型反映自身的创作意旨、创作对象，“笔墨当随时代”“一手伸向传统，一手伸向生活”，因此对于不同类型的品评需要参用各自合适的评判语境。对于古代绘画的评判早已有一套完善的理论体系，但是古代绘画的收藏要做到成体系，对于现今的美术馆而言相对困难，而对于现当代作品的收藏困难之处就在于甄别优劣。每年全国新的美术作品的诞生是不可计数的，撇开舆论的影响，面对如此广博的数量，其约取的方向方法是非常重要的。在类型收藏中，时代的变迁感是始终存在的，不同阶段优秀作品或普通作品的集合都会有作品之间时代差的效应，因此作品中时代性的体现对于现当代作品而言显得尤为重要。

描绘社会生活的绘画，其最重要的一点在于题材的选择，题材选择之后要注重角度的选取，同样是一个事件，但描绘的视角可以是多样的，视角多样，作品数量就会很多，这便是博观，博观有助于对时代图景有多角度的了解，而随着事件在时间轴上的发生，这种观看方式有助于对时代图景的了解。艺术作品的创作有描绘当下这个时代的，也有很多因为议题的涌现或某种追忆而描绘之前的事件的。一件优秀的社会生活类型的绘画作品远观可取时代气息，近察则主要为具体事件，让一件绘画作品完整描绘出时代图景是不现实的，但是观者可以由小见大。查看中国美术馆的馆藏，偶然发现了一件熟悉的作品，这件作品为蒋兆和先生创作于1956年的《给爷爷读报》，很多民众对这件作品非常熟悉，但或许并不清楚其作者为蒋兆和先生，甚至并不清楚这幅作品的具体名称，但这并不影响这幅作品在民众心中的地位。大众对于图像的记忆能力要远超文字，因为图像信息的接收是迅捷的，并且能够轻易转化为生活中的一

蒋兆和　给爷爷读报　97cm × 89cm　纸本水墨设色　1956年　中国美术馆藏

张祖英　南巡途中　160cm × 205cm　布面油画　2009年　中国美术馆藏

部分。如具体来看这件作品，给人的感觉就是充满希望，画中面容沧桑的爷爷目视远方，戴着红领巾的孙女欣然地读着《人民日报》，这种氛围象征着成立不久的新中国所展现的勃兴，这就是这幅画所展现的时代感，由这种时代感的接受观者自身也会以此为出发点联想到很多其他的情景，这就是时代感的外延，在此过程中，《给爷爷读报》的表述方式却无形中融入生活，很多作品或许不自觉地受到此作的影响。

同样是目含希望，同样是读报，张祖英于2009年创作的《南巡途中》与蒋兆和的《给爷爷读报》在语境上则完全不同。首先蒋兆和的创作是基于当时的时代，并非追忆，画家是根据当时的社会图景进行的创作，并就当时的情况以此作表明自己的感情与寄托。而《南巡途中》主要根据影像记录进行追忆式的创作，邓小平同志坐在列车上，桌上摆着刚在看的《深圳特区报》，目视窗外，看着祖国的大好河山，充满希望。这幅画是基于对伟人的敬仰而创作的，观者也会感怀于邓小平同志为祖国的繁荣发展所做出的贡献。《南巡途中》是尽力还原当时的时代面貌，并不是事件当时的作品，因为这幅画有一种后来者的抒情视角，观者也会被带入这种语境中。因此创作时间与事件之间的关系是微妙的。总体来看，这两幅物象相似的绘画给人的时代差异感是强烈的，这是因为作品之间时代跨度较大。如将跨度缩小，按时间排列，就会展示出具体变迁史的图像呈现。

每位观者回望过去都会有一种广博的感受，往事纷繁，但是总会有一些记忆深刻的视点靠前地呈现在眼前，对于大量的作品而言，其数量上自然是广博的，但能够被记住的毕竟是有限的，如果没有博大的存量，就意味着探索的相对减少。博观有时营造了一种美术生态，它给艺术家更加宽松的空间和语境去探索和创作；约取是艺术家创作的作品被观看、接受上的结果。中国美术馆在社会生活、时代变迁上的收藏某种程度上也是一种博观后的约取，这种约取正是对富有时代特色的人物、事件典型塑造的作品的选择。

三、时代变迁中的视角选择

中华人民共和国成立以来，描绘社会生活状态的绘画层出不穷，不管是描绘当时的社会图景，还是对过去事件的追忆，这些画作的呈现都显示了一种时代变迁，这种变迁感主要来自中华人民共和国成立以后社会面貌的日新月异，这在中国古代相对稳定的社会结构中是不可想象的。在描绘社会生活这一类型的绘画中主要有两个视角相对集中，即对草根生活人文关怀的民生情结与热火朝天的社会主义建设场景表现。

民生类型的绘画注重人民生活图景的描绘和内心情感的刻画，在图景描绘上可分为农村与城市两个类别。刘文西创作于1962年的《祖孙四代》表现了纪念碑式的农民家庭群像，表达了他们吃苦耐劳、对前路充满希望的生活状态。改革开放以后，罗中立的《父亲》《上梯坎》等延续表达了对于这种乡土之情的依恋。随着改革开放的不断深化，大量农村人口进城务工，描绘城市生活、建设的画作不断增多，但是对于农村景象的描绘并未停止，如靳尚谊于1990年所画的《陕北高原》就表达了对于农村的回望，直到现今，农村题材的画作也在时刻涌现，这些作品主要表达了一种乡情，与《祖孙四代》的创作语境已截然不同。

进入21世纪，城市生活图景在画作中不断地展开，对于城市的发展，很多的画作也呈现出了思考。如丁方的《城市系列》则对城市的发展状态提出思索，即城市的环境生态对民众的心理、生存状态的影响，但随着城市建设的不断深入，这种紧张的状态随着城市生活秩序的进行又得到了舒缓。如2006年雷务武创作的《闲步瓜棚》则显示了城市人的休闲心理，画面并没有忽略农民劳作的情景，这种衬托将城市人对于乡土的依恋程度降低了，表现了城市居民自足的生存状态。这与丁方《城市系列》的几张图景区别很大，这种心理的变化显示了短短时间内社会的变迁。随着城市发展的增速，人们对于城市生活的

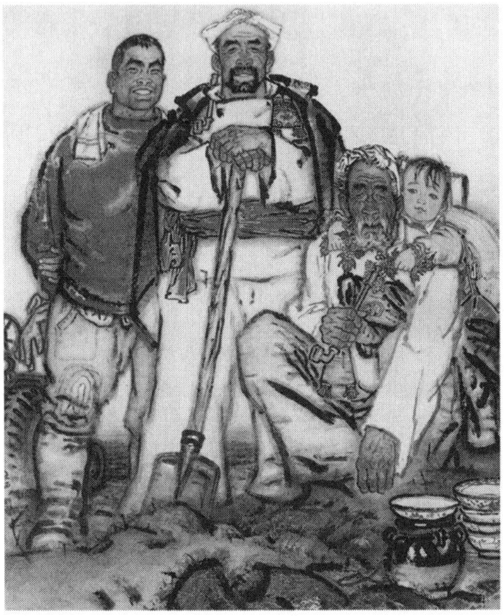

刘文西　祖孙四代　130cm × 100cm　纸本设色
1962年　中国美术馆藏

丁方　城市系列 · 负重　60cm × 100cm　布面油画
2000年　中国美术馆藏

雷务武　闲步瓜棚　120cm × 130cm　布面油画
2006年　中国美术馆藏

柳青　嘿！茄子！　275cm × 275cm × 190cm　树脂手绘
2008年　中国美术馆藏

毛本华等　焦裕禄　220cm × 400cm　布面油画
2009 年　中国美术馆藏

谷钢　大庆人　250cm × 395cm　布面油画
2009 年　中国美术馆藏

认同，城市生活的家庭群像出现在艺术作品中，如柳青的《嘿！茄子！》，就像是新时代城市版的《祖孙四代》，我相信这个群像的祖辈中就有农村人，或许他们中的哪位就是《祖孙四代》里扎着羊角辫的那个当年的小女孩。这是时代变迁给人的一种思考或体悟，这种感受来自不同时期的一件件具体的艺术作品，是这些作品的组合给观者一种变迁史的图景感受。

建设类型的绘画主要描绘新中国热火朝天的社会主义建设，从某种程度来看，建设是民生的外延，建设是为了民生，同时也是一种国家新气象的呈现。21 世纪以来，回望过去的建设图景类型的作品迅速涌现，这些作品强调了中华民族迎难而上、艰苦奋斗的精神，比如 2009 年毛本华等创作的《焦裕禄》和谷钢创作的《大庆人》，这两幅作品分别描绘了工、农两方面模范艰苦奋斗的场景，与现在的生活工作状态形成强烈的反差，表达了在新时代要不忘过去，开拓未来的奋斗精神。建设类型绘画除了奋斗过程的描绘，还有建设成果展现，如中国美术馆所藏 2009 年白展望的《青藏铁路》，青藏铁路于 1958 年开工建设，2006 年全线通车，其中的艰难自可想象，早在新中国成立前，冯法祀、韩乐然就有描绘铁路建设、描绘铁路工人的绘画，铁路是新时代的象征，《青藏铁路》这幅画描绘了通车后，火车通行于雪山牧场之间，牧民、牦牛如常地在牧场上生活，展现出一种平和的景象，也体现了建设为了民生，这或许正是时代气象的呈现。改革开放以后，建设步伐加快，社会生活日新月异，到了现在大范围的建设图景相对较少了，建设类型的绘画也主要以回顾为主，或者描绘建设成果，展现人民享受建设成果的图景。

民生与建设是社会生活类型的两个较大的主题，这两个主题之间并不是割裂的，民生中展现建设成果，建设是为了民生，在具体表现上都有各自的视角。作品本身的视角是一种选择，以上论述所选取的作品也是一种选择，只要是选择在选定数量上相比于可选的大抵是较少的。但如果可选的数量很少，那么选择到较合适的也会相对较少。因此约取的前提在于博观，只有如此才能发现较好的选择。就回顾类的创作而言，面对可选择的点是很多的，但好的作品并不是为回顾而回顾，而是要对当下有所促进或影响，不然这件作品的艺术高度是很难超越事件发生不久或那个时代语境的创作的。

结　语

“博观约取”语出东坡，主要讲做学问的方式，这对于艺术家的创作而言同样适用。美术馆面对纷繁的作品时只要出现选择就需要进行约取。中国美术馆的收藏大量来自名家捐赠，这是作者指向，还有很多是中国美术馆通过很多展会进行选藏，这就是作品指向，很多作品或许并不出名，但是只要在描绘社会生活这一类型中能典型反映时代特色，那么这件作品就有其意义所在，这对后世进行社会学上的研究也有较大的意义。

不同时期作品的集合给观者一种强烈的时代变迁感，这种感受一方面来自不同作品间时代风格的变化，另一方面来自具有时代特色的题材变迁，这种变化是具体可感的。社会生活的快速变化意味着题材的更新，但单纯题材的更新并不能成就好的作品，题材更新或许有时代特色，而如果不能有所寄托，那么也是徒有其形，不能让人通过一件作品而远观取其时代气息。而这种类型的作品一旦缺失这种高度，就很难与其他作品联系起来而给人一种时代变迁感。中国美术馆对于当代社会生活类型的艺术品的选择入藏总体主要还是作品指向，标准的制定与完善可以促进这一类型优秀作品的出现，而这种在博观约取之间由不同时期作品的集合所带来的时代变迁的感受在将来会得到更加强烈的彰显。

参考文献

1. 吕澎：《20 世纪中国艺术史》，北京大学出版社 2006 年版。

2. 卢辅圣主编：《中国书画全书》，上海书画出版社 2009 年版。

3. 石守谦：《从风格到画意：反思中国美术史》，生活 · 读书 · 新知三联书店 2015 年版。

4. 万青力：《万青力美术文集》，人民美术出版社 2004 年版。

吕少卿，生于 1972 年，江苏东台人。南京艺术学院教授、博士生导师，研究方向为艺术史。

童兴强，生于 1994 年，江苏盐城人。南京艺术学院美术学院研究生，研究方向为中国美术史。

收藏引发的博物馆现象

——中国美术馆收藏历史沿革和发展战略探究

赵　辉

摘　要： 收藏作为美术馆收集保藏独具历史和艺术价值美术作品的文化现象，凝聚着历史文化的积淀，承载着人类文明进程的过去、现在与未来。本文以收藏引发的博物馆现象研究为切入点，通过挖掘和梳理中国美术馆收藏相关文献，探究中国美术馆收藏历史沿革和发展战略，探索中国的美术馆学研究的新路径，以突破这一领域实践与学科建设不对等的状态，引申出在面对艺术市场竞争压力和国家财政资金紧缩的情况下，美术馆收藏行业如何发挥自身优势，开展收藏这项持续性、永久性的业务工作。这既是美术馆人的历史责任，也是新时代推进国际博物馆、美术馆学科理论研究新发展的现实诉求。

关键词： 收藏；美术馆；博物馆现象；历史沿革；发展战略

收藏作为美术馆收集宝藏独具历史和艺术价值美术作品的文化现象，凝聚着历史文化的积淀，承载着人类文明进程的过去、现在与未来。收藏是美术馆的重要职能之一，是一项持续性、永久性的业务工作，需要一套新的研究方法和学科理论，探索中国的美术馆学研究的新路径，以突破这一领域实践与学科建设不对等的状态，引申出在面对艺术市场竞争压力和国家财政资金紧缩的情况下，美术馆收藏行业如何发挥自身优势，推进国际博物馆、美术馆学科理论研究的新发展。

一、收藏引发的博物馆现象

收藏起源于民间，至今已形成民间盛世收藏的局面，私立艺术机构与公立美术馆竞相开放的“新博物馆时代”。而对于许多美术馆来说，在建馆之初业已开展收藏这项业务工作，体现出收藏对于美术馆的重要意义和价值。

世界各国的博物馆、美术馆萌芽都是从收藏开始的。博物馆 Museum 一词源于希腊文，原为祭祀文艺科学女神缪斯的神庙。而博物馆的英文最初为 Repository（贮藏所之意），在文艺复兴时期改用 Museum，[①] 是在收藏的基础上加入了研究、展陈、公教的职能，成为博物馆功能的升华。19 世纪以前已有专门或主要收藏美术作品的博物馆，后称"美术馆"（Art Gallery/Art Museum），直译为"艺术博物馆"，是集研究、收藏、展览、推广和公教等功能于一体的艺术机构。

作为历史最悠久的文明古国之一，上溯古代收藏家和鉴定家的搜集活动及成果，为博物馆、美术馆的诞生提供了藏品基础。然"一个民族而没有代表民族文化的美术陈列馆，这个民族，多少是落后而表现其衰退"[②]。随着近代史的发展，中国的美术馆相继建立。

1905 年，中国自立创办第一个公共博物馆，张謇筹建的综合性博物馆"南通博物苑"，分为自然、历史、美术三部分。他主张"欲国之强，当先教育"，而"欲兴教育"则"先兴实业"。[③]

1930 年，中国第一座市立美术馆在天津落成，其建筑参照极具艺术气息的日本东京上野美术馆。曾就任天津市立美术馆首任馆长的严智开[④]提出"今吾国建设方新，津埠中外具瞻，盍先举行"，在任期间对美术馆建设、管理等方面卓有成就的探索，奠定了中国美术馆的发展基业，也标志着中国现代公立美术馆事业的开端。

1932 年，中国最早的现代私立美术馆落成，被称为"天堂艺官"的苏州美术馆。其筹建者颜文樑提出"一个民族而没有代表民族文化的美术陈列馆，这个民族，多少是落后而表现其衰退"。

1935 年 3 月 7 日，国立美术陈列馆在国民政府的支持下在南京筹建。1936 年 8 月，国立美术陈列馆落成，成为我国现代美术史上第一座国家级专门从事美术作品陈列的美术馆，它的落成标志着中国现代美术馆事业的开端。

1937 年抗日战争全面爆发，美术馆事业的发展一度终止。新中国成立以来，美术馆事业随着经济建设的发展和文化科学的繁荣，得到了迅速的提升和发展。美术馆的建设又被重新提上日程，江苏省美术陈列馆和上海市美术展览馆在 1956 年相继成立。1958 年 8 月，党中央北戴河会议决定在首都建立历史博物馆、革命博物馆、军事博物馆、美术馆等，是博物馆事业大发展的集中体现。

1958 年筹建，1963 年由毛泽东题写"中国美术馆"[⑤]馆额，并正式开放的中国美术馆，是国家造型艺术博物馆。其建筑为我国著名建筑师戴念慈设计，仿古阁楼式主楼，汲取敦煌莫高窟九层飞檐的形式，金色琉璃瓦大屋顶，四周廊榭围绕，具有鲜明的民族建筑风格，成为新中国成立以后国家文化标志性建筑。

---

① 文化部文物局主编:《中国博物馆学概论》，文物出版社 1985 年版，第 26 页。

② 颜文樑:《期望筹设全国性之美术馆议》，载王骁主编《二十世纪中国西画文献 · 颜文樑》，文化艺术出版社 2009 年版。

③ 张謇（1853—1926），中国近代实业家、教育家，字季直，号啬庵，江苏南通人。张謇在经营实业的同时，重视发展文化教育，培养人才。张謇主张"欲国之强，当先教育，欲兴教育，先兴实业"，称实业、教育为"富强之本"。

④ 严智开（1894—1942），字季聪，天津人。历任北京国立美术学校教务长、主任、教授，北京师范大学教授。

⑤ 杨力舟在文章中说："毛泽东在为美术馆题写馆额时把'中央美术展览馆'改为'中国美术馆'，这就确定了该馆的国家美术馆性质。"杨力舟:《艺术殿堂珍藏百年精品，文明窗口高扬民族雄风——中国美术馆 40 年华诞礼赞》，载《艺苑摭言》，天津古籍出版社 2004 年版，第 507 页。

尽管美术馆在我国出现较晚，但由于中华民族悠久历史和博大精深的传统文化，加之中华人民共和国成立以来党和政府的重视、引导，社会各界的参与、支持，使我们的美术馆事业后来居上，发展势头迅猛。作为一项“美美与共”①的高尚事业，其成功离不开美术馆人的初心和使命。中华人民共和国成立70年来，美术馆人通过探索实践形成了专业领域理论，即美术馆学理论。为了适应科学研究、展陈的需要，美术馆的收藏有了系统的、科学的分类和发展流脉，前辈们筚路蓝缕，已有本领域著述多种，如《中国美术馆学概论》《美术馆的历史》《美术馆人的记忆》等相关书籍，主要为收藏的标准、方式、流程提供依据，为藏品的科学分类作参考，加快了美术馆科学化管理的进程。身为美术馆人，笔者备感责任之重大，遂查史溯源，采访亲历者，深感前人拓荒之艰辛、贡献之卓越，试以探究中国美术馆收藏历史沿革和发展战略，分析中国美术馆半个多世纪走过的一段不平凡的道路，作为自己对收藏事业的微末贡献。

二、中国美术馆收藏历史沿革

中国美术馆的性质和功能决定了国家美术馆的学术定位。自建馆以来，以历任馆长为中心的美术馆人，紧随时代，积极把握发展道路上的机遇与挑战，坚定不移地以党中央的政策方针为指引，在美术收藏、研究、展示、交流等方面走出了新征程。早在建馆之初，中国美术馆即开始了从无到有的收藏过程。经过半个世纪的积累，中国美术馆已蔚然成为馆藏10万余件，弘扬中华文化，彰显美术魅力的艺术殿堂，构建中国“国家美术馆”作为“艺术博物馆”的功能。

藏品是美术馆的立馆之本，徐悲鸿曾撰文阐述其重要性：“因其民众集合之所，可以增进人民美感，舒畅其郁积，而陶冶其性灵。”“现代之作家，国家诚无术一一维持其生活。但其作品，乃代表国家精神，或申诉人民痛苦，或传写历史光荣，国家苟不够致之，不特一国之文化一部分将付阙如，即不世出之天才，亦将终致湮灭。其损失不可计偿。”②一座美术馆的藏品数量、质量和特色决定着美术馆的定位和水平，代表着美术馆的知名度与影响力。美术馆能够发挥服务大众的社会效益，激发人们对优秀文化艺术的赏鉴与传承，引导人们对美育的享受与追求，正是依赖于藏品本身所具有的无形的、不可估量的吸引力与感染力。

中国美术馆的藏品作为反映国家的历史政治、社会生活、民族精神、时代形象和人文精神的载体，记录着中国的发展和演变，特别是20世纪至今的百年，随着中国社会的巨变而呈现出纷繁丰富的艺术特征。目前，中国美术馆10万余件藏品，其中藏有少量宋、元、明、清时期和民国初期的杰出画家传世之作，这部分藏品是研究近现代美术史的宝贵财富。在馆藏作品中占有主导作用，并形成鲜明旗帜的则是

① 1990年12月，著名社会学家费孝通先生在作“人的研究在中国——个人的经历”主题演讲时总结出了“各美其美，美人之美，美美与共，天下大同”这一处理不同文化关系的十六字“箴言”。“美美与共”指各个民族、各个国家的优秀文化互相包容、互相学习，那么它就可以展现一个多彩的世界，多元的文化。这样的话，培养我们一代一代的人，我们就可以建立一个大同的社会。

② 徐悲鸿:《中国今日急需提倡之美术》，1932年11月。

近现代重要艺术家的代表作，特别是新中国成立前后，加之新兴木刻运动版画、抗战美术作品及各流派社团代表性艺术家的精品力作集于一堂，使这一历史时期美术作品的收藏格外雄厚而卓有影响。新中国成立后，历届全国美展获奖作品及各主题性大展中的优秀美术作品和优秀艺术家展览中的代表性作品，是馆藏品中重要的组成部分，其品类涵盖中国画、油画、版画、雕塑、年画、连环画、宣传画、漫画、水彩画、色粉画、素描、速写、插图、漆画、陶艺等。另有剪纸、皮影、木偶、刺绣、泥塑、儿童玩具、汉画像石拓片等民间美术作品收藏，也形成了丰厚的民间艺术宝库。随着改革开放和与日俱增的国际文化交流，中国美术馆的国际艺术作品收藏也日趋丰富。不论从作品收藏的种类，还是数量与质量方面，中国美术馆在国内美术馆界独居首位。

遵循不同时期国家宏观文化政策、方针的导向，结合美术馆收藏工作的实际发展情况，针对美术馆收藏管理制度的建设和完善，以及重要收藏项目时间节点划分出收藏历史沿革的五个时期。

（一）1962—1966 年建馆初创期

追溯中国美术馆的收藏之源，建馆之初即成立了收购小组。1961 年，中国美术馆建成并运行，翌年由江丰、米谷、刘岘、郑野夫等同志为主组成的收购小组为中国美术馆开展藏品征集工作，开始了从无到有的过程，并且成为一项持续性的业务工作。

当年制定的《中国美术馆征集作品计划》将收藏的范围定为近现代美术作品（重点放在“五四”以后）。按品类提出拟收藏作者和作品清单，制定了分兵五路赴全国各地征集作品的方案，申请 10 万元作为收藏工作启动经费，以购买和展览征集为主要手段，广泛收藏国内有影响力艺术家的作品。由于历史条件的限制，中国美术馆早期收藏国际艺术作品实属阙如，也无征集计划。

（二）1978—1989 年变革开放期

1978 年，党的十一届三中全会吹响了改革开放的号角，文化艺术迎来了春天的希望，艺术创作得到了灿然的发展，重新关注艺术语言和理想是这一时期最重要的特征。中国美术馆的各项事业随着改革开放也迎来社会主义建设新时期的转型阶段。

1980 年 7 月，刘开渠再度被任命为中国美术馆馆长，重新明确了办馆的总体方针和收藏的目标规划。1986 年 1 月，中国美术馆成立收藏委员会，作为收藏作品的权威机构和学术研究的指导机构。同年 5 月，召开美术馆界首次全国性的业务会议，制定了我国第一个《美术馆工作暂行条例》，界定了“美术馆是造型艺术博物馆，是具有收藏美术精品、向群众进行审美教育、组织学术研究、开展国际交流等多职能的国家美术事业机构”①，提出“藏品是美术馆业务建设的基础。美术馆代表国家征集古今中外美术作品，以及与美术有关的实物、资料等”②，指明了美术馆的功能和定位，刘开渠馆长“言必称卢浮儿”③，将中国美术馆在发展初期侧重于展览性质转为博物馆性质，确立了藏品是立馆基础的重要地位，可以看出第一代美术馆人将中国美术馆建设成代表国家，成为世界一流美术馆的宏伟愿景。

---

① 《美术馆工作暂行条例》第二条，文化部，1986年11月10日。

② 《美术馆工作暂行条例》第六条，文化部，1986年11月10日。

③ 杨力舟馆长口述。

中国美术馆这一时期收藏作品呈现出多元化、规模化收藏的特点，主要是通过“第五届全国美展”“庆祝中华人民共和国成立30周年全国美术作品展览”“第六届全国美展”等展览，征集全国范围内贴近生活、体现时代精神的代表性作品。从“第六届全国美展”起，开启中国美术馆对全国美展获奖作品统一收藏的新模式。

（三）1989—2004年现代成熟期

1989年，中国美术馆成立了艺术委员会，贯彻落实党的文艺方针、政策，严格管控展出作品的艺术质量和示范作用，以现代艺术大展为发端。之后，艺术委员会逐步取代了收藏委员会的职能。1993年，时任馆长杨力舟在收藏工作方面继续强化中国美术馆的博物馆性质，并将收藏职能从研究保管部分出，成立收藏部。

随着改革开放的深入发展，艺术创作也紧扣时代，将古典、传统与现当代主流意识相融合，发展愈加成熟。这一时期美术作品的收藏也进入现代成熟期，兴办的各种全国性美展、联展和雕塑艺术家个展极大地促进了美术作品的收藏，包括“第七届全国美展”“第八届全国美展”等。通过收藏、捐赠、移交、划拨四种途径收藏美术作品。与此同时，民族艺术的繁荣离不开对外来艺术的参照和借鉴，它需要自由而开阔的环境，改革开放以来中国美术馆开启了国际美术作品收藏，主要靠国际展览和捐赠。

（四）2004—2013年科学发展期

伴随着国家文化发展繁荣的步伐，中国美术馆走过深化文化体制改革的10年历程。2004—2013年，在冯远、范迪安两任馆长的带领下，中国美术馆依据自身收藏现状，进一步确立了收藏的学术定位，明确藏品特点和发展方向，在科学发展观的指导下，将国家收藏进行系统性规划，收藏目标进一步明确为：建立20世纪以来美术史收藏的完整序列为主，兼顾古代、民间美术作品和国际艺术珍品。除常规收藏外，开创了“20世纪国家美术作品收藏与捐赠奖励专项计划”，成为一项长期收藏计划，也是以对20世纪具有代表性的重要美术家作品进行有计划的抢救性收藏。一系列新举措使这一时期收藏和捐赠工作呈现科学化、系统化、标准化的特点。

根据开门办馆的理念，中国美术馆成立了由馆内外专家组成的顾问委员会、艺术委员会、收藏评鉴委员会、策展委员会和展览资格评审小组等五个委员会，使中国美术馆各项工作的开展引入社会力量的参与和监督，提升了透明度，增加了权威性。

中国美术馆藏品的主要来源有收藏和捐赠两种途径，兼有拨付、移交等藏品来源方式。其中日常征集是主要途径，接受捐赠并举办展览等相关活动是对艺术家进行个案研究而集中入藏的重要途径之一。此外还通过艺术家个案研究与收藏、全国性美展获奖作品收藏、邀约主题性创作收藏、按品类补充型收藏、赴地方地域性收藏、国际交流艺术作品收藏等途径。中国美术馆的收藏工作依靠这些收藏方式和政府所拨付的日常征集经费，实现了20世纪以来重要美术家代表性作品的入藏，为国家积累了重要文化财富。

（五）2013年至今复兴繁荣期

党的十八大以来，中国正以文化强国的全新面貌走向世界，为实现中华民族伟大复兴的中国梦而努力奋斗。随着文化体制改革进入新阶段，中国美术馆的各项工作开启了新的谋篇布局，收藏事业也迈入了空前繁荣发展的新阶段。

中国美术馆进一步明确了收藏定位，作为唯一的国家级美术博物馆，以实施国家美术收藏工程，完善国家美术收藏体系为目标，关注近现代美术创作中，留下的大量反映社会变迁、时代进步，具有重要历史和艺术价值的作品，特别是中华人民共和国成立后，优秀美术作品的收藏工作尤为重要和紧迫。为此，中国美术馆制定了三年计划和长远规划，完善制度建设，重组中国美术馆收藏专家委员会和收藏评鉴委员会，提出精品收藏和藏以致用的原则，坚持收藏的公正性、权威性、导向性。

自 2013 年 12 月至今，中国美术馆已完成藏品普查工作，以进一步科学、合理地做好藏品征集规划。据统计，中国美术馆藏品现有数量尽管庞大，但从艺术史角度来看，其艺术体系存在偏向和缺环。这使得我们未来长期藏品征集规划的重点将是在馆藏近现代艺术史名家序列中查漏补缺，提高藏品的艺术质量和数量，构建更为完整的中国近现代以来的美术史藏品序列。另外，面对未来新馆建成后固定展陈规划，现有藏品的数量和质量，无法满足新馆的展陈需求，急迫地需要不断完善馆藏作品的累积，使美术馆向国家级美术博物馆的方向迈进。

自 2014 年 9 月起，在吴为山馆长的带领下，中国美术馆逐步确立了“弘扬优秀传统文化、典藏大家艺术精品、加强国际国内交流、促进当代艺术创作、打造美术高原高峰、惠及公共文化服务”六大办馆方针。为更有效地开展收藏工作，中国美术馆开始着手完善“两个委员会”——中国美术馆收藏专家委员会和收藏评鉴委员会的组织机制，修订“三个管理办法 / 规定”——中国美术馆收藏管理办法、中国美术馆“国家美术作品收藏和捐赠奖励专项计划”管理办法、中国美术馆收藏奖励金支付标准的暂行规定，进一步完善了收藏工作的组织机制，并制订三年收藏计划，使国家美术馆的收藏工作进入一个新阶段。

作为一个文化大国，对国际美术作品应该引起足够的重视。从某种意义上看，这既是国家综合实力的体现，也是一种开放和兼容的文化政策、文化眼光的体现。“国之交在于民相亲，民相亲在于心相通。”① 艺术能够走进人的心灵，艺术能够打通中国与世界，应将收藏国际经典作品列入一项长期的、重要的计划，吴为山馆长提出“中国美术馆要成为世界著名的美术馆，必须海纳百川，不仅要收藏中国优秀的典范之作，也要收藏和展览世界大师的杰作，让全人类大师在此对话，才能营建一个大的文化气场……我们不能把蒙娜丽莎收藏进来。但我们可以收藏当代大师的作品。如果他们有作品在中国美术馆，他们的心也就会留在中国。今天的名作，就是未来的高峰”②，足见中国美术馆事业的领导者们的远见卓识，对国际艺术收藏兼收并蓄的视野。

新时代，中国的艺术将如何发展？中国艺术成果将给世界带来什么影响？是美术馆人亟待深入思考，并努力引导、践行的问题。总结中国美术馆收藏历史沿革，不断增强艺术史的意识，进一步完善收藏制

① “国之交在于民相亲，民相亲在于心相通”化用自《韩非子·说林上》，大意是说，国与国友好交往的关键，在于人民相亲相近，而人民相亲相近，重要的是民心相通。2017年5月14日，习近平主席出席“一带一路”国际合作高峰论坛开幕式并发表主旨演讲，在谈到“民心相通”时指出：“国之交在于民相亲，民相亲在于心相通。”

② 吴为山在“达利雕塑捐赠仪式”上的讲话，2014年11月26日。

度，力图使馆藏作品达到既能够把握现当代美术发展的主流，又能够兼顾完善、丰富现当代美术的其他方面，并且特别重视那些具有填补空白的艺术作品以及具有现代意识和具有潜力的青年艺术家美术作品收藏，使中国美术馆的收藏与现当代艺术史构建结合起来，为新馆建成后美术史的固定陈列打下坚实的藏品累积，以更长远的发展眼光、更为系统的观念完成国家赋予中国美术馆的重要职责。

三、中国美术馆收藏发展战略

美术作品的收藏是一项功在当代、利在千秋的文化大业。作为美术馆业务建设的一项长期任务，如何在当前艺术市场化的形势下，将那些代表当代艺术发展和创作水平的作品收归国家所有，是一个值得思考的课题。尽管中国美术馆的收藏工作在半个世纪里取得了一些成绩，但相对于层出不穷、百花齐放的艺术作品，美术馆人须做好收藏发展战略，拓展收藏渠道，有效地将征购收藏、展览收藏、创作收藏、捐赠收藏等收藏方式多措并举，加大馆藏力度，充分展示藏品资源，为社会公众提供优质的服务，努力建设具有中国特色的新型现代国家美术博物馆。

（一）以史为序　以人为本

世界公立美术馆的发展史实践证明，一种系统性、持续性、稳定性的美术作品的征集与展示是美术馆空间中意义最为有效的传递方式，因为在一定的美术史背景下，公众的文化视野历史图式的展开而与时俱进，从而有效地经由亲近艺术建构起文化主体性。中国美术馆收藏定位主要是近现代美术创作中，留下的大量反映社会变迁、时代进步，具有重要历史价值和艺术价值的精品力作。同时兼顾当代美术作品、民间美术作品和国际美术作品的收藏，形成美术史视野下的沧海遗珠。

人是历史的创造者。中国美术馆人始终不忘初心，以人为本，坚持三个“为”：为国家积累宝贵的艺术财富，为艺术家保存写入历史的传世佳作，为人民留下可资赏鉴的文化瑰宝。这是收藏工作者的奋斗目标，既是对历史的尊重，又是对艺术的尊重，进而反映对艺术家的尊重、对人民的尊重。进入新时代，中国美术馆多蓄民生之利，广增共享之资，坚持以人民为中心的发展思想，坚定文化自信，提高文化软实力，把出发点和落脚点放在共享艺术创造和发展成果上。

（二）健全机制　守正创新

在新的历史时期下，为了更好地实现美术馆的公益职能，中国美术馆的收藏工作要紧密和当下的社会文化特点结合起来，以藏品为重，将藏品的征集工作作为长期以来最重要的基础性和永久性工作。尤其在当前新时代文化发展繁荣的形势下，中国美术馆把握时机，积极加大国家美术收藏力度，扩大收藏范围，积极拓展收藏渠道，以更长远的发展眼光、更为系统的观念完成国家赋予中国美术馆的重要职责，为国家和人民积累更多宝贵的艺术财富和历史遗产，满足人民日益增长的文化需求。引领创作并收藏“那些叫得响、传得开、留得住的文艺精品”[①]，使我们这个时代既成为中华民族优秀文化遗产的继承者，

① 2016年11月30日，习近平在中国文联十大、中国作协九大开幕式上的重要讲话。

更要成为未来更为灿烂的文化的缔造者。

(三)抢救收藏　保护为要

在全球化的视野下，对美术作品的抢救性收藏显得尤为紧迫。因为一切创造物都是处于不断消失的进程中，很多美术作品具有不可再生、不可复制的唯一性，只有博物馆、美术馆可以留住随着时间消亡的一部分文化遗产。基于此，中国美术馆发挥征购收藏的主动性，及时且适时地抢救收藏历史与时代的精品。

事实上，比抢救性收藏更为重要的是，在收藏的过程中，美术馆人都自觉地担负起保护文化遗产的重任。以雕塑《农奴愤人物头像》的保护、修复、收藏为例。中国美术馆于2017年主办“首届全国雕塑艺术大展”期间，向西藏展览中心借展了大型雕塑《农奴愤人物头像》31件。由于其材质的特殊性，泥塑破损严重，而且随着时间的流逝，如果作品的保存环境无法得到彻底改善，终将变成一堆黄土复归大地。为此，文化部雒树刚部长指出：“艺术作品的保护和修复是第一要务，建议由中国美术馆牵头负责实施《农奴愤人物头像》雕塑的保护、修复和翻铸工作。”① 为此，中国美术馆组织了雕塑原作者和修复专家对作品保护与修复工作召开专题工作会，协调各有关人员，并且承担了相关费用。中国美术馆领导提出将此项工作作为中国美术馆“文化援藏”项目予以实施，历时一年半，分8个步骤实施修复工作，在此期间，中国美术馆充分发挥了国家美术博物馆的作用，力图做到科学的修复和保护并举，长久地留存20世纪时代美术经典。现泥塑头像保护修复工作圆满完成后，已送回西藏，体现了国家美术馆对于文化遗产保护，延长作品的艺术生命所做出的历史担当。

(四)以展带藏　以物引物

中国美术馆作为中国最高的艺术殿堂，具有不同于公立美术馆和私立艺术组织所构建的展览平台。国家美术馆的功能要求我们从美术史的层面切实地反映时代，留传经典，那么从历史价值、社会价值和艺术价值对艺术作品进行考量具有特殊的文化意义。所以，对于亟待填补空白的藏品，通过“以展带藏”的方式可以在短时期内获得符合收藏标准的艺术品，也有相当一部分很有成就的艺术家富有社会责任感，有很强的愿望希望自己的作品能被国家美术馆收藏。中国美术馆也有这样的责任和义务，对艺术资源进行整合，引领艺术创作的导向，尤其是对人力资源进行整合在现今必不可少。

“以展带藏”模式得到业界和广大观众的普遍认可，是中国美术馆最具可行性的收藏方式，必将对艺术的持续健康发展起到一定的推动作用。通过展览还可以以物引物，有的放矢，发挥实际工作中的主动性和灵活性，带动收藏。

(五)提倡捐赠　弘扬义举

自建馆以来，中国美术馆的收藏事业获得了社会各界人士的广泛关注和支持，国家美术收藏宝库的日益丰盈，得益于艺术家们的大力支持、亲属的无私奉献，更有众多爱国人士、国际友人、艺术机构等的慷慨捐赠。他们或将自己及亲人的毕生之作悉数捐出，或将珍藏多年的钟爱珍品奉献给国家和人民，显示出捐赠者高尚的情怀，也揭示着艺术何为的真谛。捐赠者的奉献义举不仅大大丰富了国家美术收藏，

① 2017年9月17日，文化部雒树刚部长来中国美术馆参观“首届全国雕塑艺术大展”时，特别了解了《农奴愤人物头像》的情况后现场做出指示。

使优秀的艺术创作能够为广大人民所共享，更为国家与民族留下了宝贵的历史财富与文化遗产。自 1961 年至今，共完成重要捐赠项目 180 余项，涉及美术作品共计两万余件，这些藏品以独特的美的语言形式发挥艺术正能量，传播“中国声音”，讲好“中国故事”。

在提倡捐赠的同时，我们深知艺术作品的价值，也深切感受到艺术家、捐赠人对国家美术馆的殷切期望。对于向国家捐赠美术作品的社会团体和个人，要给予相应的表彰和奖励。以陈列、巡展、出版、宣传等方式，回报捐赠者的慷慨义举。同时，希冀将捐赠作品与捐赠行为背后感人至深的故事一同传递给社会大众，弘扬核心价值观，树立良好的社会风尚。

中国的美术馆走过了百年的发展历程，已然成为近现代历史、文化、艺术的见证，也是血脉文化传承之所在，更是集宝藏珍的艺术宝库。梳理中国美术馆半个多世纪的收藏历史沿革和发展战略，是站在 21 世纪美术馆学发展的文化立足点上，仔细而宏观审视历史，剖析几代中国美术馆人所抱定的初心和使命，吸收世界美术优长的探索和创新，坚定不移地弘扬优秀传统。意大利历史学家克罗齐说“所有的历史都是当代史”，而所有的当代史又都将成为历史。而藏品是历史演变最佳写照，这也是收藏所独具的最值得深思的历史意涵。

赵辉，1979 年生于黑龙江哈尔滨。2005 年毕业于北京师范大学美术学专业，获硕士学位。现为中国美术馆藏品征集部副主任、副研究馆员，中国美术家协会会员。10 余年来，落实“国家美术收藏和捐赠奖励项目”中唐一禾、赵望云、张仃、吴冠中等艺术家捐赠百余项。出版有《启功书画鉴赏》《吴昌硕书画鉴赏》《徐悲鸿绘画鉴赏》《齐物等观——水墨动物画生命精神探究》《四人行——任伯年、吴昌硕、齐白石、黄宾虹诗书画印履迹》等学术专著。

心与物之间：策展的基点与观照

王雪峰

摘　要： 中国的美术馆设立与策展机制均参照西方，百年来，在文化自卑心态下，中国艺术界普遍认为，中国的当代艺术要按照西方艺术发展的逻辑去发展，要将中国当代艺术的评价放到西方艺术的框架中去评价。本文从中西两种文化系统比较立场出发，提出西方在文艺复兴之后的发展是建立在以“物”为基点的逻辑与“更替论”上。而东方的传统思想是建立在以“心”为基点的认识论与“境界论”上。在当代，策展工作要立足本土，并寻找中西文化的共同体。

关键词： 策展；“更替论”；“境界论”；文化共同体

中国的美术馆都是近代以来从西方传入的，在管理模式与展览策划上也多是模仿西方。在展览策划上，这些年，我们更多的是努力进入国际性的展览之中，如“威尼斯双年展”，等等。在大多数艺术家的眼中，能够在这些国际性大展中展出，就能够使自己进入国际平台，就会成为国际艺术家。同样，策展人也是如此，能够参与国际性的策展，就是国际策展人。为了能够参加这些展览，中国的一些艺术家在创作中更多地带有模仿和迎合西方艺术的品位，这是比较常见的现象，也是在当下可以理解的现象。中国艺术界普遍认为，中国的当代艺术要按照西方艺术发展的逻辑去发展，要将中国当代艺术的评价放到西方艺术的框架中去评价。只有被西方艺术界认可的艺术才是最先进的艺术。就像一个没有见过世面的乡下人，突然参与到城里人的高级文化派对时一样，我们首先只能从表象去模仿和学习。只有彼此能够平视的，不是自卑的心理状态时，我们才能够表达我们自己的思想。我想经过100年面对文化自卑，我们应该能够逐渐在展览之中表达我们的思想和文化了。正因为如此，我想作为美术馆的策展人，应该审视两种文化系统的产生差异，并能够于其中寻找文化的共同体。

一、西方：建立在以“物”为基点的逻辑与更替论

在这里，我们不用好坏来评判西方现当代艺术的发展，不妨重新审视一下西方现当代艺术的语境。

在文艺复兴之前，欧洲笼罩在神学的世界之中，欧洲人按照《圣经》的说法，认为世界的一切都是上帝所创造的，但围绕神学而展开的研究本来是想证明上帝的学说，结果事与愿违，在研究中发现物质世界好像并非神所创造，这就引起了科学与神学的论争，科学的启蒙与人性的觉醒促发西方文艺复兴的思潮。宗教和科学分道扬镳，上帝成为精神的信仰、心灵的慰藉；科学成为人类认识物质世界的手段。对物质世界的不断探索，促使现代科学得以迅速发展，从人与物质世界之间关系来看，西方现代哲学所依赖的基础是将物质作为根本的出发点。实证主义和进化论思想的产生，以及受科学发展带来的欧美二元革命的影响，西方现代思想认为客观物质世界发展是在不断对物质世界认知的否定之中更替发展，这就是“更替论”的来源。

艺术是现代科学主义和现代西方哲学的另一种形式的存在，艺术发展在科学主义的刺激下跟随着哲学思想的发展进入了不断更替的现代主义时期。西方艺术在不断地风格淘汰与更替中，实现着艺术观照物质世界的功能。这样的艺术发展不断淘汰式的“更替论”成为西方艺术的一种方法论和艺术观。建立在以物质为研究对象的现代科学，以及在此基础上产生的现代哲学，随着人类对物质世界认知能力的不断扩大，一方面人类在科学发展中带来各种便利，另一方面人类在不断地物化，人的欲望在物化面前不断地扩大。因为物质世界的不断发展难以与人类的欲念相平衡，如果不能处理好二者关系，终将会给人类带来灾难。

我们在当代艺术策展中通常所表现的主题主要是针对科学发展所带来的不同手段和思想上变化，在当下众多艺术形式如数码艺术、基因艺术，还有人工智能艺术，可以看到科学发展带来的表现艺术的手段的发展，在“更替论”的观点中，当代艺术已经发展到了数字艺术时代，当代艺术的过去的形式已经落后了。这实质上是当下物质化生活的艺术显现。这是西方二元革命以来，艺术发展的逻辑和方向。中国社会在近代以来，在学习西方的浪潮下，一直在努力将我们放在这样的一个以物质为中心的社会发展逻辑中去。

在当下，社会发展中的种种问题其根源在于物质化社会的追求而忽略的人心观照，当社会的快速发展与人的内心成长不平衡时，个体与社会都将呈现病态。

然而20世纪科学界对于量子的发现，以及量子力学、量子纠缠的认识，人的意识对物质世界作用的无限可能，直接触动了以物质为出发点的西方现代哲学的基础。而量子理论却为中国传统哲学提供了现代科学的注解。

二、东方：建立在以“心”为基点的认识论与“境界论”

中国的传统哲学无论是儒家、道家、佛家，在观照人与自然、社会之时，都注重心的力量。这里的心并不是物质的心，可以称之为“意识”或“精神”，也可以称之为“灵魂”。儒家从孔孟的“礼”与“仁”出发，强调人心与社会的和谐，从孟子的“心性论”到王阳明的心学的产生，不断认识到心的力量。老庄的道家提出“天人合一”，神与物游。佛家更是认为外在世界是心的化现，《金刚经》中说“一切诸相，皆为虚妄”，都是阐释心的作用。因为中国传统哲学中认识到心的重要性，影响到中国传统社会中的方方面面，如儒家的修身就是修心，只有心性的提升，才能使人得以完美。这就决定了中国文化中最为重要的评价体系的产生，那就是“境界论”。

唐代的青原惟信禅师说过这样一段话：“老僧三十年前来参禅时，见山是山，见水是水；及至后来亲见知识，有个入处，见山不是山，见水不是水；而今得个休歇处，依前见山只是山，见水只是水。”由此得来人生的三个境界：看山是山，看水是水；看山不是山，看水不是水；看山还是山，看水还是水。还有王国维的三重境界论，这背后就是通过心性的提升而达到人生的丰满。同样地，中国艺术也是这样，在文人画中最重要的是心性提升，才能使人生境界得以提升，这样艺术的境界才会提升。在强调境界论时，更为重要的是中国传统哲学中对于“道”的要求，这就使中国的文学艺术创作直接指向世界的规律。而境界的提升与对“道”的感悟直接相关。因此，由心性论出发而带来的境界论是中国艺术的另一种评价体系，这也是中国人认识世界的一个角度。当然，在艺术的创新性上，中国清代画家石涛就提出“笔墨当随时代”，说明中国艺术发展中注重时代气息，而每个个体的层次与境界的高低在艺术中会体现出不一样的个人面貌，这就是中国艺术的创新论。可惜近百来中国对西方主义的接受，特别是20世纪初科学与玄学的论争，中国传统儒道释文化在批判中而式微，对“心”的观照归为被批判的唯心主义的内容。

三、文化共同体的可能

在这里回顾东西方世界观的差异，并不是想将两种文明对立起来，而是要认识到世界文明的多样性。尤其是今天物联时代的到来，更应该站在人类的立场上，寻求构建文化共同体的可能。

在欧美世界现代科学发展带来物质主义的大发展，但平衡物质与心的关系的时候，西方宗教的力量起到了非常大的作用，但西方人对于神的信仰与对于科学的发展是两个不同的方向，就像十字架一样，两者虽有交叉，但方向不一，看上去互不干涉。在东方，由于20世纪初在玄学与科学的大论战中，中国传统哲学被当作玄学，被认为不科学，中国人转而向西方学习，百年来的革命与西化的历程，中国人观照内心的流传几千年的传统思想失落了，因而在物质主义面前，中国人缺少对于内心关照的哲学基础，在物质高度发展的时代更容易堕入物质主义的泥潭。

我们从上面的分析可以看出中国传统哲学的落脚点恰恰是认识到心的作用。在当下，文化自信从国家层面被提出，是针对我们百年来文化自卑心态而提出的。中华文明的哲学思想从根本上指出人类问题的本质，人心的和谐与安适无论是在何种文化背景下都是共同追求的内容，这就是文化共同体的基础。

回顾历史，中华文明的发展一直是在吸收和融合外来文明的基础之上不断前行，太极图更能形象地说明中国文化的特征，它具有包容、圆融的特征，任何外来文化在被吸纳消化之后，会更加丰富中华文化的内涵。中华文明的发展是一直以中国本土文化作为主体的。回顾100多年来中国社会对于西方的学习，尤其是对西方现代科学的学习，是促进古老的中国社会走向现代化必然之路。在艺术上，西方当代艺术受现代科学及现代西方哲学的影响，呈现出多样性的视角、材料和手法，也为中国艺术在当代的发展提供了借鉴的可能。可以肯定地说，中国艺术当下与未来的发展一定是融合西方艺术优点之上的发展。但是中国的艺术界必须在认清中西文化差异的基础上，立足本土，才能找到符合中国艺术现代发展之路。这不仅符合艺术创作，同样也适合于展览策划。

艺术水平的高低是超越时空的，因而西方艺术中“更替论”是有局限性的，因为无论是古典主义的风格，还是现代主义风格，在不同的语境下依然有着继续提升的活力。这和艺术家的人生境界及文化语境密切相关。中国建立在心性基础上的“境界论”，它将使艺术与人以及社会走向更高层次的和谐。但是“境界论”也需从当下出发，在心与物的和谐之上的提升。

中国艺术的现代化进程必须以中国哲学作为发展根基，在融合和借鉴西方艺术中优秀成果的基础上，取彼之长，补己之短，才能找到自我发展的艺术之路。

2019年12月15日

王雪峰，1972年生于江苏扬州。2003年获南京师范大学美术学院美术学硕士学位。2007年获东南大学艺术学系艺术学博士学位。2010年从中央美术学院美术学博士后流动站出站。现为中国美术馆研究馆员、藏品征集部副主任。中国美术家协会会员，中国文艺评论家协会会员，中国工笔画学会理事。

中国美术馆对民族文化遗产的弘扬与保护

周　佳

摘　要： 中国的民间美术是亿万劳动群众所创造的，它的文化内涵和艺术形态代表着华夏民族的审美理想、感情气质和民族精神，数千年来传承至今，是值得珍视和保护的民族文化遗产。中国美术馆作为国家级艺术博物馆，在对本民族文化遗产的弘扬与保护方面一直发挥着不可替代的作用，通过对民间美术藏品的积累和深入研究，不断探索策划更适合民众参与的展览，有力地推动了民间艺术的传承，延续了民族文化基因。在新的历史时期，面对传统与现代的剧烈冲突，中国美术馆将责无旁贷，在民族文化遗产的保护与弘扬事业中发挥更为重要的作用。

关键词： 民族文化遗产；民间美术；中国美术馆；藏品；策展

中国美术馆作为国家级艺术博物馆，在对本民族文化遗产的弘扬与保护方面一直发挥着不可替代的作用。通过对民间美术作品和文本、影像等物化载体的收藏，以及丰富多样的展览形式，中国美术馆有力推动了民间艺术的保护与发展，保留了优秀的民族文化基因。

一、注重藏品积累

中国具有悠久的农耕文明，随之产生了品类丰富的民间美术。中国民间美术是中华民族的亿万劳动群众所创造的，它的文化内涵和艺术形态代表着华夏民族的审美理想、感情气质和民族精神，反映了中国传统文化的哲学体系、造型体系和色彩体系。民间美术既是艺术家创作之源，也是大众的文化生活之流，数千年来传承至今，是值得珍视和保护的民族文化遗产。

中国美术馆自 20 世纪 60 年代建馆之初，就将收藏与研究作为基本职责，并把民间美术的收藏纳入范畴。在民族民间艺术尚未受到普遍关注的时期，中国美术馆能够率先进行抢救与收藏，体现了作为国家艺术殿堂的高瞻远瞩。尽管当时举步维艰，但仍旧征集到如清代杨柳青手绘孤本年画、河北蔚县著名艺人王老赏（1890—1951）的剪纸以及天津泥人张第一、二代的珍贵彩塑作品等。这在今天看来，愈加难能可贵。50多年来，在无数著名学者、收藏家、传承人以及社会各界人士的鼎力支持下，中国美术馆的民间美术藏品规模日益扩大。特别是近些年，在吴为山馆长的带领和大力推动下，民间美术的征集力度和质量不断加强，国家文化遗产的宝库更加充实。截至目前，我馆已积累民间美术藏品6万余件，涉及年画、剪纸、皮影、刺绣、印染、织物、彩塑、玩具、面具、木偶、民间绘画、民间陶瓷、彩扎编结、食具器皿、节日用品、首饰等近20个品类。藏品中既有元代的民间陶瓷、福建福鼎地区留存下来的明代的木偶头，也有绣工精湛的清代刺绣，并且涵盖了现当代许多著名艺人的代表品。随着藏品的不断扩充、学术研究的不断深入，中国美术馆对民间美术的征集重点和选择的标准也更加明确，那就是从广、博、精角度出发，以艺术价值和文化价值为首要标准，加强对濒临消失的珍贵作品、历史作品以及传承人的代表性作品和重要文献档案进行抢救性收藏。

随着国家对非物质文化遗产保护的重视，各地区文化机构都加强了对民间美术的保护与收藏工作。“非遗热”也让民间美术的市场价格节节攀升，这无形中增加了中国美术馆民间美术作品征集的难度。不仅如此，由于时代的变迁，“后继乏人”几乎是摆在所有民间美术类别面前最严峻的问题。有些传承人在我们刚刚赶赴其家乡，还未来得及访谈就故去了；有些在我们收藏工作结束后不久，就收到老艺人去世的噩耗。“人亡艺绝”的情况频繁出现，令人痛心疾首。这增加了察访、寻找、联系和征集的紧迫感，也时时敦促我们要加快抢救速度。尽管许多作品或湮没于动荡的岁月，或被其他公、私机构收藏，中国美术馆的民间美术藏品仍是相当充实的，其中一些作品尤有分量。例如2019年，中国美术馆通过对原有馆藏作品进行梳理，有选择的收藏了无锡惠山泥塑71组，既包括清代、民国时期的历史佳作，也有当代中青年艺术家的代表作品。涵盖历史时期广泛、题材丰富，全面勾勒出了惠山泥塑的历史形态、现代转型以及当代多元创新的发展脉络。其中，无锡著名艺人高标（1902—1983）于20世纪70年代创作的新式《阿福》，可谓是惠山泥塑从传统风格向现代风格转变的优秀代表作，他保留了传统阿福盘坐抱狮的姿态和淳朴、喜庆的色彩，又增添了浓郁的时代气息，将此前神佛一样眉目安详的阿福改造为一对健康壮硕的孩童形象，成功地迎合了当时的审美需求。其后创作的惠山“阿福”无不受此作影响。

中国美术馆的收藏目光不仅集中在某个品类和某一地域，还投向家族几代传承人的作品上。2014年，中国美术馆以“个案研究”的方式，全面梳理国家级非物质文化遗产陕西延川剪纸项目代表性传承人高凤莲老人的剪纸艺术，并关注其后代的创作，征集到高凤莲及其女儿刘洁琼、外孙女樊蓉蓉的作品共计80余幅。高凤莲老人于2017年不幸离世，这些彰显着陕北人民乐观自信、大气磅礴性格的剪纸作品显得尤为珍贵。徐竹初是福建漳州木偶雕刻技艺的著名传承人，少年时即受到毛泽东主席的关注，郭沫若也曾给予高度评价。2016年，中国美术馆收藏了徐竹初创作于各个时期的布袋、提线、铁枝木偶300余件，还征集到其祖辈七代的木偶作品及家传的清代木偶戏台。这些收藏不仅为后世保留了重要的遗产档案，更体现了“以人为本”的思想。

民间美术的藏品积累还与一连串无私奉献的捐赠者名字紧紧联系在一起。正是有了他们的慷慨捐赠，民族文化遗产的宝库才得以不断丰富。著名的民间美术理论家王树村（1923—2009）先生出生于年画之乡天津杨柳青。自20世纪30年代，他就开始有计划、有规模地抢救收集民间年画文物史料，“文革”中更是冒着生命危险保护万余张年画艺术品。王先生先后于20世纪60年代、2004年和2009年三次将其节衣缩食、倾尽毕生心血所收藏的清代年画和刺绣，择其精品捐赠我馆。其中既有明代绢本手绘门神，也有许多创作于清代康熙、雍正、乾隆、嘉庆年间的杨柳青古版珍本年画。王先生去世后，家属按照其生前遗愿，又将清代至民国时期的年画、水陆画、刺绣、剪纸、玩具、民间俗画粉本、拓片等2000余件，连同王先生的研究手稿等珍贵文献捐赠予我馆。这种无私奉献的精神让人感佩至深。王树村先生的数次捐赠，为中国美术馆的年画收藏奠定了坚实而丰厚的基础。2016年，中国美术馆与香港“福慧教育基金会”副主席李惠贞女士取得联系，将其从美国购回的1770件中国西南少数民族背扇征集为永久藏品。这是我馆迄今获得的规模最大、质量最高的一次少数民族艺术品的无偿捐赠。背扇是少数民族妇女在赶集或劳作之时背负婴儿的带子，不仅彰显了深厚的母爱和西南少数民族妇女高超的刺绣染织技艺，也是西南少数民族文化艺术的集中体现。此批捐赠的背扇分别来自贵州、湖南、广西、云南等地，包括苗、侗、瑶、白、水、彝、布依等少数民族，制作年代跨越清晚期到20世纪80年代，很多宝贵的刺绣珍品如今已不可再生。为答谢和表彰李惠贞女士的无私奉献，中国美术馆于2016年8月19日至9月18日举办了“情系寨乡——李惠贞捐赠西南少数民族背扇精品展”。中国美术馆用实际行动使大量遗散海外的少数民族文物回归祖国，也激励了更多港澳台及海外同胞对国家少数民族美术收藏和保护事业的积极性。

二、更新策展理念

进入21世纪，中国美术馆的事业取得了长足的进展，其在文化、教育中的重要作用也日益彰显。在这样的时代背景下，如何策划具有时代特色与文化价值的展览，如何让观众从展览中获得新鲜的信息和感受？如何运用这些馆藏和捐赠作品为观众讲述一个连贯又令人兴奋的故事？是摆在我们面前的重要课题。近年来，中国美术馆以积极的方式迎接新时代赋予的使命，以新理念、新方式组织和策划了形式各异的民间美术展览，不仅为民间美术领域的研究带来了新的思考和新的视角，也成功吸引了大众的注意力。良好的观展印象让观众愿意来到中国美术馆。例如为庆祝“六一”国际儿童节和第七个“文化遗产日”，中国美术馆策划了“大器‘玩’成——中国美术馆藏民间玩具精品展”，遴选出370组800多件民间玩具精品进行展出，这既是中国美术馆首次举办的大型民间玩具专题陈列展，也是中国美术馆多年征集、收藏民间玩具的研究成果的一次较大规模的集中展示。展览按照儿童成长和认知能力的发展顺序，以“成长”和“成才”主线分为“希冀”“启智”“尚德”三个部分。从护佑生命的布老虎、耳枕，到开启智慧和创造力的竹木玩具，再到增长知识、树德立志的“兵马人”等，三部分内容紧密相连，层层递进，将“寓教于乐、玩中启智”的展览主旨不断深化。在展出的97天时间里，观众达29万人次。

近些年，中国美术馆响应国家“文化走出去”的号召，在波兰、比利时、意大利、捷克、墨西哥、韩国、日本、新加坡等许多国家举办了民间美术展览。这不仅拓宽了中国与世界各国的艺术交流，也体现了中国经济实力强大后“文化软实力”的不断上升。在进行跨文化传播之时，中国美术馆注重以外国观众能够接受的方式来阐释和言说中国的传统艺术，寻找不同文明之间互相理解的道路和互为解释的方法。例如在意大利举办皮影展时，由于皮影是当地完全没有而且很不熟悉的艺术形式，因此展览尝试用解构的形式，以影人、影身、影物、影戏进行阐释；而在地缘、文缘相近的韩国，皮影展的策展则转变为以“影叙千秋”为主题，透过《三国演义》《西厢记》《西游记》等韩国人民同样耳熟能详的故事，全面阐释中国悠久灿烂的历史与文化。2016年是“中拉文化交流年”，中国美术馆将“中国写意：来自中国美术馆的艺术”系列展带到了墨西哥。其中“大美乡情——中国民间美术精品展”汇集展出了中国美术馆收藏的剪纸、面具、皮影精品66套，既有中原文化的精华，又涵盖西南边陲地区藏、苗、毛南等多个民族的艺术佳作，向墨西哥人民展现了中国乡土文化生活面貌以及中国民间美术的魅力。中墨两国虽然相隔甚远，但都拥有悠久历史和灿烂的文明。展览特别选取了《生命树》《抓髻娃娃》等具有强烈生命意识和人类共有哲学观的作品进行展示，以期产生更好的精神交流与文化共鸣。正如吴为山馆长在展览《前言》中所谈到的：“在全球化的今天，中墨两国之间的艺术交流，更有益于探讨全球与本土的文化关系和艺术创造的当代特质；这是一个开放的时代，我们期待能够为人类文化的进步贡献出自己的力量。”

三、拓展体验渠道

新时代的展览策划是一种跨学科的尝试，即如何动用各种资源来讲好故事。中国美术馆在重视策展理念的同时，不满足于“玻璃罩下保存文化遗产”的方式，而是通过良好的空间设计来还原民间美术的生存语境，营造出叙事性和故事感，从而让这些藏品“活”起来。2016年，中国美术馆举办了“偶人世界——徐竹初木偶雕刻作品捐赠展”，以静态木偶陈列与动态表演和多部木偶戏影像相结合的方式，突破了人们对传统木偶艺术展的固有印象。而展厅中安放的小小剧场以及各种木偶体验玩具，满足了观众伸手一试的愿望。围绕展览，中国美术馆还推出多项教育活动，例如邀请近40个家庭参与亲子探秘活动，通过小观众们的主动参与、积极探索，用自己的方式来认识藏品，表达感受，最终形成了4组由小朋友自编自演的木偶戏。这种家庭互动的学习方式，既普及了优秀传统文化知识，又增进了亲子之间的感情，深受家长好评和孩子们的喜爱。

随着科学技术的进步和博物馆的发展，越来越多的新媒体手段被应用于美术馆的展览之中，形成综合视觉传播系统，增强展示效果和主题的完整性，成为展厅陈列的另类补充。2019年中国美术馆举办的“泥土的生命——无锡惠山泥塑艺术展”即是探寻互动体验新方式的范例。展览精选馆藏100余件作品，以时间为主线，全面呈现了惠山泥塑600余年的发展历程。展厅入口，一整面印有惠水田的墙体配合着投影中移动的风影和闪烁的稻田以及缓慢呈现的古诗句，向观众揭示惠山泥塑之所以产生，是因为无锡稻田之下盛产优质的黑胶泥这样一个先决条件。展厅中，白墙灰瓦、溪流环绕的旧时惠山街景、鳞次栉比的耍货店铺，以及感应音罩中传来的隐约而悠扬的昆曲都清晰地阐释出惠山泥塑与吴地文化、祠堂、戏曲以及香汛、庙会等民俗之间的密切关系。而中华人民共和国初期惠山泥人厂火热创作场景的巨幅照片和生产标语又能让观众感受到新时代赋予惠山泥塑的蓬勃气象。此外，中国美术馆还精心制作了6段访谈视频，邀请80岁以上的中国工艺美术大师畅谈惠山泥塑的传承与创作。体验的渠道不仅如此，为了让观众对惠山泥塑的捏塑和彩绘技艺有更加直观的认识，中国美术馆还特别邀请两位惠山泥塑艺术家在展厅为观众进行现场展示，并在“文化和自然遗产日”当天邀请专家面向公众讲述惠山泥塑的历史与艺术魅力。

习近平总书记在5年前的文艺工作座谈会上指出：“求木之长者，必固其根本；欲流之远者，必浚其泉源。中华优秀传统文化是中华民族的精神命脉，是涵养社会主义核心价值观的重要源泉，也是我们在世界文化激荡中站稳脚跟的坚实根基。”在新的历史时期，面对全球化、信息化进程的日益加速，中国美术馆需不断回顾和审视自身工作方式，更新理念，从延续文化根脉、守住民族之魂的高度推动民族文化遗产的弘扬和保护工作，充分利用好馆藏作品，通过深入的研究，策划具有学术意义、文化效应和社会影响力的优秀展览，并且继续为国家征集民间美术作品，留存中华民族的文化记忆。除发挥自身在收藏与传播民族文化遗产的作用之外，中国美术馆还应肩负起在民族文化遗产保护中的领军作用，联合社会各界力量共同努力，增强大众对民族文化遗产的保护与传承意识，同时让中华文化在世界的舞台上展现出永久魅力和时代风采。

周佳，中国美术馆民间美术部副主任，副研究馆员，中国工艺美术学会民间工艺美术专业委员会副秘书长。2007年毕业于清华大学美术学院艺术史论系，获硕士学位。同年进入中国美术馆民间美术部，从事民间美术收藏、研究、展览策划等工作。作为国家重点课题“中国民间美术著名传承人创作现状调查”副组长，多年来深入贵州、云南、青海等地进行调研，撰写并发表相关论文10余万字。论文《惠山泥塑女艺人研究》获中国工艺美术学会首届论文“乡土奖”一等奖。出版有《中国最美·剪纸》《图说清代女子服饰》等。

关于美术馆藏品定级估值的思考

韩劲松

摘　要： 美术藏品定级和估值是美术馆必须面对的一项基础工作，但长期以来因为没有专门的美术藏品定级估值文件可供依据，碰到需要定级估值的情况往往临时评定，缺少较为严谨、科学的评估标准和体系，随意性较大，体现出管理人员对藏品管理认识不足。没有定级就谈不上妥善保管藏品，藏品的使用和活化也会受到影响。本文结合美术馆典藏工作实际，对美术藏品的定级问题进行分析，明确了美术藏品定级的原则、标准和方法，提出“五看”，并与估值相联系，提出分级、分档估值的方案，以期解决实际工作中藏品定级估值的困扰和混乱。

关键词： 美术馆藏品；定级；估值

美术馆藏品定级是美术馆进行藏品管理的一项基础工作，为藏品保管和利用提供了基本依据。藏品定级有利于对藏品实施分级保护，制定优先保护等级，确保重要藏品得到重点保护，有利于藏品的分级宣传和使用，以便对重点作品进行重点展览、重点宣传。同时藏品定级也是藏品估值、保险追偿、司法定性量刑的法律依据。目前美术馆藏品定级还没有专门的文件，各美术馆在实际工作中一般根据重要性进行区分，但并没有严格的指标，藏品定级主观随意性较大。本文结合笔者数年典藏工作经验，摸索出一个简单易操作的美术藏品定级方案和构想，希望对美术馆建立藏品价值评估体系有所帮助。

目前已知的可参照的定级标准有《文物藏品定级标准》（文化部令第 19 号，2001 年）和《近现代一级文物藏品定级标准》（文物博发〔2003〕38 号），两个文件都将来源真实合法、流传有序的文物藏品按照历史、艺术、科学价值特别重要、重要、比较重要、有一定价值划分为一级珍贵文物、二级珍贵文物、三级珍贵文物和一般文物四等。近现代文物藏品是指 1840 年以来的文物藏品。其中《近现代一级文物藏品定级标准》第十七条是有关艺术品、工艺美术品定级标准，文字不多，但涵盖了各个方面，可以说表述得极为精准：

> 从两个相互区别又互相联系的角度确定一级文物。一是从近现代历史的角度，对享有盛誉的作者创作的表现近现代重大历史题材、堪称代表作的作品，或者有极特殊情节，特殊意义的作品确定为一

级文物；二是从艺术水平和艺术发展史的角度出发，对极少数确已受到公认的艺术价值极高、具有时代意义的作品，确定为一级文物。

一级文物藏品要建档、编目，报文物行政管理部门国家文物局备案，一级藏品外借出馆需经文物行政主管部门批准。

美术馆藏品定级根据实际情况需要注意几个原则：

1. 定级自主性原则。目前没有专门负责文物定级的权威部门，一般由文物收藏单位自行组织专家实施藏品定级，定级后报文物行政主管部门备案即可。例如，中国美术馆藏品定级对象是中国美术馆藏品，可相对参考其他单位同类藏品定级，但我们要根据美术馆自身藏品的性质、特色和功能制定自己的标准。

2. 定级范围相对性原则。美术馆的定级标准是相对于美术馆现有藏品这样的范围。在现有的、特定的历史坐标和藏品基数上定级。比如中国美术馆齐白石作品定级，不可能参照全部存世的齐白石作品，只能在美术馆藏400余件齐白石作品范围内来比较衡量进行定级，但衡量判断的知识经验不受限制。

3. 标准唯一性原则。指这个定级标准是本美术馆内各类藏品共同遵守的统一的标准，适用全部藏品门类。并不是国画一个标准、油画一个标准、水彩画一个标准，摄影一个标准，雕塑一个标准，而是普遍适用，否则变成相对标准，使定级毫无意义。不同画种其艺术表现形式不同，但艺术的根本规律相同，评价标准相同。

4. 藏品定级联系藏品估值原则。同一类藏品，级别越高估值越高；同一级藏品，不同类估值有差别。如都是一级藏品，油画、国画估值高，雕塑、版画、水彩画估值低。

在实际执行过程中，可以依据《文物藏品定级标准》和《近现代一级文物藏品定级标准》进行分解细化，具体到藏品的几个基本方面，从画内、画外相互联系入手，制定一级藏品定级标准，笔者归纳为“五看”：

1. 看作者（是否为美术史上大师、名家、代表流派代表画家）。比如，中国美术馆馆藏大师作者可以专门梳理出清单，如苏轼、倪瓒、徐渭、沈文唐仇、八大山人、石涛、任伯年、吴昌硕、齐白石、黄宾虹、潘天寿、张大千、傅抱石、蒋兆和、李可染、叶浅予、徐悲鸿、林风眠、庞薰琹、刘海粟、颜文梁、吴作人、吴冠中、刘开渠、滑田友、曾竹韶、高二适、于右任、林散之等，国外大师珂勒惠支、毕加索、达利等；再梳理出代表流派，如海派、京津画派、岭南画派、新金陵画派、长安画派等代表画家清单。他们都是公认的已经进入美术史序列且享有崇高地位的大师名家，具备了作品定为一级的首要条件，定级时予以优先考虑。但并非他们的作品全都是一级，因为大师作品也有差别，一流大师也有二流作品，这就需要进行第二步筛选。

2. 看作品（从题材内容看，是否重大历史题材或者有极特殊意义的题材，是否特别重要；从艺术性看，是否为大师代表作；从社会传播看，是否为公认的名作）“特别重要作品”是指内容标准，如《人民英雄纪念碑浮雕》、董希文的《开国大典》；“代表作”是指专业艺术水平，如徐悲鸿的《奔马》、李可染的《万山红遍》、吴冠中的《太湖鹅群》，这些作品都堪称他们的代表作品。如何判断艺术价值？就是“名作”。“名作”是指作品的社会接受程度，指专家评论、媒体传播、展览使用所形成的作品的文化影响力，由此带来的人民群众的认知度。就是看作品是否有知名度、文化反响，如罗中立的油画《父亲》，傅抱石、关山月的国画《江山如此多娇》。藏品定级中的作品三指标从一个侧面也反映出一件藏品的思想性、艺术性、时代性，一级藏品在这一指标项上往往兼具这三条属性。

3. 看创作年代（古代、近代、现代）。创作年代反映的是作品的文物价值和美术史价值。首先文物价值强调作品作为一般物的历史属性，关注是什么时代的作品。其次美术史价值强调作品作为艺术品的历史属性，关注的是作品时代价值即在当时美术史中的地位。目前，美术史沿用社会史分期，以 1840 年作为古代与近代分水岭，1949 年为近代与现代分水岭。近现代美术的发展演变提供了作品定级的美术史坐标。属于美术史上的标志性作品且年代越早越有优先被定为一级。所以一级藏品的经典性总是与时间性联系在一起，只有那些经历时间检验的作品才可谓经典。以中国美术馆为例，如馆藏最早传世国画作品北宋苏轼的《潇湘竹石图》、馆藏最早有准确著录的油画吴法鼎的《海滨》(1914)，馆藏最早雕塑作品张充仁的《渔妇》(1931)，这三件就具有定级优先权。

4. 看品相。美术博物馆的性质决定了美术馆的典藏、研究、展览等业务工作的最本质特征就是无不以“物”为中心，区别于其他观念形态的文化研究。那么作为实物的美术馆藏品必须首先保持其物理、化学性状完整稳定才可以谈定级。根据藏品完残状况和稳定性衡量定级，在同等条件下，一件首尾完整、款题跋语完整的古代书画作品要比一件残损作品更具有定级优势。

5. 看存世数量。物以稀为贵，相同条件下，作品存世数量越少越有优先被评为一级。如中国美术馆藏北宋苏东坡的《潇湘竹石图》，据考为存世两件之一，除流传至日本的一件外，本件堪称海内孤本，如此就可优先考虑定为一级。从画种角度看，国画、油画一般不容易复制，而版画、雕塑本身就是复数艺术，同一作品有多件，那么它们跟国画、油画比，就没有定级优势。

总之，一级藏品应尽量符合名家创作的（作者）、内容重要且艺术价值高的名作（作品）、历史价值高（年代）、品相完整稳定（性状）、存世稀少（数量）这五个条件，在此五个指标项下进行衡量比较，其中“年代”与“名作”是作品以外的概念，分别代表了历史与文化的维度，而作者、作品内容与形式、数量与性状反映的是文物的客观属性，在这个评估体系中基本实现了“物性”与“社会性”、“画内”与“画外”的结合，最大限度保证了物有所值。

理论上藏品定级与藏品尺寸、藏品风格没有关系，与画种也没有关系。实际上因为各种条件的不均衡，在社会性上存在画种门类等级之别，相对来说，国、油、版、雕比水彩、摄影、民间美术、工艺美术更有定级优势。

综上，美术馆藏品定级不能简单认为只从艺术价值来衡量评估，虽然艺术价值是核心价值，但还需要从以上五个方面相互联系，综合各种因素进行评估定级。笔者在中国美术馆历次出境藏品文物的定级估值中多次使用过这种方法，避免了原则与标准的混乱和含糊，指标清晰、方便、适用，效果很好。美术馆藏品定级工作实施可以先从定一级藏品做起。第一步，先统计美术馆藏品大师名家，重要流派大家。第二步，看画面筛选作品。第三步，筛选出的作品再综合其他三点，最后定出一、二、三级。评定结果报馆领导批准，正式编目备案。

美术藏品定级后就可对藏品估值，估值有如下几条原则：

1. 美术藏品估值原则上依据国家发改委价格监测中心发布的当年度物价指数，并参考其他社会机构艺术品价格指数，如雅昌指数，结合美术馆历年资产评估价格记录。

2. 同类藏品，级别越高估值越高。

3. 同级藏品，国画、油画、书法要比雕塑、水彩、版画估值高。

4. 每一级估值中再分出三档。因藏品尺寸大、中、小不同以及其他变量（材质、技术），分出高、中、低三档估值空间，为估值留出余地，操作中以“一 -、一、一 +”“二 -、二、二 +”“三 -、三、三 +”表示。不同档次区间称作“档差”。

5. 不同级别估值要体现“级差”。例如：国画、油画一级和二级估值要固定 1000 万元的级差，否则二级高档藏品与一级低档藏品估值过于接近，体现不出差别。依此类推，国画、油画二级和三级要固定 100 万元的级差。

6. “级差”要远大于“档差”，一个是性质差别，一个量的差别。好比小学和大学的差别与一年级二年级的差别。例如：如果油画一、二级级差为 1000 万元，那么“二”“二 +”与“二 -”的档差永远不可能高于 1000 万元。如果二、三级级差为 100 万元，那么“三”“三 +”与“三 -”的档差永远不可能高于 100 万元。

7. 一套册页作品有多件，只有一个账号，只能一套整体评级，不能拆分单件评级。但估值必须到单件，计算方法是先整套估值，再把整套估值平均到单件即可。

总之，藏品估值必须先确定是几级藏品，然后确定归入几档，抓住一、二、三级和高、中、低档变量，就找到了准绳，从而使估值工作相对合理，容易操作。试做估值参考表格如下。

表 1　书法、国画、油画藏品估值表

画种	三级			二级			一级		
书法、国画、油画估值区间（单位：万元）									
							2000		
						1000			
				200					
			100						

书法、国画、油画三级估值 100 万元以下，二级估值 200 万元到 1000 万元之间。

一级估值为 2000 万元以上。

二级作品有三档：二 - 档（200 万元—300 万元）、二档（300 万元—500 万元）、二 + 档（500 万元—1000 万元）。

表 2　雕塑、版画、素描、水彩、综合、民间美术藏品估值表

画种	三级			二级			一级		
雕塑、版画、素描、水彩、综合、民间美术估值区间（单位：万元）									
							500		
						150			
				50					
			10						

雕塑、版画、素描、水彩、综合、民间美术三级估值为 10 万元以下，二级估值为 50 万元—150 万元，一级估值为 500 万元以上。

因为版画、水彩藏品在估值因素上相对变量（材质、尺寸）不大，版画、雕塑又均为复数艺术，所以总体估值区间相对较小，只设级差，档差自行掌握。

注：以上估值数字只是举例，不作为真实数据。

韩劲松，中国美术馆研究馆员、典藏部副主任，中国艺术研究院特聘研究员，国家艺术基金评委，中国美术馆博士后工作站导师。主要从事国家美术藏品的典藏管理与研究，曾执行策划“中国美术馆典藏活化系列展”。发表中国近现代美术研究论文多篇。

博物馆、美术馆数字化建设的实践与变革

付瀛莹

摘　要： 在当今信息技术飞速发展的时代，数字化给各个领域带来了新的发展契机，博物馆、美术馆数字化正是在这一时代背景下诞生的，博物馆、美术馆数字化建设突破了传统形式上时间、空间的限制，更加方便、快捷地为广大观众提供服务，这也是现代化博物馆、美术馆的发展趋势。本文就中外博物馆、美术馆数字化发展的典型案例及数字化建设中的问题进行探讨分析。

关键词： 数字技术；数字化；博物馆；美术馆

一

在互联网、物联网、云计算、人工智能等信息技术交叉汇聚、共同进步的推动下，人类社会正呈现出万物感知、万物互联、万物智能的新形态，物物互联、人物互联、人人互联极大地扩大了人类的“足迹”，使数字世界无处无时不在。

截至2019年6月，我国网民达8.54亿人，互联网普及率达61.2%，[①] 我国互联网基础资源保有量稳步提升，网民规模的持续快速增长，互联网模式的持续创新以及线上线下服务的加速融合，使数字化战略得到系统阐释。“数字化”成为各行各业建设的一个重要方向，成为实现中国梦的一个重要途径。

数字化（Digitalization）可以理解为两个层面，一个是技术逻辑的层面，数字技术（Digital Technology）是一项与电子计算机相伴相生的科学技术，它借助计算机技术，将文字、图像、音频、视频等各种信息转化为计算机能够识别的二进制数字“0”和“1”后，进行运算、加工、存储、传播、还原等；另一个是数字技术对人类社会的影响和产业变革，其中最重要的是生活方式和生产方式的变革，使人类突破了自身的局限，延伸了人类的“手”和“脚”，人们通过数字化将信息转化为知识和洞察力，用来解决问题和满足愿望。

① 第44次《中国互联网络发展状况统计报告》，http://www.cac.gov.cn/2019-08/30/c_1124939590.htm。

二

随着科学技术的飞速前进，世界多极化、经济全球化的深入发展，文化在综合国力竞争中的地位和作用日益凸显，文化作为一种软实力、一种精神的力量，直接关系一国的国际影响力、国际竞争力和国际地位。各国纷纷把提高国家文化软实力作为主要发展战略，千方百计增强本国文化的整体实力和国际竞争力，力求在日益激烈的综合国力竞争中赢得主动权。面对数字技术日新月异的发展，世界各国纷纷将文化资源转换为数字化形态，实现了人类历史上空前的“媒介迁移”。如同纸质媒介、电磁媒介所引发的人类文明飞跃发展一样，文化资源的数字化建设昭示着文化发展的一个新方向。

互联网技术的发展和普及为各国进行大规模的博物馆、美术馆数字化建设项目提供了技术基础，国家主导的数字化项目成为早期探索阶段的“领头羊”，如美国的“美国记忆”项目、法国的“文化精品数字化”项目、欧盟的Europeana项目等。

（一）“美国记忆”项目（American Memory）

1990年，美国国会图书馆启动“美国记忆”项目，旨在以数字化的方式整合国会图书馆收藏的文献、手稿、照片、录影、影像、艺术品等藏品，并将其编辑制作成系列的专题作品，作为教育和终身学习的资源而服务于大众，并借此探索文化资源数字化的管理机制、技术规程及知识产权等问题。1990—1994年，图书馆将藏品的数字化成果制作成CD分发给相关机构，引起用户的强烈反响。该项目到2009年完成了900万件以上记录美国历史和文化的数字化藏品。目前，美国记忆资源库依然扩大在线历史收藏，使其更为全面地展示美国历史、文化、艺术风貌。①

（二）“文化精品数字化”项目

1998年，法国文化部与欧洲第一大专业数据公司JOUVE（法国助飞集团）合作，启动大规模的“文化精品数字化”项目。法国文化部每年投入8100万法郎，对图书馆、档案馆、大型艺术博物馆和文献中心的文化藏品资源进行数字化转换。到2000年，该项目已经拥有60万幅数字化的固定影像，项目的实施对保护艺术品、原始文献有重要作用，人们能够在互联网上查看数字化藏品资料。此外，法国文化部十分重视文化数字化，近年来实施了“数字工场”计划，不断推动文化融入数字化建设。

（三）欧盟数字图书馆（Europeana）项目

2005年，欧盟委员会在欧洲信息社会i2010政策框架下实施欧盟数字图书馆项目，其目标是为公众提供一个共享欧洲文化遗产的综合性数字资源服务平台，使欧洲的博物馆、美术馆、图书馆、档案馆的馆藏资源能够得以广泛传播。该项目有33个欧盟成员国的2200个机构参与，收录了来自美术馆、图书馆等机构的文化资源数据，内容涵盖图片、文本、视频等多种媒体类型。截至2019年4月，该平台已提供58059677件艺术品的数字化资源。

随着更加成熟、先进的技术被应用于数字化建设中，各个博物馆、美术馆纷纷建立网站，在线上进

① 刘燕权、韩志萍：《美国记忆——美国历史资源数字图书馆》，《数字图书馆论坛》2009年第7期。

行资源共享、虚拟展示、在线交流等。2012 年，美国华盛顿国家美术馆（National Gallery of Art）共享 4.5 万张图像资源；2015 年，史密森学院下属的两家亚洲艺术博物馆公开全部馆藏作品，计 4 万多件；2016 年，美国现代艺术博物馆（MoMA）在线提供了展览相关图片资源的下载。2017 年，大都会艺术博物馆（The Metropolitan Museum of Art）将 37.5 万件藏品的图像资源免费向公众开放版权，馆长托马斯·坎贝尔在一份声明中表示："我们的核心任务是让所有想要学习和享受这些我们保护之下的艺术品的人都可以获得这些资源。通过使用新的方式来激发创造性、普及知识、创造灵感，让博物馆的藏品更具便利性，这符合 21 世纪观众的需要。"

除了在线共享藏品数字化资源，在线虚拟展示是"共享"的另外一种形式。虚拟现实技术将现实存在的事物或景观在计算机中虚拟地表现出来，突破了藏品资源在时间和空间上的局限性，带给公众沉浸式的体验，实现公众与历史文化的"对话"。2011 年，Google 与世界各大博物馆、美术馆开展合作启动了谷歌艺术计划（Art Project），这一计划利用谷歌街景技术拍摄博物馆、美术馆内部实景，并且以超高解析影像拍摄馆内的历史名画，供全球网民欣赏。截至 2012 年，与谷歌达成合作协议的艺术机构达 151 家，包括纽约大都会美术馆、纽约现代艺术博物馆、伦敦泰特美术馆、伦敦国家美术馆、法国凡尔赛宫、佛罗伦萨乌菲齐美术馆等，遍布澳大利亚、日本、印度、菲律宾、以色列及卡塔尔等 40 多个国家，藏品数量达 3 万多件，艺术门类包括绘画、纺织品、玻璃制品和陶瓷多种类型。

三

与国外相比，我国的博物馆、美术馆数字化建设起步较晚，但发展迅速。20 世纪 80 年代，中国博物馆界开始利用数字技术进行藏品的登记著录。1984 年，上海博物馆成立了以计算机在博物馆中的应用为核心工作内容的电脑组，开始探索数字化的建设，成为中国博物馆界的数字化应用方面的先行者。1998 年，故宫博物院开始数字化建设，到 1999 年时，故宫博物院已经建立起拥有 5 万余张影像数据的数据库。2003 年，以计算机实时 3D 建模技术渲染制作的《紫禁城·天子的宫殿》完成，观众可以在线选择参观，并可参与互动交流。2017 年 10 月，"发现·养心殿——主题数字体验展"在故宫端门数字馆亮相，人们在这里可以通过大型沉浸式投影屏幕、虚拟现实头盔、体感捕捉设备、可触摸屏等数字设备，走进虚拟世界中的养心殿。数字展让养心殿"活起来"，也让更多的观众走近传统文化。

敦煌研究院于 20 世纪 90 年代开展数字化建设，先后与美国梅隆基金会合作建立了"ArtStor"下的"国际敦煌档案"，并与英国大英图书馆等多馆合作建立"国际敦煌项目"，着手对莫高窟壁画进行数字化处理。经过多年建设实践，敦煌研究院已经形成了内容丰富、资料充实、展示多样的"数字敦煌"。同时也将分散在世界各地的敦煌文献、研究成果及相关资料汇编成电子档案，建成一个包含敦煌石窟壁画、雕塑、建筑、藏经洞出土文献、敦煌石窟研究等较为完整、系统的资源库，完整有序且永久地保存这些资源，为大众所使用。

在美术馆领域，为了全面掌握国家美术资源，加强国有美术藏品管理，提高美术馆文化服务能力。2013 年，我国在全国范围内开展了全国美术藏品普查项目，这是增强国家文化软实力，建设文化强国的战略工程。在全国普查领导小组的正确领导下和全国各美术馆数千名普查员的共同努力下，普查数据采集工作已基本完成，截至2019年11月，全国325家美术馆已经在线报送藏品实际数量641113件，超额完成了普查前期调查原预估藏品总量（467790件）的137%，成效显著。通过普查，对每一座美术馆采集了22项单位信息，对每一件藏品采集了25项基础信息，形成了国家美术藏品资源数据库，改变了过去各美术馆藏品信息零散孤立、互不相通的信息孤岛局面，实现了全国国有美术馆藏品信息的统一集中存储，有效地构建了全国美术馆藏品大数据。同时依托互联网，按照管理层级对藏品资源信息进行标准化、动态化管理，全面提升了藏品资源管理能力，夯实了藏品管理的基础工作。

四

经过近40年的努力，我国的博物馆、美术馆数字化建设取得了显著的成绩，馆内资源运行管理流程已经基本上实现了数字化方式，提高了藏品管理的质量，改善了面向公众服务的环境，使其整体面貌发生很大的改变，但由于在思想观念、技术手段等方面的限制，还存在着较大的发展空间，以数字化手段管理、传播促进博物馆、美术馆发展中的潜能还没有得到充分释放，主要表现在以下两点：

一是重拥有，轻共享。虽然绝大部分的博物馆、美术馆都开展了藏品资源的数字化采集工作，但对于公众来说，很难在其官网上查阅到全部藏品的高清图片，未能打破最后的“围墙”。投入与产出不成比例，难以全面发挥藏品的文化效益，不能实现良性循环。

二是重技术，轻实用。随着多媒体技术、虚拟现实技术、流媒体技术等数字化技术在博物馆、美术馆的应用，其综合性、互动感、沉浸感受到了公众的欢迎。许多馆都热衷于新技术的应用，此起彼伏，一场展览往往成了“声光电”的视觉饕餮大宴。人们在“享受”视觉冲击的同时，却忽视了对藏品文化信息的解读和对藏品价值的挖掘，进而人为造成在数字化技术应用上的“数字鸿沟”。

因此，面向未来的博物馆、美术馆数字化建设应针对公众的需求，用活藏品资源数据，实现多元化共享，使博物馆、美术馆成为社会公众的“知识公地”。如挖掘和整理美术馆及藏品赋予的信息，以公众终身教育场所打造推动宣教互动的深度教育与研究；构建高品质、沉浸式的文化体验，拓展公共服务的深度与广度；提供个性化的信息实时推送的智能分享与传播等方式，增强社会大众对藏品资源的读识能力，实现资源和知识的整合和最广泛的信息共享。进而完成博物馆、美术馆发展范式上的变革，更好地传播优秀文化，使人们感受中华文明的无限魅力。

付瀛莹，2006年毕业于中国艺术研究院研究生院美术学专业。中国美术馆副研究馆员，研究方向为美术馆藏品管理。先后参与省部级课题“互联网+公共文化服务项目”“博物馆（美术馆）藏品数据资源与公共文化服务项目”“中国文物志”的研究编写工作及文化和旅游部行业标准《美术馆藏品登记著录规范》《美术馆藏品二维影像采集规范》的编制工作。在《中国博物馆》《东南文化》《人民日报》等发表多篇论文。

再论永久的课题

刘曦林

摘　要： 美术馆是造型美术的博物馆，藏品是美术馆业务建设的基础，研究工作是开展收藏、陈列等各项业务活动的前提，藏品陈列是美术馆面向社会的主要方式。笔者对于20世纪中国美术陈列的构想是相对稳定的系统陈列。美术博物馆不是短期行为，其收藏、研究、保管工作是世世代代的接力。

关键词： 美术馆；藏品；研究；艺术档案；藏品长期系统陈列

1986年春，文化部艺术局在南京召开了我国首次部分省市美术馆专业工作会议。会议期间，笔者受命起草《美术馆条例》。后经批准，当年11月10日由文化部正式颁发，名为《美术馆工作暂行条例》（以下简称《条例》）①。此后，又在有关会议上进行了修改，听说改动不多，也就再没有过问。今重读原稿，感慨至之，走笔为文，以应论坛主题。

《条例》计五章十六条。第二条曰："美术馆是造型美术的博物馆，是具有收藏美术精品向群众进行审美教育、组织学术研究、开展国际文化交流等多职能的国家美术事业机构。"此条强调了它的"博物馆"性质，对于各级政府文化部门如何为美术馆定性至关重要。

中国美术馆当年拟名"现代美术馆"，1963年请毛泽东主席为美术馆题名的初步方案是"中国美术展览馆"，毛泽东主席果断删去"展览"二字，将展览馆变成博物馆，真是删得高明。英文称博物馆为Museum，称美术馆也是Museum或Art Museum。1967年，中国美术馆英文译名定为"The Museum of Chinese Art"。②这样我们不能不追索关于Museum的定义。国际博物馆协会近几十年来一直认为博物馆是为社会及其发展服务，向公众开放的非营利常设机构，为教育、研究、欣赏的目的，征集、保护、研究、传播并展出人类及人类环境的物质及非物质遗产。以上文字也有调整，但宗旨未变。1986年起草《条例》时，尚未看到国际博物馆协会的这个文本。今天看来，博协定义的社会性、公开性、永久性、公益性或

① 以下关于《美术馆工作暂行条例》的引文均据徐天敏、马鸿增、张迁编《1986·南京·全国部分省市美术馆专业工作会议文集》。

② 据杨小芸整理的《中国美术馆大事记（1958.11—1966.6）》草案。

非营利性是明确的。那么政府增加美术馆拨款，美术馆典藏活化陈列，重视公共教育，免费向公众开放等措施，在中国就是历史性的进步，是中华民族走向现代文明的标志。

博物馆首先要有藏品。中国美术馆于1960年成立建馆小组。1961年成立“收购小组”，任务是开展藏品征集、作品研究、筹备陈列、开馆方针，被视为“关键部门”“参谋部”，成员有刘岘、江丰、米谷、郑野夫等，此即为研究部的前身。这四位前辈中，三人戴着“右派”帽子，在逆境中为中国美术馆做出了特殊贡献。在1961年4月的收购小组会议上，美术馆召集人蔡若虹说：“刘海粟‘天马会’等人的作品可以收，林风眠早期的《人道》《十字街头》等油画作品你们应该去寻找。应将各流派的人排排队。”“国画名家作品多收些”，“宋、元、明、清也可以收，‘扬州八怪’和‘四王’的都要收。应开列流派名单。”华君武说：“重点要收吴昌硕、任伯年的作品。”是年6月，蔡若虹说：“美术馆的陈列应当从宋代开始。”“齐白石没有纪念馆，可考虑在美术馆中解决。”是年8月，周扬指示收购小组：“五四以来有条革命的线，左翼以木刻为主。离革命路线远些的也要收。”[①]今天重温这些话特别感动，真敬佩和感谢这些前贤，他们心中有个类如通史的中国美术博物馆。昨日之收藏为今日之陈列奠定了基础，前人栽树，后人乘凉，收藏是千秋万代的文化积累，确实应该格外重视。

《条例》第六条“收藏”称：“藏品是美术馆业务建设的基础。美术馆代表国家征集古今中外美术作品，以及与美术有关的实物、资料等。各美术馆根据自己的办馆宗旨决定收藏范围和收藏重点。提倡各馆办出自己的特色。美术馆通过收购、专题征集、接受捐赠和调拨等方式征集藏品。各馆之间经上级部门批准，可以调剂有无，交换藏品。”当年对此条讨论最为热烈，尤其是“调拨”途径引起争论。我坚持留下了这两个字。我知道韩乐然的百多件作品是原历博转来，数百件钱慧安精彩的白描是朵云轩转来……有这个政策，将为国家厅堂馆舍或外事机构更换下来的作品转为美术馆藏品留下了通途。美术馆“文革”期间曾完好地代管过徐悲鸿纪念馆的藏品，所以举办展览时向徐馆借油画非常顺利。今天能否通过与徐馆交换有无，使国家美术馆也有徐先生的素描、油画不是没有可能的。另外，近年美术馆接受了大量的个人捐赠，其质量、数量、范围令人慨叹，有条件时应给捐赠者更丰厚的回报。古人捐款建庙都铭刻于碑阴，今将捐赠艺术品者刻入碑铭当是极应该、极简单又永垂不朽之举。在新时期，国家投资的重大历史题材创作工程之成果藏于国家美术馆，是时代的创举，全民拥护之，古人若知亦会欣然叹赏吧?！张彦远“夫画者，成教化，助人伦，穷神变，测幽微，与六籍同功，四时并运”的古语仿佛在新时代焕发出了异样的光彩。

《条例》第八条关于“研究”是最长的一条，这可能是出于对本行的感受。其数点，一是“研究工作是美术馆业务建设的重要内容，也是开展收藏、陈列等各项业务活动的前提”；二是研究的范围“要围绕美术馆的性质和任务，开展美术馆学的研究，美术史论、美术思潮的研究，审美教育的研究，藏品及其作者和收藏对象的研究，展览、陈列艺术的研究和保管、陈列有关的科技研究等”；三是资料的收集“应在研究部门内设立艺术档案室，系统收集、科学管理有关美术家、各美术流派，特别是成绩卓著的老一

① 据杨小芸整理的《中国美术馆大事记（1958.11—1966.6）》草案。

辈美术家的资料。除文字资料外，要特别注意各种形象资料的收集”。当今资料的数字化共享提供了太多的方便，“百度”也无所不包，但纸本文字和实物资料仍不可替代。20多年前，通过编辑《中国美术年鉴（1949—1989）》，获得了数千份美术资料，皆由艺术档案室分类编号，以方便借阅，惜档案室已撤，这些档案也被打入地下室冷宫。我作为发起者甚感心凉，更影响了老一辈史论家捐献资料的热情，甚至担心这些犹如心血的资料未来的遭遇。美术馆代管的中国近代美术研究中心本应兼此职能，也不知今日是否健在？实在令人堪忧。

《条例》第九条是“陈列、展览”，重点强调“藏品陈列是美术馆面向社会的主要方式，有无长期陈列也是区别美术馆和展览馆的标志之一。各馆应在收藏和研究的基础上，逐步办好系统的长期陈列”。笔者清楚地记得直到20世纪八九十年代，博物馆都瞧不起美术馆，因为你没有系统陈列。中国美术馆自1963年正式竣工定名，即研究开馆陈列，1965年10月推出“建国以来部分美术作品藏品陈列”。此后几十年来，中国美术馆曾数度试办近现代或近百年藏品陈列，无奈总是不久长，因为美术展览馆太少，陈列总是被各种临时性展览挤掉，陷入不办不像美术博物馆，欲办又因展期短藏品经不起折腾的两难境地。近年“活化”藏品的口号多好，但往往也“活”得不够久长，因此长期固定陈列总是不长不固，变成了短期行为。也因此，人家说中国没有美术博物馆，到故宫、国博看不到系统的古代美术陈列，到中国美术馆看不到系统的近现代美术陈列。对此，吾侪无言以对啊！我们期待着宽阔的新馆落成，使中国美术馆摆脱没有系统陈列的尴尬困境。一旦有了相对稳定的系统陈列，如何活化就是“小菜”了。

笔者自1981年进馆至2003年退休，在中国美术馆工作了20余年，今已老朽，抚今追昔，往事如烟，也时在梦中。检点那些迹化了的文字，有实用价值的也就是前述《美术馆工作暂行条例》。除此之外，还有一篇《〈20世纪中国美术〉陈列构想》，是文成稿于2005—2007年，当时已返聘了两三年，为了中国美术馆新址的设计，预构出长期陈列的规划，但我还是从实施的角度认真地做了学术构想。我把20世纪中国美术分作四个阶段，附设其他专题陈列厅和室外雕塑园两部分。全文数千字，今摘开篇数百字于下：

> 20世纪，是中华民族历史上空前伟大的世纪。在这个世纪里，古代中国转向现代，走向新生与建设，走向改革与开放，以蓬勃发展的中国特色社会主义的形象屹立于世界东方。20世纪的中国美术也合着这历史的节拍，继承优秀民族传统，借鉴外来艺术营养，贴近中国现实生活，谱写了新的篇章。同此前任何一个世纪相比，它将毫不逊色地以其成就和时代精神书写在中国美术史册上。
>
> 我们将20世纪中国美术划分为以下四个阶段：
>
> 一、1900—1930（晚清·中国民国初期）古今转化与新美术运动
>
> 二、1930—1949（抗日战争·国内革命战争）忧患奋争与现代美术格局
>
> 三、1949—1978（新中国初期·“文化大革命”）大众美术与红色经典
>
> 四、1978—2000（改革开放的新时期）主流深化与多元共存
>
> 以此四个时期为主轴，展示20世纪中国美术的演化脉络，主线结构相对稳定，作品定期更换；两

侧辅以若干小厅（室），结合大宗捐献作品情况以个案或专题方式充实史线，陈列专厅可轮换。

根据主线配以该时段《美术纪事》，并附有相关图像。

受赠外国作品，当代书法、摄影、陶瓷及民间艺术等另设专厅。

注明“（缺）”字者为藏品暂缺，待收藏。①

我的本意是更重视系统的长期陈列，这是中国美术馆立足于世界的根本。我和本次会议的宗旨并无矛盾，强调“新时代语境和新中国的美术视野”是近现代中国美术的重中之重，为了新中国，就需要回顾自晚清至民国那个“旧”中国，那是与“古”不同的“今”的前奏。自近代起，重点是“五四”以来，尤其是中华人民共和国成立以来的美术是中国美术馆既定的方针。今天将此课题再次提到议程，这是历史的机遇，也是21世纪之美术馆人永久的课题乃至生命的归宿。美术博物馆不是短期行为，其收藏、研究、保管尤其是世世代代的接力，世世代代的积累，它是具有永久价值的艺术文物的永久性的珍藏与活化。因为几十年前有过一篇《人类历史文明建设的永久课题——我国美术馆事业的回顾与随想》②，故称此文《再论永久的课题》。

2019年11月11日至12日草成于里仁书屋东窗

刘曦林，1942年生，山东临邑人。1978年考取中央美术学院美术史系硕士研究生。1981年起在中国美术馆从事美术史论研究、书画创作，中国美术馆研究馆员，历任研究部副主任、主任。中国画学会创会常务理事，《美术》编委，北京市文史馆馆员，中国国家画院研究院副院长，中国美术家协会蒋兆和艺术研究会副会长。出版有《蒋兆和论》《中国画与现代中国》《20世纪中国画史》等。其中《20世纪中国画史》荣获第二届“中国美术奖·理论评论奖”金奖。兼事书画创作，出版有画册《水墨清韵——刘曦林书画小品集》、《刘曦林艺术印记》（四卷）、《披图展卷》等。

① 此稿全文已打印上交，不知今之领导是否看到。

② 徐天敏、马鸿增、张迁编：《1986·南京·全国部分省市美术馆专业工作会议文集》。

从新美术馆学到新的美术馆实践

王璜生

摘　要： 时下，传统美术馆学和新美术馆学相互交织，美术馆和当代文化紧密联结，我们已经进入美术馆和文化界需要对当代前沿文化思考的时代。我们需要大胆地提出关于美术馆理论层面的更进一步的甚至是超越当下的思考，回应一些更具挑战性的问题，生发出与跨文化理论互动互为的新观点。本文探讨三个问题：新美术馆学“新”在哪里；新美术馆学的三个核心问题——人、空间、制度；新美术馆学的实践。

关键词： 新美术馆学；新博物馆学；美术馆

近期很多人问我，在国内的美术馆事业仍存在操作性等具体问题尚未解决的当下，你提出讨论新美术馆学的原因何在？我觉得这是一个很好的话题。

一直以来，国内的“美术馆学”研究或美术馆理论建设其实还没有真正地形成一个相对较为有系统性、有理论深度的学科概念，必须承认我们面对的是相对滞后的美术馆现实，在讨论美术馆问题时也较多停留在具体操作层面或侧重铺垫性的介绍。事实上，我们应该看到这是一个多元交织的时代，传统美术馆学和新美术馆学交织在一起，美术馆和当代文化交织在一起，时下已经进入美术馆和文化界需要对当代前沿文化思考的时代。虽然解决操作层面的问题依然是必要的，但我们同时也需要大胆地提出关于美术馆理论层面的更进一步的甚至是超越当下的思考，回应一些更具有挑战性的问题，生发出与跨文化理论互动互为的新观点。这些具有前瞻性的思考或者反思，即便不会立即对具体问题提供指导意见，却可能为未来的美术馆事业和美术馆学学科发展提供有益养分。

这就是我们提出“新美术馆学”研究的出发点所在，希望基于现有的知识系统，从相对滞后的中国美术馆情况出发，站在当代文化思考的角度，从理论层面提出问题、讨论问题，进而生发出新的理论，并辅以一定的实践作为理论的延展。

一

在谈论新美术馆学的理论向度及实践性时，我们不断提到“新博物馆学”，那么“新美术馆学”和“新博物馆学”的关系是怎么样的?“新美术馆学”与“新博物馆学”之间的关系是倾向割裂关系，还是倾向建立联系呢?在我看来，“新博物馆学”本来就不是一个明确的学科，你可以说它是一个博物馆学的研究思想，也可以说它是博物馆学中的一个学派，或一种宣言、一个联盟等，我更倾向于“新博物馆学”是一种具有怀疑精神与批判态度的当代博物馆研究思想，像《博物馆怀疑论》这本20世纪90年代的书，虽然没有说是在讨论新博物馆学，但因为它所反思的博物馆精英文化、空间、权力等博物馆面临的新的问题，使得它常被纳入新博物馆学的范畴中去理解。

作为一种宣言的“新博物馆学”，是在1984年《魁北克宣言》中提出来的，它认为人类面临着生态环境破坏和全球化社会道德下降的双重危机，必须对传统的博物馆学作出新的修改和解释。(1)扩大博物馆功能;(2)博物馆与教育的结合;(3)协调人类与自然环境的生态关系;(4)深入社会为社区和特定的群体服务;(5)衔接历史与未来，使博物馆能反映社会的演变等。

“新博物馆学”的提出有特定的历史背景和针对问题，历史背景是20世纪60年代欧美社会思潮变化中对道德、权力等问题的新的构想促使博物馆对自身进行反思，它所针对的问题是西方知识系统中较为稳定的藏品陈列逻辑，以及知识系统的精英主义传统及权力话语的正统性等。有新博物馆学论者认为，由资产阶级创建于18世纪中叶的近代艺术博物馆，表达的是这一阶级的支配性地位。然而相对主义的回潮让怀疑主义兴起，多元文化的社会排斥着精英化的主流思想，原先由资产阶级精英们创造的各门科学和学科遭到怀疑。时至今日，尽管博物馆努力吸引所有的人，但它依然是精英主义者的机构。博物馆为公众开放，公众并未能成为主体，而是被某种文化权力规定和支配的对象。新博物馆学质疑孤立的精英知识和脱离文化历史情境的收藏陈列;倡导文化的平权，公众的权益，文化平等主义、多元主义等;对体制、机构的文化霸权提出质疑与警惕。

我们现在提出的新美术馆学与新博物馆学的历史背景和针对对象有一定的差异，中国的美术馆在相当长的时间里都是展览馆性质，中国美术馆文化的思考及现实也远远没有进入到学科化与系统化的层面，但这并不会抹杀新美术馆学与新博物馆学之间的关系。新美术馆学会自然地衔接新博物馆学中的一些观点和理论，比如社区理论、生态理论、公众理论、多元文化理论等，在此基础上，新美术馆学将强调美术馆的自身特点，结合当代文化的相关理论来针对美术馆提出新的思考。总的来说，我觉得二者是既有关联性，又有特殊性。

新美术馆学的“新”其实是一个相对的“新”，它一方面指当下的、跨学科的知识，一种新型的研究方法;但更关键的是，它是一个维度的、角度的“新”，在面对美术馆和美术馆学的各种问题时，它从一个新的角度、一个新的维度进入，去提出问题、思考问题，不直接套用理论，不囿于问题表面。新美术馆学的研究对象也包括历史上的展览和机构，但我们强调要采用以一个新的角度和方法论去重新审视。

二

新美术馆学将以理论层面的思考为重点，在年初的《"新美术馆学"的历史责任》这篇文章中，我曾将新美术馆学的核心问题总结为三个向度：一是关于"人"，人作为主体的问题；二是关于"空间"，多向度的公共空间问题；三是关于"制度"，制度批判与权力反思的问题。

第一是"人"的问题。"人"的问题一方面指博物馆通常会关注到的社会公众问题，这也是博物馆从传统转向新博物馆的一个重要部分，在这个方面，我们谈论关注得比较多，好像一谈当代的博物馆美术馆从"物"到"人"的转向，就只是谈"观众"的事，这是不够全面的；我认为"人"的问题还指向作为社会和历史中的"人"的艺术家。新美术馆学尝试突破艺术史的角度，将艺术家的创作放在一个特定的、生长的空间中，通过考察这样一个处于社会和空间中的人是如何生成艺术的过程来重新审视作为行动者的美术馆和不断与之呼应的艺术。在这样的思考过程中，甚至也有可能会脱离"人"的物理形态而进入一些更为抽象的与"人"相关的讨论，包括有关"人"的文化身份和集体身份，我们要在文化研究、马克思主义研究、后殖民研究等综合研究领域中去理解这些问题。同样也包含"人"与"公众"，"公众"的概念不等同于"观众"，新美术馆应该研究什么是公众及公众的需求。新美术馆有新的任务，面向人与人、人与展场的关系展开，同时拓展精神空间与物质空间，为公众提供自由度和可选择性，这些关系是新美术馆学需要研究的。因此，美术馆的主动性必须与公众的主动性相结合，那么如何引导公众成为对自己的主体性有清晰认知的新型美术馆观众是"新美术馆学"在公众政策上的一个研究重点。新美术馆为公众提供自由度和可选择性，这些关系是新美术馆学需要研究的。这意味着所有工作的方式都将发生根本性的转变，"根本"体现在从初衷、途径直至接受，公众的诉求将始终作为试验、校正和检验的标准。还有"人"的抽象性问题，包括对"身体"问题的思考，"身体"在美术馆空间中引发的知觉、接触以及身体和身份、空间、政治之间的关系等。

第二是"空间"的问题。"空间"问题包含公共空间问题和抽象空间问题。对公共空间其实比较好理解，当代文化对此的讨论比较多，我们在思考这一问题时也会借鉴一些其他学科的理论，譬如我们尝试借用列斐伏尔的空间理论和布尔迪厄的文艺场域理论等来启发我们思考美术馆如何剥离它的物理空间属性，而成为开放的空间和社会性的空间，以及在这一过程中它又是如何建构出新的文化意义。关于"抽象空间"，其实这个概念来源于列斐伏尔的"抽象空间"，他认为空间经历了从绝对空间到历史性空间到抽象空间演变的过程，绝对空间是权力相对集中的空间，历史性空间是生成的、变化中的空间，而抽象空间是由表征意义的元素构成的不具体的空间。在这里，抽象空间是社会和意识形态的产物，再生产着政治和文化权力，包括产出各种符码，虚构和摧毁着日常生活的鲜活，它成为商品，被消费、被纳入再生产的过程。美术馆是具有这样的"抽象空间"的属性与特征的，我们如何在这样的空间认识中重新审视美术馆的知识生产与空间生产等。另外，新美术馆学中有一个有意思的部分是对社区理论的研究，社区理论强调美术馆应该建构一个群体在特殊环境里的文化集体记忆，其实指向美术馆超越物理空间走向社区，通过与区域的抽象关联共构出一个新的空间，这个新的空间不是有具体实物的空间，而是包含记忆、思想、精神、行动的象征性空间。社区和新美术馆的关系，可能产生打破阶层的壁垒，消散阶层的关系，连接不同的人群，构建人跟人、人跟场地之间的新型关系，形成新的社区文化空间。

而在当代新的科技媒介时代，人的感知、认知、表述、介入“空间”正无限被放大着，新美术馆学正是应该去不断关注、开拓这样的新空间，使我们对待社会、生命、未来等的认知与感知有更开放更开阔的表述空间。

第三是“制度”的问题。新博物馆学中在反思博物馆的权力与话语权体制方面做出了很多努力，如对博物馆通过藏品陈列建构历史记忆机制这一行为隐含的文化暴力的批判等。美术馆也是这样，它的运作机制和话语机制使其无形中成为一个权力机构，美术馆显然受制于国家政策和政治制度，它必然会受到意识形态的影响，美术馆有必要履行一些重要的公共职能，同时努力保持自主的尺度，于是从一个权力框架内看美术馆成为一种必然。美术馆的制度化权力包括行政、策展、展览、资金分配、藏品管理等诸多面向，这使美术馆在政治现实与文化激荡中面向改革与质疑。我们应该对这一问题有所警惕，新美术馆学希望在提出质疑的同时能够进一步思考用什么样的途径去改变这一机制，它需要自我批判意识，并在反身中完成权力的让渡与制度的更新。事实上，我觉得用改变太过于直接和口号化，其实能够敦促机构对此进行自我警惕并结合当代文化权力理论找到一个合理的切入点去重新探讨这一问题，就是有意义的。

三

新美术馆学虽然偏重理论层面的研究，以新的思考切入点和批判反思为核心，但终不会只是高屋建瓴，天马行空，它还是要落在一些具体的实践上，结合一定的实践进行理论延展的。我想，相关的实践大概会是两个层面：一个是具体的实践，包括策划展览、举办讨论会、公众号推进等，目前进展较多的是“新美术馆学”公众号，运营半年期间，已经收集了一些文章并获得一定社会关注度，未来我们可能会通过策划一些展览来印证或者说展开对理论的思考，展览不一定做大，关键在于方法论上有所创新；另一个是研究中的实践，其实在新美术馆学的研究中会结合大量的案例，如机构历史的案例、经典和特殊展览的案例等，我们会针对新美术馆学中的某个问题而找到相关的案例，并进行重新分析和分类，从中发掘出这些案例集中反映的新美术馆学某个层面的东西，使这些案例成为理论论据的同时也为它们阐释出新的意义，譬如中央美院美术馆两届“CAFAM 未来展”的提名机制，第三届“CAFAM 双年展”的协商式的展览机制蕴含了美术馆与生态调查、美术馆去权力化的讨论空间，可以从新美术馆学的角度重新对它们进行解读。

目前已着手在广州美术学院成立“新美术馆学研究中心”，研究中心作为新美术馆学的实体，它的工作计划将分为六个方面：第一是出版同名刊物，围绕新美术馆学的研究重点有计划地组稿和编译国内外文章；第二是出版一套丛书，方向为美术馆理论和当代文化研究理论，包括国内作者专题写作和国外优秀著作翻译；第三是组织相关方向研究生的招生培养；第四是进行策展实践，以实验性的展览策划为主，推出展览理念与其他机构合作，美术馆群也期待中心能够成为它们的策展和研究的主体，肯定会有一些展览从这里生发；第五是举办相关讨论，既有小型的青年讨论会，也有规模更大的国际论坛；第六是建立现当代展览档案库，为新美术馆学的研究提供基础性材料。

新美术馆学的实践计划与展览和策展的结合较为密切，其实美术馆的范畴中还包含公共教育、藏品研究等方向，公共教育和藏品是很大的板块。我始终认为美术馆的知识生产和公共教育应两方面并重，美术馆有双重身份，它既是建构有学术高度的思想实验室，又是能够进行全民文化和美育普及的教育机构。当下的公共教育面临很多新的问题，从公众需求到教育方式，我们希望能够结合具体的机构项目来尝试一些新的教育手段。藏品方面，新美术馆学视野下对藏品的研究将聚焦藏品物的身份和藏品陈列在新的美术馆时代具备的意义，以及藏品如何回应数字化等议题，关于藏品的研究和展示实践需要与机构结合在一起来开展，但在此之前，理论层面先进行一些分析和讨论是极其重要的。

因此，如果我们能够以新美术馆学作为一种理论思考、学科研究及实验实践的方法手段来介入中国的美术馆工作，我想，我们的美术馆学科理论及美术馆的社会实践就有可能打开新的一扇窗，并进入一个新的天地，我们共同努力并期待着！

王璜生，美术学博士。中央美术学院学术委员会委员、教授、博士生导师。广州美术学院美术馆总馆长，新美术馆学研究中心主任，享受国务院政府特殊津贴专家，中国博物馆协会美术馆专业委员会副主任，中国美术家协会策展艺委会副主任。德国海德堡大学、南京艺术学院、中央民族大学、澳门城市大学特聘教授等。2000—2017年任广东美术馆馆长、中央美术学院美术馆馆长。2004年获法国政府颁发的“文学与艺术骑士勋章”，2006年获意大利总统颁发的“骑士勋章”，2013年获北京市“北京市优秀教育工作者”称号。创办和策划“广州三年展”“广州国际摄影双年展”“CAFAM双年展”“CAFAM未来展”“北京国际摄影双年展”等大型展览。曾为“韩国光州双年展”评委，希腊“视觉中的奥林匹克”国际展评委，“CCAA奖”评委，“威尼斯双年展中国馆”专家组评委等。

艺术的现场　时代的现场　历史的见证

——从《人民日报》关于中国美术馆的报道管窥新中国美术馆学的建构

徐红梅

摘　要： 58年来，《人民日报》有关中国美术馆的新闻短讯、深度报道，就像一行行大大小小、深深浅浅的脚印，循着它们，可以从新闻现场走进艺术现场、时代现场，综观中国美术馆作为美术馆学的重要建构者，对美术创作的引领，对公共文化建设的推动，那是新中国美术馆学不断成熟完善的时代足迹，更是新中国文化事业繁荣兴盛的历史见证。

关键词： 人民日报；中国美术馆；传媒视角；美术馆学

"《人民日报》是中国共产党中央委员会机关报……是中国第一大报，1992年被联合国教科文组织评为世界十大报纸之一。"

"中国美术馆是中国唯一的国家造型艺术博物馆……是新中国成立以后的国家文化标志性建筑……是中国美术最高殿堂。"

《人民日报》上有关中国美术馆的众多报道通过传媒的视角，时间轴上的路径信息，勾画着新中国美术馆学的重要特征。数据表明，1946年5月至2019年12月，《人民日报》上涉及中国美术馆的文章共计2796篇，其中相当一部分文章是与中国美术馆的历史、与新中国美术史息息相关的重要活动的记录。比如中国美术馆建成之后举办的第一个大型展览便是1962年的第三届全国美展，这也是《人民日报》关于中国美术馆的最早报道。

这些记录联通着国家富强、社会进步、人民享受更高水平公共文化服务、新中国美术蓬勃发展的第一现场，可谓历史的见证，所以从《人民日报》关于中国美术馆的报道管窥新中国美术馆学的建构，可以直观感受时代前行的步伐，进一步确认新时代中国美术馆学的发展趋势和走向。

新中国美术的第一现场

就新中国美术的发展而言，集美术作品的展览、收藏、研究、修复于一身的中国美术馆，无疑具有不可替代的重要作用。无数作品都是通过这个艺术殿堂进入专家视野、大众视野，乃至进入中国美术史的，美术馆的传播功能让这里成为新中国美术的第一现场。而在这里展出的重要作品、举办的重要活动也通过《人民日报》等媒体得到了记录和更为广泛地传播。

中国美术馆官网上有关馆史的介绍，是1958年开始兴建，1963年由毛泽东主席题写“中国美术馆”馆额并正式开放。而《人民日报》有关中国美术馆的最早报道却是在1962年5月23日。

当时正值《在延安文艺座谈会上的讲话》发表20周年，当天的《人民日报》头版几乎整版内容都与此有关：头条是一篇社论《为最广大的人民群众服务》，左下角是消息《首都文艺界举行座谈会和学术报告会》，右下角也是一则消息，主标题是《全国美术展览会今天开幕》，副标题是《陈毅习仲勋副总理到中国美术馆参观预展》。正如文中所说，这个展览会是文艺界纪念毛泽东主席《在延安文艺座谈会上的讲话》发表20周年的主要活动之一，所以受到了党和国家领导人的高度重视。今年全国美展的举办恰逢习近平总书记《在文艺工作座谈会上的讲话》发表5周年。

如果细细研读报道的内容，可以清楚地看到时代的印记。1962年的报道显示，第三届全国美术作品展览会“共展出绘画、雕塑品一千一百一十五件，工艺美术品和设计图稿共三百五十五件，美术出版稿五百四十四册（幅）。这些展品是从1942年到现在，二十年来全国专业和业余美术工作者创作的优秀美术作品的一部分。其中解放前的作品约占八分之一”。从2014件的展览容量，我们可以遥想当年美术馆内的盛景。

引人关注的还有1977年为庆祝华国锋同志任中共中央主席、中央军委主席以及粉碎“四人帮”而举办的全国美术作品展览，当年4月13日的《人民日报》在第3版推出了一个整版，共有1件作品和3篇文章：右上为《扫除四害，百花齐放》，左下为《革命先辈的英雄形象鼓舞着我们前进》，右下为《美术战线气象新》，这篇文章的署名是“中国美术馆服务组”，文中这样介绍此次美展：“展出以来，我们服务组的同志每天接待上万的观众，还接待了四十多个国家的外国朋友。许多外地观众也赶来参观。许多观众在作品前拍照、临摹，反复细看，赞不绝口。还有的人从早晨开馆开始，一直参观到下午，流连忘返。这情况，是以前历届美展所没有的。参观的人多，展览厅很拥挤，但由于观众聚精会神地看作品，秩序比往年还要好。特别是美展作品在广大观众心中引起的强烈共鸣，更是以前历届美展远远达不到的。”

这是艺术的现场，也是时代的现场。今天的美术馆和全国美展与几十年前两相比较，从时代条件到作品本身，方方面面都已经有了非常大的变化，但无论是办馆，还是办展，对党的文艺方针政策的遵循都没有变，研究新中国美术史和美术馆的发展历程离不开时代的现场。

国与国交流的重要平台

作为中国美术的最高殿堂，从建馆之初，中国美术馆便肩负着服务大国外交的重要使命，对促进国际文化交流与艺术对话，以及新中国美术的蓬勃发展，起到了重要的推动作用。这些重要时刻在《人民日报》上都有翔实的记录。

从1963年开始，一系列外展在中国美术馆举办，如“越南争取祖国统一斗争美术作品展览”“朝鲜民主主义人民共和国成立十五周年图片展览”“中国・日本版画交流展览会”“柬埔寨王国图片展览”“锡兰手工艺纺织品展览”“阿尔巴尼亚造型艺术展览”等，这些20世纪60年代举办的展览绝大多数来自亚非拉国家。从70年代开始，“芬兰建筑艺术图片展览”“加拿大风景画展览”“比利时挂毯展览”等来自欧洲、北美洲国家的展览也开始出现在中国美术馆，其中不乏在美术界产生巨大反响、对美术创作产生巨大推动力的展览。

例如，1978年3月，“法国十九世纪农村风景画展览”在中国美术馆举办，这在当时是中国美术界的一件大事，可以说是新时期中国接触和认识西方艺术的开篇。《人民日报》先后发了4条消息，分别介绍了展览在法国预展、与之相关的外事往来、在中国美术馆开幕、谷牧副总理参观画展的实况。

再如进一步开阔国人眼界的“波士顿博物馆美国名画原作展览”。1981年9月2日，《人民日报》在第4版刊发了展览在中国美术馆开幕的消息，其中包括美国总统里根为展览写的书面祝词。这是中美两国建交后，根据1980年至1981年度中美文化交流执行计划，在中国举办的第一个美国大型艺术展览。随后，金维诺先生在9月29日第8版发表了《看〈波士顿博物馆美国名画原作展〉有感》一文，对美国的绘画艺术和波士顿博物馆为此次展览和保存本国艺术品所付出的努力阐述了自己的看法。

当然，《人民日报》还有很多关于中国文化走出去的报道，其中有相当比例的内容都与中国美术馆有关，包括历任中国美术馆馆长在国际交流中参与的重大活动，《人民日报》也有报道。例如今年中国美术馆、巴黎中国文化中心和中外文化交流中心共同主办的“感知中国・意在巴黎——中国美术馆藏精品展”在法国的举办，以及吴为山馆长创作的人物群像雕塑《百年丰碑》落户法国蒙塔日市邓小平广场，这些都已成为中法友谊的见证。

通过这些重要活动、重要时刻的记录，可以窥见中国美术馆在文化外交的重要地位和在交流互鉴方面所发挥的重要作用，可以深化对时代浪潮、大国外交、人类文明进步和中国文化自信的理解。

美育的第一课堂

中国美术馆是公共文化服务平台，是美育的第一课堂。

原作的魅力永远是无可替代的。在经济不够繁荣、画册很少很贵、出国很难的年代，在中国美术馆举办的国内外的艺术展览，对美术工作者、艺术爱好者接近艺术、了解世界，尤其是通过看原作理解艺术，更新观念，起到了普及与提高的重要作用。在国家富强、民族振兴、人民幸福的新时代，虽然艺术资讯越来越发达，出国参观博物馆越来越方便，但中国美术馆依然是美育的第一课堂。近几年，“美在新时代——庆祝‘十九大’胜利召开中国美术馆典藏精品特展”“美美与共——中国美术馆藏国际艺术作品展”等观者如潮的盛况便是最好的说明——馆藏精品点燃了大众的观展热情，寒风中等待入场的长队超过1000米，美术馆不断加开夜场以满足观众的参观需求……对于这些现象和举措，《人民日报》均有关注。

无疑，中国美术馆作为国家级的艺术殿堂，拥有无可比拟的天然优势，比如它的馆藏体系，可以构成新中国美术的视觉史诗。当然，这一国家级艺术殿堂不是生来就完美无瑕，也会在时代的发展中面临挑战，尤其是在美术馆数量大幅增加、馆舍规模明显扩大，民营美术馆从无到有、从小到大高速发展的新世纪，中国美术馆在不断转型，也代表了新中国美术馆学的不断建构、发展和完善。

1963年建馆之初，毛泽东主席在题写馆名时删掉了“展览”二字，从“中国美术展览馆”到“中国美术馆”，为这一场馆的定位指明了方向——一座国家级的美术博物馆。然而很长一段时期，中国美术馆还是更多地发挥着展览馆的功能，博物馆的功能还不突出。新世纪初，中国美术馆开始了规模空前的“变身计划”，场馆全面修缮，内部空间分割更趋合理，对展陈、研究、收藏等工作进一步重视，以完成从“美术家的展览馆”到“公众美术博物馆”功能上的转变，面貌焕然一新，成为当时社会关注的热点。

2005年，笔者专访中国美术馆时任馆长冯远，在《人民日报》6月3日第14版发表了《中国美术馆从美术展览馆向美术博物馆转变——构建国家级艺术殿堂》一文，同时见报的还有邵大箴先生的《建一座真正的美术馆》。这组文章在当时引起业界广泛的关注，并获得报社的好新闻一等奖，以及文化部当年的“文化新闻奖”，记录了新中国美术馆学在实践层面上的一次飞跃。

此后10多年间，国家不断加大对公共文化建设的资金投入力度，深入推进全国博物馆、美术馆等公益性文化设施向社会免费开放，中国真正迎来了美术馆时代。此后，美术馆界的发展变化日新月异——从文化部“全国美术馆馆藏精品展出季”活动持续发力，推动了全国各地、各级美术馆的专业建设，到中国美术馆通过典藏活化、加大公共教育、宣传推广、衍生品开发力度、配套服务等办馆理念，推动国家级藏品走向东西部地区、少数民族地区，带动了美术馆界的文化共享、资源共享，这些促进基本公共文化服务均等化、保障各地区群众基本文化权益的新举措，通过《人民日报》的记录，成为时代发展的印记。

美术馆的社会功能、美育功能不断完善，不断拉近美术馆与大众的距离。以博物馆、美术馆、图书馆等为代表的文化场馆正日益成为大众文化消费的重地，走进美术馆早已成为大众生活的一种文化依赖，这些都与中国美术馆的学术建设密不可分。它构筑起一块文化高地。新时代，它依然是美术馆学的重要建构者、引领者。可以预见新时代的美术馆学也将在国家收藏与文化共享之间继续拓展，通过跨界合作、数字化建设等路径，建构“美术馆＋”模式，进一步促进美术创作、展览、研究、收藏的联动，作为点亮美好心灵、坚定文化自信的重要引擎，继续激发公共文化事业的活力，塑造艺术空间的无限可能。

2019年12月

徐红梅，1976年生于山东郓城。毕业于南开大学文学院东方艺术系中国画专业，师从陈玉圃先生。2004年至今在人民日报社文艺部工作，高级编辑，现任美术编辑室主编。中国美术家协会美术理论委员会委员、北京美术家协会理论艺委会委员。曾获第二十一届中国新闻奖。

时代记忆与“全国美展”

——略谈1972—1975年的美术活动

杨　子

摘　要： 1972—1975 年，中国美术馆举办了四次全国性美术展览，成为“文革”期间最具代表性与影响力的美术活动。围绕展览创作产生的数千件作品，其中许多已汇入中国美术馆藏品序列的洪流，成为抒写时代记忆的经典馆藏。本文以此为出发点，在梳理四次美展形成的主旨和动因、规模和内容的同时，将这一时期的全国美展作为特殊历史时期的艺术实践进行政治、历史、文化上的研究，并对由此延伸出来的美术机构机制、展览运作模式、艺术创作与作品征集形式进行解读。

关键词： 1972—1975 年；全国美展；美术活动

1966—1976 年，中国美术馆举办了 5 次规模巨大、具有“全国美展”性质的展览，分别是“文革”前期 1967 年 10 月由中央文革小组文艺组主办的“毛主席革命路线胜利万岁”美展；“文革”后期由国务院文化组主办的 1972 年“纪念毛主席《在延安文艺座谈会上的讲话》发表三十周年全国美术作品展览会”；1973 年“全国连环画、中国画展览”和“户县农民画展”；1974 年“庆祝中华人民共和国成立二十五周年全国美术作品展览会”和“上海、阳泉、旅大工人画展览”；1975 年“全国年画、少年儿童美术作品展览”。围绕展览创作产生的数千件作品，其中许多已汇入中国美术馆藏品序列的洪流，成为抒写时代记忆的经典馆藏。

一、展览的主旨和动因

全国美展指规格最高、规模最大的国家级美术作品展览。根据这个定义形成全国美展的必要条件有四个，一是权威性，二是全国性，三是综合性，四是艺术性，以及可持续性、主题性、广泛性等其他特征。特别是权威性，指的是美展的组织方、主办方须是国家文化行政的最高机构，“文革”期间，由于分管文化的组织机构发生变化，因此主办全国美展的机构也发生了更替。具体来讲，“文革”之前分管美术工作的机构主要有国务院文化部、中国文学艺术界联合会（以下简称“文联”）以及中国美术家协会（以下简称“美协”)。“文革”开始之后，文联和美协相继解散，文化部也停止了工作，取而代之的先后有中央文革小组文艺组和国务院文化组。这些美术机构在“文革”前后短暂地交替，但均具有筹备国家级展览的职能。①

在研究过程中，笔者认为1967年10月由中央文革小组文艺组主办的“毛主席革命路线胜利万岁”美展十分重要，它是“文革”后期，也就是1972—1975年美展发生的动因和基础之一，直接影响着70年代全国美展的理论架构与组织特征。比如革命化、战斗化与群众化，这三个“文革”时期全国美展的标志性特征便形成于此，总结发表于1967年11月28日的《人民日报》②。

这场全国性的美术展览证明了“文艺领域里已经起了翻天覆地的大变革”，“帝王将相、才子佳人、花鸟鱼虫、山水风景的陈旧题材的作品，已经从展览会中清除了出去”，转而更多地表现张思德、白求恩、雷锋、焦裕禄等工农兵和英雄形象。③特别是集体创作的大型泥塑《红卫兵赞》，这件由100多个人物形象组成的群雕，仅用20天就完成了。但严格来说，1967年的美展只在规模、类别和级别上符合全国美展的条件，而就艺术性而言，并没有达到具备样板级别的专业水准。这一是缘于创作时间紧迫，仅短短四个月的筹备，就在中国美术馆展出了来自全国各地的1600多件作品；二是缘于这一时期工农兵创作者还没有接受相应的美术训练；三是缘于对所谓“专业”和“权威”的反击，使创作有意朝着重内容表达轻技巧表达的方向走去。④取而代之的是速成的、图说性的、大字报式的表达方式。

1970年，新的国家文化机构——国务院文化组成立，随着“文革”前期乱象的结束，国家各类事业发展趋于平稳，国家级美术类展览在新的文化机构重组之后逐渐复苏，使得这一时期的全国美展不仅是政治宣传的需要，也成为当时美术工作者自我专业实现的最佳途径与最高理想。据统计，“文革”后期，

---

① 中央文化革命小组是中国共产党中央委员会在1966年5月建立的一个机构，隶属于中共中央政治局常委会，简称“中央文革小组”。国务院文化组是国务院下设的，中华人民共和国国务院，即中央人民政府，是最高国家权力机关的执行机关，是最高国家行政机关；而文革小组是中共中央委员会设立的，隶属于中共中央政治局，其政治地位高于国务院文化组。

② 1967年11月28日的《人民日报》特别发表了“中央直属美术系统革筹小组”评论组的文章《毛主席革命路线胜利的颂歌——评“毛主席革命路线胜利万岁”美展》，文章总结道：“美展的第一个特点，是它的革命化。……美展的所有作品，集中地表现了这一伟大的主题。从大型泥塑到小巧的纪念章，从巨幅油画到精细的剪纸，每一件作品，都是为了宣传战无不胜的毛泽东思想，歌颂我们心中最红最红的红太阳毛主席。”

“美展的第二个特点，是它的战斗化。……这次展览，几乎所有的作品都是在两条路线的激烈斗争中产生的。它反映了广大工农兵群众和红卫兵小将紧跟毛主席的战略部署，高举毛泽东思想伟大红旗奋勇前进的壮丽图景，反映了广大工农兵群众在两条路线激烈斗争中的英勇场面。这些作品已成为无产阶级革命派对敌斗争中的有力武器。”

“美展的第三个特点，是它的群众化。……这次美展60%以上的作品都是工农兵的作品，作品的内容也大都是反映工农兵的斗争生活。上海的毛主席语录画，其中有70%都是工农兵业余美术作者创作的。《红卫兵赞》泥塑群像，也是解放军战士、红卫兵和革命的专业雕塑工作者相结合的产物。可以说，这次美展是革命的美术创作在广大工农兵群众中的一次普及，一次提高。”

③ “中央直属美术系统革筹小组”评论组：《毛主席革命路线胜利的颂歌——评“毛主席革命路线胜利万岁”美展》，《人民日报》1967年11月28日。

④ 朝辉：《为复辟资本主义效劳的美术纲》，《人民日报》1967年1月11日。给“旧美协”领导蔡若虹、华君武的罪名就是他们“不仅不组织专业美术工作者为工农兵服务，而且也不让工农兵自己掌握美术的宣传武器，对工农兵的美术创作一贯采取轻蔑的态度。蔡若虹污蔑‘大跃进’时期群众的美术作品是‘简单化’‘粗制滥造’。华君武也攻击‘大跃进’以来的美术创作是‘只顾群众，不顾专家’，叫嚷‘专家不画，出不来好作品’。还攻击党的各级领导‘不懂艺术，叫画什么就得画什么’，攻击在美术创作中走群众路线是‘多、快、省，并不好’”。

美术展览数量迅速回升至 74 次[①]。其中，以国务院文化组组办的 1972—1975 年的四次“全国美展”规格最高、最具代表性，影响也最为深远。

那么为什么选择在 1972 年在中国美术馆重新举办全国性、多画种的大型美术展览呢？

从政治背景上讲，1971 年以来，周恩来在毛泽东的支持下主持党中央的日常工作，保证了国民经济稳步恢复和增长。从基辛格秘密访华到 1972 年年底，我国陆续与 41 个国家建立或恢复了外交关系[②]。其中包括 1972 年的 2 月毛泽东同意接受尼克松的来访，中美上海《联合公报》标志着中国准备与西方重新对话”[③]。文化艺术作为对外交流的重要一项，自然也要提上日程。

从文化契机上讲，1970 年，根据当年的国务院机构精简方案，撤销了文化部，成立了国务院文化组[④]。文化组的成立主要是为“样板戏”服务的[⑤]，样板戏的大获成功对美术领域的改造提出了更高的要求，如何检验美术口的成绩呢？由国家文化权威机构主办的艺术展览无疑是最需要的。王曼恬时任国务院文化组美术组的组长，分管全国美术工作。她在工作期间曾提出“美术创作也要搞三突出”（即在所有人物中突出正面人物，在正面人物中突出英雄人物，在英雄人物中突出最主要的中心人物），希望在美术领域树立新样板。

这一时期，全国美展被赋予了“教育人民，打击敌人”的政治重任。1972 年正值毛泽东《在延安文艺座谈会上的讲话》（以下简称《讲话》）发表 30 周年，王曼恬上任的首要任务是以《讲话》为纲领，规划组织筹办全国美术展览。“美术组”便提交了关于在 1972 年举办“纪念《讲话》三十周年全国美术展览会”的报告，周恩来亲自做了同意的批示。全国美展的筹备工作于 1971 年紧锣密鼓地开展起来，经历了一段展览空白期的中国美术馆，也于 1972 年迎来了国务院文化组美术组的进驻，全面配合美术组的各项工作，积极展开 1972 年全国美展的筹备工作。此后四年间的全国美展延续了这个模式，一大批多年没有机会进行艺术创作的美术工作者迎来了曙光，国家级全国美展的举办将给予他们再次进行创作的机会。

综上所述，1972 年是举办全国美展的最好时机，形成了可复制的展览运作模式，为保证此后 1973 年、1974 年、1975 年美展组展的高效运转奠定了稳固基础。国务院文化组美术组的职能包括作品征集、

---

① 参见中国美术馆编《中国美术年鉴》（1949—1989），广西美术出版社 1993 年版；中国美术馆编《向祖国汇报——新中国美术 60 年》，人民美术出版社 2009 年版。

② 李松晨等主编：《“文革”档案》（1966—1976），当代中国出版社 1999 年版，第 223 页。

③ 吕澎：《作为政治根据的美术——阶级斗争与文化大革命事情的艺术》。99 艺术网专稿，99 艺术网 2009-09-28，http://news.99ys.com/20090928/article--090928--30696_1.shtml。

④ 《对设立国务院文化组请示报告的批语（1）》，《建国以来毛泽东文稿》，中央文献出版社 1998 年版，第 13 页。
周恩来等 1970 年 3 月 11 日给毛泽东等写报告说，昨天中央政治局会议商定：
（一）在国务院之下设立一文化组，管理有关文艺、电影、出版、图书、博物等方面的工作。
（二）文化组的思想政治领导属中央政治局，政治局分工归中央文革；文化组的行政领导属国务院，党中央对该组的指示和决定，由国务院组织实施。
（三）文化组设组长、副组长和组员若干人，提议吴德为组长，刘贤权为副组长，石少华等七人为组员。
（四）文化组设一小的工作机构。
毛泽东阅后，写了“同意”的批语。

⑤ 《时任国务院文化组组员于会咏言》，转引自莫伟鸣、何琼《“文化大革命”时期的“样板戏”图书出版物》，《党史文苑》（纪实版）2007 年第 5 期。

组织展览、评审以及出版整理各类参展美术作品的画册选集等。1972—1975 年，每一年都以国务院文化组美术作品征集小组的名义出版作品选集。这一时期最具代时代精神的视觉符号也通过展览、出版的形式被记录、保留了下来。

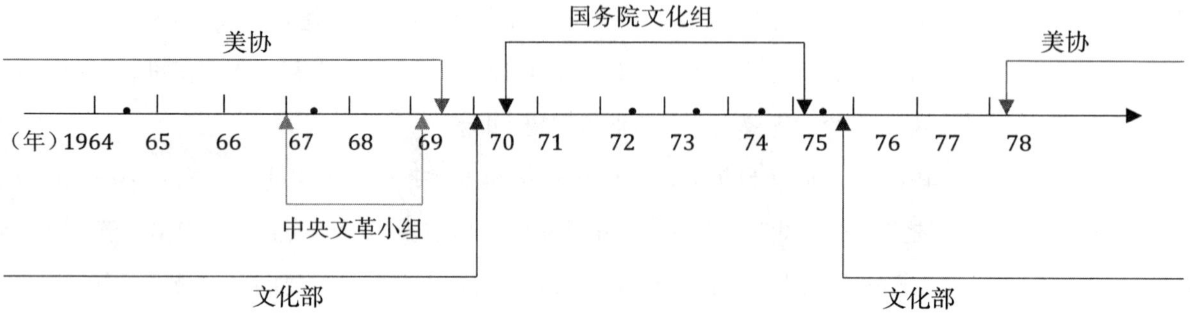

"文革"前后国家级文化机构运行时间图例（•处为全国性的美术展览）

· 1964 年 9 月"庆祝中华人民共和国建国 15 周年全国美展"（第四届全国美展）
· 1967 年 10 月"毛主席革命路线胜利万岁"展
· 1972 年 5 月"纪念毛主席《在延安文艺座谈会上的讲话》发表三十周年美术作品展览会"
· 1973 年 10 月"全国连环画、中国画展览"和"户县农民画展览"
· 1974 年 10 月"庆祝中华人民共和国成立二十五周年全国美术作品展览会"和"上海、阳泉、旅大工人画展览"
· 1975 年 10 月"全国年画、少年儿童美术作品展览"

二、展览的规模和内容

（一）1972 年"纪念毛主席《在延安文艺座谈会上的讲话》发表三十周年全国美术作品展览会"

1972 年，"纪念毛主席《在延安文艺座谈会上的讲话》发表三十周年美术作品展览会"于 5 月 23 日在中国美术馆开幕，被报道称为自"文革"开始以来，我国以国家名义举办的第一个全国美术展。展览历时两个月，共展出 270 多件（共 300 多幅）美术作品，各界人士踊跃参观展览，参观高达 93.5 万人次之多。各国驻华使节、各国专家和来华进行友好访问的外宾，也参观了展览。[①] 展览开幕翌日，《人民日报》即在头版显著位置发表标题为《在毛主席无产阶级革命文艺路线的指引下，我国涌现出一批优秀美术和摄影作品》的文章，高度赞扬这次展览的所有作品都是"以饱满的政治热情和明朗的色调，歌颂了伟大领袖毛主席和毛主席无产阶级革命路线的胜利，抒发了我国各族人民热爱党热爱毛主席的深厚无产阶级情感，描绘了我国社会主义革命和社会主义建设的壮丽图景，塑造了各条战线上的无产阶级英雄形

① 《全国美术作品和摄影艺术作品展览闭幕》，《人民日报》1972 年 7 月 24 日。

象”[①]。1972年美展的特点也被总结为：

1. 参展作品题材的广泛性和形式、风格的多样性。这次展览的作品均是经各省区市推荐，从群众创作的大量美术作品中选出的，包括国画、油画、版画、连环画、年画、宣传画、水粉画、剪纸等多种艺术新式。“大多数作者都力图站在阶级斗争和路线斗争的高度，从现实中选择和概括题材”，同时“学习革命样板戏塑造人物的经验，调动一切绘画手段，努力歌颂无产阶级，塑造工农兵的英雄形象”。[②]

2. 工农兵业余美术作品在展览中占据大比重。据《人民日报》刊登新华社报道这次展览的作品，工农兵业余美术工作者约占65%，标志着广大工农兵群众成功地占领了美术阵地，成为美术的主人。其中油画《要把无产阶级文化大革命进行到底》（侯一民、邓澍、靳尚谊、詹建俊、袁浩、杨林桂集体创作）、《毛主席与我们心连心》（陕西省美术创作组）、《在大风大浪中前进》（唐小禾）、《毛主席视察广东农村》（陈衍宁）、《虎口夺铜》（吴云华）、《“我是海燕”》（潘家峻）、《针麻传统创奇迹》（汤沐黎）、《延安的火炬》（蔡亮）、《铜墙铁壁》（蔡亮、张自嶷），国画《矿山新兵》（杨之光）、《南方油城》（关山月）、《锦绣江南鱼米乡》（钱松喦）、《煤海盛开大庆花》（李延生、黄发榜、任贵生）、《上大学之前》（温承诚），版画《源源出场》（集体创作、胡传治执笔），农民画《喜摘新棉》，宣传画《做人要做这样的人》（单联孝）等在美展中脱颖而出，被大量发行。

作品中不乏以“美术创作组”集体署名的情况，“美术创作组”主要成员通常由专业人员组成，创作的作品采用“三结合”[③]模式，即“领导出题目、画家来创作、群众提意见”。

（二）1973年“全国连环画、中国画展览”和“户县农民画展览”

1973年10月1日，在全国人民热烈庆祝新中国成立24周年和十大闭幕之时，由国务院文化组举办的“全国连环画、中国画展览”在中国美术馆开幕，同时展出户县农民画。展期历时一个半月，接待观众近80万人次。[④]这次连环画、中国画展览会上展出了97套连环画，168幅中国画，同时展出了陕西省户县农民画家的179件作品。[⑤]国务院文化组美术作品征集小组还编辑出版了《户县农民画选集》[⑥]影响巨大。

这届美展起到了发展连环画、改革中国画、扶植农民画的作用。在题材方面，沿袭了1972年的主题创作精神——描绘毛主席的光辉形象，反映三大革命运动，刻画工农兵时代形象等。与此同时，1973年正值批林整风运动热潮，许多作品也紧扣这一主题。

随着展览的进行，文艺界对中国画创新提出了新要求。《人民日报》1973年10月14日发表了闻梅的文章《中国画要有时代感》，文中谈到“作品的时代感，首先是由作品的题材和由这一题材所揭示的主

---

① 《在毛主席无产阶级革命文艺路线的指引下，我国涌现出一批优秀美术和摄影作品》，《人民日报》1972年5月24日。

② 闻纪：《社会主义美术创作的成果》，《人民日报》1972年7月16日。

③ 1964年第4期《美术》刊载了那狄的《部队美术工作革命化的道路》，文中指出要“采取领导、作者、群众三结合的方法”。

④ 《“全国连环画、中国画展览”和“户县农民画展”“一九七三年全国摄影艺术展览”在北京闭幕》，《人民日报》1973年11月22日。

⑤ 《坚持“为工农兵而创作，为工农兵所利用”的方向，贯彻“百花齐放，推陈出新”的方针 “全国连环画、中国画展览”和“户县农民画展”“一九七三年全国摄影艺术展览”十月一日在京开幕》，《人民日报》1973年9月30日。

⑥ 全国美术作品展览办公室编：《户县农民画选集》，人民美术出版社1974年版。

题思想体现出来的。例如一些描绘无产阶级革命领袖光辉形象和伟大革命实践……都体现着我们时代的脉搏，富有深刻的教育意义”[①]，认为京剧革命已做出了光辉的典范，因此中国画的笔墨形式也要相应地革新，来表现社会主义时代，塑造工农兵英雄形象。不仅是人物画，山水画、花鸟画也应为时代而改革，本次展览中展出的《绿色长城》被称为新中国山水画范本。而在农民画集的《前言》中写到宣传农民画的重要意义在于：“为进一步繁荣社会主义美术创作，和促进专业美术工作者的思想革命化起到一点作用。”可以理解为农民画展的策展理念。

在连环画的创作上，高度肯定了如《英雄的大庆工人》《大寨之路》《白求恩在中国》《无产阶级的歌》《鲁迅——伟大的革命家、思想家、文学家》《马克思刻苦读书的故事》等作品在塑造无产阶级英雄形象上的成功，强调连环画是意识形态领域的重要阵地，也是教育广大革命接班人的重要工具。这些作品的原稿均入藏中国美术馆。

（三）1974年“庆祝中华人民共和国成立二十五周年全国美术作品展览会”和“上海、阳泉、旅大工人画展览”

1974年10月1日，为庆祝中华人民共和国成立25周年举办的“全国美术作品展览”和“上海、阳泉、旅大工人画展览”在中国美术馆开幕，“全国美术作品展览”展出430件作品，“上海、阳泉、旅大工人画展览”展出172件作品。这602件作品包括中国画、油画、版画、雕塑、年画、连环画、宣传画、水粉画、剪纸、磨漆画等，开幕仅一个月，参观人次就超过了40万。[②]有意味的是，这一年的威尼斯双年展由于全球范围内的“学潮”影响暂停一届[③]。

这一年正值“批林批孔”运动铺天盖地展开，几乎所有的评论文章都将这次画展的成败与“批林批孔”和反“文艺黑线回潮”联系起来。阎士超在文章《批林批孔结硕果》中谈到“这次展出的作品，不论是数量还是思想和艺术质量都比过去有了明显的提高，特别是工人阶级在批林批孔运动中也满腔热情地拿起画笔创作出很多好作品”[④]。被点名表扬的作品有中国画《千秋功罪我们评说》（延生、侯杰）、《势如破竹》（杨德树），油画《连续作战》（尚丁）、《课前》（李秉刚），版画《出发之前》（张宏锋）等。

第一个特点是批林批孔运动中对《女儿经》的批判使女性作者和女性题材作品备受瞩目。1974年10月10日，《人民日报》刊登了程秀华、张玉荣的文章《劳动妇女的颂歌》，其中称赞道：“特别是这次展出中，歌颂我们劳动妇女的作品数量之多，题材范围之广是前所未有的，生动地反映了‘时代不同了，男女都一样。男同志能办到的事，女同志也能办得到’。”[⑤]代表作品有油画《青春红似火》（柳青）、《春雨》、《党的委托》（田克盛）、《点点滴滴记心头》（李仁杰），中国画《深夜不眠》、《比新茧》（沈成）等。

第二个特点是描绘各条战线的新生事物的画作大大增多。据统计展览有200多件作品是反映工、农、

---

① 闻梅：《中国画要有时代感》，《人民日报》1973年10月14日。

② 《美术战线的新喜讯——“全国美术作品展览”和“上海、阳泉、旅大工人画展览”巡礼》，《人民日报》1974年11月10日。

③ 1968—1973年，威尼斯双年展受到席卷世界的文化革命风潮的震荡，并且因为学潮余波未息，双年展改革在即，原定1974年举办的双年展暂停一届。这一时期共举办了13届双年展。

④ 阎士超：《批林批孔结硕果》，《人民日报》1974年10月10日。

⑤ 程秀华、张玉荣：《劳动妇女的颂歌》，《人民日报》1974年10月10日。

文教、国防等各项社会主义事业新成就与新胜利的。如反映“赤脚医生”——《渔场新医》(陈衍宁);知识青年上山下乡——《春风杨柳》、油画《又长了》(宋立明、杨光间);革命干部前进在“五七”大道上、自卫反击战——组画《西沙凯歌》(谢耀庭、曾照欣、彭强华、赵炽挺)、《西沙女民兵》(裴建华)、《上前线》(秦大虎)等。还有一些历史主题创作,如《步调一致才能得胜利——1928年毛主席在桂东沙田颁布〈三大纪律八项注意〉》(高虹、彭彬、何孔德)悬挂于中国美术馆1号厅中央。

第三个特点是工农兵不仅积极进行美术创作,而且热情参加美术评论。出席这届全国美展作品评选会议的代表,有三分之一是来自大庆、大寨、上钢五厂、天津站、小靳庄、北京卫戍区某部六连、北京红星中朝友好人民公社等全国先进单位的工农兵。这些事实生动地说明“美术正从少数美术家的小圈子里解放出来,成为广大工农兵群众手里的尖锐武器。我国的美术战线在发生着深刻的变革”①。

此外,在翻阅美展后出版的作品选可以发现,部分作者的名字后面会有一个括号,表明其身份,如尚丁的名字后面是(战士),侯杰是(工人),沈嘉蔚是(军垦战士),将作者的身份职业属性特别标注出来,强调工农兵文艺工作者在美术阵地的权利。

(四)1975年“全国年画、少年儿童美术作品展览”

1975年10月1日,“全国年画、少年儿童美术作品展览”在中国美术馆举办,此次展览共展出年画作品261件,少年儿童美术作品427件。② 展期为两个月,接待观众63万人次。

年画是中国民间广为流传的艺术形式,由于发行量大,成为革命宣传的重要阵地。然而怎么将“四旧”中的“旧民俗”与革命事业联合起来呢?与延安时期在题材上进行融合不同,本次展览体现出另外两条解决方案:一是在技法上批判地继承。如《春风送暖》(张金荣、于化鲤)既保留了一部分民间年画的着色技法,又加入了西方现实主义绘画的表现手法,刻画了工农兵的英雄形象,开创了年画创作的新风尚,在美展中得到广泛认可。二是“为我所用”的方法。许多参展作品不分画种,均被发表为年画。如谢志高、胡振宇、白铭州、魏景山、陈逸飞、杨飞云等一批中青年专业艺术家也投入了展览的创作,虽然其作品在绘画语言上并未包含多少年画所需具备的元素,但由于技法精湛,也被纳入年画之列,成为具有时代特色的年画作品。

阶级教育是新中国少年儿童的一门主课。作为此次展览另一大主题,画展中展现了不少表现少年儿童接受阶级教育、革命传统教育,积极参加阶级斗争的作品。强烈的时代气息和以画言志成为这次展出的少年儿童美术作品的两个突出特点,同时可以看出入选的儿童画也有绘画技巧成熟化,绘画题材革命化的倾向。

---

① 《美术战线的新喜讯——“全国美术作品展览”和“上海、阳泉、旅大工人画展览”巡礼》,《人民日报》1974年11月10日。

② 全国美术作品展览办公室编:《全国年画少年儿童美术作品展览年画选集》(1975),人民美术出版社1977年版。

结 语

总体来说，这一时期的美术创作虽然题材上趋于同一，但创作的热情、产量、参与创作的人数均不可小觑。据 1976 年《美术》复刊号刊登高绵得的文章《坚持美术领域的艺术革命，不许为黑画翻案》中介绍，四次全国美展共展出 2000 多件作品，均是从各地区和部队推荐的 1.28 万件作品中精选出来的；四年里，累计接待参观群众 780 多万人次，远超“文革”以前的全国各届美展。

如此频繁大规模的美术成果展览，造就了无数优秀艺术家，打破了资历、辈分、身份、受教育程度的限制，消除了艺术本体观念和所谓专家、大师的特权，可以说是对全体群众的一次文化艺术（参与资格）的大开放。同时期的诗歌、文学在革命性的冲击下，也给予了群众更多的展示机会，符合“人民当家做主人”的国家理想。这个“当家”是广义的，不仅是政治、经济上的，还必须是文化上的。工农兵既是艺术的创造者，也是艺术表达的重要对象。以“工”(1974)、“农”(1973)、“兵”(1972)、“学”(儿童)(1975)为主体创作的美术作品走进了中国美术馆，形成了独具特色的时代风貌与艺术风格。

综上所述，笔者认为 1972—1975 年四次全国美展具有以下三个方面的特点及意义。

第一是作为政治宣传的工具效能。全国美展自上而下成立了多级美术机构，各省、自治区、直辖市文化局、部队参照国务院文化组美术组下设的美术展览办公室，成立了基层的“展办”，作为中央与地方互动的纽带，美术展览办公室在传达上级精神、组织人员创作、明确绘画选题、评审和收送件工作上扮演着重要的角色，同时还要组织美术工作者进行政治学习和教育。为了做好美展的筹备工作，美术展览办公室负责开展展览创作培训班、美术创作组与改画组等职能部门。由于借助了强大的政策威力与有效的行政手段，其工作效率之高，其组织之健全，经费之有保障，发动面之广，征集作品之多，并且以每年一届的频率高效运转，是其他任何时期的美术机构不可比拟的。

第二是催生了革命美术的样式化。作为“文革”文艺的纲领性文件，《二月纪要》虽然强悍地规约了作为“文革”主导美学形态的“样板戏”的创作方针，同时也不乏一些依然尊重艺术基本规律的合理信息。[①] 美术为政治服务的情况也并不是“文革美术”所特有的，“红光亮”“高大全”的表现方式在“文革”前期就已存在，只不过这些特征在一段时间内作为极端“排他”的风格形式，并且成为概括一个时期美术样式的代名词，还是值得探讨的。因此，当我们细看这四次美展中的经典作品，一方面可以明确辨析其中的“样板”与教条束缚了艺术表达的多样性，另一方面又困惑地发现正是在如此的文艺教条中，又蹊跷地衍生出如《永不休战》《绿色长城》《渔港新医》等富有革命浪漫主义与社会主义现实主义精神的优秀作品。

第三是推出了一批优秀艺术家。展览的作用之一就是推出艺术家，虽然“文革”时期的美术创作，对职业艺术家艺术个性的自我发展是巨大的限制，有的作品甚至都不能署上个人的名字，但依然锤炼出如陈衍宁、陈逸飞、汤小铭等时至今日都深具影响的艺术家。虽然“文革”美术制约了艺术家个性的张

① 惠雁冰:《枝蔓横生的历史现场：重解〈二月纪要〉》,《当代文坛》2008年第5期。

扬，但仍然悖论地凸显了精英艺术家的天赋。“认真”与“投入”在任何时代都是好作品的先决条件，面对“文革”时期一些僵化、机械的艺术信条，他们在“画什么”无法选择的时候，“怎样画”成为他们抒发内心困惑和表达自我最弥足珍贵的方式。

1972—1975年的全国美展作为一个特殊时代的文化样本，留下了不可磨灭的伤痛印迹，围绕美展所产生的经典作品、经典藏品，也为新中国社会主义文化建设留下了一份复杂的、值得研究的视觉遗产。

杨子，毕业于中国艺术研究院研究生院近现代美术史研究与美术批评专业，获硕士学位。现为中国美术馆馆员。2008年参与国家重点课题《中国现代美术史》的研究工作，负责撰写“毛泽东时代的美术”中的工农兵美术部分。2010年起供职于中国美术馆，参与完成数百场展览的推广与活动策划，在国家级核心期刊发表《冷静的实验狂人——从马列维奇到康定斯基》《艺术在隐藏什么——从表现主义到波普艺术》《从分离派到表现主义》等多篇学术论文。

洪流中的空间

——20世纪60年代初中国“美术馆”概念的生成

徐梦可

摘　要：“美术馆”这一概念对美术领域的发展至关重要，放在20世纪50—60年代的语境中，特别是中华人民共和国成立之初的话语背景下，国家美术馆的概念和空间的生成与发展充满了复杂和不确定性，而这也深刻地影响了中国现代美术的发展。本文将美术馆空间、美术作品和美术家所处的时代与其所拥护的意识形态相联系，在审视20世纪50—60年代初的美术诠释框架的同时，从史实出发，重构美术馆概念生成初期的社会结构。

关键词：美术馆；美术体制；文化政策

引　言

1958年5月，中共八大第二次会议上提出了“鼓足干劲、力争上游，多快好省地建设社会主义”的总路线。随之而来的是全国上下为了实现工农业生产的高指标而开展的“大跃进”运动。同年8月，北戴河召开了中央政治局扩大会议，会议决定要兴建十座建筑物为建国十周年“献礼”，这也就是今天为人们所熟知的“首都国庆十大建筑”。随后刊发的首都国庆十大建筑美术工作会议简报《关于十大建筑的意见》列出了这十大建筑的名称，其中“美术馆”位列其中。而这座“美术馆”，就是今天位于五四大街1号的中国美术馆。

然而中国美术馆的建成并非一帆风顺。1959年9月25日，《人民日报》发表了社论《大跃进的产儿》，盛赞首都十大建筑①的魅力。这一次，“美术馆”的名字在其中缺席。直到两年后，美术馆工程才基

① 文中提到的十大建筑是人民大会堂、中国革命博物馆、中国历史博物馆、中国革命军事博物馆、农业展览馆、民族文化宫、北京车站、北京工人体育场、钓鱼台国宾馆和侨联大厦。

本完成并正式验收①。1963年6月1日，毛泽东亲自题写“中国美术馆”馆名，这一应在1959年10月1日亮相的建筑才最终落成。可以说，中国美术馆建设的历程不仅牵动着当时文艺工作者的心弦，也折射出了这一时期美术的发展。不仅如此，作为中华人民共和国成立后建立的第一座（也是唯一的一座）国家级的美术馆，它的建立代表了一个范式的确定，也衍生了诸多问题——什么是美术馆？美术馆的功能是什么？它在国家建设、社会构建、人民生活当中究竟扮演的是什么角色？

要解答上文提到的这些问题，需要从与这些问题息息相关的“大跃进”运动入手。美术馆的空间和概念都诞生于这一运动之中，并在其余波中逐渐发展成长。然而我们需要注意的是，回溯历史，其微妙之处就在于，这一概念既脱胎于彼时国家的文化政策，但又与文艺工作者的现实关怀有着千丝万缕的关系。所以当我们去回顾一个国家级美术馆的建立，或者说回溯一个带有意识形态的概念生成过程的时候，就很容易带着某种政治倾向和主观偏见去描述过去。然而“美术馆”概念不是一天形成的，这个概念充满了矛盾性，而这种矛盾性也成为这一概念生成和其所指空间建立的重要条件。如果我们仅仅从今天对“美术馆”的理解出发去推断这一概念生成的过程，就容易陷入意识形态的神话当中。中国的“美术馆”概念的生成是复杂的，是文艺工作者本身与塑造历史的意识形态、政治社会进程之间相互作用所形成的，并且带有某种程度上的偶然性。本文将力图重构这一概念生成初期的社会结构，并试图探索这一概念生成的过程。

一、在精英化与大众化之间——“大跃进”期间的文化政策

“大跃进”不仅是一项经济改革运动，也是一项在现代化部门中所进行的革命式运动。在“大跃进”开始之初，整个文化领域都被动员起来，期望以此起到支撑经济“跃进”的作用。在这一过程当中，政治和艺术的距离被缩小，美术家们也或多或少地在不同程度上放弃自己的一部分专业追求，以加入“社会主义建设大潮”当中。反观这段历史，从美术学科建设的角度出发，“大跃进”运动本身固然点燃了一种非理性的社会精神状态，但这一事件的发生和发酵绝非偶然，并在一定程度上影响了“美术馆”这一概念的生成。

从1953年到1957年，国家通过政治动员的方式完成了社会重组，并顺利完成了第一个五年计划。在文化领域方面，虽然这五年期间的文艺政策呈现一种波折前进的态势，但在政府的引导下，包括“美术”在内的各领域都进入了一个快速的专业化进程当中。对于学科建设而言这固然是一件好事。但是专业化也带来了严格的学术标准、刚性的诠释架构，以及行业内部森严的等级制度，这让美术创作在职业化、专业化的过程当中受到了一定程度上的反作用力。或者可以说，专业化后的学科面临无法跟上不断变化的政治环境和党治国家新需求的困境。因此，“大跃进”运动的产生，也让人们重新反观美术研究和

① 美术馆工程于1961年12月7日正式验收，详见《关于美术馆配资工程等项目分项验收情况的汇报》，美术馆工程联合办公室，1963年1月12日。美术馆配套工程于12月14日最后验收，详见《关于办理美术馆工程正式验收和接管手续的会议记录》，美术馆工程联合办公室，1963年2月19日。

政治现实之间的关系，并且重新调整了人们对“美术”这一概念本身的理解。

1958年3月15日，文化部副部长刘芝明在“全国艺术科学研究工作座谈会”上明确指出：“艺术科学的历史研究和当前问题的研究要互相关联，不可偏离，而解决当前艺术实践中的迫切问题是艺术科学研究工作的主流。”[①]讲话在《光明日报》上全文刊发。这一讲话中提出了一个重要的问题，预示着“大跃进”运动开始后文艺导向发生的变化——什么是这一阶段中艺术实践中的“迫切问题”呢？换句话说，什么和“美术”的概念最为相关？

实际上，在文化部于同年3月发出的《关于大力繁荣艺术创作的通知》中，这个问题得到了很好的解答。[②]文件内容重点提及了自延安时期就已确立的“普及与提高”的政策，但在1958年，这一政策的内核却发生了一个微妙的变化。必须强调的是，当我们理解“大跃进”期间的文化政策的时候，必须意识到其诞生在一个矛盾的状态之中，“普及与提高”这一政策的演变则很好地体现出了这种矛盾性：这份《通知》中明确表示了文艺普及工作的重要性，不仅如此，它还强调了这一时期的创作的标准——要反映广大的工农群众“所需要和喜爱的”。在延安时期，文艺发展的重点在于“普及”，而“普及”的目的在于“提高”，这里暗含着一种单项的递进关系：党教育干部、干部教育群众。而在大跃进时期，这种单向度的教育关系开始发生变化。当整个社会的情绪都被放大的时候，这种“普及”和“提高”的关系也开始向两极走去。“普及”的目标不再只为了“提高”——这一递进的逻辑关系被打破了。在“大跃进”运动的催化下，美术界的发展开始在精英化和大众化的两极间前行。一个明显的例子就是创作方针的转变，在当时，“社会主义现实主义”的创作方针已经无法满足澎湃的群众运动的需要，取而代之的是“革命浪漫主义”的概念，作为一场革命性的群众运动，民众的情绪非常重要。革命的浪漫主义强调了英雄和理想的野心、浪漫的想象和人的主观性，而牺牲了实在的条件和客观的规律，非常符合这一时期的社会情绪。

从“普及”的角度来说，大众艺术理所应当地成为“大跃进”期间主要的艺术形式。文化部不仅通过一系列会议和文件，强调了农村群众文化工作的重要性[③]，还通过俱乐部和文化馆不断发展“业余艺术家”。除此之外，还系统性地组织杂志和期刊开始出版发行工农兵的创作[④]。

但另一方面，“提高”的工作也在如火如荼地进行中。正如前文所述，普及与提高之间的递进关系仿佛被割裂了，而越来越向两极的边缘延展而去。安雅兰在其著作中提到1959年的中国美术发展有着一个

---

① 刘芝明：《艺术科学研究要紧跟大跃进，指导艺术实践，解决迫切问题》，《光明日报》1958年3月16日。

② 文件表示要“大力创作为广大工农群众所需要与喜爱的多种多样的艺术作品，大力开展深入工农群众的艺术演出以及美术展览活动，广泛地开展群众性的业余的文艺普及工作，并在广泛普及的基础上使艺术创作的思想性与艺术性大大提高一步，有力地为社会主义服务”。

③ 比如3月5日，在下发《关于大力繁荣艺术创作的通知》的同时，就下发了《关于不要轻易撤销群众艺术馆的通知》，其中表明“群众艺术馆目前所存在的问题虽然很多，但它仍然是群众艺术干部队伍中的一个重要组成部分，在目前大力贯彻艺术事业以普及为主的方针，积极开展群众艺术活动的时候，对群众艺术工作的干部队伍宜采取积极态度”；4月20日至30日，文化部在北京召开全国文化厅局长会议和全国农村群众文化艺术工作会议，讨论了农村文化工作的发展规划，提出了农村群众文化工作的任务和方法等。

④ 整个1958年，几乎每一期的《美术》杂志都包括所谓的“大众美术家”的绘画和文章，其占整本杂志版幅的比重迅速增长，有时甚至占据了整本杂志。人民美术出版社也开始于1958年和1959年出版成套的工农兵艺术家画册，汇集了这段时间“业余”艺术家创作的作品的典范。

非常重要的“去精英化”的倾向。但是当我们回看这段历史的时候就会发现。从1958年开始，政府虽然加大了“普及”工作的力度，但是对于精英化的发展也在持续进行中。“大跃进”本身放大了社会发展的速度，这一放大不仅体现在大众化进程中，也体现在精英化的发展里。这也就是我们所提到的“两极化”。而且这看似处于两极间的“普及”与“提高”形成了一种矛盾但又共构的关系。二者似乎被割裂开来，但是隐约之中又有一根红线将其串联——无论是“普及”还是“提高”，都是要为意识形态所服务，只是服务的方式有所区别[①]。“美术馆”的概念（和空间）就是在这样的历史背景下逐渐生成的，“普及”与“提高”之间这种矛盾又共构的关系让美术馆本身在两极间前行，一方面美术馆要加大力度为大众服务，为“群众艺术家”服务；另一方面美术馆也要不断“提高”，为学科建设、体制构建甚至是社会发展做出贡献。

二、“博物馆”与“展览会”——“美术馆”概念初形态

在这样的社会背景下，文化部向中共中央报送《关于发射文化艺术“卫星”庆祝国庆十周年问题的请示报告》，并表示“把发射文化艺术‘卫星’庆祝国庆十周年作为一个响亮的动员口号，号召全党全民动手，配合政治、军事斗和生产建设，大放文化艺术‘卫星’”[②]。这一放“卫星”的举动的最终目的还是为了“普及”的工作，因为“这将会大大促进我国文化艺术质量的普遍提高，加深加厚文化大普及的基础使社会主义、共产主义的文化艺术更加繁荣和发展”[③]。一方面群众运动在普遍发展，而另一方面精英化的文化艺术也舞动着“普及”的大旗在“大跃进”。普及与提高已经不再是之前的递进关系了，而形成了前文所述的那种矛盾而共构的态势。在这些运动的影响下，1958年8月，中央决定为了迎接建国十周年大庆，要在北京新建天安门广场、革命历史博物馆、人民大会堂、歌剧院、民族馆、美术馆、军事馆、农展馆、科学馆和电影宫，也被称为“首都国庆十大建筑”。[④]需要注意的是，虽然“美术馆”这一名词出现了，但是其概念却并不清晰。

当我们在讨论“美术馆”这一概念的形成过程的时候，绝不能用我们今日所理解的“美术馆”去生搬硬套，而是应该回到历史的空间当中，尽可能地重构当时的文艺工作者的思维结构。在19世纪50—60年代，“美术馆”的概念是非常模糊的。这和学科本身的发展有着非常重要的关系。在当时，中国的“美术馆”不是一个学科，要理解“美术馆”的概念，必须要对应研究当时的“博物馆”学理念发展。

1949年以后，随着中华人民共和国的成立，博物馆学研究的原有方法和体系被改变了。博物馆学的

---

① 1958年10月，为了迎接中华人民共和国成立10周年，包括文化部和中国美协在内的九家单位联合成立了“艺术”卫星领导小组，时任文化部副部长的钱俊瑞表示，“现在一面要大抓普及，一面更大搞放‘卫星’”；“搞普及，不要忘记在普及的基础上提高，放‘卫星’”，“一定要走群众路线，不要关门提高；无论普及也好，提高也好，总的原则是共产主义思想，普及与提高都要以共产主义思想为灵魂”。

② 《全国文化行政会议讨论明年大放艺术“卫星”刘芝明副部长作重要指示》，《戏剧报》1958年第20期。

③ 《全国文化行政会议讨论明年大放艺术“卫星”刘芝明副部长作重要指示》，《戏剧报》1958年第20期。

④ 《关于十大建筑的意见》，《首都国庆十大建筑美术工作会议简报》第四期，1958年11月19日。

研究主流从欧美博物馆学系统转变到了对苏联博物馆学的全面学习过程当中。可以说，1949年以后的中国博物馆学几乎是完全照搬苏联博物馆学的理论体系和研究方法。1957年，文物出版社翻译出版了由苏联博物馆学科学研究所写的博物馆学著作《苏联博物馆学基础》①，这本著作将马克思主义注入博物馆的概念之中，也成为我国博物馆学界必读的教科书。同年，傅振伦编著了《博物馆学概论》。这本书的结构框架基本沿袭了《苏联博物馆学基础》，并根据当时的中国国情，加入了一些政策性的调整。比如要求博物馆"为政治服务、为生产服务"，以及博物馆的"科学的、民族的、大众的文化教育作用"。②

从当时的博物馆学发展中，我们可以看到的是，当时的"博物馆"和"美术馆"概念的差别非常大，这一点对于我们理解美术馆的生成至关重要。在苏联博物馆学系统当中，"藏品"是非常重要的，被认为是"博物馆各种活动的基础"③，并且博物馆的陈列是以"藏品"为主来进行的。在苏联博物馆学专家看来，这种对"藏品"的管理非常苛刻。博物馆的工作者就是要根据科学原则，收集和陈列藏品，并针对藏品进行研究。博物馆中的陈列是针对藏品的，这与"展览会"完全不同：展览会是博物馆群众政治教育工作的重要形式之一。分为固定的流动的两种。尽管有时固定展览会是在博物馆内举办的，但是这些展览会都是从根本上与博物馆陈列不相同的。④

可见"展览会"的这一概念首先是与临时的、性质不定的这一概念相联系的。"固定的展览会在一个较长或不太长的时期后，不是要完全收藏起来不再展览，便是在改组之后纳入基本陈列。"⑤也就是说，展览会只是组织研究的一部分，"博物馆之利用展览会，也可能是为了机动地反映那些最重要的政治事件、当代的现实问题。举办展览会，特别是举办流动展览会，作为一个群众工作的形式，是每一个博物馆都能够办到的。通过展览会的手段，博物馆可以宣传政治知识和科学知识。流动展览会是直观宣传的有力工具"⑥。

至此，我们可以清晰地看出苏联博物馆学对中国的"美术馆"概念的影响。举办"展览会"并不是博物馆的目的，也绝非博物馆的使命所然。当我们从博物馆学回顾到当时的美术馆建设时，我们可以明确地看到，当时的中国并没有"现代美术博物馆"的意识。"博物馆"是收藏、研究和陈列文物的地方，这一职能由故宫承担，而现代的美术展览会只是博物馆职能中的一部分，甚至是不重要的一部分。在"大跃进"运动的催化下，大量的艺术作品诞生了，国家缺乏的是一个固定的、国家级的展览馆，用来举办美术作品展览会。而这个展览馆，也将成为评价体系中的一环，成为管理美术家、督促美术创作的一部分。承担这个职责的本身是美协展览馆，但是随着展览的逐渐增多，那个小小的展示空间已经无法适

---

① 苏联博物馆学科学研究所编：《苏联博物馆学基础》，文物出版社1957年版。

② 傅振伦：《博物馆学概论》，商务印书馆1957年版。

③《苏联博物馆学基础》中说："博物馆各种活动的基础，是由博物馆实物构成，而这些实物的总和便构成博物馆的全部藏品。博物馆的收集工作，首先就是要收集博物馆藏品（实物），没有实物便不能有博物馆，没有实物的陈列便不能叫做博物馆的陈列，而陈列便要失掉它自己的意义、作用和特征。博物馆藏品（实物）是博物馆通过自己的陈列来进行群众性科学教育工作的基础。博物馆的教育活动和它们的科学研究工作以及它们的原始资料的陈列工作之间有直接联系，使博物馆的群众性科学教育工作有别于俱乐部、文化宫、图书室等部门所进行的群众性文化教育工作。"苏联博物馆学科学研究所编：《苏联博物馆学基础》，文物出版社1957年版，第33页。

④ 苏联博物馆学科学研究所编：《苏联博物馆学基础》，文物出版社1957年版，第187页。

⑤ 苏联博物馆学科学研究所编：《苏联博物馆学基础》，文物出版社1957年版，第418页。

⑥ 苏联博物馆学科学研究所编：《苏联博物馆学基础》，文物出版社1957年版，第194页。

应美术创作的热潮。而这些不仅促成了美术馆的建设，也构建了当时的文艺工作者对“美术馆”的理解。

三、从展示到管理——美术馆概念的多重面相

众所周知，今天悬挂在美术馆正门入口处的“中国美术馆”是由毛泽东于1963年亲自题写的。然而在建馆初期，美术馆一直没有正式定名。1958年9月，在美术馆工程的岩土勘查报告中，在《工程名称及勘探部分》上，标注的名称依然为“文化艺术展览馆”。[①]实际上这也不足为奇，前文已经说过，美术馆在建立之初，主要任务就是展览，尤其是举办国家级的美术展览会。然而在几个月后的《美术馆建馆工作报告》中，关于美术馆的定名问题说道：“但目前美术馆名称尚未最后肯定。美术馆名称，究应定为‘美术馆’？或‘国家美术馆’？”在这里，展览馆已经改称为“美术馆”。而在1960年美术馆发布的《美术馆建馆方针任务》（初稿）这份文件中，又将美术馆定名为“现代美术馆”。虽然“定语”几经变化，但是核心已经从“展览馆”变成了“美术馆”。而且美术馆的具体功能是“征集、收藏、陈列、展览我国五四以来专业的、群众的和少数民族的美术家优秀的美术作品为主要任务”。在这里，我们可以看到“收藏”和“陈列”已经成为美术馆的功能。也就是说，美术馆不只是一个“展览馆”了，而是一个兼具收藏功能的“美术展览馆”。

然而“美术馆”的概念绝非这么简单，其与美术体制的构建息息相关。美术馆除了展示作品之外，还有另一个非常重要的功能，就是将美术创作规范化，甚至是体制化。也就是说，“美术馆”的概念中隐含着文化管理的功能。1958年，中国画、油画、雕塑、版画等已经完成了体制化转向，而这一体制化的过程就包括了在展览展示的这一环节。没有进入体制化的视觉艺术门类，就无法进入政府的“规训”之中。其中，年画的发展就是一个很好的例子。年画本身发源于大众文化之中，本身属于文艺“普及”中的一部分。但是在大跃进期间，本应“大跃进”的新年画却进入了一个停滞的状态。这和前文所提到的逻辑断层有关，也成了“美术馆”概念生成中的矛盾共构中的一部分。在这一节的开始，本文将从新年画的转向的角度入手，探讨“美术馆”这一概念生成初期所带有的文化管理意味。

自1953年“双百”政策开始实施之后，新年画的发展就从1949年到1952年那种井喷式的发展状态中停滞了下来，开始回归正常的发展轨道。在1955年到1958年，表现政治题材的新年画有一个滑坡式的下跌，从3.8%下降到了1958年的2.6%，与此同时，表现传统中国题材的、非政治题材的年画从1955年的12.4%一路飙升到1958年的72.4%[②]。这一惊人的上涨速度告诉我们，从1955年到1958年，在工农群众，特别是农民阶层中，似乎有一股强烈的、抵抗美术政治化形式的力量。

不同的美术形式间的政治化程度当然是不同的，但新年画确实是一个令人头疼的问题。年画倾向于保持传统主题，其中一个原因是购买者身份所造成的。因为年画主要是农民自愿购买并挂在家里的，这

① 美术馆档案，1958年，基建字，盒号17。

② 《美术战线上两条路线斗争大事记（1949—1966）》，中国美协、美术馆红色造反队，北京师范学院东方红公社，北京师范大学井冈山公社，内部刊物。

和其余类型的造型艺术不同。其余造型艺术主要是由单位、酒店、机构等集体购买，悬挂或摆放在公共空间中，所以政治化的倾向要明显一些。这样一来，我们可以看到的是，即使经济、政治环境发生了剧烈的变化，没有进入体制化的视觉艺术门类仍然能在某种程度上保持住自身的模式，并对变化产生出强烈的抵制。通过建立强大而全面的组织管理结构，我们可以轻易地进行某种程度上的制度变迁，并推动一种形式的美术作品进行改革。但是根深蒂固的文化习惯、形式、符号以及其之间的文化联系、人民信仰、美学价值等更加抵制这种变迁。1958 年，一位进行年画调查的《美术》记者不得不承认，人们对传统主题的热爱远远超过政治主题。①

流行的艺术形式往往有一种内在的张力，这是一种协调政治干涉的机制。年画本身是中国传统社会的一个组成部分，作为一种形式，其改变的可能性要相对较小一些。要改变年画的内容，更重要的是要改变人们的社会心理、社会意识和社会生活的象征结构。因此。1949 年以后，年画的传统形式也不可避免地被传承了下来。另外，对于年画的改造缺乏一个一以贯之的政策和一个检验的标准。经过改造的“新年画”投入市场后，销量远远不如传统的年画，但是创作者画完了也就完成了任务，也就是说缺乏一个有效的机制去检验成果。到了 1958 年，中国画和油画的“改造”都基本成功地完成了。究其原因，就是因为较为完善的美术体制，在推动着美术家不断地去结合政策，改进绘画方式。简单来说，新年画创作没有像油画、中国画那样，没有被“学科化”，进而走上专业化的发展道路。所以这种问题的存在也就不足为奇了。到了 1958 年，美术体制的发展已经逐渐成型，学科化的建设也已经走入正轨。随着新年画发展的“脱轨”，在这个时候，管理层已经不意识到一个有效的评价体系对于学科建设发展来说是十分重要的。

从新年画的发展我们可以看到，1958 年年底，政府的美术管理体制的发展已经日趋完善，学科建设也日趋专业化。作为体制中评价体系的最后一环，美术馆的建立成为美术家学习文化政策、检验创作结果，并最终进入国家美术收藏，成为共构近现代美术史的一部分。但不可否认的是，美术馆的建设需要一个契机。而处于这一阶段而建立起来的国家级“美术馆”，自然也带有了这种矛盾而共构的关系；从另一个角度来讲，“大跃进”期间的这种“普及”与“提高”的分头跃进导致的“两极化”还存在一个问题，那就是打破了二者原先的递进逻辑之后，“普及”与“提高”之间会存在一个断层。而填补这一断层的工作就需要创作完成之后的评价环节来完成。

在“大跃进”期间，用“量”去要求艺术创作，并制定那些创作的高目标，现在看来可能有些荒谬。但是从 1958 年开始，这种政策已经渗透到文化领域的方方面面。在这段时间，美术创作的重点是“数量”而不是“质量”。在这种情况下，即使没有达到所谓的“创作水平”，全国上下也产生了海量的美术作品。根据 196 年初公布的数字来看，从 1953 年至 1957 年，“专业艺术家”创作了 3000 余件作品，而在 1958 年这一年的时间内，在“大跃进”的热情的鼓舞下，就有 8216 件作品诞生了，几乎是前 5 年的 3

① 《群众喜欢什么样的年画》,《美术》1958年第4期。

倍。[①] 政府的要求是首先要创作出足够的美术作品，在这一基础上再考虑作品的质量问题。所以除了进行创作以外，美术家们还有义务去农村、工厂、田间地头帮助生产、接受再教育，并对当地的民众进行美术培训，让这些工农群众也参与到美术创作之中。

随着海量的作品诞生，另一个问题出现了，那就是需要大量的展览空间，以配合这些新产生的作品的展示需要。但我们可以看到的是，这种展览不仅仅是单纯地为了教育获欣赏，其带有非常强烈的文化管理的内涵。展览是大跃进期间检验艺术生产成果的一个重要的方式。1958 年 11 月 27 日，文化部和中国美协联合就举办了全国性大展“工农兵画展”，由于缺乏展览空间和之前举办的全国性展览一样，展览地点只能选择北海的画舫斋和帅府园的美协展览馆。展览虽然涵盖了几乎所有的美术创作形式，但比重最大的还是年画和剪纸，其表现的主题也是大跃进期间的经典主题，比如大炼钢铁、除“四害”、建设社会主义新农村等。[②]“大跃进”期间，虽然展览的规模都比较小，但是范围非常广泛，全国上下都兴起了展览的热潮，“展览”就成了“大跃进”期间量化美术领域发展的一个重要方式。由于展览空间非常稀缺，所以不得不采取一些临时手段，以确保大量生产的艺术作品可以有展览的空间。比如在重庆，人们拉起了长达 10 米的画栏，每条画栏可以展 60 幅到 70 幅作品，这些板子成为业余艺术展览的“展览馆”。板子每两周换一次，工作量可以说是相当巨大。在天津，有大约 200 幅作品被挂在了两条最主要的商业街的街边，政府还鼓励人民在自己家里挂上宣传画和与“大跃进”相关的绘画。[③]

在地方的乡村和工厂，尚且可以使用拉画栏、画壁画的方式来展示和检验美术成果。但是在作为首都的北京，展览地点的稀缺已经成为一个亟待解决的问题。随着美术体制的不断完善，美术创作也越来越多，小小的美协展览馆早已无法容纳这些作品。大量的专业美术家创作的作品无处展览，这已经不是大跃进时期才出现的问题。艺术作品的创作需要检验，没有检验就缺少质变的条件。“两极化”的发展导致了“群众艺术家”和“专业文艺工作者”的作品在不断堆积，缺乏连接逻辑的入口，作为这一入口，中国美术馆的概念和空间都是在这一阶段内产生的。当我们回首这一概念的生成历程时，会发现这一概念的内核是复杂的。它脱胎于一个两极化交融的历史背景下，由众多力量捏塑而成，并呈现出一个多重的面向。而就在这历史的洪流之中，“美术馆”诞生了，它不仅为美术家、文艺工作者提供了无与伦比的知识空间和意识形态语境，也给了我们一个探讨“美术馆”概念生成的可能。

结 语

中国美术馆的建立期间一系列事件，一方面证明了美术馆建设的重要性，另一方面也说明了一个非常重要的问题——在欧美博物馆学滋养下的“美术馆”文化本身诞生于精英文化之中，在对公众开放后反

① 数据来自文化部党史资料征集工作委员会编印:《中华人民共和国文化部工作纪事》(1949年10月—1966年6月)，内部资料，第264—265页。

② 胡蛮:《北京工农兵美术创作的新成就》,《美术》1959年第5期。

③ Julia. F.Andrews：*Painters and Politics in the People's Republic of China*，*1949—1979*，University of California press，1994，p.327.

哺大众。而中国的“美术馆”概念本身诞生于两极化之中，它一方面直接从大众文化中汲取养分，另一方面又是圣化知识的殿堂。它的矛盾性存在于其诞生之初，也贯穿在它的发展历程之内。即使是洪流不可阻挡的年代，集体意志规划之下，个体需求依然在各种层面左右着历史发展的路线。而美术馆空间的建立，正是这种“空间”在历史情境中的体现。

徐梦可，1990年生于陕西西安，现生活、工作于北京。中国美术馆馆员，中央美术学院艺术学理论专业博士，中央文史研究馆书画院课题组成员。从事新美术馆学与展览研究、博物馆公共美术教育研究以及20世纪中国博物馆学与文化政策研究。纪录片《历史之路》参加威尼斯双年展平行展。论文发表于《美术研究》《美术学报》《文艺批评》等刊物，荣获第二届关山月学术奖。

中国美术馆学理论体系之初建

李万万

摘　要： 本文主要探讨如何针对我国国情建立起适应本土美术馆和艺术类博物馆的理论体系，一方面为以往和当前的实践提供解释、评价的系统，另一方面为未来的发展提供思考路径。文章旨在初步定位、大致描述几个不同领域应当首先开展的理论建设工作，并在此基础上对加快推进学科建设提出建议，展望这些工作和措施将如何促进我国美术馆实践的进一步发展。

关键词： 美术馆学；学科建设；美术馆管理；国际美术馆研究

近几十年来，我国的美术馆和艺术类博物馆事业蓬勃发展，并成为民众亲近视觉艺术的重要方式之一。然而美术馆有关的理论、教育建设尚未跟上实践的步伐。和世界上很多国家一样，我国的艺术类博物馆有其特殊的概念、历史、管理体制，其理论建设自然不能简单依赖博物馆学科现有的基础，专门的美术馆学或艺术博物馆学的建立不仅必要，而且目前势在必行。

中国的美术馆界已经比较清楚地认识到了建立专门学科的重要性，并且逐渐开始整理思路，思考如何针对我国国情建立起适应本土美术馆和艺术类博物馆的理论体系：一方面为以往和当前的实践提供解释、评价的系统，另一方面为未来的发展提供思考路径。本文旨在初步定位、大致描述几个不同领域应当首先开展的理论建设工作，并在此基础上对加快推进学科建设提出建议，展望这些工作和措施将如何促进我国美术馆实践的进一步发展。

一、美术馆基本概念与美术馆的历史

美术馆在基本概念方面能与博物馆共享博物馆学中的大部分理论成果，例如在定义、功能与使命、伦理等方面。但作为将美术和广义的艺术视作宝贵遗产的一类博物馆，美术馆尤其需要厘清对美术、艺术的认识，下文还要就此展开专门探讨，此处先不赘述。

国际上的美术馆往往由综合性的收藏、博物馆逐步脱胎形成，这样的历史颇具借鉴意义：有助于我国美术馆在关注自身领域的同时，打开思路，反思与其他类型博物馆的关系，并由此促进与之开展合作。具体论及中国本土美术馆的历史，则有明显的特殊性。总体而言，艺术概念自引入中国，就引发了中国人的深刻反思，激起了延续至今的巨大创作热情，也催生了岭南画派、海上画派、现实主义直至如今中国现当代艺术范畴内的诸多创作流派。如此发展起来的中国现当代艺术和美术馆自然和我国的现代化历程和革命历程有着紧密的联系。尽管近代考古学的引入从技术角度而言一样具有“革命性”，但相较于中国本土美术馆的发展历程而言，着重保存国故的历史、考古类博物馆形象明显相对保守。这种反差在很大程度上造成了我国的美术馆在功能、使命、藏品理念、管理体制等方面相较于其他博物馆而呈现出的独特性。研究和讲述这段历史的特质，对于理解中国本土美术馆的性质，以及解决美术馆发展中的一些特殊问题具有重大意义。中国本土美术馆的历史研究目前虽不是空白，但也起步不久，还有许多不足有待填补，也有许多问题值得重新或进一步思考。

二、学科建设应当基于艺术史论研究的相关成果

美术馆学应当成为一个有独立自觉的学科，但首先应当建立在充分认知和正确处理与重要相关学科之间关系的基础上。

艺术史作为支撑美术馆和艺术类博物馆内容的核心学科，应当首先受到高度关注。艺术史研究成果和美术馆学学科建设的关系也是艺术史论研究领域需要关注的问题之一，两者是多有互动、相辅相成的，但在本文语境里，笔者主要是站在美术馆学学科立场，谈论借鉴艺术史论研究成果这一问题。

中国的美术馆会向公众展示一些西方艺术，但呈现我国自古以来的艺术恐怕是更责无旁贷的任务。针对这样的实际情况，西方的美术馆围绕西方艺术品所形成的概念、多元学科体系当然要学习、引进，但立足于中国艺术品的艺术史研究更应受到充分重视。诚然，在这方面，西方依然有许多值得吸收的东西，但在许多具体问题上需要加以厘清，是应该基本沿用西方的概念，沿用西方的学科体系，还是应该另采用一套可被外界理解的中国概念和体系？如果确定选择后者有必要性和可行性，另建体系需要按照什么方法进行，有什么现有成果和资源可用，应该由哪些力量来协调和参与这项工作？

稍微延展开来说，我国学界理应更积极地审视西方理论与我国艺术的关系问题，在更为严谨的中国艺术史论研究体系之下形成的成果将对中国的美术馆和艺术类博物馆的工作更有帮助。至少从内容角度而言，对要呈现的内容有更清晰的把握，才谈得上需要用哪些手段和面向哪些受众。不仅如此，鉴于西方考古学、艺术史、民族志、人类学等学科融合发展的大势，中国的艺术史论建设也可大大调和我国艺术史、史学、考古学之间的隔阂，从而消除我国美术馆与其他博物馆合作的理论隔阂。而一旦这类理论问题能够大致解决，我们也就可以更有信心地去看待其他非西方的艺术与文化，使中国的美术馆学更具普适性与合理性，从而让全人类的艺术遗产都更好地展现在民众面前，成为我国人民美好生活的一部分。

三、重视美术馆管理及社会学研究

如果从历史的角度出发，考察近代博物馆的起源，可以看到当时的遗产收藏发生了几种根本的变化。首先要提到的固然是方法论的变化，即不再从不够严谨也缺乏实证的传统知识体系出发对待藏品，甚至将藏品看作圣物、奇幻之境的代表和装饰品，而是用当时刚刚兴起的近代科学眼光重组藏品。但另一个必定不容忽视的变化，就是博物馆成为一种机构，而非私人场所与活动。早期的遗产收藏，无论藏家是何身份，从内容、研究、保存方法到展示对象，都受到强烈的个人影响。启蒙时代以降，君主、王侯、民族国家、学术机构、平民藏家等纷纷在不同程度上将私有藏品公之于众，收藏也逐渐演化为博物馆这种新机构的资产。而这种机构自然也就需要正规化的管理，博物馆的制度日益完善、内部与外部分工日益精细、人员日益专业化，尽管这个正规化的过程极其漫长并还在进行中。

如果从概念的角度出发，考察博物馆的定义，国际博物馆协会现行的博物馆定义包含了众多语法结构来说明博物馆有何特性、为何存在、进行何种活动，但只有一个词能说清楚博物馆是什么——“机构”（institution），这也提示了人们，博物馆的本质是一种机构。既然是机构，就应该有宗旨，以及为实现宗旨而须恪守的规则。作为机构的博物馆，其宗旨按照同一个定义也很明确，那就是“为了教育、研究和愉悦的目的……服务于社会及其发展”。

我国的美术馆与其他博物馆分别处于不同的管理体制下，例如，在中央层面，美术馆由文化和旅游部的有关部门管理，而其他博物馆由国家文物局管理。这样的体制与国外并非没有共同点，但二者区隔的程度确实比较有中国特色。那么如何解释这样的管理体制特色，指出由此而形成的可能阻滞美术馆本身及其学科发展的问题并提出改进方案，就是美术馆管理研究需要思考的问题和努力的方向。

除公共管理外，美术馆还有需要与其他博物馆共同努力解决的问题。例如，在法律形式问题上，私立美术馆和私立博物馆同样面临尴尬处境，如何既发挥出比公立美术馆自由灵活这一优势，又遵循与之共享的使命、伦理、行业规范，且顺畅享受国家的文化事业发展扶持政策，也是美术馆管理必须重视的问题。

另外，涉及社会学方面，亦与美术馆的管理理念有所牵涉，中国的美术馆领域恐怕有两大问题需要解决：首先，我国美术馆的受众群相对于其他博物馆有明显的自身特色，急需专门的研究。有了对受众的了解才谈得上相应的展览、教育、服务措施。其次，我国的美术馆受众群体也急需拓展。作为一个外来概念，艺术在我国一直存在曲高和寡的问题，难以真正与更广大的受众群结合。近年来，国外博物馆，包括传统上不太重视受众问题的欧洲博物馆，也在大力拓展受众群，消除远离博物馆的受众的心理隔阂。尽管这是全世界的普遍难题，但国际上毕竟已经有一些行之有效的社群参与措施，也逐渐有一部分为我国美术馆所借鉴。美术馆学应从理论高度，充分思考我国美术馆受众拓展中遇到的根本问题，为这一事业开拓思路。

上述三方面的实际问题相当于为中国当代美术馆管理及社会学研究提出了两个亟待研究的命题，其重要性和实际意义毋庸赘言，它们及与之具有相似价值的一系列有关管理研究的问题都有理由被列为当下中国的美术馆学学科研究的重点。

四、提升院校、美术馆双重体制下的教育与培训效果

探讨美术馆学的学科建设问题必须直面专业教育和职业培训两个领域。基于多年的研究和工作经验，笔者认为这两者都很重要，既有共通之处，也有具体差异，在此先主要就目前这两个领域共同需要率先解决的问题谈几点看法。

首先应该加强美术馆历史知识的普及。目前，中国的美术馆历史研究自身仍处于起步阶段，对这方面知识的教育就更是严重不足。在高等院校的相关专业里，今后应在介绍博物馆整体历史的基础上增加此类内容，不仅要讲清西方博物馆逐步专业化从而催生出美术馆的过程，也要在中国近现代史背景下介绍我国本土美术馆的独特历史。无论是院校学生，还是职业培训班里的学员，都应具备在此基础上从历史角度理解某些现实问题的能力，这将在很大程度上避免他们在实践中对许多复杂问题无法理解，或者简单粗暴做出错误结论而影响整个工作效果。

其次，至少在美术馆学专业教育中或对美术馆从业人员所作的各类培训中，应该尝试打破艺术学科和博物馆学／历史学／考古学、社会学之间的壁垒，充分整合这三大领域的资源。这样的工作不能依赖美术史论、历史、考古或社会学专业的专家教授，而要由美术馆学领域的研究者和教育者身体力行地直接开展，或者牵头整合资源、组织开展。或许今天我们还在相当的程度上借重西方的理论体系去解释中国艺术等领域内的问题，并基于此来开展教育和培训，但即便如此，我们从关注中国问题开始，逐步做出改善，逐步加以深入，我相信终有一天会取得可观的成果。

针对目前中国的博物馆学有待转型、策展人培训火爆、藏品管理员培训持续升温、艺术管理培训项目泛滥等现实问题，笔者认为能从根本上提升效果、保障质量的办法就是如上所述，加强基础研究、提高基础教育水平，使美术馆学教育和美术馆相关职业培训规范化、系统化。

五、持续关注国际美术馆研究的前沿

置身资源配置和竞争高度全球化的今日世界、今日中国，无论从事哪一行都必须有国际视野，而美术馆本就是文化交流的场所，“两耳不闻窗外事”的态度更加难以想象。我们立足中国，研究真正有益于中国美术馆事业发展的问题，也要在知己知彼的前提之下进行。在进行学科建设的过程中，持续关注国际美术馆研究的前沿非常必要，这将使我们的专家学者可以更好地与世界范围内的同行进行有意义的对话，在搞好国内基本学术建设的同时，相对更快地在较大范畴、较复杂的国际问题上取得一定的话语权。抛砖引玉，笔者大致梳理出目前国际美术馆领域尤其是美术馆管理领域受到较为广泛关注的几大前沿和热点问题，呈现如下。

（一）美术馆中的“创业”（entrepreneurial）精神

和很多其他公益机构一样，美术馆由于与遗产的紧密联系，通常在管理上侧重于稳妥，而不见长于灵活、创新、竞争。然而美术馆如今面临公共拨款减少的处境，又在事实上与很多类似产品和服务竞争，

需要不断调整管理模式、营销策略、展览设计、收入来源等以适应新局面。这种精神已经孕育出了诸多方面的创新。例如在收入来源方面，除了传统的捐赠、门票、会员费、政府拨款，博物馆正在日益寻求对外提供藏品保管、机构管理、文化艺术教育等方面专业知识，甚至开拓软件开发等新增长点，不仅增加了收入，还由此变得更加适应市场导向的发展，践行此类思路的博物馆中不乏卢浮宫博物馆、梵高博物馆等著名博物馆。又如在管理模式上，已有博物馆开始尝试利用共同工作空间（co-working spaces）和孵化器模式，让管理者、艺术家、设计师、技术专家等与博物馆有关各行业的人员形成灵活的协作网络，一同酝酿创新。其他诸如在会员制探索上，博物馆正在日益借鉴“Netflix”等流媒体服务供应商的月订阅、年订阅、用户快速反馈机制等模式。

（二）探索“营利”博物馆模式

此处的“营利”需要打引号，因为现行国际博物馆协会的博物馆定义明确博物馆为非营利机构。也有相当多国际专家认为对“非营利”的理解不能过于狭隘，应理解为不纯粹追求营利。而现实中，也开始有很多“博物馆”出于主题特殊、资金筹集的具体需要、摆脱使用公共拨款带来的舆论和行政束缚等具体原因，采取“营利”组织的形式，虽然无法享受非营利组织的种种优惠，但也获得了更大的发展自由。未来是否能够承认这些“营利”组织的博物馆地位，从而为博物馆事业的创新留下法律窗口，非常值得博物馆界关注。鉴于包括我国在内的国家还存在私立博物馆法律地位没有完全理顺的问题，这一问题就更具现实意义。

（三）可持续博物馆的理念

在人类面临气候变化、污染加剧等挑战，不得不越来越把可持续发展理念真正化为生活方式，博物馆界也不例外，日益提倡“可持续博物馆”管理理念。各国对“可持续博物馆”的理解不尽相同，英国博物馆协会通过11条原则描述了自己理解的可持续博物馆：（1）珍爱和保护自然与文化环境并关注博物馆及其参观者对二者的影响；（2）追求卓越并与多种受众建立深入长期的关系；（3）认可前代留下的遗产并把更好的藏品、信息与知识传给下一代；（4）进行良好的藏品管理，以便其成为后代的珍贵资产而非负担；（5）对能源和其他自然资源进行最优利用并减少浪费，为此设置目标并监控进展；（6）思考演示和鼓励可持续发展的潜力；（7）负责任地为博物馆所在地及更广大地区的社会、文化和经济活力做出贡献；（8）发展工作人员团队，提供令人满意和有回报的就业，汲取工作人员及其他人的经验；（9）对变化中的政治、社会、环境和经济环境作出回应，有能反映社会对博物馆期待的清晰的长期目标；（10）在全部活动和政策中进行长期规划并充分考虑可持续发展，并充分利用现有资源；（11）通过与其他博物馆和组织的合作、合并，以最佳方式实现其长期目标。

可持续发展理念当然不是博物馆可以单独实现的，有鉴于此，国际博物馆协会与经济合作与发展组织（OECD）共同推出《地方政府、社群与博物馆指南》（*Guide for Local Governments, Communities and Museums*），以便地方政府、博物馆、博物馆从业人员合力制定规划，促进更可持续的未来。

（四）资金众筹和参与型美术馆

近年来，美术馆和其他遗产机构通过博物馆之友会等平台或是专项计划进行资金众筹，并用于藏品收购、藏品修复等耗资巨大的事项。这确实开辟了一个重要的新财源，尤其是在如今的互联网和社交媒体时代。也有机构希望以此来扩大美术馆的受众群，不过有研究表明，参与众筹受众的社会构成和教育水平与博物馆参观人群并无太大差别，所以未能起到这个作用。因此众筹除了从管理方面理解为财务层面的问题，也给博物馆提出了受众参与层面的挑战，即在各社群越来越自我封闭的时代，如何突破传统受众群，扩大宣传面。

“参与型美术馆”理念也与受众有很大关系。美术馆、博物馆要日益符合受众对生活的期待，要更多与受众互动而非关门办馆，让展陈等的内容反映受众的愿望。

（五）博物馆决策层的多元化

这一前沿主要牵涉实行理事制的博物馆。例如美国博物馆界近年来越来越重视博物馆理事会和高级管理层的多元化，力图让理事会、管理层构成能够反映博物馆服务的社群、受众的人口结构，并为此提供资助、成功案例、培训、认证等资源，以改变博物馆高层中白人、男性、富有阶层等人群占比过高问题。

不难发现，国际美术馆界目前最受重视的一些问题，与中国美术馆界应当提起高度重视的问题有相当的一致性。中国越来越成为世界不可分割的一部分，中国的美术馆在这样的文化和社会背景下，也是全球业界的一分子。即使做本土美术馆学的研究和学科建设，我们也没有理由闭锁自己。

六、明确学科建设的目的：切实服务于本土美术馆事业

建立中国美术馆学学科的目的在于服务本土的美术馆事业，使关心、关注、推动这项事业发展的人能够更好地鉴往知来，更好地把握当下，并通过经营这一事业而为民众提供更好的文化服务。做好美术馆相关理论建设和人才培养，中国的美术馆实践将在多个层面上获得更为强劲的发展动力。

首先，对中国本土美术馆概念和历史的深入研究、针对性教学，有助于保持并发展我国美术馆的特色。我国美术馆向来具有与人民、与时代紧密结合的特性，未来这样的特性不仅不能弱化，还应该通过新的创作、保存、传播方式继续发扬。“为艺术而艺术”的理念固然值得尊重和理解，但美术馆不应陷入与社会隔绝的误区，要走出自己的圈子，不断深入思考能为广大受众做些什么，怎样才能更好地满足人民对美好生活的向往。

其次，把艺术史论领域的相关研究成果援引为美术馆学学科及理论基础，将通过改善研究和教学，使美术馆工作者更多从艺术价值而非历史价值的角度，帮助中国民众由接近本国艺术遗产而增加文化自豪感，也让外国公众从艺术角度加深对中华文化的理解。这样的思路能让广大历史、考古类博物馆也在一定程度上或某种情况下被视为艺术博物馆，让它们的受众不再把“艺术”当作陌生的舶来概念，而是中华文明伟大成就的一个重要侧面。

再次，美术馆管理研究将直接有助于针对目前管理体制的问题提出建设性的解决方案。例如，美术馆和其他博物馆在管理体制上如能打破某些界限，将有助于上述历史和考古类博物馆在展览和教育内容

上的良性转变。各类博物馆的艺术化转型不仅拓展了美术馆和艺术博物馆的外延，也对其各自发展大有裨益。此外，有关美术馆的社会学研究以及种种交叉学科视野下的教学都将更有助于美术馆的受众分析，进而制定更能打动受众的展览及教育活动等一系列规划。

最后，美术馆是一种文化机构，是向国内外各界人士展现我们如何理解并阐释文化和艺术的窗口，是形成一种良性交流机制的载体。在国际视野下的美术馆学研究能够为打造生动、有效代表中国视觉形象的美术馆提供重要的理论依据和一定的技术支持。这也是打造新时代中国文化形象的一种可行途径。

艺术家可以为艺术而艺术，但中国的美术馆和艺术博物馆必须以服务大众为己任，中国的美术馆学也要时刻牢记这一宗旨，并切实服务于中国的美术馆事业。

综上所述，关于中国美术馆学理论体系之初建，最终总结为一点：这个学科要从方方面面助力中国的美术馆事业发展，其中最重要的一个方面就是发现和培养专业人才。这是一个中国美术馆工作者们联合多领域专家学者，基于真正的本土实践才能创立和建设起来的学科，衷心希望它回馈给业界更多高素质的人才。而这些人才将开创中国美术馆事业更光辉灿烂的明天。

李万万，毕业于中央美术学院美术史系。2005 年进入中国美术馆学术部，从事展览策划与理论研究工作。2011 年调入中国国家博物馆，负责展览策划工作。现负责筹建博物馆管理研究所，主要从事博物馆学研究、20 世纪中国美术研究及展览策划。创办《艺术博物馆》杂志，创建南京艺术学院国际艺术博物馆学院。出版有《美术馆的历史》《周恩来与中国美术》《郁风艺术评传》《美丽南方——广西文化的区域性研究》《博物馆的历史》《国家展览》等，著作获国家出版基金并入选国家“十三五”重大出版规划。

面对未来的艺术博物馆发展

张子康

摘　要： 美术馆是人民群众的精神文化家园。面对未来，美术馆是人类智识和价值的源泉，更是创造新的文化价值并放大该价值的场域。跨学科、跨地域、跨文化合作是未来艺术博物馆发展的客观诉求，要求艺术博物馆建立“智识”系统。通过管理机制的完善保障自身在变化中的发展，保持艺术博物馆自身的专业性和独立的文化价值判断。

关键词： 智识；跨地域合作

面对未来，艺术博物馆不仅是呈现作品的场所，更是创造新的文化价值并放大该价值的场域。美术馆、博物馆作为人们认识世界、了解世界的空间和方式，同时也是人类智识和价值的源泉。艺术博物馆应该如何在跨学科、跨边界的联系中延续传统、把握边界、引领创新；如何推动历史，在传统与创造之间做出何种选择，又该如何向传统致敬？针对这些核心问题的思考、研究、探讨提出可能的解决方案，拓展未来资源，是艺术博物馆未来发展的关键。

一、回顾往昔，未来已来

中华人民共和国成立 70 年来，美术馆逐步发展成为人民群众的精神文化家园，是丰富群众精神文化生活，传承中华优秀传统文化，弘扬社会主义核心价值观的文化殿堂。美术馆在提升国民素质、激发创新精神、增强文化自信、增进文化交流等方面均发挥着重要作用，是党和政府文化工作的阵地。改革开放 40 年来，美术馆作为文化事业的重要组成部分，更在国家整体经济实力、基础设施建设飞速发展的背景下，数量、规模和社会影响力都呈现不断上升的趋势。中国的美术馆事业在体制创新、管理模式创新中探索出了很多新概念，在与国际接轨的过程中不断进行内生演进，践行出一条中国特色社会主义文化创新之路。近年来，以习近平同志为核心的党中央高度重视文化艺术的发展，让广大人民群众享受改革开放在文化领域的成果，进而加强国民基本素质，提高社会文明程度，激发全民族的创造活力。

随着我国物质文明与精神文明的逐步提升，作为文化和艺术的集散地，艺术博物馆毋庸置疑是“人民对美好生活的向往”[①]中最重要的组成部分之一，成为创新智识生产、放大文化价值的未来场域。

作为专业机构，当代中国的艺术博物馆除了推动价值创新、进行智识生产，其最重要的使命是建立对国内、国际具有影响力，具备艺术话语权的学术平台，建立一整套艺术学术价值的评判体系，其建设有利于整体的艺术生态发展。当代艺术博物馆文化话语权的建设，不仅对满足人民群众物质文化生活有重要意义，更是面对全球一体化而提出的面向未来的解决方案。面向未来的艺术博物馆没有产生创造性文化价值，也就没有话语权，这一点要求其社会性、艺术性和学术性需要融合发展。艺术博物馆的智识系统鼓励并持续生成新的艺术文化价值，以产生更大的力量推动社会进步。许多传统模式亟待打破，美术馆的智识系统构筑出新的智识服务社会的维度，从而使美术馆真正成为全民的艺术乐园。

中国艺术博物馆的国际影响力在不断增强，在国际范围内传播中国文化，更加主动积极地开展国际交流，塑造中国文化形象，在不同文化的对话中是我们自身文化得到给养，产生新的边界，在与不同文化的对视中审视自身，学习、挪用、转化、吸收，成为对自己有益的文化价值，并鼓励创新、突破，避免模式化的形式使对话流于常规、惰性的状态，从而失去意义。因此，我们应该创造性地探索不同文化基因的对话空间，增加它们的丰富性、多向度。

二、面向未来的艺术博物馆跨地域合作

目前艺术博物馆的国际合作有从“中心”向“非中心”的流动的趋势，即由经济发达国家和地区向经济欠发达国家和地区流动。“艺术的全球化是西方艺术史在其线性的发展过程中，随着全球化进程成为视觉艺术交流的国际语言和世界性的文化及经济现象。”[②]艺术博物馆要取得广泛的影响力，尤其是中国的艺术博物馆，“中心国”不能作为唯一坐标，要同时关注“非中心”国家和本国的不同区域。

在未来的发展进程中，国际展览如何“在地化”是艺术博物馆值得关注的重要问题。艺术博物馆的跨学科、跨地域、跨文化合作是未来艺术博物馆发展的客观诉求。对于文化中心国或者正经历着艺术博物馆爆发的“非中心”国家来说，将会构成双赢的发展局面。中国在这样的文化语境中的主体意识需要被强调，我们建议从以下 4 个方面来思考：

1. 构建自身文化的主体意识。

对自我文化认知需要加强和更新，这在任何文化中都会遇到。对于有着悠久历史的中国文化来说，“问题的实质不在于中西文化的差异有多大，而是在于：中国文化必须挣脱其传统形态，大踏步地走向现代形态”[③]。正确认识中西古今文化，解开掩盖在中西差异下的传统文化遗产和现代方式（包含西方带来的）之间的纠葛，建立当下中国的文化主体意识，既是一国文化强盛的必经之路，也是博物馆，包括艺

① 《习近平新时代中国特色社会主义思想学习纲要》第三部分。

② 巫鸿：《作品与展场：巫鸿论中国当代艺术》，岭南美术出版社2005年版，第49页。

③ 甘阳：《古今中西之争》，生活·读书·新知三联书店2012年版，第46页。

术博物馆所要面对的重大问题。

一种观点认为，艺术是超越国界的语言，尤其是在全球化的时代，文化的国家性、地域性、民族性已经是过时的论调。然而“威尼斯双年展”开展百余年来，以国家馆展出的历史一直没有中断。这个现象从一个角度说明：在全球化成为不可逆转的主旋律的今天，保持各国和各地区艺术的相对独立性，反而会使得全球化的内容和形式更加丰富。在跨文化语境中重建文化的主体意识尤显迫切。用一个比较通俗的观点来解释这种现实的自觉就是：民族的就是世界的。

对此，范迪安先生在《中英策展人论坛——“当代艺术策划与文化环境”》一文中也有相关的论述，提到2002年“威尼斯双年展”的主席大卫·克罗夫（Davide Croff）先生在遇到作为当年中国馆策展人的他时曾说“现在全世界都在以贪婪的目光看待中国”，这个“贪婪”中包含的兴趣、向往、警惕、疑惑等复杂的心情，提醒他去思考用一种什么样的策划意识去向世界展示一个“中国形象”。①

2. 在一个共同体系讲自己的故事。

这个问题分两个层面：首先，正如费大为先生所言：“我们只有通过对跨文化的、普遍性的、共性问题的感知和介入，才能真正发现自己的特殊性，才能使我们的本土文化获得活力。”因此，找有共性的话题是我们进行文化交流的前提条件。其次，我们无法否认的是，整个艺术博物馆的系统承接自欧洲启蒙运动精神而创立，对于跨文化意义的各项活动的内容定位，需要解决交流的语境以及接受者的接受范畴，否则就只能是自说自话。尤其是在“中国威胁论”和“中华复兴”的背景下，我们极容易保持陈旧的文化交流方式，可能面临“遭到攻击”或“画地为牢”两种境遇。“现在只有让‘本土文化’走出‘本土文化’，才能成为真正的‘本土文化’。”② 因此在国际艺术博物馆间和不同文化艺术间的交流中，只有在共同性前提下进行的艺术对话、博物馆对话、艺术博物馆之间的对话才是有效的。

3. 主动谋求联合策划。

艺术博物馆之间的展览流动应该摆脱从中心国向非中心国单向流入、简单的展览及服务购买方式。对于国际合作项目，应该从战略高度在合作初期就由双方的代表和策展人共同参与，不仅对展览的内容和传播有实质参与，对于展览预期的文化效果亦要有预估，这样更加有利于展览的“在地化”并取得较好的策展效果。这种参与方联合策展的方式并非简单的平均化，而是使跨文化的交流在策划的层面上产生跨越国界的多样性与复杂性，从而生成多样化丰富的展览。

4. 主动与其他非中心区域文化进行交流，并鼓励文化中出现的争议、交叉、融合，形成更有活力的文化。

在中国积极推动“南南合作”（发展中国家经济技术合作）和“一带一路”（“丝绸之路经济带”和“21世纪海上丝绸之路”）的背景下，关注更多非西方艺术是当下艺术博物馆界的重要方向和“补课

① 高阳、徐虹：《中英策展人论坛——“当代艺术策划与文化环境”》，载中国美术馆年鉴编辑委员会编《中国美术馆年鉴2007》，第357页。

② 卢迎华：《回到当代：怀负当代，多重世界》，载［美］E-Flux Joural编《什么是当代艺术？》（*What is Contemporary Art?*），陈佩华、苏伟等译，金城出版社2012年版，第196页。

重点”。

受西方“中心化”影响，中国的艺术博物馆观众也许不缺乏对发达国家的文化艺术的基本了解，了解渠道比较多。可是对于“非洲当代艺术”或者“拉丁美洲艺术”等非中心国的文化艺术，尤其是当代文化艺术则明显认识不足。

“中心化”的问题不仅是全球性的，也是区域性的。比如对于北京、上海这两大城市而言，当代艺术的展览资源非常丰富，可是对于除此之外的其他中国城市，甚至是深圳、广州等一线城市，可获得的资源也少很多。“像瑞典这种人口少而国界长的国家，在对展览进行评价时，会把地理和社会因素作为评价标准，并且为了让文化惠及每个地区和更广大的人群，政策允许公立艺术博物馆之间的展品可以互借。”① 这是解决这一问题的可以借鉴的例子。

三、艺术博物馆的开源式服务解决方案

艺术博物馆应该开放艺术边界，通过鼓励跨学科研究来引导艺术与其他学科，尤其是科技连接的潮流，进一步讨论艺术内容与形式的边界。这就要求艺术博物馆建立“智识”系统。

“知识”是指通过经验和教育获得的事实、信息或信息集合；而“智识”是指人们判断事物和解决矛盾的逻辑与能力，以思考、理智、判断为特征。从哲学层面上说，它与人们认识事物的科学性相关；从心理层面说，它描述了人们理性认识世界的高水平。在新的大数据时代，“智识系统”能够推进人们判断事物和解决矛盾的逻辑与能力，从而在认知中获得有价值的知识，产生“合成”知识点的能力，这将是未来美术馆为社会服务的重要目标。从未来发展认知艺术博物馆，需要利用智识系统形成触类旁通的、跨学科的、新知识和文化价值推动力，形成对文化价值的放大。

同时，艺术博物馆要从旧的艺术博物馆运营习惯中解放出来，现今，在国际艺术博物馆范畴内发生的革新性的、革命性的策展内容和展览形式都表现了这一新潮流和新需求。比如泰特现代艺术博物馆2016年新空间和纽约MoMA新空间中的灰盒子（Grey Box）对行为艺术的重视，将过往的行为艺术表演与如今的观众参观行为联系起来——几乎将展示空间转换成剧场空间。纽约现代艺术博物馆馆长格伦·劳瑞（Glenn Lowry）看到一种新的艺术形式对于新的人群容纳的可能性，甚至预见了一种新的机构形态：它根植于街道，并未将自己与社区分割开来，而是意识到自己是城市动脉的一部分。

这其中，“开源式服务方”（Open Source Server，简称OSS）作为艺术博物馆的特征在运营概念里被强调，并有可能发展成为面向未来的解决方案之一，给艺术博物馆提供了一个新的机会。

从整体上说，OSS既是指一种开源式的思维，也是指一种具体的执行方式。一个理想的OSS系统可以使艺术博物馆相关人员和艺术博物馆自发地互动。首先，OSS系统意味着艺术博物馆不仅是一个展示空间，一个老师，一个娱乐设施，同时也是一个服务方。“服务于尽可能的观众”②，并以服务自发地驱动艺

---

① “Travelling Exhibits: The Swidish Experience”，in Hjorth，J.，*Towards the Museum of the Future*，London:Routledge，1994，p.105，p.72.

② Moor，K.，*Museum and Popular Culture*，Leicester: Leicester University Press，2000.

术博物馆发展，同时自动更新艺术博物馆服务系统，类似于兼具电脑服务和人性服务的服务器集群或者“服务云”。其次，“开源”指全方位、多层面、宽范围的开放式艺术博物馆运营和学习系统。

“‘服务方’强调了艺术博物馆应该在不同层面运用最先进的科技，获得最好的管理系统；为观众提供更好的服务；帮助艺术家实现艺术想象；邀请公众更深入的参与到艺术中来，甚至成为艺术生产的一部分。这样的尝试尤其可以带动年轻一代的观众。”①

“服务方”还强调了一种主动式的数字化思维与主动性服务的结合。这样的思维的结合，其具体成果可以直接体现在艺术博物馆最紧要的资金来源问题上，我们总结出6点，都与一种“开源式的服务方”思维息息相关。

1. 对于国家和地区资助动态（如各基金会的变化、新基金会成立、政策、可能的遗赠等）的有效关注，向捐助人主动提供更多的捐助反馈和信息，鼓励捐助。

2. 通过网络众筹等数字化的方式来筹集微小捐款。

3. 谨记并恪守自身非营利身份，争取更好的免税政策并免于政策改变带来的成本增加。

4. 更好地关注观众，关注观众结构变化，基于观众体验进行各方面设计，以提高艺术博物馆的重要性（尤其注重数字化体验对于观众的积极影响），获得来自更多渠道的资金支持。

5. 在不干扰艺术博物馆非营利属性的前提下，积极开辟艺术博物馆的捐赠和合理收入渠道，如更多地利用数字技术发展来简化艺术博物馆衍生品的生产和服务等。

6. 降低行政成本。比如通过众筹的方式——一种利用互联网接受传播信息的方式，引入志愿者和创新管理，以降低成本。

未来世界中，艺术博物馆需要考虑如何争取和聆听、接纳不同的“声音”，通过管理机制的完善保障自身在变化中的发展，但更重要的是保持艺术博物馆自身的专业性和独立的文化价值判断。

张子康，现任中央美术学院美术馆馆长，教授、博士生导师。中国美术家协会理事、实验艺术委员会副主任，全国博物馆协会美术馆专业委员会副主任理事。曾任中国美术馆副馆长、新疆维吾尔自治区文化厅副厅长（援疆任职）、新疆画院院长、文化艺术出版社社长、中国艺术研究院中国当代艺术院副院长、中国国家画院信息研究中心主任、今日美术馆馆长、《东方艺术》《今日美术》杂志主编、河北教育出版社北京颂雅风文化艺术中心总监。主持策划、编辑出版各类文学、艺术类图书千余册，多次荣获国家级图书奖项。策展众多在国内外颇具影响力的大型艺术展览。出版有《美术馆》（合著）、《文化造城》（合著）、《跨界生存》（专著）、《艺术博物馆》（合著）、《张子康》油画作品集、《张子康·疆域》影像作品集等。发表百余篇艺术理论相关文章。绘画作品多次参加国内外重要学术展览。

① Bröcker，B.，*4 Things I Learned from "Musem of the Future"–An Event for the Sina-British Year of Cultural Exchange*，London:http://blog.vastari.com/post/131560701729/4-thinge-i-learned-from-museum-of-the-future? utm_medium=social&utm_source=twitter.com&utm_campaign=buffer，22 Nov. 2015.

面向 AI 时代的美术馆收藏

徐 涟

摘 要： 人工智能时代，机器人进行的艺术创作将颠覆艺术的历史与艺术的概念。对于艺术概念的深入探讨决定了未来美术馆的物质形态与精神主张。面向未来的美术馆收藏，首要任务是建立标准，它需要我们不断达成共识——关于艺术，关于人自身。未来美术馆的收藏，以及美术馆的定位，取决于朝向未来的进程，取决于这个过程中我们的探讨及不断达成的共识。这不是未来的问题，是当下的问题。同时，中国美术馆新馆的建设也使这个问题的思考具有现实意义。

关键词： 人工智能；艺术概念；艺术标准；美术馆收藏

随着 AI 程序绘制的作品拍卖成功，微软小冰在美术馆举办画展，AI 乐队在舞台表演，越来越多这样的现实事件，不仅仅让我们思考技术如何影响今天的艺术创作，更要思考未来的艺术是否将变成数码科技无穷的 01 组合？当情感也可以被机器模拟并表达，与人类创作无法区分，并且得到人类认可的时候，我们不得不思考人类自身有什么是不能取代的？艺术与人类有没有必然的联系？是什么让人类区别于其他的存在？

为这样的现实问题所困，本次发言原本的题目是《AI 时代的美术馆收藏》，但在写作的过程中增加了"面向"两个字。这是因为有人认为我们已经进入了一个人工智能时代，但这个人工智能时代的面貌还未完整呈现，还处在形成的过程当中。正因如此，未来的美术馆也处在形塑的过程当中，并没有任何的一定之规，没有模型，没有"现成品"，是一个动态的过程，这个过程决定了未来美术馆的物质形态与精神主张。因此，未来美术馆的收藏，以及美术馆的定位，取决于朝向未来的进程，取决于这个过程中我们的探讨及不断达成的共识。所以，面向未来的美术馆收藏，不是未来的问题，是当下的问题，是早就已经开始并越来越急迫的问题。另一个原因在于，中国美术馆新馆的建设一直在进行的过程当中，因此对这个问题的思考也必然有着现实的意义。

需要说明的是，这不是一篇论文，只是一些问题，一些观念，一些好奇，一些困惑和一些思考。

一、美术馆收藏建立了基本的艺术概念

我们是通过收藏过去来达成我们今天的艺术概念的。当我们说到艺术或艺术品时，脑海中浮现的是一幅幅艺术大师的杰作或卢浮宫、大都会美术馆、大英博物馆、冬宫美术馆等遍布世界的美术馆收藏，这些收藏构成了绝大多数普通人对艺术概念的理解。幸运的是，我们绝大多数人还保留着对于艺术传统的共识（尽管对于何为传统还有争论），2018 年法国卢浮宫的参观人数超过 1000 万人次，达到历史新高，证明了我们数百年来关于艺术概念的建立仍然是普遍有效的。

在当代艺术之前，艺术从古典到现代、到后现代，无数流派悉数登场，理论家紧随其后，寻找并试图概括其艺术特点与特色，从风格与范式、语言等进行人为的分类，这些分类又影响了其后跟随的艺术家群体，或者再从其群体之中或之外生出叛逆者，进而引导一种新的艺术潮流或者流派，艺术由此演进。

然而我们至今使用着“当代艺术”的概念，是因为我们无法以某一个命名来取代它。自冷战结束之后，世界格局呈现出多极化的趋势，文化与艺术多样化、多元化、边缘化、去中心化，使得命名成为泡影。所以我们长时间停留在当代（Contemporary）这样一个时间概念中，不涉及艺术的特征、特色、形式、风格等原有的概念，因为无法用某一个词来概括与提炼，没有共识，也就不可能有命名。

艺术本身成为问题。从艺术的本质，到艺术是什么，到什么是艺术，从只有艺术没有艺术家或只有艺术家没有艺术，到人人都是艺术家，到艺术的终结……所有的纠结除了使用一个代表当下时间的概念外，无法找到更确切的表达。艺术的内涵与外延，成为无法探讨的问题。

虽无法言说仍需要言说。以徐冰老师的《蜻蜓之眼》作品作一个引子，这显然不同于以往美术馆收藏的任何一件艺术品，那么基于监控设备拍摄的现实生活，在什么意义上成为一件艺术品？艺术概念在这里是多大的范围？这是一件美术 ART 作品？还是一部电影 MOVIE？如果它是一部电影，那么电影与美术 ART 的分界线是什么？如果所有艺术门类之间的界线不存在，也就意味着艺术的门类不存在。人工智能时代，所有作用于眼耳鼻舌身意的作品，全部变成数字化的储存与解码，我们全部的创造都只不过是 0 或 1, 再由这些组合变成无穷的外化形象。这会不会成为艺术的终极形态？

再举个例子。我从旅行的路上捡起一块石头，放进美术馆里去，你不会同意，认为这不是一件作品；但如果我用一种征集的方式，把不同的人从不同的地方捡回来的石头放在一起，标明每个人的名字、职业、性别、年龄；或者更进一步，我将生成这些石头的地质构造还原，用视频记录的方式，加入捡拾石头者的个人信息，虚构为一个个石头与人的故事，再拿到美术馆举办一次展览，你能说这不是一件艺术作品吗？那么艺术的边界在哪里？

二、面向未来的美术馆收藏，首要任务是建立标准

如果只收藏过去，就会错过历史的进程，放弃对历史的干预，退出了历史的创造，美术馆也失去了存在的意义。但我们总是面临鸡生蛋、蛋生鸡的问题。未来美术馆的收藏需要标准的建立，但标准的建

立则需要通过艺术品的收藏，从收藏的艺术品，尤其是美术馆收藏的艺术品中来建立。

海量的数据可以为我们提供更利捷的研究方式。但大数据能否实现“自动”选择与归类，还需要我们去设计路径吗？艺术标准的建立，仍然需要设定路径。正如经济学，更准确地说只不过是一种数学模型或者说理论模型，与实际经济运行毫无关系。艺术学也同样是对于人类精神与感受的一种模型建构：如果想要在复杂的现象世界中发现或命名一些有规律性的东西（尽管随着数据量的变化，所谓规律不成其为规律），就必须进行取舍，但在未来的大数据时代，对于人的情感及审美等无法量化的现象有没有可能得出一些具有普遍意义的规律呢？我相信仍然存在一些问题：比如参数的设定问题。打个简单的比喻，你用边长1厘米网眼的渔网捞鱼和你用边长1米的网眼渔网捞鱼，你对海洋生物的概念肯定是完全不同的。

那么这些参数是什么？谁来决定？这仍然取决于我们对艺术概念的探讨，即如果我们认为艺术还将延续到未来，那么这个艺术的概念是什么？或者换个角度，在艺术或艺术品当中，什么是我们认为仍有价值的存在？

前两天正巧读到吕澎老师的一篇文章，里面提到克拉克对于艺术的基本观点：活力与创造性仍然不是重点，关键是艺术家是否为“永恒”提供了贡献，只有“永恒”是人类文明所需要的。寻找这些涉及“永恒”的因子就是艺术史家的任务，当代艺术领域哪些艺术现象存在着通过对问题的揭示而获得永恒可能性的因子。

什么是永恒的因子？如果我们真的能够在艺术中找到永恒的因子，那么艺术就有了存在的价值。

艺术曾经是用以表达情感的一种共识。情感无法看见，犹如人的心理常常需要依靠行动来揣测。动机，如果没有“动”，则无法判断“机”。艺术则是情感的外化，借由手的动作，色彩、线条、笔触所构成的形象与结构揭示了艺术家的内心世界。从最早的洞穴绘画，到今天的抽象、装置、观念、新媒体，等等，关乎“彼时彼刻”或“此时此地”，即使艺术家本人也很难说清楚，也正因为如此，在语言之外，人类需要艺术来向他人展示自己内在的情感。人的本质是独立的，是孤独的，不可相互理解的，“他人即地狱”，由此造成永远无解的谜团。我们一直在试图破译却没有人能够说清蒙娜丽莎为何微笑，她是不是在微笑。因为没有人能够确切知道彼时彼地发生了什么，留下的只有这些“作品”，成为未竟之谜。

艺术创作是一种彼时彼刻的情感情绪表达。即使有了脑电波的监测，也无法还原她创作的动机与彼时的感受。更无法用语言说出，只能“作出”，你因此能看见她所创作的作品，你因此能理解她所想说而无法说出的感受，这是艺术的功效。当然，如同语言的遮蔽，作品也能遮蔽或故意扭曲真实的情感与意图，但它仍然不可避免地会留下线索。

艺术的核心要义是什么？把“9·11”大楼的尘土收集起来可以是一件“本来无一物”的作品，而不必用策展人或艺术家的话来说出大部分观众所感受到的内容，因为一旦说出，就总是有更多的不能说出的深刻含义。或者说，没有表达出来的信息总是艺术作品的魅力所在，它所具备的信息量远远超出语言所能表达的，因此，我们放弃语言的表达，我们在此刻需要艺术。

艺术史论不过是另一个借艺术品（实物与图像）来自说自话的系统。正如经济学、心理学、社会学的一套工具模型。通过这个模型，涵盖之前其他学科忽略的物象。这是对世界达成另一个角度或领域的认识，例如情感信息的搜集、整理，实现对这个世界完整的、多维度的信息集成。

关于未来美术馆，可否达成共识?

人类学家曾经有过这样的判断，即人是可以为未来而谋划的存在。人类通过相互交流与沟通达成共识。动物也可以交流，但动物无法使用复杂的交流方式来共同建造一座巴别塔。今天我们开始对未来美术馆进行讨论，即使讨论没有结论，但只要开始讨论，就会形成无数条路径，哪条路径跟随者众多，就会形成一个未来的方向。即使有些路鲜有人迹，也并不意味着这条路径是错误的，“条条大道通罗马”，这些路径也许又会在某一个节点上与大道汇合，或又再度分开，成为一个动态的过程。此之谓探索。反过来，这条路径又引导我们，让不知往何处去的人们跟随着大道往前。人类没有一个终极的方向，但人类的探索为自己找到了方向。人类的方向决定于我们自己。

网络时代最稀缺的是共识，建立标准就是共识的重要方面。犹如大山里夜行，各人用手电筒照见的区域完全不同，或山丘，或坦途，或树木，或小溪，选择的路径自然完全不同。共识从何达成？何况还不排除其他功利目的。建立共识是人类最基本的要求，从古至今，人们都很难达成共识，但以前受自然条件、物质条件的局限，人们没有表达的渠道与可能，无法充分表达。现在网络给予个体充分表达的权利，我们才发现共识远不如差异多！而且我们交流得越充分，越发现彼此之间的差异巨大。

能不能有一些基本的出发点?

第一，审美是人的天性。对艺术的兴趣始终是人类的共同点。从远古到当下，不管绝对人数的多少，对美的追求是共同的，所以美术馆的存在是一定的，因为人们需要一个聚集的场所，共同分享。

第二，一旦成为公共场所，不同的诉求导致人们对于艺术的不同理解。艺术是最直接、最个性化的表达方式，因而美术馆的功能定位仍将继续下去。美术馆仍将作为社会各界表达诉求的场所，更大的包容、更深的理解、更好的共存，将是未来世界的人们的共同追求。

第三，未来美术馆不仅仅是炫耀建筑的一个空壳，它可以有建筑的物理空间，也可以是信息存储的数据方式。读取的方式多种多样，你也可以在任何一个地方，调用美术馆的数字资源，欣赏艺术，与他人沟通交流，与世界同在。

第四，未来美术馆不仅仅只是大数据存储实现海量资源保存，即使我们可以保存一切，也需要有一套解码系统，供我们回溯。哪怕人类的大脑开发已经可以超出今天的想象，我们也需要将这些数据纳入可以理解的系统。因此，我们今天的收藏需要建立一套系统，留下我们对于未来、对于自我、对于艺术的理解……

但是以上这些能否达成共识，谁也无法确知。审美可以不存在，艺术可以不存在，美术馆当然也可以不存在。曾几何时，人类精神世界的一切追求在于永恒，这将通过人工智能的发展，最终将人类生命转化为数字存在形式而获得，不少科学家已经在预想这样的世界。人的一切存在都可以转化为数字的形式，即使他的肉体死去，也仍然可以在无数个时空之中再解码为人的声音、形象、语言、行动，不仅是他过去生活的回忆，而且是他按照原有的生命方式去行动、去爱，永恒存在。你可以说这是虚拟存在，你也可以说这就是永恒。生命体易朽，但携带你一切信息的数字化存在可以永恒。

由此，我们不得不再次追问人的存在意义。这个早已经被遗忘的问题，再次提请我们解答。假如，未来人类的数字化永恒，如同无限时空中的星辰，互相寂寞地“自在着”，没有一个小王子会在那里降落，没有任何目光投向它，有的只是一个个数字编号。这样的未来，会不会让我们不寒而栗？趁我们还有机会选择未来，不要错失机会。

徐涟，现任《中国文化报》副总编辑。艺术学博士，高级记者。多次获得省部级文化新闻奖，策划组织中国文化报社重大新闻采访，主持“艺海问道”文化论坛。担任文化和旅游部高级职称评审委员会委员、国家社科基金艺术学项目评审委员会委员、科技部国家文化科技创新工程评审专家、国家艺术基金评审委员会专家。2014年获国家新闻出版广电总局颁发的“全国新闻行业领军人才”称号。

美术馆在数字化时代的开拓与创新

高　鹏

摘　要： 进入数字化时代之后，艺术的未来因此充满了乌托邦的色彩和无穷的想象力。为了更好地展示艺术作品，未来的美术馆应该承载最自由的想象。网络及虚拟世界的产生迫使公共空间发生了转移，美术馆亦不能仅仅作为一个简单的容器而存在。空间不再受限于实体，艺术创作未来的多样及流动性，美术馆该如何更好地行使其展示职责，显然仅仅依附于数字化，简单地将实体作品资料留存在网上是不够的。世界各国的美术馆在数字化时代的创新与实践从未停止，本文将以美术馆数字化的进程为线索，利用三个国内外极具代表性的案例展示美术馆数字化趋势发展的基本模式，并在此基础上分析这些模式目前展现出来的优势、缺点及具有争议的问题。

关键词： 数字美术馆；虚拟美术馆；美术馆管理

未来可能是一个具体的年份，也可能是一个未知的梦境，它总让我们充满遐想。而进入数字化时代之后，未来的这条路径似乎变得更加扑朔迷离。正如19世纪法国文学家福楼拜所说："艺术越来越科学化，科学越来越艺术化，两者在山麓分手，有朝一日，将在山顶重逢。"[①] 随着数字语言的应用、信息的传播、网络的普及以及新媒体艺术的出现，人们彻底改变了传统的生活方式，亦改变了艺术欣赏模式。在科技的推动下，艺术创作的展示方式和传播方式注定发生改变。20世纪以来，繁杂的艺术理论伴随着科学发展的进步不断翻新着人们对艺术的理解，光怪陆离的科技给了艺术家们源源不断的灵感与创造力，固有的艺术形式和艺术创作方法受到前所未有的冲击，在当代艺术的潮流中不断孕育出全新的艺术门类和艺术样式，从行为艺术到声音艺术，再到依托于现代科技的影像艺术、灯光艺术，艺术早已走出了"物化"的设定，其边界不断向外延伸，艺术的未来因此充满了乌托邦的色彩和无穷的想象力。[②]

面对不可预期的未来，艺术展示空间必须适应未来的艺术。为了更好地展示艺术作品，未来的美术馆应该承载最自由的想象。网络及虚拟世界的产生迫使公共空间发生了转移，美术馆亦不能仅仅作为一

① 《中国科技产业》编辑部:《推进科技文化创新》,《科技文化产业》2011年。

② "艺术的未来", Global Shapers Community,《SHAPE China 2015创变中国·全球杰出青年峰会》月刊, 2015年10月。

个简单的容器而存在。空间不再受限于实体，艺术创作未来的多样及流动性，意味着作品将不再依赖于语境。打破固有的表现手段及表现形式，由空间应运而生。

面对这样的未来，美术馆该如何更好地行使其展示职责？早在1974年，国际博物馆协会（International Council of Museums，简称ICOM）就曾经明确定义博物馆为非营利、为社会及社会发展服务、面向公众开放的永久性机构。以研究、教育、欣赏为目的，对人类和人类环境的见证物进行搜集、保存、研究、传播和展览。[①] 而依附于数字化，能够轻松地将实体作品资料留存在网上，能让更多的公众在更充分的时间和空间里参与其中。当代艺术的未来应该是虚拟与现实的真正结合，与传统作品完全区分开来，属于未来的艺术。世界各国的美术馆在数字化时代的创新与实践从未停止，本文将以美术馆数字化的进程为线索，利用三个国内外极具代表性的案例展示美术馆数字化趋势发展的基本模式，并在此基础上分析这些模式目前展现出来的优势、缺点及具有争议的问题。

美术馆的数字化进程与科学技术平台巨头的关系自然是同气连枝的。事实上，很少有人知道早在20世纪90年代初，互联网还没有得到普及的时候，如今已名扬遐迩的比尔·盖茨便已经在1989年的西雅图注册了一个名叫Corbis的图像公司[②]。那时的Corbis并没有明确的业务方向和定位，只是基于盖茨对于未来的预期，他认为未来人们会采用电子相框购买艺术品并放在家里用作装饰。[③] 于是他决定做一个数字图像库，提供图像给出版商、广告设计公司、电影制作人。通过发展技术平台，建立一个最全面的图像数据库。在数字化的世界中，将图像服务供应给全球客户，帮助他们表达所关注的内容，并提供知识产权管理等售后服务。从1991年开始，Corbis将一家博物馆的收藏品资料数字化，并于1992年建立Corbis收藏库，之后逐步与国家美术馆、费城美术馆及圣彼得堡的赫米蒂奇博物馆签订协议，将他们的艺术作品收集在Corbis里。[④] 盖茨预见的图像供应产业果然在今天获得了巨大的收益，Corbis逐步开始购买版权，积累摄影师的艺术资源，如今该公司作为全球最大的可视化信息资源之一，提供全球公共与私人收藏的艺术和摄影作品的综合性数字文档。苹果公司也曾经在1992年发布了一张名为“虚拟美术馆”（The Virtual Museum）的光盘（图1），并免费提供给全球1000所大学、学校、博物馆。这个“虚拟美术馆”虽然没有连接网络，无法及时更新，但已

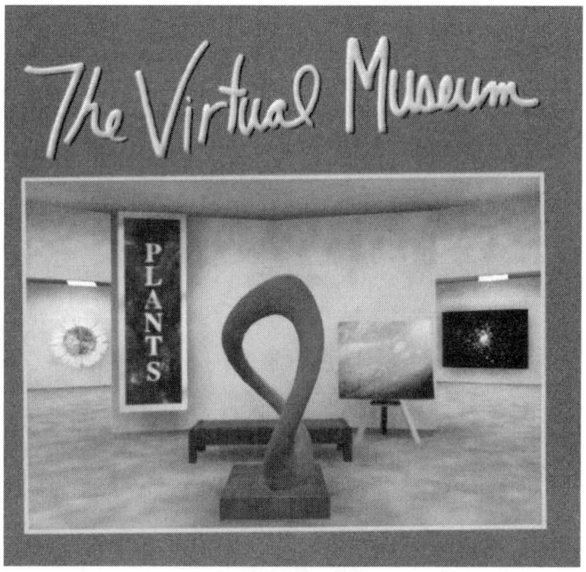

图1　CD-ROM，Publisher: Apple Computer，Inc.（1992），ASIN: B003RFDH8W

① “Museum Definition”，http://icom.museum/the-vision/museum-definition/，Accessed on Oct 31，2015.

② “Corbis History”，Corporate.corbis.com. 2014.

③ Hafner，Katie（10 April 2007），“A Photo Trove，a Mounting Challenge”，*New York Times*，10 May 2011.

④ Richard Rapaport for Wired UK. Issue 2.11 – November，1996.

经可以允许用户在光盘程序的虚拟展厅中选择不同作品并看到作品的详细介绍。①

除了科技公司，随着网络的推广，一些第三方软件及博物馆也开始逐步加入线上博物馆的行列中。越来越多的博物馆开始将自己的藏品重新梳理，并上传到网络上。由于当时的技术条件限制，网页简单且不能承载太多的内容，但作为数字资料库存在，被视作非常珍贵的资料来源，尤其是在学术领域内，为直至今日的研究留存了难能可贵的资源。除去美术馆的官方线上美术馆之外，众多第三方平台也在此浪潮中起到了巨大的作用。例如曾经引起巨大反响的WebExhibits和ibiblio。其中不常被提起，却在众多线上博物馆中独树一帜的卢布尔雅那云端美术馆（Ljubljana: Open–Air Museum ）值得一提。

案例一：卢布尔雅那云端美术馆——初期美术馆数字化进程

卢布尔雅那（Ljubljana）作为斯洛文尼亚共和国的首都，从来就不是一个受人特别关注的城市，然而在美术馆数字化的进程上，它却在大量欧美国家美术馆中因其独特性占有一席之位。2000年之前，在网络尚未普及的年代，卢布尔雅那率先将当地的博物馆数字化，推出了“卢布尔雅那云端美术馆”。

“卢布尔雅那云端美术馆”于1993年成立，1996年上线。与其他博物馆自运营的线上美术馆不同，它从创始之初就不仅仅针对一家美术馆的馆藏，而是针对整个卢布尔雅那这个城市。官方的说法就是将斯洛文尼亚共和国的首都当作一个巨大的博物馆来展示，所有的街道即是展览，而建筑和楼宇内则是博物馆的展厅。与其他所有数字美术馆一样，其创始意义在于将已经结束的展览资料用“最真实的形态”保留下去，这种办法就是3D数字化的全景技术。

该项目于1996年从面向城市的虚拟博物馆上升为面向斯洛文尼亚共和国的虚拟博物馆，扩展到包括该国境内的所有博物馆，超过106个博物馆展览。② 此后，该项目继续扩充斯洛文尼亚共和国的城市景观、自然景观和人文历史景观。1999年更名为卢布雅那Burger的虚拟美术馆（Burger’s Virtual museum Ljubljana）。截至2006年，已经收纳了超过 一万个地点。③

或许它并非大众所熟知的文化体系或博物馆系统，但仅就博物馆和斯洛文尼亚文化而言，这个项目的意义举足轻重。以卢布尔雅那城市美术馆（City Museum of Ljubljana）为例（图2），目前在网站上收录了三个展览。其中“仿古家具永久收藏”（Permanent collection of period furniture）展览从1999年11月起历时两个月，都被完整地展现在网络上（图3）。该展览于1937年开始对外开放，忠实地展示了15世纪至20世纪的卢布尔雅那家具、装潢及房屋陈设。④ 对于研究建筑学、艺术史或斯洛文尼亚文化的学者来说，

① Gavin Miller, Eric Hoffert, Shenchang Eric Chen, Elizabeth Patterson, Dean Blackketter, Steve Rubin, Sally Ann Applin, Derrick Yim and Jim Hanan, “The Virtual Museum: Interactive 3D Navigation of a Multimedia Database”, *The Journal of Visualization and Computer Animation*, Volume 3, Issue 3, July/September 1992, pp. 183—197.

② Boštjan Burger, “Visualization of Slovenian Museums with Virtual Reality Panoramas”, Ljubljana, Slovenia.

③ Trskan, D., “Pedagogic Activities of Museums in the Republic of Slovenia.” *International Journal of Historical Learning, Teaching and Research*（University of Exeter）48. Retrieved 12 February 2014.

④ “City Museum of Ljubljana”, Culture.si, Republic of Slovenia, Ministry of Culture, 8 July 2013. Retrieved 23 January 2014.

这个展览记录了从哥特时期到维也纳分离派时期的建筑、家具艺术风格的巨大变化。展览于 2000 年撤除，现在仅可于网站上浏览。同样情况的展览还有很多，例如同属于卢布尔雅那城市博物馆的展览“拿破仑说：伊利里亚崛起!”(Napoleon Says：Illyria Arise !)(图 4)。伊利里亚 (Illyria) 这个名字对于世人来说并不陌生，这个史前时期的古地区名由于居住着伊利里亚人部落而变得非常神秘，也因此常常在文艺作品中被当作一个半幻想式的国家名称，在莎士比亚的《第十二夜》中就出现过。[①] 被罗马征服之后，“伊利里亚”这个名字长时间在历史上空缺。直到拿破仑时期，才重新恢复了这个叫法，并设立伊利里亚省 (Illyrian Provinces，1809—1813)。虽然这是个短命的王朝仅仅存在了四年，但对于巴尔干地区的民族主义者来说，却是一个重拾“伊利里亚”这个古老名字的重要时期。卢布尔雅那作为当时伊利里亚省的首都，保留了大量拿破仑时期的艺术作品、珍贵手稿及地图。2009 年的这个展览作为纪念伊利里亚省 200 周年的展览，用来表达巴尔干地区的民族渴望摆脱外国控制的愿望和泛斯拉夫主义的政治思想。这样的展览突破了国界的地理因素，能够使重要的学术资料服务于全世界的文化发展。

图 2　www.burger.si，City Museum of Ljubljana (http://www.burger.si/MuzejiInGalerije/MestniMuzejLjubljana/ENGMestniMuzejLjubljanaKazalo.html)

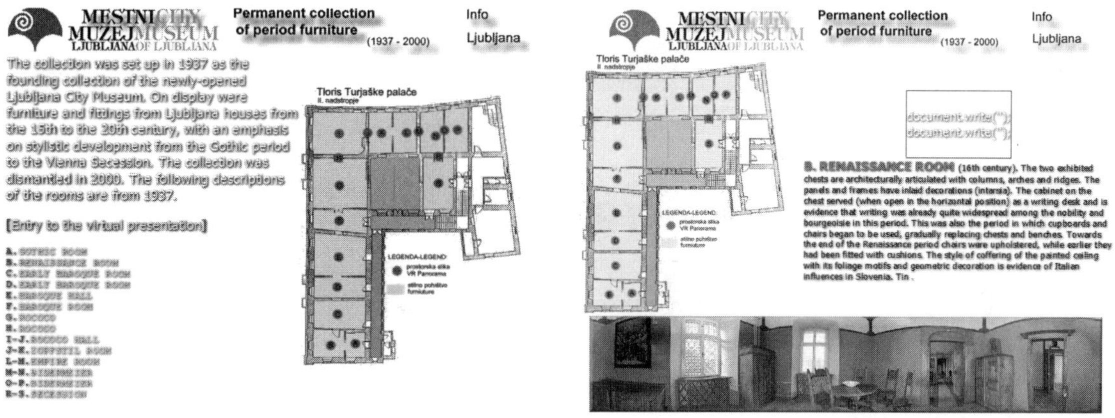

图 3　www.burger.si，Permanent collection of period furniture，1937—2000

诸如此类的线上博物馆到今天已经有了许多。有赖于科技的进步，网络的飞速发展，现如今几乎各大美术馆、博物馆都有自己官方的数字美术馆或虚拟美术馆，用作展览的资料留存，更好地将这些展览资源分享给全世界，也为后世研究留下了珍贵的资料。实体展览终究会因为时间、地理的限制无法长存，而在网络的终端上，这些展览和艺术品将永远被忠实地以数字的形态被记录下来，继续散发着光芒。

① Boardman，John，. *The Prehistory of the Balkans and the Middle East and the Aegean World*，Tenth to Eighth Centuries B.C. Cambridge，United Kingdom: Cambridge University Press，ISBN 0-521-22496-9，1982.

案例二：谷歌艺术计划——虚拟博物馆

如果说案例一是早期美术馆数字化的代表，那么 2011 年 2 月 1 日上线的、由搜索引擎巨头谷歌开发的“谷歌艺术计划”(Google Art Project)，则标志着成熟的虚拟博物馆时代的到来。这个全球的在线平台逐渐开展与全世界著名的艺术机构携手合作，将博物馆或美术馆中的作品以 70 亿像素的高清晰度呈现于互联网，为全球用户提供了一种现代数字化的艺术作品欣赏方式，艺术爱好者们可以足不出户地游览全球的美术馆。除了达到肉眼远不可及的清晰度以外，美术馆的 360 度的全景展示，最大限度地保持了博物馆实际展陈的效果。独创的“街景”功能，甚至得以将美术馆附近的景观都保留下来。①

图 4　www.burger.si，Napoleon Says：Illyria Arise！

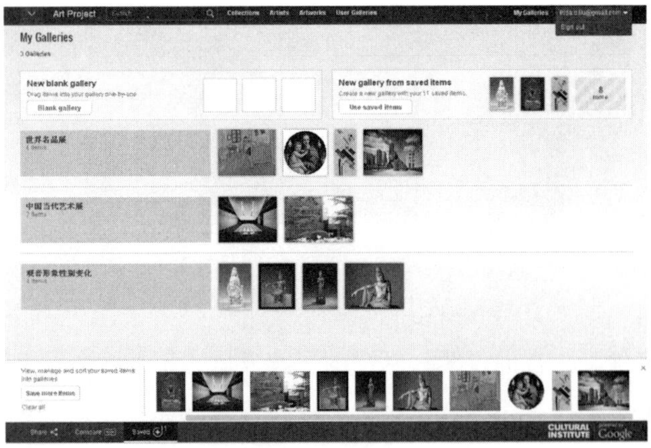

图 5　私人美术馆创建案例

迄今为止，“谷歌艺术计划”已与全球 61 个国家的 700 多家文化机构展开合作，相较 2011 年的 17 家机构，扩张速度惊人。②除了大都会博物馆、大英博物馆等国际知名的美术馆，中国大陆也有今日美术馆、尤伦斯艺术中心、湖北省博物馆、龙美术馆等机构加入。“艺术计划”甚至能够很好地展示来自各种文化与文明的创作，目前已收录了巴西的街头涂鸦和非洲的古代岩画等。

除了空前强大的内容，对于“谷歌艺术计划”来说，与简单的博物馆展览、藏品数字化相比，最大的突破在于它已经不满足于单纯的收录。谷歌的团队作为一个以网络为根本的公司，与博物馆和美术馆的视野完全不同，他们将网络独特的魅力展示了出来。“谷歌艺术计划”开发了网络平台特有的个人珍藏、虚拟展览、加注评论等功能，让使用者可以为自己喜欢的每一件展品留下属于自己的私人笔记，建立个人珍藏集，与家人朋友一起在线体验和分享艺术的魅力。更开创性地开发了用户的私人美术馆，让使用者得以无限制地创造属于自己的展览，再通过 Google + 发到网络上（图 5）。③不必在乎是否在一个博物馆收藏，甚至是否在同一个国家，是否可以移动，没有展

① Kennicott, Philip, “Google Art Project: ‘Street View’ Technology Added to Museums”, *The Washington Post*, Arts Post, 25 Aug 2011.

② Valvo, Michael, “Google Goes Global with Expanded Art Project”, Press Release. Google Art Project. 6 April 2012.

③ Stanislawski, Piotr, “Polska Sztuka w Google Art Project”, Gazeta, 8 April 2012.

览地点的限制和金钱的限制，只需要关注展览内容，这种自由度是实体展览远远达不到的。

而 70 亿像素的技术则意味着比肉眼还要清晰的清晰度，这个技术从“谷歌艺术计划”上线以来一直是该项目的核心竞争力。对于艺术爱好者和专业人员而言，通过点击鼠标就能从世界名画上观察到比显微镜还要清晰的细节，这一点非常重要。

案例三：中国今日美术馆——未来馆计划

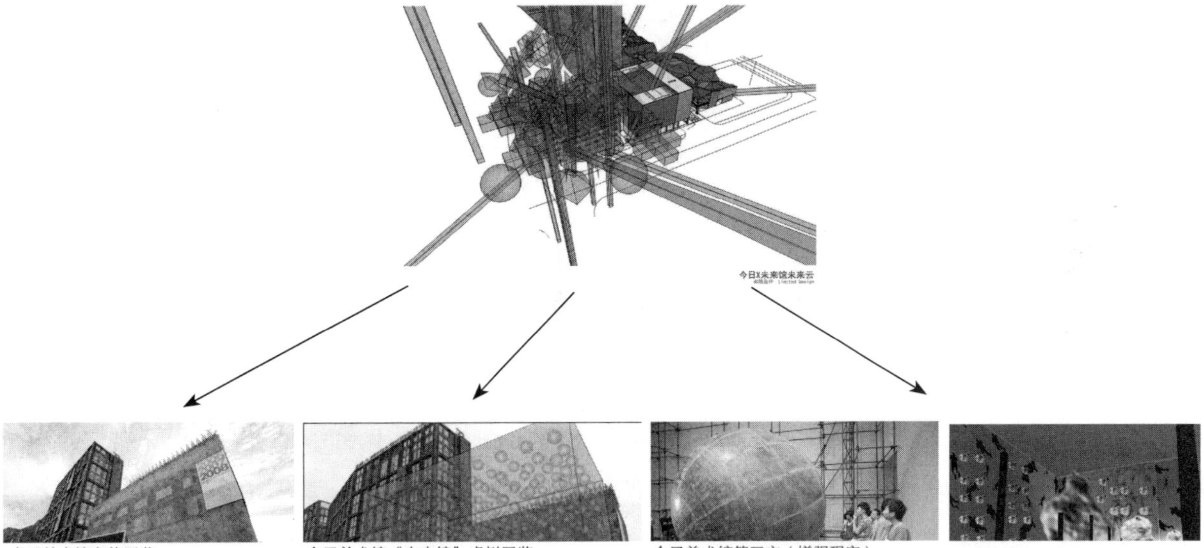

图 6　今日未来馆三部分构成图

线上美术馆这个创意逐渐从单纯的记录转向创作，在逐渐发展越发成熟的路上又被赋予了传播的巨大功能。今天的线上美术馆已经可以真正地脱离实体，创造展览。今日美术馆作为中国美术馆界的第一家现当代美术馆，一直探索着艺术未来发展的方向。2015 年，今日美术馆推出“今日未来馆”，其技术端和艺术概念在 360 度全景展览和艺术展数字化网络再现的基础上再次往前推进了一大步，旨在探讨美术馆最具先锋、未来性的空间概念。由实体展览、虚拟展览及第三方（增强现实）展览三部分组成。（图 6）

“未来馆”与现存其他虚拟博物馆的最大区别在于，其艺术作品需要“创造”，而不是简单的“记录”。所有艺术作品都由艺术家重新创作，而非对实体作品的线上保存。它的优势在于，可以满足艺术家天马行空的创意，可以呈现艺术家理想中“真正”的效果。实体馆毋庸置疑，落地于今日美术馆，展出艺术家们的实体作品。而云空间内的虚拟馆，实体馆无法承载的展览将得以实现（图 7），并且成为

图 7　“未来馆”虚拟馆 APP 主视觉截图

一个能够自组织、不断生长的文化共生系统，承载数以万计的展览。例如，“未来馆”为艺术家塑造了50m×5m×3m的特殊展厅，通过两侧墙体投影和正面地面的镜面组成的倾斜光带，呈现具有科技感及几何美感的彩色三角形。当观众在这样的特殊展厅里缓慢前进，伴随着声音，整个隧道发出持续而梦幻的光芒，似乎永无停歇的缠绵，低声述说着“你是如此温柔”(图8)。诸如这样的呈现在实体馆中几乎是无法实现的，无论是展览经费，还是场馆本身，都难以承载这样的展示。这种“未来馆”的“创造”概念将逐渐彻底与实体馆区分开来，作为一个美术馆，而非虚拟馆而存在。

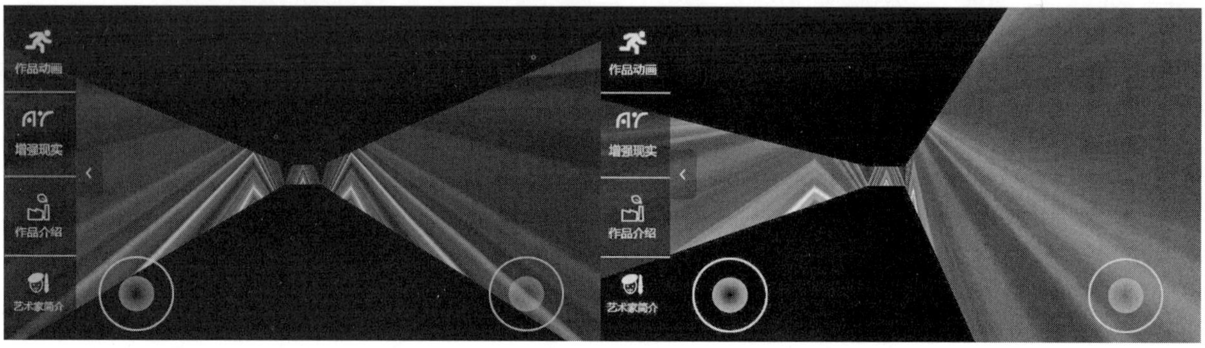

图8 黄莺 你是如此温柔 “未来馆”虚拟馆作品

除此之外，本次展览的部分作品还将通过“增强现实”(Augmented Reality)技术在第三空间呈现，作为实体馆与虚拟馆的互动环节。观众需要通过安有未来馆APP的移动终端，才能在屏幕上看到虚拟和现实作品的结合，或者是完全另外一件艺术品的展现。仍然以艺术家隋建国为例，在“增强现实”部分，原本静止的铁球在手机屏幕上将不再受重力的限制上升到天空中(图9)。苏珊·安克(Suzanne Anker)老师将其对于生物、艺术以及数字化的理解完美地融汇在实体作品中，用具象的作品表现了意识以及想象源于人脑对信息的自由感知这一观点。每个人身体中美好的愿望，都如同藏在脑海深处不断挥动翅膀的蝴蝶。在展厅中使用手机“增强现实”功能扫描作品后，观众们将能够看到高速变换的同系列作品，显著提高艺术作品带来的冲击感以及趣味性，让意识的闪动更加灵性可见(图10)。虚拟模型与实体展品

图9 隋建国 运动的张力2 “未来馆”实体图(左)及增强现实效果图(右)

的结合完全超越了传统的展示方式，更能够提高观众的互动体验。[1]

2017年，今日美术馆继续扩充未来馆的概念，为大众再度呈现第二届“今日未来馆——zip·未来的狂想”，推出集黑科技与艺术为一体的全新展览，通过观众的想象力与互动参与，沉浸式的体验（图11），声音与视觉的盛宴，跨媒介交互与信息的艺术处理，使展览中的艺术表达被尽情释放。展览将不同格式的作品融合在一起，发起不同维度的参观体验，利用认知世界的“界面”的相关性与场异性，开启不同认知维度的探索，为观众编织一个交叠时间、空间、信息的共生系统（图12），在展览中感受对未来的想象与思考。从第二届今日未来馆的概念开始，未来不只是需要被专业人士研究和预见的，而是在每个普通观众的想象中投入最大的热情去表达。

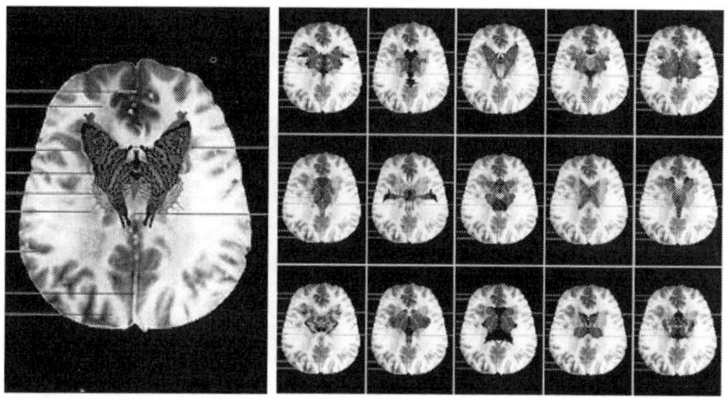

图10 Suzanne Anker，“MRI Butterfly in Brain”（左）及“未来馆”增强现实可观的同系列作品（右）

图11 曹雨西 ORIENS 东 v1.0 第二届未来馆现场

图12 Flow Void VR 装置

第三届“今日未来馆·机器人间”于2019年启动，在延续和发展前两届未来馆核心概念的同时，“第三届今日未来馆”将主题聚焦在人工智能AI（图13）与人机互动的艺术创作研究方向，邀请更加新锐的策展人与艺术家参与到项目中，拓展未来艺术与人类未来世界的边界。展览在观展体验上首次开放双向观展线路，提出以人工智能“索菲亚”与“艾莉克莎”为暗语的两条观展故事线索，分别从“探索未来”与“未来考古”（图14）两个角度，邀请观众在观展过程中感受截然不同的策展叙事发展。第三届“今日未来馆”援引古代哲学关于世界起源的启示，从物质出发到物与物之间的关联，支撑人类几千年中关于“人从哪来，要到哪去”的思考；物与物群之间的错生体系，共筑的历史时空中关于“存在”的认知。计算机的时代在更大范围地传递信息，创造图像，以电脑和其他综合媒体产生的逼真行为逐渐混淆真实和虚拟世界的界限。

历经了五年三届的“今日未来馆”的探索与沉淀，从2015年提出探索美术馆未来空间的发展理念，到2017年创新打造震撼的全维度沉浸式观展体验，再到2019年开拓性地邀请观众与人工智能AI共同探

① “艺术的未来”，Global Shapers Community，《SHAPE China 2015创变中国·全球杰出青年峰会》月刊，2015年10月。

图 13　Human Study5，Patrick Tresset 机器人装置

图 14　Christian“Mio”Loclair　Narciss 装置
125cm × 205 cm × 230cm

图 15　“Future 云端馆”APP 界面

索未来、创作艺术，突破传统新媒体艺术的界限与创作禁锢。“今日未来馆”以它创造性，探索性的策展理念，携手大众经历了想象的未来，体验了未来的狂想，最终见证了机器人间的到来。最后，我们不禁再次发问：“未来已来，大家准备好了吗？”

“未来馆”还具备艺术实验场地的作用。对于美术馆来说，发掘和培养青年艺术家一直是其社会责任中非常重要的一部分，然而由于自身财力的限制，不可能将所有优秀的青年艺术家请入展厅。借由“未来馆”虚拟馆，今日美术馆实际上是为青年艺术家提供了一个新的平台“Future 云端馆”APP（图 15）。前期开发之后，美术馆只需要支付网络平台的维护费用及技术升级的费用，大大节约了成本，减轻了美术馆压力。对于有天赋的艺术家来说，这样的免费平台为他们提供了展示的机会，让美术馆及观众捕捉到他们的作品，不至于让好的艺术家和好的艺术方案因为没有条件实体展示被埋没掉。[①]

小　结

通过以上的三个案例不难看出，如今的虚拟美术馆已经能够有效补足实体展的不自由性。除了记录作用，由于

① “今日未来馆”（http://www.todayartmuseum.com/cnexhdetails.aspx?type=exhibition&id=599），今日美术馆，2016。

能够自行创造展示空间，不计较展场限制和实际成本的展示空间，甚至满足艺术家无法实现的作品，无限制的艺术呈现和互动性，使艺术得以多元化发展。通过充分利用网络分享资源的便利性，令所有参观者能不受地域、国界限制地进入参观，获得最大的传播效益。

虽然目前大多数虚拟美术馆仍处在2D的传统网页模式，但未来极有可能发展为3D虚拟实境（有些美术馆、博物馆已经在尝试阶段），为阅览者营造更具想象力与互动性的空间，甚至有可能创造虚拟替身，形成线上的虚拟社群，让参观者更好地在线上交流。再进一步，完整的行为资料数据一旦得以记录下来（如参观者浏览的时间或次数），就能够帮助虚拟博物馆平台提供更多元的服务，让观众们获得自己最关心的信息。

看到未来发展的同时也不能忽视存在问题，目前大部分虚拟美术馆仍在使用传统的网站设计方式，网页内容与架构设计上，利用链接将独立的网页串联起来。虽然有的运用到资料库，但仍只用于资料检索，并没有延伸至虚拟美术馆的其他部分，导致检索资料与实际展览内容不符。

再者，对于虚拟美术馆是否可视为真的美术馆这一问题仍然备受争议。由于虚拟美术馆仍在发展中，结构并未齐全，致使很多虚拟美术馆的优势无法完全被展现，反而与单纯的博物馆网页产生混淆。一方面，虚拟博物馆并无实物收藏，而博物馆的本质在于收藏、典藏、展示、教育四大目标，其中收藏和教育部分很难在虚拟美术馆实现。即使收藏与典藏的目标得以扩大延伸，网络作品也能够缩减大众与展览品的距离，但尚不健全的网络版权制度以及过于开放的网络环境离能够保护美术馆收藏的阶段还相去甚远，在尚不能提出有效解决方法的今天，要走到虚拟收藏的阶段还极其漫长。另一方面，电子产品的互动性至今仍无法取代实体美术馆的教育意义，在教育的前提下，仅仅网上点几下鼠标是很难调动学生的积极性和保持他们的注意力的。

虚拟美术馆是实体美术馆向虚拟空间的延伸，是对未来美术馆理想空间的一次探索，探讨美术馆最具先锋、未来性的空间概念，将我们的生活的已知经验和未知经验呈现在一个由网络和移动终端所编织的无形的公共领域中。① 以参观者本地化的视角，呈现对全新生存环境，即网络化社会的思考。通过关注使用者在虚拟环境中的参观，支援实体美术馆的参观、教育等相关活动。承袭实体美术馆的展示、教育、娱乐与研究使命，在实体性、虚拟性及与观众互动性等多方面共同推进，完全突破旧有的策展及展示体制。其渐渐显现出来的优势已经逐渐为人们所接受，但对致力于这方面的艺术家及艺术工作者而言，这条路还要走很远。

参考文献

1.Philip Hughes，*Exhibition Design*，2nd Edition，London: Laurence King Published Ltd.，2015.

2. Ben Parry with Myriam Tahir and Sally Medlyn，*Cultural Hijack: Rethinking Intervention*，Liverpool: Liverpool University Press with Jump Ship Rat，2011.

---

① 黄丹麾:《图像文化与虚拟博物馆管窥》,《中国美术馆》2014年第6期。

3. Alan Wallach, *Exhibition Contradiction: Essays on the Museum in the United States*, New York: The University of Massachusetts Press, 1998.

4.Micheal Rush, *New Media in Art*, Second Edition, London: Thames & Hudson Ltd., 2005.

5.Terry Smith. *Thinking Contemporary Curating*, New York:Independent Curators International, 2012.

6. Manuel Lima, *Visual Complexity: Mapping Patterns of Information*, New York: Princeton Architectural Press, 2011.

7.Jenny Lion, Magnetic North, Minneapolis: Walker Art Center and Winnipeg: Video Pool Inc., 2000.

8.Heather A.Horst & Daniel Miller, *Digital Anthropology*, London: Berg Edition, 2012.

9.Daniel Miller, *Materiality*, London: Duke University Press, 2015.

10. Katja Kwastek, *Esthetics of Interaction in Digital Art*, forword by Dieter Daniels, translated by Niamh Warde, London: The MIT Press Cambridge, Massachusetts, 2015.

11.[英]马克斯·H. 布瓦索(Boison, M.H.):《信息空间——认识组织、制度和文化的一种框架》,王寅通译,上海译文出版社2007年版。

12.[美]妮娜·西蒙(Nina Simon):《参与式博物馆:迈入博物馆2.0时代》,喻翔译,浙江大学出版社2018年版。

13.[法]贝尔纳·斯蒂格勒:《技术与时间》,赵和平等译,译林出版社2012年版。

14.[巴西]米格尔·尼科莱利斯(Miguel A.Nicolelis):《脑机穿越》,黄珏苹、郑悠然译,浙江人民出版社2015年版。

15. 吴岸城:《神经网络与深度学习》,电子工业出版社2016年版。

16. 阿莱克斯·彭特兰(Alex Pentland):《智慧社会:大数据与社会物理学》,汪小凡、汪容译,浙江人民出版社2015年版。

17.[美]Manuel Lima:《视觉繁美:信息可视化方法与案例解析》,杜明翰、陈楚君译,机械工业出版社2013年版。

18.[美]凯文·凯利(Kevin Kelly):《技术元素》,张行舟、余倩等译,电子工业出版社2012年版。

19. 李四达编著:《数字媒体艺术概论》,清华大学出版社2012年版。

高鹏,今日美术馆馆长、中央美术学院理事。先后就读于中央美术学院、伦敦艺术大学,获本科、硕士、博士学位;北京大学博士后。2015年为达沃斯经济论坛“全球杰出青年”联席主席,获“创变中国——全球杰出青年峰会艺术使者”称号。2015年“北京五四奖章”获得者。2018年当选中国博物馆协会美术馆专业委员会理事,北京青年艺术发展促进会副会长。先后任第29届奥林匹克组织委文化景观副经理,“友好中国”国际协会副理事长,长期推进中国与世界各地艺术家、艺术机构、艺术项目的良性互动。担任国内外艺术展览的策划与执行,不断探索民营美术馆可持续发展的运营机制,并将“未来馆—实验室”引入美术馆运营机制中,这一系列的尝试和实践开创了国内美术馆新媒体领域的先河。

面向新时代的美术馆公共教育

——基于中国美术馆近年实践探索的思考

杨应时

摘　要： 本文结合美术馆公共教育在我国兴起的社会背景、近年中国美术馆公共教育的实践探索和个人多年从事相关工作的体会，探讨面向新时代的美术馆公共教育如何更好地发挥自身的大众美育作用。笔者认为，面向新时代，美术馆公共教育发展将面临转型升级，应深入思考美术馆公共教育的初心使命和发展方向。美术馆应更好地担当大众美育使命，盘活公共教育资源，探索专业领域创新。

关键词： 新时代；美术馆；公共教育

一、背景：美术馆公共教育在我国的兴起

在我国，美术馆是公众的精神文化家园，也是公共文化服务的重要平台，肩负着丰富人民群众精神文化生活，传承中华优秀传统文化，弘扬社会主义核心价值观的重要使命，在提升国民素质、激发创新精神、增强文化自信、增进文化交流等方面均发挥着重要作用。近年来，作为城市文化地标的美术馆在全国各地蓬勃发展，不断拓展、创新面向大众的公共教育服务，成为日益活跃的社会审美教育场域。到美术馆参观、学习、体验，如今正逐渐成为新的社会风尚，成为越来越多人的生活方式。正如习近平总书记所指出的："美术教育是美育的重要组成部分，对塑造美好心灵具有重要作用。"美术馆公共教育作为大众美育，在促进人的全面发展方面尤其具有重要意义，这已经逐渐成为大家的共识。在全国各地的美术馆，公共教育工作的重要性也日益得到突显和强调。

当然，美术馆公共教育作为专业领域在我国还是一个比较新近的现象，与欧洲和美国更为悠久和发达的美术馆事业（特别是公共教育方面）相比，是相当晚的。即便是作为国家艺术博物馆的中国美术馆，1963 年即已建成开放，但直到 2004 年年底才着手成立公共教育部，2005 年才比较全面地开展相关工作。在沿海大城市，有少数美术馆在 20 世纪 90 年代末已经开始探索面向公众的教育服务。但总体而言，美

术馆公共教育作为专门领域在中国大陆的发展，也就是20年左右的历史。也许正因其年轻，美术馆公共教育发展，在当今中国经济社会文化发展的大情境之下，呈现出诸多值得关注的创新探索，当然也面临不少新的问题和挑战。本文结合近年中国美术馆公共教育的探索实践和个人多年亲身从事相关工作的体会，探讨面向新时代的美术馆公共教育如何更好地发挥大众美育作用。

二、案例：近年中国美术馆公共教育的实践探索

中国美术馆于1963年建成开放，是中国唯一的国家艺术博物馆，是文化和旅游部直属的公益性文化事业单位。中国美术馆于2004年年底成立公共教育部，面向不同受众群体开展丰富多彩的教育活动，让美术馆的公共教育服务从馆内逐步延伸到社会的方方面面，直接服务观众累计约百万人次，充分发挥中国美术馆“审美教育大课堂”的作用。经过10余年的实践探索，中国美术馆公共教育工作逐渐形成了自身的优势和特色，并以不断进取的姿态迎接新的挑战和机遇。

在新的形势下，中国美术馆作为国家公共文化服务的重要平台和对外文化交流的重要窗口，近年来尤其强调“服务、共享、交流”的理念，结合自身的藏品、展览、学术、品牌等优势条件，有效地开发和利用各方面的公共教育资源，努力创新管理和服务方式，提升服务品质水平，扩大服务辐射影响，真正实现“以文化人，以美育人”的核心使命和终极目的。作为国家馆，中国美术馆公共教育工作注重社会责任感和学术敏锐度，弘扬主流价值，树立文化自信，增进文化交流，共享文化成果，积极主动地回应社会热点话题和艺术发展动态，有结构、有计划、有步骤、有针对性地开展公共教育服务，努力满足高、中、低不同层级观众的学习体验交流需求，让艺术走向公众，让公众亲近艺术，打造真正意义上的“为公众的美术馆”。通过多年的积累和发展，特别是近年来着力从理念和方式上创新拓展，中国美术馆公共教育工作已经逐步形成以国际视野、引领作用、社会互动为特色的发展格局。

国际视野：立足本土，放眼世界

如前所述，与欧美国家相比，美术馆公共教育在我国尚属新兴事物。因此，抓住有利时机，结合国内实际需求，借鉴国际先进经验，积极开展对外交流，摸索适合自身情况的制度、模式和品牌，成为中国美术馆公共教育工作的重要切入点。

中国美术馆非常重视与海外重要的高等院校、艺术博物馆、基金会等机构和专家探索开展艺术博物馆教育方面的交流、研讨与合作，近年来先后推出一系列具有国际、国内影响的项目和活动。例如，与美国哥伦比亚大学教育学院合作推出“为教育的艺术空间：中美艺术博物馆教育研讨会”、与德国柏林自由大学等合作举办中德“文化管理在中国：博物馆观众拓展研讨会”、与法国卢浮宫国家博物馆合作举办“2016中法艺术博物馆教育交流会”，以及与我国台湾美术馆合作开展海峡两岸艺术博物馆教育系列交流研讨活动等。近年来，中国美术馆也结合国外来华的重要展览和本馆“走出去”的重要外展，与美国古根海姆博物馆、英国泰特美术馆、澳大利亚国家博物馆、墨西哥圣依德方索学院（博物馆）等国际上重要的博物馆合作策划组织公共教育活动，积累了宝贵的实践经验。

此外，中国美术馆还以开阔的国际视野，积极拓展与海外机构合作开展美术馆教育专业人才培养和实习生培养，先后选派多位员工赴美国、德国及我国台湾、香港地区等学习交流，同时接收海内外的实习生来馆实习，培养美术馆后备专业人才。较有影响的项目如“中国博物馆与青少年儿童教育”中美交流考察项目、台湾大学生寒假来馆实习交流项目、中德“美术馆管理与公共教育”主题研讨会等。

引领作用：抢占高点，探索创新

近年来，中国美术馆公共教育工作积极拓展专业化建设，在公共教育项目策划实施方面抢占高点、探索创新，发挥国家美术馆的引领示范作用。

建设专业化的志愿者队伍是中国美术馆公共教育工作的重要创新之处。自2006年组建以来，中国美术馆志愿者队伍现已稳定在100余人的规模，提供面向成人、少儿和外宾等的展厅导赏等服务，近年来每年服务观众约10万人次。中国美术馆尤其注重提升志愿者策划组织教育活动的能力，近年来逐步培养了一支专业化的“志愿者教员”队伍，在全国业界具有一定的创新引领性。中国美术馆志愿者队伍被吴为山馆长誉为“美术馆里一道最亮丽的风景线”，并被中央文明办评为“最佳志愿服务组织”。中国美术馆并曾结合在墨西哥圣依德方索学院（博物馆）举办的中国艺术展，组织培训当地的志愿者讲述来自中国美术馆的艺术，举行亲子体验工作坊等。

少年儿童是中国美术馆公共教育服务的重点人群。面向广大少年儿童及教师、家长的教育活动近年来已逐步发展成为中国美术馆公共教育的强项，并开发出“跨界体验夏令营”“中国美术馆家庭艺术体验节”“来自中国美术馆的温度：关爱自闭症儿童系列”“艺术眼光看世界：中国美术馆里的鉴赏课”跨学科美术馆教育实验课程等富有创新性的品牌少儿教育活动，同时推出了儿童绘画卡、教师资源手册、展厅学习单、展厅导读手册、亲子探索手册等系列教育材料。中国美术馆近年推出系列关爱特殊儿童（特别是自闭症儿童）的教育项目，引领全国美术馆公共教育发展。通过馆长与孩子们共绘春天、举办自闭症儿童绘画展、开展关爱自闭症人群公益沙龙研讨、组织志愿者教师为特殊儿童开设专门艺术课程、走进校园为特殊教育学校孩子们送温暖等各种方式，表达对特殊儿童的关心、关注和关爱，传递来自中国美术馆的温度。中国美术馆还与北京教育学院紧密合作推出长期的“馆校合作”项目，通过对北京市中小学教师进行培训，引导他们更好地在教学中利用中国美术馆的教育资源。

学术类教育活动是中国美术馆公共教育的传统主打项目，主要面向成人观众。近年来，中国美术馆加快学术类教育活动的改版升级，在过去主要以美术界专家主讲的讲座、沙龙、对话等活动形式基础上，特别推出“大师讲大美”等更高层面的新品牌活动。2015年推出的中国美术馆“大师讲大美”高端学术讲坛，邀请诺贝尔物理学奖得主杨振宁、俄罗斯人民艺术家采列捷利、文艺评论家仲呈祥、美学家叶朗、文化学者余秋雨、国学大家刘梦溪、法国文学翻译家许钧、电影《开国大典》导演李前宽和肖桂云伉俪等有重要社会影响的科学和文化大师从多角度切入探讨美与美育相关话题，强调跨界性、学术性、社会性。通过他们的学术演讲和大师课，以美来化育社会，激发对美的新的认识，起到了巨大的作用。

对雕塑的重视在中国美术馆有着特殊的渊源，首任馆长刘开渠和现任馆长吴为山均为著名雕塑家。在中国当前美术创作中，很多雕塑家们往往根据照片来塑像。但实际上写生是收集材料的过程，也是创作表现的过程。中国美术馆利用自身的特殊资源，从 2017 年 9 月推出一系列雕塑工作坊活动，结合“五一”劳动节、“六一”儿童节、“七一”建党节、“八一”建军节和教师节等重要时间节点，将现场艺术创作与普及性的公共艺术教育相融合，引起社会各界的强烈关注。该系列雕塑工作坊迄今已经举办十期。在中国美术馆艺术教育空间，吴为山馆长带领青年雕塑家现场为担任模特的英模、劳模、工人、党员、军人、教师等各界先进人物塑像，邀请社区群众、中小学生、武警战士等现场观摩学习，邀请主要新闻媒体记者现场采访。每期塑像活动均获媒体大篇幅报道。通过写生塑像这样的公共教育活动，一方面引领整个社会对英雄杰出人物和普通人民群众的关心；另一方面，对当下中国美术创作也起到了很好的引领作用。

近年来，中国美术馆还先后推出全国性的“志愿者与美术馆公共文化服务”年会暨“美术馆志愿者管理”工作坊、“美术馆文化志愿服务与管理研讨会”、“全国美术馆公共教育年会”等，并与中央美术学院、中央文化管理干部学院等合作开展艺术博物馆教育专业人才培养培训，引领和推动我国美术馆公共教育发展。

社会互动：普及提高，服务惠民

近年来，中国美术馆公共教育工作坚持“常态与热点相结合、大众与小众相结合、教育与休闲相结合”的教育理念，强调以点带面、实现与社会各界的互动与联动，达到美术馆公共教育普及提高、服务惠民的目标。

中国美术馆不断加强与学校、机关、部队、团体、企事业单位等社区机构等的联系与合作，关注未成年人、老年人、残疾人和流动人口等群体的特点和需求，开展普及教育活动和社会公益活动，开展“教学科研实践基地”“社会大课堂”“爱国主义教育基地”等共建活动，扩大中国美术馆公共教育的辐射广度，促进教育资源的公平共享。

目前，中国美术馆与多所高等院校和学术研究机构建立了常态性的联系和合作，经常组织大学生参与公共教育活动。并与众多儿童教育机构、中小学等建立合作关系，鼓励他们将课堂开到美术馆。中国美术馆还通过与社区机构合作，积极开展面向广大社区居民的普及教育活动，让艺术教育走进群众之中，让更多的人走进美术馆，感受艺术的魅力。

中国美术馆公共教育工作近年来在品牌建设方面进行了一系列卓有成效的探索。今后除了将这些品牌活动更加系统化和常态化，并深挖学术内涵，强调教育品质，扩大社会影响，也将结合重要节点，结合馆藏、展览等资源，与相关机构和人士开展合作，推出更多具有创意的主题工作坊、教育展览、课程、读物，等等。近年来，全国各地包括北京在内，新的美术馆、博物馆不断涌现，一些老场馆也进行了扩建和改造，在硬件设施方面中国美术馆已经逐渐失去优势。在现有条件下，除了通过创新公共教育内容和品牌来吸引观众，也应考虑通过各种新的手段和方式有效拓展公共教育空间，创造性地开展各类“请进来”和“走出去”的教育活动，让中国美术馆公共教育惠及更广泛的人群。当然，面向新时代的新需求，中国美术馆公共教育工作也面临不少短板和挑战。例如，公共教育专业人员短缺，需要补充新鲜血液；公共教育理念和形式需要与时俱进，尤其是探索与新技术和新媒体的结合；公共教育运营管理需要改变被动，激活能量，更好地调动主观能动性，等等。

三、思考：美术馆公共教育的初心使命与未来发展

结合近年中国美术馆公共教育实践探索和个人多年亲身从事相关工作的体会，笔者认为，此时此刻尤其有必要深入思考美术馆公共教育的初心使命和未来发展。面向新时代，美术馆公共教育发展将面临转型升级。美术馆应更好地担当大众美育使命，盘活公共教育资源，探索专业领域创新。

第一，担当大众美育使命。

美术馆公共教育是大众教育，而非精英教育。近年来，我国政府部门日益注重通过美术馆这样的公益性文化事业单位和公共文化服务平台，让广大人民群众享受文化艺术的成果和温暖，进而提升国民素质和社会文明程度，激发全民族的创造活力。2017 年 3 月 1 日施行的《公共文化服务保障法》，更是明确把美术馆定性为公共文化设施，纳入公共文化服务体系建设，强调其服务的公益性、基本性、均等性、便利性。在新的形势下，美术馆应通过开展丰富多彩的公共教育服务，服务最广大的社会公众，努力实现教育公平。

美术馆公共教育是审美教育，而非专业教育。美术馆公共教育目的是让广大观众感受艺术魅力，在获得审美体验的同时激发创造力和想象力，培养多角度思考问题的能力，提高对事物的观察力和感知力，达到身体和心灵的全面协调发展。正如中国美术馆馆长吴为山所言，“美术馆既是殿堂，也是公共教育的平台，是化育大众的一个美的空间。”美术馆应当成为更具创造活力的审美教育“实验室”，在教育理念和形式方面探索更多新的可能性。

美术馆公共教育重体验与态度，而非知识与技能。作为社会教育的组成部分，美术馆公共教育有别于学校美育，更加注重通过参与式、互动式、建构式等各种方式方法来丰富观众的学习体验，改变、提升其对美的认知和态度。系统化、课程化的知识和技能学习并不是美术馆公共教育的重点所在，观众对美的欣赏，对审美经验的体悟，对美好生活的向往，才是美术馆公共教育追求的基本目标。要成为一个全面发展的人，具备良好的审美素养和趣味必不可少，这也恰恰是美术馆公共教育可大有作为的方面。基于这样的认识，在教育方式方法上，美术馆公共教育也应从说教式、灌输式、解释式为主的知识技能传授，向观众喜闻乐见的教育体验服务转变，鼓励参与、发现、表达和交流，充分调动和发挥人们的主观能动性。未来的美术馆应成为新思想、新理念、新人才的“孵化器”。

第二，盘活公共教育资源。

作为公共文化服务机构，美术馆面向所有社会公众开放，受众背景之丰富和广泛是美术馆公共教育面临的现实情况。以中国美术馆为例，免费开放以后，每年接待观众均超过 100 万人次。从专业背景来看，艺术领域专业人士仅占少数，更多的是社会各界普通群众。从年龄层次来看，不仅有老中青群体，也有在父母陪伴下前来的幼儿。从社会背景来看，每个人的文化背景、受教育程度、收入水平均不相同。面对复杂多样的观众群体，如何针对其不同的学习需求和学习习惯，利用本馆资源开展有效的公共教育服务，是值得深入研究的课题，也是各个美术馆形成自身特色公共教育体系的关键。

众多经典的艺术作品是美术馆公共教育的资源优势。美术馆公共教育通过运用艺术实物与受众互动，以生动的形象和直观的感受使受众获得直接的审美体验，这种基于实物的现场教育所带来的各方感官调动和体验，是其他类型的教育难以实现的。近些年，美术馆行业馆际间的展览增多，藏品资源的互借和共享增多，实现了更大范围的藏品活化和文化惠民。另外，美术馆公共教育将自身专业资源和各方社会资源联动融合、开发利用，不但能作为学校和家庭教育的有效补充，还可实现同学校和家庭教育的良性互动与合作交融。

开放互动的空间情境是美术馆公共教育的环境优势。美术馆是一个具有开放性、综合性的文化教育平台，通过研究、策展、设计、教育、传播等诸多途径手段，营造有利于观众观展、参与和体验的学习情境。如人工和新媒体导赏，普及性的学术讨论会、专家讲座，在展厅现场举办的艺术沙龙，艺术创作演示和体验工作坊，少儿艺术作品展或针对青少年的专题教育展，展览配套学习手册，多媒体展厅体验及线上交流互动，等等。除了“请进来”，美术馆公共教育还“走出去”，在更加广阔的社会空间中施展身手。打破传统授课的教育模式，跳出封闭单调的教学环境，因时因地制宜、创造性地开展多种多样的公共教育活动，使观众更加轻松自由地欣赏、学习，增进交流，丰富体验，激发创想。

美术馆公共教育的优势不仅限于上文所述，只有深入挖掘并充分彰显各馆自身特色，才能形成合力，更好地发挥新时代的美术馆作为“社会审美教育大课堂”的功能，打造有别于学校美育、家庭美育的美术馆公共教育理念和方法。

第三，探索专业领域创新。

作为新兴的专业领域，我国的美术馆公共教育近年来已从最初的学习模仿国外理念做法和比较单一老套的活动形式，逐渐走向自主创新并日益丰富，但仍然面临不少现实问题与挑战。

美术馆公共教育还有很大的发展空间。比如，以中国美术馆为例，美术馆公共教育还未能较有效地与学校教育课程资源结合，形成良性互动的“馆校合作”机制；美术馆内部，公共教育也还没有很好地与藏品研究、展览策划、文创产品开发等馆内资源形成深入密切的协调合作机制。在教育项目开发上，美术馆可以探索的方面其实很多。诸如儿童教育空间和儿童美术馆规划；结合本馆教育资源，开发美术馆教育课程并将其常态化；针对特定人群学习习惯和需求的教育展览策划；结合最新科学技术提供互动教育服务，等等。

对美术馆公共教育的认识也要转变。美术馆公共教育不是简单的“搞活动”，不能浮于表面。正如傅军最近撰文指出的，美术馆的公共教育不止步于热闹，而“应该对观众人群进行研究和细分，在分类基础上，根据不同人群的需要进行差异化教育”。钱初熹也强调：“要转变单向的美术馆公共教育的方向，积极开展双向的、以指导来馆者学会美术鉴赏方法为重点的公共教育活动。”笔者则认为，美术馆还应当扎实开展对藏品展品的研究，以及对教育教学方法的研究，通过公共教育服务提升观众在图像识读、美术表现、审美判断、创意实践和文化理解上的视觉素养和审美能力。笔者近期在美国考察哈佛大学、耶鲁大学等美术馆的公共教育理念和实践时，发现跨学科、跨领域的美术馆公共教育正成为新的发展趋势。到美术馆学习，不只是学习狭义的美术或艺术，更可以从“全人教育”着眼，打通美术和文学、历史、哲学、科学等不同学科领域，调动学习者的不同知识和经验背景，进行跨感官、跨智能、跨学科、跨领域的探究与互动。从某种意义上讲，未来的美术馆公共教育，将从“搞活动”向“搞研发”转型，从单一学习形态向融合学习形态转型。随着专业建设和专业领域的拓展，需要更多跨学科、跨领域的专业人才参与到美术馆公共教育工作中来。在理论研究与人才培养上，目前我国美术馆公共教育人才还比较短缺，对国际前沿动态有关注和思考的人才更少。这与我国美术馆公共教育工作人员队伍迅速扩大、教育活动开展越来越广泛、教育形态面临转型升级的发展趋势形成反差。

面向新时代，作为大众美育的重要组成部分，美术馆公共教育应该以更加开放积极的姿态，谋求新的发展，适应社会需求。笔者认为，新时代的美术馆，应当结合公共文化服务和创新发展理念，探索形成具有中国特色的美术馆教育基本理论；增强和激发美术馆创新活力，探索建立公、私美术馆开展教育服务的新型体制机制；适应信息化发展，加快美术馆教育与新技术的融合，增进便捷化、个性化学习体验；结合美术馆特色教育资源，创造性地开展教育服务，推出更加丰富多彩的教育项目；加强美术馆教育人才培养，努力提升相关从业人员综合素养、专业技能和创新精神。

共享艺术的快乐，让艺术点亮更多美好心灵。这是美术馆公共教育的初心，也是美术馆公共教育的使命。不忘初心，牢记使命，砥砺奋进，路在前方。祝愿美术馆公共教育的未来更加美好！

参考文献

1. 习近平：《给中央美术学院老教授的回信》，新华社2018年8月30日电（http://www.xinhuanet.com/politics/leaders/2018-08/30/c_1123355797.htm）。
2. 钱初熹：《美术馆：培养公民视觉素养的魅力场》，《中国教育报》2018年11月30日。
3. 杨应时：《美术馆：让艺术点亮美好心灵》，《人民日报》2019年4月14日。
4. 傅军：《美术馆的公共教育不能止步于热闹》，《文汇报》2019年11月5日。

杨应时，中国美术馆公共教育部副主任、公共教育专家委员会副主任兼秘书长。获北京大学艺术学硕士学位，哈佛大学艺术教育硕士学位，哥伦比亚大学艺术与艺术教育博士学位。多年从事艺术策展、艺术评论、艺术管理、艺术博物馆教育等方面的实践、研究和教学。曾为英文中国日报社记者、编辑兼艺评人。中国博物馆协会社会教育专业委员会委员、北京博物馆学会社会教育专业委员会副主任。代表著述有《作为教育机构的艺术博物馆：纽约市四座博物馆案例研究及其对中国的启示》（英文）、《博物馆教育研究与实践》（中文）、《美术馆：让艺术点亮美好心灵》（中文）等。曾策划“为教育的艺术空间：中美艺术博物馆教育研讨会”“全国美术馆公共教育年会”“再序兰亭：中国书法大展”等具有重大影响的国际、国内项目。

美术馆教育·与时代同行

庞桂馨

摘　要： 美术馆在当代城市发展进程中成为社会教育的重要阵地，发挥着引领先进文化的前进方向，凝聚民族文化精神，促进社会和谐发展的神圣使命。我们应当从掌握未来发展主动权的战略高度，不断更新教育理念，积极应对信息化、网络化、数字化等发展新趋势，创新教育手段，不断完善和拓展美术馆的教育职能。与时代同行，通过美术馆的教育传播，彰显出美术馆文化的吸引力、感染力、传播力和影响力，推动社会文明的不断进步。

关键词： 大教育观；狭义的美术馆教育；发展战略

进入20世纪90年代，随着中国经济的高速发展，城市对美术馆文化地标作用的重视，美术馆在中国的发展进入了快车道，美术馆的建设呈雨后春笋之势，美术馆的发展也展现出蓬勃生机。随着公众流动性的逐年增加和参观人群的多样化，美术馆逐步成为创造城市文化形象的中坚力量，成为人们的“精神家园”和“终身学习的场域”……2008年“国际博物馆日”的主题是“博物馆：社会变革与发展的动力”。这一主题从更高层次上明确了赋予博物馆的社会责任，今天博物馆的核心价值，从藏品保护到服务社会，进而迈向参与推动社会进步和变革的神圣责任，美术馆也正经历着这样深刻的观念变革，这就要求美术馆要进一步增强使命意识，充分发挥社会教育和文化传播职能，更好地为社会及其发展服务。

一、新时代美术馆的文化使命

2007年的《国际博物馆协会章程》中对原有“博物馆”定义进行了修订，将“教育”调整到博物馆功能的首位，表明教育功能不仅是博物馆对社会的责任，而且是其首要的任务。正如1984年美国博物馆界名著《新世纪的博物馆》中对博物馆教育意义的描述：“如果把藏品比作是博物馆的心脏，那么教育就是博物馆的灵魂。”如果说打造“为公众的美术馆”是我们努力的方向，那么公共教育则是公众美术馆的灵魂和归宿。

美术馆在当代城市发展进程中成为社会教育的重要阵地，发挥着引领先进文化的前进方向，凝聚民族文化精神，促进社会和谐发展的神圣使命。

二、美术馆的“大教育观”

在21世纪文化多元化的大背景下，定位美术馆的社会教育职能，首先要确立制高点，要站在国家战略发展的制高点上，其次要站在时代的制高点上，与国家民族的命运紧紧联系起来，以大时代、大思维契入，寻求美术馆教育的大格局和大构建；这是一种境界，更是一个进入深层次的思维方式。习近平总书记指出：“文化艺术工作，是培根筑魂的工作。”根与魂是一个民族的命脉所系，精神旨归和价值确立。作为社会教育的重要阵地，美术馆教育必须充分挖掘、阐释自身的文化内涵，凝聚引领时代的文化精神，通过广泛建立文化艺术资源与大众之间的关联，在时间与空间维度上创造更多大众可以深度学习与互动的机会，更好地实现美术馆教育的社会价值。

在新时代文化使命引领下，美术馆教育需要凸显“大教育”理念。对外，建立最广泛的社会关联，通过机制建设，寻求最广泛的社会合作；增强美术馆文化惠民的能力，丰富美术馆文化服务民生的方法。对内，统筹谋划、统筹推进，加强多部门协作，让美术馆的收藏、研究、展示、教育、传播等职能形成教育合力，力求通过研究成果的及时转化、展示水平的不断提升、教育体验的不断升级、传播手段的不断丰富等举措实现美术馆社会教育职能的最大化。以美术馆教育的大格局和大构建，迎接时代赋予的新的发展机遇和挑战。

三、狭义的美术馆教育，有所为与有所不为

所谓狭义的美术馆教育，是指美术馆专设教育部门或专职教育人员所实施的特定教育项目。随着国家和美术馆自身对教育职能的高度重视，美术馆教育策划实施的水平不断提高。在经济文化科技迅猛发展的时代背景下，美术馆亟待实现自身在推动社会进步和变革中的积极作用和独特价值，正如博物馆学专家G.B. 古德（G.B.Goode）所指出的：“博物馆不在于它拥有什么，而在于它以其有用的资源作了什么。”美术馆在教育实施中如何更加清晰地认识自身的优势与不足；如何在社会发展大潮中辨别清楚何为进步的因素，何为教育的陷阱；做到既不盲从、不亦步亦趋，也不一味追求创新；做到有所为、有所不为。

美术馆依托自身的资源优势，打造有独特魅力的美术馆文化教育，是社会先进文化的发展需要，也是美术馆提升自身影响力与美誉度的需要，其中要坚持几个“有所为”。

1. 坚持弘扬先进文化

一座美术馆是一座城市乃至一个国家的文化名片，它不仅代表着国家的文化形象，更应是宣传中国先进文化的阵地。美术馆肩负着大力弘扬中国文化精神，引领先进文化发展方向的国家使命。美术馆教育要勇于担当起这一神圣使命，进一步提高站位，加大教育推广的力度和广度，在教育项目的设计上，应进一步加强谋划的前瞻性、主动性、深入性和系统性，唱响主旋律，大力弘扬社会主义核心价值观，

与国家文化战略保持高度契合。

近几年，中国美术馆陆续推出的“大师讲大美”“为新时代人物塑像”等公共教育品牌引发了社会公众的广泛关注与好评，美术馆教育在唱响主旋律、弘扬大美精神、弘扬社会主义核心价值观等方面做出了积极的探索。

2. 坚持办精品教育

“精品”的含义，一层是在教育内容中始终坚持推介文化精品、艺术精品，深度挖掘经典的魅力，让经典深入人心，用艺术经典中真善美的特质陶养人心、化育人心；另一层是打磨美术馆的教育精品，它应体现出有别于学校教育、机构教育的美术馆优势和特质，其中包括展览的现场感、艺术品的实物性等带给公众不可替代的直观性、丰富性、开放性的教育体验，以及美术馆教育从业者提供的有专业水准的艺术解读和高品质的教育体验，共同构成美术馆精品教育的核心要素。中国美术馆推出的“跨界体验系列”“非遗传承系列”等教育活动都体现出这一策划理念。

3. 坚持办特色教育

美术馆的特色教育首先取决于美术馆作为社会教育角色拥有的诸多独特特质。作为艺术博物馆的美术馆，面对自身拥有的丰富教育资源和面向全体民众终身教育的社会教育职能，美术馆教育体现着公益性、全民性、开放性、自主性等特质。按照个体需求获取所需知识将是新型博物馆教育的发展方向。如何善用丰富的美术馆教育资源，提高教育资源供给的能力，有效地调动公众的求知欲和探索精神，为公众自主学习提供有效支持和丰富选择。许多欧美博物馆正积极探索激发观众学习兴趣、引导观众进行学习的角色转换的有效举措。美术馆应主动适应和引领这种教育的新趋势和新的发展方向，实现公共教育职能“从教育向学习”的转变，即从向受教育者的单项传递，到双向互动交流，积极提供更多给予个性尊重，体现差异存在的新型美术馆公共教育。作为教育对象的社会公众，将从被动接受变为主动探索，这些变革必将推动美术馆教育发生本质上的跨越，并为其增添无尽的活力。

美术馆应积极开发更多可供选择的教育内容和教育体验形式，建立教育资源与公众之间更广泛的联系，让更多公众实现自主的、有效的、积极的学习。

美术馆应着力加强对青少年的教育。青少年是祖国的未来，民族的希望，他们还处于文化观、价值观、人生观等的建构阶段，优秀文化艺术的熏染将成为他们建构健全人格，拥有文化自信的力量源泉，并对他们一生产生深远的影响。美术馆应积极策划让青少年可以“走进美术馆”“体验美术馆”“爱上美术馆”的整套教育策略，让“走进美术馆”成为他们未来的文化生活方式。

今天，在社会经济迅猛发展的进程中，作为文化教育角色的美术馆尤其需要发挥起文化精神建设在社会发展中的引领作用，遏制浮躁之风，坚持从现实国情出发，从夯实基础做起，从社会需求实践，从差异化发展突破，其中也要坚持几个“有所不为”。

1. 避免过度“娱乐化”

“寓教于乐”不是简单地将学习过程游戏化，艺术殿堂的教育体验更不能出现过度娱乐化的趋势，它应是学习者在探索学习中感受到的“豁然开朗”的快乐。美术馆教育应聚焦于如何提高公众探索发现、有效学习的“真乐”，提高其道德与人文教育的含量，摒除教育中功利主义的因素，避免教育活动流于表面，一味追求热闹。转变一部分观众把美术馆等文化场所看作游艺场的过度娱乐化的心态，让他们在参与美术馆有效学习的过程中，增强对美术馆殿堂感和仪式感的体验，打造有品格、有品质的美术馆文化形象。

2. 避免“趋同化”

美术馆教育在不断探索发展的进程中，还存在着不同程度的“趋同化”现象，我们还迫切需要对公众进行深入的需求研究和人群细分，结合自身资源特点发挥各个美术馆的比较优势，打造更多回应公众差异化需求的，有特色的美术馆教育，打造美术馆教育的品牌效应与核心竞争力。

四、美术馆教育的数字化发展战略

在全球化、信息化时代，美术馆要不被边缘化，就必须将目光积极投向社会发展及其变革。2019 年 8 月 30 日，中国互联网络信息中心（CNNIC）最新发布的第 44 次《中国互联网络发展状况统计报告》显示，截至 2019 年 6 月，我国网民规模达 8.54 亿，互联网普及率达 61.2%；我国手机网民规模达 8.47 亿，网民使用手机上网的比例达 99.1%，我国在线教育用户规模达 2.32 亿，占网民整体的 27.2%。互联网有效受众规模还存在着较大的增长潜力。各类社交应用持续稳定发展，互联网平台实现泛社交化。2019 年《政府工作报告》明确提出发展“互联网 + 教育”，促进优质资源共享。今天，数字技术和网络文化创造了一种新的文化生活方式，教育传播的与时俱进，必将成为当今美术馆发展中不容忽视的重要问题。近年来，我国地市级以上博物馆均在进行数字化实践，但与其他行业的数字化建设以及国外博物馆的数字化实践相比仍较滞后。

2019 年 10 月 31 日，我国宣布 5G 技术正式商用。同一时间，良渚遗址管委会正式发布“双 5”计划，通过 5G 赋能良渚文化传播和教育优质均衡发展。其中，5G 技术承载的“良渚文化 VR 课堂”等新型教育模式让大家眼前为之一亮。①

中国的美术馆必须积极认识和研究新媒体、新技术，将教育内容的先进性与技术的先进性有机结合，不断创新教育的新载体和新形式，实现更高效的美术馆文化传播，在行业中实现引领式发展，赢得美术馆发展的未来。

当前我认为主要应做好两方面的工作，一是美术馆应充分利用网络优势，建立自身完整的网络教育体系，拓展数字美术馆的教育传播功能；二是通过先进技术的不断融合和网络平台建设，提供基于展厅互动设备或手机的可以个性化选择的互动教育体验、“掌上美术馆”自助游览、“VR 课堂”等全新的教育体验内容。

结合新媒体、新技术的美术馆公共教育探索，在开放与共享理念指导下，必将在虚拟与实体、超越时空与回归现场之间建立新的平衡，并辐射广大的城镇、农村和边远地区，更有效地实现资源共享和文化惠民。信息化、网络化、数字化技术的迅猛发展，将为美术馆公共教育的内容创新和形式创新带来无

① 李佳霖：《5G 赋能良渚文化传播和教育优质均衡发展》，《中国文化报》2019 年 11 月 7 日。

限的可能，并成为未来美术馆公共教育的新亮点和新的增长点。

五、加强人才队伍建设

美术馆教育职能的充分发挥，离不开一支专业齐备、规模适度的人才队伍。今天，传统的知识结构远远不能满足美术馆教育事业拓展的需求，加强人才队伍建设势在必行。一是加强引进新型媒体人才等跨学科人才；二是可以不定期进行美术馆范围的交流轮岗，将富有典藏、展览、信息等跨部门工作经验的同志纳入教育团队，为公共教育的策划和实施增添新的技术支撑和知识经验保障；三是加强对现有人员的职业和岗位培训，以适应新形势、新技术下社会对美术馆教育传播的新诉求。

关于教育者，商朝丞相、思想家傅说在论述“教学相长”原则时以“学学半”作结，意谓教人学的过程，也半是自己学的过程，它概括地表达了教育者首先是学习者并永远是学习者这样一个观点，这是教育者永远要秉持的姿态。关于教育，其核心概念是“心灵”，它是直指心灵的对话，是塑造美好心灵的崇高事业。关于美术馆教育，它应是在知识、技能教育之上，成为公众在多元情境中认识真善美最直观、最有效的途径，在直指心灵的对话中，给予公众优秀文化的侵染和精神价值的引领。

在当今世界信息爆炸、科技日新月异，经济全球化、文化多元化的时代大背景下，我们应当从掌握未来发展主动权的战略高度，不断更新教育理念，积极应对信息化、网络化、数字化等发展新趋势，创新教育手段，不断完善和拓展美术馆的教育职能。与时代同行，办好美术馆教育，彰显出美术馆文化的吸引力、感染力、传播力和影响力，从而推动社会文明的不断进步。

参考文献

1. 单霁翔：《从“馆舍天地”走向“大千世界”：关于广义博物馆的思考》，天津大学出版社 2011 年版。

2. 郑勤砚：《中国传统美术教育思想》，河北美术出版社 2010 年版。

3. 姚安：《博物馆 12 讲》，科学出版社 2011 年版。

4. ［英］简・基德：《新媒体环境中的博物馆：跨媒体、参与及伦理》，胡芳译，上海科技教育出版社 2017 年版。

5. ［美］朱莉・德克尔主编：《技术与数字化创举：博物馆的创新之道》，余征译，上海科技教育出版社 2017 年版。

6. 杨瑾主编：《开放与共享：博物馆学理论与实践新探索》，人民出版社 2019 年版。

7. 叶洋、王玮、金振科：《当代美术馆发展理念探析》，《城市建筑》学者论坛，2011 年。

庞桂馨，中国美术馆公共教育部副主任、文博类副研究馆员。曾参与“全国教育科学‘十一五’教育部规划课题”，教育部“儿童动漫艺术教育资源的开发性研究”课题组成员，文化和旅游部“美术馆文化志愿服务课题研究”课题组成员。在美术馆公共教育领域实践近10年中，策划推出的美术馆教育项目如“不负丹青：吴冠中纪念特展暨系列公共推广活动”“第八届我在中国美术馆画画儿”系列活动方案及实施成果和“翰墨传承——中国美术馆书法教育系列活动”“系列跨界体验夏令营”等教育项目多次荣获文化和旅游部评选的“全国美术馆优秀公共教育和推广项目”。开发《导读手册》《亲子探索手册》等多种形式的美术馆教育材料。在《美术》《荣宝斋》《中国文化报》等核心期刊及媒体发表多篇博物馆教育论文。

美术馆——让学习发生

邢庆仁

摘　要：近年来，大众休闲生活对文化产品的主动追求表明大众的消费结构升级，这是新美术馆学研究值得关注的现象。基于此，笔者提出两点思考：一、新美术馆学更关注美术馆对新生活习惯的建构；二、美术馆有能力重新定义人们的生活，美术馆公共教育作为一个有趣的学习方式，遇到了一个好时机。新美术馆学的讨论需要进入大众和日常，发展美术馆生活成为大众的生活习惯的一部分，这是美术馆的使命，也是美术馆的机会。

关键词：求知欲；用户画像；定义生活

这里有一组报道，据文化和旅游部《2019 年国庆假期文化和旅游市场情况》显示：综合各地文化和旅游部门、通信运营商、线上旅行服务商数据，经文化和旅游部综合测算，2019 年国庆七天全国共接待国内游客 7.82 亿人次，同比增长 7.81%。中国旅游研究院发布的 2019 年国庆期间文化休闲场所游览大数据也显示：在人文旅游景点、历史文化街区、博物馆和美术馆的旅游数据报告中，有 41.26% 的游客在国庆假期选择了博物馆，28.77% 的游客选择了美术馆或艺术馆。

喜马拉雅等知识分享平台上，关于美术馆和艺术的付费内容，单项订阅数达 6 位数、7 位数以上，除了河森堡、陈丹青、蒋勋这样为大众所熟知的讲者之外，范景中、张法中等学术派的节目订阅量也十分可观。

文化消费品的大众化，促使文化旅游、研学旅游等辅助于美术馆的学习型产品大量涌现。以新氧生活为首的美术馆公共教育服务机构，围绕北京丰富的优质展览资源，2017 年“大英博物馆 100 件文物中的世界史”展览的讲解课程，一个周末达 20 场之多。根据驴妈妈旅游网发布的 2019 年博物馆主题游数据，1—4 月，在平台上以“博物馆”为关键字搜索及预订旅游产品的人次比上年同期增长了 45%，且 18—30 岁的年轻游客占比增幅超过 28%，超过 90% 的游客会参加文化活动，前往博物馆、美术馆的游客跃升至 40% 以上。

通过这些数据我们不难看到，大众休闲生活对文化产品的主动追求表明大众的消费结构升级，升级加速的头三项在经济学家吴晓波的报告中体现为子女、学习和自我提升、旅行，这三项都与美术馆的联系越来越多。

以上是我们思考美术馆在当今社会存在方式的重要借助。美术馆只对特定圈层而存在、独立自足的时代正在走远。文旅产品和艺术类普及产品兴起的背后是人们对自我成长和生活幸福度的普遍需求。

与此同时，经济学家马尔科姆·格拉德威尔做过一个计算：如果一个事物，一个人哪怕只传播给两个人，如果这两个人每人再传播给两个人，传播第50次时，被传播人数将是1—125—899—906—842—624。各大社交媒体平台正在把这一实验的力量发挥到无穷大。可能我们都曾有过很多次这样的经验：一个未曾了解或从未深入探究的东西，经由一次偶遇的分享加入自己的知识版图或游览计划，而我们也会届时加入自己的经验，再次分享出去。这又给了我们思考美术馆作为的另一借助：今天，美术馆因传播而存在，而传播由原来的美术馆为主、展览介绍+新闻稿这样单一的传播，已然转成了观众自主分享、体验感外化、碎片式、个人品位化的观众传播势头攀升之势，在优质展览的进行当中，观众与美术馆的传播力度几乎持平。加之越来越多进行专业分享的个人声音趋多，观众的传播能力甚至超越美术馆。每个人都正在把自己享受到的展览信息和知识内容分享给他（她）身边年龄、受教育程度和审美相接近的同伴。

问题是：要让这一繁荣以稳定的态势生长，美术馆可以做些什么？

我们处在一个美术馆需要有所作为且定会有所作为的时代。

“美术馆学”这一概念在今天要求我们从一开始就首先把目光投向大众的求知欲。这一学科理论的诞生，本身就该包含大众在美术馆里进行自我学习这一关键点，这是美术馆学科建构强有力的对象基础。

基于此，我有以下几点不成熟的思考和诸位探讨。

一、新美术馆学更关注美术馆对新生活习惯的建构

“新美术馆学”是一个动态的概念，它发生在美术馆和大众生活的复杂运动之间，在当下的传播效应之下，美术馆的作业对大众生活的影响程度也许超过专家和进美术馆的人、在社交平台上分享见闻轶事的举动的自己的想象。

“新”一定是相对于“旧”而言的，中国当代的美术馆事业发展20多年以来，它的运行机制和作业模式已经形成了常规，即使是目前少数已经做到细分的策展模型和理论研究视角，也需要应对文旅繁荣的新生活潮流摆在面前的问题：观众需求高质量的文化产品。那什么是高质量的文化产品？如何将一次展览利用的资源最大限度地产生效应？

我认为高质量是建立一个有趣的组织——避免预设答案，刺激持续关注，促进信息分享，鼓励观众在好玩的情绪里找到乐趣、发现意义，生成故事。

我们一定要明白现阶段上升的流行需求——公众休闲生活对知识和文化的亲近，建立在对博物馆的绝对信赖，对美术馆的更多期待之上，他们在美术馆里更多的是想得到底气，而不是担忧差距，所以美术馆以探求如何生成自身与大众之间的复杂运动为己任，这意味着什么？

有意识和具备充分的知识背景结构的观众毕竟是少数，但一次展览所耗费的人力、物力和财力却在不断追加，以追求精致与交互效应。我们来做一个场景模拟：同一场展览，我们来设置两条路径，一种

按照传统的模式给到前言介绍、单元主题、互文资料和新媒体辅助，再加上媒体推广和搭配的公教活动，观众们轻车熟路地来，了解到提供给他（她）的知识和信息，有心的观众再做一些记录，并参加相关的公教和学术活动。策展团队所传达的专业视角和研究意识，只有与个体或家庭的知识体验及兴趣有关的部分，才会被注意和吸收到，其他的则如风吹过，而这些均不可能反馈到策展团队的复盘工作中。

另一种通过趣味交互设计来收集观众对美术馆和该展览主题的认知，形成个人化的电子认知版图，以此作为基础。接下来在前言部分谨言慎行，鼓励他（她）围绕自己的认知基础去发现陌生的知识，在每一个单元板块里，把策展人想要告知的点，以抽签的方式随意抽取，来刺激观众去探索其中提示到的信息，思考与原来认知之间的关系，同时在每一个单元收集观众参观完了之后的即时体验信息，并在出口处给他（她）一张完善本次体验经历的开放型激励导图，并设置入电子回收机制。每一次展览都是一次双向的开放而积极的学习行为，每一次行为都为彼此深挖和扩大自己的认知版图，以此来建构观众与美术馆之间持续的生长型互助，相较于头一种办法而言，学习进行，建构进行。

我们今天说文化软实力，要的是相对于目前人们对传统价值、对当代文化的解码、理解力来说，更开阔和流畅的重构能力，克服文化困境的一种前卫和有据可循的文化形态。具体到美术馆的工作来说，还是要追究美术馆藏什么、展什么、研究什么，但是到最后落实为到底能为文化的生长输出什么？我想每个美术馆在终极职能设计下需要有自己的用户画像，不同背景的美术馆要服务于什么结构的人群，他们有怎样的文化背景和受教育程度，与什么样的观念和谐或紧张，他们的知识技能、兴趣价值观、社会关系、创造力等，由此来敲定我们的学术定位。

因此，美术馆新的机制是鼓励接触到的每个人都去创造属于自己的学习乐趣，重构自己对美术的认知，以此享受和习惯美术馆生活。在这个意义上，艺术所能成就的无差别的审美乐趣、解放的理解能力，以及对新生活的创造才成为可能。所有创造中的东西都不会完美，但对美术馆是否成功的衡量应当是注重生活的改变，公众的学习愿望和快乐生活的实际进展，支持个人追求知识与理解力的增长，锻炼他们选择和把握生活的能力，哪怕一幅画都会产生意义。

二、新美术馆学视野下的业务

一旦这种大众文旅繁荣的流行生活有了美术馆的策划驱动，在当代传播和文化形态的前提下，在政府支持和机构运作的努力下，美术馆将有能力重新定义人们的生活，在公共职能方面也更有作为。

（一）收藏规划

这方面可以回味的是斯蒂格里茨，当他向美国推荐塞尚、毕加索、奥基芙的时候，他以自己的场地和专业见地亲手运作了伟大的收藏，比这更伟大的是促进了美国现代观念的转变。美术馆的收藏，除了常规的办法，创造自己的收藏及其价值也是目前的一种趋势，同时也是我们今天探讨新美术馆学的一个内容。

（二）展示和研究规划

这里不是说对我们展览内容的时间信息文案正确性要求十分具体，而是说对一个展览要清楚它在我们的文化生产力上侧重什么，处理的是什么样的素材，面对的是什么样的人群，策展目标以及解决的具体问题是什么。

策展不应沦落于对一个理论或拍脑袋灵感的现实排练，也不应该是面面俱到，语焉不详，而应该是具有持续思考的人去关注和发现出来的探究渠道和解决方案，由此，展品所展示的方式、选择作品的标准、建构问题的角度、公共教育主题及素材的选择，都应该与单纯的理论保持距离，切忌从理论到理论，要去努力塑造观众在文化上的体验。美术馆是一个人们信赖其信息权威性与方向性的文化平台，它处理信息的方式和角度很容易被大众悄然效仿。在这样一个前提下，策展人和策展团队就显得尤为重要。策展人作为对美术馆领域研究特别透彻的意见领袖，以及专职负责整合资源、挑战观念的行家，他（她）为大家提供的进入文化现场的路径，一头连着意识，一头连着结构。有意识没结构或者有结构没意识，学习行为都不会实际发生。人在本能上就是一个容易被视觉形象所鼓励，被具体可操作的方式所引导的行为发生体，这就牵扯到我们所说的学习效能发生的第三方——观众。

（三）公共教育规划

公共教育直面观众群体。从宏观上讲，中国社会正在发生伟大的变革——近代历史上从没有哪一个时期，全民对于文化的态度普遍充满热情，而又最少受到见识和地域空间的局限，在此潮流之下，学习意识和学习能力成为人们新的生存竞技，美术馆的价值和美术馆公共教育活动作为有趣的学习方式，遇到了一个好时机。

大多数美术馆并不缺少公共教育活动，却缺少让学习发生的能力，这个事情上没有以量取胜之说。重要的不是每次借助展览都发生一个公教活动的行为，而是在每一次公教活动中，如何在休闲导向、文化期待的过程里，克服知识性解读的冲动。如“文艺复兴就是人文主义的复兴，艺术上的文艺复兴表现为个人形象的出现代替了象征性的人物”，配上图文佐证。可能你拿来陀思妥耶夫斯基的《诸神的复活》做读后分享，再搭配市民生活模拟、艺术家趣事和图片对比，同时并置中国六七十年代的故事和80年代的现代艺术、诗歌、流行音乐、服装和私藏记忆，更容易让人领会什么是文艺复兴。

新美术馆学的讨论需要进入大众和日常，针对观众的能力考虑编排信息，不但要面对参观者，还要生产参观者，对于大众的期待，美术馆不仅要提供资源，促进对话，还要产出新的期待，发展美术馆生活成为大众的生活习惯的一部分，这是美术馆的使命，也是美术馆的机会。

邢庆仁，1960年生于陕西省大荔县北社村。1986年毕业于西安美术学院国画系。曾任陕西国画院党总支书记、常务副院长。现为中国美术家协会理事，陕西省美术博物馆馆长，陕西省美术家协会副主席。1989年创作《玫瑰色回忆》获第七届全国美术作品展览金奖。出版有《邢庆仁画集》《玫瑰园故事》《好木之色》《村画》《草绘》等。2010年主持文化部全国画院国家级项目“画谈——从生活到艺术”。2015年被中宣部、人社部、中国文联授予“全国中青年德艺双馨文艺工作者”称号。2019年在中国美术馆举办“我从长安来——邢庆仁画展”。

新时代之声

——美术馆文创工作的机遇与挑战

高　扬

摘　要： 美术馆作为人类文化资源收藏与研究的重要阵地，不仅具有收藏、展示的功能，随着社会经济成熟发展，大众审美观念不断变化，文化创意理念的日益普及，文创正逐渐成为提升美术馆创新活力的重要原动力。优质的品牌形象与文创产品，也将成为评价美术馆公共服务职能、社会效益与经济效益的重要指标。打造优质文创并不是简单短周期的产品生产，而是需要经过艺术原作的元素提炼、背景挖掘、IP 打造、艺术授权、市场营销等一系列环节。这一系列环节的打通是一个跨领域、综合学科的研究课题。

关键词： 美术馆；文化创意产业；艺术衍生品；艺术授权

一、"文创"概念溯源

相对于博物馆、美术馆的历史而言，"文创"是一个很新的名词，其起源要追溯到 20 世纪 40 年代。"文化工业"（Cultural Industry）作为德国法兰克福学派的学者西奥多·阿多诺及马克斯·霍克海姆等人的哲学理论中心被提出，首次出现于阿多诺的《启蒙辩证法》对于"文化工业是从上向下有意识地结合其消费者"的论述中。虽然"文化工业"被用以批判资本主义社会下大众文化的商品化及标准化的态度，在今天看来，受到特定历史背景局限性的影响，是有失偏颇的。但它的提出一定程度上证实了艺术平民化、艺术商业化已经逐渐成为趋势，而引起学界重视。如今我们所常用的"文化产业"（Cultural Industries）的概念也正是脱胎于"文化工业"，在内涵上两者并无严格区分。

20 世纪末，英国率先提出"创意产业"（Creative Industries）的概念，并积极通过运用公共政策推动创意产业发展。根据英国文化媒体暨体育部（Department for Culture，Media and Sport）对创意产业的定义，英国的创意产业包含 13 项子产业，分别为广告、建筑、艺术与古董市场、手工艺、设计、时尚、影视、互动式休闲软体、音乐、表演艺术、软体与电脑服务暨广播电视。这在西方资本主义社会化分工的话语体系下，进一步界定了“创意产业”。

“文化创意产业”（Culture and Creative Industry，简称“文创”）的提法于21世纪初出自台湾地区。“文化创意产业，指源自创意或文化积累，透过智慧财产的形成及运用，具有创造财富与就业机会的潜力，并促进全民美学素养，使大众生活环境提升的产业。”① 这一阐释揭示了“文创”的重要内涵，即文化附加值和普遍意义上的美育作用。尽管这里定义的“文创”是更广义上的，但对博物馆、美术馆体系下的“文创”依然适用。

以理论、政策为推动，“文化”的外缘不断扩大，在全球化消费社会的背景下成为一种可直接产生价值的“产业”，又经过社会化分工进一步确定了产业及其子产业范围，进而定义了“文化创意产业”在社会化分工中的意义之所在。这一方面要求美术馆作为“文化”意涵最为丰富的宝库，承担起文化传播和美育的使命；另一方面艺术不再仅仅诉诸于精神，而作为一种产生效益的经济形式得到认同。这种认同在当今知识型消费、体验型消费、个性化消费的大环境下显得尤为重要。它明确了博物馆、美术馆自身即是文化产业的重要环节。突破了传统博物馆学、美术馆学对公共文化服务单位的定位，要求美术馆完成自身服务职能的同时，与产业融合，创造经济收益。

二、博物馆、美术馆“文创”发展现状

欧美发达国家的博物馆文创起步较早，博物馆商店从仅有简单的图录、明信片、纪念币等商品，发展成为展厅的延续。以美国纽约大都会博物馆的商店为例，其占地面积5000平方米，销售的书籍种类超过6000种，各类创意衍生品近2万种，几乎涵盖所有重要展品。早在2002年，商店营业额已突破1亿美元。博物馆商店已经成为卢浮宫、大英博物馆等众多知名博物馆、美术馆的重要组成部分。文创产品不仅解决了博物馆资金不足的困扰，而且成为博物馆社会教育功能的延伸，对提升博物馆影响力和品牌形象的传播起到了重要作用。②

视线拉回我国，博物馆文创在中国大地上也已经蔚然成风。我国的文创产业发展虽然仅仅是近10余年的事情，已经出现了许多现象级的文创产品。如台北故宫推出的“朕知道了”胶带纸，一年内销量20多万件，爆红网络。

2016年，国务院办公厅转发文化部、国家发展改革委、财政部、国家文物局等部门《关于推动文化文物单位文化创意产品开发的若干意见》的通知，博物馆、美术馆、图书馆等公共文化服务单位的文创工作得到了政策层面的大力支持。以故宫博物院为例，截至2018年，故宫研发的文创产品超过1.1万件，文创零售及授权产品收入达15亿元。《2018年度中国国家博物馆数据报告》中也提到2018年全年包含国博文物、品牌元素的产品形成的市场总销售规模为7.92亿元。

尽管故宫、国博等大体量的文博单位的文创工作成绩喜人，为文创产品培养了一批垂直领域消费者，

---

① 引自中国台湾《文化创意产业发展法》。

② 宋佳烜编译:《外国博物馆：藏品“活”了》,《中国文化报》2014年4月3日。

但我国的博物馆、美术馆文创事业依然处于起步阶段。依照国际授权也数据惯例，艺术授权产业总值应是艺术品拍卖成交额的3倍以上。① 根据中国拍卖行业协会《2018年中国文物艺术品拍卖市场统计年报》，2018年，中国艺术品拍卖市场的总额为246亿元。而根据中国玩具和婴童用品协会发布的《2019中国品牌授权行业发展白皮书》，2018年，我国艺术类IP授权占中国授权市场的16%，全年全行业授权商品零售额856亿元，以此推算还远达不到3倍于艺术品拍卖成交额。除了起步较晚，资金、人才、制度的限制，资源不平均，知识产权意识薄弱，产业链不完整等问题也制约着博物馆、美术馆文创的发展。如何在现有条件下打破瓶颈，推动文创产业向更高质量、更有效率的方向发展，以不断满足人民群众对美好生活的需要，是博物馆、美术馆文创需要思考的重要课题。

三、新时代语境下的美术馆文创发展

通过梳理文创发展的历史与现状，可以明确的是，探讨美术馆文创不能脱离新时代，不能脱离产业，不能脱离美术馆，不能一蹴而就，妄想弯道超车。

（一）美术馆文创与新技术

何谓新时代？随着移动互联网、大数据、人工智能等技术的发展，社会进入了信息时代、移动时代。技术的革新，冲破了时空的限制，从美术馆的角度上讲，藏品不再囿于展厅、展期的限制，而是在更广阔的时空维度上被感知，这就带给美术馆文创更大的空间。美术馆文创不用拘泥于以传统的艺术复制品、纪念品作为传播载体。可以更多结合新技术，开发动态的、开放的、可互动的文化创意产品。

2018年，中国美术馆围绕馆藏版画《三星图》推出了一款名为“福禄寿”的手势交互游戏。运用数字科技，通过年轻活泼的设计形象活化传统文化。从传统木版年画的线条颜色和文化内涵特质出发，精心捕捉传统版画视觉特征，通过整体的形象设计、游戏开发、线上线下环境设计和产品创意，立体地提高和满足观众的参与度。这款游戏基于TOF手势交互技术实现人机交互，裸手交互的游戏体验。在交互设计中融合“Gesture+”概念，以手势为核心，同时结合眼球识别交互、面部识别、声音识别、光学技术、交互体验设计、人工智能等多种技术，让大众都能参与的互动科技，让馆藏作品更加深入人心。“艺术与科技”的结合为观众带来更多想象空间，作品变得有温度、有情感、有生命、可交流。

新技术、新媒介的出现必然是文化产业发展的助推器，文创产品的生产方式、传播方式和接受方式都将潜移默化地发生变化。在这一过程中，艺术品会褪去神圣的光环，变成生活中触手可及的审美元素，最终实现社会美育职能。

（二）美术馆文创产业化

如果仅仅把美术馆文创作为简单的职能部门来看，就大大低估了它的能量。在文化创意产业生态中，美术馆扮演着多样、复杂的角色。首先，它是文化积累的源头，扮演着上游制造者的角色；其次，它是

① 陈少峰主编：《中国文化企业报告2014》，清华大学出版社2014年版，第169页。

重要的中端销售渠道，不论是线下场景消费，还是线上品牌营销；再次，美术馆也是文创产品的消费者，为好创意、好产品买单。可以说，美术馆文创是一个微缩的文创产业链。针对这一特性，美术馆文创有必要上升到产业的高度，以释放更大的能量。

发展产业就要有产业的宏观思维，美术馆文创产业亦然。产业具有三项特征：一是大量生产的产品或服务，服务大量的顾客；二是标准化的生产流程，确保每一次提供的产品或服务，其质量均是相同的；三是自给自足，生产者透过市场机制直接从消费者手中取得回报，并承担经营风险或分享利润盈余①。要想做到以上三点，美术馆需要强有力的数字化基础、设计资源、生产资源、营销资源，更重要的是必须让产业链终端——用户的利益最大化。美术馆要挖掘好馆藏资源，讲好藏品故事，把握好尺度，有根据、有内涵、不恶搞、不恶俗。还要利用好社会资源，跨界融合，积累创意、生产、品牌资源，从创意设计、品牌授权、营销推广多个维度专业化、系统化开展工作。美术馆文创产品应该贴近大众的学习、工作、生活，注重创意的同时兼顾实用性，满足新颖时尚、生活实用、馆藏文化等多属性。

综上，中国美术馆筹建全国美术馆文创授权产业服务平台，在各地美术馆之间形成一种长效的合作机制，推进品牌合作开发，寻找各领域跨界合作模式，在美术馆、艺术家、设计师和市场之间搭建平台。

（三）美术馆文创知识产权保护

美术馆若要文创产业化，完整拥有典藏作品的知识产权才是掌握进入文创产业的关键。美术馆与博物馆情况不同，美术馆所收藏的艺术作品，自诞生之时就具有物权和版权两种天然权利。物权，指艺术作品的直接支配和排他的权利。版权，则包含署名权、复制权、发表权、修改权等，并且不因物权的转移而转移。就美术馆的收藏体系而言，包含从古代到当代各时期的艺术名家作品。作品确权是一切文创工作的先决条件。知识产权绝不是“争利”的通道，图录印刷、复制画、文创转化，对艺术家来讲都是重要的推广方式，通过文创让艺术作品更广泛的传播，对艺术家和美术馆来讲是双赢的。在收藏体系中，已过版权保护期的藏品虽不存在版权争议，但对于藏品文创开发过程中“新创”的版权保护也不可忽视。

文化产业时代下的美术馆除了需要为产业提供源源不断的文化元素与灵感，还需要提供可转化利用的文化资源。因此美术馆藏品的数字化、可检索变得尤为重要。近年来，西方美术馆相继释出馆藏图像资源。前不久，故宫也将自己的馆藏悉数数字化共享。这体现了馆藏资源为大众所用的目的，也一定程度解决了图像被盗用的麻烦。

如果说原作是版权的创造与保护，那么艺术授权就是对版权的开发与保护。美术馆通过授权发展文创，不仅可以实现资源整合，形成品牌效应，而且能更高效地创造价值。具体来说，艺术授权有以下几点优势：（1）低成本，省去自主成本。（2）扩展产品种类、提升产品质量。将产品研发的部分转交给被授权厂商及设计师，使文化符号进入细分领域。（3）风险小，规避自产自销中库存积压的风险。授权过程中，美术馆既要负起审核、监督的责任，又要利用好聚合效应，扩大美术馆品牌影响力。

---

① 吴思华：《文化创意的产业化思维》（上），《典藏今艺术》2004年第136期，第114—117页。

结　语

文化是一个国家的心灵与大脑，它的思想有多么深厚，它的想象力有多么活泼，创意有多么灿烂奔放，它自我挑战、自我超越的企图心有多么旺盛，彻底决定一个国家的真实国力和它的未来。这段话点明了为什么要树立文化自信，建立文化强国。这样的大背景和政策的支持，为文化创新提供了不竭的动力。如何结合新技术、新方式，满足当代人民最新的文化需求，则是留给美术馆文创的新挑战。

参考文献

1. 宋佳烜编译：《外国博物馆：藏品“活”了》，《中国文化报》2014 年 4 月 3 日。

2. 吴思华：《文化创意的产业化思维》(上)，《典藏今艺术》2004 年第 136 期。

3. 陈少峰主编：《中国文化企业报告 2014》，清华大学出版社 2014 年版。

4. 吕康：《文化创意产业中的知识产权开发与保护》，硕士学位论文，中央美术学院，2016 年。

5. 李乘：《博物馆艺术授权模式剖析——以台北故宫博物馆为例》，《美术研究》2014 年第 4 期。

6. 周明：《博物馆文创产业何去何从》，《中国文化报》2016 年 12 月 24 日。

7. 林仲如：《博物馆典藏品与知识产权——以（台北）历史博物馆文创产品研究为例》，《美术观察》2016 年第 9 期。

高扬，美术学硕士，中国美术馆馆员。从事美术馆文创工作 10 余年，任中国美术馆下属企业法人，中国美术馆文创中心负责人。艺术授权领域专家，参与国家文物局组织编制《博物馆馆藏资源著作权、商标权和品牌授权操作指引》，参与由文化和旅游部、BOE 组织研制“数字化艺术品显示系统的应用场景、框架和元数据”(Scenarios, framework and metadata for digitalized artwork images display system）国际标准（F.DRIDS）获 ITU 批准发布，建立全国美术馆文创产业链服务平台网（AMCCAL)，核心期刊发表多篇文博文创相关学术文章等。

文旅深度融合下江苏省美术馆创新发展思考

徐惠泉

摘　要： 本文在文旅深度融合背景下，结合江苏省美术馆的历史以及与中国美术馆学的渊源关系，探讨了本馆在展览策划、研究、教育活动、文创等方面的发展策略问题，为国内美术馆的发展提供参考和借鉴。

关键词： 文旅融合；江苏省美术馆；国立美术陈列馆旧址；文化创意；城市

一、文化创意城市的契机

2019 年 10 月 30 日，联合国教科文组织宣布批准 66 座城市加入创意城市网络，网络成员数量达到 246 个，其中中国南京和扬州入选。在新增的 66 个成员中，22 个来自亚洲。中国、印度、韩国、土耳其等文化丰富的国家均有 2 个或 3 个城市入选，此外巴基斯坦、巴勒斯坦、黎巴嫩、阿联酋、伊拉克等国均有城市入选。

早在 2004 年，教科文组织创意城市网络（Unesco Creative Cities Network，简称 UCCN）是教科文组织在全球推行的三大旗舰文化项目之一，创立于 2004 年。相较于世界遗产保护、世界非物质文化遗产代表作评选，创意城市网络虽然设立时间较晚，知晓度不高，但重要性却丝毫不低于前两者。该项目涵盖电影、媒体艺术、美食、设计、手工艺与民间艺术、文学和音乐七个领域。截至 2019 年，网络内共有来自 72 个国家的 180 个成员城市。欧洲和亚洲以 68 个和 52 个创意城市占全球创意城市的 66.67%；北美洲、南美洲、非洲、大洋洲分别有 22 个、18 个、14 个、6 个创意城市。需要提及的是，创意城市网络中有两类城市水平最高——设计之都和文学之都，“文学之都”里除首都城市以外，95% 是世界知名城市。2016 年，南京提出了申报联合国教科文组织创意城市网络“文学之都”的目标。在 2018 年的南京历史文化名城博览会期间，联合国教科文组织全国委员会调研南京申都工作座谈会在南京召开。2019 年 10 月，南京最终成功入选“文学之都”，不但弥补了中国的空白，而且具有极大的社会效益。

长江路位于南京市玄武区，民国时期名为“国府路”，是著名的民国文化一条街。位于长江路266号的江苏省美术馆陈列馆前身为国立美术陈列馆，1936年建成，是中国近现代第一座国家级美术馆，坐落在南京长江路（原国府路）266号，东临碑亭巷，西临国民大会堂。建筑师奚福泉（1902—1983）早年留学德国，1929年获柏林工业大学博士学位后回国，为南京设计了国立美术陈列馆（1936）、国民大会堂（1936，今人民大会堂）和中国国货银行南京分行（1936）。奚福泉的作品造型简洁，在细部融入了中国传统元素，是中国20世纪前期新民族主义建筑的代表。国立美术陈列馆的工程由陆根记营造厂承建，建筑师李宗侃负责监造。

1935年11月29日举行奠基典礼，居正、吴稚晖、褚民谊等数百人出席。占地面积4700平方米，1936年8月26日建成，费用为银元11万余。主楼建筑四层，立面呈“山”字形，外形简洁、庄重、典雅、大方，为西式风格，但其中融入了一些本民族的元素，是中国民国建筑中新民族形式建筑的代表之一。一层至三层为展厅，面积共1700平方米，展线共600米，内有四根黑色大圆柱，极具特色。

国立美术陈列馆大门为立柱式三楹大门，大门内东、西两侧各设有一座正方形平顶警卫室。入大门后，有一个宽敞的庭院，庭院正中有一条笔直的大道，直通美术陈列馆大楼。

大楼坐北朝南，钢筋混凝土结构，主体四层，两翼三层，左右对称。其建筑造型、风格均与国民大会堂相似，既有西方现代建筑风格，又有中国传统建筑特色。在外观设计上，采用西方简洁明快的手法来表达民族性，如稳重的对称式构图，立面檐口、雨篷等细部的传统装饰图案等；在内部布置上，完全是按照现代美术展览的要求来设计的，显得流畅明亮。

2013年，江苏省美术馆陈列馆进行了内部设施的修缮改造及使用功能的调整完善。2016年，改造提升工程完成。为了保护民国建筑文物，江苏省美术馆陈列馆在外观上并未做过多改变，强调“修旧如旧”，在外部环境和外立面上保留了原有的建筑风格，对唯一的民国建筑风格的屋檐进行了保护，同时尽力恢复了民国风貌，充分展现历史的沧桑感和艺术美感。江苏省美术馆陈列馆通过重新整合有效资源，更好的保持民国的原始风貌，为对老馆赋予原址内外统一的纪念性、史料性、研究性的意义，并用于长期陈列。

除此之外，江苏省美术馆陈列馆也是中国美术馆学的重要发源地。中华人民共和国成立之后，在江苏省美术馆发展路程中有三次重要的学术会议值得一提：首先，1986年5月5日，由当时的文化部艺术局主持召开的全国部分省市美术馆专业工作会议在南京召开，这是中华人民共和国成立以来第一次召开的具有开创意义的专业会议。北京、天津、上海、江苏、山东、辽宁、黑龙江、云南、福建、陕西、广东等地的美术馆、艺术博物馆的负责人出席了会议，会议回顾了我国美术馆事业发展的历史，交流了各馆的情况，讨论了美术馆事业的社会地位和作用，探讨了美术馆性质、方针、任务等问题，起草了《美术馆工作暂行条例》(草案)，成立了“中华美术馆学会筹备委员会”并起草学会章程草案。在中国美术馆的建设、管理、走向正规化等方面具有里程碑式的意义。

2010年9月26日至28日，在中华人民共和国文化部、江苏省政府的支持下，由江苏省文化厅、亚洲美术馆馆长执委会主办，中国美术馆、江苏省美术馆承办，全国美术馆专业委员会协办的“第五届亚洲美术馆馆长论坛”在江苏省美术馆新馆隆重举行，来自亚洲各国、中国各地（包括台湾、香港地区）的美术馆馆长，以及作为观察员的美国、德国、澳大利亚共计18个国家的80位美术馆馆长和相关专家出席。本届亚洲美术馆馆长论坛是继2006年第一届举办之后第一次由首都之外的地方美术馆承办，而且第一次成功突破东盟概念，形成了亚洲概念，并第一次接受了欧美国家为观察员国家。此次论坛以“亚洲美术馆的当代功能与管理特征”“美术馆与现代城市的协调发展”“亚洲美术馆与西方美术馆的交流、对话”三个主题展开。

2018年5月27日至28日，作为“首届国际博物馆馆长论坛”分论坛的“艺术博物馆的未来发展趋势”国际论坛在江苏省美术馆隆重举办。本次论坛由全国政协常委、中国美术馆馆长、中国美术家协会副主席吴为山担任学术总主持，江苏省美术馆馆长徐惠泉担任会议总主持。来自海外30多家著名博物馆馆长、13家重点美术馆馆长、江苏省美术馆馆际联盟成员美术馆馆长、策展人和学者100多位业内人士围绕“艺术博物馆的演变”和“在艺术、民族学与文明之间”两个议题，分别介绍了各自所在馆的历史演变及地域特色，并通过探讨展览案例、教育活动、艺术家互动等，成功分享了各自在建馆及运行中的宝贵经验。

2017年，国立美术陈列馆迎来了80岁生日。时至今日，江苏省美术馆已经步入一个全新的发展阶段。江苏省美术馆陈列馆（老馆）和江苏省美术馆（新馆），即一座馆拥有两个展览场地，这样的整体格局在国内美术馆界可谓独一无二。除了上述南京成为联合国教科文组织创意城市网络中的“文学之都”之外。就江苏省美术馆陈列馆来说，也在此前被公布为全国重点文物保护单位。2019年10月16日，国务院发布了《国务院关于核定并公布第八批全国重点文物保护单位的通知》。第八批全国重点文物保护单位共762处，其中南京6处，分别为明清建筑鼓楼、马林医院旧址、日本驻南京大使馆旧址、国立美术陈列馆旧址、侵华日军南京利济巷慰安所旧址、八路军驻南京办事处旧址。毫无疑问，这是一个良好的发展契机。“国立美术陈列馆”旧址被列入第八批全国文物保护单位，则标志着江苏省美术馆陈列馆步入新的历史发展阶段，为江苏省、全国各地乃至来自世界各地的观众提供更好的服务和观展体验，成为长江路历史文化街区的重要艺术坐标。文化创意城市发展模式发端于英国，1978年，英国人查尔斯·兰德利（Charles Landry）创立了一家名为“传通媒体”（Comedia）的咨询机构，在曼彻斯特、哈德斯菲尔德、堪培拉、阿德莱德、珀斯、弗莱堡、根特、卢奥、大阪等世界各地的城市推行创意城市发展模式，结果成效显著。在他看来，构成文化创意城市的要素和条件不外乎三点：消除创意障碍，形成创意环境，构建创意的软硬件设施。美术馆、博物馆属于这个大构架下的创意旅游发展模式之列，无疑会拉长旅游产业链，突破产业界限，将创意元素渗透入城市发展的方方面面之中，对城市品牌的打造和城市社会、文化的可持续发展均具有推动作用。

二、文旅融合背景下江苏省美术馆的思考与实践

在“体验经济时代”，有学者总结出四类体验：教育、娱乐、美学和逃避现实。就文化旅游来说，越

来越多的旅行者不再满足于“打卡”式的旅游行为，而希望获得难忘的、有特色的经历。2017 年，英国接待旅游人数最多的前 20 位免费和收费景点中，博物馆、美术馆和历史文化古迹分别占 17 处和 10 处。英国博物馆协会提出“博物馆改变生活”的目标，为社区居民、老人、儿童、残疾人、流浪者和上班族提供均等的文化教育机会。除此之外，博物馆等文化机构与社区、旅游和其他非营利组织搭建伙伴关系，充分发挥文化传播的多元属性。“让逛美术馆将成为一种全新的生活方式”也是江苏省美术馆近年来的办馆新思路，为了继续践行这一理念，我们在新馆负一楼重新开设了近两千平方米的公共文化休闲空间，提供包括艺术教育、艺术培训、艺术消费、艺术互动在内的各项艺术服务。

首先，2019 年 9 月的“美的传递——江苏省美术馆 8 号公益展厅首展暨爱创空间开放”。随着大众审美认知的提高，美学与日常生活的结合也越来越紧密，越多越多人在追求生活方式的审美化。其中 8 号展厅被定位为公益性展示空间，9 月份推出的首展以“艺术让生活更美好”为名，汇聚了目前我馆自主研发的文创产品百余种。

其次，江苏省美术馆的深度文创开发活动。博物馆的文创产品，是指博物馆基于其建馆特色、典藏文物与展示所开发并进行贩售的文化商品。联合国教科文组织在定义文化商品时也有相关阐述：“为传达给消费者生活中的想法、符号、方式的物件，也就是书本、杂志、多媒体产品、纪录片、软件、录音、电影、视觉节目、工艺品与时尚。这些生活中的想法、符号与方式透过文化商品与服务，以艺术的、美学的、符号的与精神价值的风貌体现。”

习近平总书记曾多次强调“让收藏在博物馆里的文物、陈列在广阔大地上的遗产、书写在古籍里的文字都活起来”，为新时代我国文化遗产的合理利用指明了方向。博物馆作为文化遗产的重要收藏和展示场所，肩负着“让文物活起来”、教育引导大众以及传承文明的重要使命。2017 年全省共有 37 家国有文化文物单位被列为文创开发试点单位，江苏省美术馆是入选的四家省直单位中唯一的美术馆，2018 年还入选文化和旅游部文化产业司的“百馆百企对接计划”。我馆的文创产品开发以馆藏资源为依托，在对馆藏内涵的深度挖掘，与优秀策展案例的基础上发散创意思维，曾于北京国际图书博览会上斩获文创优秀奖。此次首展无论结构还是形式都大胆参考了时尚品牌的联名模式，更贴近新生代的文创消费群体与青年观众。通过对展览、展品 IP 形象的再创造，揭示原生艺术品的美学特质、人文精神，是如何以文创商品的形式深入生活，拉近经典艺术与大众间的沟通距离。

生活美学不仅是一种消费观念与产品概念，更应该是一种生活态度，是一种对美好生活的探索手段。希望来到江苏省美术馆 8 号公益展厅与爱创空间的每一位观众，都能参与其中、乐在其中，成为发现美、践行美、传递美的生活美学家。

再次，馆际联盟运行机制和资源共享。2018 年，国际博物馆日的主题确定为“超级连接的博物馆：新方法、新公众”。为了吸引新的观众并增强彼此的联系，博物馆（包含美术馆）必须开创藏品阐释与展示的新方式。

近年来，移动互联改变着这一代人获取知识的方式，美术馆也在这场潮流中找到自己未来发展的方式，更加注重其知识生产到底生产了什么。美术馆需要更多互动的方式，让艺术成为取之不尽的文化资源。比如，2017年初江苏省美术馆以“馆际联盟”为平台搭建起省内美术馆各馆间的沟通桥梁，“馆际联盟”成立一年以来，参与的成员馆达50余家，包括省级美术馆、各市县美术馆、名人美术馆、院校美术馆，也包括全省各地的民营美术馆。通过展览及活动、信息的交流共享，共同推动全省的美术馆整体发展，实现资源整合和互补。为公众提供更好的公共文化服务职能。在我馆微信公众号上，会定期推送各联盟馆的展讯及其他信息，用更便捷的方式给予观众更多展览选择。

就展览策划来说，作为江苏省美术馆2018年最重要的年度特展，“大桥记忆——南京长江大桥主题艺术作品及史料巡展”入选国家艺术基金2018年度传播交流推广资助项目。国家艺术基金、省市艺术基金均加强了国家和地方政府对艺术和文创产业发展的直接扶植力度。

按照计划，我们在2019年将“大桥记忆——南京长江大桥主题艺术作品及史料巡展”作为主题性特展，分别在长江沿线城市——武汉、重庆、扬州、南通、常州、无锡、苏州、宜兴、泰州巡展。这次展览筹备了一年多时间，是我们探讨“美术馆该做什么样的展览”的一种尝试与主张。南京长江大桥不仅是交通意义上的桥梁，还是见证中国崛起的精神之桥、是代表“中国制造”与“大国工匠”的经典之桥，也是体现“双百”方针和文化自信的艺术之桥。江苏省美术馆是中国第一座公立美术馆，是一座具有80年历史的老馆，呈现南京长江大桥这样一个凝聚了国家、民族和人民共同记忆的主题，是应有之义。值得一提的是，该展览成功入选“首届江苏省博物馆十大精品展览”（2016—2018年度），配合展览出版的《大桥记忆——南京长江大桥主题艺术作品及史料巡展作品集》荣获“英国D&AD2019石墨铅笔奖”、第二十八届“金牛杯”优秀美术图书铜奖、“金牛杯·优秀装帧设计奖”、2019年度“最美的书”称号。

对于中国近现代时期的艺术风尚、都市生活，一直也是我馆研究、展示的重要方向。比如2018年举办的“现代之维：20世纪初期中国都市的审美风尚”展览（本展览为2017年全国美术馆青年策展人扶持计划入选项目），这是一个与这座城市发生密切关系的展览，还原当时城市生活的生机与活力。此次展出的这批来自江苏省美术馆藏以及南京市私人藏家所藏的月份牌、旗袍、油画、家具等流行于20世纪二三十年代的典型艺术品，在“生活”“玲珑”“艺风”三个板块的穿插组合之间，相对立体化地揭示这一时期中国都市的日常生活与审美意识上的现代化进程。2019年7月至9月，江苏艺术基金2019年度传播交流推广资助项目“一夏清凉：扇与江南雅文化”特展在江苏省美术馆陈列馆与公众见面。本次展览的叙事线索以竹为起点，经扇艺、扇面画，再到画意中的理想生活，最终闭环于竹。展品并不以数量见长，毕竟夏日苦热，审美最小化的展示技巧十分必要。同时，我们也倾向于从中分享古典艺术与现实生活背后的精神关联，将传统手工艺的经典属性转化为具有历史连续性的文化事件。传统文化也正以巨大的社会影响力，积极介入到日常审美的方方面面。这种东方式的生活意趣，为当下的人们提供了一种可资借鉴的美学样态。

就新馆来说，2019年10月11日开幕的“与共和国同步——江苏油画70年巡礼”在江苏省美术馆新馆如期举办。此次展览是江苏历史上规模最大的一次油画大展，首次用江苏省美术馆新馆全部7个展厅来集中呈现江苏油画70年的发展历程，是江苏油画发展史上的一个重要的里程碑。展览得到了艺术界和媒体的广泛关注，现场盛况空前，开幕式参加者达700余人。展览共展出作品307件，分为“凝望经典”“盛世华章”“时代新象”三个部分，以老中青三代油画家的作品全面立体地勾勒了江苏油画70年来发展与变迁的轨迹。

总的来说，江苏省美术馆陈列馆（老馆）推出的展览展期均在3个月以上，其策展思路大致有5个方向：

1. 新金陵画派及相关系列画派研究。

2. 20世纪上半期设计、雕塑、时尚、生活美学、美术文献的梳理与研究。

3. 版画·江苏水印版画相关研究。

4. 近现代艺术大师的个案研究展。

5. 与国际知名美术机构合作，策划引进世界艺术大师展。

新馆的展览主要聚焦于以下3个方向：

1. 走出去，请进来，为江苏美术高原出高峰提供平台支撑，推出高品质展览和优秀艺术家。

2. 记录时代印迹，关注中国当代艺术，通过展览、学术和收藏等活动来具体实施，全方位聚焦多元化的艺术生态。

3. “典藏活化”，利用本馆丰富馆藏作品，策划系列藏品研究展，为公众提供优质服务。我们要推出江苏省美术馆自主策划的、能够在全国美术界有影响力的品牌展览，譬如说可以跟全国拥有相关画派藏品的机构合作，活化本馆典藏，还将陆续推出相关研究性展览。

最后就涉及美术馆的教育活动。美术馆的文化服务活动是美术馆为满足观众或者其他消费者的需要而利用自身资源带给观众精神方面的满足为主的行为。如美术馆各种专业的研讨会、座谈会、讲座及配合展览的各类展演到各种类型的讲解活动、青少年活动、志愿者活动等。

作为一个传播美学、开拓公众艺术视野的省级美术馆，我们将不断为公众提供更多“菜单式”服务，制定有深度、广度的个性化体验。在面向公众的艺术普及推广方面，创设 了“大家说画”“扫一扫智能导赏”“少儿体验作坊”“艺术沙龙”等活动，拉近了与公众的距离。具体来说，江苏省美术馆在公共教育活动方面有如下举措：

1. 江苏省美术馆推出“系列菜单”项目，每年制定公共教育的资源服务菜单，提供精准化服务。

2. 策划推出《大家说画》系列导赏栏目。针对很多观众对美术展览“感兴趣，但看不懂”的普遍现象，江苏省美术馆与交汇点新闻“江苏有戏”共同策划推出《大家说画》系列导赏栏目。

3. 开始尝试对某些重要展览增加“AI看展”智能导览功能，如“百年宋文治：纪念宋文治先生诞辰100周年作品展”就运用到此项技术，观众们拿出手机对作品拍照经过智能识别，就可以轻松获取作品的详细介绍。这类新型公共服务模式大受欢迎。

4. 2017年以来，江苏省美术馆推出“艺术沙龙”系列活动。如今系列体验课程、公开课、专家导赏等活动已经吸引了大批艺术爱好者，为公众提供舒适的观展环境。

5. 继江苏省美术馆水印版画材料与技术研究文化部重点实验室成立后，我们已经完成美术大厦四楼艺术工作室改造，通过“开放日”让观众走进艺术家工作室，在沉浸式体验中感受艺术产生的魅力。最近，实验室的第一批“驻留计划”已经向社会公开第一批创作研究人员。支持多版种、多种表现形式创作，包括木版、铜版、丝网、石版、综合版等。海报创作题材自由选择，例如，人文历史、自然风光、电影文学、展览活动、公益话题、医学科技、音乐戏曲、运动旅行、衣食住行等。申请对象为具有独立版画创作能力和丰富创作经验的艺术家，在创作中有独特的艺术见解、生活感悟。艺术家能够在区间时间内完成约定作品，保证顺利进行后续专题展览。

结 语

正如笔者在2018年“艺术博物馆的未来发展趋势”国际论坛闭幕总结发言中所提及的，艺术博物馆在今天有着多元化的发展趋势，也意味着我们有着多重的身份——知识生产者、传统守护者、旅游业参与者、新科技试用者等。但作为学术机构，一切都要回到美术史研究的起点上来。“一带一路”的建设为中华文明参与新一轮世界性的交流与推广提供了重要的战略机遇，但如何在国际的学术层面建立更有效的对话机制，这就需要用放眼全球的经验，完成有深度的学术研究与展览策划。优秀的民族文化遗产需要的并不是对历史资料的静态叠加，而应该是富有温度和情怀的人文关注。艺术博物馆不应被封闭在高墙之内，文明也是同理。中国的美术馆应努力寻找自身优势，站在学术性的高度与公共性的广度上充分发挥作用，最终形成一个个具有中国特色的艺术博物馆，并通过展览讲好中国故事。

一座博物馆、美术馆的发展与其所在城市的文明建设有着紧密的联系，我们由此自然会想到华盛顿特区的史密森尼研究院（Smithsonian Institution）所管辖的博物馆群、柏林的博物馆岛（Museum Island）、阿姆斯特丹的博物馆广场（Museumplein）、维也纳市中心的博物馆区（Museum Quartier）等，还有巴黎、伦敦、悉尼、佛罗伦萨等地的博物馆和美术馆，均是我们造访名单上的必去之地。江苏省美术馆新馆和江苏省美术馆陈列馆位于长江路历史文化街区，周围遍布历史文化和艺术遗迹，是南京这座古城所拥有的灿烂文明的重要组成部分。正如习近平总书记所说，博物馆在促进世界文明交流互鉴方面具有特殊作用。正如文化和旅游部雒树刚部长所提出的“宜融则融，能融尽融，以文促旅，以旅彰文”。国际上文化和旅游融合的趋势首先强调的是越来越多地依托于非物质文化和创意文化，是将来最重要的趋势。英国社会普遍形成一种共识，即博物馆应该成为增强社会公众地方归属感和幸福感的重要载体。新空间的生产不仅在于经济利益，更是要实现文化传播、社会共享、公众参与和多元共赢。我相信，未来的美术馆也会发挥同样重要的作用。

参考文献

1. 杨振之:《论旅游的本质》,《旅游学刊》2014年第3期。

2. 邹统钎:《文旅融合的业态与空间布局》,《旅游学刊》主办“新时代文旅深度融合与知识创新”专题研讨会嘉宾发言摘要。

3. 黄光男:《博物馆行销策略》，艺术家出版社 2003 年版。

4. 李圣贤、林鸿州、周明君:《博物馆文创商品的共品牌评价因素之研究》,《博物馆学季刊》29 卷第 4 期。

5. 尚辉:《国立美术馆成立始末》,《民国春秋》1996 年第 4 期。

6. 刘容:《文化创意城市建设路径实证研究——以毕尔巴鄂、伦敦、圣达菲、纽约为例》,《中国名城》2016 年第 7 期。

7. 陈怡宁、李刚:《空间生产视角下的文化和旅游关系探讨——以英国博物馆为例》,《旅游学刊》2019 年第 4 期。

徐惠泉，1961 年生于苏州。江苏省美术馆馆长，水印版画材料与研究文化和旅游部重点实验室主任，中国美术家协会理事，江苏省美术家协会副主席，中国画学会理事，中国工笔画学会常务理事、专家委员，享受国务院政府特殊津贴专家，国家一级美术师。作品《温馨港湾》《苏绣》《花之梦》《傍妆台》等入选全国美展，《四季之一——荷塘情思》获第四届全国工笔画展铜奖。《春江花月》获第二届国际水墨画创作大赛金奖。出版个人专著、画册 20 多部。近年策划“大桥记忆”“行远及众”等展览。

新时代美术馆管理机制的探索与践行

——以广东美术馆为例

王绍强

摘　要： 美术馆的管理机制是美术馆学建构中重要的一环，良好的管理机制可以使典藏、研究、展示、公共服务等科学高效地运行。本文将从研究与策展机制、藏品管理与活化机制、公共服务和教育体系的完善三大块面上概述广东美术馆近年来对美术馆管理机制的探索和践行，文章将以具体案例作为线索，引述广东美术馆在管理机制上的理念和思考，力图为当下的美术馆学建构提供区域性的个案。

关键词： 美术馆管理；藏品活化；策展机制；公共服务和教育体系

2019年初，国际博物馆协会邀请来自全球的博物馆领域专家参与大会，拟通过数次会议制定一个全新的、更符合当下的博物馆定义。当下沿用的博物馆定义是1974年确立的条目："博物馆是一个不追求营利的、为社会和社会发展服务的、向公众开放的永久性机构，为研究、教育和欣赏的目的，对人类和人类环境的见证物进行搜集、保存、研究、传播和展览。"40多年后的今天，各个国家对博物馆定义的提案远远超出了上述定义的范畴："社会""文化""社区""阐释""城市""现实""记录""娱乐""学习""交流"……而这些关键词恰恰在某种程度上呈现着新时代中博物馆学的转向。作为艺术博物馆的"美术馆"，其体制建设和架构都参照博物馆的系统进行筹建和发展，虽然美术馆在定位上更多地偏向于近当代领域，但两者始终共享一套运作机制。也就是说，对于美术馆来说，当代语境中崭新的趋势和变革同样在发生。

广东美术馆于1997年11月28日开馆，20年来，广东美术馆从无到有，从起步到繁盛。在这个漫长的成长过程中，我们不但在明确自身功能定位的同时找到了相应的社会角色和文化职责，更在实践的过程中随时代发展不断升级和优化，在美术馆各项工作的持续深化中探索出具有文化针对性的办馆模式和学术体系。在新的历史时期，面对新的机遇和挑战，广东美术馆不断探索实践，力求创新学术机制、更新展陈方式、拓展教育模式、完善公共服务机制。广东美术馆目前拥有藏品约4万件（套），开馆以来举办展览近1000个，自2012年文化部首次组织"全国美术馆馆藏精品展出季"以来，我馆策划的馆藏展览已连续多年获得"全国美术馆馆藏精品季优秀展览奖"；拥有"广州三年展"和"广州影像三年展"两个具有国际性和广泛社会影响力的当代品牌项目，同时把“广东近现代美术”打造成了广东重要的文化坐标，近年来，每年接待观众超过80万人次；每年策划的学术和公教活动近百个。2017年，广东美术馆的“美术馆课堂：感受原作的温度”获得文化和旅游部全国美术馆优秀公共教育项目中国博物馆教育项目优秀示范案例。志愿者团队多次获得广东省文化志愿者服务示范项目、美术馆优秀志愿者等国家奖项；年度出版文字量百余万。那么在新时代中，美术馆是如何构建适应于自身情境的美术馆学路径？又如何从实践上践行适应于自身发展的“新美术馆学”理论？本文将从广东美术馆的探索与践行出发，在通过对收藏、研究、策展、公教和社会服务等方面以案例方式的切入，阐述广东美术馆在新时代中对美术馆管理机制的思考。

一、研究与策展机制的深化探索

自建馆以来，我们就明确了自身的学术定位，并且在20多年的发展中不断完善研究与策展机制，构建自身的学术系列，树立学术品牌的文化形象。广东美术馆有三个主要的学术方向：一是中国近现代美术研究和收藏，其中包括广东及沿海美术，海外华人美术等；二是国际美术研究；三是当代艺术研究和收藏，包括当代艺术、摄影、影像等。广东美术馆也在多年的积累中形成了多个学术系列：广东美术馆馆庆系列、20世纪中国美术状态系列、21世纪中国美术状态系列、现象与状态系列、大展系列、现代影像系列、现当代艺术家系列、20世纪早期中国油画家系列、当代艺术个案系列、现当代美术文献系列、博物馆精品系列、博物馆学系列、现代陶艺系列、新状态系列、海外华人美术系列、国外现当代美术系列、国外艺术家系列、国际艺术交流系列、现代设计艺术系列、现代美术教育系列。同时还拥有“广州三年展”“广州影像三年展”“水墨空间”“青年学术提名展：七号空间”“近现代名家系列展”“当代艺术个案研究展”等学术品牌。

从近年的实践来说，美术馆在深度介入展览项目的基础上，通过整合大型展览学术团队的机制，让展览发挥品牌的区域影响力，实现学术引领。不同于项目外包的方式，广东美术馆所采用的“整合机制”，是在保证美术馆话语权的前提下，以合作模式所进行的一种学术力量的整合。因此我们能够从总体上保证品牌的内涵、展览的方向、学术的深度，同时又给予参与的学术团队足够的自由度，使得品牌能够发挥其当代学术价值。第六届广州三年展“诚如所思：加速的未来”“广州影像三年展2017”以及关注青年艺术家的“七号空间”等品牌展览项目，还有今年上半年举办的“伟大的风格——王肇民艺术研究展”“铭刻时代——汤小铭艺术研究展”“自然与田园——林丰俗的绘画世界”等近现代岭南美术名家的研究展览，都得益于广东美术馆近年来对学术机制进行的创新探索，我们希望美术馆不仅仅推出展览，更要通过学术力量的整合，让展览成为大型文化事件，或引发文化议题的讨论，从而构建艺术在当代社会的影响力。

以下将以“第六届广州三年展”为例阐述广东美术馆对策展人机制与学术研究平台的构建与完善。“第六届广州三年展”以“诚如所思：加速的未来”为主题，由来自荷兰的安琪莉可·斯班尼克、德国的菲利普·齐格勒、中国的张尕担任主题展策展人，分为主题展和文献展两个部分。在展览展出的 80 天中，广东美术馆主展场迎来了超过 13 万人次，分展场和平行展的观众量达到近 11 万人次，8 万多人次使用线上多媒体导览了，近 5 万人次参与“想象未来”和“想象未来人类”的公教主题活动，全球超过 100 家中外媒体报道高达 4000 余篇。使得本届三年展成为广东美术馆历史上最大规模、公众影响力广泛的一次展览。

“第六届广州三年展”的成功举办，就得益于近年来对馆内学术机制的建设与完善。在此之前，广东美术馆在三年展及其运作机制上已积累了 10 余年的实践经验。2002 年，王璜生馆长带领学术团队创办了“广州三年展”，并在 2005 年、2008 年又连续策划了两届，是国内最早开始举办三年展并且获得广泛影响力的展览。后罗一平馆长又继续延续了这个品牌项目，在 2012 年和 2015 年举办了第四届和第五届的广州三年展。“广州国际影像三年展”则创办于 2005 年，该品牌还在 2007 年、2009 年举办了两届。这些实践为广东美术馆留下了丰富的历史经验，但在这个过程中，多年来缺少具有延续性、稳定性的三年展学术机制，因而这成为广东美术馆近年来筹办三年展过程中的一个重要工作。

我们在 2016 年开始着手策展人机制和平台的搭建，这一年广东美术馆举办了“策展人论坛——当代语境下的多位思考”，30 位来自国内外各大美术馆、艺术机构和艺术学院的学者及资深策展人齐聚广东美术馆交流并分享展览策划的经验和理念，包括德国 ZKM 艺术与媒体中心策展部主任菲利普·齐格勒（Philipp Ziegler）、德国凯瑟斯劳腾理工技术学院数字媒体专业教授马蒂亚斯·普法夫（Matthias Pfaff）、原印度国立美术馆馆长瑞杰夫·卢臣（Rajeev Lochan）、北京大学艺术学院副院长彭锋、北京画院副院长吴洪亮、中国国家博物馆研究馆员朱万章、中央美术学院副教授于洋、《美术》杂志副主编盛葳、中山大学传播与设计学院教授杨小彦、中山大学传播与设计学院教授冯原、广州美术学院美术馆副馆长胡斌、广州美术学院人文学院教授樊林等。广东美术馆以创新性思维来建构人才培养机制，通过外聘研究员的形式实现与优秀策展人的合作，以此联合并激活馆内研究员的研究与策展能力，建立一种深度的合作关系。

随后在 2017 年又设立了学术委员会，聘请领域内具有影响力的专家学者，特别是具有全球化视野和对本土文化长期关注的专家，介入三年展的筹备工作，这对于把握每一届展览的取向、遴选策展人、推进展览项目等学术决策具有重要意义。在“第六届广州三年展”筹备阶段，广东美术馆召集学术委员会的专家学者共同召开多次会议，讨论当下社会和文化背景，以及品牌项目当下和未来的学术走向等问题。学术委员会的专家学者此后又参与了多次学术对谈活动，他们作为观察者，以专业的学术视野为展览提供可行性建议。此外，我们筹建了专门的广州三年展办公室，培养一支强有力的专业队伍，推动展览理念的落地。

在学术委员会的推动下，广东美术馆经过综合的、严谨的考量，最终邀请了数字理论领域具有影响力的学者（包括荷兰的安琪莉可·斯班尼克、德国的菲利普·齐格勒和中国的张尕）担任主题展策展人，并且确立了以“诚如所思：加速的未来”为主题，分为主题展和文献展两个部分。主题展邀请来自约 15 个国家的近 50 位（组）艺术家参展。此外，展览还联动珠三角内的多个艺术机构，设立了分展场和平行展。

我们在发展过程中虽然建立了自身的学术传统，并且也一直重视学术的梳理研究，但仅凭馆内的研究力量，对于推进深度的研究仍然存在一定难度，因而近年来我们尝试以合作方式来深化近现代美术和当代艺术的研究、展陈。2017 年，广东美术馆和广州美术学院就美术展览学术研究和人才培养的长远发展共同发起“校馆”战略合作。“第六届广州三年展”就通过这种馆校合作机制，实现了区域内的学术引领。在“第六届广州三年展”开幕前夕，广东美术馆与广州美术学院共同举办了“媒介化感知与创造性未来——第六届广州三年展国际论坛”，邀请国内外的理论家、广州美术学院的专家学者，以及三年展策展和学术团队共同参与，对“第六届广州三年展”核心命题的深入研讨，研讨会拉动了学界对技术和未来议题的大量关注。这种合作使得这次论坛成为彰显展览学术性，深化主题价值的重要途径。

目前广东美术馆也在进一步调整人才配置的结构，适当整合学术力量，力求在未来推出具有影响力的学术成果，不仅在展前和展览期间输出研究成果，而是通过更长周期的梳理和评论等方式，慢慢地积累、沉淀，形成真正具有价值的学术实践。

二、藏品管理与活化的当代实践

藏品是立馆之本，是美术馆发展的根本依托。广东美术馆在开馆以来，就有明确的藏品收藏方向和相关标准。广东美术馆目前收藏作品约 4 万件（套），这些藏品以“中国近现代沿海美术，海外华人美术，中国当代美术”为主，在收藏思路上强调围绕立足本土、关注国内、加强国际交流，关注“沿海性”与“当代性”。从藏品特色来看，广东美术馆拥有大量近代和当代美术领域具有重要史学价值的美术精品，其中摄影和影像收藏也是本馆的亮点之一。在艺术形式及种类上，注重传统形式如水墨画、油画、版画、雕塑等在当代语境中的发展和转换，同时又关注到装置、影像等新形式，使藏品能够在一定程度上反映当代艺术的发展现状和总体特点。总体来看，广东美术馆当前的藏品涵盖以下 14 个类别：中国画、油画、雕刻、雕塑、陶瓷、水彩、丙烯画、混合媒介、摄影 / 影像、插画、速写、海报 / 宣传画、民间艺术、书法。

美术馆藏品是人类重要的物质文化遗产和精神文化作品，是继承过去优秀文化传统，烙印时代文化记忆，影响未来世代创新发展的历史见证物。广东美术馆近年来不但进一步完善了藏品管理体系的建设，同时还试图通过推出馆藏展、运用新技术更新呈现方式，以及大规模的馆际藏品合作激活藏品。

广东美术百年大展：以馆际合作和数字技术激活馆藏

在国家政策和美术馆学趋势的双向引领下，以多元方式活化典藏成为近年来广东美术馆不断探讨的重要课题。为了让藏品活起来，更好地惠及民众，广东美术馆尝试通过更全面的馆际合作，集结美术精品，并且以展览为引领，形成区域内的文化事件或文化议题，让藏品更广泛地传播和普及。在新阶段，我们在探索并且实践“美术馆 + 互联网”，以及馆际藏品合作等方式通过展场中以及线上和线下的书籍技术运用，为大众提供适合当代体验的前沿模式。“其命惟新——广东美术百年大展”就是一个良好的践行个案。

2017 年 7 月，在中宣部、文化部、中国文联、中国美协的大力支持和指导下，由中共广东省委宣传部、广东省文化厅、广东省文学艺术界联合会、中国美术馆联合主办，广东省美术家协会、广东美术馆承办的“其命惟新——广东美术百年大展”在中国美术馆顺利开展。整个百年大展期间，北京、广州、深圳三站合计观众数量突破 27 万人次，媒体报道超过 400 篇，引起了社会广泛的关注。这次展览系统回顾并总结广东美术百年历程的大规模展览，是为近百年来广东美术史上经典作品的一次集结。

这次展览有几大特点：首先是规模空前，这是多年来首次完整梳理广东美术百年经典，作品之多、品质之高前所未有，而且很多作品首次返穗，广州站吸引了超过 11 万人次的观展热潮。其次是多馆联动，展览作品分散于全国各地，得到了多个美术馆（博物馆）和艺术机构的大力支持。再次是多元展示，展览首次大量引进互联网、多媒体技术，形成实体展览与数字化展览多元并置的格局。最后是树立了艺术丰碑，展览由学术委员会推选出广东美术百年 21 位大家——李铁夫、何香凝、高剑父、陈树人、高奇峰、林风眠、关良、方人定、司徒乔、赵少昂、李桦、王肇民、胡一川、黎雄才、关山月、廖冰兄、赖少其、黄新波、罗工柳、古元、杨之光，这不仅强化了广东美术的学术线索，更塑造了广东文化的典型。

近百年来，广东美术发展作为中国美术发展的一个缩影，不断地为人民群众奉献大批精品力作，广东美术家在社会变革与文化冲击中以积极的姿态坚守民族尊严，以虚怀若谷的心态“折衷融合”，促成中国绘画的现代转型。广东美术改革创新的精神影响着整个中国美术界，成为中国美术各个时期发展的一支重要力量。

然而在广东美术史上，还未有先例以展览的形式系统地梳理这段百年历史。在这样的背景下，广东美术百年大展组委会几乎调动了全国的馆藏广东美术资源和艺术家家属收藏，构成了百年大展的展品系统。这次大展从全国范围内借调藏品，这种做法在国内美术馆尚属首次。这次大展展出 554 件作品，其中有 500 件是各个馆的藏品，广东地区的藏品超过 300 件，其中有近 200 件藏品出自广东美术馆。省外借调的接近 200 件。此次探索对于各地区藏品交流和后续的激活都具有重要的意义。

在展现形式方面，广东美术百年大展有别于传统美术展的地方在于，充分利用数字信息化手段为观众进行解读导览，与观众进行互动。本次展览开发了一套结合 AR 和 VR 技术的导览系统。将经典作品制作成动画，加以配音解读，使用 AR 技术让作品“活起来”，强化了作品创作理念的传达，让观众更好地理解作品。此外还专门制作了 AR 明信片，观众可以把明信片带回家，在家里打开 APP 扫描明信片就能欣赏作品动画。展览中展出的 500 多件作品都有二维码导览，扫码后可以看到作品的导读、作者视频和其他作品，为观众理解作品提供了便利。从数据来看，生动的方式受到了观众的喜爱。在多媒体导览方面，AR 导览和微信二维码导览内容阅读量达 60 万次，VR 虚拟展厅共有超过 10 万人次观看。通过互联网和数字技术，真正让“广东美术百年大展”以及广东美术史上的经典藏品，走进大众视野，成为现象级的文化事件，让美术馆的藏品真正实现“活起来”，为公众的审美教育建立广泛的基础。

精品馆藏展：让活起来的藏品更多地走进公共视野

近年来，为了进一步深化美术文化惠民，让广大群众分享到了美术发展成果，发挥美术经典作品的社会价值，我馆通过策划馆藏展览，讲述馆藏背后的故事，传承传统文化，让“活起来”的藏品更多地走进公众视野，力求为当代人民的生活提供精神养分。

2017年，我们得到省委省政府的大力支持，在省委宣传部、省政府办公厅、省文化厅的共同努力下，使得广东美术馆有机会在2017年接收718件（套）来自省政府属下的广东迎宾馆 、广东温泉宾馆 、广东大厦和广东胜利宾馆这四大国有宾馆的20世纪的艺术精品，其中包括齐白石、黄宾虹、陈师曾、何香凝、谢稚柳、陈树人、李可染、钱松喦、吴作人、黄胄、关山月、黎雄才、赖少其、黄永玉、林墉、林丰俗、陈永锵、许钦松、李劲堃等在内的几代中国美术名家的精品力作。这对于构建美术馆近现代收藏序列的完整性和更深入的近现代美术史学研究具有重要意义，这对于广东美术界乃至中国美术界来说都是重要的文化事件。

从展览和作品的公共意义和学术层面来看，这些作品具有非常独特的公共性，对于理解20世纪艺术家与社会的关系、梳理20世纪南北艺术交流、认识岭南画派和广东美术发展历史都具有不可替代的学术价值和历史价值。首先这对于我们探讨艺术作品的公共性以及在公共空间的语境下重新看待艺术作品的意义具有特殊价值。例如这样一种美化空间的创作预设，是否纳入艺术家创作的思路中去？艺术家如何通过画面阐释对公共空间的美化？我们还可以进一步思考，艺术家应该通过什么样的方式服务社会？艺术上的创新性或创造性与社会之间是什么样的关系？这些问题都值得我们进一步探讨。

为了呈现艺术创作与社会或公共性之间的关系，同时为了让藏品更好地服务民众，广东美术馆在接收这批数量庞大的藏品后，投入大量人力物力对藏品展开修复以及研究等工作。在第一阶段的修复工作完成后，我们从这批精品中遴选出160余件，举办了“时代风华——二十世纪中国美术名家精品展”和一系列的相关公教活动。展览以时间节点作为学术梳理的逻辑，展开对清末到20世纪末期中国近代美术发展历程的阐述。展出的作品涵盖了京津画派、海上画派、长安画派、新金陵画派、岭南画派等清末以来几乎所有重要流派，呈现了黄宾虹的《山水图》，齐白石、陈半丁、萧逊、周肇祥、凌文渊的《花鸟》，林墉的《西沙风光》，李可染的《江山如此多娇》，黎雄才的《迎客松》，关山月的《绿色长城》，黄永玉的《鹤来》等近现代时期具有代表性艺术家的经典作品。此次展览在部分画作旁特别设置了修复情况对比的展厅，在让观众理解美术馆的职能的同时，为大家提供一个全新的角度看待艺术作品与社会之间的关系。

广东美术馆公共教育部推出了“工笔花鸟技法实践”工作坊，并邀请老师现场指导参与的观众完成花鸟画小创作。此外还举办了“二十世纪花鸟画”“二十世纪山水画”两场分享会，分别邀请梁如洁和刘文东两位老师，为观众做讲解和示范。艺术家梁如洁在展览现场讲解展览中展出的经典花鸟画作品，并在现场详细讲解花鸟画的创作且在现场进行示范创作，吸引了大量的观众围观听讲。通过国画基础“技法”的知识普及，让藏品不仅仅是呈现“历史”，同时还与大众感兴趣的创作技法联系起来，让藏品真正活起来。

此外，广东美术馆坚持以自主策划精品馆藏展激活馆藏，致力于通过这些展览讲述馆藏背后的故事，传承传统文化，为民众提供精神养分。自2012年文化部首次组织“全国美术馆馆藏精品展出季”以来，我馆策划的馆藏展览已连续多年获得“全国美术馆馆藏精品季优秀展览奖”，包括2019年的“图绘新中国——广东国画的改造与转型（1949—1978）”，2018年的“1949年的廖冰兄——历史转型期的廖冰兄漫画作品文献展”，2017年的“其命惟新——广东百年美术大展”，2016年的“艺圃开荒——从赤社到广州市立美术学校”等多个馆藏展，都激活了馆藏资源，并为民众带去高品质的审美体验和教育。

对于馆内现有的近现代美术史上具有代表性、典型性创作，我们计划作为长期性陈列在广东美术馆新馆展出，为大众提供长期的审美教育展陈空间，为探索藏品更具时代性的呈现、传播和活化方式提供更稳定的范本。

藏品管理标准规范的建设

自改革开放以来，中国的博物馆从起步到今天的蓬勃发展，不过40余年。根据国家文物局的数据，改革开放40年来，我国博物馆数量增长了14倍，现已超过5000家，其中免费开放博物馆占87.97%，行业博物馆、专题博物馆百花齐放，生态、社区博物馆等新型博物馆逐步兴起，非国有博物馆已占近三成。数量庞大的博物馆也为这个业态带来了诸多问题，特别是珍贵文物和馆藏的保护方面，亟须建立有效、专业、科学的行业标准，以便进一步建立藏品数字化档案，美术馆可打破馆际限制，实现资源共享，向公众提供丰富的美术信息，满足社会各界的需求，传播美术文化，拓展美术馆的公共文化服务内涵，提升其公共文化服务能力。2014年，国家开展了美术馆馆藏品普查，对全国美术馆的藏品情况进行了摸底。这为藏品管理标准的建设奠定了扎实的基础。

而广东美术馆作为国家重点美术馆，肩负着繁荣文化艺术事业、满足人民群众文化生活需求的重任，必须强化其艺术品管理及收藏保护的职能。广东美术馆自开馆以来，一直重视藏品管理规章制度的建设和完善，在上述大背景下，近年来我们进一步严格规范藏品实物管理工作，力求形成严谨、专业、科学的藏品管理规范和流程。

2019年9月，在国家文化和旅游部的关心下，在广东省文化和旅游厅的指导下，广东美术馆组织省内外典藏管理专家进行了《广东省美术馆藏品管理条例（暂行）》的专业论证会。近年来，国家文化和旅游部大力推进国内公立美术馆的改造升级，广东省委省政府也高度重视美术馆的收藏管理工作，同时美术馆的评估定级，城市公共服务体系的升级等工作的推进都与美术馆的收藏管理工作息息相关。广东省委省政府、广东省文化和旅游厅对藏品工作给予高度重视，针对广东省美术馆收藏管理工作制定管理办法，进行规范管理显得尤为必要。这次由政府部门主导出台“管理办法”，请国内各位专家共同参与讨论，以专业化、标准化、制度化、规范化推进收藏管理工作，力求建立和完善一套科学的指导性办法，为全省的美术馆提供方向性甚至实操性的规范，对于全省美术馆的发展来说具有重要意义。在会议上，各位专家对办法适用范围、方向、内容等事项达成了共识，认为此办法在性质上应强调指导性、适应性、宽泛性。“管理办法”的逻辑架构需要符合藏品入库和管理的流程，避免重复和烦琐。而在具体制定过程中，可进一步参照博物馆体系的收藏管理办法，并结合美术馆收藏工作的特点和实际，更为科学地制定和实行“管理办法”。最近，我们根据上述专家论证会的意见，正在全力推进《广东省美术馆藏品管理体系》手册的编订工作，我们希望可以通过相关工作为广东省美术馆藏品管理体系的完善实现更多实质性的进展，同时也希望为各省市的博物馆和美术馆相关藏品管理体系的规范标准提供一定的借鉴。

此外，为响应国家文化和旅游部及广东省文化和旅游厅关于进一步加强美术馆藏品管理规范的要求，2019年12月12日，由广东美术馆主办的“2019藏品收藏管理学术会议”在广东美术馆国际学术报告厅举办，广东美术馆馆长、本次学术会议总策划王绍强，广东省文化和旅游厅艺术处副处长庞力，柏林国家博物馆总馆办、数字收藏与文档高级信息官安德烈亚斯·比纳特博士，中国美术馆典藏部主任何琳，中国国家博物馆藏品保管部副主任于璐，故宫博物院文物管理处副处长、副研究馆员许凯，江苏省美术馆前副馆长陈同乐，中国台北故宫博物院文创行销处处长林国平，清华大学艺术博物馆典藏部副主任倪葭，广东美术馆典藏部副主任梁洁参加会议。会议由广东美术馆馆长王绍强，北京博物馆学会常务副理事长、秘书长祁庆国，广东省博物馆网络信息部主任黄青松共同主持。此外还有来自各地62个美术馆、博物馆的130余位业界同行参与会议并与发言嘉宾展开交流。这次学术会议的举办，是在各美术馆、博物馆之间就藏品的管理所面临的挑战与决策展开的一次学术性交流。

如今，在全球化背景中，如何在不断更新的科技与藏品管理的系统中，兼顾国家文化战略、大众文化需求及文化传承创新等问题都成为美术馆、博物馆未来发展所面临的重大挑战。广东省各大艺术机构藏品收藏管理制度的规范化、标准化、系统化，对于全国美术馆藏品管理办法做好试点工作，优化我国美术馆、博物馆对收藏管理办法及实施的具体要求并积累经验具有重要意义。广东美术馆希望通过此次会议对新时期的创新理念的交流与探讨，更好地寻求未来发展之道，整合多方资源，创建多方位的平台，建设更具学术性、针对性、开放性和当代性的藏品管理系统。

三、公共服务和教育体系的完善

完善美术馆公共文化服务和教育体系的建设也是广东美术馆近年来的工作重点之一。通过完善公共文化服务和教育体系推动文化建设是我们一直以来的努力方向。作为公立美术馆，广东美术馆大力响应国家和省政府的号召，重视艺术项目的公共性、公益性和服务性，在惠民服务方面秉持以人为本的理念。这种定位与当前国际上“以观众为中心”趋势是一致的。

长期以来，广东美术馆配合展览或独立策划的大量导览、讲座、研讨会、工作坊、主题活动、墙外美术馆、藏品学习等公教活动，几乎全部对社会公众免费开放，这些活动承担着与大众交流最直接的、与大众接触距离最近的公共服务职能。

广东美术馆策划的公教活动多次获得中华人民共和国文化部、中国博物馆协会、全国美术馆专业委员会、广东省文化厅等国家级、省级专业机构的公共教育活动奖项 。在优秀公共教育项目方面，我馆曾经获得过“版画艺术公共教育系列活动全国美术馆优秀公共教育项目”。而在2017年，广东美术馆的“美术馆课堂：感受原作的温度”获得了文化和旅游部全国美术馆优秀公共教育项目中国博物馆教育项目优秀示范案例。此项目以原作为切入点，让作品的展出价值得到最大限度的发挥，也使得参与者能够接受高质量的审美教育。实际上国外的很多美术馆都作为学习以及家庭沟通的场所发挥着育人，特别是青少年教育的作用。我们认为可以在这方面进行更深度的探索，因而我馆精心筹划了“美术馆课堂”项目，此后我们会继续探索更丰富的课堂方式、推出更好的“美术馆课堂”项目。

我馆打造的志愿者服务团队在惠民服务方面表现出色，分别在2017年获得了广东省文化志愿者服务示范项目、2013年获得美术馆优秀志愿者。此前的“美术馆课堂”“艺术体验工作坊”获得广东省文化志愿者服务示范项目，“爱·童行”乡村艺术教育项目获得文化志愿服务优秀项目。这些活动实际上也可以看作是“观众拓展”的一种尝试，广东美术馆的公教团队还在进行多方面的尝试，推出丰富的墙外美术馆活动，这些活动主要为有针对性的人群设计并且推行，包括社区摄影展、摄影工作坊等社区项目，还有针对特定的乡镇片区小学，利用馆藏开发乡村艺术的课程。同时广东美术馆还把艺术课程送进大中小学，从学校需求出发，用馆藏艺术设计课程，实现活化馆藏和文化艺术普及的教育目标。

广东美术馆还把“服务意识”纳入空间改造和拓展中去，力求在新语境下为民众提供集观看、交流、休闲为一体的公共开放空间。这其中包括推进现有空间的改扩建工程，以及广东美术馆当代馆的落成。广东美术馆的建筑空间已沿用了20年，部分建筑结构存在安全问题，而且当前的空间已经部分地不符合当代艺术展示的新发展，同时对展览的展示和观看来说也变得不合时宜，这直接影响了文化服务的质量。因此从去年开始一直在推进当代馆的立项以及现有场馆的改扩建工程，希望能够通过这些努力建立面向21世纪的科学化、体系化的展陈和交流空间。

在少儿培训方面，本馆致力于为少儿美育提供良好的环境和师资。为了广泛普及少儿美育，为亲子家庭提供交流途径，广东美术馆每年都会策划培训成果展览。“万语国——ACTION·广东美术馆2019收藏童年系列展”“万语国——PLAY广东美术馆2017收藏童年系列展”，就吸引了超过数万青少年和家长前来观看。公共服务体系离不开公益性，广东美术馆除了深入不同区域和群体举办审美普及活动，还利用馆内资源进行公益活动。去年我馆曾在公益赠书活动中为全国各地49个单位捐赠图书15万册。其中，国内高校单位9家，国内文博单位（包括各级美术馆、博物馆、图书馆、文化馆等）22家、省内中小学9家、其他公益单位9家。另外，广东美术馆还向贵州省黔南州平塘县与荔波县的多所学校捐赠一批图书，用于学生书画学习之用。

结　语

美术馆从物件保存的空间发展到今天成为一个供给大众和社会精神养分的有机体，机制始终是美术馆运行过程中最核心的命题。只有为美术馆的研究和展陈构建高效科学的学术整合机制，探索实践适应于时代理念的藏品管理和活化机制，搭建“以人为中心”的公共服务和教育平台，才能不断生产美术馆运转所需要的推力和动能，借此美术馆才可能在变动的语境中构建其自身的当代意义。

在新的社会语境中，在技术几何式的变革作用下，社会和文化都正在经历着更新。广东美术馆也即将迎来新的历史阶段，广东美术馆新馆的建设已在全力推进当中，预计新馆的建筑规模约7万平方米。预期建筑时间为五年，这将是广东美术馆在新时代的又一飞跃，让广东美术能够拥有一座在未来50—100

年具有引领性的国际一流的场馆。而对于二沙岛现有旧馆，我们希望好好保留，进行适当的修缮，留下广东改革开放以来的重要文化名片，留下一代人的文化记忆，为建设文化强省和人文湾区做出更大贡献。新时代，我们必定在新的趋势中，构建更为完善和适应于当下的机制和模式，力图为美术馆未来的发展提供强而有力的驱动。

王绍强，广东美术馆馆长、学术委员会执行主任，中国美术家协会理事、策展委员会委员，全国美术馆专业委员会委员、学术委员会委员，广东省美术家协会副主席、策展委员会主任，广东省美术馆协会常务副会长，广州美术学院教授、硕士生导师，澳门科技大学艺术学院教授、博士生导师。曾任教育部高等学校教学指导委员会新媒体艺术委员会委员、广东省高等学校新媒体艺术教学指导委员会主任、广州美术学院学术委员会委员、广州美术学院视觉艺术学院院长。2013 年被评为广州美术学院教学名师。2017 年被评为广东省宣传思想文化领军人物。

传承与构想：美术馆人文建设的多维度格局

应金飞

摘　要： 公立美术馆承担着社会美育的重要职能，本文以美术馆的人文建设为视角，阐述了浙江美术馆立足中华优秀文化传承的顶层设计，创建“东方智慧”“南山 138”等特色品牌探索艺术人文的策展构想，分析如何以现代博物馆理念盘活典藏体系的创新实践，从源头强化策展、创作到对外巡展的生态环境，全面响应国家文化建构的整体格局。

关键词： 策展；美术馆；人文建设；典藏

近 20 年来，中国迎来了美术馆学建设的高峰期。今天来看，美术馆不但具有收藏、展示的功能，而且兼具研究、传播、教育、文创、交流等其他功能，这些方面均具有实践发展与学术探讨的巨大空间。学术定位与规划是美术馆的立馆之本——美术馆须在收藏、展示、研究等方面具有明确的学术定位，这是其存在的文化前提；同时，美术馆的学术规划要在藏品内容、展览水准、研究方向以及展陈方式、教育观念等方面具有自身特色。

2019 年是浙江美术馆开馆 10 周年的重要历史节点，值此之际，我们认为比纪念更重要的是，从思想和行动上抛弃惯性、走出舒适区，以寻求更富创新性的思路，推行更具针对性的现实举措，从而担负起更为深远的文化使命和社会美育引领责任。由此，浙江美术馆确立了以“有机美术馆”的创新理念为建构纲领，配合国家文化整体建构，从源头强化策展、创作到对外巡展的生态环境，为建立更高层次、更广范围的国内外艺术交流做出规划和铺垫。

一、立足文化传承的顶层设计

与时俱进的浙江精神有着悠久的历史传统，是中华民族精神的重要组成部分，其中最优秀的内容就是创新，创新精神是浙江精神的核心本质。世界史上的大航海时代，以王阳明、朱舜水、李之藻等为代表的浙江人在文化、科技、军事等各领域的创新创造早已彪炳史册；近现代以来，从国立艺专到中国美院的不懈发展是一代代艺术家以创新精神推动所引领的时代缩影；今天，我们迎来了中国特色社会主义的新时代，在深化改革、创新升级的国家政策驱动下，艺术的高原仍在等待高峰的耸立，最好的时代迫切需要发挥创新精神。

浙江美术馆是习近平总书记在浙江工作时亲自踏勘选址、审定方案并按下开工按钮的国有美术馆。在《我的文学情缘》中阐述关于“重要建筑特别是标志性建筑应当有中国风格、中国气派”的观点时，习总书记以浙江美术馆为例，提出“要把西湖的自然景致与美术馆的人文韵味和谐地融为一体，这才是具有时代气息、中国气质的美”。浙江美术馆一直坚持“公众性、多元性、开放性”的学术宗旨，构建反映当代美术发展水平和浙江美术大省建设的艺术展览体系与美术藏品体系。尤其是2017年以来，“民族翰骨——潘天寿诞辰120周年纪念大展”“水印千年——中国水印版画大展”“安格尔的巨匠之路——来自大师故乡蒙托邦博物馆的收藏”“此境风月好——丰子恺诞辰120周年回顾展”“沉默的情感——布鲁诺·瓦尔波特作品展”“纸上谈缤——中华纸文化当代艺术展”等古今中外特色展览频频登场、口碑相传，受到全社会的广泛关注与高度好评，媒体竞相报道浙美“排队”观展已成常态。这些公众舆情的热烈响应，一方面彰显了浙江美术馆在优质项目的策划和引进方面的专业能力，另一方面也不断促进美术馆的自我加压与水准提升。

在广义上，文化是由于精神的进化而获得实现和建立的人文体系，它涵盖了一个极广阔的空间，可以跨越从各不相同的个体精神世界到整个族群和种族的共同精神世界的宏大范围。①有鉴于此，浙江美术馆长期致力于推动中外文化交流，借助本馆深度策展机制的双向维度不断探索有效参与、建构国际文化对话的可行路径。这一看似高远实则具体的目标首先以中国艺术的国际性为前提，从展现传统艺术的当代魅力到生发东西方艺术对话的实质，始终需要美术馆在未来艺术的长期发展中发挥导向性作用，逐步实现传统文化精神场域边界的不断拓展。

2017年，浙江美术馆启动“拓山印湖”国际艺术计划，以中国传统版画独到的痕迹技艺重新定义公众对客观世界的既定印象和感知方式，联合中国美术学院的青年艺术家在杭州的西湖、吴山、云栖等古迹名胜之地完成实地拓印。2018年9月，“拓山印湖”受德国汉堡艺术和设计博物馆邀约参加“水墨字节：数字时代的墨迹”展览，参与项目的艺术家、志愿者在汉堡的城市隧道、教堂、船坞、纪念牌等人文地标展开拓印活动。今后，该计划还将在意大利、波兰、美国等站点陆续推进。

黑格尔在美学思考上强调理性，肯定思想性在艺术上的重要性，因为“艺术作品所提供观照的内容，不应只以它的普遍性出现，必须经过明晰的个性化，化成个别感性的东西”②。承载着潜力与梦想的青年是社会发展最坚不可摧的生产力，青年艺术家的沉思当寄托着社会文化传承发扬的长远希望。因而浙江美术馆在青年艺术家的创新培育方面始终不遗余力。2018年推出的“南山138：浙江青年当代艺术推广项目”以城市新地标、新视角为出发点，聚焦多元社会语境下浙江当代青年艺术家的生产模式，鼓励青年艺术家在对社会现实和文化创新的深入思考中进行自我探索与艺术创作。系列展览着力探讨当代与传统、

① ［德］安斯加·纽宁、维拉·纽宁主编:《文化学研究导论：理论基础·方法思路·研究视角》，闵志荣译，南京大学出版社2018年版，第262页。

② 朱光潜:《西方美术史》，人民文学出版社1979年版，第469页。

生活与艺术、想象与创造等人文主题，以更开放、更包容的姿态彰显浙江美术馆在当代艺术对话空间中的作用，推动建构浙江青年群体的当代艺术发展新机制。

二、探索艺术人文的策展构想

20 世纪 60 年代，围绕艺术展览的主要话语开始摆脱将艺术作品作为一种研究、讨论自治对象的批评形式，转向一种批判性策展的形式，其中展览的空间被赋予比艺术对象更重要的地位，至今展览已成为使大多数艺术为人所知的那一个媒介。①

“回望历史、坚守学术、立足未来”是浙江美术馆作为国家重点美术馆多元策展的核心价值体现。近年来，浙江美术馆在专业实践中以“讲好中国故事”的浙江篇章为己任，基于自身积淀和发展条件梳理本馆展览体系，统筹划分为中国传统经典系列、百年浙江传承系列、世界美术引鉴系列、学术研究探索系列、典藏精品活化系列、现代艺术综合系列等六大门类。同时推出围绕中华优秀传统文化为核心结合“深度策展”的创新模式，确立策展、创作、展览、典藏、交流全方位一体的现代化美术馆建设模式，在艺术、社会、人文等层面有效扩展了浙江美术馆的综合影响力和创新生长力。

文化遗产的维护、创设和反思是现代文化理论研究框架中的重要分支。文化学者阿比・瓦尔堡（Aby Warburg）指出，文化以“象征的记忆”为基础，而艺术作品中文化象征意义的延续和重新解释之间的特殊相互作用允许人们得出文化在精神维度上的作用——社会记忆的更新和改变，文化及其传递成为人类活动的产物。②2015 年，浙江美术馆创立了“东方智慧”自主策展品牌，旨在策划一场“向西归东”的精神之旅。系列展经由“形态叙事—认知拓展—精神溯源”的核心主旨延展，将文化传承的学术理念经由展览策划、组织创作、作品收藏、海外交流等艺术实践转化为有形成果，深入推进当代社会对东方文化内核的认知理解。

2016 年秋，“东方智慧”系列首展“湖山胜概——西湖主题水印版画”以杭州西湖为意象起点，梳理中国版画的纵向脉络，精神跨度从百年迈向千年。该展于 G20 杭州峰会期间展出，凭借优美的展陈方式、历史性与当代性渗透交融的独特意蕴受到国内外多家专业机构的关注。

2018 年初，“水印千年——中国水印版画大展”由“版刻千秋”“东方意蕴”“汲古镌今”“拓山印湖”四个篇章分别展开，回溯了中国文化的水印版画渊源，延展了水印艺术的当代表现。中国现代水印专题的收藏工作同时开展，新增入藏浙江、江苏、安徽、四川、云南等地的代表作品 191 件（组），系统反映了 20 世纪 50 年代至今中国水印版画艺术发展概貌。

2019 年 4 月，“心相・万象——大航海时代的浙江精神”主题特展特邀樊树志、龚鹏程、吴艳红等国内明史专家、人文学者联袂合作，选取了近百位浙籍或旅浙的明代政治、军事、人文、艺术、科学等领域先贤精英的书画手稿作为承载中华传统文化的物质史料，从世界史的角度重新审度中国古代社会的进

---

① ［英］朱迪斯・鲁格、米歇尔・赛奇威克编著：《当代艺术策展问题与现状》，查红梅译，中国青年出版社 2019 年版，第 9 页。

② ［德］安斯加・纽宁、维拉・纽宁主编：《文化学研究导论：理论基础・方法思路・研究视角》，闵志荣译，南京大学出版社 2018 年版，第 234—241 页。

步发展，以当代策展理念激活历史文献，多维度营造传统文化解读的可能性，让文化创新活力在本土与世界、传统与现代、历史与现实的交流碰撞中迸发出新时代的活力。

2019年8月，“纸上谈缤——中华纸文化当代艺术展”围绕“纸”这一历史悠久的中国传统文化介质，以对待纸的最基本的方式重新构想“纸”作为物的呈现，通过对中华纸文化之历史发展脉络的系统梳理，对纸张本身艺术表现形态进行综合展示，以纸艺术作品为视觉主体，既诠释当代艺术在中华传统文化传播流转层面上的不懈努力与孜孜探索，更反映当代艺术家对中华文明物质遗产的守护与全新解读，继承与弘扬富含“东方智慧”的中华传统文化内涵。

“东方智慧”系列自推出以来，多次被列入国家艺术基金传播交流推广资助项目，“湖山胜概”“水印千年”先后被评为文旅部全国美术馆优秀展览项目，而作为展览时空的有形记忆，《水印千年》《心相万象》作品集分别荣获“金牛杯”优秀美术图书金奖、银奖……这些环环相接的奖项与肯定，不仅反馈了“深度策展”机制作用于国家公立美术馆建设的积极影响，更为浙江美术馆持续强化自我造血功能、凸显立馆特色探索了有效的发展路径。

三、盘活典藏体系的创新实践

现代美术馆不同于传统博物馆，美术馆收藏使命应该建立当下自觉态度和价值指向，具有独到的专业标准和学术判断从而建立典藏体系。21世纪初，“文化”被视为对于社会分析活动富有建设性的维度，并占据了社会分析活动的中心地位。与此同时，每种社会结构都可看作是一种文化结构，每种社会活动也是一种文化活动。[①] 故而在当代中国语境中，对于优秀传统文化的发扬务必要推进“生长”和“活化”的新型收藏。“当下性”收藏模式以及通过策划展览建立自己的典藏模块，是当下重要的收藏体系，更重要的是这种典藏体系是一种具有唯一性的“活体”。

浙江美术馆始终坚持将“文化惠民”的核心思路全面贯彻到党建工作、业务工作中，以惠民举措的实际行动点亮人民群众的文化艺术生活。基于受众群体“厚度、高度、广度”的区别，博物馆、美术馆、文化馆在文化惠民的群众工作中担当的不同作用，因而创新思维在“有特色、有体系、有效能、有学术、有文脉”为标准的当代美术馆典藏体系建设中发挥着的重要作用。

相比传统的博物馆体系，年轻的美术馆普遍存在着一定程度的典藏“焦虑”。建馆伊始，浙江美术馆通过主动征集、接收捐赠、议价收购、寄存代管等途径收藏藏品2.5万余件，涵盖100余个名家个案项目，整体形成了以浙江地域为主线的近现代美术藏品体系。面对首个十年所积累下的不俗“家底”，如何更好地发挥潜力回馈社会，如何优化发展节奏高效贯彻规划？浙江美术馆没有简单地增加工作量、扩展项目规模，而是将着力点聚焦于破除“准博物馆”的惯性思维，把工作目标从对“有形之物”的占有转向对“精神场域”的确立。在实际工作中，一方面消解对于“镇馆之宝”等观念的热衷追捧，合理配比

① ［德］安斯加·纽宁、维拉·纽宁主编：《文化学研究导论：理论基础·方法思路·研究视角》，闵志荣译，南京大学出版社2018年版，第301页。

藏品管理的财政经费，促进藏品体系多样性和整体性的提升，为形成富有旨趣的特色典藏铺垫基础；另一方面注意避免泛泛求全，对“特色”“典型”加以明察甄别，不做“貌似作为、实则庸常”的表面工作。

2009年年底，吴冠中先生向浙江美术馆捐赠了其晚年创作的56件彩墨、水墨、书法作品及16件林风眠、陈之佛等师友的作品，也是他有生之年的最后一次捐赠。2010年11月，吴冠中长子吴可雨再次捐赠了其父创作于1978年的《云南行》速写48件，浙江美术馆由此成为境内拥有吴冠中捐赠作品最多的美术馆。在中国现代艺术史上，吴冠中无疑是最具风格的艺术家之一。2019年，吴冠中百年诞辰纪念暨浙美馆庆10周年之际，浙江美术馆隆重推出主题特展，从艺术性、多元性、实践性的开放态度出发，深度解读吴冠中充满想象力、创造力的艺术人生。

艺术作品是一种运用技术通过媒介对于思想或体验的视觉表达形式，源于对感情、经验、见解的表达需要，艺术家运用整个思想、情感和观察的范畴作为艺术创作的主题。① 杭州国立艺专是中国现代美术的重要策源地，兼容并蓄的学术品格、人文湖山的诗性气质、文艺复兴的使命担当、勇立潮头的先锋意识是几代国美人前赴后继的不懈追求。浙江美术馆对于此类人文代表性的典藏专题实行长期深化的学术研究，例如，通过大量李震坚的速写手稿比对解析“浙派人物画”的创作本源，通过大量艺术作品和手稿、文献资料研究姜丹书及中国近现代美术教育，进而将学术成果转化为展览形式，引导观众通过手稿作品贴近艺术家的创作脉搏。

正如黑格尔指出的：“艺术从中得以源起的那个普遍的和绝对的需要，其根源就在于，人乃是思维着的意识，亦即说，人之为人以及终究是人，是从自身自为地作成的。”② 思维决定行为，也正因如此，贯彻创新精神的首要方法就是运用恰当的思维模式，选择灵活转变的认知角度；对于美术馆工作者而言，只有真正掌握这种创新迭代的思维模式，以新的思维知识体系投入艺术创作，才能切实响应国家对于“拥抱新时代、创造新作为”的殷切号召。

参考文献

1. [英]朱迪斯·鲁格、米歇尔·赛奇威克编著：《当代艺术策展问题与现状》，查红梅译，中国青年出版社2019年版。
2. [德]安斯加·纽宁、维拉·纽宁主编：《文化学研究导论：理论基础·方法思路·研究视角》，闵志荣译，南京大学出版社2018年版。
3. [美]帕特里克·弗兰克：《艺术形式》(第11版)，俞鹰、张妗娣译，中国人民大学出版社2016年版。
4. [英]斯托拉布拉斯（Stallabrass，J.）：《走近当代艺术》，王端廷译，外语教学与研究出版社2013年版。
5. 刘象愚、杨恒达、曾艳兵主编：《从现代主义到后现代主义》，高等教育出版社2002年版。
6. 朱光潜：《西方美术史》，人民文学出版社1979年版。

① [美]帕特里克·弗兰克：《艺术形式》(第11版)，俞鹰、张妗娣译，中国人民大学出版社2016年版，第5页。

② [英]朱利安·斯托拉布拉斯(Julian Stallabrass)：《走近当代艺术》，王端廷译，外语教学与研究出版社2013年版，第259页。

应金飞，1967年生，浙江仙居人。现任浙江美术馆馆长，中国美术家协会第九届理事会理事，浙江省美术家协会副主席，中国美术家协会水彩画艺术委员会委员，中国博物馆协会美术馆专委会理事、学术委员会委员，浙江省水彩画家协会副主席，中国美术学院教授、研究生导师。2017年浙江省宣传文化系统“五个一批”人才，2018年浙江省“万人计划”人文社科领军人才。

在历史与现实之间

——河南省美术馆的史学视角与文化立场

化建国

摘　要： 河南省美术馆以“梳理20世纪河南美术史脉络”为重要学术方向，以史学的眼光来关注本土美术的发展，加强对本土美术的收藏。同时组织学者进行深入发掘和系统整理，对河南美术名家、河南美术现状及河南美术发展方向进行专题研究，并依据研究所取得的成果有针对性地策划一系列本土艺术精品展，以学术研究为龙头带动其他业务整体发展。

关键词： 美术馆；地域美术史；学术定位；个案研究

如今美术馆已成为社会公共文化服务体系中的重要组成部分，在公众文化生活中扮演着日益重要的角色。随着美术馆与公众越来越密切的联系，它的职能已经从最初的收藏、研究美术作品拓展到美术普及与教育、艺术欣赏与互动，以及文化消费与服务。相较于欧美发达国家，我国的美术馆建设起步相对较晚。自20世纪末期以来，我国掀起了美术馆建设的浪潮，投资主体亦日益多样化。这一浪潮的出现，一方面是在我国美术事业快速发展的大背景下，我们需要一个回溯美术历史、呈现当下美术发生、生发社会意义的专业美术平台；另一方面是由于美术馆作为一个集文化、审美、教育、休闲于一体的美学空间，本身具备成为一个汇聚人文理想的公共文化机构的先天优势。

随着政府对公共文化事业的重视程度不断提升，各地纷纷建立了自己的省级或市级美术馆，作为地方性美术馆，在满足公众基本文化需求的同时，如何拓展职能，在区域美术事业发展中起到引领作用，是每一个美术馆必须思考的问题。在美术馆的建设运营实践中，必须有明确的学术定位和长远的学术规划，这是支持一座美术馆有效发挥自身各项职能的基石，是实现其在公共文化服务体系中效能的基础。因此，河南省美术馆在建馆之初，首先要做的工作即是确立自身的学术定位。

河南有着深厚的历史文化积淀，曾经孕育出璀璨夺目的古代美术，如仰韶时期的彩陶、殷商时期的青铜器、两汉时期的精美墓室壁画及画像石……这些艺术瑰宝都在中国的历史长河中熠熠发光，是河南最为宝贵的历史文化资源。这些积淀滋养着近现代以来河南的本土美术发展，在近现代教育的推动下开枝散叶，结出了丰硕的果实。但是20世纪以来，由于中国国情的激荡变动，中原地区尤甚，在战争、自然灾害、社会运动等多重打击下，广袤中原大地饱受创伤，这也导致了河南美术史的叙述出现了断裂。当我们回顾20世纪时，河南的美术是如何伴随社会变革步入现代、走入当代？我们很难从已有文献中找到系统阐述，虽然不乏许多闪光片段，但始终缺少一个贯穿20世纪的历史主线。20世纪作为承载传统、接续当代的一个重要转变阶段，是任何一个负责任的历史思考者都不会忽视的学术课题，对其研究的完备程度牵系着河南美术发展的当代定位与未来走向。因此，梳理20世纪河南美术史是河南省美术馆现阶段必须去完成的一项历史使命，也是我们作为省级美术学术平台，从建馆伊始就明确的学术目标。

作为一个新建的省级美术馆，在明确适宜自身的学术定位及发展方向后，河南省美术馆自觉承担起"梳理20世纪河南美术史脉络"这一重任，开始以史学的眼光关注本土美术的发展，加强对本土美术的收藏，在实践过程中，我们从重要时间节点和重大美术事件切入，采用文献研究与口述史研究相结合的方法，通过查阅史料、走访调研，挖掘出了许多被尘封的美术家和美术作品。同时，我们也组织学者进行深入发掘和系统整理，对河南美术名家、河南美术现状及河南美术发展方向进行专题研究，并依据研究取得的成果有针对性地策划一系列本土艺术精品展，以学术研究为龙头带动其他业务整体发展。随着研究工作的推进，20世纪河南美术史的脉络也逐渐明晰起来。

在推动20世纪河南美术史理论构建的过程中，河南省美术馆于2013年和2014年先后组织召开了"第一届河南省美术馆学术论坛暨20世纪河南美术史研讨会"和《20世纪河南美术史》编纂方案论证会，邀请省内高校美术理论研究领域的专家及社会学术力量共同参与，就"20世纪河南美术史"这一专项学术工程的研究思路与丛书具体编纂方案进行研究讨论，最终确立以"个案研究"和"口述史"相结合的方式，从国画、油画、版画、雕塑、民间美术、美术活动、美术教育七个方向入手，逐步推进20世纪河南美术史的研究梳理工作。

由鲁迅先生倡导的"新兴木刻运动"在中国近现代美术史中有着重要的地位。在老一辈版画艺术家中，不少人与河南有着不解之缘，以此为线索，我们在这七个方向中选定了以画作为20世纪河南美术史研究的突破口。我们的视线首先聚焦在了新中国河南美术事业的开拓者——马基光先生身上。马基光，1915年出生于河南开封，1936年至1939年就读于国立杭州艺专绘画系，曾师从潘天寿学习中国画。就读期间，受新兴木刻思潮影响，创作了一系列揭露现实、反映战时人民疾苦的木刻作品。新中国成立后，马基光回到河南，投身于河南美术事业的发展中，他经常深入基层，辅导美术创作，组织举办美术展览活动，培养了大批优秀人才，是新中国成立以来河南美术发展的重要奠基人。2015年，河南省美术馆把对马基光的研究成果汇聚成展，策划举办了"百年基光——马基光艺术回顾展"，后入选文化部全国美术馆优秀展览。将这个思路继续延伸，我们又陆续通过个案研究的方式，对刘岘、刘铁华、沙清泉三位版画艺术家在20世纪河南美术史中的地位进行了梳理。刘岘是中国现代版画的先驱和开拓者，出生于河南兰考，20世纪30年代初在鲁迅先生的直接教导下从事木刻创作，曾任教于延安鲁迅艺术文学院。刘铁华和沙清泉作为新兴木刻运动的积极践行者，在新中国成立后来到河南，对河南美术事业的发展做出了重要贡献。对这四位版画艺术家的梳理，填补了20世纪河南美术史版画研究的空白。值得一提的是，在河南省美术馆建馆初期，面对缺少收藏经费的实际困难，我们结合对四位艺术家作品的研究，将"倡导捐赠和以展带藏相结合”确定为河南省美术馆的主要收藏途径，为我馆奠定了宝贵的藏品基础。随着研究工作的进一步深入，我们以这四位艺术家的作品收藏为坐标，往上溯源收藏了大量河南传统木版年画，往下延续收藏了河南当代版画创作的精品，并横向拓展收藏了古元、彦涵等人的力作，最终形成了具有相当规模和特色的版画资源收藏体系。2017年，作为河南省美术馆20世纪河南美术史研究的阶段性总结，我们精选馆藏版画作品，策划了“时代印迹——河南省美术馆馆藏版画展”，在中国美术馆举办了展览，并在国家艺术基金的支持下，先后在中华世纪坛、黑龙江省美术馆、陕西省美术博物馆、重庆美术馆进行了巡展。

除了在版画史上进行细致的梳理与研究，河南省美术馆对河南省的民间美术及传统艺术也进行了专门的研究与整理，考虑到民间美术受当代文明冲击较大，老艺人普遍年岁较高等现实因素，在有限的经费下，我们一方面抢救性地收藏了一批以淮阳泥泥狗、方城石猴、鲁山剪纸为代表的河南民间美术；另一方面开创性地采用口述史的方式，对河南开封木版年画、河南传统刺绣等老艺人进行了采访与记录。根据民间美术取得的研究成果，结合新春佳节的民俗氛围，我馆推出了“美术馆里过大年”系列展览，其中“过年——开封木版年画展”被文化部评为全国美术馆优秀展览项目。此外，我们还以专著的形式对研究成果进行呈现，编辑了《20世纪河南美术口述史丛书》。《开封年画见闻录》是这套丛书的第一部，记录了年逾九十的开封木版年画名家郭泰运先生的从艺生涯，从一个侧面展示了近百年来开封年画的兴衰历史和传统的年画技艺。同时我们选配了200余幅图片，对郭泰运先生的口述文字进行补充和佐证。该书出版后，广受好评，成为研究河南木版年画的重要参考文献。这一系列成果正是河南省美术馆建馆之初确立的“秉承中原文化博大精神”定位及“包容性”“开创性”学术姿态的集中体现。

党的十八大以来，通过对习近平总书记文艺工作座谈会讲话精神的领会，我们逐渐认识到，对20世纪河南美术史的研究与整理要紧扣时代脉络，紧扣地域特色，要准确地反映出作品所属时代的精神风貌。2017年，我们收藏并整理了中央美术学院的冯法祀、闻立鹏、靳尚谊、王征骅、孙景波五位先生的作品，举办了一次展期长达三个月的陈列展。这些作品多数是画家们在河南深入生活、体验生活的过程中创作的油画、速写、素描创作稿，记录了河南在新中国成立后大生产、大建设时代的面貌。作品中无论是水库写生、三门峡大坝，还是红旗渠的建设，都准确地把握住了河南在中华人民共和国成立后30年的发展脉络。通过挖掘这些知名老艺术家的写生作品，一方面呈现出当时画家在描绘祖国建设时饱满热情的精神状态，另一方面丰富了馆藏作品，为20世纪河南美术史的研究提供了翔实的资料。这也是习近平总书记在文艺工作座谈会上所提出的文艺工作者应该深入生活、扎根人民的最直接体现，具有非常重要的现实意义。在三个月的陈列展中，我们还举办了多场公共教育活动和一次学术研讨会，把此展览当作梳理河南20世纪美术史的一个独特视角，给广大观众带来了20世纪70年代的时代声音。通过这次展览的成功举办，我们也认识到作为一个地方性美术馆，如何从浩如烟海的美术作品中找到最适合自己的藏品，名家名作固然珍贵，但任何伟大作品的诞生都离不开画家对生活的真实体验。把知名艺术家在河南的写生作品作为我们馆的一个收藏方向，不仅是一个让这些作品呈现在广大观众面前的良好契机，也为研究地域美术发展提供了重要资料，具有较高的学术及史料价值。同时，这次展览的成功举办为河南省美术馆指明了一个重要的收藏方向，即挖掘和收藏知名艺术家在河南的创作，重现他们与河南结缘的经历，建造一座美术史与现实联系的桥梁。

河南省美术馆自建馆以来在实践中摸索出了一条用学术建设指引发展方向，用展览带动收藏并进一步反哺学术研究的良性循环之路，取得了良好的效果。今后，河南省美术馆将进一步提升公共文化服务质量，加强从业人员的公共文化服务意识与素养，采用多种渠道最大限度地拓展美术馆的观众群体，为全省广大群众提供优质的公共文化产品和服务。

化建国，河南开封人。现为河南省美术馆馆长，河南省美术家协会副主席，中国博物馆协会美术馆专业委员会理事，河南大学艺术学院研究生导师，国家一级美术师，中国美术家协会会员。2014年被评为全国文化系统先进工作者。曾主持河南省政府决策研究招标课题、河南省哲学社会科学规划课题5项，策划的展览和活动多次被文化部评为全国美术馆优秀展览项目、优秀公共教育项目。

“新时代之声——全国美术理论研讨会”纪实

邵晓峰　朱　剑　孙　欣

摘　要： 笔者对中国美术馆主办的“新时代之声——全国美术理论研讨会”做了归纳与梳理。研讨会分为“向作品致敬——新中国的美术视野”“借鉴与开拓——新中国的美术馆学构建”两个会场：第一会场研讨文化精神，现代美术史，美术作品，美术家，地域美术，美术类型，美术批评、概念、现象、观念等问题；第二会场研讨展览，典藏、收藏，美术馆历史，美术馆学理论，美术馆未来发展，公共教育，从生活、学习、文创角度研讨美术馆发展，地方美术馆建设等问题。这一盛会结出丰硕的理论成果，通过专家们对最新研究成果的交流与互动，进一步拓展了新时代的美术研究视野，促进了新时代的美术馆学构建。

关键词： 新时代之声；全国美术理论研讨会；纪实；中国美术馆

2019 年 12 月 23 日，由中国美术馆主办的“新时代之声——全国美术理论研讨会”在中国美术馆举行。

文化和旅游部党组成员、副部长李群出席并致辞，他受文化和旅游部党组书记、部长雒树刚委托，代表文化和旅游部向会议的召开表示热烈祝贺，向全国的美术理论工作者表示诚挚的问候。他表示，自中华人民共和国成立以来，在“双百”方针、“二为”方向的指引下，我国美术理论坚持马克思主义文艺理论与新中国美术实践相结合的道路，积极回应了中与西、古与今、传统与现代的时代课题，探索并形成了新中国美术理论的范式和体系。在中华人民共和国成立 70 周年之际，回顾 70 年来中国美术的发展历程，充分认识新中国美术独有的现代特征和文化身份，有助于深入谱写美术理论新时代的新篇章。新时代需要新的美术理论，新时代产生新的美术理论。做好美术理论工作要做好四个坚持：一是坚持以马克思主义为指导，二是坚持与时代同步伐，三是坚持中华文化立场，四是坚持创新。

全国政协常委、中国美术馆馆长吴为山主持开幕式，他代表主办方中国美术馆感谢与会嘉宾、专家学者、媒体记者的莅临。他表示，在习近平总书记新时代中国特色社会主义思想指引下，为充分发挥好美术理论研究“培根铸魂”的重要作用，中国美术馆主办此次研讨会，以美术理论研究新成果反映时代巨变，描绘时代精神，推进全国美术理论的学术发展。中国美术馆作为国家美术形象的最高殿堂、以美育人的重要平台和国际文化交流的窗口，不仅要在展览、收藏、公共教育等方面为当今文化建设做出贡献，还应在理论与实践相结合的道路上为创作和创新提供丰厚的学术资源。

文化和旅游部艺术司司长诸迪，中国美术家协会主席、中央美术学院院长范迪安，中国文艺评论家协会主席仲呈祥，中国美术馆党委书记燕东升以及馆班子成员安远远、张晴、张百成，理论家薛永年、王镛、向云驹、吕品田、李舫、徐涟、尚辉、牛克诚、梁江等嘉宾和来自清华大学、中央美术学院、中国美术学院等院校，中国艺术研究院、故宫博物院、中国国家画院等学术单位，中国美术家协会和全国各重点美术馆等专业美术机构的近百名专家学者与会。

仲呈祥和范迪安分别致辞。仲呈祥代表中国文艺评论家协会向研讨会的成功召开表示祝贺。他表示，中国美术馆的宗旨是培根铸魂，道路是守正创新。近年来，中国美术馆举办的展览充分显现了中国美术馆的办馆水平、美学眼光和着力于培根铸魂、守正创新的文化自觉和文化自信，是很令人敬佩的。他对中国美术馆怀有一种朝美术之圣的心情，他深信中国美术馆既是彰显中华美学精神的一个殿堂，又是实践国民美育的重要阵地。范迪安在致辞中说，这次研讨会体现了中国美术馆贯彻落实习近平总书记关于文艺工作的重要讲话精神，着眼于中国美术发展大局的政治站位和文化定位。美术创作实践和美术理论是美术发展的双翼，加强美术理论研究，为新时代的中国美术立言、发声是当前中国美术的重要工作。他认为研讨会体现了对中国美术理论优秀传统的继承与弘扬，体现了对新时代中国美术创作的理论观照与学术引领。

研讨会分为两个会场："向作品致敬——新中国的美术视野""借鉴与开拓——新中国的美术馆学构建"。

"向作品致敬——新中国的美术视野"分会场

"向作品致敬——新中国的美术视野"分会场由吴为山、尚辉任学术主持人，主要研讨七方面的内容：

一、文化精神，有范迪安的《阐释与传播优秀美术作品的文化责任》、尚辉的《形塑民族崛起的中国现代艺术精神》、余辉的《从文化自信中激励创新、走向世界》、李舫的《新时代中国美术的诗性表达》等。

二、现代美术史，有吴为山的《文心铸史，雕塑时代——我看中国百年雕塑》、王镛的《自铸雄奇瑰丽词——新中国70年中国画变革与复兴》、孙振华的《中国雕塑的新传统及其两个转化》、徐虹的《中国"写意"油画历程》、王平的《从心理转向到视觉转向——"85新潮"前后的中国画创作思维之变》、徐沛君的《20世纪70年代末及80年代我国美术界对表现主义绘画的借鉴与接纳》、于洋的《国家美术展览与新中国70年美术发展路向——以历届全国美展为中心的考察》等。

三、美术作品，有薛永年的《天人之际的画中探索——从〈侵略者的下场〉到〈绿色长城〉》、安远远的《致广大与尽精微——20世纪经典作品中的点景人物品读》、陈湘波的《韵胜原从骨胜来——关山月早期连环画〈虾球传·山长水远〉研究》、陈晶的《试论20世纪50年代武汉长江大桥的美术图像生成》、孙欣的《意的向度——20 世纪中叶齐白石、傅抱石作品中的意象景观》。

四、美术家，有向云驹的《张开一面东方雕塑美学的旗帜——漫论吴为山的雕塑创作》、陈岸瑛的《寻归自然——钟蜀珩绘画作品评析》、邓锋的《金石气味　雄强风骨——略论吴昌硕与 20 世纪写意花鸟画风承变》、盛葳的《卢沉的西方观和现代观》。

五、地域美术，有裔萼的《中国画改造运动与新浙派人物画的兴起》、赵农的《风云催放长安花——长安画派与黄土画派》、陈伟安的《地域美术研究的全球视野——以岭南地域美术研究为例》、安雪的《延安版画对新中国版画创作的影响》。

六、美术类型，有黄宗贤的《新中国的视觉史诗——从中国美术馆馆藏作品看主题性美术创作的价值》、张玉梅的《新闻美术在全媒体时代的传播力与竞争力》、高天民的《汉字艺术：背景与前景》。

七、美术批评、概念、现象、观念，有陈池瑜的《改革开放以来美术批评与创作管窥》、吕品田的《以天下为取——关于“中国画”的名实之辩》、柳淳风的《中国水墨艺术与当代艺术机制的新型关联研究》、魏祥奇的《对现实主义创作观念的省思》。

· 关于中国文化精神，范迪安认为阐释与传播优秀美术作品的文化责任需从两方面入手：从美术创作的文化语境入手，谈论美术创作的史诗意识；从中外文化的关系入手，阐释中国美术图像创作方式的综合与跨越。他认为，对于吴为山、许江这一类艺术家作品的阐释，有助于人们回到中国语境中来思考中国精神的表达方式，从一种精神史诗的角度来观察和分析。聚焦中外文化关系，能使中国美术自身的创造现象，特别是优秀作品，成为今天中国学术的一个重要标杆，丰富我们的理论思考。尚辉对“形塑民族崛起的中国现代艺术精神”这一论题的阐释从四个方面展开：第一，大众化美术的转向，社会主义社会的人性审美解放；第二，现实主义人文关怀，中国画现代性变革；第三，融合与再造，外来美术的本土化；第四，全球与在地，与世界美术发展态势并行互动中凸显中国经验。他认为，中国美术的现代性价值更多地和中华民族崛起的精神融合在一起，理解中国美术的现代性，一定不能离开美术作品中体现和塑造的中国人的奋斗精神。

· 关于中国现代美术史，吴为山认为梳理中国百年雕塑具有时代性、历史性、必然性、必要性。中国传统雕塑具有八大风格，“五四”以来的百年雕塑发展建立在中国传统雕塑基础之上。“五四”之后，中国雕塑转型受到两方面影响：一是以从法国归国的留学生为代表的雕塑家，把从古希腊、古罗马到罗丹时期的雕塑传统带到中国并生根开花；二是苏联的社会主义现实主义雕塑。1982 年，刘开渠任全国城市雕塑规划组组长，制定的城市雕塑规划把中国城市雕塑推向了一个高潮。如今，不少雕塑院校及创作单位逐步加强对传统雕塑的研究，并在研究中强调对中国精神的挖掘，在与西方传统写实主义、现代主义的对比中，反思装置艺术、观念艺术等当代艺术形态，思考它们与中国文化在形式与内容方面的关系，以及如何融入我们的民族特性、时代精神、新时代审美的问题。王镛以“自铸雄奇瑰丽词”为题概括新中国 70 年中国画变革与复兴的道路，探讨新时代中国画传统的现代转化问题。他认为个性化的笔墨语言是中国画现代性的重要标志，中国画现代性一方面可借鉴西方现代艺术元素，另一方面也可从中国传统笔墨中发掘现代的形式因素，把传统笔墨转变为现代笔墨。以个性化笔墨语言铸造当代中国人的灵魂，表现中华民族伟大复兴的时代精神，是当代中国画家义不容辞的天职。

· 关于中国美术馆藏品，薛永年从三个方面讨论“美术馆作品与新时代美术理论建设”：第一，以关山月的《新开发的公路》《绿色长城》等作品为例讨论环保山水；第二，以李可染的《万山红遍》、石鲁的《东方欲晓》、钱松喦的《红岩》、王迎春与杨力舟合作的《太行铁壁》等作品为例讨论山水画意境；第三，观众对美育的接受。他认为应从美育和建设的角度，提升社会美育水平，反思美术理论批评，发挥美术理论家的作用。在连接美术理论家、美术家与观众方面，美术馆可起到无可替代的重要作用。安远远表示，在20世纪50—60年代中国著名艺术家的经典绘画中，很多山水风景作品在描绘大场面的同时，又有精彩的点景人物出现在画面上。与传统不同的是，这些点景人物多为现实生活的真实写照和火热的社会主义建设的时代表现。江山亘古不变，人物各朝有别，笔墨当随时代。以傅抱石、李可染、吴作人、艾中信、林散之等的代表作品为例，品读大山大水中的点景人物，可看出作者对日常生活景象、火热劳动场面、新时代面貌特征的仔细观察与精彩表达。

· 张玉梅讨论新闻美术时列举了吴为山提出的“一张报纸就是一个美术馆”的观点，由此认为需在全媒体时代发挥“新闻＋美术”的功能，让美术在报纸及新媒体中不仅仅发挥美化功能，不仅局限在事件生产链“下游”阶段，需团结和引导美术界的优秀创作力量，把触角向前端延伸，在组织服务和引导美术创作上发挥能力。其特征为：轻体量，轻阅读；产品观念，受众思维；引领原创，独家传播。从“你创作，我报道”到共同策划、生产、传播；从编辑办报到专家办报，从报纸报道到新媒体传播，生产出适应新时代要求的新闻美术产品。

“借鉴与开拓——新中国的美术馆学构建”分会场

“借鉴与开拓——新中国的美术馆学构建”分会场由张晴、吴洪亮任学术主持人，主要研讨七方面的内容：

一、展览，有马锋辉的《美术馆展览的文化内涵》、丁宁的《国际艺术特展和深度文化博弈》、张晴的《国家叙事的视觉美学——国家重大主题性和历史性展览的策划与研究》、吴洪亮的《思“一叶知秋” 行“寂寞之道”——齐白石艺术的研究、展览与传播》、冀少峰的《美术馆与文化生态——展览理念的生成与美术馆知识的传播》、邵晓峰的《典藏活化与新时代气象——“花开盛世”策展创意解读》、朱剑的《中国美术馆展览的设计话语（2003—2017年）》、王萌的《新时代美术馆策展的技术理念与文化功能——兼论美术馆学方法论的实战转向》、魏思明的《观众、展览、作品“上下文”》、李暨涵的《外国艺术展在北京地区的公立美术馆（2014—2019年）》等。

二、典藏、收藏，有梁江的《美术馆、艺术典藏与文化传承》、梁时民的《建立美术馆的学术话语权——基于收藏体系上的策展实践》、何琳的《美术馆话题——关于藏品的几个问题的思考》、朱万章的《新时代美术鉴藏学的构建与再造》、吕少卿和童兴强的《博约之间：中国美术馆类型收藏中呈现的时代变迁》、赵辉的《收藏引发的博物馆现象——中国美术馆收藏历史沿革和发展战略探究》、王雪峰的《心与物之间：策展的基点与观照》、周佳的《中国美术馆对民族文化遗产的弘扬与保护》、韩劲松的《关于美术馆藏品定级估值的思考》、付瀛莹的《博物馆、美术馆数字化建设的实践与变革》。

三、美术馆历史、美术馆学理论，有徐红梅的《艺术的现场　时代的现场　历史的见证——从〈人民日报〉关于中国美术馆的报道管窥新中国美术馆学的建构》、杨子的《时代记忆与“全国美展”——略谈1972—1975年的美术活动》、徐梦可的《洪流中的空间——20世纪60年代初中国“美术馆”概念的生成》、李万万的《中国美术馆学理论体系之初建》。

四、美术馆未来发展，有张子康的《面对未来的艺术博物馆发展》、徐涟的《面向AI时代的美术馆收藏》、高鹏的《美术馆在数字化时代的开拓与创新》。

五、公共教育，有杨应时的《面向新时代的美术馆公共教育——基于中国美术馆近年实践探索的思考》、庞桂馨的《美术馆教育·与时代同行》。

六、从生活、学习、文创角度研讨美术馆发展，有邢庆仁的《美术馆——让学习发生》、高扬的《新时代之声——美术馆文创工作的机遇与挑战》。

七、地方美术馆建设，有徐惠泉的《文旅深度融合下江苏省美术馆创新发展思考》、王绍强的《新时代美术馆管理机制的探索与践行——以广东美术馆为例》、应金飞的《传承与构想：美术馆人文建设的多维度格局》、化建国的《在历史与现实之间——河南省美术馆的史学视角与文化立场》。

·关于展览，马锋辉认为美术馆是公共文化服务体系的重要组成部分，是保障大众基本文化权益的重要阵地。展览是美术馆的主要功能之一，最能反映美术馆的社会性和价值取向，越来越得到人们的普遍欢迎。展览不仅要体现美术馆的学术理念、学术观点，还要体现文化态度和文化主场。

丁宁提出国际背景的艺术特展的成功常常取决于展品的品质、数量及策展人独特的前瞻意识与阐释路数。实现深度的文化博弈，更是国际艺术特展的内在诉求。在文化软实力的层面上实现民族文化的认同与推广，通过借展顶级的艺术品及借助文化参照系讲好中国故事等，都是极具实践价值的迫切课题。

张晴认为中国美术馆承担着国家重大主题性和重大历史性展览的策划与研究工作。他从策展人的角度阐述“国家叙事”过程中的经验：第一，视觉艺术如何“筑造国家”，并回顾中国美术馆建馆以来所做的相关工作；第二，以“革命美术”为例，分析专题展用美术史书写中国革命史和新中国史；第三，关于全球化视野下的“国家叙事”，讲述中国美术馆开展海外合作，跨越国家界限，谱写人类共同体的历史叙事。吴洪亮提出美术馆的展览是研究的动因，也是研究的结果。展览是一个美术馆文化态度最持久、最准确的呈现，甚至是某种意识形态的彰显。北京画院美术馆多年来一直秉承“一叶知秋”的工作方式，找到了一条小型美术馆的自我发展之路。齐白石存世的作品，包括他的影响力，使大家觉得他是一个“富矿”，还有很多策划工作可做。

·关于美术馆历史、美术馆学理论，徐红梅从《人民日报》对中国美术馆的报道这一独特视角出发，认为这种报道进一步确认了中国美术馆学的趋势和走向。中国美术馆建成后的第一个展览是1962年第三届全国美展，这也是《人民日报》关于中国美术馆最早的报道。迄今为止，人民日报社记录中国美术馆的文章多达2000余篇。由此，她提出三点：第一，从新中国美术的发展而言，无数作品都是通过这个艺术殿堂进入专家和大众的视野，进入中国美术史的。第二，国与国交流的重要平台。作为中国美术的最高殿堂，从建馆之初，中国美术馆便肩负着服务大国外交的使命，对促进国际文化交流与艺术对话以及新中国美术的蓬勃发展起到了重要作用。第三，美育的第一课堂。即便出国越来越方便，美术馆仍是不可替代的第一课堂。

· 关于美术馆的未来发展，张子康认为，美术馆是人民群众的精神文化家园。面对未来，美术馆是人类智识和价值的源泉，更是创造新的文化价值并放大该价值的场域。跨学科、跨地域、跨文化合作是未来艺术博物馆发展的客观诉求，要求艺术博物馆建立“智识”系统。通过管理机制的完善保障自身在变化中的发展，保持艺术博物馆自身的专业性和独立的文化价值判断。

徐涟在阐释“面向AI时代的美术馆收藏”这一论题时提出人工智能时代，机器人进行的艺术创作将颠覆艺术的历史与艺术的概念。对于艺术概念的深入探讨决定了未来美术馆的物质形态与精神主张。面向未来的美术馆收藏，首要任务是建立标准，它需要我们不断达成共识——关于艺术，关于人自身。未来美术馆的收藏及美术馆的定位，取决于未来进程的朝向，取决于这个过程中我们的探讨及不断达成的共识。这不是未来的问题，而是当下的问题，同时中国美术馆新馆的建设也使这个问题的思考具有现实意义。

图书在版编目（CIP）数据

新时代之声：全国美术理论研讨会论文集 / 吴为山
主编. —北京：文化艺术出版社，2020.7
ISBN 978-7-5039-6933-1

Ⅰ.①新… Ⅱ.①吴… Ⅲ.①美术理论—中国—文集
Ⅳ.①J0-53

中国版本图书馆CIP数据核字（2020）第104108号

新时代之声
——全国美术理论研讨会论文集

主　　编　吴为山
责任编辑　董瑞丽　李　璐
责任校对　董　斌
书籍设计　赵　矗　王学军
出版发行　文化艺术出版社
地　　址　北京市东城区东四八条52号（100700）
网　　址　www.caaph.com
电子邮箱　s@caaph.com
电　　话　（010）84057666（总编室）　84057660（办公室）
　　　　　84057696—84057699（发行部）
传　　真　（010）84057660（总编室）　84057670（办公室）
　　　　　84057690（发行部）
经　　销　新华书店
印　　刷　国英印务有限公司
版　　次　2021年11月第1版
印　　次　2021年11月第1次印刷
开　　本　710毫米×1000毫米　1/16
印　　张　30
字　　数　737千字
书　　号　ISBN 978-7-5039-6933-1
定　　价　128.00元

版权所有，侵权必究。如有印装错误，随时调换。